Devney Perry

The Holiday Brothers

Über die Autorin

Devney Perry ist eine USA TODAY Bestsellerautorin. Sie ist in Montana geboren und aufgewachsen und liebt es, Bücher zu schreiben, die in ihrer Heimat spielen. Nachdem sie fast ein Jahrzehnt lang in der Technologiebranche gearbeitet hat, gab sie Telefonkonferenzen und Projektpläne auf, um zu Hause mit ihrer Familie ein langsameres Tempo einzuschlagen. Dass sie ein Buch schreiben würde, geschweige denn mehrere, hätte sie nie erwartet. Aber jetzt, da sie ihre wahre Leidenschaft für das Schreiben von Liebesromanen entdeckt hat, hat sie nicht vor, jemals damit aufzuhören.

Devney Perry

The Holiday Brothers

Übersetzung aus dem amerikanischen Englisch
von Angela Koonen

Lübbe

CERTIFIED cradle to cradle BRONZE

Cradle to Cradle Certified® ist eine eingetragene Marke
des Cradle to Cradle Products Innovation Institute.

FSC www.fsc.org MIX Papier | Fördert gute Waldnutzung FSC® C014496

Vollständige Taschenbuchausgabe
der bei Bastei Lübbe erschienenen E-Book-Ausgabe

Bei Fragen zur Produktsicherheit wenden Sie sich bitte an:
produktsicherheit@bastei-luebbe.de

Umschlaggestaltung: © Guter Punkt unter Verwendung eines Layouts von © Okay Creations
Satz: 3w+p GmbH, Rimpar
Gesetzt aus der Minion Pro
Druck und Verarbeitung: GGP Media GmbH, Pößneck

Printed in Germany
ISBN 978-3-404-19497-1

5 4 3 2 1

Sie finden uns im Internet unter luebbe.de
Bitte beachten Sie auch: lesejury.de

A Single Dad FOR CHRISTMAS

THE *Holiday* BROTHERS

Für Natasha Madison.
Für deine Ermutigung. Für dein Lachen.
Für deine Liebe zu Weihnachten.

1

Natalie

»Sie ist ein Engel.«

»Sind sie das nicht alle?«, meinte ich trocken.

»Überhaupt nicht«, brummte meine Chefin ins Telefon. »Manche Kinder sind furchtbar.«

Ich kicherte. »Cathy, sag bloß …«

»Natalie, ich weiß, du hast Urlaub, und du hast ihn dringend nötig, aber du bist als Einzige verfügbar. Du weißt, ich hasse es, einem Kunden abzusagen.«

Ich rümpfte die Nase. Cathy hasste es, einem Kunden abzusagen, und ich hasste es, Cathy abzusagen. Doch das war mein Urlaub, der erste seit einer Ewigkeit, und vor allem hatte ich ihn extra in die Weihnachtswoche gelegt.

Ich wollte einmal mit meiner eigenen Familie Weihnachten genießen, anstatt mich um eine andere zu kümmern.

Heute Morgen war ich in die Innenstadt gefahren, um mir im *Main Street Overeasy* ein deftiges Frühstück mit Eiern und Pancakes zu gönnen, und danach hatte ich noch auf die Schnelle ein paar Geschenke besorgen und mich an der Weihnachtsdekoration erfreuen wollen.

Goldene, rote und grüne Girlanden waren über die Straße gespannt und funkelten unter dem klaren blauen Himmel. Die Bäume hingen voll mit winzigen Lichtern, und der frisch gefallene Schnee glitzerte wunderschön. In den Schaufenstern wimmelte es von Weihnachtsmännern, Christbaumkugeln lagen zwischen kunstvoll eingepackten Geschenken. Die Sonne war hervorgekommen und kämpfte gegen die Winterkälte an. Das war der perfekte Auftakt für meinen Urlaub.

»Cathy, ich kann nicht.«

»Bitte«, bettelte sie. »Der Vater klang verzweifelt. Er ist nur während der Feiertage hier. Sicher ein Workaholic. Du sollst dich um seine Tochter kümmern, solange er arbeitet. Er hat auch eine Familien-Weihnachtsfeier erwähnt, aber ich sagte ihm, dass du nur tagsüber arbeitest. Seine bisherige Nanny hat ihn wohl gestern im Stich gelassen.«

»Ich dachte, das Mädchen ist ein Engel. Nannys lassen Engel nicht im Stich.«

»Er zahlt das Doppelte.«

Ich stöhnte. War ja klar, dass sie mich mit Geld locken würde. »Ich hätte dir nicht von Magdalena erzählen dürfen.«

Magdalena. Mein geliebter mintgrüner VW-Bus aus dem Jahre 1969. Vor drei Wochen war ihr Getriebe kaputtgegangen. Der Mechaniker hatte bei einem Online-Händler, der auf alte VW-Teile spezialisiert war, ein neues bestellt, aber mit den Frachtkosten kamen für mich über viertausend Dollar zusammen. Ich war Erzieherin, keine Millionärin.

»Und es ist nur für eine Woche?«, fragte ich.

»Ja. Eine Woche.«

»Hör auf zu grinsen. Ich habe bloß gefragt, nicht zugesagt.«

»Woher weißt du, dass ich grinse?«

Ich rollte mit den Augen. »Du grinst immer, wenn du deinen Willen kriegst.«

»Also ist das ein Ja?«

»Ja«, brummte ich. »Ich mach's.«

»Ausgezeichnet! Danke. Die Woche wird bestimmt ein Kinderspiel.«

Cathys berühmte letzte Worte.

Sie wusste, dass mir langfristige Anstellungen lieber waren. Bei meinen letzten Auftraggebern war ich dreieinhalb Jahre geblieben. Die Scullys hatten sich als die beste Familie von ganz Bozeman erwiesen. Ihre Kinder waren tatsächlich Engel, eigens vom Himmel gesandt, um mich zu belohnen, weil ich nämlich diejenige war, auf die sich Cathy bei solchen Kinderspiel-Jobs verlassen konnte.

Die Jungs waren im vergangenen Jahr vierzehn und sechzehn geworden. Beide waren in der Schule im Football, Basketball und in Leichtathletik aktiv. Da der Ältere jetzt seinen Führerschein gemacht hatte und sie zur selben Schule gingen, wurde ich nicht mehr gebraucht, um sie von A nach B zu kutschieren.

Mein letzter Tag mit ihnen war gestern gewesen, und bei der Abschiedsumarmung hatte ich geweint wie ein Baby. Die Jungs hatten mich wegen meiner Heulerei gnadenlos aufgezogen und versprochen, jede Woche ein Selfie als Lebenszeichen zu posten.

Nach Neujahr sollte ich bei einer neuen Familie anfangen. Die Kinder waren fünf und neun. Wenn die Chemie zwischen uns stimmte, würde ich auf Jahre hinaus deren Nanny sein.

Kurze Jobs wie der, den Cathy mir gerade aufs Auge drückte, waren nicht mehr als bessere Babysitter-Gigs.

Aber für Magdalena war ich bereit, den Babysitter zu spielen.

»Schick mir die Details«, sagte ich.

»Okay. Du wirst um zehn erwartet. Also mach dich auf den Weg.«

»Zehn.« Ich blieb abrupt stehen. »Heute? Ich dachte, du lässt mir wenigstens *einen* freien Tag. Kann ich nicht morgen anfangen?«

»Äh …«

»In drei Tagen ist Weihnachten. Ich habe noch nicht alle Geschenke.« *Weil ich meine ersten Urlaubstage dafür vorgesehen habe.* »Du machst mich fertig, Cath.«

»Die Mall hat bis abends um neun geöffnet.«

»Du weißt, ich hasse die Mall«, murrte ich.

Geschah mir recht, wenn ich das Geschenke-Kaufen erst auf den letzten Drücker erledigte. Jedes Jahr schwor ich mir, es diesmal eher hinzubekommen. Und jedes Jahr schob ich es vor mir her. So kurz vor Heiligabend war die Mall die absolute Hölle.

»Danke, Natalie. Auf dich kann ich mich immer verlassen.«

»Ich tue das nur für Magdalena …«

Sie grinste wieder. Ich hörte geradezu, wie sich ihre Lippen zu den Ohren bewegten. »Du bist die Beste.«

»Dann solltest du mich zur Mitarbeiterin des Jahres küren.«

»Die warst du schon letztes Jahr. Alle werden denken, ich bevorzuge meine Lieblinge.«

»Weil ich eben dein Liebling bin und du mich bevorzugst.«

»Stimmt.«

»Bis dann.« Ich legte auf und sah auf die Uhr. Bis zehn Uhr blieben mir nur noch zwanzig Minuten.

Ich lief zurück zu dem Subaru meines Vaters, den ich auf einem Parkplatz an der Main abgestellt hatte. Er lieh ihn mir, solange Magdalena in der Werkstatt war.

Dad sagte immer, ich sei extrem loyal. Im Moment fand ich mich nur extrem rückgratlos. Wenn meine aktuelle Familie verreist war oder wenn ein Kunde über ein Wochenende zusätzliche Hilfe brauchte, dann war ich für kurze Engagements wie dieses Cathys erste Wahl. Und ich hatte bisher immer Ja gesagt.

Sie hatte meine Aufopferung verdient, weil sie mich im Laufe der Jahre gut behandelt und mir die angenehmsten Familien überlassen hatte – solche wie die Scullys.

Cathy leitete in Bozeman ihre eigene Nanny-Agentur, und da es für Eltern immer mehr Online-Anbieter gab, hielt sie ihr Geschäft am Leben, indem sie sich mit ihren Mitarbeiterinnen von anderen abhob. Wir waren nicht das Kaliber, das man in den Kleinanzeigen fand. Wir genossen einen einzigartigen Ruf und bekamen neue Kunden ausschließlich durch private Empfehlungen. Daher hasste sie es, einem Neukunden abzusagen.

Der Vater, der für seinen »Engel« dringend eine Feiertags-Nanny brauchte, hatte angesichts der Honorarverdoppelung wahrscheinlich nicht mit der Wimper gezuckt.

Magdalena, Schatz, das tue ich nur für dich.

Ich kam bei Dads Wagen an – War er ein Barney? Ein Barley? Was für ein Name würde zu ihm passen? – und sah mein Spiegelbild im Seitenfenster. Daraufhin zog ich mein Handy hervor und rief Cathy an.

»Wenn du einen Rückzieher machen willst, kommst du zu spät«, sagte sie sofort. »Ich habe den Vater schon zurückgerufen und dich angekündigt.«

»Nein, ich habe nur keine Zeit, um nach Hause zu fahren und mich umzuziehen. Gibt es einen Dresscode?«

»Das nicht, aber was hast du an?«

»Blauen Stehkragenpullover, zerrissene Jeans, Winterstiefel.« Ich war auf Shoppen eingestellt gewesen, nicht aufs Arbeiten. Die Scullys hatten mir nie vorgeschrieben, wie ich mich anziehen sollte, aber ich wäre auch nie in Jeans mit ausgefransten Knien bei ihnen aufgekreuzt. »Außerdem habe ich mir die Haare nicht gewaschen.«

»Ich bin mir sicher, das ist in Ordnung. Ich schreibe ihm kurz, dass wir dich aus deinem freien Tag herausgeholt haben. Wenn er besondere Anforderungen stellt, kann er dir das nachher sagen.«

»Okay. Bis dann.« Ich entriegelte den Subaru und stieg ein. Dabei summte Cathys Nachricht mit der Adresse rein. Ich speicherte sie, dann folgte ich dem Navi durch die Stadt.

Meine ganzen neunundzwanzig Jahre lebte ich schon in

Bozeman, und für Cathy arbeitete ich seit dem Herbst nach meinem Highschool-Abschluss.

Als eine der schnell wachsenden Städte des County hatte sich Bozeman ständig verändert und sah nicht mehr aus wie zu meiner Schulzeit. Wo früher Ackerland war, standen jetzt Neubausiedlungen. Kaufhäuser verdrängten die kleinen Einzelhändler, und die Anzahl neuer Restaurants war gigantisch.

Das Navi führte mich an den Stadtrand, wo die Häuser mit jedem Kilometer größer wurden. In dieser hügeligen Landschaft waren die Grundstücke weitläufiger, und jede Einfahrt war mit einem Tor gesichert.

»*Das Ziel befindet sich hundert Meter entfernt auf der linken Seite*«, tönte das Navi über Bluetooth aus den Lautsprechern des Subaru.

Magdalena war zu alt für Bluetooth. Das – und die beheizbaren Ledersitze – würde ich vermissen, wenn Dad seinen Wagen wiederhaben wollte.

Ein Torbogen aus Holz ragte über der Einfahrt auf, das schwarze Metallgitter stand offen. Ich rollte vorsichtig eine schmale Allee entlang. Von dem Haus war kaum etwas zu sehen, bis ich um eine sanfte Kurve bog und da … *Wow!*

»Oh Mann, ich hätte mir definitiv die Haare waschen sollen.«

Das war eine Ski-Lodge, kein Einfamilienhaus.

Mit der dunklen Holzverkleidung und den rot umrandeten Fenstern ragte das Haus so stolz und kühn auf wie die Berge dahinter. Die Haustür besaß in Augenhöhe ein buntes Glasfenster. Wo die meisten Veranden eine Standard-Außenlampe hatten, gab es hier zwei tolle Gaslaternen, deren Flammen sogar bei Tag flackerten.

In meinen Jahren als Nanny bei der Elite von Bozeman war ich schon in vielen schicken Häusern gewesen, aber dieses hier war der Gipfel. Es hätte mich nicht überrascht, wenn Kevin Costner aus der Tür gekommen wäre und mir befohlen hätte, von der Dutton Ranch zu verschwinden. Aber ich befand mich nicht in der *Yellowstone*-Serie, und da die Uhr auf dem Armaturenbrett zehn nach zehn anzeigte, war es höchste Zeit, zur Arbeit anzutreten.

Nachdem ich in der runden Auffahrt geparkt hatte, die vermutlich für Gäste gedacht war, schnappte ich meine Handtasche vom Beifahrersitz und prüfte den Sitz meiner Haare im Rückspiegel. Durch die Wellen, die ich gestern mit dem Lockenstab fabriziert hatte, sah mein Pferdeschwanz noch irgendwie ganz gut aus. Na ja, halbwegs.

Dem Mädchen wäre es egal, wie ich aussah, oder? Und der Vater, tja … Er würde mit der Last-Minute-Natalie zurechtkommen müssen.

Ich stieg aus und eilte zur Haustür. Statt eines Klingeltons hörte ich eine bekannte Melodie.

War das …?

We Wish You a Merry Christmas.

Ich kräuselte die Lippen. Der dämliche Song würde mir jetzt den ganzen verdammten Tag durch den Kopf dudeln.

Von drinnen näherten sich Schritte, und ich setzte mein schönstes Lächeln auf, um meinen neuen Arbeitgeber zu begrüßen.

Die Tür flog auf und …

»Hi … Oh!« Mein. Gott. Oh, mein Gott. Oh, mein Gott.

Ich hatte gerade *Hi-oh* gesagt wie die singenden Zwerge in Schneewittchen. Und ausgerechnet zu Maddox Holiday.

Dem Maddox Holiday. Aus dem hübschen Jungen, der früher meine Teenager-Fantasien beherrscht hatte, war ein Heilige-Scheiße-ist-der-heiß-Mann geworden.

Maddox Holiday.

Er war an der Bozeman High der beliebteste Junge und jedes Mädchen schamlos in ihn verknallt gewesen. *Er* war der reiche Dad, der von heute auf morgen eine Nanny brauchte?

Hätte ich mich vor meiner Zusage bloß genauer erkundigt. Und mir die Haare gewaschen.

»Hallo. Kommen Sie von Cathy Carons Agentur?«

»Ja. Hi.« Ich hatte es ohne das Oh geschafft. Schon besser. »Ich bin Natalie Buchanan.«

»Maddox Holiday.« Er bat mich herein und schloss die Tür. »Freut mich, Sie kennenzulernen, Natalie.«

Moment. *Freut mich, Sie kennenzulernen?* Im Ernst?

Wir kannten uns längst.

Damals war ich sieben.

Ich ging an ihm vorbei und wünschte, hoffte, betete, in seinen hypnotischen blauen Augen einen Schimmer des Erkennens zu sehen. Nein … nicht der geringste.

Der Mann hatte keine Ahnung, wer ich war.

Verdammt!

Maddox war drei Jahre älter als ich, sodass sich unsere Cliquen früher nicht mal überschnitten hatten. Aber immerhin waren wir viele Jahre auf derselben Schule gewesen. Sein Zwillingsbrüderpaar war so alt wie ich. Er *sollte* mich kennen.

Noch immer nichts.

Die Vierzehnjährige in mir war schwer geknickt. Ihr Traum, Maddox Holiday würde eines Tages erkennen, dass sie die Liebe seines Lebens war, zerstob wie Pulverschnee im Wind.

Was tat ich hier? Wann würde ich lernen, zu Cathy auch mal Nein zu sagen? Eine Woche lang würde Maddox Holiday praktisch mein Boss sein. Und der Mann wusste nicht mehr, dass ich damals in seiner Einfahrt vom Skateboard gefallen und mir das Knie aufgeschürft hatte.

»Danke, dass Sie so kurzfristig einspringen«, sagte er.

»Gern.« Ich wünschte, hoffte, betete.

Da tat sich nichts. Nada. Niente.

Computerlogbuch der Enterprise: *Zweiundzwanzigster Dezember. Heute ist der niederschmetterndste Tag meines Lebens.*

Sollte ich es einfach sagen? Wäre es danach seltsam zwischen uns? Wahrscheinlich.

Magdalena verließ sich darauf, dass ich sie aus der Werkstatt wieder abholte, also straffte ich die Schultern, setzte mein Nanny-Lächeln auf und tat, als stünde ich vor einem beliebigen Vater, der mich für die Betreuung seines Kindes bezahlte.

»Hat Cathy die Situation erklärt?«, fragte er.

»Eingehend.« Sie hatte nur seinen Namen ausgelassen, an den ich mich erinnert hätte. Vermutlich befanden sich alle Details zu dem Auftrag in meinem Posteingang. »Sie brauchen mich für eine Woche, richtig?«

»Eine Woche. Ihre Vorgängerin hat mich gestern sitzen lassen.« Er biss sichtlich gestresst die Zähne zusammen und – Wow! – seine Kinnpartie war wie gemeißelt.

Nur irgendein Vater. Er ist nur irgendein Vater.

Okay, vielleicht war er nicht ganz wie andere Väter. Keiner von denen, für die ich in den letzten Jahren gearbeitet hatte, sah so irre gut aus. Keiner hatte saphirblaue Augen. Keiner hatte diese tiefe, raue Stimme, die einem einen Schauder über den Rücken jagte.

Die Zeit war ganz klar auf seiner Seite gewesen.

Er war noch ein Stück gewachsen und einen halben Kopf größer als ich. Er war glatt rasiert und hatte seine dunkelbraunen Haare locker aus dem Gesicht gekämmt. In der Highschool waren sie kurz gewesen, aber hätte er damals diese Frisur gehabt, hätten manche Mädchen ihre Slips in seinen Spind geschmuggelt.

Hatten sie wahrscheinlich auch so.

Atmen, Natalie. Das ist nur Maddox-Megahot-Holiday. Konzentrier dich auf die Arbeit. Den Job. Das Kind. »Sie haben eine Tochter, richtig?«

»Ja. Violet.« Sein Blick wurde weich. »Sie ist sieben. Wir sind zu den Feiertagen hergekommen, um meine Eltern zu besuchen. Das ist ihr Haus. Daher fürchte ich, dass es keinen Moment lang ruhig sein wird.«

»Oh. Okay.« Die Riesenhütte gehörte Hannah und Keith? Ich wusste selbst nicht, wieso mich das überraschte. Die Holidays gehörten zu den erfolgreichsten Familien von Bozeman.

Hannah war Immobilienmaklerin und ihr Gesicht auf der Hälfte aller *Zu-verkaufen*-Schilder in der Stadt abgebildet. Ihr Immobilienbüro war das bekannteste und angesehenste im County, auch weil sie die schönsten Häuser anbot, die alle ihr Mann gebaut hatte.

Keith Holiday war der erfolgreichste Architekt der Gegend. Die Leute zahlten für ein Holiday-Haus deutlich mehr als gewöhnlich in der Gegend und wurden nie enttäuscht.

Keith hatte sein Haus sicher selbst entworfen. Zwar hatte ich bisher nur den Eingangsbereich gesehen, aber es war innen genauso beeindruckend und schön wie außen. Hoch über mir hing ein Kronleuchter, der im Tageslicht funkelte. Es gab jede Menge Fenster, durch die die Sonne hereinschien. Die Natursteinplatten unter meinen Stiefeln waren in einem hübschen Graublau gehalten.

Ich brauchte mich nicht zu überwinden, um eine Woche in dem Haus zu arbeiten.

Maddox und seine Brüder hatten früher in der Stadt zwei Blocks von uns entfernt gewohnt.

Heath und Tobias waren mit ihren Rädern auf dem Weg in den Park unseres Viertels an meinem Elternhaus vorbeigefahren.

Moment. Seine Brüder. Maddox mochte sich an mich nicht erinnern, aber Heath und Tobias würden mich sofort erkennen. Würden sie auch da sein?

»Ist alles okay?«, fragte Maddox.

»Hm?«

»Sie sehen besorgt aus.« Mit leicht zusammengekniffenen

Augen musterte er mein Gesicht. »Wenn hier noch andere ständig ein- und ausgehen, wird das ein Problem?«

»Nein, gar nicht«, log ich lächelnd.

»Gut. Mir wäre es lieber gewesen, ich hätte die Woche frei gehabt, aber zurzeit laufen wichtige Dinge in meiner Firma. Ich werde hier arbeiten, oben im Büro, für den Fall, dass ich gebraucht werde. Aber bei den ständigen Telefonkonferenzen und E-Mails …«

»… kann man nicht auch noch für eine Siebenjährige da sein.«

»Genau.« Er nickte. »Da brauche ich etwas Hilfe. Meine Eltern würden normalerweise einspringen und auf sie aufpassen, aber sie organisieren gerade die jährliche Party für Heiligabend. Außerdem arbeiten sie diese Woche auch. Ich möchte nicht, dass Violet von jedem weggeschickt wird und sich alleingelassen fühlt. Sie soll hier ein paar schöne Tage verleben.«

Das war nett von ihm. Andererseits war Maddox schon immer so nett gewesen. Deshalb hatten sich alle Mädchen in ihn verknallt. Sein gutes Aussehen hatte keinen arroganten Playboy aus ihm gemacht wie bei vielen anderen in seinen gesellschaftlichen Kreisen.

»Und Violets Mutter?«, fragte ich. Maddox hatte keine Frau erwähnt und trug keinen Ring an der linken Hand. »Wird sie hier sein?«

»Nein, ich bin geschieden. Sie ist in L. A.«

»Okay.« Alleinerziehender Vater. Der erwachsene Maddox wurde immer attraktiver.

»Violet kann Sie herumführen und Ihnen zeigen, wo was ist. Aber bitte: Fühlen Sie sich bei uns wie zu Hause.« Er sah mich einen Moment lang aufmerksam an, und mein Herz schlug einen Takt schneller.

Erinnerte er sich? Ja? Bitte?

»Violet ist wahrscheinlich in ihrem Zimmer.«

Oje. Dieser Mann verstand es, das Ego einer Frau zu vernichten. Nicht, dass ich ein Ego hatte. Streber, die auf Brettspiele standen und sonntags im Seniorenheim das Bingo leiteten, konnten sich kein Ego leisten.

Während Maddox früher als Quarterback das Football-Feld beherrschte und die schönste Cheerleaderin datete, verbrachte ich meine Freitagabende mit Babysitten in den Nachbarhäusern.

»Nochmals danke, dass Sie gekommen sind.« Er schenkte mir ein kleines Lächeln, das seine Augenwinkel kräuseln ließ.

Auch eine Verbesserung gegenüber dem Teenager von damals. Außer dass er trotz Lächelns und seiner rauen Attraktivität müde wirkte. Ich hatte diese Art Erschöpfung schon bei vielen Eltern gesehen, die eine Nanny engagierten. Meistens bei denen, die fordernde Jobs hatten und begriffen, dass sie nicht alles bewältigen konnten.

Ich war ihre Rettung.

»Gern geschehen. Es wird mir ein Vergnügen sein. Cathy sagt, die Kleine sei ein Engel.«

Kurz schaute er erschrocken. Das war so verräterisch wie die plötzliche Kündigung der vorigen Nanny. »Äh … schauen wir mal, wo sie ist.«

Ich folgte ihm in den hinteren Teil des Hauses und tat mein Bestes, um nicht auf seinen festen Hintern zu starren, der in der besten Jeans steckte, die ich je gesehen hatte. Seine langen Beine bewegte er mit nonchalantem Selbstbewusstsein, wie die meisten attraktiven Männer. Brachte man ihnen das im College bei?

Maddox drehte mir den Kopf zu.

Ich riss mich sofort von dem Anblick los, vielleicht gerade noch rechtzeitig. Hoffentlich hatte er nicht gesehen, dass ich auf seinen Hintern glotzte. »Das ist ein schönes Haus.«

Geschmeidig, Natalie. Echt geschmeidig.

»Mein Vater hat es entworfen.«

Ich richtete meinen Blick auf die Architektur und weg von dem Mann. »Es ist fantastisch.«

Die Wände waren cremefarben. Die Holzbalken gaben den hohen, offenen Räumen Behaglichkeit. Die Fenster waren eine Attraktion für sich und boten eine herrliche Aussicht über das weitläufige verschneite Grundstück.

Maddox führte mich an einem Wohnzimmer mit mehreren einladenden Ledersofas vorbei. In dem gemauerten Kamin leuchtete die Glut. Dahinter führte eine ausladende Treppe mit einem edel wirkenden Geländer in den ersten Stock.

Als wir die Stufen hochgingen, schaute Maddox über die Schulter zu mir. »Ich gebe Ihnen gleich den Code für das Tor, für den Fall, dass es morgen früh geschlossen sein sollte.«

»Ich habe vor dem Haus geparkt. Ist das okay, oder soll ich mein Auto lieber woanders abstellen?«

»Das ist in Ordnung. Meine Mutter hat für diese Woche einen Koch beauftragt. Sie brauchen also für Violet nicht zu kochen. Wenn Sie eine bestimmte Diät befolgen, sagen Sie es ihm nur.«

»Keine, außer dass ich viel Gemüse esse. Das ist dieses Jahr mein Plätzchenersatz.«

Maddox gluckste, und sein breites Lächeln warf mich fast übers Geländer. Ebenmäßige weiße Zähne, volle Lippen, ein Grübchen. Das Grübchen war mir völlig entfallen.

Boss. Er ist mein Boss, Boss, Boss. Und deshalb starrte ich nur drei Stufen lang auf seinen Hintern und nicht fünf. Zu meiner Verteidigung: Er befand sich fast auf Augenhöhe.

Im ersten Stock war es genauso geschmackvoll wie im Parterre. Oben ging die Treppe in eine Galerie über, von der man das Wohnzimmer überblickte. Ein weicher Teppichboden dämpfte unsere Schritte.

Maddox blieb vor der dritten Tür stehen. »Violet?«

Ihr Zimmer war größer als mein Wohnzimmer. In der Mitte stand ein gemütliches weißes Bett mit einem Himmel aus Baumwollvoile. Die Spielzeugkiste an der Wand stand offen, auf dem Boden lagen überall Bücher und Stofftiere und ... War das eine Nerf-Gun?

Ausgezeichnet. Ich hatte mit Barbies gerechnet, aber Nerf-Guns waren viel besser. Nachdem ich jahrelang mit Jungen gespielt hatte, konnte ich mich als waschechte Scharfschützin bezeichnen.

»Violet«, rief Maddox.

Keine Antwort.

»Sie war eben noch hier.« Er runzelte die Stirn. »Violet, wenn du dich versteckst, komm bitte raus.«

Stille.

»Violet.« Er ging in das angrenzende Bad, kam sofort wieder heraus und spähte unter das Bett. »Vielleicht ist sie in die Küche gegangen.«

Ich folgte ihm auf den Flur. Kurz bevor wir das Wohnzimmer betraten, hallte ein Scheppern durchs Haus.

»Scheiße.« Maddox rannte den nächsten Flur hinunter.

Süßer Vanilleduft stieg mir in die Nase. Kuchen. Oder Plätzchen. Aber ich tippte auf Kuchen. Wenn es um süßes Gebäck ging, bezeichnete ich mich auch als Expertin.

Wir bogen um eine Ecke und standen in einer großen Küche, die manchen Restaurantchef vor Neid erblassen lassen würde. Vor der Kochinsel stand ein Mann im weißen Kittel – mit hochrotem Gesicht. Er wischte sich gerade einen Klumpen Schokoladenteig aus dem Nacken.

Seine Nasenlöcher bebten. Sein Blick war auf eine Siebenjährige gerichtet, die mitten im Raum stand.

Sie trug ein rotes Tutu und gleichfarbige Glitzerpantoffeln. In der einen Hand hielt sie den Holzlöffel, in der anderen ein Fleischmesser.

»Du musst Violet sein«, sagte ich.

Der Engel.

2

Maddox

»Hey.« Heath kam in mein Büro geschlendert. Ohne anzuklopfen.

Sah er nicht, dass ich telefonierte?

Ich hob den Zeigefinger, und er warf sich in einen Ledersessel in der Sitzecke.

»Melden Sie sich, wenn Sie mit dem Besitzer gesprochen haben«, sagte ich zu meinem Assistenten. »Ich bin bereit, einen Mietvertrag für sieben Jahre zu unterschreiben, aber lieber wären mir fünf. Drängen Sie darauf.«

»Werde ich tun.«

»Danke, John. Und frohe Weihnachten.«

»Ihnen auch, Maddox.«

Ich beendete das Telefonat und kniff mir in die Nasenwurzel. Die Kopfschmerzen hörten nicht auf, auch nicht nach zwei Aspirin und einer Karaffe Wasser. Sie pochten hinter meinen Schläfen, seit ich Violet in der Küche gefunden hatte.

Mit einem gottverdammten Fleischmesser.

Nach endlosen Telefonaten und pausenlosen Meetings hatten sie sich nur verschlimmert. Ich war nur selten in Montana und wollte ganz bestimmt nicht im Urlaub arbeiten. Doch manche Dinge mussten nun mal erledigt werden. Wenn ich tatsächlich herziehen wollte, gab es vorher jede Menge zu erledigen.

Ich war gerade mitten in der Entscheidung, wo und wann sich eine Unternehmensfiliale einrichten ließ. Die Angestellten, die für einen Umzug nach Montana offen gewesen waren, würden einen Platz zum Arbeiten brauchen. Und dann musste noch das Haus für Violet und mich gebaut werden.

Bald würde Montana für uns kein Urlaubsziel mehr sein. Wenn das alles geschafft war, wäre es unser Zuhause.

Und anstatt mich endlos mit Chatnachrichten und Anrufen zu stören, würden mich meine Brüder dann persönlich aus der Arbeit reißen können.

»Was willst du?«, blaffte ich Heath an.

»Hey, wo bleibt die Weihnachtsstimmung?«

Ich schoss ihm einen bösen Blick zu. »Im Ernst. Ich muss bis heute Abend noch tausend Dinge erledigen. Sag, was du willst.«

»Hast du ihn gefragt?« Tobias kam mit einem Stapel Plätzchen in der Hand hereingeschlendert. Auch, ohne anzuklopfen.

»Gib mir eins.«

»Sag bitte.«

»Bitte.« Ich schnippte mit den Fingern. »Sofort.«

»Mann, hast du 'ne Laune.«

Tobias kam zum Schreibtisch und gab mir einen Chocolate Crinkle.

»Ich habe Kopfschmerzen, und der Tag ist eine Katastrophe.« Ich seufzte und biss von dem Plätzchen ab, weil ich hoffte, der Zucker würde mich positiv stimmen. War es zu früh für einen Drink? Ein Uhr war … na ja … ein Uhr. Theoretisch hatte ich Urlaub.

»Was ist los?«, fragte Heath.

»Es ist wahnsinnig schwer, Büroräume zu finden, die groß und schön genug sind, und einen Vermieter, der mich nicht ausnehmen will, nachdem er mein Vermögen gegoogelt hat. Als ob ich bereit wäre, in Montana Mieten wie in L. A. zu zahlen.«

Die ersten Anbieter hatte ich noch selbst kontaktiert, die

Aufgabe aber an John delegiert, nachdem der dritte einen exorbitanten Preis aufgerufen hatte.

»Die Nanny aus L. A. hat beschlossen zu kündigen und sich eine schöne Urlaubswoche zu gönnen, nachdem ich sie in meinem Flugzeug mitgenommen hatte. Ach, und heute Morgen fand ich meine Tochter in der Küche mit einem Fleischmesser in der Hand.«

»Deshalb sind wir hier.« Tobias fläzte sich neben Heath in den anderen Ledersessel.

Bei dem Blick, den die beiden wechselten, richtete ich mich auf.

»Was?«

»Wann hast du Natalie Buchanan angeheuert?«

Ich sah ihn groß an. »Die Nanny?«

»Ich sag doch, er hat sie nicht erkannt.« Heath klaute sich von Tobias ein Ingwerplätzchen und stopfte es sich in den Mund. »Natalie Buchanan. Sie war in unserer Klasse. Nett, aber irgendwie nerdy.«

Sie war mir vage bekannt vorgekommen – mit ihren faszinierend blauen Augen. Aber ich war zu sehr auf ihre langen, schlanken Beine konzentriert gewesen, um ihr Gesicht einzuordnen.

»Jetzt ist sie definitiv nicht mehr nerdy«, meinte Tobias. »Ich habe sie eine Ewigkeit nicht gesehen. Sie sieht gut aus.«

Gut konnte man es nennen. Schön wäre treffender. Doch sie war bei mir angestellt, und deshalb verbot es sich, das laut zu sagen.

»Lasst sie in Ruhe«, befahl ich. »Sie ist hier, um auf Violet aufzupassen. Mir bleibt keine andere Möglichkeit. Wenn ihr eure Nichte also nicht selbst bespaßen wollt, dann lasst Natalie ungestört ihre Arbeit tun.«

»Auf Violet aufpassen? Um Gottes willen.« Heath schoss aus seinem Sessel und verschwand so plötzlich, wie er gekommen war.

»Was sollte das denn heißen?«

Tobias sah auf den Boden. Dann machte auch er sich hastig aus dem Staub.

Violet war nicht einfach zu handhaben. Sie war auch kein typisches Mädchen, das mit einem Puppenhaus und Barbies spielte und Make-up ausprobierte. Falls Siebenjährige das schon taten. Ich hatte keine Erfahrung mit anderen Kindern.

Daher die Nannys.

Und wir hatten schon verdammt viele gehabt.

Nicht mal gelernte Erzieherinnen waren mit meiner Tochter fertiggeworden. Wenn Natalie die ganze Woche durchhielt, wäre ich schwer beeindruckt.

Im vergangenen Jahr waren es zweiunddreißig Nannys gewesen. Eine hielt es sogar sieben Wochen lang bei uns aus, wahrscheinlich weil ich ihre Aufgaben erheblich reduziert hatte. Sie musste Violet lediglich zur Schule fahren, sie am Nachmittag abholen und dann drei Stunden mit ihr verbringen, bis ich um sechs nach Hause kam. Offenbar waren drei Stunden zu viel gewesen, denn als sie gekündigt hatte, hatte sie mir zwanzig Minuten lang aufgezählt, was mit meiner Tochter nicht stimmte.

Verzogen, renitent, bösartig …

Von zweiunddreißig Erzieherinnen hatte keine einzige Freude daran gehabt, meine Tochter zu betreuen. Das war wie ein Stoß ins Herz gewesen. Mit dem gottverdammten Fleischmesser.

Violet war … schwierig. Die Scheidung machte ihr zu schaffen. Sie probierte sich ständig aus, ging über sämtliche Grenzen und benahm sich selten mal normal. Ich war nicht blind für ihre Eskapaden. Ich wusste nur nicht, wie ich sie davon abbringen sollte.

Hoffentlich würde sich der Umzug nach Montana positiv auswirken.

Aber noch wohnten wir hier nicht. Und im Moment wollte ich einfach nur Weihnachten unbeschadet überstehen. Mit etwas Glück würde Natalie es mit Violet aushalten, wenigstens bis die Heiligabend-Party vorbei war. Danach hätte Mom mehr Zeit und könnte einspringen. Wenn Natalie nur bis heute Abend durchhielt, wäre ich auch schon froh.

Wahrscheinlich würde sie kündigen.

Natalie Buchanan.

Ha. Aus dem Zusammenhang gerissen war ihr Name wie jeder andere für mich gewesen. Sie war die Nanny der Agentur, mehr nicht. Ich wandte mich lieber an solch eine Vermittlung, weil sie die nötigen Backgroundchecks durchführten und die Betreuerinnen durchleuchteten, *bevor* sie in mein Haus kamen, und nach zweiunddreißig Nannys klang ein Name wie der andere.

Doch nun, da Heath und Tobias mir gesagt hatten, wer sie war, kam ich mir blöd vor, weil ich nicht geschaltet hatte. Warum hatte sie nichts gesagt?

Ich löste mich vom Schreibtisch, obwohl ich keine Zeit für etwas anderes hatte, und nahm mir zwei Minuten. Mom bewahrte alle Jahrbücher in diesem Arbeitszimmer auf. Sie standen in Reih und Glied auf dem untersten Regalbrett. Ich zog das von meiner Abschlussklasse heraus und nahm es zum Schreibtisch mit.

Der Buchrücken knackte, als ich es aufschlug. Die Seiten brachten mir den Geruch von Footballfeldern und Poolpartys und die Vorfreude auf die Zukunft zurück. Während ich sie überflog, erlaubte ich mir, wieder achtzehn zu sein. Ich vergaß die Bürde des alleinerziehenden Vaters und verschwand in die Zeit, als meine größte Sorge das wöchentliche Spiel und die nächste Matheprüfung war.

Die Seiten klebten aneinander wie magnetisiert und ließen sich nicht gut umblättern. Mein dümmliches Lächeln wurde breiter, je länger ich die Gruppenfotos und Clubaktivitäten betrachtete.

Und da war sie. Stand in der hintersten Reihe der zehnköpfigen Schwimmmannschaft. Natalie Buchanan.

Ja, ich hätte sie definitiv erkennen müssen. Sie war jetzt eine erwachsene Frau, aber ihre blonden Haare sahen noch genauso aus – und auch ihre Augen. Das schöne Blau stach aus den Fotos heraus wie die winzige Lichterkette in dem Mini-Christbaum in meinem Schlafzimmer.

In jedem Raum stand so einer, alle verschieden geschmückt und beleuchtet. Mom würde einen Monat brauchen, um den ganzen Weihnachtskram wieder wegzupacken. Jedes Jahr fluchte sie und schwor sich, nächstes Mal keinen solchen Aufwand zu betreiben, aber immer nach Thanksgiving schickte sie mir nach und nach Fotos von ihren Bäumen, sobald wieder einer fertig war.

Wenn ich heute Abend im Bett lag, würde ich bei den blauen Lichtern in dem Bäumchen unweigerlich an Natalie denken.

Dabei war sie die Letzte, an die ich im Bett denken sollte.

Natalie Buchanan.

Verdammt, sie sah wirklich gut aus. Als Teenager war sie niedlich gewesen. Und jetzt war sie eine Klassefrau. Ich sah mir ihr Lächeln noch mal auf dem Mannschaftsfoto an, dann blätterte ich zu den Zehntklässlern und fand ihr Porträt.

Sie trug einen schwarzen Rollkragenpulli, also das genaue Gegenteil von dem, was die Mädchen angezogen hatten, die ich damals datete. Die hatten allesamt die Grenzen der Kleidungsvorschriften ausgereizt, bis sie ins Direktorenzimmer zitiert worden waren.

Auf diesem Foto hatte Natalie eine andere Frisur als bei der Mannschaftsaufnahme. Ihr Pony hing bis über die Augenbrauen und war schnurgerade. Sie lächelte unsicher und kniff die Augen zusammen.

Diese Schulfotografen! Sie hatten wirklich das Talent, die ganze Unsicherheit eines Teenagers sichtbar zu machen.

Mein Telefon klingelte und zog mich von dem Jahrbuch weg. Ich legte es beiseite, steckte mir die Ohrhörer rein und vertiefte mich wieder in die Arbeit.

Die nächsten Stunden rief ich nacheinander meine Mitarbeiter an und bombardierte sie mit Anweisungen, weil ich hoffte, in dieser Woche einen Tag freinehmen zu können, wenn ich nur genug delegierte. Oder wenigstens nicht die Abende mit E-Mails verbringen zu müssen.

Meine Mutter würde mich mit der blauen Lichterkette fesseln und zum Abendessen abführen, wenn ich nicht von selbst kam. Nicht nur, weil Violet ein schwieriger Esser war, sondern weil ich meine Eltern in den letzten sieben Jahren zu selten gesehen hatte. Wenn wir erst mal hier wohnten, würden wir die verlorene Zeit nachholen.

Für uns alle. Meine Eltern und meine Brüder hatten mir gefehlt. Und ich wünschte mir ein innigeres Verhältnis zwischen ihnen und meiner Tochter.

Doch zuerst musste ich für einen Platz zum Leben sorgen.

Gestern hatte ich für ein Grundstück außerhalb der Stadt ein Angebot abgegeben. Es war fünfzig Morgen groß, was mir viel Abstand zu den Nachbarn und Violet viel Raum zum Herumstreifen schenkte. Zu dem Grundstück gehörte ein Teich, und man gelangte von dort zu einem einsamen Wanderweg, der in die Berge führte.

Obwohl es tief verschneit gewesen war, hatte es mich sofort begeistert.

Dad und ich waren gestern lange aufgeblieben und hatten die Raumaufteilung erörtert. Sobald das Grundstück mir gehörte, würde er ein paar Strippen ziehen und jemanden mit der Erschließung beauftragen.

»Was haben sie gesagt?«, fragte ich meine Immobilienmaklerin. Das war heute unser zweites Telefonat.

»Sie wollen im Preis nicht runtergehen.«

»Natürlich nicht«, brummte ich.

Wahrscheinlich blinkten bei denen die Dollarzeichen in den Augen, sobald sie meinen Namen hörten. Aber ich war nicht Milliardär geworden, um mir von anderen unfaire Preise diktieren zu lassen. »Dann schärfen Sie dem Makler ein, dass das ein Barzahlungsangebot ist, das nur kurze Zeit gilt. Wenn sie wegen irgendetwas kleinlich werden, ist es vom Tisch. Es gibt viele freie Grundstücke im Gallantin Valley.«

Auch wenn ich auf genau dieses scharf war.

»In Ordnung«, sagte sie. »Das ist ein geschickter Schachzug, Maddox. Wirklich brillant.«

Ich rollte die Augen. Sie arbeitete für Moms Firma und schleimte sich ständig bei mir ein. Aber sie war engagiert, und daher ließ ich ihr die übertriebenen Komplimente durchgehen. Wenn der süßliche Ton nicht wäre, hätte mich das Kompliment wahrscheinlich nicht gestört. Daran war ich gewöhnt.

Cece hatte diese Art im Laufe der Jahre perfektioniert. Sie würde noch in dem süßen Ton mit mir reden, wenn sie eine Handgranate auf meinen Schoß warf.

»Mailen Sie mir eine Liste mit anderen Grundstücken, nur für alle Fälle.«

»Natürlich.«

»Danke.« Ich legte auf und nahm die Ohrhörer raus.

Mir knurrte der Magen, und die Plätzchen lockten.

Zeit für eine Pause. Ich fasste mir in den Nacken und versuchte, die Verhärtung auszustreichen, die sich dort festzusetzen schien, dann nahm ich das Jahrbuch und stellte es ins Regal zurück. Doch ehe ich hinausging, siegte meine Neugier. Ich zog das Abschlussjahrbuch meiner Brüder heraus und blätterte darin herum.

Und da war sie wieder auf einem Foto der Schwimmmannschaft.

Natalies Pony war irgendwann zwischen der neunten Klasse und dem Abschlussjahr verschwunden. Sie stand wieder in der letzten Reihe und zwischen den Jungs. Mir war schon vorher aufgefallen, dass sie die anderen Mädchen überragte.

Ich war eins einundneunzig groß, und die meisten Frauen, die ich kannte, mussten den Kopf zurückbiegen, um mir in die Augen zu sehen. Natalie nicht.

Auf diesem Foto trug sie einen schlichten Einteiler. Auf dem Mannschaftsfoto der neunten Klasse waren sie alle in Trainingshosen und Hoodies zu sehen. Aber dieser Badeanzug …

Jetzt fiel es mir wieder ein.

»Verdammt.« Ich lachte leise. Ja, ich erinnerte mich an Natalie.

Während der Highschool-Zeit war ich selten mal am Schwimmbecken gewesen, aber im Abschlussjahr war der normale Eingang zu den Umkleiden ein paar Wochen lang versperrt gewesen. Vor dem Footballtraining hatten wir immer den Hallenbadeingang nehmen müssen.

Einmal, als ich da durchgegangen war, war Natalie im Becken gewesen. Sie hatte sich aus dem Wasser und über den Beckenrand geschwungen. Kein siebzehnjähriger Junge hätte weggeguckt.

Schlanke Beine, volle Brüste, abstehende Nippel von der kalten Luft. Sie hatte eine schwarze Badehaube aufgehabt, vermutlich damit ihre blonden Haare von dem Chlor keinen Grünstich bekamen. Wieso ich mich an die Badekappe erinnerte, wusste ich nicht. Vielleicht weil die normalerweise doof aussahen. Aber bei ihr nicht. Sie sah heiß aus.

Und nun war sie bei mir angestellt.

Ich knallte das Buch zu und schob es in seine Regallücke. Dann kniff ich die Augen fest zu, um das Bild der halb nackten Natalie – meiner neuen Nanny – aus meinem Kopf zu löschen.

Angestellte. Waren. Tabu.

Und gerade jetzt durfte ich mir von einer Frau nicht den

Kopf verdrehen lassen. Cece machte mir schon genug Kopfschmerzen.

»Hey.« Heath kam ins Büro – wieder, ohne anzuklopfen. »Was tust du? Du hast sie im Jahrbuch gesucht, stimmt's?«

»Ja.« Ich kam aus der Hocke hoch und ging vom Regal weg. »Und du?«

Er zuckte mit einer Schulter. »Heute gar nichts.«

»Hast du nicht zu arbeiten?«

»Ich habe Urlaub. URLAUB. Schon mal gehört?«

»Vage.« Ich seufzte und setzte mich in einen der Ledersessel.

Heath ließ sich neben mir nieder und trank aus dem Kaffeebecher, den er mitgebracht hatte. »Der Koch hat *Tom & Jerrys* gemacht.«

»Später. Hab noch zu arbeiten.« In der Hosentasche vibrierte mein Handy. Ich nahm es heraus. Eine Nachricht von der Maklerin. Die Verkäufer hatten mein Gebot auf das Grundstück akzeptiert. »Wie es aussieht, besitze ich jetzt Land in Montana.«

»Schön. Das mit dem Teich?«

»Ja. Es kostet ein Vermögen.«

»Du kannst es dir leisten. Dad und ich haben uns heute unterhalten. Ich werde den Bau deines Hauses übernehmen, wenn das für dich okay ist.«

Ich nickte. »Aber klar.«

Heath und Tobias arbeiteten in der Firma unseres Vaters. Heath als Bauleiter, Tobias als Architekt. Die Zwillinge hatten das Design- und Managementtalent von ihm geerbt, und irgendwann würde *Holiday Homes* ihnen gehören.

»Mom hat vorhin was über Cece erzählt«, sagte er.

Ich stöhnte. »Oh Mann. Was ist es diesmal?«

Meine Mutter verabscheute meine Ex-Frau und zeigte das offen, außer vor Violet.

»Cece hat Strand-Selfies auf Instagram gepostet.«

»Typisch.« Ich hatte aufhören müssen, ihr zu folgen, denn wenn ich sah, wie sie mit meinem Geld durch die Welt reiste und dafür Wochenenden mit Violet sausen ließ, kamen mir Mordgedanken.

Auch das machte den Umzug nach Montana so reizvoll: der große Abstand zu Cece. Bozeman war Tausende Kilometer von L. A. entfernt.

Nach der Scheidung vor drei Jahren war ich in Kalifornien geblieben, teils wegen der Firma, teils weil ich gehofft hatte, Cece würde ihrer Tochter vielleicht doch noch eine Mutter sein wollen. Doch das war eine reine Illusion gewesen.

Cece liebte nur Cece und sonst niemanden.

Violet brauchte mehr als mich und ständig neue Nannys. Sie brauchte eine Familie. *Meine* Familie. Sie brauchte die beständige Liebe von Großeltern. Die Neckereien und das Herumbalgen mit meinen Brüdern.

Mom und Dad waren im siebten Himmel, weil wir in ihre Nähe ziehen würden. Meine Brüder fremdelten noch mit Violet, aber sie würden sich mit der Zeit anfreunden. Wenn ich Violet allein großziehen musste, dann am besten in Montana, und Cece konnte nichts dagegen tun. Nicht mehr.

Die Scheidungsvereinbarung war ihr wichtiger gewesen als unsere Tochter. Wir hatten jung geheiratet, zwei Monate nach meinem Collegeabschluss. Als ich meine Absicht damals in der Familie bekannt gab, nahm Dad mich beiseite und bat mich, mit Cece einen Ehevertrag zu schließen. Zum Glück hörte ich auf ihn. Wenn Keith Maddox einen Rat gab, war es klug, ihn anzunehmen. Vielleicht war ihm klar, dass ich ein Erfolgsmensch war. Vielleicht hat er Ceces wahren Charakter erkannt. Oder beides. Wie auch immer, wir hatten den Vertrag vor unserer Hochzeit aufsetzen lassen. Cece gefiel das nicht, doch sie hatte unterschrieben – woran mein Anwalt sie während der Scheidungsverhandlungen erinnern musste. Ich hatte Milliarden verdient, und sie sollte davon keinen Penny in die Finger bekommen.

Der Ehevertrag verhinderte das letztendlich nicht, denn sie hatte ein Druckmittel. Violet.

Was eine problemlose Scheidung hätte werden sollen, entwickelte sich zu einem langen quälenden Streit, weil ich mich weigerte, ihr einen Teil des Sorgerechts zu überlassen. Cece war Violet bestenfalls eine Teilzeitmutter gewesen. Dabei hatte sie Hilfe von Nannys, Köchen und Reinigungskräften gehabt. Sie war nicht fähig oder nicht willens, unser Kind zu versorgen.

Am Ende hat sie gewonnen.

Ich erklärte mich bereit, ihr eine Riesensumme zu zahlen, wenn sie mir das volle Sorgerecht überließ.

Von dem Moment an verlief die Scheidung reibungslos. Sobald die Papiere unterschrieben waren, sagte ich meiner Frau Lebewohl. Und Violet hatte ihre Mutter verschwinden sehen.

Die Nannys konnten sie nicht ersetzen. Das war mir klar. Die waren nur ein Pflaster auf einer klaffenden Wunde, und es war Zeit, anderweitig für Heilung zu sorgen.

Montana würde dazu beitragen.

»Freut sich Violet auf den Umzug?«, fragte Heath.

»Das nicht gerade. Sie ist sauer, weil sie sich neue Freunde suchen und auf eine neue Schule gehen muss. Ehrlich gesagt kann ich ihr das nicht verdenken. Aber jedes Mal, wenn Cece sie hängen lässt, wird es schlimmer. Wir müssen aus L. A. weg.«

»Sie wird sich hier einleben. Sie geht erst in die zweite Klasse.«

»Verklickere ihr das mal.«

»Ha. Lieber nicht. Nichts für ungut, Maddox, aber deine Kleine jagt mir Angst ein.«

Ich schmunzelte. »Als ich Natalie durchs Haus führte, war

Violet in der Küche. Meine Tochter hatte ›aus Versehen‹ eine Schüssel mit Kuchenteig auf den Boden geworfen und sich das Fleischmesser genommen, um sich ein Stück Apfelkuchen abzuschneiden.«

»Es überrascht mich, dass Natalie nicht sofort das Weite gesucht hat.«

»Mich auch«, gab ich zu.

Stattdessen war sie seelenruhig und lächelnd zu Violet gegangen und hatte ihr das Messer aus der Hand genommen, während der Koch wegen des Kuchenteigs schimpfte und ich sprachlos dabeistand.

»Das ist meine Schuld«, sagte ich zu Heath. »Ich bin ein mieser Vater.«

»Du hast viel um die Ohren.«

»Zu viel.« Ich konnte nicht meine Firma in L. A. leiten und gleichzeitig rund um die Uhr der Vater sein, den Violet bräuchte. Es war Zeit, Verantwortung an mein Personal abzugeben. Meine Leute konnten das handeln.

Die Angestellten, die nach Montana mitgehen würden, waren meine besten. Jeder würde einen Umzugsbonus bekommen und eine Gehaltserhöhung. Sie würde mir einige Aufgaben abnehmen müssen, das hatte ich schon angekündigt, doch sie waren äußerst fähige Mitarbeiter.

Violet brauchte mich mehr als *Madcast.*

Aber nach den Feiertagen würden wir zunächst noch nach L. A. zurückfliegen müssen. Ich hatte dort schon eine neue Nanny gebucht. Hoffentlich würde meine lebhafte Tochter sie nicht sofort in die Flucht schlagen. Wenn wir erst mal in Bozeman wohnten, würde ich auf fremde Hilfe verzichten. Vielleicht sollten wir zur Abwechslung mal nur zu zweit sein – abgesehen von einem Koch, denn in der Küche war ich nutzlos.

»Vielleicht nehme ich doch einen *Tom & Jerry*. Schmeckt er?«, fragte ich meinen Bruder.

Statt einer Antwort gab er mir seinen Becher.

Ich trank einen Schluck und hustete von der Schärfe. »Verdammt. Der hat es in sich.«

»Ich habe mir für heute Nacht schon eins der Gästezimmer reserviert. Nach zwei, drei Bechern von dem Zeug kann ich nicht mehr fahren.«

Ich stand auf, um in die Küche zu gehen und mir einen Cocktail und Plätzchen zu holen, als wieder ein lauter Schlag durchs Haus schallte.

Heath sprang auf.

Ich war wie erstarrt und wartete auf das Unvermeidliche. Einen Aufschrei. Eine Schimpfkanonade.

Nichts dergleichen passierte.

Es war unheimlich still, und das erschreckte mich umso mehr.

»Äh …« Heath sah mich an.

Ich rannte mit Heath auf den Fersen aus dem Büro und spurtete die Galerie entlang, von der man ins Wohnzimmer sehen konnte.

Und da war sie.

Meine Tochter.

Violet stand auf dem Sofatisch. Sie hatte die Arme vor der Brust verschränkt. Wütend kniff sie die Lippen zusammen, und der drohende Blick, den ich bei ihr sah, würde hoffentlich die Jungs abschrecken, wenn sie sechzehn war.

Im Moment war er aber noch auf die neue Nanny gerichtet.

Natalies blondes Haar und ihr blauer Pulli waren tropfnass. Vor ihren Füßen lagen die Scherben der weißen Vase und zwei Dutzend Rosen.

Ich brauchte nicht zu fragen, was vorgefallen war. Jede Wette, dass Violet sie ihr »aus Versehen« an den Kopf geworfen hatte.

»Violet«, sagte ich streng.

Ihr Blick schnellte zu mir hoch. Der wütende Gesichtsausdruck blieb. Sie hatte nicht mal ein schlechtes Gewissen.

»Siehst du? Sie ist furchterregend«, flüsterte Heath und legte mir eine Hand auf die Schulter. »Ich werde mein Zimmer heute Nacht abschließen.«

»Du bist nicht hilfreich.« Ich schob seine Hand weg und stürmte die Treppe hinunter. Ich hätte nicht sagen können, was stärker war, meine Verlegenheit oder mein Zorn. Am Ende überwog die Peinlichkeit.

»Dad …«

»Mit dir spreche ich später«, unterbrach ich sie und wandte mich Natalie zu. »Das tut mir sehr leid. Ich zahle das Honorar für die ganze Woche. Ich werde die Agentur anrufen und klarmachen, dass es nicht an dir lag, wieso das nicht geklappt hat.«

Natalie, die währenddessen nur meine Tochter angesehen hatte, drehte schließlich den Kopf zu mir. Ihre blauen Augen blickten mich an, und mir blieb die Luft weg. Nicht weil sie atemberaubend schön war, sondern wegen ihres Lächelns.

Es war ein böses Lächeln. Eins, das Rache versprach.

Da lächelte ein Wolf im sexy Körper einer Nanny. Sie zog die Brauen hoch. »Oh, ich habe nicht vor zu kündigen.«

»Nicht?«

»Nö.« Natalies böser Blick maß sich mit Violets, und zwischen ihnen waren die Fronten klar.

Natalie griff an den Saum ihres nassen Pullovers und zog ihn sich über den Kopf. Darunter trug sie ein dünnes weißes Trägerhemd, das sich an ihre Brüste und den flachen Bauch schmiegte. Es saß so hauteng wie der nasse Badeanzug damals, als sie aus dem Becken gestiegen war.

»Violet und ich lernen uns gerade nur besser kennen. Nicht wahr, Violet?«

Ehe meine Tochter antworten konnte, raffte Natalie den

Pulli zu einem Strang zusammen. Dann hob sie die Arme und wrang ihn aus.

Über dem Kopf meiner Tochter.

3

Natalie

»Wie ist es gestern gelaufen?«, fragte Cathy. Ihre Stimme dröhnte im Subaru aus den Lautsprechern.

»Super«, log ich. »Sie ist ein Schatz.«

Violet war eine Tutu-tragende Terrorzicke, aber auf keinen Fall ließ ich mich von einer Siebenjährigen unterkriegen.

Das kleine Miststück.

Violet und ich waren gestern Abend als Kriegsgegner auseinandergegangen.

Es verblüffte mich, wie viel Kraft sie hatte. Sie hatte eine schwere Vase voller Wasser genommen und »versehentlich« nach mir geworfen. Es war ein Wunder, dass ich keinen Dorn ins Auge bekommen hatte.

Gestern hatte sie mich besiegt. Den Punkt gab ich ihr. Aber heute kam ich vorbereitet. Das hieß … sofern mir erlaubt wurde, sie wieder zu betreuen. Maddox könnte mich wegschicken, und ich fände es zwar sehr schade, ihn nicht wiederzusehen, wäre aber auch nicht am Boden zerstört. Ich würde eine andere Möglichkeit finden, um Magdalenas Reparatur zu bezahlen.

Nach dem Rosenvorfall gestern hatte er mich angestarrt, als hätte er den Geist der Weihnacht gesehen. Sofort nachdem ich meinen Pulli über Violet ausgewrungen hatte, stampfte sie wütend die Treppe hoch. Ich rang mir ein höfliches Lächeln für Maddox ab, während mir sehr bewusst war, dass mein weißes Unterhemd nichts der Fantasie überließ, dann folgte ich seiner Tochter mit dem nassen Pulli in der Hand nach oben.

Als es fünf Uhr wurde, fand er uns an dem kleinen Tisch in Violets Zimmer. Sie malte einen Weihnachtsmann in einem Malbuch aus und setzte die Wachsstifte so grimmig auf, dass ihr schon alle roten durchgebrochen waren.

Maddox bot an, mich zur Tür zu bringen, aber ich sagte, ich fände allein hinaus. Nach einem zuckersüßen Abschiedsgruß an Violet flüchtete ich in mein behagliches Heim, wo ich zwei Mal *Kevin allein zu Haus* gucken musste, um bessere Laune zu kriegen. Für den Fall, dass ich heute gefeuert wurde, hatte ich mir schon *Der Polarexpress* und eine Packung Eis besorgt.

»Hast du was von Mr. Holiday gehört?«, fragte ich. *Zum Beispiel, dass mir der Kragen geplatzt ist und ich seine Tochter mit Blumenwasser übergossen habe?*

»Äh, nein. Sollte ich?«

»Nö«, sagte ich allzu fröhlich. »Alles gut.«

»Danke noch mal, dass du einspringst. Ich bin morgen und Samstag verreist, aber du hast ja meine Handynummer, falls irgendwas sein sollte.«

»Klar. Fröhliche Weihnachten.

»Fröhliche Weihnachten.«

Ich legte auf und bog kurz darauf in die Privatstraße der Holidays ein. Das Haus beeindruckte mich heute noch genauso wie gestern, und als ich in der Auffahrt parkte, nahm ich mir einen Moment, um die Details zu bewundern, die mir zuvor entgangen waren. Die kupferne Dachrinne. Das Schnitzwerk an den Giebeln. Die Auffahrt – die anscheinend beheizt war, denn der Schnee war darauf geschmolzen, und von den schwarzen Steinplatten stieg Dampf auf.

Wie wäre es wohl, so viel Geld zu haben? Ich zweifelte daran, ob ich das je erfahren würde, und das war okay für mich. Ich war in einem normalen Einfamilienhaus mit drei Schlafzimmern und zwei Bädern aufgewachsen, in dem sehr geliebt und viel gelacht wurde. Davon konnte man ein Leben lang zehren, und insofern war ich eine reiche Frau.

Nicht dass das Anwesen der Holidays nicht auch voller Liebe war. Gestern war ich Heath und Tobias begegnet. Da sie im florierenden Bozeman in anderen Kreisen verkehrten als ich, hatte ich sie seit Jahren nicht gesehen.

Aus den schlaksigen Jungs der Highschool-Zeit waren unglaublich gut aussehende Männer geworden, auch wenn ich sie nicht so attraktiv fand wie ihren älteren Bruder.

Ich stieg aus dem Wagen und vermisste die Sitzheizung sofort. Barney-Barley wuchs mir mit seinem modernen Komfort ans Herz.

Ich liebe dich noch wie am ersten Tag, Magdalena. Werde ich immer. Aber …

Mein Atem stieg weiß vor mir auf, als ich die Hecktür öffnete und meine Einkaufstasche heraushob. Der Reißverschluss spannte an den Nähten. Heute Morgen hatte ich mein gesamtes Arsenal eingepackt.

Zeig, was du kannst, Violet.

Ich straffte die Schultern und ging auf die Veranda zu. Gerade als ich klingeln wollte, schwang die schwere Nussbaumtür auf, und da stand er.

Hallo, Maddox Holiday.

Verdammt, er war umwerfend.

»Morgen«, grüßte er.

»Morgen. Bin ich gefeuert?«

Das strahlend weiße Lächeln und das Grübchen erschienen. Der Chor, der sich um diese Jahreszeit in einer Ecke meines Kopfes drängte, tönte »Halleluja«.

»Ehrlich gesagt bin ich ein bisschen geschockt.« Er hielt mir die Tür auf, und ich betrat das Haus.

»Also berät die Jury noch über meine Entlassung?« Ich

stellte meine Einkaufstasche ab, zog mir den Mantel aus und hängte ihn an einen Haken.

»Nein, geschockt, weil Sie wieder herkommen. Ihre Vorgängerinnen haben alle gekniffen.«

»Ich bin nicht der Typ, der kneift. Und heute bin ich bestens vorbereitet.« Ich hob meine Tasche an und tätschelte sie.

»Meine Eltern sind heute hier.« Maddox ging mit mir zum Wohnzimmer. »Wahrscheinlich werden sich meine Brüder blicken lassen, sobald der Hunger sie hertreibt. Ich werde die meiste Zeit im Büro sein, bin aber ansprechbar, wenn Sie etwas brauchen.«

»Wir werden schon klarkommen. Wo ist Violet?«

Komm raus, Kleine, wir wollen spielen.

Als hätte sie meinen stillen Ruf gehört, trottete Violet herein. Diesmal ohne Tutu. Stattdessen trug sie Jeans und einen flauschigen roten Pullover.

Rot war definitiv ihre Farbe, und nicht etwa, weil sie wahrscheinlich zu Luzifers Brut gehörte. Das Rot betonte die hellbraunen Strähnen in ihren langen dunklen Haaren. Ihre blauen Augen stachen hervor wie die ihres Vaters. Sie wäre das schönste Mädchen der Welt, wenn sie nur nicht so mürrisch gucken würde.

Daran würden wir heute arbeiten.

»Hi, Violet.« Ich lächelte sie an.

Sie schaute feindselig.

Das musste ich ihr lassen: Sie war eine Furcht einflößende Gegnerin. Doch ich war nicht die typische Nanny. Mein Vater hatte mich sicher zu mehr Zähigkeit erzogen, als die durchschnittliche Betreuerin vorweisen konnte.

»Violet, Natalie hat Hallo gesagt«, mahnte Maddox.

Sie verschränkte die Arme und räusperte sich.

Maddox sah mich zerknirscht an.

»Keine Sorge.« Ich zwinkerte ihm zu. »Wir werden klarkommen.«

»Ich kann meine Mutter …«

»Nein«, sagte ich, sowie in Violets Augen Hoffnung aufblitzen sah. Das wäre genau das, was sie wollte. »Alles gut. Ich bin hier«, dabei sah ich Violet in die Augen, »den ganzen Tag lang. Bis heute Abend.«

Maddox blickte von einem zum anderen. »Äh …«

»Sollen wir in dein Zimmer gehen, Violet? Ich habe einiges mitgebracht.«

Mürrisch musterte sie meine Tasche. »Was?«

Ich gab keine Antwort, sondern drehte mich um und ging mit hocherhobenem Kopf zur Treppe. Als ich hinter mir ihre Schritte auf den Holzstufen hörte, wusste ich, ich hatte gewonnen. Fürs Erste.

Die Hände in die Hüften gestemmt stand Maddox unten im Wohnzimmer und schaute uns verwundert hinterher.

Armer Kerl. Seine Tochter tanzte ihm mit ihren Glitzerpantoffeln auf der Nase herum.

Gestern hatte sie mir erzählt, dass sie nach Montana ziehen würden. Sie schien darüber nicht froh zu sein. Vielleicht war das der Grund für ihr Verhalten. Vielleicht lag es an Maddox' Arbeitspensum. Oder sie war einfach daran gewöhnt, ihren Willen zu bekommen.

Tja, nicht bei mir. Nicht diese Woche, Kleines.

Oben angekommen ging ich den Flur entlang auf Violets Zimmer zu, als jemand aus einer Tür kam. Hannah Holiday. Ich erkannte sie sofort, nicht nur von den unzähligen Immobilienverkaufsschildern, sondern von früher, als sie ihre Söhne bei den Football- und Basketballspielen anfeuerte.

Sie hatte immer ein Lufthorn dabeigehabt.

»Oh, hallo.« Sie lächelte mich an. »Sie müssen Natalie sein.«

»Die bin ich.« Ich lächelte zurück. »Wir wurden noch nie miteinander bekannt gemacht, aber ich war mit Heath und Tobias in derselben Klasse.«

»Ja, natürlich.« Hannah nickte. »Das haben sie mir gestern Abend erzählt. Wir haben die Jahrbücher hervorgekramt.«

»Oje. Bitte sagen Sie mir, dass Sie meine Ponykalypse in der zehnten Klasse nicht gesehen haben.« *Und dass Maddox nicht dabei war.*

»Das ist für jeden ein peinliches Alter, meine Liebe.«

Ich lachte, und dabei stellte sich Violet zu uns und starrte uns abwechselnd an.

Hannah berührte ihre Enkelin an den Schultern. »Schätzchen, such dir doch schon mal etwas zum Spielen aus, und ich plaudere noch einen Moment mit Natalie.«

»Aber, Nana …«

»Ab mit dir.«

Violet zog die Brauen zusammen, gehorchte aber.

Als sie in ihr Zimmer verschwunden war, gab Hannah einen langen Seufzer von sich. »Dieses Mädchen.«

»Sie hat Mut.«

»Ha!« Hannah lachte. »Sie sind sehr höflich.«

»Wer ist höflich?« Keith kam hinter Hannah aus dem Zimmer. Zum Gruß hob er seine Kaffeetasse. »Morgen. Sie müssen Natalie sein.«

»So ist es.«

»Gut gemacht gestern«, sagte er. »Ich wünschte, ich wäre dabei gewesen. Violet kann manchmal ein ziemliches Mistst…«

»Keith.« Hannah stieß ihm den Ellbogen in die Seite.

»Hey.« Er sah seine Frau stirnrunzelnd an. »Entschuldige. Was ich sagen wollte: Violet braucht jemanden, der ihr die eigene Frechheit spiegelt.«

»Ich habe es vielleicht ein bisschen übertrieben.«

Er lachte leise. »Nein, das war wunderbar.«

»Okay.« Hannah schaute auf die Uhr, dann sah sie ihren Mann an. »Wir sollten aufbrechen. Unser Treffen ist um neun, und ich möchte vorher noch im Büro vorbeischauen.«

»Jedes Jahr schwöre ich mir, das ist unsere letzte Weihnachtsparty, und jedes Jahr überzeugt sie mich, erneut eine zu organisieren.« Keith seufzte. »Viel Glück heute, Natalie.«

»Ihnen auch.« Ich lächelte die beiden an, dann ging ich in Violets Zimmer. Natürlich erwischte ich sie, wie sie von der Tür weghuschte. Sie hatte gelauscht.

»Ich habe dir etwas mitgebracht.«

»Ich will es nicht.« Sie ließ sich auf den Schreibtischstuhl plumpsen und zog einen roten Filzstift aus dem Stifthaufen. Dann malte sie damit.

Auf den Schreibtisch.

Die Farbe war abwaschbar, und man brauchte nur ein feuchtes Tuch, um die Oberfläche sauber zu wischen, aber sobald ihr Blick in meine Richtung zuckte, tat ich gleichgültig. Ich ging zum Bett, setzte mich und zog den Reißverschluss der Tasche auf.

Der Inhalt war unwiderstehlich, selbst für die schwierigsten Kinder.

»Ist mir recht.« Ich kramte darin und schob das Puzzle, das Lego-Set und anderes beiseite, um den besten der Schätze hervorzuholen.

Violet sah ihn, sobald ich ihn aus der Tasche zog. Sie schnappte nach Luft.

Sweet, sweet victory.

»Hallo? Jemand da?«, rief Maddox und klopfte an den Türrahmen von Violets Zimmer.

Ich blickte von dem Buch auf, das wir lasen, als Maddox die Zelttür zur Seite schlug und sich hineinbeugte.

»Hi, Daddy.« Violet lächelte. »Wir haben ein Zelt gebaut.«

»Hey, schön. Sieht toll aus.«

»Wir sollten jetzt besser aufräumen.« Ich klappte das Buch zu und legte es zur Seite. Dann stupste ich Violet an. »Bereit?«

Sie nickte und kroch als Erste hinaus.

Ich sammelte die übrigen Bücher ein, die wir gelesen oder die Violet mir zur Übung vorgelesen hatte, dann folgte ich ihr aus dem Zelt.

»Bist du mit der Arbeit fertig?«, fragte sie ihn.

Er nickte und sah skeptisch zwischen uns hin und her. »Äh … ja. Ich habe jetzt Feierabend.«

»Können wir was Schönes machen?«

»Sicher.« Er schaute uns immer noch abwechselnd an, und die Falte zwischen seinen Brauen wurde tiefer. Sogar ich war verblüfft, wie schnell sich Violets Verhalten geändert hatte.

Ich hatte mit der ältesten List der Welt gesiegt.

Mit guter, altmodischer Bestechung.

»Lass uns zuerst aufräumen«, sagte ich zu ihr. »Dann bin ich auch schon weg.«

»Okay.« Sie fing sofort an und nahm die Decken ab, die wir aus dem Schrank geholt hatten.

Hannah war hereingekommen, als wir das Zeltgerüst zusammensteckten, und hatte uns noch ein paar Laken gebracht. Das war nach dem leckeren Mittagessen gewesen, bei dem es Grillkäse und Tomatensuppe gab. Als Violet und ich am Esstisch gesessen waren und friedlich aßen, hatten sich Hannah und Keith zu uns gesellt. Kurz darauf auch Heath und Tobias. Nur ein Holiday hatte gefehlt: Maddox.

Die staunenden Gesichter angesichts von Violets Benehmen waren Balsam für meine Seele gewesen.

Hatte ich ein Holiday-Wunder vollbracht? Ja. Ja, das hatte ich.

Violet gezähmt zu haben befriedigte mich fast so sehr wie die Aussicht auf mein Honorar.

Maddox half, das Gerüst auseinanderzunehmen, und faltete eine Decke zusammen. Er neigte sich zu mir und flüsterte: »Ich sehe keine abgetrennten Körperteile, nirgendwo Blut. Dabei hatte ich fest damit gerechnet.«

Grinsend hob ich eins der Kissen auf, mit denen wir das Zelt ausgelegt hatten. »Nicht heute.«

Das Zelt aufzubauen hatte eine Stunde gedauert. Es abzubauen keine zehn Minuten.

Als wir fertig waren, beugte sich Maddox über seine Tochter und gab ihr einen Kuss auf den Scheitel. »Wie war dein Tag?«

»Lustig.« Sie sah zu mir hoch, und ich zwinkerte. »Können wir in den Whirlpool gehen?«

»Ja, aber erst nach dem Abendessen.«

Violet zog die Brauen zusammen. »Aber …«

Ich räusperte mich, und ihre Stirn glättete sich.

Sie schoss mir einen Blick zu und brummte: »Okay.«

Maddox staunte mit offenem Mund.

»Danke für den schönen Tag, Violet. Wir sehen uns nach Weihnachten.«

»Mit deiner Tasche.«

Ich nickte. »Mit meiner Tasche.«

»Okay, gut. Daddy, kann ich ein bisschen Bildschirmzeit haben?«

»Ja, geh nur. Dein iPad liegt im Kinoraum.«

Violet stob davon, ohne über die Schulter zu sehen.

»Was haben Sie mit meiner Tochter gemacht, und können wir die Doppelgängerin bis morgen hierbehalten?«

Lachend nahm ich meine Tasche vom Bett und hängte sie mir über die Schulter. »Bestechung wirkt in neun von zehn Fällen.«

»Was ist da drin?«

»Das verrate ich nicht.« Zur Illustration zog ich Daumen und Zeigefinger an meinen Lippen entlang, dann ging ich zur Tür.

»Sie wollen es mir wirklich nicht sagen?«, fragte er, als er mich einholte.

»Auf keinen Fall.« Ich grinste. »Das bleibt zwischen Violet und mir.«

»Heute schien es besser zu laufen.«

»Das ist am zweiten Tag meistens so. Sie ist ein gutes Mädchen. Mit den lebhaften Kindern macht es am meisten Spaß.«

Maddox blieb stehen und schaute verblüfft drein.

»Was?«

Er schluckte schwer. »Sie sind die erste Nanny, die mir sagt, dass meine Tochter ein gutes Kind ist.«

»Im Ernst?« Das tat mir leid. Das war, tja … schlimm.

»Im Ernst.« Er legte die Hand aufs Herz und lächelte hinreißend.

»Oh.« Mir kroch die Röte in die Wangen. »Na ja, das ist sie. Aber darf ich Ihnen einen ungebetenen Rat geben? Sie können natürlich Nein sagen.«

»Ja, bitte.«

Ich wollte den Bogen nicht überspannen, aber heute war es mit Violet überraschend einfach gewesen. Die Betreuung war nicht so herausfordernd wie befürchtet. Ja, ich hatte sie den ganzen Vormittag über bestochen, aber mit jeder Belohnung feste Regeln eingeführt. Und sie hatte sie ausnahmslos befolgt. Sie war nicht nur mutig, sie war auch unglaublich klug.

»Sie hat so viel Potenzial. Sie ist lustig und witzig und aufmerksam. Sie bekommt mehr mit als die meisten ihrer Altersgenossen. Und manchmal ist sie so lieb, dass man ganz gerührt ist.«

Maddox strahlte bei meinem Lobgesang.

»Aber …«

Das Strahlen verlosch.

»Sie will Aufmerksamkeit. Sie braucht Grenzen. Und sie ist vielleicht ein bisschen … verwöhnt.«

Er fuhr sich durch die Haare. »Das ist meine Schuld. Ich

habe nicht genug Zeit für sie, und wenn wir dann endlich etwas zusammen machen, kann ich ihr nichts abschlagen.«

»Das verstehe ich. Ich habe oft für Eltern gearbeitet, die ein anstrengendes Berufsleben haben.«

»Wie sind die das Problem angegangen?«

»Sie haben natürlich mich engagiert«, sagte ich scherzhaft. »Ich habe keine Patentlösung. Eine der Mütter kochte jeden Freitagabend mit ihren Kindern zusammen. Eine andere Familie machte immer dienstags einen Spieleabend. Es muss nicht den ganzen Tag oder jeden Tag sein. Nur etwas Besonderes, das man zuverlässig beibehält. Finden Sie heraus, was für Sie und Violet funktioniert.«

»Mach ich.« Er nickte. »Danke. Für heute und für den Rat.«

Wir gingen den Flur hinunter auf die Treppe zu. Sobald wir die Galerie erreichten, stieg mir frischer Kieferndult vom Weihnachtsbaum in die Nase. Zusammen mit Maddox' Rasierwasser ein berauschender Geruch. Meine Finger glitten über den glatten Treppenholm, und für einen Moment gab ich mich der Illusion hin, dass er sich an mich erinnerte.

»Ich hatte gehofft, ich könnte Sie um einen Gefallen bitten«, sagte er, als er mich zur Tür brachte.

»Welchen denn?« Ich nahm meinen Mantel vom Haken und zog ihn an. Solange er nicht verlangte, im Dezember auf Süßes zu verzichten, würde ich wahrscheinlich zu allem – ob mit oder ohne Sex – begeistert Ja sagen.

»Morgen Abend findet die jährliche Weihnachtsparty unserer Familie statt. Meine Eltern haben jede Menge Freunde eingeladen. Normalerweise findet sie in den Tagen vor Weihnachten statt, aber der Saal war schon für eine Hochzeit belegt, und der einzige freie Termin war der Heiligabend selbst. Die meisten Freunde waren wohl damit einverstanden, und daher haben meine Eltern den Saal entsprechend gebucht. Ich bin schon lange nicht mehr mit dabei gewesen, aber es bedeutet ihnen viel. Und ich möchte wirklich, dass dieses Fest reibungslos über die Bühne geht.«

»Sie brauchen jemanden, der auf Violet aufpasst.«

»Bitte.«

Oh Gott, das war der Rette-mich-Natalie-Blick. Wie sollte ich dabei Nein sagen?

»Natürlich sind Sie nicht dazu verpflichtet, aber ich weiß sonst niemanden, der uns helfen könnte. Es werden viele Leute da sein, die sich mit mir unterhalten wollen, und Sie haben recht, Violet braucht meine Aufmerksamkeit auch, aber diese Party … Ich werde ständig umringt sein. Jeder wird von mir wissen wollen, warum ich hierherziehe und was ich mit meinem Unternehmen tun werde und, und, und … Ich will nicht, dass Violet neben mir herumstehen muss und sich furchtbar langweilt. Sie war auch noch nie bei der Party, und deshalb soll sie dabei Spaß haben. Und, na ja, es gab da einen Vorfall …«

»Oh, oh.«

»Genau. Letztes Jahr habe ich sie zu einer Silvesterparty in L. A. mitgenommen. Es war die gleiche Situation. Ich wurde ständig mit Fragen bombardiert, und da hat sie sich in die Küche geschlichen. Sie hat ein Gestell mit dreihundert Crème brulées heruntergerissen.«

»Oha.«

»Fragen Sie mich, ob wir dieses Jahr wieder eingeladen wurden.«

Ich kicherte. »Ihre Tochter hat Geschmack, das muss ich ihr lassen.«

»Es wären nur ein paar Stunden.«

Der Abend vor dem Weihnachtsmorgen war mir nicht so wichtig. Meistens verbrachte ich ihn mit meiner Familie, aber dazu gehörte auch eine Fahrt zur Mall und stundenlanges Gedränge zwischen Ehemännern, die vergessen hatten, für ihre Frau ein Geschenk zu kaufen.

Viele Leute liebten an Heiligabend die Vorfreude auf den Weihnachtstag. Ich weniger.

Ich war bei vielem geduldig, außer bei Geschenken und Orgasmen, die wollte ich lieber sofort.

Da Dads berühmte Schmelzkäse- und Wurstplatte für mich nichts Verlockendes hatte, mochte eine schicke Party in der Innenstadt Heiligabend vielleicht ganz erträglich machen. Ich hatte schon von den Holiday-Weihnachtspartys gehört, war aber nie eingeladen worden. Und jetzt bat mich Maddox Holiday persönlich, daran teilzunehmen.

Tja, die Nanny interessierte dieses Detail nicht im Geringsten, die Vierzehnjährige in mir dagegen umso mehr.

Für sie war das praktisch ein Abschlussball-Date.

»Muss ich ein Abendkleid anziehen?«

»Wenn Sie das glücklich macht, dann ja. Wenn Sie deswegen geneigt sind abzulehnen, kommen Sie von mir aus in Pyjama und Pantoffeln.«

»Ich trage gern Abendkleider.« Ab und zu verlangten Kunden von mir, zu besonderen Ereignissen mitzugehen. Deshalb hatte ich für solche Gelegenheiten ein paar Kleider im Schrank, die allerdings bereits Staub ansetzten.

Seine Mundwinkel bewegten sich nach oben. »Sieben Uhr. Im Baxter.«

»Ich werde da sein.« Ich griff zum Türknauf, doch Maddox kam mir zuvor und streifte meine Knöchel mit den Fingerspitzen. Unter meiner Haut flogen die Funken. Die Luft knisterte.

Er hielt inne, seine Augen fanden meine. Dann glitt sein Blick an meiner Nase entlang zu meinem Mund. Sein Adamsapfel hüpfte.

Da standen wir einen sehr langen Moment sehr nah voreinander, und wenn meine Antennen nicht defekt waren – was durchaus möglich war –, dann spürte er die Funken auch.

Highschool-Natalie reckte triumphierend die Faust. Die erwachsene Natalie gab ihr einen Klaps auf die Hand.

Du bist seine Angestellte. Gewissermaßen. Es gab Grenzen, die ich nicht überschreiten würde. Nicht noch einmal.

Ich öffnete die Tür, und meinen erhitzten Wangen war die kalte Luft willkommen. Ich rechnete damit, dass er von der Veranda aus winken würde, doch er begleitete mich zum Auto. Er öffnete sogar die Hecktür, damit ich meine Tasche verstauen konnte.

»Wir sehen uns morgen, Nat. So wurden Sie früher gerufen, stimmt's?«

»Ja. Ihre Mutter sagte, sie hätte sich mit Ihren Brüdern gestern Abend die alten Jahrbücher angesehen. Hat sie Ihnen das erzählt?«

»Nein.«

Er hob zum Abschied die Hand, und das sexy Lächeln erschien zusammen mit dem Grübchen. Mein Herz schlug ein Rad im Schnee.

»Bis morgen.«

Morgen.

Ein Wort – und plötzlich packte mich auch die Heiligabend-Vorfreude.

4

Maddox

»Welche Krawatte, Prinzessin?« Ich hielt eine schwarze und eine rote hoch.

Violet zeigte sofort auf die rote – kaum überraschend.

»Also die rote.« Ich legte sie auf mein Bett neben den Anzug, den sie ausgesucht hatte, und sah auf die Uhr. Ich musste noch duschen, aber ich wollte, dass Violet zuerst für die Party fertig wurde. »Machen wir dir die Haare. Dann gehe ich duschen und ziehe mich um.«

»Werden noch andere Kinder da sein?«, fragte sie, als ich sie den Flur entlang zu ihrem Zimmer lenkte.

»Das nehme ich an. Und Natalie wird bei uns sein. Und Nana und Papa, Onkel Heath und Onkel Tobias. Das wird bestimmt lustig.«

»Darf ich lange aufbleiben?«

»Auf jeden Fall. Und du darfst zwei Desserts essen.«

»Jippie.« Sie klatschte in die Hände und hüpfte auf ihr Zimmer zu.

Sie trug das rote Kleid mit den Rosen am Kragen, das vorn kürzer war als hinten, und dazu die goldenen Glitzerschuhe anstelle der roten.

Sie sah schön aus – wie ein großes Mädchen.

Während ich mir die Finger wund geschuftet hatte, war aus meinem Töchterchen dieses große Mädchen geworden. Diese unglaublich gescheite junge Person. Sie war kein kleines Kind mehr. Sie war … meine Violet.

Wir hatten den Tag zusammen verbracht, und dabei war

mir klar geworden, wie viel ich verpasst hatte. Die Erkenntnis hatte mich umgehauen. Es wurde höchste Zeit, mein Leben zu ändern.

Als ich ins Bad kam, stand sie vor der Frisierkommode und bürstete sich die Haare. Sie brauchte mich dazu nicht mehr. Ich musste sie nicht mehr hochheben, damit sie sich im Spiegel sehen konnte. Sie konnte sich längst allein die Zähne putzen.

Ich schluckte schwer an dem Kloß im Hals, der seit dem Frühstück immer wieder kam. »Der Tag hat Spaß gemacht.«

»Mir auch.« Sie lächelte. So hatte ich sie in den vergangenen zwölf Stunden häufiger lächeln sehen als in den letzten zwölf Monaten.

Natalie hatte recht. Violet brauchte meine Aufmerksamkeit, und ich brauchte, tja, meine Tochter.

Nicht nur sie hatte heute mehr gelächelt als sonst.

Wir waren zum Frühstück in ein Diner an der Main gegangen. Danach hatten wir uns in ein paar Geschäfte gewagt und den Menschenmengen getrotzt. Den Rest des Tages hatten wir getan, worauf Violet Lust hatte.

Sie hatte mir YouTube-Videos gezeigt, die sie besonders mochte. Wir hatten uns ein Dutzend Weihnachtsplätzchen einverleibt – nächste Woche würde ich meine täglichen Work-outs um dreißig Minuten verlängern müssen, um sie wieder zu verbrennen. Wir hatten uns ein Dame-Spiel geliefert. Wir hatten ein Puzzle gemacht. Wir waren in den Whirlpool gegangen und hatten im Spielzimmer Billard gespielt.

»Wie möchtest du deine Haare haben?« Ich nahm ihr die Bürste aus der Hand und strich damit durch ihre Locken.

Um Violets Frisur hatte sich Cece immer gekümmert. Sie hatte auch die Kleidung für sie ausgewählt. Violets äußere Erscheinung war das Einzige, was Cece an unserem Kind interessiert hatte. Ihretwegen war Rot Violets Lieblingsfarbe. Und wenn sie ihr ab und zu heute noch etwas schenkte, dann war es ebenfalls rot. Allerdings hatte sie die letzten beiden Kleider zu klein gekauft.

Violet war das egal. Und jedes Mal, wenn ich ihr etwas in Blau oder Grün oder Pink mitbrachte, bekam ich dafür einen mürrischen Blick.

Verdammt, Cece!

Sie hatte in der vergangenen Woche nicht angerufen. Wahrscheinlich dachte sie überhaupt nicht an Weihnachten. Von ihr würde für Violet kein Geschenk unter dem Baum liegen.

In den letzten zwei Jahren hatte ich immer eins zusätzlich besorgt und *Mom* auf den Anhänger geschrieben. Hatte darauf geachtet, dass das Papier und die Schleife ganz anders aussahen als bei den Geschenken, die mein Assistent für mich eingepackt hatte.

Dieses Jahr hatte ich keine Energie dafür gehabt.

Ich wollte meiner Tochter nicht mehr vormachen, dass sie ihrer Mutter etwas bedeutete, denn damit zögerte ich das Unvermeidliche nur hinaus. Früher oder später würde Violet begreifen, dass Cece an ihrem Leben keinen Anteil nahm. Ich würde die Illusion wahrscheinlich noch ein, zwei Jahre wahren können, doch der Schmerz würde kommen, so oder so.

Nun, da wir nach Montana ziehen würden, wollte ich damit aufhören.

Cece war nicht da, um Violet eine Frisur zu machen. Aber ich. Und ich würde tun, was ich konnte, um als Vater zu genügen.

»Ich kann den Lockenstab aus dem Koffer holen«, bot ich an.

Ich sah im Spiegel ihre Augen größer werden.

»Okay, kein Lockenstab.« Bei meinem letzten Versuch mit dem Ding fingen ihre Haare beinahe zu kokeln an. »Wie wär's, wenn ich sie hochstecke?«

In den letzten zwei Jahren hatte ich mir in zahllosen Videos angesehen, wie man Zöpfe flocht oder drehte. Während mir beim Lockenstab jegliches Talent fehlte, konnte ich mit Haarklemmen umgehen wie ein Profi.

»Nana hat mir ein Diadem gekauft. Passt das zu einer Zopffrisur?«

»Sicher.«

Sie rannte in ihr Zimmer, und als sie zurückkam, strahlte sie wie die Glassteine an dem Schmuckstück. Ich machte mich mit den Haarnadeln ans Werk und drehte Strähnen ihrer dicken Haare – die sie von mir hatte – zu einem Zopf und steckte sie auf dem Kopf fest. Zum Schluss setzte ich ihr das Diadem auf.

»Gut so?«

Sie drehte den Kopf hin und her, um die Seiten zu betrachten, und nickte anerkennend. »Gefällt mir.«

»Gut.« Es würde mich verblüffen, wenn die Frisur den ganzen Abend hielt. »Bevor wir zu der Party fahren, will ich dich etwas fragen.«

»Was?«

»Willst du mir etwas versprechen?«

»Was denn?«

Ich hob sie hoch und setzte sie auf den Waschtisch. »Keinen Ärger heute Abend. Nana und Papa geben die Party jedes Jahr, und sie bedeutet ihnen viel. Bitte, sei brav und hör auf Natalie.«

»Okay«, brummte sie.

»Danke.« Ich gab ihr einen Kuss auf die Stirn.

»Wird Natalie meine neue Nanny, wenn wir hierhergezogen sind?«

»Nein.« Obwohl ich schon überlegt hatte, sie zu fragen, ob sie verfügbar wäre. Violet hatte sie beim Spielen ein paarmal erwähnt, was bei den bisherigen Betreuerinnen nie vorgekommen war. Die schien diese Frauen vergessen zu haben, sobald sie unser Zuhause verlassen hatten. »Sie ist nur über Weihnachten bei uns.«

»Oh.« Sie senkte den Blick.

»Möchtest du, dass sie deine neue Nanny wird?«

Violet zuckte die Achseln.

Das war praktisch eine Fünf-Sterne-Kritik. Natalie hatte sie eindeutig beeindruckt. Uns beide.

Ich hatte den ganzen Tag immer wieder an sie gedacht. Die Sanftmut in ihren blauen Augen. Das süße Lächeln. Ihr melodisches Lachen. So unklug das war, ich konnte es kaum erwarten, sie heute Abend zu sehen.

»Daddy?« Violet linste unter ihren Wimpern zu mir hoch.

»Violet.«

»Zieht Mommy auch hierher?«

Verdammt. Ich hasste Cece dafür, dass ich darauf antworten musste. »Nein, mein Schatz. Sie zieht nicht hierher. Nur wie beide.«

»Hmm.« Sie blickte zu der Bürste auf dem Waschtisch und starrte auf ihre Haare zwischen den Borsten.

»Gefällt es dir hier?« In all den Monaten, seit ich den Umzug plante, hatte ich sie das nicht ein Mal gefragt. Während sie schmerzlich wenig beachtet wurde, war ich zu beschäftigt gewesen, um genau das wahrzunehmen.

»Es ist ganz okay.«

»Wir werden in der Nähe von Nana und Papa wohnen.«

Sie nickte. »Ich mag ihren Whirlpool.«

»Wie fändest du es, wenn wir gar keine Nanny mehr hätten? Wenn wir mehr solche Tage wie heute miteinander verbringen würden?«

Ihr Blick flog zu meinem, und die Hoffnung in ihren Augen zerriss mir das Herz. »Wirklich?«

»Ich bestelle vielleicht mal einen Babysitter, wenn ich superviel zu tun habe. Und du wirst vielleicht manche Tage bei

Nana und Papa verbringen, weil sie dich sonst vermissen. Aber meistens sind wir beide allein. Was sagst du dazu?«

»Muss ich zur Schule gehen?«

Ich kicherte. »Ja, das musst du.«

»Ich habe hier keine Freunde.«

»Ich weiß.« Ich tippte mit dem Finger an ihre Nasenspitze. »Aber du wirst welche finden. Großartige neue Freunde.«

»Maddox?« Meine Mutter rief vom Flur aus.

»Hier drinnen, Mom.« Ich hob Violet herunter, dann gingen wir zu meiner Mutter.

»Oh, sieh nur.« Sie griff sich ans Herz, als sie Violet sah. »Wie schön du bist, mein Schatz.«

»Danke, Nana.« Violet strahlte und fasste an ihr Diadem.

»Du siehst umwerfend aus, Mom.« Ich gab ihr einen Kuss auf die Wange. Sie trug ein hübsches grünes Kleid mit passender Jacke. Ihre Haare waren hochgesteckt und ihr Make-up sah makellos aus.

»Danke.« Sie fasste mir an die Wange, dann fiel ihr auf, dass ich noch in Jeans und T-Shirt war.

»Du bist noch gar nicht umgezogen. Wir brechen in einer halben Stunde auf.«

»Keine Sorge. Ich werde rechtzeitig fertig sein.« Ich zwinkerte Violet zu, dann ließ ich sie bei ihrer Großmutter und eilte ins Bad, um kurz zu duschen und mich zu rasieren.

Im dunklen Anzug und Krawatte ging ich nach unten – fünf Minuten vor der Zeit.

»Wir werden getrennt fahren«, sagte ich zu meinen Eltern.

»Dann sehen wir uns dort.« Dad nickte und ging zur Garage. Violet und ich folgten ihm kurz darauf und nahmen den Audi-SUV, den ich für unseren Aufenthalt hier gemietet hatte.

»Wartet auf mich.« Heath tauchte mit einem Bier in der

Tür auf. Er warf die Flasche in den Mülleimer und lief um die Motorhaube herum zur Beifahrerseite.

Als er im Auto saß, drehte er sich nach hinten um, grinste sie an und machte mit ihr einen Faustcheck. »Freust du dich auf die Party?«

»Ja«, sagte sie.

»Und du, Bruderherz?«

»Ich auch.« Das war das erste Mal seit Jahren, dass ich mich ehrlich auf solch einen Abend freute. Der eine Grund dafür war meine Familie, der andere Natalie.

»Du hast dir einen Tag freigenommen, wie ich hörte«, sagte Heath. »Wie war das für dich?«

»Nicht übel. Ich überlege, das zur Gewohnheit zu machen.«

»Ach ja?«

»Es ist höchste Zeit. Und jemand hat mir von etwas ganz Neuem erzählt. Nennt sich Urlaub.«

Er kicherte. »Gute Sache. Das war bestimmt ein ziemlich smarter Typ. Ein gut aussehender. Gut ausgestattet wie ein …«

Ich boxte ihn gegen die Schulter. »Nichts für Kinderohren.«

»Tschuldigung. Aber im Ernst: Willst du wirklich weniger arbeiten?«

»Ja, will ich.« Ich hatte in meiner kurzen beruflichen Laufbahn genug verdient. Mein Team war talentiert und tüchtig. Und selbst wenn sie eine Bruchlandung hinlegten, wäre das für mich keine Katastrophe. Meine finanzielle Zukunft war gesichert. Violets auch.

»Ich darf nicht so weitermachen«, gestand ich bei einem Blick in den Rückspiegel. »Das ist ihr gegenüber nicht fair.«

»Hör zu. Ich finde es großartig, dass du nach Hause kommst. Wir haben dich in den letzten sieben Jahren alle vermisst, besonders Mom und Dad. Sie denken, du weißt, welche Satansbraut dich in Kalifornien festgehalten hat.«

»Da haben sie nicht unrecht«, brummte ich.

Während unserer Ehe hatte Cece an unseren Besuchen in Bozeman keine Freude gehabt. Auch nach unserer Scheidung war ich unregelmäßig und selten nach Montana geflogen. Da meine Eltern beruflich auch stark eingespannt waren, hatten sie nur zwei- oder dreimal im Jahr nach L. A. kommen können.

»Aber bevor du herziehst«, sagte Heath ernst, »muss ich dich etwas Wichtiges fragen.«

»Okay«, sagte ich gedehnt.

»Kannst du dafür sorgen, dass ich die letzte Staffel von *State of Ruin* vor dem offiziellen Start zu sehen kriege?«

Ich kicherte. »Die ist wirklich gut. Ich habe mir die Abschlussfolge im Flugzeug angesehen.«

»Ich brauche das.« Heath stöhnte. »Tust du das für mich? Ich habe noch kein Mal die Bruderkarte ausgespielt. Aber jetzt muss ich das tun.«

»Betrachte es als dein Weihnachtsgeschenk. Aber erzähl es keinem.«

»Geht klar.« Er grinste. »Ich bringe sie morgen, sofern ich nicht zu verkatert bin, um etwas zu kapieren.«

Madcast, meine Firma, produzierte und vertrieb *State of Ruin*. Wir waren weltweit der am schnellsten wachsende Streamingdienst.

Meine große Chance war während meines letzten Collegejahrs gekommen. Ich saß damals an der Theke in einer billigen Absturzkneipe und quatschte den Kerl auf dem Hocker neben mir voll. Es stellte sich heraus, dass er ein berühmter Hollywood-Regisseur war.

Er erzählte mir von einem Drehbuch, das er verfasst hatte und bei keinem der großen Medienunternehmen unterbringen konnte. Die wollten ihn als Regisseur, nicht als Drehbuchautor. Aber Drehbücher schreiben war seine Leidenschaft.

Als ich seinerzeit ein volles Stipendium für die UCLA bekommen hatte, schenkten meine Eltern mir mein College-Geld. Verantwortungsbewusst wie ich war, gab ich davon kaum etwas aus.

Ein Zeitschriftenjournalist, der mich vor ein paar Jahren interviewte, schrieb, das sei göttliche Fügung gewesen, denn anstatt das Geld für einen schicken Wagen oder Reisen auszugeben, kaufte ich davon ein Drehbuch und die Filmrechte. Ich tat mich außerdem mit dem Regisseur zusammen und drehte mit kleinem Budget die erste Staffel.

Sie wurde ein Riesenerfolg. Einer meiner derzeitigen Konkurrenten kaufte sie und verdiente gut daran. Der Regisseur und ich hatten bei dem Verkauf einen guten Gewinn erzielt. Er wandte sich anderen Projekten zu, und mit meinem Geld gründete ich *Madcast.*

Sieben Jahre nach der Unterhaltung an der Theke hatten wir unzählige Erfolge in den wichtigsten Filmgenres zu verzeichnen. *State of Ruin*, ein Welterfolg, war im Begriff, unsere größte Serie zu werden. Wer das Beste vom Besten sehen wollte, zahlte *Madcast* 11,99 Dollar im Monat für ein Abo.

Wir waren seit drei Jahren ein börsennotiertes Unternehmen, und unser Aktienwert war enorm gestiegen. Ich war der Haupteigner und CEO.

Manche meinten, ich hätte ein Händchen dafür, Erfolg versprechende Projekte zu erkennen. Meistens wählte ich sie danach aus, ob sich daraus etwas machen ließe, das ich mir selbst gern ansehen würde. Ich hatte Bücher gelesen und die Filmrechte daran gekauft. Es gab einen endlosen Vorrat an unglaublichen Geschichten, die darauf warteten, verfilmt zu werden. Meine Mitarbeiter halfen, die Lücken zu füllen, denn sie hatten ebenfalls einen verdammt guten Geschmack.

Von Kalifornien wegzuziehen war ein Risiko. Es würde

mir fehlen, das tägliche Geschehen in der Zentrale zu erleben, aber noch mehr würde es mir fehlen, an Violets Alltag teilzunehmen. Wenn der Vorstand damit ein Problem hatte, dass ich in der neuen Zweigstelle saß, würde ich als CEO zurücktreten und jemand anderem das Tagesgeschäft überlassen.

Für jemanden, der so reich war wie ich, boten sich immer neue Gelegenheiten. Es würde mir höllisch schwerfallen, *Madcast* zu verlassen, aber notfalls würde ich eben in Bozeman eine neue Firma gründen.

»Also, Violet.« Heath drehte sich auf seinem Sitz nach hinten. »Ich weiß von Nana, dass Natalie gestern eine geheimnisvolle Tasche mitgebracht hat. Willst du mir erzählen, was drin war?«

»Nein.« Sie blickte stur aus dem Fenster.

»Ach, komm. Erzähl's mir doch«, bettelte Heath.

Sie machte die Reißverschlussgeste an den Lippen genau wie Natalie.

»Das ist zwecklos.« Ich lachte über Heaths mürrischen Blick. Was immer Natalie getan hatte, um Violets Loyalität zu erkaufen, es wirkte. »Glaub mir. Ich habe sie bestimmt fünfzigmal gefragt und kein Wort aus ihr herausbekommen.«

»Natalie kann zaubern«, flüsterte Heath.

»Da könntest du recht haben.«

Er rieb sich die Hände, als wir uns der Main Street näherten. »Ich liebe diese Partys.«

Über der Straße strahlten Weihnachtsgirlanden. Die Bäume leuchteten vor lauter Lichterketten. Die Schaufenster waren weihnachtlich geschmückt. Es gab wirklich nichts Schöneres als Weihnachten in Bozeman. Mit etwas Glück würden wir keins mehr verpassen.

»Ich frage mich, wer diesmal ein Jahr lang für Gesprächsstoff sorgen wird«, sagte Heath.

»Vielleicht niemand.«

»Das wäre jammerschade«, meinte er spöttisch. »Das ist doch immer das Beste an der Party.«

Ich schüttelte lächelnd den Kopf und bog auf einen Parkplatz ein. Dann stiegen wir alle aus, und mit Violet an der Hand gingen wir auf das Hotel zu.

»Aufgeregt?«, fragte ich.

Sie nickte und nahm alles staunend in sich auf. Als sich die Glastür vor uns öffnete, hielt sie meine Hand fester.

Das Foyer war voller Leute. Einige wollten in die Restaurants des Hotels, aber viele standen an der kleinen Bar, plauderten und lachten mit einem weihnachtlichen Cocktail in der Hand.

Ich zog mir den Mantel aus und half Violet aus ihrem. Mit den Mänteln über dem Arm richtete ich mich auf, bereit, nach oben zu gehen, wo die Party stattfand, doch als ich hochsah, traf mich ein Anblick, der dafür sorgte, dass mir die Kinnlade herabfiel.

Natalie kam die Treppe vom Ballsaal herab.

Sie war definitiv nicht im Pyjama gekommen. Ihre Riemchensandaletten sanken bei jedem Schritt in den weichen dunkelbraunen Teppich ein. Ihr wunderschöner weiblicher Körper steckte in einem engen schwarzen Abendkleid, das sich an ihre Kurven schmiegte. An der Seite hatte es einen hohen Schlitz, der ihr leicht gebräuntes Bein zeigte und glatte Haut, so weit das Auge reichte.

Abgesehen von dem Schlitz war das Kleid schlicht, hochgeschlossen und langärmelig. An jeder anderen Frau hätte es zurückhaltend gewirkt.

An Natalie war es die reine Verführung.

Mein Mund wurde trocken.

Es war lange her, dass mich der Anblick einer Frau sprachlos machte.

»Ich hätte ihr in der Schule mehr Aufmerksamkeit schenken sollen«, raunte Heath neben mir, und sein Blick landete auf ihrem nackten Oberschenkel. Er setzte zu einem Schritt an, um sich an sie ranzumachen, doch meine Hand schnellte vor und packte ihn am Ellbogen.

»Denk nicht mal dran. Sie gehört mir.« Das platzte aus mir heraus, bevor mein Verstand eingreifen konnte.

Ganz langsam ging ein Grinsen über sein Gesicht. »Erwischt. Ich habe mich schon gefragt, ob du eine Schwäche für sie hast.«

»Blödsinn.« Scheiße. »Sie ist … meine Nanny.«

»Klar. Wenn du das sagst, Bruderherz.«

Er hatte meinen entschiedenen Tonfall gehört. Den dahinter verborgenen Besitzanspruch. Zurückrudern war zwecklos.

»Viel Glück!« Heath klopfte mir auf die Schulter, dann joggte er die Treppe hoch und nickte Natalie im Vorbeigehen lächelnd zu.

Am Fuß der Treppe angelangt kam sie auf uns zu. Ich musste mich sehr zusammenreißen, um nicht sabbernd auf ihre Kurven und den knackigen Oberschenkel, der bei ihren anmutigen Schritten hervorblitzte, zu starren.

Das Blut strömte mir in die Lenden, und ich hielt die Mäntel vor meine Mitte, um die wachsende Wölbung in meiner Hose zu verdecken. Herrgott noch mal.

Sie war unsere *Nanny*. Das war eine geschäftliche Beziehung, und meiner Tochter zuliebe durfte ich die nicht versauen.

Ich würde ihr Violet baldmöglichst übergeben und mir einen starken Drink besorgen. Nur einen, damit ich später noch fahren konnte. Scheiß drauf! Vielleicht würde ich mich auch volllaufen lassen, und wir fuhren bei meinen Eltern mit.

Natalie lächelte beim Näherkommen, und das steigerte meine Erregung.

Betrinken. Ich würde mich definitiv betrinken. Vielleicht ließ sich dadurch der Drang zügeln, den Mund auf ihre Lippen zu senken.

»Hallo.« Sie winkte mir zu, dann wandte sie sich uneingeschränkt meiner Tochter zu. »Du siehst sehr hübsch aus, Violet.«

»Danke.« Violet drehte sich nach beiden Seiten, damit ihr Rock hin und her schwang. Sie sah zu mir hoch und deutete mit dem Kopf auf den riesigen Weihnachtsbaum in der Ecke. Da stand auch eine Schale mit Zuckerstangen, an der sich schon andere Kinder bedienten. »Darf ich mir den Baum angucken gehen?«

»Sicher.«

Violet nickte und schoss davon.

Natalie musterte mich von oben bis unten. Ihr Blick blieb an meinem Hals hängen, als könnte sie mein Herz dort schlagen sehen.

Als sie an meine Krawatte griff, um den Knoten zurechtzurücken, verlor ich den Kampf gegen die Vernunft. »Sie sehen hinreißend aus.«

»Danke.« Sie wurde rot. »Es macht Spaß, mal wieder ein nettes Kleid anzuziehen.«

»Als nett würde ich es nicht bezeichnen.« Sexy. Umwerfend. Und mir würde es Spaß machen, es ihr vom Leib zu reißen.

Natalie schob sich eine Locke hinters Ohr und zog die Lippen ein, um ihr Lächeln zu verbergen. »Sie sehen auch ziemlich smart aus, Mr. Holiday.«

Mr. Holiday. Mein Name hatte noch nie so gut geklungen. »Maddox.«

»Maddox.«

Oh Gott, diese Frau. Warum hatte sie mich nicht ständig mit meinem Namen angesprochen? Jetzt wollte ich ihn immerzu aus ihrem Mund hören, vorzugsweise, während sie nackt in meinem Bett lag.

Zur Hölle mit der ganzen Situation. Ich hatte gerade gegen meine eiserne Regel verstoßen. Niemals mit der Nanny flirten.

Das hatte ich noch nie getan, noch nie den Wunsch verspürt. Aber Natalie passte nicht in diese Schablone.

Sie war frech. Klug. Sexy. Und sie mochte mein Kind.

Vielleicht hätte ich ein schlechtes Gewissen haben müssen, weil ich sie erregend fand. Hatte ich aber nicht.

Stattdessen wartete ich, bis Violet von dem Weihnachtsbaum zurückkam, und bot Natalie meinen Arm. »Wollen wir?«

5

Natalie

Eine surreale Situation. »Das ist kein Date, das ist kein Date«, hatte ich mir mantraartig vorgebetet, während ich mich für die Party zurechtmachte, und es hatte Wirkung gezeigt. Als ich im *Baxter* angekommen war, war ich mehr als bereit gewesen für eine Abendschicht mit Violet.

Aber dann war Maddox hereingeschlendert – mit seinem selbstbewussten, aufregenden Gang. Ein Blick auf ihn in dem Maßanzug, und die Fantasie war mit mir durchgegangen. Der Mann war so heiß, er könnte mit einem sinnlichen Blick den Weihnachtbaum zum Schwelen bringen.

Das ist kein Date.

Aber was, wenn doch? Solange ich die Treppe zum Ballsaal hochstieg, erlaubte ich mir, so zu tun als ob.

Seine Körperwärme erreichte mich durch den Stoff seines Jacketts. Nie im Leben hätte ich geglaubt, dass ich eines Tages an seinem Arm zu einer Party gehen würde.

Bei jedem Schritt spürte ich die Blicke der anderen Leute. Maddox war Milliardär, und obwohl er nicht in Bozeman lebte, war er in seiner Heimatstadt prominent.

Ein rascher Blick zur Seite, und ich sah mehr als ein Augenpaar auf sein Gesicht gerichtet. Um fair zu sein, es war ein großartiges Gesicht.

Wir betraten den Ballsaal, und die Gespräche verstummten. Für eine Sekunde hörte man nur die weihnachtliche Hintergrundmusik.

Maddox verdiente Aufmerksamkeit, und alle Gäste drehten den Kopf. Und sahen … mich an.

»Daddy, da gibt es Punsch.« Violet ließ seine Hand los und zeigte auf einen Tisch mit verschiedenen Karaffen und Bowlen. Dass die Leute uns anstarrten, schien sie nicht zu beeindrucken. Andererseits gehörte sie zu Maddox' Welt und war vermutlich an das Rampenlicht gewöhnt. »Darf ich mir etwas zu trinken holen?«

»Na klar, Kleines. Du musst in diesem Saal bleiben oder bei Natalie. Den ganzen Abend, verstanden?«

»Verstanden.« Dann war sie weg, man sah nur einen roten Fleck zwischen den Leuten durchsausen.

»Danke für die Begleitung.« Ich zog die Hand aus seiner Armbeuge.

»War mir ein Vergnügen.« Maddox blickte grinsend zu mir herunter. Seine blauen Augen funkelten. Es sah fast aus, als ob er … flirtete?

Nein. Auf keinen Fall. Oder?

Das Atmen fiel mir auf einmal schwer. Meine Fantasie war auf Santas Schlitten aufgesprungen und erreichte im Nu neue Höhen. Schon der Gedanke, Maddox könnte mich attraktiv finden, war verrückt.

Die Gäste kamen mir zu Hilfe und holten mich auf den Teppich zurück. Einige kamen auf uns zu, und einen Augenblick später war er umringt.

»Ich sollte jetzt nach Violet sehen.«

»Reservierst du mir einen Tanz?«

»Äh …« Was, zum Henker …? »Sicher.«

Er grinste breiter, dann wurde er mit Beschlag belegt. Er überragte alle Leute, nur nicht seinen Dad, der in diesem Moment zu ihm trat und ihm die Hand schüttelte.

Ich löste mich von dem Anblick und entdeckte Violet. Sie trug in jeder Hand einen Plastikbecher mit einem kirschroten

Getränk, das fast überschwappte. Wenn sie sich bekleckerte, würden die Flecke an ihrem Kleid wenigstens nicht auffallen.

Sie kostete, und ihr Lächeln nach dem ersten Schluck war so niedlich, dass ich auch lächelte.

»Nat!« Aus dem Augenwinkel sah ich jemanden winken, und meine Nervosität verschwand, als ich das vertraute Gesicht sah, das auf mich zukam.

Ich winkte zurück und ging ihr entgegen. »Hey, Stella.«

»Wie schön, dich hier zu sehen, Natalie.« Sie zog mich in eine Umarmung.

Stella und ich waren seit der Highschool befreundet. In meinem vorletzten Schuljahr war sie als Neuling in die Schwimmmannschaft gekommen. Keine nettere junge Frau hatte je das Schwimmbecken beehrt. Wir waren auch Jahre später in Kontakt geblieben und trafen uns ab und zu auf einen Drink, um uns auszutauschen. Ich erzählte ihr dann von den Kindern, die ich hütete, und sie unterhielt mich mit den neuesten Eskapaden ihres Bruders.

»Ich hatte keine Ahnung, dass du hier sein würdest«, sagte sie.

Violet erschien mit einem leeren Punschbecher neben mir. »Darf ich noch einen?«

Ich lachte. »Wollen wir uns lieber ein bisschen bremsen, junge Dame? Der Abend ist noch lang.«

»Wie geht es dir?«, fragte Stella. »Es ist ewig her.«

Bevor ich antworten konnte, tauchte Heath neben ihr auf, zusammen mit Stellas Bruder.

Guy unterbrach sich mitten im Satz, als er mich bemerkte und stutzte. »Natalie?«

»Hallo. Schön, dich zu sehen, Guy.«

»Hab dich ewig nicht gesehen.«

Wir hatten im selben Jahr unseren Abschluss gemacht und waren uns danach nur noch selten über den Weg gelaufen. Er war immer der Klassenclown gewesen. Der Junge, der sich alles traute, egal wie leichtsinnig es war. Wo Heath und Tobias hingingen, war auch Guy nicht weit gewesen. Er hatte den Spind neben meinem gehabt und mit jedem großzügig seine Kaugummis geteilt.

Er kaute auch jetzt einen. Sein Unterkiefer bewegte sich hin und her, während er meinen Hintern abcheckte.

Ich wartete, bis er mir ins Gesicht sah, dann schüttelte ich den Kopf.

Er gluckste. »Bist du allein hier?«

»Nein.« Ich blickte zu Violet hinunter und streckte ihr die Hand hin, die sie prompt nahm. »Violet ist heute Abend mein Date. Und wir plündern das Dessertbüfett, bevor die leckeren Sachen weg sind.«

»Natalie ist supercool«, meinte Stella zu ihr. »Du wirst einen Mordsspaß mit ihr haben.«

»Aber nicht so cool wie Onkel Heath, was?« Heath streckte ihr eine Hand hin, damit sie ihn abklatschte.

Sie ignorierte ihn.

»Autsch.« Er griff sich gekränkt ans Herz.

Stella lachte und wurde ein bisschen rot, als sie ihn ansah. In der Highschool war sie in ihn verknallt gewesen, und anscheinend hatte sich daran nichts geändert.

Heath sah sie an. Sein Blick glitt in den tiefen V-Ausschnitt ihres Kleids. Hastig blickte er auf, als Guy ihn anstieß und mit dem Kinn zur Tür deutete.

Eine niedliche Braunhaarige und eine zierliche Blonde waren gerade in den Ballsaal gekommen.

»Sei mein Wingman«, sagte Guy. »Sprich die Blonde an.«

»Äh …« Heath rieb sich den Nacken und warf einen Blick zu Stella.

Die betrachtete ihre Schuhspitzen.

Guy schlug ihm auf die Schulter und steuerte ihn von uns weg. Stella wirkte schwer geknickt.

»Alles okay?« Ich stupste sie mit dem Ellbogen an.

»Bestens!«, rief sie aus und erschrak über ihre Lautstärke.

»Ich wusste auch nicht, dass du heute hier sein würdest«, sagte ich.

»Ich arbeite seit Kurzem bei Holiday Homes.« Sie zuckte die Achseln. »Keith lädt immer das gesamte Büro ein. Ich wollte eigentlich schwänzen und lieber mit meinen Eltern in die Kirche gehen und zu Hause abhängen, aber Guy hat mich überredet. Er wollte den Abend mit mir verbringen. Seine Freundin hat nämlich mit ihm Schluss gemacht. Er ist deswegen ziemlich niedergeschlagen, auch wenn er das nicht zugibt. Er tat mir leid, und deshalb habe ich zugesagt, sein Date zu sein. Aber … jetzt hat er mich sitzen lassen.«

»Willst du uns Gesellschaft leisten?«

»Ich denke, ich besorge mir einen Drink.« Sie lächelte uns an, dann deutete sie auf die Bar.

Dort stand Heath jetzt allein. Ohne die Blonde. Anscheinend hatte er vor seinen Wingman-Pflichten schon gekniffen.

»Viel Spaß.« Ich zwinkerte ihr zu und zog Violet mit mir. »Jetzt etwas Süßes?«

»Wie viele Desserts darf ich vor dem Dinner essen?«

»Eins.«

»Vier«, forderte sie.

»Eins.«

»Drei.«

Ich zog eine Braue hoch. »Eins.«

Ihr Augenrollen war spektakulär. Mit sechzehn würde sie in Sachen Allüren eine Meisterklasse unterrichten. »Na gut. Eins.«

»Schön, dass wir uns einigen konnten.«

Sie bekam zwei, woran nur ihr Vater schuld war. Während wir am Dessertbüfett standen und das Sortiment von Törtchen, Plätzchen und Bonbons in Augenschein nahmen, entdeckten wir Maddox.

Bis zum anderen Ende des Saals spürte ich die Anziehung. Seine Verführungskraft.

Er wurde von festlich gekleideten Männern mit einem Cocktail in der Hand belagert. Alle hörten ihm aufmerksam zu. Wenn er redete, musste man einfach der tiefen, wohlklingenden Stimme lauschen. Ich stand zu weit entfernt, um zu hören, *was* er sagte, aber mein Blick klebte an seinem Mund. Ich verfolgte jede Bewegung seiner Lippen.

Violet nahm sich heimlich einen zweiten Keks, während ich bewunderte, wie er sich die Haare gestylt hatte: über der linken Braue raffiniert aus der Stirn gekämmt. Er hatte eine Hand in der Hosentasche, in der anderen einen Gin Tonic. Wenn er lächelte, erschien das anziehende Grübchen in seinem glatt rasierten Gesicht.

Violet griff nach einem Karamellbonbon, weil sie glaubte, ich würde nicht hinsehen, aber ich fing ihre Hand grinsend ab. »Gehen wir mal von hier weg, hm?«

Der Sänger der Band nahm das Mikrofon und begrüßte die Partygäste. Als die Caterer mit Tabletts voller Häppchen hereinfegten, balzte er die ersten Takte eines Jazzsongs, der die Paare auf die Tanzfläche zog.

Der Saal hatte eine schlichte rechteckige Form und eine Fensterreihe an der Seite, die auf die Main Street hinausging. Dort standen Cocktailtische mit weißen Tischtüchern. Der Kronleuchter warf seinen goldenen Schein über die Gäste. In der Ecke gab es eine Bar, die sehr beliebt war.

»Wie findest du die Party?«, fragte ich Violet bei einer Runde durch den Saal.

»Schön. Daddy hat mich schon mal zu viel größeren mitgenommen. Aber die waren total langweilig.«

»Alle? Ach, komm! Eine hat doch bestimmt Spaß gemacht, oder?«

»Na ja, die Poolparty vielleicht. Da gab es eine Wasserrutsche und Schwimmnudeln und viele Kinder, mit denen ich spielen konnte.«

»Oooh. Das klingt schon besser. Ich liebe Poolpartys und schwimme total gern.«

»Wirklich?«

Ich nickte. »Nach Weihnachten haben wir noch zwei Tage zusammen. Kannst du schwimmen?« Violet schüttelte den Kopf. »Das macht nichts. Ich könnte deinen Dad fragen, ob ich dir das Schwimmen beibringen darf. Was hältst du davon?«

»Super.« Sie strahlte, dann schaute sie plötzlich enttäuscht. »Wir haben meine Schwimmflügel nicht eingepackt. Die liegen zu Hause. Bei Nana im Whirlpool kann ich stehen, und trotzdem lässt Daddy mich nicht ohne Schwimmflügel rein.«

»Keine Sorge. Ich lasse dich nicht untergehen. Ich habe schon vielen Kindern das Schwimmen beigebracht.«

»Wirklich?« Sie neigte den Kopf zur Seite und starrte mich an, als wäre ich plötzlich ein ganz anderer Mensch.

»Ja. Möchtest du es lernen?«

»Ja.« Sie nickte so nachdrücklich, dass ihr Diadem verrutschte.

Ich behob das Mini-Malheur, dann schlenderten wir weiter durch den Saal und blieben vor jedem Fenster stehen, um nach draußen zu schauen. Wir aßen Häppchen und jagten bestimmten Tabletts hinterher, wenn uns etwas ins Auge sprang. Zweimal füllten wir unsere Punschbecher nach. Und als es Violet langweilig wurde, die Erwachsenen zu beobachten, verließen wir den Saal und gingen ins Foyer hinunter, um uns einen Szenenwechsel zu gönnen und den Weihnachtsbaum näher anzusehen.

Nachdem ich ein Thema gefunden hatte, das Violet interessierte, entpuppte sie sich als lebhafte Erzählerin wunderbarer Geschichten – von ihren Lieblingsbüchern über Comics bis hin zu diversen Spielen. Sie war ungeheuer unterhaltsam und kam zusehends aus der Deckung.

Die Party war im vollen Gange, als wir in den Saal zurückkehrten, und es war doppelt so laut wie vorher.

Keith bemerkte uns, und sein Gesicht leuchtete auf. »Violet, da bist du ja. Ich hatte gehofft, du würdest meine erste Tanzpartnerin sein. Wir wär's mit einem Boogie?«

»Einem Boogie? Huh.« Kichernd nahm sie seine Hand und ließ sich auf die Tanzfläche führen.

Ich blieb am Rand und sah zu, wie er sie herumwirbelte und zum Lachen brachte. Sie war ein wirklich schönes Mädchen, auch charakterlich. Manchmal war sie schüchtern, manchmal unglaublich lieb. Als zum Beispiel nur noch ein gefüllter Schokoladenkeks auf einem Teller gelegen hatte und wir beide danach griffen, hatte sie darauf bestanden, dass ich ihn nahm. Je mehr sie redete, desto lebendiger kam ihre Persönlichkeit zum Vorschein. Ihr Temperament war bezaubernd.

Von dem ungezogenen Mädchen, das ich vor zwei Tagen kennengelernt hatte, war nichts mehr zu sehen, und das bestätigte meine Vermutung. Mit jenem Verhalten hatte sie nur Maddox' Aufmerksamkeit auf sich ziehen wollen. Oder vielleicht auch die ihrer Mutter, wenn sie denn da war. Allerdings hatte Violet sie noch keinmal erwähnt.

»Hier hast du dich also versteckt.« Maddox' tiefe Stimme riss mich aus meinen Gedanken. Er trat neben mich. Sein Jackett streifte mich am Ärmel. »Tanz mit mir!«

Gott, wie sexy dieser Imperativ war. »Fühl dich nicht verpflichtet, mich zu unterhalten. Ich komme zurecht.«

»Eigentlich bist du die Einzige hier, die ich wirklich unterhalten möchte. Daher dachte ich …«

Er streckte mir die Hand hin, und vielleicht hätte eine andere Frau die Kraft gehabt zu widerstehen, doch ich konnte nur kapitulieren, sobald ich die Hand in seine schob.

Eine große, warme Hand mit langen Fingern schloss sich um meine, um mich zur Tanzfläche zu entführen. Er legte einen Arm um mich und zog mich näher an sich, als es für ein professionelles Verhältnis geboten war.

Der Duft seines würzigen Rasierwassers drang mir in die Nase. Ich spürte die Kraft des Arms an meinem Rücken. Die Verlockung seiner Lippen war berauschend. Zur Hölle mit der Professionalität. Das war meine einzige Chance, mit Maddox Holiday zu tanzen.

Meine Abschlussball-Träume wurden gerade wahr.

»Ich bin kein großartiger Tänzer«, gestand er und drückte die Fingerspitzen an mein Kreuz.

»Oh, ich würde sagen, du machst das sehr gut.« Ich ließ mich führen und genoss es, seinen Körper an mir zu spüren.

»Macht dir der Abend Spaß?«

»Und ob.«

»Wie benimmt sich Violet?«

»Gut. Sie ist unterhaltsam. Und das meine ich als Kompliment.«

Er lachte leise und führte uns in eine Drehung, dabei schauten wir uns nach seiner Tochter um. Sie tanzte noch mit ihrem Großvater. »Danke, dass du dich um sie kümmerst.«

»Du bezahlst mich dafür.«

»Das ist wahr. Ich kann ja trotzdem Danke sagen.«

Dieser Mann war wirklich erstaunlich. Aufrichtig. Nett. Sexy. Ich wurde rot und senkte den Blick auf seine sündhaft rote Krawatte. Dabei sah ich mich den Windsorknoten lösen und ihm das gestärkte weiße Hemd aufknöpfen. Unauffällig schaute ich zu den Paaren um uns herum, überallhin, nur nicht in Maddox' Gesicht.

»Gefällt dir der Abend?«, fragte ich, um ein wenig Distanz zwischen uns zu schaffen. Um die wachsende Erregung in meinem Unterleib einzudämmen.

Maddox ließ es nicht zu. Er zog mich enger an sich, sodass ich seine feste Brust spürte. »Jetzt ja.«

Oh, du lieber Himmel. »Flirtest du gerade mit mir?«

»Ja. Was dagegen?« Er grinste schief.

»Nein«, gestand ich und sah ihm in die Augen. Welche ungebundene Frau mit klarem Verstand würde einen Flirt mit Maddox Holiday ablehnen?

»Ausgezeichnet.« Er drehte sich mit mir, und sein Lächeln wurde breiter. »Aber um deine Frage zu beantworten, es ist … wie ich erwartet hatte. Ich habe zu jedem anwesenden Geschäftsfreund meines Vaters gesagt: ›Ja, das Unternehmen läuft gut, ja, ich ziehe demnächst hierher, und nein, ich bin nicht interessiert, in Ihre nächste großartige Idee zu investieren.‹ Für den Rest des Abends ignoriere ich jeden Anzugträger, außer er heißt Holiday.«

»Gut, dass ich ein Kleid trage.«

Er gluckste. »Und zwar ein sehr schönes.«

»Da flirtest du schon wieder mit mir.«

»Ich habe sehr, sehr lange mit keiner Frau geflirtet. Ich hatte schon vergessen, wie viel Spaß das macht.«

»Mit welcher hast du zuletzt geflirtet?«

Sein Lächeln wurde lau. »Mit meiner Ex.«

»Ah.« Ups. »Das tut mir leid.«

»Muss es nicht.«

»Also …« Zeit, das Thema zu wechseln. »Du solltest wissen, dass ich Violet versprochen habe, ihr das Schwimmen beizubringen. Ich hoffe, du hast nichts dagegen.«

»Soll mir recht sein.« Er umfasste meine Hand fester und drehte uns in die andere Richtung. Ein neuer Song begann, und wir tanzten weiter. »Ich hätte sie längst zum Schwimmunterricht schicken sollen. Sie kann sich schon ganz gut über Wasser halten und weiß, wie man Gefahren meidet, aber ich bin wohl paranoid und übertrieben vorsichtig. Ich lasse sie nicht ohne Schwimmflügel in den Pool, außer ich bin dabei.«

»Ich bin qualifiziert, du kannst mir vertrauen. Und wenn sie sich im Wasser wohlfühlt, dauert es nicht lange, bis sie sich sicher darin bewegt.«

»Ich vertraue dir.«

Darüber freute ich mich.

»Was war in der Tasche?«, fragte er. »In der magischen Einkaufstasche.«

»Violet hat es nicht erzählt?«

Er schüttelte den Kopf. »Nein.«

»Gut.« Viele Kinder hätten das Geheimnis ausgeplaudert. »Eine Familienpackung M&Ms, Swedish Fish und Skittles. Ich hatte auch Spielzeug und Spiele dabei, aber ich habe es als Erstes mit den Süßigkeiten versucht.«

»Hätte ich mir denken können.« Er lachte. »Sie ist eine Naschkatze. Auch deshalb gab es das Crème-brulée-Fiasko bei der Party im letzten Jahr. Als ich sie fragte, warum sie an dem Gestell hochgeklettert sei, sagte sie, dass sie eine große Portion essen wollte und diese auf den obersten Blechen vermutet hätte.«

»Ich glaube ihr.« Ich lachte. »Als ich den Beutel M&Ms herausholte und welche davon aß, änderte sich ihr gesamtes Benehmen. Das war als Eisbrecher gedacht. Ich wollte sie auflockern, bis sie ihren Schutzpanzer verlässt und erkennt, dass ich nicht ihr Feind bin.«

»Schlau.«

Ich zuckte die Achseln. »Ich habe viel Erfahrung mit Kindern und bringe ihnen eben auch das Schwimmen bei. Die sind nicht besonders kompliziert.«

»Was machst du mit ihnen im Schwimmbad? Schwimmunterricht?«

»Manchmal. Meistens assistiere ich einem Physiotherapeuten, der Unterwassertherapie für Kinder als Rehamaßnahme anbietet. Das möchte ich eines Tages auch tun. Vielleicht. Wenn ich genug Geld zusammen habe, um die Ausbildung zu bezahlen, und wenn ich den Mut aufbringe, mich einzuschreiben. Der Gedanke, wieder lernen zu müssen, ist …« Ich verzog das Gesicht.

»Du würdest das großartig machen.«

»Zugegeben, ich bin immer gern zur Schule gegangen, aber ich habe lange nichts mehr lernen müssen. Und ich bin mit meiner jetzigen Situation eigentlich sehr zufrieden.«

»Aber du lebst nicht deinen Traum.«

Ich seufzte. »Nein, das nicht. Ich liebe Kinder, aber ich habe noch ein bisschen mehr zu bieten.«

»Dann ist es Zeit, die Komfortzone zu verlassen.«

Mist, er hat recht. Und er motiviert dich, Natalie.

Eine Unterhaltung mit ihm, und ich war bereit, zum Sekretariat der Montana State zu fahren und meine Bewerbung abzugeben. Wenn ich Physiotherapeutin werden wollte, durfte ich nicht ewig als Nanny arbeiten. Vielleicht war es an der Zeit, damit Ernst zu machen.

Maddox ließ mich los, drehte mich unter seinem Arm und zog mich wieder eng an seine Brust.

»Das ist wirklich surreal«, gestand ich.

»Inwiefern?«

»Du bist Maddox Holiday.« *Ach nee.* »Dir dürfte klar sein, dass jedes Mädchen an der Bozeman High in dich verliebt war, einschließlich mir.«

Ach herrje. Was war denn mit mir los? Wieso verplapperte ich mich dermaßen?

Bei ihm hob sich ein Mundwinkel. »Du warst in mich verliebt?«

»Vielleicht?«

Verdammt.

Aber da es nun raus war, konnte ich es ebenso gut anerkennen. »Ich war in dich verliebt, wie unsichere Mädchen in dem Alter eben in die intelligenten, gut aussehenden Jungs verliebt sind, wogegen die sie gar nicht wahrnehmen. Solche

Mädchen schreiben zwei Namen in ein Herz. Denken sich Namen für die gemeinsamen Kinder aus. Beschatten ihn nach der Schule auf dem Weg nach Hause. Lauern unter dem Zimmerfenster und beobachten ihn im Schlaf.«

Maddox blieb stehen.

Ich zwinkerte. »War nur ein Witz.«

Er lachte schallend. Das klang so wohltuend und warm, dass es die Peinlichkeit wert war, die mein Geständnis in mir ausgelöst hatte. Er schüttelte den Kopf und lächelte mich an. Wie seine Augen dabei funkelten, raubte mir den Atem. »In einem hast du dich geirrt. Ich habe dich sehr wohl wahrgenommen.«

»Hast du nicht.«

»Doch. Ich habe dich einmal am Schwimmbecken gesehen und weiß noch, dass ich hinterher lange kalt duschen musste.«

Ich neigte mich nach hinten und sah ihn forschend an. »Im Ernst?«

»Die Badehaube. Die Dinger machen mich total an.«

Ich prustete vor Lachen und tanzte entspannter mit ihm weiter. »Sollen wir zu Violet gehen? Sie steht am Dessertbüfett.«

»Machen wir.«

Violet stand mit Keith zusammen dort. Beide stopften sich Törtchen in den Mund. Trotz der Ablenkung durch Maddox hatte ich sie im Auge behalten.

Er ebenfalls. Bei jeder Drehung hatte er suchend durch den Saal geschaut. Seine Liebe zu dem Mädchen war ihm deutlich anzusehen. Und Mannomann, das war enorm anziehend.

»Bei den Mengen Zucker, die sie sich einverleibt, wird sie die ganze Nacht aufgedreht sein«, meinte er.

»Wahrscheinlich.« Ich lachte. »Ich muss dir etwas sagen.«

»Was denn?«

Ich sah Violet ein Plätzchen von einer Platte nehmen und Keith geben. *Das sind die Besten*, las ich von ihren Lippenbewegungen ab, bevor sie sich auch eins nahm. »Deine Tochter ist super. Man muss sie einfach lieb haben.«

Maddox blieb stehen und hielt mich am Arm auf. Wie er mich ansah – beinahe … gequält.

»Was ist?« *Habe ich etwas Falsches gesagt?*

»Du machst mich fertig.«

»Wieso?«

Er schüttelte den Kopf und stöhnte leise. »Ich habe eine Regel. Ein eisernes Prinzip. Und ich war noch nie in Versuchung, dagegen zu verstoßen, bis du zu uns kamst.«

»Welches Prinzip?«

Er neigte sich an mein Ohr. Die kurzen Stoppel an seiner Wange kitzelten mich, und sein Atem strich über meine Ohrmuschel. »Niemals die Nanny küssen.«

6

Maddox

Es bestand die sehr reale Chance, dass Natalie Buchanan meine Selbstbeherrschung kippte. Zweiunddreißig Nannys, und Nummer dreiunddreißig brachte mich zu Fall.

Der Duft ihrer Haare hüllte mich ein, süß wie das üppigste Dessert auf dem Büfett. Ihre Hand lag warm und leicht auf meinem Arm, die perfekte Liebkosung. Sie war schön. Anmutig. Bezaubernd.

Doch es waren ihre Klugheit und ihr Witz, die mir zum Verhängnis wurden. Und ihr Loblied auf meine Tochter.

Keine Frau außer meiner Mutter hatte je gesagt, dass sie Violet lieb hatte. Keine andere Nanny. Keine Freundin. Nicht einmal Cece. Ich hatte sie das kein einziges Mal sagen hören.

Doch Natalie hatte es gesagt – und ehrlich gemeint. Und das, nachdem sie Violet erst ein paar Tage kannte.

Ich war Wachs in ihren zarten Händen. Ein Tanz mit ihr, und ich steckte bereits in Schwierigkeiten.

»Entschuldige.« Ich richtete mich auf. »Das war unangemessen.«

Alles was ich heute Abend mit ihr getan hatte, war unangemessen. Das Tanzen. Das Flirten. Und noch immer klebte ich praktisch an ihrer Seite.

»Keine Entschuldigungen«, sagte sie und bekam eine hübsche Röte in die Wangen. »Die Teenagerin in mir macht gerade einen Rückwärtssalto ins Wasser wegen deiner Bemerkung. Du machst gerade ihre Träume wahr.«

Ich lachte leise. »Freut mich, dass ich helfen konnte.«

Doch es war Zeit, mir vor Augen zu halten, dass Natalie kein Date war, und darum nahm ich den Arm von ihr weg und schaute durch den Saal. »Was meinst du, wer es dieses Jahr sein wird?«

»Wer was sein wird?«

»Diese Party ist berüchtigt. Es ist immer jemand dabei, der zu viel trinkt und etwas Skandalträchtiges anstellt.«

»Wirklich? Die Leute scheinen alle so … versnobt trifft es nicht ganz. Aber vornehm, beherrscht.«

Ich lachte. »Siehst du die Frau im grauen Kleid da drüben beim Weihnachtsbaum?«

Natalie folgte meinem Blick. »Ja.«

»Als ich zuletzt dabei war, vor Jahren, bei einem meiner seltenen Kurzbesuche, hat sie auf der Tanzfläche gestrippt.«

»Sprichst du von der älteren Dame, die meine Granny sein könnte? Kurze graue Haar, Perlenohrringe, schätzungsweise Anfang sechzig?«

»Genau die. Sie hatte noch ihren Slip an, als ihr Mann mitbekam, was los war. Er verließ schleunigst die Bar, um sie nach Hause zu bringen.«

Natalie machte große Augen. »Und trotzdem ist sie wieder hier? Ich wäre noch vor Silvester von Bozeman weggezogen.«

»Ich glaube, sie wusste am nächsten Tag nichts mehr davon, und keiner bringt es übers Herz, es ihr zu erzählen. Das ist ein unausgesprochenes Gesetz auf dieser Party. Was hier passiert, dringt nicht nach außen.«

»Ah.« Sie nickte. »Gut zu wissen.«

»Ich war nicht dabei, aber letztes Jahr hat Tobias mir berichtet, dass ein Freund meines Vaters herumging und Frauen vorschlug, sich ihm und seiner Liebsten zu einem Dreier anzuschließen. Seine Frau erfuhr davon erst, als er eine Bereitwillige gefunden hatte und sie ihr vorstellte.«

Natalie kicherte. »Dieses Gespräch hätte ich zu gern belauscht.«

»Da drüben stehen die drei.« Ich zeigte zu einem Cocktailtisch. Die beiden Frauen steckten gerade die Köpfe zusammen und flüsterten miteinander. Der Mann beobachtete sie und wirkte sehr selbstzufrieden.

»Oh mein Gott.« Sie riss die Augen auf. »Die haben noch immer Sex miteinander, stimmt's?«

»Eindeutig. Was auch immer den Zauber aufrechterhält. Ich persönlich bin nicht dafür zu haben, nicht mal mit zwei Frauen.« Wenn ich Natalie in meinem Bett hätte, dann gäbe es für mich nur uns zwei.

Das Rot in ihren Wangen wurde dunkler. »Also, äh … was ist noch so passiert?«

Zehn Minuten lang unterhielt ich sie mit Anekdoten von den Partys. Die meisten peinlichen Begebenheiten kannte ich nur vom Hörensagen – von Tobias und Heath hatte ich jedes Jahr den detaillierten Spielbericht zu hören bekommen. Und ich kannte die Freunde meiner Eltern gut genug, um dabei das jeweilige Gesicht vor Augen zu haben. Manchmal war es nicht ganz so aufregend zugegangen wie in anderen Jahren, aber Natalie hörte mir so gespannt zu, dass ich weitererzählte, denn ich wollte sie bei mir haben.

»Das hätte ich von keinem hier gedacht.« Natalie lachte nach der Anekdote mit dem Mann, der vor drei Jahren sternhagelvoll die Hälfte der Gäste zu Tequila-Body-Shots überredete.

»Das ist jedes Jahr so. Die Leute werden locker, haben ein bisschen Spaß.«

»Aber Body Shots? Ein Dreier? Damit würde ich bei einer Verbindungsparty rechnen, aber doch nicht bei der Weihnachtsfeier deiner Eltern. Ich meine … da drüben steht der Bürgermeister. Und ich habe unseren Highschool-Direktor erkannt.«

»Ich denke, hier ist man ziemlich sicher. Meine Eltern beschränken die Einladungen auf die, die sie gut kennen und die diskret sind. Einigermaßen jedenfalls.« Bozeman wuchs rasant, aber das Kleinstädtische war in den Köpfen noch tief verwurzelt.

»Wirklich? Das ist erstaunlich.«

»Oh, versteh mich nicht falsch. Sie reden alle untereinander – wie wir auch. Aber nie außerhalb dieses Kreises.« Ich schaute über die Köpfe hinweg und freute mich, endlich nach Hause zu kommen, nachdem ich so lange weg gewesen war. Weihnachten in Montana, das hatte mir gefehlt.

»Violet sagt, dass ihr wieder hierherziehen werdet. Freust du dich darauf?«

»Allerdings. Es wird schön sein, die Familie um sich zu haben. Ich werde mich noch mehr freuen, wenn Violet und ich in unser eigenes Haus ziehen. Ich habe diese Woche ein Grundstück gekauft.«

»Wann zieht ihr um?«

»Ich habe noch kein Datum festgelegt. Ich hoffe, es klappt, bevor das Schuljahr im nächsten Herbst beginnt. Bis dahin muss ich hier für eine funktionierende Firmenfiliale sorgen und ein Haus bauen lassen. Von hier aus wäre das tatsächlich einfacher zu bewerkstelligen. Aber es von L. A. aus zu tun, macht es komplizierter und … es dauert länger.«

»Kannst du nicht eine Weile bei deinen Eltern wohnen?«

Ich setzte zu einem *Nein* an, aber … warum sollte ich nicht für ein halbes Jahr zu meinen Eltern ziehen? Ihr Haus war enorm groß. Violet und ich hätten genügend Platz für uns, und sie würden sich freuen, uns unter ihrem Dach zu haben. »Ha.«

»Ha, was?«

»Ich frage mich, wieso ich nicht auf die Idee gekommen bin.«

Sie lachte. »Wahrscheinlich weil das Schuljahr noch läuft. An solche Veränderungen denken Eltern nur im Sommer.«

»Stimmt.« Aber warum warten? Es brauchte lediglich einen Anruf und ein bisschen Papierkram, um Violet im Schulbezirk Bozeman unterzubringen. Sie dürfte nicht gerade erfreut sein, dass sie ihre Schulfreunde zurücklassen musste, aber das würde spätestens im Herbst sowieso auf sie zukommen.

»Musst du in L. A. arbeiten, solange die Firmenfiliale noch nicht steht?«, fragte Natalie.

»Nein, das ginge auch von hier aus. Meine Angestellten werden erst umziehen, wenn das Büro fertig ist, aber wenn ich hier bin, kann ich den Prozess beschleunigen. Und ich wäre auch gern dabei, wenn das Haus gebaut wird.«

»Ich nehme an, dein Vater baut es.«

Ich nickte. »So ist es geplant. Heath wird die Bauleitung übernehmen.«

»Und du entscheidest vor Ort über die Details. Violet kann die Schule wechseln. Du kannst von hier aus arbeiten. Und ihr könnt beide den Winter in Montana genießen.«

Ich starrte sie an. Aus ihrem Mund klang das so einfach. Ich wollte hier leben. Also sollte ich hier leben. »Tja, dann … lebe ich wohl ab jetzt hier.«

Sie lächelte. »Willkommen zu Hause.«

Kein Lächeln war so einladend wie Natalies.

»Ich lebe hier«, wiederholte ich. Das laut zu sagen machte es mit einem Mal selbstverständlich. *Ich lebe hier.* Das war kein kurzer Familienbesuch über die Feiertage. Wir lebten hier. Das war lange überfällig.

Meine To-do-Liste wurde plötzlich doppelt so lang.

Als Erstes musste ich Violet in der Schule anmelden, dann einen Teil unserer Sachen herschicken lassen. Kleidung. Spielzeug. Bücher. Ich würde wahrscheinlich kurz nach L. A. fliegen müssen, um im Büro einiges zu arrangieren. Mein Assistent würde den eigentlichen Umzug organisieren und die übrigen Sachen packen lassen. Die Nanny, die ich für die Zeit nach den Ferien eingestellt hatte, musste benachrichtigt werden. Unser Haus in L. A. musste verkauft werden.

Ich kämpfte gegen den Impuls an, meinem Assistenten noch heute Abend eine E-Mail zu schreiben, weil ich wusste, er würde alles stehen und liegen lassen und auch seine Urlaubspläne aufgeben, um herzufliegen. Dann müsste ich Cece anrufen und sie über die neue Situation informieren.

Ich hätte beinahe aufgestöhnt.

»Alles okay?« Natalie fasste mir an den Arm. »Dein Lächeln ist verschwunden.«

»Ich dachte gerade an Cece, meine Ex. Sie weiß, dass wir hierherziehen wollen, aber ich hatte ihr noch nichts Näheres mitgeteilt. Es wird kein angenehmes Gespräch, wenn ich ihr eröffne, dass es tatsächlich passiert – und das sofort.«

»Ah.« Natalie nickte. »Wird sie dich daran hindern wollen?«

»Im Gegenteil.« Ich sah zu meiner Tochter, die noch bei Dad stand. Mom hatte sich zu ihnen gesellt und sie zeigten auf die Desserts, die ihnen am besten geschmeckt hatten. »Cece wird das egal sein. Für Violet ist es … hart.«

»Oh.« Natalie zog die Brauen zusammen. »Das tut mir leid. Für euch beide.«

»Cece war auf Hawaii, als wir abgereist sind. Ich weiß nicht, ob sie schon zurück ist oder ob sie überhaupt an Weihnachten denkt. Ich habe seit Wochen nicht mehr mit ihr gesprochen und Violet auch nicht. In den letzten Jahren sind wir nicht hier gewesen, weil es in L. A. einfacher war. Einfacher für mich, Cece aufzuspüren und sie daran zu erinnern, dass sie eine Tochter hat. Aber dieses Jahr … brauchte ich die Zeit zu Hause.«

Montana ist mein Zuhause.

»Das kann ich verstehen.«

»Vor der Scheidung sind wir auch selten hier gewesen. Cece mag Montana nicht. Sie findet es hier langweilig.«

»Langweilig? In Bozeman?«

»Es gibt zu wenig Geschäfte zum Shoppen, keine Leute, mit denen sie sich treffen möchte«, erklärte ich. »Sie ist mit meinen Eltern nicht gut ausgekommen. In den ersten zwei Jahren nach Violets Geburt wurde ich mit Arbeit überhäuft, und es war einfacher, zu Hause zu bleiben. Einmal, als wir hier zu Besuch waren, hat Cece sich immerzu beschwert, wie kalt es ist. Im Nachhinein betrachtet wäre ich besser ohne sie hergekommen.« Im Nachhinein betrachtet, hätte ich vieles anders machen sollen, was Cece anging. »Das hat unserer Unterhaltung einen Dämpfer verpasst.« Ich seufzte. »Tut mir leid. Ich rede selten mal über Cece. Vor allem, weil ich weiß, wie sie am Ende dabei rüberkommt.«

»Wie eine verwöhnte Bitch?«

»So ziemlich.« Ich gluckste. »Ich will nicht, dass andere über sie herziehen und Violet das womöglich mitbekommt.«

»Meine Lippen sind versiegelt.«

Deine schönen Lippen.

Ein Kellner kam mit einem Tablett voll Champagnerflöten vorbei. Ich nahm mir zwei und reichte eine Natalie.

Sie winkte ab. »Ich sollte besser nicht. Ich bin im Dienst. Und apropos, ich gehe jetzt wieder zu deiner Tochter.«

»Die ist mit meinen Eltern ganz zufrieden.«

»Du bezahlst mich dafür, dass ich auf sie aufpasse.«

»Würdest du dich besser fühlen, wenn ich dich nicht bezahle?«

»Tatsächlich ja. Es kommt mir nicht richtig vor, Geld zu nehmen, wenn ich so viel Spaß habe und deine Tochter sich selbst überlassen ist.«

Ich hielt ihr den Champagner wieder hin. »Abgemacht.«

Sie nahm ihn und grinste spöttisch. »Du wirst mich trotzdem bezahlen, stimmt's?«

»Ja.« Ich neigte das Glas an meinen Mund und lächelte. Nach einem Schluck – meine Eltern knauserten beim Champagner nicht, und er schmeckte herrlich – fing ich Moms Blick auf und deutete auf Violet.

Mom winkte ab. *Alles gut*, gab sie lautlos zu verstehen.

Ich nickte dankbar, dann nahm ich Natalie am Ellbogen und lenkte sie zur Tür. »Betrachte das als Dienstpause.«

»Ich habe gerade erst eine Pause gemacht.«

»Als verlängerte Dienstpause.«

Sie nippte an ihrem Champagner und ließ sich von mir die Treppe hinunter ins Foyer führen. Das Gedränge von vorhin hatte sich ausgedünnt, und es war wesentlich ruhiger. An einem großen Fenster war ein Tisch frei.

Ich steuerte darauf zu und zog den Stuhl für sie heraus, dann setzte ich mich auch. »Ich wusste schon gar nicht mehr, wie hübsch dieses Hotel ist.«

»Ich bin selten hier.« Ihre blauen Augen schauten zu dem Stern auf dem großen Weihnachtsbaum.

Ich betrachtete ihren langen Hals und wünschte, ich könnte mit der Zunge daran herumspielen. Den Mund auf ihre pochende Schlagader drücken und daran saugen.

Herrgott noch mal. Mein Schwanz schwoll hinter dem Reißverschluss an – schon wieder. Ich atmete tief durch. Seit Jahren hatte mich keine Frau mehr so stark erregt. Ich hatte mich nicht mal für eine interessiert, und meine Faust hatte mir seit der Scheidung gute Dienste geleistet. Aber Natalie …

Ich war völlig von ihr bezaubert.

»Ich will nicht, dass du denkst, ich hätte das schon mal getan«, sagte ich.

Ihr Blick kehrte zu mir zurück. »Was getan?«

»Violets Betreuerinnen angemacht.«

Sie zog einen Mundwinkel hoch. »Tust du das gerade? Mich anmachen?«

»Würde ich gern.«

Ihr Lächeln wurde breiter. »Vielleicht sollten wir dieses Gespräch erst führen, wenn meine Zeit bei euch vorbei ist?«

»Das wäre wahrscheinlich klug. Ich kann eine Woche warten.«

Sie zuckte mit einer Schulter. »Wir werden sehen.«

»Wir werden sehen?« Das war nicht die freudige Zustimmung, mit der ich gerechnet hatte. Während der Highschool war sie auf mich abgefahren. In mich verknallt gewesen. Hatte sich das geändert? Ich hätte schwören können, sie stand noch auf mich, aber … »Habe ich die Zeichen falsch gedeutet?«

»Maddox, du hast vor einer halben Stunde beschlossen hierherzuziehen. Wenn du das tust, wird Violet deine ungeteilte Aufmerksamkeit brauchen. Und es klang vorhin so, als ob dir deine Ex-Frau nicht egal ist. Also … wir werden sehen.«

Verdammt. Jetzt eine Beziehung anzufangen wäre schwierig. Ich hatte gerade nicht viel mehr zu geben. Aber es war verlockend. Ich war bereit, einen gangbaren Weg zu finden, um Natalie zu … bekommen.

»Du hast recht. Violet braucht meine ungeteilte Aufmerksamkeit. Aber was Cece angeht, irrst du dich. Ich empfinde nichts mehr für sie. Damit ist es seit drei Jahren vorbei, wahrscheinlich schon länger, wenn ich ehrlich bin. Wie sie Violet behandelt hat … Tja, so eine Frau konnte ich nicht lieben.«

»Darf ich dich etwas sehr Persönliches fragen? Du hast natürlich jedes Recht, mir zu sagen, das geht mich nichts an.«

»Natürlich.« Mir fiel kaum etwas ein, worüber ich mit ihr nicht reden würde. Schon nach dem einen Tanz mit ihr schien ich die Themen nicht mehr zu filtern.

»Cece scheint eine schreckliche Person zu sein.« Natalie machte ein saures Gesicht. »Warum hast du sie geheiratet?«

»Jetzt klingst du wie meine Mutter.«

»Entschuldige. Wir müssen nicht darüber reden.«

»Nein, schon gut.« Ich seufzte und trank von meinem Champagner. Über Cece zu reden war nie leicht, aber Natalie verdiente es, mehr zu erfahren. »Sie war nicht immer so. Oder ich habe es nicht gesehen. Cece ist schön und lebhaft. Wir haben uns im College kennengelernt. Jeder fühlte sich von ihr angezogen. Sie hatte immer Lust auf Party. Ihr Lachen war ansteckend. Und ich war ein junger Kerl, bei dem gerade viel los war, und sie machte mein Leben … unbeschwert.«

Natalie stützte die Ellbogen auf den Tisch. Sie hörte gespannt zu. Während der Party. Auf der Tanzfläche. In einem Raum voller Leute hörte sie *mir* konzentriert zu. Natalies Aufmerksamkeit zu haben – das hatte für mich Suchtpotenzial.

Cece hatte immer nur mit einem Ohr zugehört und das andere auf die Action ringsherum gerichtet, die Unterhaltung mit mir nicht wichtig genommen, außer es war dabei um sie gegangen. Und sie hätte sich bei einer Party nie vom turbulenten Mittelpunkt wegziehen lassen.

»Als wir zusammenkamen, hatte ich gerade mein Unternehmen gegründet. Ich lernte viel für meinen Abschluss und schuftete, um die Firma nach oben zu bringen. Cece schleppte mich aus dem Haus und nahm mich in Bars mit, und wir hatten für ein paar Stunden einen Haufen Spaß. Damals brauchte ich das. Kurz vor dem Abschluss bat ich sie, mich zu heiraten. Das taten wir bald danach. Und es lief gut. Bis …«

»Bis Violet da war«, sagte sie leise, und in ihrem Gesicht zeigte sich ein bisschen von dem Schmerz, den ich meiner Tochter wegen empfand.

Ich nickte. »Ja. Cece verhütete, ließ aber ein bisschen zu viel Abstand zwischen den Spritzen und wurde schwanger. Danach änderte sich alles. Die Frau, mit der ich Spaß haben konnte, die Unbeschwertheit in mein Leben gebracht hatte, gab es nicht mehr. Sie hasste es, dass ich so viel arbeitete. Rückblickend muss ich sagen, sie hatte das Recht dazu. Als *Madcast* zum Erfolg wurde, kannte ich nur noch die Arbeit. Ich ging zu einem einzigen ihrer Arzttermine mit, und als sie Wehen bekam, war ich in einem Meeting und verpasste ihre Anrufe, sodass sie allein in die Klinik fuhr.«

Natalie verzog das Gesicht. »Oje.«

»War nicht mein stolzester Moment.«

»Mein Dad sagte immer, es sind jedes Mal zwei beteiligt, wenn eine Beziehung funktioniert. Oder wenn sie nicht funktioniert.«

»Das ist wahr. Ich habe Cece hängen lassen. Das Scheitern unserer Ehe ist nicht allein ihre Schuld. Aber wie sie Violet behandelt hat, dafür ist sie ganz allein verantwortlich. Unsere Tochter ist unschuldig. Sie ist nur ein kleines Mädchen. Cece wollte vielleicht nicht Mutter werden, aber nun ist sie eben eine.«

»Das stimmt.«

»Eines Tages kam sie zu dem Schluss, dass sie diese Ehe eigentlich nicht gewollt hat. Sie wollte ungebunden sein. Sie hatte eine Affäre und verliebte sich in einen Typen aus dem Fitnessstudio. Irgendein Model. Das war das Ende. Ich kann nicht behaupten, dass ich aufgewühlt war. Das mit uns war lange vorher vorbei gewesen. Die Scheidung machte es nur offiziell.«

»Du hast um Violet gekämpft.«

Ich nickte. »Und das werde ich immer tun. Ich blieb in L. A. und hoffte, dass Cece sich plötzlich ändert, aber da habe ich mich selbst an der Nase herumgeführt und es für Violet schwerer gemacht. Cece reist viel. Sie ist mit dem Kerl noch zusammen. Sie reisen von einem Ort zum anderen und posten Fotos von ihrem glamourösen Leben. Mit dem Geld, das sie von mir für die Überlassung des Sorgerechts bekommen hat, kann sie sich das leisten.«

Natalies Blick wurde milder. »Du dagegen postest Fotos von Violet, weil *sie* der Glamour in deinem Leben ist.«

»Ja. Gestern eins, auf dem sie Seifenblasen macht.«

»Im Whirlpool. Man sieht nur ihren Kopf aus dem Wasser ragen. Hab ich gesehen. Ein süßes Foto.«

»Du hast mich gegoogelt?«

»Na klar. Ich habe dich heute auf Instagram gestalkt. So suchen Frauen heutzutage nach attraktiven Männern. Du solltest den Zugang zu deinem Account einschränken.«

Ich lachte leise. »Ist vermerkt.«

»Und damit du es weißt, ich finde, du tust das Richtige, wenn du hierherziehst. Wenn du für Violet ein neues Leben anfängst.«

»Danke.« Ich prostete ihr zu und trank mein Glas aus.

Natalie tat dasselbe, und als sie ihr Glas absetzte, sah sie mich wieder mit diesem Lächeln an, das mir gefährlich werden konnte.

»Ich brauche meine ganze Willenskraft, um es nicht zu tun, aber ich möchte dich küssen, nur um sehen, wie es ist«, gestand ich ihr rückhaltlos – ohne Reue.

»Oh, es wäre fantastisch.« Sie neigte sich ein bisschen zu mir, um mich zu necken. »Ich küsse nämlich sehr gut.«

»Davon bin ich überzeugt.«

»Aber ...« Sie schüttelte den Kopf. »Ich bin noch immer deine Angestellte.«

»Ich überlege gerade, dich zu feuern.«

Ihr freches Lachen klang durch das Foyer.

Wann hatte ich das letzte Mal so offen mit jemandem geredet? Die Einzigen, die wirklich wussten, wie es zwischen mir und Cece gelaufen war, waren meine Eltern und meine Brüder. Natalie davon zu erzählen war so selbstverständlich gewesen wie Atmen. Sie war verführerisch und echt und aufrichtig. Mit ihr erschien alles ... leicht.

Ich konnte ein bisschen Leichtigkeit in meinem Leben gebrauchen.

Eine Strähne fiel ihr ins Gesicht. Ich schob sie ihr kurzerhand hinters Ohr und wurde belohnt mit einem kleinen Keuchen, als meine Fingerspitzen ihre Haut streiften.

Nachdem sie mich in ihren Bann gezogen hatte, fiel es mir

schwer wegzusehen, selbst als ich aus dem Augenwinkel etwas Rotes auftauchen sah.

Natalie war so schön wie keine andere.

Abgesehen von dem zornigen kleinen Mädchen, das auf uns zustampfte.

7

Natalie

»Hallo. Wie war es auf der Tanzfläche?« Ich lächelte Violet an, bekam aber kein Lächeln von ihr, sondern einen wütenden Blick. Den gleichen wie an unserem ersten Tag, als ich meinen nassen Pulli über ihrem Kopf auswrang.

»Was ist los?« Maddox stand auf und ging einen Schritt auf sie zu.

Violet richtete ihren wütenden Blick auf ihn, dann drehte sie sich um und rannte davon.

Was, zum Henker? Völlig verblüfft stand ich auf.

»Violet!«, rief Maddox, doch sie war schon verschwunden. »Scheiße.«

Er lief ihr nach und ging auf eins der Hotelrestaurants zu. Zwar hielten sich weniger Leute im Foyer auf als zu Beginn des Abends, aber noch immer so viele, dass sie uns den Blick verstellten.

Ich eilte auf meinen hohen Absätzen hinterher, um Maddox einzuholen, und gerade wurde er von einer Familie ausgebremst, die das Restaurant verließ.

»Was ist denn los?«, fragte ich, als ich bei ihm ankam. Ich blieb dicht bei ihm, als er sich an Leuten vorbeidrängte und weitereilte.

»Ich weiß es nicht. Ich dachte, sie hat Spaß.« Er blickte sich nach allen Seiten suchend um. »Violet!«

Sobald mir etwas Rotes ins Auge sprang, sah ich genauer hin und hoffte, es wäre ihr Kleid. Doch sie war nirgends zu sehen. Sie wollte nicht gefunden werden. Warum? Was war passiert?

Maddox lief einen Flur entlang, der zu einem Seitenausgang führte. Er probierte die Klinke. Verschlossen. »Verdammter Mist.«

»Sie muss in das Restaurant gelaufen sein, und wir haben sie übersehen.« Ich machte kehrt und lief zurück und an der Tischanweiserin vorbei, um zwischen den Gästen zu suchen. Maddox tat dasselbe in der Nachbarreihe.

Als ich an den Fenstern ankam, die auf die Main Street hinausgingen, war Maddox bereits auf dem Rückweg ins Foyer.

Wohin konnte sie gerannt sein? Warum lief sie vor uns weg? War im Ballsaal etwas passiert? Oder reagierte sie so, weil ich mit ihrem Dad zusammengesessen hatte?

Er wartete nicht auf mich, sondern rannte aus dem Restaurant und durch das Foyer in das andere. Wieder fegte ich an der Tischanweiserin vorbei, spähte hinter die Bar und lief Maddox hinterher. Am Fuß der Treppe holte ich ihn ein.

»Hast du sie gesehen?«, fragte er.

»Nein. Was ist denn los?«

Er fuhr sich durch die Haare. »Das ist ihre Art.«

»Was? Weglaufen?«

Er seufzte und nickte. »Sie ist sauer auf mich oder fühlt sich gekränkt, und dann rennt sie davon und versteckt sich. Aber bisher nur zu Hause. Das hat sie noch nie in der Öffentlichkeit getan.«

»Aber warum? Vielleicht … weil wir zusammengesessen haben?«

»Das muss es sein.«

Die Besorgnis in seinem Gesicht zerriss mir fast das Herz. »Verdammt.« Er war weiß wie die Wand.

»Wir werden sie finden. Wo versteckt sie sich zu Hause meistens?«

»Das weiß ich nicht. Ich habe sie noch nie gefunden. Sie kommt von selbst hervor, wenn sie so weit ist. An einem Abend ist sie mal sechs Stunden im Versteck geblieben.«

»Ach herrje«, murmelte ich und schaute durch das Foyer. Sechs Stunden auf Violet zu warten – das konnten wir jetzt nicht gebrauchen.

Wenn sie sich an uns vorbeigeschlichen hatte, war sie vermutlich wieder nach oben gerannt. Sie benahm sich vielleicht verrückt, aber sicher würde sie in der Nähe der Party bleiben, wo sie zwischen den fremden Leuten vertraute Gesichter sah.

»Wir finden sie.« Und wenn wir dazu die Party unterbrechen und mit den Gästen Suchtrupps bilden mussten. »Besser, wir teilen uns auf.«

Maddox nickte. »Geh du nach oben und such alles ab. Ich spreche die Leiter der Restaurants an und frage, ob sie mich in die Küche lassen. Es würde mich nicht überraschen, wenn sie mit einem Kellner hineingehuscht ist.«

»Gute Idee.« Ich lief die Treppe zum Ballsaal hoch.

Dort war noch so viel los, es war unmöglich, die Kleine auf die Schnelle zu entdecken, darum ging ich am Rand entlang und spähte zwischen Beinen hindurch und unter Tische. Von ihrem roten Kleid war kein Zipfel zu sehen. Ich ging zum Dessertbüfett und lud mir ein großes Stück Schokoladenkuchen auf einen Teller.

Bisher hatte sich Violet mit Süßem bestechen lassen. Deshalb sah ich keinen Grund, die Taktik zu ändern.

Nachdem ich den Saal verlassen hatte, schaute ich kurz die Treppe hinunter, und es zog mir den Magen zusammen. Maddox stand an der untersten Stufe und sprach mit einer Frau im Hosenanzug. Die Panik war ihm deutlich anzumerken. Es tat mir weh, ihn so zu sehen.

»Violet, wo bist du?« Ich lief den Flur hinunter vom Ballsaal weg. Zum Glück war das *Baxter* kein riesiges Hotel. Die oberen Stockwerke waren nur mit einer Schlüsselkarte für den

Aufzug erreichbar, das hieß also, sie konnte nicht allzu weit sein.

Außer sie wäre mit anderen Leuten im Aufzug hochgefahren.

Das würde sie nicht tun, oder?

Wir beide hatten uns sehr gut verstanden, und dann vermasselte ich es, indem ich mit ihrem Vater flirtete. Und dabei hätte ich es wirklich besser wissen müssen, verdammt.

Wie viele Frauen hatte Cathy genau aus diesem Grund rausgeworfen? Drei oder vier? Das war eine rote Linie in meinem Beruf, die ich nie hätte übertreten dürfen, egal wer der Mann war.

Hinter der ersten Tür an dem Gang lag ein Salon. Als Violet und ich auf Erkundungstour gewesen waren, hatte sie einen Blick hineingeworfen. Vielleicht war sie unter eines der Sofas gekrochen? Ich öffnete die Tür, doch anstelle von Violet sah ich Stella.

Und ihre nackten Brüste.

»Oh mein Gott.« Ich drehte den Kopf weg. »Tut mir leid.«

Stella keuchte auf und stieß den breitschultrigen Mann weg, der an ihrer Brustwarze angedockt hatte. Hastig zog sie das Oberteil ihres Kleides hoch, während der Mann über die Schulter blickte.

»Natalie?«

»Heath?«

Ich schaute mit offenem Mund zwischen den beiden hin und her. »Ich war gar nicht hier. Ich habe nichts gesehen. Ihr zwei … äh … Viel Spaß noch!«

Mit hochrotem Kopf schloss ich die Tür. Besser *ich* platzte da hinein als Violet.

Ich ging zur nächsten Tür – die Herrentoilette. Vorsichtig drückte ich sie auf und warf einen Blick hinein. Bei den Urinalen war niemand, aber ich checkte auch die Kabinen.

Als ich bei der letzten angelangt war, schwang hinter mir

die Tür auf, und ich fuhr herum und ließ beinahe den Kuchen vom Teller kippen.

»Äh …« Der Mann, der hereinkam, hatte schon seinen Reißverschluss geöffnet. Er erstarrte, als er mich sah.

»Entschuldigung.« Mit gesenktem Kopf ging ich an ihm vorbei und hielt den Blick auf den Boden gerichtet, nicht auf das Körperteil, das aus dem Schlitz seiner dunkelgrünen Boxershorts lugte. »Falsche Tür erwischt.«

Die Damentoilette war meine nächste Station. Niemand stand an den Waschbecken, und die vorderen drei Kabinen waren leer. Die letzte war verriegelt.

Ich ging in die Hocke und schaute unter der Tür durch nach einem Paar Schuhe. Da baumelten keine Beine vor der Toilette, darum richtete ich mich auf und spähte durch den winzigen Spalt neben dem Türschloss.

Und da war es.

Das rote Kleid.

Gott sei Dank!

Ich atmete auf und ging zum Waschtisch, wo ich mich auf den Rand setzte. Wenn es länger als zwei Minuten dauerte, Violet hervorzulocken, würde ich sie notfalls rausschleifen. Irgendwo in dem Hotel suchte ein ängstlich besorgter Maddox nach ihr. Aber ich wollte eine Szene lieber vermeiden und mir das Mädchen nicht völlig entfremden.

Daher nahm ich die Gabel vom Teller und stach ein Stück von dem Kuchen ab. Dass ich in einer öffentlichen Toilette aß, verdrängte ich lieber. Wenigstens war diese sauber.

»Hmmm, lecker«, stöhnte ich und kaute. »Das ist der beste Schokoladenkuchen meines Lebens. Er ist neu. Wurde eben erst auf das Büfett gestellt. Willst du mal kosten?«

Schweigen.

»Wie du willst. Ich esse ihn auch allein auf. Der schmeckt so wunderbar, ich glaube nicht, dass noch welcher übrig ist, wenn wir wieder im Ballsaal sind. Er ist mit Schokolade überzogen.«

Schweigen.

Wow, das Mädchen war stur.

Ich schob mir einen großen Bissen in den Mund und stöhnte wieder. »Oh, wahnsinnig gut.«

Stoff raschelte, Sohlen klapperten auf Fliesen, Türangeln quietschten.

»Du bist eklig.« Sie schnaubte angewidert und verschränkte die Arme vor der Brust.

»Eklig? Wieso das?«

Das Diadem hatte sich bei ihrer Flucht gelockert und saß schief auf ihrem Haarkranz. Sie sah nur umso bezaubernder aus. Und sie wirkte traurig. Die Traurigkeit berührte mich. »Du bist genau wie die anderen Nannys. Du willst bloß meinen Dad küssen. Das ist eklig.«

Also war sie hinausgestürmt, weil ich mich mit Maddox unterhalten hatte. Und weil ich tatsächlich Lust gehabt hatte, ihn zu küssen. Mist.

Ich stellte den Teller hin und sprang vom Waschtisch herunter. »Waren viele Nannys in deinen Dad verknallt?«

»Alle«, brummte sie.

»Soll ich dir ein Geheimnis verraten?«

Sie antwortete nicht, aber ein Ausdruck von Neugier huschte über ihr Gesicht.

Ich winkte sie zu mir, dann hielt ich ihr den Kuchen als Friedensangebot hin.

Sie stellte ihn an das Waschbecken und versuchte, sich daneben hinaufzuschwingen, um sich so hinzusetzen wie ich zuvor. Doch die Höhe und ihr Kleid ließen es nicht zu.

»Lass mich dir helfen.« Ich hob sie hinauf, und als sie mit dem Kuchen auf dem Schoß dasaß und einen Bissen im Mund hatte, setzte ich mich neben sie, überkreuzte die Füße und ließ die Beine baumeln.

Der Raum war so angelegt, dass man von draußen beim Öffnen der Tür nur Wandfliesen sah. Das war nicht der eleganteste Raum, um sich zu unterhalten, aber da außer uns beiden niemand da war, war es immerhin der stillste.

»Welches Geheimnis?«, fragte sie schließlich mit den Backen voller Kuchen und Schokolade an den Lippen.

»Als ich noch zur Schule ging, war ich total in deinen Dad verknallt. Wie alle Mädchen.«

»Du hast Daddy als Kind gekannt?«

»In der Highschool. Als wir Teenager waren. Ich bin mit ihm und deinen Onkeln in dieselbe Schule gegangen. Wusstest du das nicht?«

Sie schüttelte den Kopf.

»Dein Dad war ein netter Junge. Und jetzt ist er ein netter Mann. Mädchen verlieben sich meistens in die netten.«

»Jungen sind schräg.«

»Ja, sie können schräg sein.« Ich lachte. »Aber eines Tages triffst du einen netten und verknallst dich vielleicht in ihn.«

Sie verzog das Gesicht und sah mich an, als hätte ich einen Sprung in der Schüssel.

»Ich bin tatsächlich in deinen Dad verknallt, Violet. Das muss nichts Schlechtes sein. Und das muss gar nichts heißen. Ich bin trotzdem deine Nanny und deine Freundin.«

»Er liebt meine Mom.« Da klang keine Zuversicht heraus, sondern das Leid eines Kindes, das sich mit der Trennung seiner Eltern nicht abgefunden hatte.

Das rührte an meinen eigenen Schmerz, denn als kleines Mädchen war ich auch in dieser Lage gewesen. »Ich weiß nicht, was dein Dad für deine Mom empfindet. Hast du ihn mal danach gefragt?«

Sie schüttelte den Kopf und stocherte an dem Kuchenstück herum. »Sie hat mir kein Weihnachtsgeschenk geschickt. Ich habe unter den Baum geguckt. Alle sind von meinen Großeltern und Daddy.«

Autsch.

Ja, Cece war eine Bitch. Kein Wunder, dass Maddox so frustriert war. »Vermisst du sie?«

Violet zuckte mit den Achseln. »Letztes Weihnachten hat sie mich auch nicht besucht. Sie hatte versprochen, mit mir Eislaufen zu gehen, aber das war gelogen.«

Ich hatte schon etliche Siebenjährige betreut und wusste, dass ein gebrochenes Versprechen in ihren Augen eine Lüge war. Und dass es sie tief verletzte. »Lügt sie oft?«

»Die ganze Zeit.« Ihr Kinn fing an zu zittern. »Jetzt ziehen wir hierher. Da wird sie mich erst recht nicht mehr besuchen.«

Ich sprang vom Waschtisch und stand vor ihr, bevor die erste Träne fiel, nahm ihr den Teller ab, stellte ihn beiseite und nahm sie in die Arme. Ich drückte sie an mich und ließ sie weinen.

»Das tut mir leid«, flüsterte ich, als sie abgesehen von dem Schluckauf wieder ruhig atmete. »Soll ich dir noch ein Geheimnis verraten?«

»Ja.« Sie lehnte sich zurück, und ihr trauriges Gesicht zeigte den Schmerz, den ich so gut kannte. Ich fühlte mit ihr.

»Ich hatte nur meinen Dad, als ich so alt war wie du.«

»Was ist mit deiner Mom passiert?«

Ich strich ihr mit dem Daumen über die Wange. »Ich denke, sie war vielleicht wie deine Mom.«

»Oh.« Ihr Kinn sank herab.

Meine Mutter verließ Bozeman, als ich fünf war, und zog nach North Carolina – mit dem Mann, mit dem sie meinen Vater betrogen hatte. Natürlich wusste ich das damals noch nicht. Erst als mein Vater es mir an meinem fünfzehnten Geburtstag erzählte.

Als sie auszog, nahm sie alles Wichtige mit, außer ihrer kleinen Tochter.

Und einem 1969er-VW-Bus.

Magdalena.

Mehr war mir von meiner Mutter nicht geblieben. Vielleicht war es töricht, so sehr daran zu hängen, aber inzwischen gehörte der Wagen mir mehr, als er ihr je gehört hatte.

»Moms wie unsere gibt es viele«, sagte ich Violet. »Es tut mir leid, dass du so eine abbekommen hast. Aber Mädchen wie wir haben dadurch auch Glück.«

»Wie denn das?«

»Wir haben zwar keine gute Mom, dafür aber die allerbesten Dads. Findest du nicht?«

»Doch, schon«, murmelte sie.

Später im Leben würde ihr das klar werden. Sie würde erkennen, dass Maddox sie über alles liebte und alles tat, um ihren Schmerz zu lindern.

»Soll ich dir was Cooles erzählen?«, fragte ich und sie nickte. »Ich habe inzwischen wieder eine Mom. Und sie ist die Allerallerbeste. Sie heißt Judy. Sie wurde meine Mom, als ich zwanzig war.«

»Zwanzig?« Für eine Siebenjährige war das uralt.

»Jep. Ich war zwanzig. Sie lernte meinen Dad in einem Restaurant in der Innenstadt kennen. Sie kamen ins Gespräch, und dann gingen sie miteinander aus. Und küssten sich.«

»Küssen ist eklig.«

Ich kicherte. »Judy und mein Dad küssen sich andauernd.«

»Igitt.«

Ich strich ihr eine Locke aus der Stirn. »Ich bin damit einverstanden, denn sie hat meinen Dad geheiratet und mich gefragt, ob sie meine Mom sein darf. Ich liebe sie sehr. Weißt du, warum ich sie so sehr liebe?«

»Warum?«

»Sie macht den leckersten Schokoladenkuchen der Welt. Der schmeckt besser als dieser.« Ich tippte an den Teller. »Sie schenkt mir immer etwas zu Weihnachten. Und sie liebt meinen Dad von ganzem Herzen.«

Judy war vorher nicht verheiratet gewesen und hatte kein Kind mit in die Ehe gebracht. Sie erzählte mir einmal, dass sie sich mit einem Leben als alte Jungfer schon abgefunden hatte – sie las leidenschaftlich gern Regency-Liebesromane. Aber dazu war es nicht gekommen. Sie hatte praktisch auf Dad gewartet. Sie war zehn Jahre jünger als er, und sie liebten sich sehr – sie mussten Seelenverwandte sein.

»Judy macht meinen Dad glücklich, und weil er immer nur will, dass ich glücklich bin, wünsche ich mir das für ihn auch. So schließt sich der Kreis. Wir wünschen jeder dem anderen das, was für ihn gut ist. Das verstehst du, oder?«

Violet nickte.

»Ich denke, dein Dad wünscht sich das auch für dich. Er möchte dafür sorgen, dass du glücklich bist. Eines Tages bist du vielleicht einverstanden, wenn er auch eine Judy findet.«

Sie dachte ein paar Augenblicke stirnrunzelnd darüber nach. »Bist du eine Judy?«

»Nein, ich bin eine Natalie. Und dein Dad ist zwar ein netter Mann und ich bin noch ein kleines bisschen in ihn verknallt, aber im Moment sollten wir uns über Judys keine Gedanken machen, sondern zu ihm gehen. Er war verrückt vor Sorge, als du weggerannt bist.«

»Ich wäre fast ausgeflippt vor Sorge«, sagte eine tiefe, sanfte Stimme von der Tür her. Maddox spazierte herein, und von seiner Angst war nichts mehr zu sehen, wahrscheinlich weil er eine Weile gelauscht hatte.

»Es tut mir leid, Dad.« Violet sprang vom Waschtisch und flog ihrem Vater in die Arme.

Er hob sie hoch und drückte sie an sich, und mit einem langen Seufzer schloss er die Augen. »Nie wieder, Violet. Lauf nie wieder weg, hörst du? Das hat mir Angst gemacht. Wenn dir etwas passieren würde … Nie wieder. Versprich es mir!«

»Ich verspreche es.« Sie legte den Kopf auf seine Schulter. »Es tut mir leid.«

Er drückte sie noch mal, dann stellte er sie auf den Boden. »Möchtest du mit mir tanzen? Wir haben heute Abend noch nicht zusammen getanzt.«

»Ja.« Sie nahm seine Hand und ließ sich aus dem Toilettenraum führen.

Ich nahm den Teller mit dem stark geschrumpften Kuchenstück und folgte ihnen. Ich zwinkerte Maddox zu, als er über die Schulter blickte.

Danke, sagte er lautlos.

Gern geschehen, sagte ich ebenfalls lautlos.

Die Partygäste ahnten nichts von unserem Drama. Die Musik lief, und die Leute lachten und genossen den Abend.

Maddox lenkte Violet direkt auf die Tanzfläche und drehte sie zweimal unter seinem Arm, um sie dann hochzuheben und die Nasenspitze an ihrer zu reiben. Dann tanzte er mit ihr zwischen den anderen Paaren und ließ ihre Füße kein einziges Mal den Boden berühren.

Er war ein guter Vater. Der allerbeste.

Und sie brauchte ihn mehr als ich.

Die Entscheidung, auf Abstand zu bleiben, war richtig. Das Timing war einfach schlecht. Mit diesem Gedanken im Kopf ging ich zu meinem kleinen Paradies, dem Dessertbüfett.

Ich aß noch ein Stück Schokoladenkuchen, und somit wurde das für mich der zuckerreichste Abend des Jahres – nicht mal der Halloween-Abend, an dem ich auf zwanzig verteilte Süßigkeiten selbst eine futterte, konnte das toppen.

Judy war im Moment auf dem Gesundheitstrip, sogar während der Feiertage, und sie hatte mich gewarnt, es werde morgen nach dem Weihnachtsessen keinen Schokoladenkuchen geben. Darum schwelgte ich jetzt in Desserts und Maddox' Anblick, wie er mit seiner Tochter tanzte.

Stunden später, die Standuhr vor dem Saal schlug Mitternacht, machten sich die Gäste nach und nach auf den Heimweg.

Maddox hatte seine Tochter nicht mehr losgelassen. Der Schreck wirkte bei ihm nach und hatte mich überflüssig gemacht. Auf meine Angebote, sie zu übernehmen, hatte er gesagt, er möchte sie bei sich behalten. Und als ich sagte, ich würde nach Hause fahren, hatte er mich gebeten, noch zu bleiben.

Violet hatte mir anscheinend verziehen. Sie hatte sogar meine Hand genommen, als sich jemand mit ihrem Vater unterhielt. Vielleicht war sie selbst ein bisschen erschrocken über ihre Protestaktion.

Gegen ein Uhr fing sie an zu gähnen. Maddox hob sie auf den Arm und hielt sie, als würde sie nichts wiegen, während er sich weiter mit Gästen unterhielt. Und bei dem beruhigenden Klang seiner tiefen Stimme fielen ihr die Augen zu.

»Sie ist eingeschlafen«, sagte ich zu ihm und gähnte auch.

»Verstehe ich gut. Ich bin auch ein früher Vogel, keine Nachteule. Ich werde mich jetzt wohl auf den Heimweg machen, außer du brauchst mich noch.«

»Nein, wir brechen jetzt auch auf.«

Ich verließ mit ihm den Ballsaal und lächelte Hannah und Keith zu, die neben der Tür standen, um ihre Freunde zu verabschieden.

Maddox küsste seine Mutter auf die Wange. »Wir sehen uns zu Hause.«

Ich holte die Mäntel aus der Garderobe, schlüpfte in meinen und zog den Autoschlüssel aus der Tasche.

»Brr«, machte Maddox, als wir in die Kälte traten, und deckte Violet mit seinem Mantel zu.

Große Schneeflocken fielen vom dunklen Himmel. Sie dämpften die Geräusche und blieben auf dem Gehweg liegen.

Es sah märchenhaft aus. Die perfekte Kulisse für einen Abschied.

»Danke für die Einladung.«

»Können wir dich zu Hause absetzen?«, fragte er.

Ich klimperte mit den Schlüsseln. »Ich komme zurecht.«

Weiße Flocken saßen auf seinen dunklen Haaren. Der schwache Laternenschein ließ seine Gesichtszüge kantiger wirken. Noch attraktiver. Seine blauen Augen schimmerten wie Saphire, als er vor mich trat.

Töricht, wie ich war, hoffte ich auf einen Kuss. Nur einen, bevor ich zum Auto ging.

Sein Atem mischte sich mit meinem zu einer weißen Wolke. Er neigte sich zu mir, und mein Herz machte einen Satz. Dann spürte ich seine Lippen hauchzart an meinen, nur für einen Augenblick. »Fröhliche Weihnachten.«

»Fröhliche Weihnachten.«

Ich lächelte, dann schaute ich Violet an, die selig auf seinem Arm schlief.

Sich in einen Kunden zu verlieben kam nicht infrage. Das passierte mir nicht noch mal.

Und ihr zuliebe würde ich gehen.

Also trat ich einen Schritt zurück und noch einen und sagte leise: »Auf Wiedersehen, Maddox.«

8

Maddox

Ich sah zum hundertsten Mal auf die Uhr. Wo blieb Natalie? Sie hätte längst hier sein müssen. Ich hatte gehofft, sie käme heute eher, denn gestern hatten wir sie nicht gesehen. Seit der Party dachte ich ständig an sie, selbst im weihnachtlichen Familientrubel zwischen Violets Spielzeug, der Bescherung und den verschiedenen Mahlzeiten war ich darauf erpicht, Natalies Lächeln zu sehen.

»Wonach schaust du?«, fragte Mom und kam neben mich ans Wohnzimmerfenster.

»Ich schaue in den Schnee«, log ich.

Sie lachte. »Aber sicher, mein Sohn. Wenn in den Schnee schauen heißt, auf Natalie zu warten, dann hast du wohl recht.«

»Wenn du es wusstest, wieso fragst du dann?«

»Weil ich deine Mutter bin, und dich verlegen zu machen gehört zu meiner Jobbeschreibung.«

Lachend legte ich einen Arm um ihre Schultern. »Arbeitest du heute?«

»Ich muss im Büro noch schnell ein paar Dinge abschließen, aber nein, ich werde versuchen, den größten Teil des Tages freizumachen. Dein Bruder sagte, er will sich die letzte Staffel von *State of Ruin* ansehen.«

»Das sollte er eigentlich für sich behalten.«

»Du bist Heath schon mal begegnet, oder? Er mag ein anderes Bild von sich haben, aber er wird nie ein Geheimnis für sich behalten können.«

»Ich maile dir den Link und das Passwort.«

Sie lächelte. »Es ist so schön, dich wieder zu Hause zu haben.«

Zu Hause. »Es tut gut, wieder hier zu sein.«

»Bist du dir sicher, dass du bei uns wohnen willst?«

»Ich möchte nirgendwo anders hin.«

Gestern hatte ich meine Eltern nach dem Frühstück beiseitegenommen und gefragt, ob sie etwas dagegen hätten, wenn ich mit Violet sofort nach Bozeman zog, und sie waren vor Freude außer sich gewesen. Ich hatte sogar angeboten, in eine Eigentumswohnung in der Innenstadt zu ziehen, aber sie hatten mich nur aufgezogen und darauf bestanden, dass wir bei ihnen blieben. Und da ich versuchen wollte, ohne Nanny auszukommen, hatte meine Mutter versprochen, mir mit Violet zu helfen.

Aber vorher waren da noch die Tage mit Natalie. Wenn sie nur schon da wäre. Ich hatte seit Jahren nicht mehr so aufgeregt auf eine Frau gewartet. Sie brachte mich mühelos zum Lächeln. Wenn sie sich mit mir unterhielt, hing ich an ihren Lippen. Und sie wirkte Wunder bei meiner Tochter.

Ich hatte ihr Gespräch mit Violet in der Damentoilette des Hotels belauscht und atemlos zugehört, als Natalie von sich erzählte. Nicht wegen der Geschichte mit ihrer Mutter, sondern weil noch nie eine Frau so mit Violet gesprochen hatte. So liebevoll und vernünftig.

Auch meine Mutter nicht – die sich große Mühe mit ihr gab, aber als ihre Nana immer geneigt war, Ja zu sagen – und Cece erst recht nicht.

Draußen knirschten Reifen im Kies, und ich ließ sie los und trat dicht ans Fenster.

»Oh, Maddox«, sagte sie lachend. »Leck nicht die Scheibe an.«

Ich schoss ihr einen bösen Blick zu, dann kniff ich die Augen zusammen, um zu erkennen, wer in dem fremden Auto saß, das die Auffahrt heraufkam.

Das war nicht Natalies Subaru. Und Natalie saß auch nicht am Steuer.

»Erwartest du jemanden?«, fragte ich.

»Nein.« Sie schüttelte den Kopf und ging mit mir die Haustür öffnen.

Wir standen nebeneinander und sahen eine ältere Frau aus dem grauen Wagen steigen und auf uns zukommen.

»Guten Morgen.« Sie lächelte einnehmend und gab mir die Hand. »Ich bin Cathy Caron.«

Die Besitzerin der Agentur, für die Natalie arbeitete.

»Hallo … Cathy.« Ich schüttelte ihr die Hand und bat sie aus der Kälte herein. Dann blickten wir einander hilflos schweigend an, bis meine Mutter sich entschuldigte.

»Wollen Sie mich erst einmal mit Violet bekannt machen?«, fragte Cathy.

Ich stutzte und rieb mir das Kinn. »Verzeihung, Cathy, ich bin etwas verwirrt. Weshalb sind Sie hier?«

Ihr Lächeln verblasste. »Oh, entschuldigen Sie. Anscheinend haben Sie meine E-Mail nicht erhalten.«

»Nein.« Ich hatte mich den ganzen Morgen noch nicht eingeloggt, und beim Frühstück, wenn ich normalerweise meine E-Mails las, hatte ich mit Violet *Schere, Stein, Papier* gespielt. »Ich muss mich entschuldigen.«

»Nein, das ist mein Fehler. Ich hätte anrufen sollen.« Ihre professionelle Haltung schwankte, als sie die Schultern hängen ließ und sich die Haare aus dem Gesicht strich. »Es war ein hektischer Morgen.«

»Wo ist Natalie?«

»Sie wird nicht kommen. Und da über Weihnachten keine andere Mitarbeiterin verfügbar ist, springe ich selbst ein.«

Von ihrer Erklärung bekam ich kaum etwas mit, nur dass Natalie wegbleiben würde. »Ist sie krank?«

»Nein, sie ist … nicht verfügbar.«

Oh, Scheiße. Hatte Cathy sie gefeuert? Meinetwegen?

Ich öffnete den Mund, aber kein Ton kam heraus. Was sollte ich sagen? Wusste Cathy, was ich für Natalie empfand? Woher? Ich war mir selbst doch nicht mal sicher, was ich empfand. »Ich, äh …«

Das letzte Mal war ich so sprachlos gewesen, als Violet in L. A. vor einer Nanny weggelaufen war und sich in meinem Schlafzimmer eingeschlossen hatte. Solange sie dort dringeblieben war, hatte sie die Schnürsenkel aus meinen Schuhen gezogen und aneinandergeknotet.

Auf meine Frage, warum sie das getan hatte, hatte sie geantwortet, sie habe die lange Schnur um den Bettpfosten binden und aus dem Fenster klettern wollen. Zugegeben, die Schnur hatte nur zweieinhalb Meter weit gereicht und mein Schlafzimmer lag im Erdgeschoss, aber ihr Plan war waghalsig gewesen, wenn auch durchdacht.

»Ja?«, fragte Cathy.

»Ach, nichts.« Ich schluckte meine Enttäuschung hinunter und bat sie hereinzukommen. »Vielen Dank, freut mich, dass Sie gekommen sind. Violet war eben noch in ihrem Zimmer. Bitte, fühlen Sie sich wie zu Hause. Ich gehe sie holen.«

Cathy nickte und zog sich den Mantel aus.

Auf der Treppe nahm ich zwei Stufen auf einmal und schritt den Flur entlang zu Violets Zimmer. Sie saß auf dem Bett und spielte mit dem Nintendo. Ich hatte ihr ein neues Spiel zu Weihnachten geschenkt, und sie wollte in den ersten achtundvierzig Stunden den Highscore knacken.

Vielleicht würde sie das heute ablenken, und es gäbe kein Desaster mit der neuen Nanny.

»Hallo, Prinzessin. Kannst du bitte ins Wohnzimmer kommen? Ich möchte dir jemanden vorstellen.«

»Wen?« Sie blickte nicht von dem Spiel auf.

»Eine neue Nanny wird heute mit dir spielen, solange ich arbeite.«

Ihre Finger stoppten. Sie schaute zu mir hoch. »Wo ist Natalie?«

»Sie kommt heute nicht.«

»Warum nicht?«

Weil ich es versaut habe. »Ich weiß es nicht«, log ich. »Tut mir leid.«

Violet starrte mich einen Moment lang an, dann legte sie schnaubend den Nintendo beiseite.

Die Vorstellung lief so gut wie erwartet. Ich führte Cathy durchs Haus, und Violet trottete widerwillig hinterher. Immerhin legte sie keinen Wutanfall hin. Vielleicht, weil Cathy bereits in den Fünfzigern war.

Violets Ausbruch bei der Party hatte mir die Augen geöffnet. Wie kam es, dass ich ein milliardenschweres Unternehmen führen konnte, aber das Verhalten meiner Tochter nicht verstand?

Die Nannys der vergangenen Jahre waren alle jung gewesen. Ich hatte das für normal gehalten – meine Kollegen in Kalifornien hatten Erzieherinnen in demselben Alter. Sicher, es war vorgekommen, dass eine Nanny sich zu dicht neben mich stellte, zu oft lachte oder errötete. Ich hatte mir nicht viel dabei gedacht, weil ich keine von ihnen attraktiv fand. Wen kümmerte es, ob sie für mich eine Schwäche hatten? An keine von ihnen hatte ich einen Gedanken verschwendet.

Bei Natalie war das anders.

Doch Violet hatte das alles schon gesehen, während ich noch nicht einmal geahnt hatte, wie viel sie bemerkte. Und wie sehr es sie bedrückte.

»Haben Sie besondere Anweisungen für mich?«, fragte Cathy nach dem Rundgang durchs Haus.

»Nein. Meine Eltern haben für die Woche einen Koch engagiert, er sorgt also für warme Mahlzeiten und Snacks. Ich muss heute Vormittag zu einer Besprechung außer Haus, aber bitte rufen Sie mich an, wenn Sie Fragen haben. Meine Eltern sind zu Hause. Violet findet sie, wenn es nötig ist.« Ich lächelte meine Tochter an und bekam einen mürrischen Schmollmund zu sehen.

Der machte mich tatsächlich froh. Er bedeutete nämlich, dass sie Natalie ebenso sehr vermisste wie ich.

Warum blieb sie weg, verdammt? Ich hatte sie auf der Party mächtig angegraben, aber sie hatte allem Anschein nach nichts dagegen gehabt. Sie hatte ihre Grenze gezogen, und die hatte ich respektiert.

Verdammt.

Ich ging in die Hocke und nahm Violets Hand. »Macht euch einen schönen Tag. Ich hab dich lieb.«

»Ich dich auch«, murmelte sie.

»Danke, Cathy.«

Sie lächelte und nickte. »Ist mir ein Vergnügen.«

Ich ließ sie mit Violet allein und ging ins Büro, um in der Firma anzurufen. Ich eröffnete meinem Assistenten als Erstes, dass der Umzug viel eher stattfinden musste. Wie erwartet machte er sich sofort daran, ihn zu organisieren, und versprach, alles Nötige zu tun, um einen nahtlosen Übergang zu schaffen.

Nach dem Anruf sprach ich mit meiner Justiziarin und dem Personalchef, die mich informierten, dass einer unserer Angestellten Inhalte an illegale Streamingdienste in Russland weitergegeben hatte.

Dann sprach ich mit meiner Finanzchefin, die berichtete, dass unsere aktuellen Umsatzzahlen am Jahresende höher sein würden als in unserer Prognose. Aber trotz der guten Neuigkeiten war ich wegen Natalie unruhig.

Wo war sie? Vielleicht war ich beim Flirten ungeschickt gewesen, weil ich aus der Übung war. Andererseits hatte sie auch mit mir geflirtet, oder nicht? Warum blieb sie weg? Warum hatte sie nicht angerufen?

Als ich meine Telefonate erledigt hatte, war ich für mein Treffen mit Tobias schon spät dran.

Holiday Homes machte zwischen Weihnachten und Neujahr Betriebsferien. Daher stand, als ich mit zehn Minuten Verspätung auf den Parkplatz fuhr, nur Tobias' GMC dort.

Mein Bruder lehnte an der verwaisten Rezeption und starrte ins Leere, als ich durch die Tür kam.

»Hey.« Es roch nach starkem Kaffee und Sägemehl. »Riecht genau wie in Dads alter Firma.«

Tobias nickte. »Ein nagelneues Gebäude und es riecht wie das alte. Aber ich mag das.«

»Ich auch.« Ich schüttelte ihm die Hand. »Danke, dass du dich heute mit mir triffst.«

Die restliche Woche war mit Terminen vollgepackt, und das war der einzige freie Zeitraum, um den Bau des Hauses zu besprechen. Sowie das Grundstück offiziell mir gehörte, wollte ich die Baugenehmigungen in der Tasche haben und mit der Erschließung anfangen.

Tobias würde mein Haus entwerfen, weil ich dafür den besten Architekten der Stadt wollte.

»Möchtest du einen Kaffee?«, fragte er und führte mich zum Pausenraum.

»Klar.« Unterwegs schaute ich mich um. Dad hatte das Gebäude vor drei Jahren errichtet, und ich war heute erst zum zweiten Mal hier. »Sieht nett aus.«

»Du kennst Mom und Dad.«

Sie hatten vor ein paar Jahren erklärt, dass sie etwas Geld ausgeben wollten. Sie hatten ihr Leben lang geschuftet und uns Jungen beigebracht, das auch zu tun. Und jetzt ernteten sie den Ertrag.

Ein individuelles Haus. Ein neues Firmengebäude. Reisen. Ein dreikarätiger Diamantring von Tiffany. Den hatte Dad ihr zu Weihnachten geschenkt, weil ihr ursprünglicher Verlobungsring allmählich stumpf wurde. Er hatte von ihr eine Fünftausend-Dollar-Uhr von Bremont bekommen, weil er immer vergaß, sein Handy aufzuladen, und deshalb nie wusste, wie spät es war.

Die Uhr sah fast so aus wie die, die ich in unserem letzten gemeinsamen Jahr von Cece bekommen hatte. Sie war zu Weihnachten immer im Kaufrausch gewesen und hatte mir, Violet und sich selbst teure Dinge geschenkt.

Sie hatte immer einen Berg Geschenke unter unseren Baum gelegt. Nach der Scheidung hatte ich mich von den protzigen Uhren und Manschettenknöpfen getrennt, denn sie hatten weder ihr noch mir etwas bedeutet.

Meine Frau sollte mir etwas schenken, weil es mir gefallen würde, und nicht, weil auf dem Preisschild eine fünfstellige Zahl stand. Ich wollte ein Geschenk, das mich zum Lächeln brachte. Oder zum Lachen.

Ich sollte wieder häufiger lachen.

Und Tobias auch, wenn ich seine Stimmung richtig deutete.

»Alles okay bei dir?«, fragte ich, als er in sein Büro ging und sich an den Schreibtisch setzte. Er war den ganzen Weihnachtstag über sehr still gewesen. Ich hatte angenommen, ihm sei der Trubel zu viel, doch auch jetzt, da wir allein waren, wirkte er in sich gekehrt.

»Ja.« Er rieb sich das bärtige Kinn. »Großartig.«

Also nicht großartig. »Hab dich bei der Party im *Baxter* vermisst.«

»Ja. Mir ist etwas dazwischengekommen.« Er starrte auf den Schreibtisch und wirkte unkonzentriert.

»Tobias.«

Er schluckte mühsam.

»Was ist los?«

»Nichts.«

»Rede mit mir.«

Besonders zu Tobias hatte ich über die Jahre den engen Kontakt verloren. Er war im College sehr strebsam gewesen und hatte anschließend viel gejobbt. Und ich hatte mir nicht die Zeit genommen, um mich bei ihm zu melden.

Bei Heath hatte das keine Rolle gespielt. Er hatte meine Defizite in der Hinsicht ausgeglichen. Nachdem ich von Montana weggezogen war, war keine Woche vergangen, in der er mir nicht wenigstens eine Nachricht schickte.

Doch Tobias und ich hatten uns aus den Augen verloren. Ich hoffte, das nun rückgängig machen zu können, wenn ich wieder zu Hause wohnte. »In letzter Zeit war ich ein ziemlich beschissener großer Bruder. Gib mir die Chance, das wiedergutzumachen.«

Er drehte den Kopf zu mir, starrte aber ins Leere und sah plötzlich blass aus. »Erinnerst du dich an Eva?«

»Ich habe sie nicht persönlich kennengelernt, aber ja, ich erinnere mich.« Er war während der Collegezeit mit ihr zusammen gewesen. Ich wusste nicht, woran die Beziehung zerbrochen war, aber laut Heath war Tobias deswegen eine Zeit lang am Boden gewesen.

Mom hatte Eva sehr gemocht, und bei einem ihrer regelmäßigen Anrufe – bei denen sie mir alles Mögliche über meine Brüder erzählt hatte – hatte sie mir gestanden, wie sehr sie sich wünschte, sie würden wieder zueinanderfinden.

»Sie kam neulich morgens vorbei«, sagte Tobias. »An Heiligabend.«

»Okay«, sagte ich gedehnt. »Nähert ihr euch gerade wieder an?«

»Nein.« Er strich sich übers Gesicht, dann ließ er die Bombe platzen. »Sie ist schwanger.«

»Oh.« *Scheiße.*

»Vor einer Weile sind wir miteinander im Bett gewesen.

Das Kondom ist gerissen. Sie ist schwanger, und sie zieht nach London.«

Vier tonlos unterbreitete Neuigkeiten. Als hätte er keinen blassen Schimmer, wie er damit umgehen sollte.

Bevor mir einfiel, was ich darauf sagen könnte, schüttelte er den Kopf und griff nach einem Bleistift. »Lass uns durchgehen, wie dein Haus aussehen soll.«

»Wir können das ein andermal tun.«

»Nein, heute ist gut.« Er klappte ein Notizbuch auf und wartete.

»Tob…«

»Fünf Schlafzimmer? Oder möchtest du lieber sechs?«

Ich seufzte und beschloss, ihn nicht zu drängen. »Sechs. Und eins im Gästehaus.«

»Bäder?«

Zwei Stunden lang planten wir das Haus. Tobias stellte Fragen, ich antwortete. Als er fertig war, stand er auf, ehe ich ihn wieder auf Eva ansprechen konnte. Alles Weitere war offensichtlich vertagt. »Ich lasse einen ersten Entwurf anfertigen und bring ihn dir bald.«

Ich verstand den Wink mit dem Zaunpfahl. »Danke.« Ich nickte ihm zu. Ich wollte ihm Zeit lassen, sich mit der Schwangerschaft auseinanderzusetzen, und ihn dann noch mal danach fragen. Schließlich war es nicht so, dass ich in zwei Tagen wieder abreiste. Von nun an nicht mehr.

Sobald ich im Auto saß, zog ich das Handy hervor, weil ich hoffte, einen verpassten Anruf von Natalie zu sehen. Das Display war leer. Wo war sie? Warum war sie nicht gekommen? Die Ungewissheit trieb mich in den Wahnsinn.

Scheiß drauf! Ich schrieb meinem Assistenten eine kurze E-Mail, mir sei etwas dazwischengekommen und er solle die nächsten beiden Telefonkonferenzen verschieben. Dann rief ich Heath an.

»Hallo?« Er klang gedämpft.

»Bist du noch im Bett?« Es war nach elf.

»Vielleicht.«

»Du musst mir einen Gefallen tun.«

»Welchen?«, fragte er gähnend.

»Weißt du zufällig Natalies Telefonnummer? Oder ihre Adresse?«

»Wozu brauchst du die? Arbeitet sie heute nicht?«

»Heath«, brummte ich. »Hast du ihre Nummer?«

»Warte kurz!« Es raschelte, dann wurde ich in die Warteschleife gelegt.

Herrgott noch mal, was tue ich hier eigentlich? Wenn Natalie mich sehen wollte, wäre sie heute früh zu mir gekommen. Der Anstand gebot, ihre Privatsphäre zu achten und sie in Ruhe zu lassen. Aber legte ich auf? Nein. Denn verdammt, sie hatte etwas an sich, das anders war. Nicht anders, aber … vertraut. Sie spielte einem nichts vor, im Gegensatz zu vielen Frauen in der Unterhaltungsindustrie, die mein Alltag war. Sie schien an gesellschaftlichem Status nicht interessiert zu sein. Sie war bodenständig und ehrlich. Mit ihr zusammen fühlte ich mich wie früher, bevor es *Madcast* gab. Bevor ich so viel Geld hatte. Bevor ich aus Montana weggezogen war.

Ich wollte ihre Lippen schmecken. Ich wollte ihre Kurven unter meinen Händen spüren. Ich wollte die Finger in ihre weichen Haare schieben. Ich wollte über sie herfallen.

Ich begehrte sie, wie ich noch keine Frau begehrt hatte.

Die Stille endete abrupt. »Maddox?«

»Bin noch dran.«

»Ich schätze, Natalie lebt in dem Haus, in dem sie aufgewachsen ist.«

»Bei ihrem Vater?«

»Nein, ich glaube, sie hat es von ihm gekauft. Oder so ähnlich. Weiß es nicht genau. Aber du weißt noch, wo es ist?«

»Ungefähr, aber eine Adresse wäre gut.«

»Die hab ich nicht. Es ist in unserem alten Viertel. Dunkelgrünes Haus, zwei Blocks weiter.«

»In welche Richtung?« Ich biss die Zähne zusammen.

»Äh … Richtung Grundschule?«

»Du machst mich fertig.«

»Dunkelgrüne Fassaden sind eher selten. Du wirst es finden. Wie viele kann es da schon geben?«

Zwei. Es standen zwei dunkelgrüne Häuser an der Straße, die zwei Blocks von dem Haus unserer Kindheit entfernt lag.

In einem wohnte eine »nette« ältere Frau, die drohte, ihren Zwergspitz auf mich zu hetzen, wenn ich »meinen Vertreterarsch nicht von ihrer Veranda wegschaffte«.

In verwaschenen Jeans und schwarzem Pullover sah ich offenbar aus wie ein Klinkenputzer.

Bei dem zweiten dunkelgrünen Haus wusste ich, dass ich an der richtigen Adresse war, sobald ich las, was auf der Fußmatte stand: *Die Nachbarn haben besseres Zeug.*

Ich kicherte, während ich ungebeten vor Natalies Tür stand. Ehe ich klopfen oder klingeln konnte, schwang die Tür auf, und da stand sie mit einer Topfpflanze im Arm.

»Hi.«

Sie riss ihre schönen blauen Augen auf. Blinzelte. »H…hi.«

»Du bist nicht zur Arbeit gekommen.«

Sie ließ die Schultern hängen und hielt mir die Pflanze hin. »Es tut mir leid. Das ist meine Entschuldigungs-Aloe. Ich wollte sie vorbeibringen und mich verabschieden.«

»Entschuldigungs-Aloe.« Ich nahm ihr den Topf aus den Händen. »Nie gehört.«

»Sie ist mein Geschenk zu Weihnachten und zum Einzug ins neue Haus. Die sind sehr nützlich, wenn man Kinder hat, die zu Unfällen neigen. Oder die versuchen, ihre Barbies mit einer Lötlampe in Zombies zu verwandeln.«

Sie hatte mir ein Geschenk gekauft. Eine Aloe. Für meine

Tochter, die sehr wahrscheinlich ihre Barbies mit einer Lötlampe zu Zombies umgestalten würde.

Ich lachte schallend, dass man es in der ganzen Straße hörte. Gott, wie gut das tat. Es tat gut zu wissen, dass sie auf dem Weg zu mir gewesen war. Ja, sie hatte vorbeikommen und sich verabschieden wollen, aber über Letzteres würden wir später reden.

»Was tust du hier?«, fragte sie.

Ich antwortete, indem ich ins Haus trat, sodass sie zurückweichen musste. Indem ich die Aloe auf dem Fußboden absetzte, die Tür hinter mir schloss und mich vor sie stellte. Ehe sie sich meinem Griff entziehen konnte, nahm ich ihr Gesicht in beide Hände. »Ich habe Cathy kennengelernt.«

Ihre Schultern sackten noch mehr herab. »Ja.«

»Du bist nicht mehr unsere Nanny.«

»Nein, nicht mehr.« Ihre Mundwinkel bewegten sich abwärts. »Tut mir leid.«

»Mir nicht.«

Dann küsste ich ihre Traurigkeit weg.

9

Natalie

Der beste Kuss meines Lebens.

Natürlich konnte Maddox Holiday küssen. Nach der Party hatte ich nur den Hauch eines Kusses von ihm bekommen und trotzdem den ganzen nächsten Tag an nichts anderes gedacht. Ich hatte seine Lippen nur für eine Sekunde gespürt. Welche Erwartungen ich auch gehabt hatte, sie waren gesprengt worden, als seine Zunge über meine Unterlippe schnellte.

Seine Hände blieben an meinen Wangen. Er hielt mich an seinem Mund, während ich zerfloss.

Meine Knie wurden weich. Ein Stöhnen kam aus meiner Kehle.

Er nutzte den Moment sofort aus und schob die Zunge zwischen meine Lippen, und sein Geschmack breitete sich auf meiner Zunge aus. Die Hitze in seinem Mund war berauschend. Mir verschwamm die Sicht, als er zu einem tiefen Kuss ansetzte. Ich fühlte nur noch ihn und stand einfach da. Reglos. Wie betäubt. Kurz davor, in Glibber überzugehen.

Träumte ich? Vielleicht träumte ich nur. *Küss ihn auch.* Wieso erwiderte ich den Kuss nicht?

Bevor ich aktiv werden konnte, zog er sich zurück und lehnte die Stirn an meine.

Nicht aufhören, ich war doch fast so weit!

»Natalie, ich …«

»Küss mich noch mal, Maddox«, platzte ich heraus und

stellte mich auf die Zehenspitzen, warf die Arme um seine Schultern und hielt ihn fest.

Er ließ sich das nicht zweimal sagen. Er legte den Mund auf meinen, und so zärtlich der erste Kuss bisher gewesen war, jetzt wurde er lustvoll und drängend. Maddox verschlang mich, seine Zunge rang mit meiner.

Meine Finger tauchten in seine dichten Haare ein, zogen daran, spielten damit, während ich meine ganze Leidenschaft in den Kuss legte.

Wenn das alles war, was ich von Maddox Holiday kriegen würde, verdammt, dann wollte ich einen bleibenden Eindruck hinterlassen. Für uns beide.

Maddox fasste um meinen Rücken, hob mich hoch und trug mich zur nächsten Wand.

Ich schlang die Beine um seine Hüften, während er mich gegen die Wand drückte, und hielt mich an ihm fest, gab seinen Mund für keine Sekunde frei. Wir küssten uns, ich weiß nicht, wie lange, bis es in meinem Unterleib pulsierte und er nach mehr verlangte.

Er schob die Hüften vor, drückte seine Härte einen herrlichen Moment lang gegen mich, dann zog er den Mund weg. »Scheiße.«

»Nicht aufhören.«

Maddox schüttelte den Kopf. »Ich wollte dich am Samstag küssen. Aber das … verdammt, du kannst küssen, Nat.«

Oh, Gott sei Dank. Wenn ich in meinem Leben nicht mehr erreichte, als Maddox zu überzeugen, dass ich gut küssen konnte, dann würde ich als glückliche Frau sterben. »Hab ich als Teenager an meinem Arm geübt.«

Er grinste und ließ meine wackeligen Beine auf den Boden herunter. »Was hast du damals noch geübt?«

»Das ist mein Geheimnis, aber du kannst es lüften. Ich sage nur, es hatte mit einer Banane zu tun.«

»Natalie«, er stöhnte. »Du machst mich fertig.«

»Was? Ich mache ein superleckeres Bananenbrot. Ich hab gehört, Männer lieben Bananenbrot.«

Er warf den Kopf zurück und lachte.

Wie toll er aussah, wenn er das tat. Das Lachen verwandelte den stoischen Unternehmer in einen unwiderstehlichen Mann.

Als er mich wieder ansah, lachte er noch immer, und das Grübchen war da. Weil das vielleicht die letzte Gelegenheit war, berührte ich es mit der Fingerspitze.

Maddox schob die Finger in meine Haare. »Warum bist du heute nicht gekommen?«

»So sehr du mich am Samstag küssen wolltest, ich wollte das noch zehnmal mehr. Genau deshalb. Das konnte ich Violet nicht antun. Sie braucht dich. Und …«

Die Wahrheit war so abgrundtief peinlich. Ich wollte sie Maddox nicht erzählen, aber ich wollte auch nicht, dass er sie von jemand anderem hörte.

»Und was?«

»Ich habe den Fehler schon einmal begangen«, gab ich verlegen zu. »Das darf ich nicht noch mal tun.«

»Noch mal?« Er runzelte die Stirn. »Mit einem Vater?«

Ich seufzte und ging zur Couch im Wohnzimmer.

Er folgte mir und setzte sich neben mich.

»Als ich achtzehn war, fing ich bei einem alleinerziehenden Vater an. Deacon.« Ich starrte auf den Sofatisch. Nur wenige kannten diese Geschichte, denn für mich war sie demütigend. »Er hatte zwei siebenjährige Jungs. Er war frisch geschieden. Dachte ich jedenfalls. Deacons Ex-Frau war praktisch nicht vorhanden, aber die Kids redeten ständig von ihr. Ich dachte mir nichts dabei, weil sie eben nie da war. Ich nahm an, dass sie irgendwo in der Stadt wohnte.«

Was die Betreuung der Zwillinge anging, bekam ich alle Anweisungen von Deacon. Er ließ mich morgens herein, bevor er zur Arbeit fuhr, und kam jeden Abend um halb sechs zurück, sodass ich zum Abendessen zu Hause sein konnte.

»Es war nur für einen Sommer und mein erster Vollzeitjob, bevor ich zu Cathys Agentur ging. Ich passte in den Schulpausen auf die Zwillinge auf.«

»Er war nicht geschieden, oder?«

Ich schüttelte den Kopf. »Nein. Seine Frau war Journalistin und war den Sommer über zu einem Auftrag in Italien. Das wusste ich nicht.«

Maddox legte eine Hand auf meine Schulter. »Nat, das kann man dir nicht vorwerfen.«

»Ich weiß.« Ich lächelte ihn traurig an. Es hatte Jahre gedauert, bis ich begriff, dass Deacon mich bewusst ausgenutzt, es darauf angelegt hatte. Er war ein gut aussehender älter Mann gewesen, der mich geschickt manipuliert hatte, um mich in sein Bett zu locken. Ich hatte dreimal mit ihm geschlafen, bevor ich erfuhr, dass seine Frau zwar verreist, aber immer noch seine Frau war.

Ich hatte die Affäre ein paar Jahre für mich behalten und schließlich Judy davon erzählt, nachdem sie meinen Vater geheiratet hatte. Cathy wusste auch davon, weil ich von Anfang an vollkommen ehrlich sein wollte.

Sonst hatte ich niemandem davon erzählt, und ich war mir sicher, dass Deacon nichts ausplaudern würde. Wie ich neulich mal gehört hatte, war er noch verheiratet.

»Als ich das mit seiner Frau erfuhr, kündigte ich sofort. Das Schlimmste war zu wissen, dass ich die Jungs hintergangen hatte. Sie hatten mir vertraut, und ich war mit ihrem Vater im Bett gewesen. Er hatte mich belogen, aber ich hätte klüger sein müssen. Und das kann man mir sehr wohl vorwerfen. Ich darf das nicht noch einmal tun. Und schon gar nicht mit dir.«

»Mit mir?«

»Ich mag dich, Maddox. Ich mochte dich schon immer.

Ich weiß nicht, ob du es mit mir versuchen willst oder nicht …«

»Will ich.«

Erleichterung durchströmte mich. »Dann darf ich nicht Violets Nanny sein. Violet braucht jemanden, der ihr ohne Hintergedanken aufrichtig zugetan ist. Das hat sie verdient.«

»Da stimme ich dir zu.« Er nahm meine Hand. »Du bist gefeuert.«

Ich lachte. »Ich habe bereits gekündigt. Und die Entschuldigungs-Aloe beweist es.«

»Geh mit mir aus.«

»Aber was ist mit Violet?«

»Die kann mit jemand anderem ausgehen.«

Ich schlug ihm auf den Arm. »Du weißt, was ich meine.«

»Ich weiß.« Maddox rückte ein wenig näher zu mir. »Aber hör mich an.«

»Okay.«

»Violet wird bei mir immer an erster Stelle stehen. Du hast recht damit, dass sie jemanden braucht, dem es nur um sie geht. Und es macht dich wahnsinnig anziehend, dass du meiner Tochter zuliebe gehen willst. Aber …«

Er richtete den Oberkörper auf und sah mir in die Augen. Sein Gesicht drückte Entschlossenheit aus. Das war der Maddox, der ein Milliardenunternehmen führte. Das war der Mann, der das Sagen hatte und bereit war, für seine Sache einzutreten.

Wahnsinnig anziehend.

»Violet hat kaum beglückenden Umgang mit Frauen. Sie hatte ein paar sehr gute Lehrerinnen. Und meine Mutter. Aber Cece ist sang- und klanglos aus ihrem Leben verschwunden und die anderen Nannys auch.«

Das griff mir ans Herz. »Ich finde es furchtbar, dass sie das erleben musste.«

»Ich auch.« Er lächelte mich traurig an. »Ich möchte, dass

sie sieht, dass es auch freundliche, liebevolle Frauen gibt. Und dass du eine davon bist. Also geh mit mir aus und verbringe Zeit mit Violet, wenn du das möchtest. Das eine schließt das andere nicht aus.«

»Du bist extrem überzeugend.« Ein Lächeln zog an meinen Mundwinkeln. »Bekommst du immer, was du willst?«

»Für gewöhnlich ja.« Er lachte leise. »Ist das ein Ja?«

»Ja.« Ein Date mit Maddox. Mein Herz hüpfte. »Wann?«

»Ist heute Abend zu früh?«

»Eigentlich nicht.«

»Gut. Ich hole dich um sechs ab.«

»Eigentlich ... Wie wär's, wenn ich zu dir komme? Ich fühle mich schrecklich, weil ich Violet heute versetzt habe, und ich habe ein Geschenk für sie.« *Bonbons und ein Malbuch.*

»Ganz, wie du willst.« Maddox zog meine Hand an seinen Mund und küsste meine Fingerknöchel. Dann stand er auf. »Ich fahre jetzt mal besser zurück. Hoffe, Violet hat Cathy nicht aus dem Haus gejagt. Bis heute Abend also?«

»Ja.« Ich brachte ihn zur Tür, und dabei lächelte ich so breit, dass mir die Wangen wehtaten.

»Warte, da wäre noch etwas ...« Er zog mich in die Arme und küsste mich, bevor er ging.

Ich wartete auf der Türschwelle, bis der Audi außer Sicht war, dann schloss ich die Tür und kreischte. »Jaaaa!«

Maddox hatte mich geküsst.

Maddox Holiday, der heißeste Mann ever, hatte mich verdammt noch mal geküsst.

Ich rannte durchs Haus und schwenkte kreischend die Arme über dem Kopf. Mitten in meinem Freudentanz auf der Couch ging die Haustür auf. Das Herz rutschte mir in die Hose, ich strich mir hastig die Haare aus dem Gesicht und hoffte inständig, das würde nicht Maddox sein, der etwas vergessen hatte.

Nein, es war bloß mein Vater. Er hielt nichts von Anklopfen.

»Was tust du da?« Er sah mich von der Seite an, im Arm die Topfpflanze, die ich gestern bei ihm vergessen hatte.

»Er hat mich geküsst.« Ich sprang von der Couch. »Das musste ich feiern.«

»Judy!«, brüllte Dad über die Schulter.

»Ich bin hier, Garrett.« Sie schoss ihm einen missbilligenden Blick zu, als sie sich an ihm vorbei ins Wohnzimmer drängte. »Musst du denn immer gleich brüllen?«

Mein Vater hatte zwei Lautstärken – laut und superlaut. Doch seine tiefe Stimme und sein munterer Tonfall brachten mich immer zum Lächeln.

»Sie redet übers Küssen«, sagte er. »Das ist nicht mein Fachgebiet.«

Ich rollte die Augen. »Du tust gerade so, als hättest du mich nicht mit zwölf Jahren aufgeklärt.«

»Und ich habe immer noch Albträume davon. Wenn wir also feiern, dass du jemanden geküsst hast, bin ich raus.« Ohne ein weiteres Wort stellte er die Topfpflanze in den Flur neben meine Aloe und zog sich nach draußen zurück.

»Wir feiern einen Kuss?« Judy zog sich den Mantel aus.

»Ja.« Ich sprang wieder auf die Couch und schwenkte die Hüften. »Maddox hat mich geküsst.«

Eine halbe Stunde lang erzählte ich ihr alles: dass ich seit der Highschool für ihn schwärmte, dass er mich zufällig als Violets Nanny eingestellt hatte, was bei der Party passiert und wie es zu dem Kuss gekommen war. Als ich damit durch war, schrieb sie Dad, er könne wieder reinkommen – er hatte so lange im Auto gesessen und einen True-Crime-Podcast angehört.

»Also ist er der Grund, warum du gestern so schlechter Laune warst?«, fragte sie.

»Ich war nicht schlecht gelaunt.«

»Okay, nicht unbedingt schlecht. Aber du warst nicht wie sonst.«

Wir hatten gestern zusammen Weihnachten gefeiert gemäß unserer Tradition: essen und Filme gucken. Ich hatte den ganzen Tag auf Judys und Dads Sofa gefaulenzt. Vielleicht war ich auch ein bisschen mürrisch wegen Maddox und meinem Gespräch mit Cathy gewesen, die ich angerufen hatte, um zu kündigen.

Um Mitternacht hatte ich mich endlich von ihrer Couch getrennt und nach Hause geschleppt und meine Geschenke dort gelassen, den Bogenhanf, den Dad eben in den Flur gestellt hatte, und das Kochbuch, das Judy mir gebastelt und mit ihren Lieblingsrezepten gefüllt hatte. Sie klammerte sich noch an die Hoffnung, ich könnte eines Tages eine fantastische Köchin werden wie sie. Sie hatte nicht vergessen, dass ich mal einen Hotdog in der Mikrowelle explodieren ließ.

»Was wirst du zu dem Date anziehen?«, fragte sie.

»Das weiß ich noch nicht.«

»Kenne ich den Kerl?«, fragte Dad.

»Maddox Holiday.«

Er zog die Brauen hoch. »Der *Madcast*-Holiday?«

»Genau der.« Das konnte nicht wahr sein. Ich träumte wohl doch.

»Wie ist er denn so?«, wollte Judy wissen.

»Nett. Intelligent. Und wahnsinnig hot.«

»Muss ich wieder rausgehen?« Dad deutete mit dem Daumen über seine Schulter.

Ich lächelte. »Maddox hat eine siebenjährige Tochter, und die ist ein Hitzkopf. Und ich liebe es, dass sie kein Engel ist.«

Judy legte eine Hand auf Dads Oberschenkel und lächelte ihn an. »Ich liebe es quasi auch, dass deine Tochter kein Engel ist.«

»Was redest du denn da? Ich bin ein Engel.«

Sie schnaubte spöttisch, während Dad einen Fleck an seiner Jeans betrachtete.

»Ich war immer ein braves Mädchen.«

»Schätzchen, weißt du nicht mehr, wie wir uns kennenlernten?«, fragte sie.

»Bei einem Abendessen in diesem Haus.«

»Im Großen und Ganzen, ja. Wir haben zusammen zu Abend gegessen. Aber als ich dich das erste Mal kennenlernen sollte, hast du gerade den Vorgarten der Nachbarin mit Klopapier überzogen.«

»Mooment.« Ich hob die Hand. »Du kannst nicht beweisen, dass ich das war.«

Dad zog die Lippen zwischen die Zähne, um nicht zu grinsen.

In all den Jahren, seit Judy in Dads Leben getreten war, hatte ich meine Taten jenes Abends nie gestanden und würde das auch nie tun. Außerdem war es gar nicht so, dass ich den ganzen Vorgarten mit Klopapier überzogen hatte. Ich hatte nur dafür gesorgt, dass Mrs Henderson einen großen Vorrat davon bekam, weil sie nämlich ihren Hund immer zum Kacken auf unseren Rasen schickte.

Ich hatte damals noch zu Hause gewohnt, um Geld zu sparen und mich später mal an der Montana State einzuschreiben, denn ich hatte beschlossen, nicht ewig als Nanny zu arbeiten. Mein Vater brachte Judy nach einem ihrer ersten Dates mit nach Hause, weil er uns einander vorstellen wollte. Eine Stunde, bevor sie aufkreuzten, kam ich heim. Auf dem Weg zur Haustür schrieb ich eine Nachricht und achtete nicht darauf, wo ich hintrat. Es war dunkel, und ich trug meine Lieblingstennisschuhe. Damit patschte ich in einen großen, frischen Hundehaufen.

Das brachte das Fass zum Überlaufen.

Ich ging ins Haus, zog mich von Kopf bis Fuß schwarz an und wartete, bis bei Hendersons die Lichter zum Garten ausgingen, dann ging ich zum Angriff über. Ich rollte das Klopapier aber nicht über den ganzen Vorgarten aus. Nein, ich schaufelte alle Hundehaufen zu einem Berg zusammen und stapelte das Klopapier daneben zu einer Pyramide.

Denn ich *war* ein Engel.

Nur einen Strauch wickelte ich auf die klassische Art mit Klopapier ein, und nur den kleinsten, weil ich nämlich nett war. Ich arbeitete gerade an der letzten Rolle, als Dad und Judy in die Einfahrt einbogen.

Dad hatte seit Tagen unterbrochen über Judy gesprochen, und kaum stieg sie aus dem Auto, lachend, weil er etwas Witziges gesagt hatte, geriet ich in Panik und rannte die Straße entlang davon. Zwei Stunden langweilte ich mich auf dem Schulhof der Grundschule herum und kehrte erst heim, als Judy gegangen war.

Zwei Tage später, als mein Vater ein zweites Kennenlernen arrangiert hatte, kam Judy mit einer Packung Charmin Ultra Soft bei uns an.

Am nächsten Tag kam sie wieder, diesmal mit einem selbst gebackenen Schokoladenkuchen, und ich gab Dad sofort meine Genehmigung.

Er hatte sie vier Tage später geheiratet, und Judy war bei uns eingezogen. Anstatt unser Haus zu verkaufen, hatte er es an mich vermietet, damit ich nicht umzuziehen brauchte.

Mrs Henderson wohnte noch immer nebenan. Soweit ich wusste, ahnte sie nicht, wer ihr das Klopapier hinterlassen hatte. Ich hatte es damals gleich am nächsten Tag beseitigt, weil mich das schlechte Gewissen geplagt hatte. Ihr Hund kackte noch immer in meinen Vorgarten. Und ich schaufelte die Häufchen nach wie vor in ihren.

»Schon eine Nachricht aus der Werkstatt?«, fragte Dad. Er mochte den VW-Bus nicht, weil er meiner Mutter gehört hatte, aber er hatte ihn auch nicht verkauft, denn nachdem sie uns sitzen gelassen hatte, wurde er mein Rückzugsort. Als ich alt genug gewesen war, um Auto zu fahren, machten wir Magdalena fahrtüchtig.

»Nein.« Ich seufzte und ließ mich neben ihn auf die Couch plumpsen. »Ich mache mir Sorgen, Dad. Was, wenn sie sie nicht mehr hinkriegen?«

»Das ist nur ein Auto, Kind.«

Ich schnappte nach Luft und sah ihn böse an. »Wie kannst du es wagen, so über Magdalena zu sprechen?«

»Brauchst du Geld für die Reparatur?«

Ja. »Nein.«

Ich hatte mein Nanny-Honorar dafür ausgeben wollen. Doch daraus würde nichts werden. Ich konnte natürlich mein gespartes Collegegeld angreifen, doch vor Jahren hatte ich mir schon geschworen, das niemals zu tun.

»Ich habe überlegt zu studieren.«

Judy richtete sich auf und sah an Dad vorbei zu mir. »Und?«

»Ich denke, es ist Zeit. Und so gern ich auf Kinder aufpasse, will ich den Beruf nicht mein Leben lang ausüben.« Und nachdem ich Maddox von meinem Traum erzählt hatte, einem Mann, der äußerst erfolgreich war, wollte ich ihn endlich verwirklichen.

Damit ich mir das leisten konnte, würde ich Magdalena vielleicht verkaufen müssen. Ein älterer Subaru wie Dads wäre billiger im Unterhalt und im Winter zuverlässiger.

Zuverlässig. Igitt.

»Wir sind für dich da.« Dad lächelte. »Was immer du brauchst.«

»Danke.« Ich legte den Kopf auf seine Schulter.

»Um wie viel Uhr bist du verabredet?«, fragte Judy.

»Um sechs.«

»Wir fahren zu *Costco*«, sagte Dad. »Willst du mitkommen?«

»Nein, ich bleibe hier und mache mich fertig.«

Er sah auf die Uhr. »Du hast noch Stunden Zeit.«

»Vor einem ersten Date gibt es viel zu tun. Ich muss mich duschen und die Haare waschen. Ich brauche ein Peeling. Muss mir die Beine rasieren, für den Fall, dass …«

»Komm, Judy!« Er schoss von der Couch hoch und schritt zur Tür.

»Du folterst ihn.« Judy lachte und stand auf, um ihm zu folgen.

Ich kicherte. »Er macht es mir aber auch zu leicht.«

Wir umarmten uns, und als sie weg waren, drehte ich tanzend und jubelnd eine Siegerrunde durchs Wohnzimmer.

Den Rest des Nachmittags verbrachte ich am Laptop und füllte die Anmeldeformulare der Uni aus.

Um fünf Uhr duschte ich, wusch mir die Haare und rasierte mir die Beine. Dann packte ich die Aloe, den Beutel Geleebonbons und das Malbuch ein und fuhr durch die Stadt zu Maddox.

Die Schmetterlinge in meinem Bauch schwärmten aus, als ich in die Einfahrt einbog. *Ich kann nicht glauben, dass das passiert.*

Und dennoch passierte es.

Ich würde mit Maddox ausgehen.

Lächelnd stieg ich die Stufen zur Haustür hoch und griff zur Klingel, doch bevor ich den Knopf berührte, wurde die Tür aufgerissen.

»Hallo.« Maddox sah fantastisch aus, seine dunklen Haare hatte er nur mit den Fingern zurückgestrichen. Er trug noch die Jeans und den schwarzen Pullover. Durch die dunkle Farbe stachen seine leuchtend blauen Augen umso mehr hervor.

»Hi.« Ich übergab ihm die Pflanze und ging an ihm vorbei in den Flur, wo ich den Mantel auszog. Ich war auch in Jeans und Pullover. Meiner war hellbraun, und dazu trug ich Stiefel mit hohen Absätzen.

»Du siehst toll aus.« Er küsste mich auf die Wange und verweilte für einen Moment mit den Lippen an meinem Ohr.

»Danke.« Ich neigte mich zu ihm und atmete den Duft seines Rasierwassers ein.

»Hi, Nat.«

Ich trat einen Schritt zur Seite, weil Heath von draußen hereinkam. »Hi.«

»Wie geht's?«

»Gut.« Ich musterte sein Gesicht und fragte mich, ob er noch wusste, dass ich ihn während der Party an Stellas nackten Brüsten lutschen sah.

Wenn ja, dann würde er wohl kein Wort darüber verlieren. Sollte mir recht sein. »Willst du heute Abend mitspielen?«

»Äh …«

»Kleine Planänderung.« Maddox sah mich gequält an. »Unsere Eltern haben einen Familien-Spieleabend ausgerufen.«

»Und der ist Pflicht.« Heath hob ein halb volles Whiskeyglas. »Aber es gibt Alkohol.«

»Du musst nicht bleiben.« Maddox strich an der Rückseite meines Arms entlang. Die federleichte Berührung hinterließ eine Gänsehaut. »Aber wenn du Lust hast zu spielen …«

»Ich gewinne gern und spiele gnadenlos.«

Er grinste. »Dann mal los, Buchanan.«

Eine Stunde später lag ich in der Holiday-Game-Night klar in Führung.

»Wer hat dich noch mal eingeladen?«, fragte Heath beim Kartenmischen.

»Ich«, grummelte Maddox und ordnete seinen niedrigen Stapel Spielmarken. Es war klar, dass er genauso aufs Gewinnen aus war wie ich, und dass ich gerade mit einer hohen Poker-Hand gewonnen hatte, wurmte ihn.

Nach einer Sichtung der enormen Brettspielsammlung hatten wir uns für *Texas Hold'em* entschieden, damit wir alle dasselbe spielen konnten. Hannah und Keith, Maddox, Heath, Violet und ich. Tobias ließ sich nicht blicken, aber ich hatte nicht fragen wollen, warum er der Teilnahmepflicht nicht nachkam.

»Wie stehen wir da?«, fragte ich Violet. Sie hatte sich gleich zu Anfang mit mir zusammengetan. Laut Maddox hatte sie mit Cathy einen schönen Tag gehabt. Allerdings meinte sie, mit mir sei es lustiger.

»Siebzehn, achtzehn« – die Clay Chips klirrten, als sie sie stapelte – »neunzehn blaue.«

Blaue Chips waren hundert Dollar wert, und es waren nur dreißig im Spiel.

»Ausgezeichnet.« Ich schoss Maddox ein gemeines Grinsen zu.

Er machte ein finsteres Gesicht, während Heath das nächste Blatt austeilte.

Hannah hatte früh verloren und begnügte sich damit, Violet und mich anzufeuern. Nach den Chipsstapel zu urteilen lag Keith an zweiter Stelle. Heaths Stapel war ähnlich hoch wie der seines Vaters. Und dann war da noch der niedrige Stapel von Maddox, er war Letzter.

»Wo hast du Poker spielen gelernt, Natalie?«, fragte Hannah.

»Mein Dad und ich haben immer gern Karten gespielt. Er hat es mir schon beigebracht, als ich noch klein war.«

»Er hat seine Sache gut gemacht.« Keith hob seine Karten auf und warf sie auf den Tisch. »Ich folde.«

Ich zeigte Violet mein Blatt, eine Zwei und eine Sieben. Sie schüttelte den Kopf, und ich legte sie hin. »Wir folden auch.«

»Warum spielen wir überhaupt?«, fragte Heath. »Wir sollten Natalie zur Siegerin erklären und zu etwas anderem übergehen.«

»Einverstanden.« Maddox schob die Karten zusammen. »Ich spiele alles außer Poker.«

»Darf ich aussuchen, Nana?«, fragte Violet.

»Sicher.« Hannah nahm sie bei der Hand und ging mit ihr zum Schrank, um die Spielesammlung zu durchstöbern.

Maddox stand von seinem Stuhl auf und bedeutete mir, ihm in die Küche zu folgen.

Ich eilte ihm nach und vergewisserte mich bei einem Blick über die Schulter, ob wir allein waren.

Er ging, ohne zu zögern, zur Vorratskammer. Hannah hatte uns eine große Platte mit Fingerfood hingestellt, das wir während des Spiels futtern konnten, deshalb war es mir ein Rätsel, dass er schon wieder etwas naschen wollte, aber ich folgte ihm.

»Was willst du …?«

Er schnappte meine Hand, zog mich in den winzigen Raum und fasste um meinen Nacken, während er mit der anderen die Tür schloss. Dann war sein Mund auf meinem, und er küsste mich gierig. Seine Finger schoben sich in meine Haare, meine Hände streiften über seine Brust, die Handflächen kosteten die Festigkeit seines Körpers aus.

Ein Stöhnen kam über seine Lippen.

Ein Wimmern von meinen.

Er drückte mich gegen das Regal, seine Mitte an meiner Hüfte. »Das wollte ich schon den ganzen Abend tun.«

»Gut, dann tu es noch mal.«

Er schlang die Arme um mich, seine Zunge spielte mit meiner, und ich stieg praktisch an ihm hoch, doch in dem Moment riss er seinen Mund weg, weil plötzlich die Tür aufgestoßen wurde.

Bitte, lass es nicht Violet sein!

»Da ist Besuch für dich«, sagte Heath hastig und zog die Tür wieder zu.

»Verdammt.« Maddox seufzte. »So hatte ich mir unser erstes Date nicht vorgestellt: heimlich im Haus meiner Eltern knutschen. Tut mir leid.«

Lachend stellte ich mich auf die Zehen und gab ihm einen Kuss auf den Mundwinkel. »Muss es nicht. Ich habe einen Riesenspaß.«

»Ich bin froh, dass du hier bist. Aber lass uns morgen einen neuen Versuch starten. Abendessen. Nur wir beide.«

»Deal.« Ich lächelte, als er mit dem Daumen über meinen Mund strich, dann verließ er die Vorratskammer.

Ich folgte ihm und war fast durch die Küche, als ein helles Lachen durchs Haus schallte. Ein Lachen, bei dem Maddox erstarrte.

Ich prallte beinahe gegen ihn. »Was ist?«

Er schloss die Augen und biss die Zähne aufeinander.

»Maddox.«

Die sorglose, fließende Anmut seines Körpers war verschwunden, als er ins Wohnzimmer ging; seine Schultern wirkten verspannt, und seine Hände hielt er zur Faust geschlossen.

Ich ging ihm nach und wunderte mich, bis ich einen Ausruf hörte, der mein Herz ins Stocken brachte.

»Mommy!«

Nein. Mein Magen sackte weg.

Im Wohnzimmer standen Hannah und Keith, die den neuen Gast mit kaum verhohlener Missgunst anblickten, während Violet die Arme um eine schöne braunhaarige Frau warf.

Die richtete sich auf, als sie Maddox bemerkte, und ließ eine Hand auf Violets Schulter ruhen. »Hey, Mad.«

»Cece«, sagte er kurz angebunden. Auch er war wütend.

»Fröhliche Weihnachten.«

»Weihnachten war gestern.«

Sie lächelte, als spürte sie die angespannte Stimmung nicht oder als wollte sie nicht darauf eingehen. Doch als sie an ihm vorbei zu mir schaute, verschwand das Lächeln. »Wer sind Sie?«

Ich setzte zu einer Antwort an, doch Violet kam mir zuvor. »Das ist Natalie. Sie ist meine Nanny.«

Cece schnaubte höhnisch. »Du stehst auf Nannys, nicht wahr, Maddox?«

Autsch. *Gut gespielt, Cece.*

Und damit war der Spieleabend gelaufen.

10

Maddox

»Was machst du hier, Cece?« Ich schloss die Tür des Büros hinter uns. Violet neigte dazu, die Gespräche der Erwachsenen zu belauschen, und sie sollte es nicht hören, wenn wir uns stritten.

Cece ging zum Schreibtisch und setzte sich auf die Kante. »Es ist Weihnachten. Ich wollte Violet besuchen.«

»Und da konntest du vorher nicht anrufen?«

Sie verschränkte die Arme. »Hättest du dann die Nanny vor mir versteckt? Im Ernst, Mad. Schon wieder die Nanny? Geht es noch klischeehafter?«

»Lass das.« Ich hob den Finger. »Wir sprechen nicht über Natalie.«

Mit wem ich zusammen war, ging Cece nichts an. Ihr Recht auf Erklärungen hatte sie verwirkt, als sie unsere Tochter verließ. Außerdem hatte sie das Sorgerecht aufgegeben. Das war nicht das erste Mal, dass sie mich fälschlich beschuldigte, mit der Nanny ins Bett zu gehen.

Es wäre ihr egal, dass Natalie unsere Familie seit Jahren kannte. Dass sie mit Heath und Tobias in die Schule gegangen war. Oder dass sie erst zwei Tage und einen Partyabend lang als Violets Betreuerin arbeitete. Cece würde Natalie niemals akzeptieren.

»Antworte mir«, verlangte ich. »Was willst du hier?«

»Ich wollte mein Kind besuchen.«

»Und?«

»Und nichts weiter.« Sie kniff die Lippen zusammen.

Ich stemmte die Hände in die Seiten und wartete. Hinter dem Besuch steckte mehr. Sie wollte nicht bloß Violet sehen. Denn andernfalls wäre sie rechtzeitig vor Weihnachten hergekommen.

Cece hob den Blick. Ich sah in ihre hellbraunen Augen und wartete weiter. Viele Male während unserer Ehe hatten wir so voreinander gestanden. Sie war so durchsichtig wie die Bürofenster.

Ich wartete weiter, die Wanduhr tickte, während die Sekunden verstrichen. Meinetwegen konnte das die ganze Nacht dauern. Allerdings hatte Cece das schweigende Anstarren bisher immer höchstens drei Minuten lang ausgehalten.

Sie schnaubte und machte eine wegwerfende Geste. »Gott, ich hasse es, wenn du mich bloß anstarrst. Na schön. Ich musste meinen Urlaub abbrechen, okay? Rip und ich haben Schluss gemacht, und da wollte ich nicht in Kalifornien bleiben, während er mit seiner neuen Freundin auf Instagram angibt.«

Rip. Der modelnde Schwachkopf.

Jetzt verstand ich ihren Besuch. Cece war ihre Tochter immer plötzlich eingefallen, wenn sie gerade niemanden hatte, mit dem sie ihre Zeit totschlagen konnte.

Ich kniff mir in die Nasenwurzel. »Du kannst nicht aufkreuzen, wie es dir gerade passt. Du musst vorher anrufen wie jeder andere Gast auch.«

»Wie jeder andere ›Gast‹?«

»Ja, das bist du: ein Gast.«

»Ich bin ihre Mutter.«

»Dann verhalte dich gefälligst auch so«, blaffte ich.

Sie zuckte zusammen.

Scheiße. Ich senkte verlegen den Kopf und hoffte inständig, dass unsere Tochter nicht an der Tür lauschte.

Mom hatte sie beiseitegenommen, als ich von Cece verlangte, mit mir ins Büro zu gehen. Mit etwas Glück wurde

Violet von ihrer Nana im Wohnzimmer beschäftigt. Natalie war vermutlich inzwischen zu Hause. Ein paar höhnische Bemerkungen von Cece, und sie hatte sich eilig verabschiedet.

Es hatte mir körperlich wehgetan, Natalie gehen zu lassen, aber ich hatte sie der sich abzeichnenden Szene nicht aussetzen wollen. Cece fuhr gern die Krallen aus. Natalie konnte sich sicher ganz gut wehren, aber das Drama musste nicht gleich beim ersten Date passieren. Hoffentlich war es nicht zugleich das letzte.

Verdammt, ich hoffte, sie würde sich noch mal auf eines einlassen.

»Wir werden das nicht tun.« Ich fuhr mir durch die Haare. »Nicht schon wieder. Du hast kein Recht, hier ungebeten aufzukreuzen. Du hast kein Recht, bei meiner Familie reinzuplatzen. Du kannst heute Nacht hierbleiben, weil es schon spät ist, aber morgen gehst du in ein Hotel.«

»Hotel?« Ihr fiel die Kinnlade herab. »Das ist nicht dein Ernst.«

»Und ob. Ich werde das Violet nicht zumuten.«

»Du hast kein Recht …«

»Und ob ich das habe!«, brüllte ich. »Ich habe sogar jedes Recht. Die Richterin hat sie mir alle zuerkannt, und wenn du dich bequemt hättest, bei der Anhörung zu erscheinen, hättest du das selbst mitbekommen. Aber das Geld war dir auch da wieder wichtiger als unser Kind.«

Cece sah mich mit großen Augen an. Violet hatte ihre Nase geerbt und auch die Gesichtsform. Doch mit den blauen Augen und den dunkelbraunen Haaren sah sie viel mehr aus wie ich. Sie gehörte mir. Und es war Zeit, neue Grenzen zu setzen.

»Wir ziehen hierher.«

»Du hast gesagt, eventuell nach Ende des Schuljahrs.«

»Wir tun es jetzt. Sind schon dabei. Wir warten nicht, bis das Schuljahr zu Ende ist. Ich möchte Violet so schnell wie möglich in Bozeman in die Schule geben. Gleich nach den Feiertagen. Wir wohnen bei meinen Eltern, bis unser Haus bezugsfertig ist.«

»Du kannst nicht einfach wegziehen …«

»Ich kann. Wie oft muss ich dir das noch sagen? Ich kann und werde. Du hast deine Tochter für fünfundzwanzig Millionen Dollar aufgegeben.«

Sie wurde blass. »Maddox.«

So schonungslos hatte ich noch nie mit ihr gesprochen. Anstatt brutal ehrlich, war ich zu nachgiebig gewesen, weil ich immer gehofft hatte, Cece würde mit der Kleinen etwas unternehmen, wenn ich keine Wellen schlug, oder sie würde die nächste Verabredung mit ihrer Tochter einhalten, wenn ich sie wie ein rohes Ei behandelte.

Damit war jetzt Schluss. In den vergangenen paar Tagen hatte Natalie ihr mehr echte Zuneigung entgegengebracht als Cece in all den Jahren.

»Hast du ihr ein Weihnachtsgeschenk mitgebracht?«

Ihr schuldbewusster Blick genügte mir als Antwort, aber sie ließ ein paar ihrer typischen Ausreden vom Stapel. »Ich musste mich beeilen, um meinen Flug zu erwischen. Ich bin von Hawaii nach Hause gekommen, hab mich schnell umgezogen und bin sofort zum Flughafen. Da blieb keine Zeit zum Shoppen.«

Ihren Flug erwischen. Ich schnaubte verächtlich. Es war nicht so, dass sie zu einer bestimmten Zeit durch die Sicherheitsschleuse musste. Sie hatte ein verdammtes Privatflugzeug und einen Piloten, der auf sie wartete, wenn sie noch in einen Laden rauschen und ein Geschenk kaufen wollte.

»Bitte, sei nicht böse.« Sie stand von der Schreibtischkante auf und kam mit ihrem berühmten Schmollmund, der bei mir schon seit Jahren nicht mehr wirkte, auf mich zu. »Es tut mir leid, dass ich kein Geschenk habe. Ich gehe morgen mit Violet shoppen und kaufe ihr, was immer sie möchte. Hoffentlich gibt es hier nicht bloß Billigläden. Sag mir, dass es wenigstens eine Mall gibt.«

»Lass das.«

»Was?«

»Über Montana die Nase zu rümpfen. Bozeman ist eine tolle Stadt. Du warst schon hier und weißt genau, dass es in der Innenstadt auch sehr gute Geschäfte gibt. Und eine Mall. Ich lasse nicht zu, dass du Violet auf deine snobistische Art hier alles madig machst. Bozeman wird ihr Zuhause sein.«

Sie fauchte mich an. »Warum bist du heute Abend so ein Arschloch?«

»Muss ich dir das wirklich beantworten?«

»Ach komm, Maddox.« Cece seufzte und legte die Hände an meine Brust. »Ich möchte nicht streiten.«

Ich griff hart um ihre Handgelenke und schob ihre Hände weg. »Nein.«

Es war nicht das erste Mal seit der Scheidung, dass sie mich anmachen wollte. Es war ihr Masche, mit Sex die Wogen zu glätten, und während unserer Ehe hatte das funktioniert. Aber seit der Trennung nicht mehr.

»Es geht um diese Frau, nicht wahr? Violets Nanny«, fauchte sie und ging von mir weg.

»Natalie. Sie heißt Natalie. Und du kannst dich daran gewöhnen, sie hier anzutreffen.« Denn wenn es nach mir ging, würde Natalie ein vertrautes Gesicht für unsere Familie werden, und somit auch für Cece.

»Wie lange fickst du sie schon?«

»Das geht dich nichts an. Und damit ist das Gespräch beendet. Du kannst heute bei uns übernachten, und morgen suchst du dir gefälligst ein Hotelzimmer. Du kannst Violet gern besuchen, solange du in Bozeman bist, aber du rufst vorher an. Wenn du mit ihr irgendwohin willst, sagst du mir, wohin ihr geht und wie lange ihr weg sein werdet.«

Sie warf die Hände hoch. »Du tust, als wäre ich eine Kriminelle.«

»Nein, ich verhalte mich wie ein Vater. Ich bin es, der Violet auffangen muss, wenn du abgereist bist. Ich bin es, der sie im Arm hält, weil sie weint und damit fertig werden muss, dass sie ihrer Mutter nichts bedeutet. Von jetzt an wird sich einiges ändern. Meine Tochter, meine Regeln. Du kannst dich entweder daran halten oder verschwinden. Verstanden?«

Ihr sank das Kinn herab.

»Hast du mich verstanden?«

Sie sah mich nur groß an.

»Ich werte das als ein Ja.« Ohne ein weiteres Wort ging ich zur Tür und hielt sie ihr auf, sodass sie aus dem Büro gehen konnte. Sie lief den Flur entlang, um ihre Tochter zu finden.

Gott sei Dank war von ihrem Ärger auf mich nichts zu spüren, solange sie mit Violet zusammen war. Sie schaffte es, ihre Frustration zu unterdrücken, gab sich glücklich und überschwemmte Violet mit Umarmungen und Küssen.

Ich blieb den restlichen Abend in der Nähe und beobachtete sie dabei, wie Violet ihrer Mutter zeigte, was sie zu Weihnachten bekommen hatte. Während die Kleine duschte, trug ich Ceces Koffer in Violets Zimmer, denn sie hatten beschlossen, zusammen in dem Bett zu schlafen. Nachdem Violet sich den Schlafanzug angezogen und sich die Haare gebürstet hatte, brachte ich sie ins Bett.

»Gute Nacht, Prinzessin.« Ich gab ihr einen Kuss auf die Stirn und drückte sie. »Ich hab dich lieb.«

»Ich dich auch, Daddy.« Sie kuschelte sich in ihr Kissen.

Ich stand auf und blickte Cece an, die an einen Haufen Kissen gelehnt neben ihrer Tochter im Bett saß.

»Nacht, Mad.«

»Nacht.« Ich nickte, aber es tat mir weh, wie selig meine Tochter lächelte.

Cece konnte eine gute Mutter sein, wenn sie sich Mühe gab. Wenn sie ihren Egoismus mal beiseiteließ. Violet hing an ihr und sehnte sich danach, von ihr beachtet zu werden.

Doch Cece nahm sich zu selten Zeit für sie. Schon immer.

Ich ging hinaus, schloss leise die Tür bis auf einen schmalen Spalt. Dann neigte ich den Kopf und lauschte.

»Wusstest du, dass wir hierherziehen?«, fragte Violet.

»Das hat dein Daddy mir gesagt. Dir gefällt es hier, nicht wahr?«

»Ja. Es ist schön.«

Gestern nach der Bescherung und dem Weihnachtsessen hatte ich Violet beiseitegenommen und sie gefragt, ob sie damit einverstanden wäre, wenn wir eher nach Montana zögen. Sie war deprimiert gewesen, weil sie ihre Freunde verlieren würde, doch ich hatte ihr versprochen, dass sie neue fände. Und dass wir jeden Samstag rodeln gehen würden.

Natalie hatte mir vorgeschlagen, mit Violet eine besondere Freizeitaktivität auszusuchen und unsere Samstage damit zu gestalten.

»Kannst du auch hierherziehen, Mommy?«

Ich hielt den Atem an und legte das Ohr an den Spalt.

»Ich weiß nicht, ob das klappt. Tut mir leid.«

»Oh«, murmelte Violet.

Ich rollte die Augen. Es war nicht so, als hätte Cece in Kalifornien einen Job, der sie dort festhielt.

»Wollen wir morgen shoppen gehen?«, fragte Cece.

»Sicher.« Ich hörte die Bettdecke rascheln. Violet schien sich zum Schlafen zurechtzukuscheln. Dann gähnte sie – es war drei Stunden nach ihrer normalen Schlafenszeit.

Lautlos bewegte ich mich von der Tür weg und ging nach unten ins Wohnzimmer, wo meine Mutter mit einem Glas Wein wartete.

»Wo ist Dad?«, fragte ich.

»Draußen im Whirlpool.«

Ich nickte und setzte mich zu ihr auf die Couch, wo ich erst einmal aufatmete. »Wenn sie sich nur ein bisschen Mühe gäbe … Warum kann sie nicht immer so sein?«

»Das weiß ich nicht.«

»Es bricht mir das Herz. Denn wenn sie sich wie eine Mutter benimmt, ist Violet überglücklich.« Ich hatte sie seit Langem nicht mehr so zufrieden gesehen. Wie sie lächelte. Wie sie lachte. Es tat mir weh, denn ich wusste, wie schnell es damit vorbei sein würde, weil Cece wieder abreiste und ihre Tochter in Ungewissheit zurückließ. »Was soll ich tun?«

»Was du immer tust.« Sie legte eine Hand auf mein Knie. »Sei für Violet da, wenn Cece gegangen ist.«

»Was für eine beschissene Situation.« Ich strich mir über die Bartstoppeln. »Ist Dad sehr sauer?«

»Oh, ziemlich. Ich rechne damit, dass er gleich morgen früh verschwindet wie dein Bruder vorhin. Er fürchtet, dass er in Ceces Nähe den Mund nicht halten kann.«

Dad war der Ruhigste in der Familie. Wenn Mom wütend war, ließ sie es raus. Dad nicht. Meine Familie verabscheute Cece, und das zu Recht. Wo meine Mutter laut wurde und scharfe Worte fand, zog Dad sich aus der Situation zurück und blieb für sich. Und wenn ihm doch mal der Kragen platzte, was selten vorkam, dann war man besser weit, weit weg.

»Es könnte ganz unterhaltsam sein, ihn ausrasten zu sehen.«

Mom lachte. »Ich möchte nicht in ihren Jimmy Choos stecken, wenn das passiert.«

»Wir hatten einen schönen Abend, bis sie kam.«

»Das stimmt.«

»Ich habe mich Natalie gegenüber falsch verhalten. Ich hätte sie nicht gehen lassen dürfen.« Vielleicht hätte ich Cece rauswerfen sollen, um ihr glasklar zu zeigen, wie ich mich entschieden hatte.

»Nein, es war richtig, mit Cece allein zu reden.«

Vielleicht. Aber ich durfte es nicht dabei belassen. Natalie musste sehen, dass sie mir auch wichtig war.

»Mom, ich gehe noch eine Weile an die Luft.« Ich stand auf. »Kümmerst du dich um Violet, falls sie etwas braucht?«

»Aber sicher. Geh du nur. Und grüß Natalie von mir.«

Ich grinste. »Woher wusstest du, dass ich zu Natalie fahre?«

»Weil ich drei intelligente Söhne habe. Es ist nicht einfach, sich bei den Holidays einzufügen, aber Natalie macht das mühelos. Als hätte sie schon immer zu uns gehört.«

Gut zu wissen, dass ich nicht allein so empfand.

Vielleicht hätte es mich beunruhigen sollen, dass ich mich kopfüber in eine neue Beziehung stürzte. Nach dem Desaster mit Cece war ich erst mal abgeneigt gewesen, mich mit Frauen zu verabreden. Bei Natalie war das anders. Ich war unruhig, verspürte einen starken Drang, in ihrer Nähe zu sein. Mit ihr zusammen zu sein und zu sehen, wie sich das zwischen uns entwickelte.

Ich beugte mich zu ihr und küsste sie auf die Wange. »Danke.«

»Bis morgen früh.«

Ich lief in die Garage, nahm eine von Dads Jacken vom Haken neben der Tür, stieg in meine Schuhe und sprang ins Auto. Etwas schneller als erlaubt fuhr ich durch die Innenstadt zu dem dunkelgrünen Haus und der Frau, die gerade mein Herz eroberte.

Im Haus war es dunkel bis auf das bläuliche Flackern des Fernsehers, das man durch das vordere Fenster sehen konnte. Ich klopfte an die Haustür und wartete, während mein Atem in der Kälte kondensierte. Dann klickte das Schloss, und da stand sie vor mir – in einem Pyjama, auf dem sich Weihnachtsmänner tummelten. Ihre Haare waren zu einem nachlässigen Knoten geschlungen, das Make-up von vorhin war abgewaschen.

Sie hatte nie schöner ausgesehen als jetzt.

»Maddox?«

»Es tut mir leid.«

»Du bist quer durch die Stadt gefahren, um dich zu entschuldigen?« Sie winkte mich herein. »Du hättest einfach anrufen können.«

»Nein, ich wollte das persönlich tun. Es tut mir leid, dass aus unserem Date nichts geworden ist. Und dass unser Abend auf diese Weise gestört wurde.«

Ihr Blick wurde weich. »Ich hatte Spaß.«

»Trotzdem. So hatte ich das nicht geplant. Aber wie wär's, wenn wir so tun, als ob?«

»Als ob was?«

»Als ob es wie geplant gelaufen wäre. Wir waren zusammen essen. Ich habe dich mit meinem Charme bezaubert und dir an dieser Tür einen Gutenachtkuss gegeben.«

»Hmm«, summte sie, und ich sah in ihren Mundwinkeln ein kleines Lächeln. »Weißt du, so tun als ob … das ist nicht meine Stärke. Vielleicht zeigst du mir, was du dir darunter vorstellst.«

»Das zum Beispiel.« Ich nahm ihr Gesicht in die Hände und senkte den Mund auf ihren, atmete ihren süßen Duft ein und genoss den sanften Druck ihrer weichen Lippen.

Sie sank in meine Arme und hieß meine Zunge willkommen.

Nach einem kurzen Augenblick ließ ich sie los. »Wegen dem, was Cece vorhin gesagt hat. Die Nanny-Bemerkung. Das ist nicht wahr. Ich war nie mit einer von Violets Nannys zusammen. Bis du kamst.«

»Ich weiß.«

»Woher?«

»Ich vertraue dir, Maddox. Ich glaube *dir.*«

Ich hatte schon viel Glück im Leben gehabt. Mit meiner Familie, meiner Tochter, meiner beruflichen Laufbahn. Aber manchmal kam noch eine Portion obendrauf, wie an dem Tag letzter Woche, als ich Natalie zum ersten Mal ins Haus gebeten hatte.

»Ich will dich noch mal küssen.«

»Behalte das im Hinterkopf.« Sie schlang die Finger um meine und zog mich ins Haus, machte einen Abstecher zum Fernseher, um ihn auszuschalten, und zog mich weiter den Flur entlang zu ihrem Schlafzimmer.

»Natalie.« In der Tür weigerte ich mich weiterzugehen.

»Ich dachte, du willst mich noch mal küssen.«

Oh, das wollte ich. Immer und überall. »Bevor ich das tue, will ich dir sagen, dass ich das hier von ganzem Herzen will. Das mit uns. Ich will es nicht langsam angehen lassen. Ich will nicht warten. Aber wenn du Zeit brauchst …«

»Brauche ich nicht.« Sie kam zu mir und schob die Hände in meine Jacke und zu den Schultern hoch, streifte sie ab und ließ sie auf den Boden fallen.

Ich kam ihrem Mund schon entgegen, als sie über mich herfiel, und unsere Lippen prallten aufeinander. Es lag kein Zögern in dem Kuss, kein Vorbehalt war zu spüren. Ich küsste sie, wie ich sie beim ersten Anblick hatte küssen wollen. Und der Kuss war nur der Auftakt.

Sie tastete nach dem Saum meines Pullovers und schob ihn bis zur Brust hoch. Dann spürte ich ihre Hände an meinem Bauch, und sie riss den Kopf zurück.

»Was?« Ich schaute zu ihren Händen, die wie erstarrt an meinem Bauch lagen.

Leicht verlegen griff sie hinter sich zum Lichtschalter. »Auf keinen Fall tun wir das im Dunkeln.«

Ich kicherte und griff mir in den Nacken, raffte Pullover und T-Shirt und zog sie mir über den Kopf.

Natalies Augen wurden größer, während sie die Fingerspitzen über meine Brust zog und hinunter zum Bund meiner tief sitzenden Jeans wandern ließ. »Hallo, Maddox Holiday.«

Jede Stunde, die ich im Gym in L. A. geschwitzt hatte, jede Tortur, die mein Trainer mir auferlegt hatte, zahlte sich aus, als ich ihre Augen aufleuchten sah.

»Du bist dran.« Ich wandte mich den Knöpfen ihres Pyjamas zu und schob sie langsam durch die Knopflöcher. Als ich am letzten ankam, ging ihr Atem in kurzen Stößen. Meine Finger streiften die weiche Haut an ihrem Bauch und das kleine Schmuckstück an ihrem Nabel. Und ich verfuhr wie sie mit meiner Jacke und streifte ihr das Oberteil von den Schultern. Die rosigen harten Nippel berührten meine Haut, als ich die Daumen in ihren Hosenbund hakte und ihn herabzog.

Sie zog meinen Reißverschluss auf, aber ich behielt die Jeans an, obwohl mein Schwanz darauf erpicht war, in ihren herrlichen festen Körper zu gleiten. Wenn sie ihren Orgasmus bei Licht wollte: gerne. Ich konnte mich an ihren langen, leicht gebräunten Beinen und erregenden Kurven gar nicht sattsehen.

Ich küsste ihren Hals, saugte unter dem Ohr, dann kniete ich mich vor sie.

Ihre Finger griffen in meine Haare, als ich ihren nackten Venushügel betrachtete.

»Natalie.« Ich setzte einen Kuss unter den Bauchnabel.

»Maddox.«

Mein Name aus ihrem Mund war das beste Geschenk seit Jahren.

Ich zog die Zunge durch ihre Spalte, und ihr süßer Geschmack explodierte in meinem Mund.

Sie schloss die Fäuste in meinen Haaren, das Stechen in der Kopfhaut war die Ermutigung, die ich brauchte, um es noch einmal zu tun.

Ich schob eine Hand an der Innenseite ihrer Oberschenkel hinauf, fand das nasse Zentrum und tauchte den Finger hinein. Sie erschauderte, während ich saugte und leckte und sie mit der Zunge nahm, bis sie meinen Namen schrie. Fast sank sie auf mich, als der erste Orgasmus sie durchlief.

Ihre Beine zitterten unter dem Nachbeben ihrer Erlösung, und ich hob sie in die Arme und trug sie zum Bett, schlug die Decke zurück und legte sie auf das kühle Laken. Dann ging ich zum Lichtschalter und tauchte das Zimmer in Dunkelheit.

Ich ging zu ihr und küsste sie auf die Stirn. »Gute Nacht.«

»Gute … Moment. Was?« Sie stemmte sich auf die Ellbogen. »Wohin gehst du?«

»Ich habe kein Kondom dabei.« Also würde ich nach Hause fahren und schön lange kalt duschen. Mich vielleicht im Schnee wälzen.

»Oh.« Ihre Enttäuschung linderte ein bisschen meine Kavaliersschmerzen. »Ich war über ein Jahr mit keinem Mann zusammen. Und ich verhüte.«

»Bei mir ist es noch länger her.«

Sie schob die Decke beiseite. Lächelnd strich sie mit den Fingerspitzen über ihren flachen Bauch zu den Brüsten hoch und nahm die Nippel zwischen die Finger.

Ich stöhnte und zog mir die Jeans aus. Mein Schwanz, heiß und hart, kam frei. Ich schloss die Faust darum und bewegte sie einmal rauf und runter, bevor ich auf das Bett stieg und mich zwischen ihre Beine legte.

Sie küsste mich, während ihr Geschmack noch auf meinen Lippen lag.

Und als ich in sie hineinglitt, sahen wir uns die Augen, und ich wusste, das war ein Weihnachten, das alles veränderte.

11

Natalie

»Das war …« Keuchend versuchte ich, zu Atem zu kommen. Zwei Orgasmen, und ich war erledigt.

Maddox hatte sich neben mich fallen lassen, seine Brust hob und senkte sich, mein Herz klopfte heftig. »Scheiße, ich werde aus dem Bett nicht mehr rauskommen.«

»Guter Plan.« Ich grinste, als er mich an seine Seite zog und festhielt. Ich legte den Arm auf seinen muskulösen Bauch und zog Kreise in den Härchen an seiner Brust. Allmählich atmeten wir ruhiger. »Also, wie ging es mit deiner Ex weiter?«

Er schob einen Arm unter seinen Kopf, ohne mich loszulassen. »Wie es schon vor Jahren hätte sein sollen. Ich war nicht nett.«

»Autsch.«

»Sie brauchte diese Ansage. Entweder sie wird eine bessere Mutter oder sie bleibt außen vor. Aber ich werde ihr nicht mehr entgegenkommen.«

»Gut. Und wie geht es Violet?«

»Ich freue mich, dass du das fragst.« Er küsste mich auf den Kopf. »Sie ist okay, liebt ihre Mom trotz allem.«

»Wird sie auch weiterhin tun. Bis sie älter ist.«

»Es tut mir leid, was du mit deiner Mutter durchmachen musstest.«

Ich richtete mich ein wenig auf und legte das Kinn auf seine Brust, sodass ich in sein Gesicht sehen konnte. »Früher hat mir das zu schaffen gemacht. Manchmal wurde ich ungeheuer wütend, besonders in meiner Teenagerzeit, aber inzwischen denke ich jedes Jahr weniger an sie. Und die Wut verblasst. Der Groll. Und ich habe Judy. Ich möchte sie für nichts und niemanden eintauschen.«

Judy war zehnmal mehr eine Mutter für mich, als meine leibliche Mutter je gewesen war. Ich mochte über lange Zeit keine Mom gehabt haben, und mein Leben war manchmal schwer gewesen, aber Dad hatte das wettgemacht.

Wir zwei hatten praktisch auf Judy gewartet.

Maddox beugte den Kopf zu mir und gab mir einen leichten Kuss. »Wir müssen reden.«

»Oh, oh.«

»Ernsthaft.« Er drehte sich schnell und drückte mich in die Rückenlage. Dann schwebte sein Kopf über mir, und seine Hände spielten mit meinen Haaren. »Was sagst du? Legen wir uns ins Zeug? So richtig?«

»Wie meinst du das?«

»Es scheint verrückt, dass wir uns erst seit Tagen kennen. Es kommt mir viel länger vor.«

»Das habe ich heute Abend auch gedacht, als wir miteinander gespielt haben.« Als wäre ich schon immer dabei gewesen. Vielleicht waren die Holidays einfach nur gastfreundlich, aber wir hatten mühelos harmoniert, es hatte keinen einzigen unbehaglichen Moment gegeben.

»Gut. Denn ich habe eine Idee, und du musst mir zuhören.«

»Okay«, sagte ich gedehnt.

»Ich will keine neue Nanny einstellen. Violet braucht mich, und ich gebe zu, wenn eine neue Nanny käme, würde ich mich zu sehr auf deren Hilfe stützen. Trotzdem muss ich arbeiten. Ich arbeite für Violets Erbe. Aufgrund meines Unternehmens werden ihr alle Möglichkeiten offenstehen, und egoistisch, wie ich bin, will ich *Madcast* nicht aufgeben. Damit habe ich mir einen Traum erfüllt. Wir können noch lange wachsen, und ich will daran beteiligt sein.«

»Du solltest das auch nicht aufgeben.« Er hatte die Firma aufgebaut und sollte an ihrer Entwicklung teilhaben.

»Ich habe keine geregelten Arbeitszeiten«, sagte er. »Ich brauche jemanden, der sich um Violet kümmert, und so sehr ich meine Eltern liebe, sie haben bereits ihre eigenen Kinder großgezogen. Ich werde sie nicht damit belasten. Ich hoffe, du wirst nicht sauer, aber heute Abend, bevor Cathy nach Hause fuhr, habe ich sie gefragt, was du vorhast.«

»Wirklich?«

Er nickte. »Sie sagte, du würdest ab Januar bereits für eine andere Familie arbeiten.«

»Das war der Plan. Bis heute.«

»Was heißt das? Was ist passiert?«

Ich holte tief Luft und atmete langsam aus. »Maddox, ich habe auch überlegt, in meinem Leben etwas zu ändern. Ich will das nicht länger vor mir herschieben. Auf fremde Kinder aufzupassen ist nicht mein Lebensziel. Ich möchte eine Ausbildung zur Physiotherapeutin machen. Vielleicht dauert das zwanzig Jahre, weil ich wahrscheinlich halbtags arbeiten muss. Aber es ist höchste Zeit, damit anzufangen.«

»Dann könnte die Sache funktionieren.« Seine Begeisterung wirkte ansteckend, und ich lächelte, noch bevor er seine Idee angepriesen hatte. »Sei mit uns zusammen. Sei unsere Freundin. Meine Freundin. Wie immer du es nennen willst. Hauptsache, du gehörst zu uns. Zu mir. Zu Violet. Wir werden alles nach deinem Stundenplan ausrichten. Aber ich will dich jeden Tag sehen. Und ich will, dass Violet dich jeden Tag sieht.«

Vielleicht war es verrückt, sich so schnell in eine feste Beziehung zu stürzen – mit einem Mann, den ich noch nicht besonders gut kannte. Vielleicht wäre es aber auch verrückt, ihn wegzustoßen.

Dad hatte Judy kennengelernt und nach zwei Wochen geheiratet. Als ich ihn mal fragte, warum er sich nicht länger

Zeit gelassen hatte, sie besser kennenzulernen, sagte er, er habe es von Anfang an gewusst. Sie hätten sich sofort gekannt. Und sie hätten den Beginn ihres neuen Lebens beide nicht aufschieben wollen.

Bei mir und Maddox lagen die Dinge anders. Violet war keine zwanzigjährige Frau, die ihr eigenes Geld verdiente. Sie war noch ein Kind, und um ihretwillen mussten wir es langsamer angehen lassen.

Aber seine Idee …

»Deine Freundin«, sagte ich. »Ich will nicht mehr die Nanny sein. Ich will nicht von dir bezahlt werden. Ich will dich nur jeden Tag sehen. Und Violet auch.«

Maddox bewegte sich blitzschnell. Ich hatte meinen Satz kaum zu Ende gesprochen, da küsste er mich schon.

Ich strich an seinem Rücken hinunter und schmiegte die Handflächen an seinen runden Hintern. Er war fantastisch geformt – wie von einem Bildhauer.

Er drückte sich an mich, sein Glied wurde zwischen uns hart, und sein würziger, berauschender Geruch umgab mich. »Ich will dich. Nicht nur heute Nacht.«

»Ich will dich auch.« Das passierte zu schnell, aber ich wollte es nicht bremsen.

»Natalie«, flüsterte er an meinem Ohr und zog seine Erektion durch meine Mitte, bevor er eindrang.

Ich schlang die Arme um seinen starken Rücken, fühlte, wie sich seine Muskeln wölbten, und spreizte die Beine angewinkelt an seinen Hüften, als sich mein Körper um ihn dehnte. Mein Gott, ich wurde süchtig nach ihm. Es sollte nicht jetzt schon so schön sein. Es fühlte sich an, als schliefen wir seit Jahren miteinander, nicht erst seit einer Stunde.

»Du fühlst dich so gut an, Nat.« Er zog sich raus und glitt sofort wieder hinein. Seine Hände fassten um meine Rippen. Bei jeder Berührung stoben Funken unter meiner Haut. Er streichelte meine Hüften und Oberschenkel, griff in meine Kniekehlen und drückte mich auseinander.

Wir sahen uns in die Augen, als er erneut eindrang und die Stelle in mir traf, bei der sich alles in mir zusammenzog. Stoß auf Stoß trieb er uns voran, so gleichmäßig gleitend wie ein Kolben, bis meine Beine zitterten und ich mich unter ihm wand, eine Sklavin seiner Ausdauer.

»Maddox, ich …« Weiter kam ich nicht, denn der Orgasmus raste durch meinen Körper und erfasste jeden Zentimeter. Ich sah Sterne und ergab mich dem Mann, der mein Leben auf den Kopf stellte.

Maddox stöhnte laut, als ich um seinen Schaft pulsierte.

Mein Orgasmus verebbte, sodass ich die Augen öffnen konnte und sah, wie Maddox seine zukniff und sich stöhnend seinem eigenen Höhepunkt ergab.

Das könnte ich mir jeden einzelnen Tag ansehen und sonntags zweimal. Seine schweißglänzenden Muskeln und wie er sich in mich ergoss, das schöne Gesicht, von dem schwachen Licht beschienen, das durchs Fenster hereinfiel.

Er gehörte mir.

Heute Nacht gehörte Maddox Holiday mir.

Vielleicht ging das zu schnell. Vielleicht war das leichtsinnig und ein bisschen verrückt. Doch da war etwas zwischen uns. Etwas Machtvolles und etwas, das es wert war, festgehalten zu werden. Das sich entwickeln und kultivieren ließ.

Maddox rollte sich auf die Matratze und nahm mich in die Arme. Sein Herz hämmerte gegen meines, seine kurzen Atemstöße streiften meinen Hals.

Und ich hielt ihn fest umschlungen, wollte ihn nicht loslassen. Noch nicht.

»Maddox«, hauchte ich, und meine Stimme zitterte … von dem Orgasmus, von der Wucht unserer Gefühle, die uns überschwemmt hatten.

Er zog den Kopf zurück und sah mich an, strich mir mit den Fingerspitzen die Haare aus dem Gesicht. »Was?«

»Fühlst du das?«

»Ja, Natalie. Ich fühle es.«

Lächelnd schluckte ich den Kloß in meinem Hals hinunter, wischte mir die Freudentränen weg und küsste ihn.

Maddox Holiday.

Den Jungen, in den ich verknallt gewesen war.

Den Mann, der meine Liebe gewinnen würde.

»Bis später.« Maddox küsste mich auf die Lippen. »Gib mir Zeit bis neun.«

»Bist du sicher, dass das eine gute Idee ist?« Eine Auseinandersetzung mit Cece war unausweichlich, aber ich hoffte, sie ließ sich noch eine Weile aufschieben.

»Sie wird bis dahin weg sein.« Er küsste mich noch mal.

»Okay. Bis dann.« Ich stand in der offenen Tür, wo die Kälte in meinen Pyjama drang, aber ich wollte zusehen, wie er wegfuhr. Zitternd hielt ich meinen Kaffeebecher in beiden Händen und wartete, bis er mir aus seinem SUV zuwinkte und ihn vom Bordstein weglenkte.

Es war vier Uhr früh und noch dunkel draußen. Er hatte so früh heimkehren wollen, damit Violet von seiner Rückkehr nichts mitbekam und nicht fragte, wo er geschlafen hatte.

Sowie seine Rücklichter hinter der Straßenecke verschwanden, ging ich ins warme Wohnzimmer, machte es mir auf der Couch bequem und schaltete den Fernseher ein. Ich klickte sofort auf *Madcast*, um mir die letzte aktuelle Folge von *State of Ruin* noch mal anzusehen.

Nach fünf Minuten ging ich mein Handy suchen. Ich bezweifelte, dass Maddox schon zu Hause war, schrieb ihm aber.

Wie stehen meine Chancen, die letzte State-of-Ruin-*Staffel vor dem offiziellen Start zu gucken?*

Er schrieb nicht zurück, aber zwei Augenblicke später vibrierte das Handy.

»Hast du deswegen mit mir geschlafen?«, fragte er.

»Wer hat geschlafen?« Er hatte mich zweimal geweckt, um mit mir Sex zu haben, und eben hatten wir es noch mal getan, als er eigentlich schon aufstehen und sich in die Klamotten von gestern werfen wollte.

»Guter Punkt.« Er gluckste. »Ich sende dir die Zugangsdaten, wenn du sie geheim hältst.«

Ich reckte die Faust. »Garantiert. Bist du zu Hause?«

»Kurz davor.«

»Okay. Bis nachher.«

»Mach's gut, Babe.«

Lächelnd legte ich auf. Unter die Sofadecke gekuschelt, wartete ich darauf, dass die Sonne aufging, um meinen nächsten Anruf zu erledigen.

Eigentlich zwei Anrufe.

Mein Magen fühlte sich an wie ein Klumpen, mir war schlecht vor Angst, aber um Punkt acht Uhr wählte ich Cathys Nummer.

»Sag mir, dass du es dir anders überlegt hast und heute auf Violet Holiday aufpassen wirst.«

»Ich werde heute auf Violet Holiday aufpassen.«

»Puh.« Sie stieß einen mächtigen Seufzer aus. »Sie ist ein liebes Mädchen, aber es ist lange her, dass ich eine Siebenjährige bespaßen musste. Es war anstrengend.«

Ich lächelte und freute mich, dass Violet sich gut mit Cathy vertragen hatte.

»Was hat dich umgestimmt?«, fragte sie.

»Willst du zuerst die gute oder die schlechte Nachricht hören?«

»Nein. Oh, Natalie. Nein.«

»Ich werde meine Woche mit Violet durchziehen, aber bitte betrachte das als meine Kündigung. Ich werde studieren.«

Zwei, drei Augenblicke lang war es still am anderen Ende. Dann seufzte sie. »Damit habe ich schon eine ganze Weile gerechnet. Du bist zu intelligent und zu ehrgeizig, um diesen Job ewig zu machen. Aber ich werde dir als Mitarbeiterin furchtbar nachweinen.«

Meine Augen füllten sich mit Tränen. In Sachen Abschied war ich gar nicht gut. »Es tut mir leid, dass das für dich so kurzfristig kommt.«

»Nein, das ist okay. Du bringst den Auftrag zu Ende, und mir bleibt noch genug Zeit, um anders zu disponieren, bis du bei der neuen Familie im Januar angefangen hättest.«

»Danke, Cathy. Für alles.«

»Gleichfalls, Natalie. Lass uns bald mal zusammen einen Kaffee trinken gehen.«

»Sehr gern.«

Ich legte auf und wünschte, mir wäre leichter ums Herz. Aber eine jahrelange Stelle zu kündigen, um wieder die Schulbank zu drücken, löste Befürchtungen aus. Was, wenn ich es an der Uni furchtbar fand? Was, wenn ich versagte?

Und was, wenn ich nicht versagte?

Der Physiotherapeut, dem ich assistierte, hatte mich immer zu einem Studium ermutigt. Er wusste, wie gern ich im Schwimmbad arbeitete. Schwimmen war früher mein Hobby gewesen, und mein Vater war im Sommer mit mir in jeder freien Stunde zum Baden gegangen. In der Highschool war ich Rettungsschwimmerin gewesen und hatte die Schwimmmannschaft angeführt.

Ich würde Jahre brauchen, um den Bachelor zu machen, und der wäre ja nur der Anfang.

Aber die Kündigung schien mir der erste richtige Schritt zu sein.

Es war Zeit, mich vom Nanny-Beruf zu verabschieden. Zeit, meinen Traum zu verwirklichen.

Zeit, die Vergangenheit loszulassen.

Und das brachte mich zu dem zweiten Telefonanruf.

»Hi, hier ist Natalie Buchanan«, sagte ich zu dem Mitarbeiter der Werkstatt. »Sie werden das vielleicht seltsam finden, weil es mir mit der Reparatur so dringend war, aber … ich möchte meinen VW-Bus verkaufen.«

12

Maddox

Verschlafen und verwuschelt kam Violet in mein Bad geschlurft.

»Guten Morgen, Schätzchen.«

Gähnend ließ sie sich von mir auf den Waschtisch setzen. Dann rasierte ich mich weiter, das halbe Gesicht war noch eingeschäumt.

Ich hatte zwei Kratzer an der Schulter von Natalies Fingernägeln. Da ich gerade erst geduscht hatte, trug ich nur ein Handtuch um die Taille, und deshalb drehte ich mich ein wenig von Violet weg, damit sie nicht fragte, wo ich mich verletzt hatte.

»Warum hast du ein Lied gepfiffen?«, wollte sie wissen.

»Oh.« Das war mir gar nicht bewusst gewesen. »Weiß nicht. Ich bin wohl einfach gut gelaunt.«

Verdammt gut gelaunt.

Die Nacht mit Natalie war die beste seit Jahren gewesen. Der Sex phänomenal. Und davon abgesehen kam meine gute Laune einfach nur von … Natalie. Sie machte mich glücklich.

»Ich mag es, wenn du pfeifst.« Violet gähnte wieder und lächelte mich müde an.

»Ich auch.« Ich wurde mit Rasieren fertig, wusch mir den restlichen Schaum aus dem Gesicht und tupfte es trocken. Da Violet zufrieden auf dem Waschtisch saß, ging ich mich anziehen.

In Jeans und einem schlichten grauen Pullover holte ich

meine Tochter aus dem Bad und trug sie ins Schlafzimmer; das Bett stand unberührt da.

Nachdem ich von Natalie heimgekommen war, hatte ich eine Stunde im Büro gearbeitet, weil ich ihren Geruch noch ein wenig länger an mir behalten wollte. Als es auf die Zeit zuging, da Violet normalerweise aufwachte, duschte ich mich schnell.

»Ich muss etwas mit dir besprechen«, sagte ich und setzte mich neben sie.

Angespannt hielt sie inne. »Was?«

»Es geht um Natalie. Sie kommt heute wieder und spielt mit dir.«

»Okay.« Sie entspannte sich. »Was ist mit Mommy? Sie wollte heute mit mir shoppen gehen.«

»Und das könnt ihr auch tun.« Wenn – falls! – Cece ihr Versprechen hielt, würde ich mit Natalie ein paar Stunden allein sein können. »Aber Natalie wird von jetzt an viel häufiger bei uns sein.«

»Als meine Nanny?«

Ich schüttelte den Kopf. »Nein. Als meine Freundin.«

Violet schaute auf ihren Schoß und zupfte am Saum ihres Schlafanzugs herum.

»Was hältst du davon?«

Sie zuckte mit einer Schulter. »Was ist mit Mommy?«

»Deine Mommy wird immer deine Mommy sein.«

Darin steckte eine unausgesprochene Botschaft, und die entging Violet nicht. Cece würde sich nicht ändern. Violet begriff das allmählich. Meine Tochter war manchmal enorm hellsichtig.

»Mom bringt dich nicht dazu, Lieder zu pfeifen.«

»Das ist wahr.« Ich nahm ihre Hände und drückte sie.

»Ich mag Natalie«, sagte sie leise.

»Ich auch. Wollen wir heute Abend mit ihr ausgehen?«

»Ich darf mitkommen?«

Ich nickte. »Wir gehen zu dritt.«

»Was, wenn Mommy noch da ist?«

»Sie kann heute mit dir shoppen gehen. Aber sie übernachtet im Hotel. Und solange ich arbeiten muss, wird Natalie hier sein. Danach gehen wir zusammen essen.«

Wenn Cece sich tatsächlich blicken ließ und mit ihrer Tochter etwas unternahm, würde mich das verblüffen. Daher hatte ich Natalie gebeten, zu uns zu kommen. Wir würden auf sie zurückgreifen müssen, jede Wette.

»Okay. Kann ich jetzt frühstücken?«

»Klar.« Ich gab ihr einen Kuss auf den Kopf und ging mit ihr den Flur hinunter. Dabei warf ich einen Blick in ihr Zimmer. Cece war nicht zu sehen. Ihre Koffer lagen aufgeklappt auf dem Boden, und das Bett war ungemacht. »Wo ist deine Mom?«

»Sie wollte sich einen Kaffee holen.«

Es überraschte mich, dass Cece ihre Tochter aus den Augen gelassen hatte. Nicht weil ich glaubte, dass sie ihr so sehr fehlen würde, sondern weil Cece sich auf feindlichem Terrain befand. Ich hatte angenommen, sie würde Violet als Schutzschild gegen meine Eltern brauchen.

Es war still im Haus, während wir auf die Küche zuhielten. Die Tür zum Arbeitszimmer meiner Mutter war geschlossen. Vorhin hatte ich das Garagentor gehört. Da hatte sich Dad wahrscheinlich aus dem Staub gemacht und war in die Firma gefahren.

Später, wenn Cece weg war, würde ich ihnen schreiben, dass die Luft rein war.

Violet und ich trafen Cece in der Küche an, wo sie mit einer dampfenden Tasse Kaffee an der Frühstückstheke saß. Sie trug Jeans und Pulli. Ihre Haare hatte sie makellos frisiert, und ihr Make-up war gepflegt.

»Morgen«, sagte ich.

»Hi.« Ihr Blick streifte mich nur, aber sie lächelte Violet an.

»Möchtest du frühstücken?«

»Nein danke.«

»Wie du willst.« Ich ging in die Vorratskammer und grinste, weil ich darin mit Natalie geknutscht hatte.

Violet entschied sich für Frühstücksflocken, und ich hob sie auf den Stuhl neben Cece.

Abgesehen von Violets Knuspergeräuschen war es still in der Küche, es herrschte eine unangenehme Anspannung. Cece verweigerte mir jeden Blickkontakt. Ich goss mir einen Kaffee ein und sah zu, wie meine Tochter aß und ihr ab und zu ein Tropfen Milch übers Kinn lief.

Als sie fertig war, nahm ich ihre Schale und stellte sie in die Spülmaschine. »Kannst du dich anziehen gehen? Ich muss mit deiner Mom etwas besprechen, das nur für erwachsene Ohren bestimmt ist.«

Violet zog die Brauen zusammen, gehorchte aber und trottete hinaus. Hinter der nächsten Ecke stoppten ihre Schritte.

»Violet«, sagte ich warnend.

»Na gut«, grollte sie, und dann gehorchte sie wirklich.

»Wie war die Nacht?« Cece kniff die Lippen zusammen, als sie mich endlich ansah.

»Gut.«

»Findest du es wirklich angemessen, Violet über Nacht allein zu lassen, um deine Nanny zu sehen?«

»Natalie«, sagte ich ruhig. »Und ich denke, du brauchst mir nicht vorzuhalten, was angemessen oder nicht angemessen ist, denn immerhin hast du mit Rip in *meinem* Bett gevögelt.«

Sie machte die Augen schmal.

»Ich habe draußen kein Auto stehen sehen. Soll ich dir ein Uber rufen, das dich zum Hotel bringt?«

»Wenn du jetzt jede Nacht verschwinden willst, sollte Violet wohl besser bei mir bleiben.«

»Kommt nicht infrage. Du kannst heute mit ihr shoppen gehen, wenn du willst, aber ich erwarte sie um fünf zurück. Wir haben heute Abend etwas vor.«

»*Ihr* habt etwas vor? Da bekomme ich sie ja kaum zu sehen. Du hast sie nach Montana gezerrt, sodass ich die weite Reise auf mich nehmen musste, und nun machst du ohne mich Pläne mit ihr?«

Gegen ihre Darstellung hätte ich allerhand vorbringen und ihr wütend entgegenhalten können. Doch das hatte ich alles schon gesagt, und es hatte nichts bewirkt. Es würde auch jetzt nichts nutzen. »Ja, wir haben Pläne.«

»Unglaublich«, schnaubte sie. »Ich werde Violet vor dem Lunch abholen.« Sie ließ sich von ihrem Hocker gleiten und rauschte hinaus.

Aber bevor sie um die Ecke verschwand, rief ich sie. »Cece.«

»Was?« Sie fuhr herum und verschränkte die Arme.

»Natalie wird heute hier sein. Sie ist mir wichtig. Sie ist auch Violet wichtig. Ich erwarte, dass du sie mit demselben Respekt behandelst, den ich deinem Freund entgegengebracht habe, und damit meine ich, dass du den Mund hältst.«

»Ernsthaft?«

»Ich bin froh, dass wir uns da einig sind.«

Sie rollte die Augen, und im Umdrehen warf sie die Haare über die Schultern, dann war ich allein in der Küche.

Ich schüttelte den Kopf und rieb mir die Schläfe, hinter der sich Kopfschmerzen ankündigten. Es war nie leicht mit ihr gewesen. Aber ich gab ihr noch einen Tag, dann würde sie den gewohnten Wutanfall bekommen, vermutlich abhauen und nach Hause fliegen.

Mein Handy vibrierte in meiner Hosentasche wie schon den ganzen Morgen. Wahrscheinlich würde ich eine ganze

Reihe E-Mails und Voicemails vorfinden, wenn ich mich an den Schreibtisch setzte. Doch die würden warten müssen, bis Cece gegangen und Natalie bei uns war. Wo sie hingehörte.

Die gestrige Nacht war der Wendepunkt gewesen. Ich hatte ihr schon gesagt, dass ich nicht warten wollte. Ich war nicht bereit, das langsam anzugehen.

Vielleicht war das dumm, wenn man bedachte, wie es mit Cece gelaufen war, aber mein Bauchgefühl sagte mir laut und deutlich, dass Natalie die Richtige war. Dasselbe Gefühl hatte ich bei der Gründung von *Madcast* gehabt. Und auch, als mir jemand eine Serie angeboten hatte, die später zu einem Erfolg geworden war.

Ich wusste es.

Tief in meinem Inneren.

Ich nahm mein Handy, suchte sie in der Anrufliste und tippte auf ihren Namen.

»Hi«, sagte sie schniefend, und ich erschrak.

»Was ist los?«

»Nichts«, sagte sie fröhlich. »Soll ich immer noch rüberkommen und mit Violet spielen?«

»Wenn du Lust hast.«

»Natürlich.« Wieder schniefte sie.

»Nat, was ist passiert?«

Sie atmete tief durch. »Ich habe bei Cathy gekündigt. Und ich habe Magdalena aufgegeben.«

»Magdalena?«

»Meinen 69er-VW-Bus. Sie war in der Werkstatt, und heute Morgen ist mir klar geworden, dass ich ab jetzt einen Wagen brauche, der keine Spezialersatzteile braucht, sonst kann ich mir das Studium nicht leisten.«

»Du hast dein Auto *Magdalena* genannt?«

»Äh … ja. Gibst du deinem keinen Namen?«

»Nein.« Aber dass sie das tat, überraschte mich nicht im Geringsten. »Willst du heute lieber zu Hause bleiben?«

»Nein, alles gut. Es ändert sich nur gerade so viel.«

»Zum Besseren?«

»Zum Besten«, flüsterte sie. »Mach dir meinetwegen keine Gedanken. Mir geht's gut. Bis nachher.«

»Bis dann.« Ich goss mir noch mal Kaffee ein, dann stellte ich mich damit in die Tür von Violets Zimmer, wo Cece ihre Sachen packte. Ich trug ihre Koffer zur Haustür und wartete auf ihr Uber.

Sie versprach, um elf zurück zu sein. Das hieß bei ihr gewöhnlich zwölf.

Keine zehn Minuten, nachdem sie weg war, fuhr Natalie mit ihrem Subaru vor.

»Und wer ist das?« Ich deutete auf ihren Wagen, als sie zur Tür hereinkam.

»Er gehört meinem Vater. Er hat ihn mir geliehen. Er gibt seinen Autos auch keine Namen, aber ich überlege, ihn Barney zu nennen.«

Ich zog sie kichernd in die Arme. »Hi.«

»Hi.« Sie schmiegte sich an mich und stellte sich auf die Zehen, als ich den Kopf senkte, um sie zu küssen. Der Kuss war mir nicht lang genug, und wenn Cece Violet wie versprochen abholte, würde ich meinen Terminkalender ignorieren und mit Natalie ins Schlafzimmer gehen.

Wir lösten uns voneinander und drehten uns erschrocken um, weil uns zwei blaue Augen erwartungsvoll ansahen.

Violet hatte uns zweifellos beim Küssen beobachtet.

Meine Tochter schaute forschend in unsere Gesichter, dann lächelte sie Natalie an. »Können wir mit meinen Weihnachtsgeschenken spielen?«

»Aber klar.« Natalie zog sich schnell den Mantel aus, zwinkerte mir zu und ließ sich von meiner Tochter entführen.

Ich ging mit einem Lächeln in mein Büro.

Um zwölf Uhr, als Cece an der Haustür hätte klingeln müssen, schrieb sie mir, dass sie ihre Pläne geändert habe und schon im Flugzeug nach Kalifornien sitze.

»Scheiße«, fluchte ich laut.

Es hätte mich nicht überraschen sollen. Mein resolutes Auftreten hatte sie wütend gemacht. Und hinzu kam meine Beziehung mit Natalie. Da hatte Cece beschlossen, lieber abzureisen, als die veränderten Umstände auf erwachsene Art zu akzeptieren, um Zeit mit ihrem Kind verbringen zu können.

Doch es war ihr gar nicht um Violet gegangen. Cece behagte die Situation nicht, und da hatte sie sich lieber verzogen.

Und nun musste ich meiner Tochter die Neuigkeit beibringen.

Ich fand Natalie und Violet in der Küche, wo sie den Kühlschrank plünderten. Der Koch hatte sich Ohrhörer reingesteckt und hackte Kräuter am hintersten Ende der Arbeitsfläche, möglichst weit weg von Violet. Er hielt dabei immer ein Auge auf sie und seine Messer gerichtet.

»Hi, Daddy.« Violet sah an mir vorbei in den Flur und fragte sich wahrscheinlich, wo Cece blieb.

»Der Einfachheit halber machen wir uns Sandwiches zum Mittagessen.« Natalie wurde ernst, als sie meinen Gesichtsausdruck sah. »Was ist los?«

Ich deutete mit dem Kopf zu Violet.

Natalie ließ die Schultern hängen.

»Ich muss mit dir reden, Prinzessin.«

»Warum?« Sie sah mich einen Moment lang aufmerksam an. Dann fing ihr Kinn an zu zittern. »Mom ist weg, stimmt's?«

Diese verfluchte Frau. Das würde ich ihr nicht verzeihen. Nichts von alldem. Wieso konnte sie nicht einfach das wunderbare Mädchen sehen, das von ihr geliebt werden wollte?

»Ja. Sie ist abgereist.«

Die erste Träne rollte, und ich breitete die Arme aus.

Aber sie kam nicht zu mir gerannt, sondern zu Natalie.

»Das tut mir leid, Süße.« Natalie schloss den Kühlschrank und kniete sich vor sie.

»Ich hasse sie. Ich hasse sie! Sie hat mir nicht mal was geschenkt.«

Natalie hielt sie an sich gedrückt und strich ihr übers Haar. »Das tut mir schrecklich leid.«

Violet weinen zu hören war fast zu viel. Ich ging zu ihnen, kniete mich hin und legte die Arme um beide.

Es dauerte eine Weile, bis Violet zu weinen aufhörte, und dann ließen wir sie los, und ich wischte ihr die Tränen ab. »Ich habe dich lieb.«

»Ich dich auch«, wisperte sie, und ihre Mundwinkel krümmten sich nach unten.

»Lass uns etwas essen. Dann machen wir uns einen schönen Tag.« Ich hatte meinen Assistenten schon angerufen und gesagt, er solle meine Meetings der kommenden Tage verschieben. Ich brauchte die Zeit für meine Tochter. Und ich wollte Natalie bei uns haben.

»Womit denn?«, fragte Violet.

»Ich dachte, wir sehen uns das Grundstück an, auf dem wir unser Haus bauen. Und wir können Schlitten fahren gehen. Oder ins Kino.«

»Schlitten fahren«, sagten Natalie und Violet wie aus einem Mund.

Also gingen wir Schlitten fahren. Hinterher besuchten wir unser neues Grundstück, und Violet jubelte, als sie den Teich sah. Dann gingen wir ins Kino – nur wir drei.

Es schien, als würden wir damit unser neues Leben beginnen.

»Wer hat Hunger?«, fragte ich, als wir das Kino verließen.

»Ich.« Violet und Natalie hoben die Hand. Sie hatten einen ganzen Eimer Popcorn und eine Tüte M&Ms vertilgt.

»Okay, wir müssen nur einen kurzen Abstecher machen, dann können wir essen gehen.«

»Wohin willst du?«, fragte Violet.

»Das wirst du gleich sehen.« Ich zwinkerte ihr zu und nahm ihre kühlen Finger in meine.

Violet nahm Natalies Hand, und wir ließen sie zwischen uns hin und her schwingen.

Natalie sah mich mit ihren schönen blauen Augen und dem atemberaubenden Lächeln an. *Danke*, formte ich lautlos mit den Lippen.

Ohne sie wäre Violet nicht so schnell über die Enttäuschung hinweggekommen, die Cece ihr bereitet hatte. Während der Autofahrten zwischen unseren Unternehmungen hatte sie Natalie nach deren Mutter gefragt. Sie wollte wissen, wie alt sie gewesen war, als sie von ihr verlassen wurde. Wie oft sie von ihr nichts zu Weihnachten bekommen hatte.

Zu wissen, dass auch andere solch eine Mutter gehabt hatten, half ihr anscheinend, damit klarzukommen.

Natalie hatte ab und zu im Laufe des Tages Judy erwähnt, und jedes Mal hatte Violet mich angesehen und gelächelt.

Meine Mutter hatte gestern Abend gesagt, dass Natalie zu uns passte.

Ich wusste das.

Und meine Tochter auch.

Natalie war ihre Judy.

Wir stiegen ins Auto und fuhren vom Kino weg durch die Innenstadt.

»Wohin fährst du?«, fragte Natalie.

»Ich wollte dir zu unserem ersten Date Blumen schenken.«

Sie lächelte. »Oh. Das ist süß.«

Ich grinste und fuhr weiter.

Während des Films war ich unter dem Vorwand hinausgegangen, den Popcornbecher nachfüllen zu lassen. In Wirklichkeit hatte ich Natalies Handy gefilzt, um ihren Vater anzurufen.

Nachdem ich mich kurz vorgestellt hatte, fragte ich ihn, ob er von Magdalena wisse.

Garrett erzählte mir daraufhin alles: dass der Bus zunächst Nathalies Mutter gehört hatte und dass er selbst den Wagen hassen würde, Nat ihn aber immer geliebt hätte. Natalies Dad hatte so laut geredet, dass ich das Handy vom Ohr weghalten musste.

Er hatte mir die Werkstatt und deren Telefonnummer genannt, und ich hatte Garrett versprochen, dass wir uns bald kennenlernen würden.

Dann hatte ich einen zweiten Anruf getätigt.

»Raus damit. Wohin fährst du?« Natalie richtete sich in ihrem Sitz auf, als sie die Straße erkannte, in die ich einbog. In diesem Teil von Bozeman gab es nur Industriegebäude und ein Holzlager.

Kein Blumengeschäft weit und breit.

»Wie gesagt, ich wollte dir Blumen schenken. Aber dann ist mir etwas Besseres eingefallen.« Ich bremste ab und fuhr auf den Parkplatz der Werkstatt, wo ich vor dem ersten Tor anhielt. Bei meinem Anruf hatte der Besitzer versprochen, auf uns zu warten. »Wir retten Magdalena.«

»Maddox.« Natalie fasste sich an die Wangen. »Das ist zu viel.«

Ich schüttelte den Kopf. »Lass mich das tun. Bitte.«

»Maddox …«

»Betrachte das als dein Weihnachtsgeschenk. Von Violet und mir.«

»Nein. Das ist zu viel. Viel zu viel.«

»Hängst du an Magdalena?«

»Wer ist Magdalena?«, fragte Violet vom Rücksitz.

»Mein Auto«, antwortete Natalie.

»Dein Auto heißt Magdalena? Daddy, warum hat unser Auto keinen Namen?«

»Tja, es ist nur gemietet. Ich weiß nicht, ob man Mietwagen einen Namen gibt.«

»Kann man aber«, meinte Natalie.

»Okay, dann müssen wir uns einen ausdenken. Ihr entscheidet.«

»James«, rief Violet aus.

»Der gefällt mir.« Natalie reckte den Arm nach hinten zu einem Fauststoß. »Wie wär's mit einem zweiten Vornamen?«

Ehe Violet antworten konnte, hob ich die Hand. »Mach uns doch mit Magdalena bekannt, dann bezahle ich die anstehende Reparatur, und ihr beide einigt euch beim Abendessen darauf, wie James noch heißen soll. Was haltet ihr davon?«

Natalie seufzte. »Du kannst nicht Magdalenas Reparatur bezahlen.«

»Die Sache läuft bereits, Babe.« Mit der Zeit würde sie sich an üppige Geschenke gewöhnen, denn sie würde noch viele von mir bekommen. »Also los, Leute.«

Sie öffnete ihre Tür und dann Violets, und wir gingen zum Werkstattbesitzer. Und sahen Magdalena.

Der Bus war typisch Natalie. In dem Moment, als ich ihn sah, stand für mich fest, dass ich alles Nötige tun würde, damit sie ihn fahren konnte, solange sie wollte.

Ich bedankte mich bei dem Mann, und er versicherte mir, dass er die Ersatzteile in Kürze einbauen wollte und Magdalena in zwei Wochen so gut wie neu sein würde.

Nachdem das geklärt war, lud ich Violet und Natalie in meinen Leihwagen, *James*, und fuhr zum Restaurant. Bei einer großen Pizza Supreme redeten wir über alles Mögliche. Was Natalie am liebsten aß. Welche Filme Violet am schönsten fand. Was mir an dem Tag am meisten Spaß gemacht hatte.

Unser erstes Date.

Das beste erste Date meines Lebens.

»Danke, dass Sie bei uns waren«, sagte die Kellnerin, als sie uns die Rechnung brachte.

Hinter ihr ging eine Kollegin mit einem riesigen Eisbecher vorbei.

Natalie und Violet wechselten einen Blick. Da hatten sich zwei Leckermäuler gefunden.

Ich hob die Hand, bevor die Kellnerin die Rechnung auf den Tisch legte, und zeigte auf den Eisbecher. »Wir möchten auch so einen.«

Natalie räusperte sich.

»Machen Sie zwei.«

Epilog

Ein Jahr später …

»Tanz mit mir!« Maddox nahm meine Hand und rettete mich vor den Damen, die mich umringt und in eine Unterhaltung über Wassergeburten hineingezogen hatten.

»Sehr gern.« Ich folgte ihm zwischen anderen Grüppchen hindurch.

Dieses Jahr waren besonders viele Gäste zur Weihnachtsparty gekommen. Der Ballsaal platzte praktisch aus allen Nähten. Vermutlich weil das Fest nicht an Heiligabend stattfand.

Die meisten Gesichter kannte ich nicht, obwohl viele Freunde und Verwandte darunter waren.

Dad und Judy saßen an der Bar. Judy strahlte bestens gelaunt und hatte gerötete Wangen. Sie stand auf Champagner. Dad musste nüchtern bleiben, denn er war heute der Fahrer.

Sie entdeckte mich und winkte, gerade als Violet zu ihnen rannte und meinen Vater an der Hand nahm, um ihn auf die Tanzfläche zu ziehen.

Maddox drehte mich in seinen Armen und hielt mich fest.

»Wer hat vorhin angerufen?«, fragte ich. Er hatte einen Anruf angenommen und für ein paar Minuten den Saal verlassen.

»Cece«, sagte er an meinem Ohr.

Ich zuckte zusammen. »Was wollte sie?«

»Sie will am Montag herkommen und Violet besuchen. Wir werden sehen, ob sie tatsächlich aufkreuzt.«

»Ich denke, wir sollten der Kleinen nichts davon sagen.«

»Ja, du hast recht. Wenn Cece kommt, ist es eine schöne

Überraschung, und wenn nicht, kann Violet nicht enttäuscht werden.«

Wir hatten aus dem letzten Mal gelernt, als Cece ihren Besuch in Montana angekündigt hatte. Unser wunderbares Mädchen saß stundenlang am Fenster und schaute die Auffahrt hinunter, ob ihre Mutter endlich käme. Schließlich war Maddox in Sorge, ihr könnte etwas passiert sein, und rief Cece an. So erfuhr er, dass sie es sich in letzter Minute anders überlegt hatte. Sie redete sich mit einem Wetterumschwung heraus, der Turbulenzen prophezeit habe.

Ich vermutete einen anderen Grund. Cece hatte Violet vorher angerufen, und der Kleinen war herausgerutscht, dass ich schwanger war. Vielleicht hatte Violet sich gerächt und die Verabredung mit Violet deshalb platzen lassen.

Wie auch immer, Cece hatte sich nicht verändert, und ich bezweifelte, dass das je passieren würde. Sie kam und ging, wie es ihr passte, und das nur selten. Und wenn sie Violet enttäuschte, waren Maddox und ich da, um ihr darüber hinwegzuhelfen.

Ich lehnte mich an seine breite Brust und lächelte, als seine Hand zu meiner Taille wanderte. Der Song hatte einen schnellen Rhythmus, aber wir tanzten langsam und eng.

Man konnte sich ohnehin kaum vom Fleck bewegen. So kurz vor Mitternacht war die Tanzfläche voll mit gut gelaunten, beschwipsten Leuten.

»Violet hat Spaß«, sagte ich, als ich sie und meinen Vater unter den Tanzenden entdeckte. »Und sie sieht unglaublich hübsch aus.«

Ich war mit ihr zu einem Geschäft in der Innenstadt gefahren und hatte sie ihre Kleidung selbst aussuchen lassen. Ich hatte mit dem gewohnten roten Kleid gerechnet, doch sie hatte durch die Ständer gestöbert und ein knielanges grünes Samtkleid herausgezogen, bei dem der Saum bei jedem Schritt hin und her schwang.

Wie im vergangenen Jahr hatte Hannah ihr ein Diadem geschenkt.

»Das ist wahr.« Maddox schaute zu seiner Tochter, dann küsste er mich in die Halsbeuge. »Du siehst auch schön aus.«

Das sagte er mir schon den ganzen Abend. Mein schmales graues Kleid schmiegte sich um meinen Babybauch. Die Diamantohrringe, die er mir als frühes Weihnachtsgeschenk angesteckt hatte, waren mein einziger Schmuck, abgesehen von meinem Ehering.

Wie letztes Jahr entschieden, hatten wir nicht gewartet, sondern unser gemeinsames Leben ohne Zögern begonnen, und ich bereute es keinen Augenblick.

Letztes Jahr nach Weihnachten schrieb ich mich an der Montana State ein und gestaltete meinen Stundenplan so, dass ich Violet jeden Tag von der Schule abholen konnte. Maddox gab seinem Vater und seinen Brüdern grünes Licht für den Bau des Hauses, und schließlich zogen wir ein.

Zu dem Zeitpunkt waren wir sechs Monate zusammen. In der Woche nach unserem Einzug haben wir geheiratet. Bei einer schlichten Zeremonie. Ich im engen weißen Kleid, er im dunklen Anzug. Und mit Violet, unserem Blumenmädchen, standen wir neben dem Teich in unserem Garten und gaben uns vor der Familie und den engsten Freunden unser Eheversprechen.

Eine Woche später war mir klar, warum mein Magen ständig in Aufruhr war. Es kam nicht vom Stress der Hochzeitsvorbereitungen, sondern von meiner Schwangerschaft.

Als ich Maddox das positive Testergebnis zeigte, jubelte er so laut, dass die Enten verschreckt vom Teich aufflogen. Wir hatten schon über ein Baby gesprochen – es kam nur viel eher als geplant. Violet sollte Geschwister haben, da waren wir uns einig gewesen. Ich war gern ihre Stiefmutter, und es machte mir nichts, dass sich meine Ausbildung durch das Baby in die Länge ziehen würde.

Eines Tages würde ich Physiotherapeutin sein. In der Zwischenzeit wollte ich das Leben mit meiner Familie genießen.

»Hast du Spaß?«, fragte ich Maddox.

»Klar. Und du?«

Ich wollte gerade antworten, als ein Tänzer gegen meinen Hintern stieß. »Ja, aber deine Eltern werden einen größeren Saal auftreiben müssen.«

Maddox kicherte. »Mom hat vorhin dasselbe gesagt.«

»Ich liebe dich«, sagte ich gähnend und lehnte den Kopf an seine Schulter.

»Ich liebe dich auch.«

Er hielt mich an sich gedrückt und drehte sich mit mir übers Parkett.

Das tat er auch noch, als wir später zu Hause waren. Er drehte mich in seine Arme und tanzte mit mir durch das Schlafzimmer. Allerdings zog er mich dabei aus.

Maddox hielt immer geschickt die Balance zwischen höflich charmant und höllisch sexy, und ich dankte dem Himmel dafür, dass ich meinen Weihnachtsurlaub sausen gelassen und den Nanny-Job bei ihm angenommen hatte.

A Secret Crush
FOR CHRISTMAS
THE *Holiday* BROTHERS

1

Stella

Mit zitternden Fingern strich ich meinen Pulli glatt. »Wie sehe ich aus?«

»Hübsch.« Meine beste Freundin Wendy inspizierte mich von Kopf bis Fuß. »Aber die Hose geht gar nicht.«

»Wieso nicht?« Ich drehte mich zur Seite und musterte meinen Hintern im Spiegel.

Wendy trat von meinem Bett weg und reichte mir den grünen Smoothie, den sie mir mitgebracht hatte. »Trink das.«

Ich nahm einen Schluck mit dem Strohhalm und verzog das Gesicht. »Igitt. Wie kriegst du dieses Zeug jeden Tag runter?«

»Das ist gesund. Mit Grünkohl. Runter damit!«, befahl sie, und ihr Kopf verschwand in meinen Schrank.

Ich trug den Smoothie zum Mülleimer in der Küche und warf ihn hinein. Er landete neben dem Smoothiebecher von gestern. Dann nahm ich mir ein rotes Lakritzstäbchen aus der offenen Tüte auf dem Küchentresen.

Wendy kam mit einer Skinny Jeans in der Hand aus dem Schlafzimmer und sah mich mit weit aufgerissenen Augen an. »Kaust du etwa Zuckerzeug?«

»Ja. Für meine Gesundheit hatte ich heute Morgen ein Eiweißomelett.« Ich schwenkte das Lakritzstäbchen hin und her. »Und für meine Zufriedenheit habe ich *das.*«

Mit einem bösen Blick warf sie mir die Jeans zu. »Zieh die an.«

»Ich will am ersten Tag keine Jeans tragen. Meine Hose ist okay.«

»Sie ist sackig.«

»Das ist eine Wide Leg.«

»Sie bringt deinen Hintern nicht zur Geltung.«

Ich rollte mit den Augen. »Ich will meinen Verstand zur Geltung bringen, nicht meinen Hintern.«

»Aber Heath wird da sein.«

Heath. Schon bei seinem Namen schlug mein Herz schneller. »Das spielt keine Rolle.«

»Klar«, erwiderte sie trocken.

»Tut es nicht. Nicht mehr. Er wird mein Kollege sein und sonst nichts.« Das klang so überzeugend, dass ich es beinahe selbst glaubte. »Ich habe ihn hinter mir gelassen und bin bereit, jemanden kennenzulernen, der mich tatsächlich wahrnimmt.«

»Wirklich?«

»Ja. Das war doch bloß eine dumme Schwärmerei.« *Die seit fünfzehn Jahren anhält.*

Seit meinem zwölften Geburtstag, als ich aufhörte zu glauben, alle Jungen hätten Läuse, war ich in Heath verknallt. Den besten Freund meines Bruders. Ihn für mich zu gewinnen war der einzige Wunschtraum meiner Kindheit, der sich bis Mitte zwanzig gehalten hatte. Den Grammy und die Olympiamedaille hatte ich aufgegeben, denn ich hatte weder ein musikalisches Gehör noch irgendein sportliches Talent.

Meine Schwäche für Heath war mal stärker, mal schwächer ausgeprägt gewesen, weil ich ab und zu einen Freund gehabt hatte, der ihm die Schau stahl, aber er war mein Schwarm geblieben.

Bis heute.

Vor zwei Wochen hatte Keith, Heaths Vater, mich als Projektmanagerin in seinem Bauunternehmen eingestellt. Heath und ich würden also bei *Holiday Homes* Kollegen sein, und es war Zeit, meine Schwärmerei ein für alle Mal zu begraben.

Fünfzehn Jahre waren genug.

Früher wäre ich in einer hautengen Hose hingegangen, weil ich verzweifelt gehofft hätte, er würde meinen Hintern taxieren und vielleicht mehr in mir sehen als Guys kleine Schwester. Doch diese Zeiten waren vorbei.

»Also heißt das, du wirst mit Jake ausgehen?«, fragte Wendy.

»Nein.«

»Ach komm, er ist doch ein heißer Typ.«

»Dann geh du doch mit ihm aus.«

»Wir arbeiten zusammen. Das wäre schräg.«

Jake war wie sie Personal Trainer im größten Fitnessstudio der Stadt. Er war heiß, da hatte Wendy recht. Aber er wusste, wie heiß er war, und ich hatte keine Lust, einen Mann zu daten, der täglich drei Stunden in den Spiegel starrte.

Ich hatte mein Lakritzstäbchen aufgegessen und nahm mir trotz Wendys tadelndem Blick ein zweites.

»Okay, ich fahre jetzt besser zum Gym. Ich habe um acht Uhr einen Kunden.« Sie holte ihren Parka von der Couch und schlüpfte hinein. »Viel Glück für deinen ersten Tag. Ich erwarte einen detaillierten Bericht.«

»Aye, aye, Sheriff.«

»Ganz falsch.« Sie kicherte. »Captain! Aye, aye, Captain.«

»Ich wäre lieber Sheriff als Captain. Ich werde so leicht seekrank.«

Sie lachte und kam zu mir, um mich zum Abschied zu drücken. »Denk noch mal drüber nach und zieh eine Hose an, die deiner Figur schmeichelt.«

»Das werde ich nicht tun.« Ich brachte sie zur Tür und winkte ihr, als sie über den vollen Parkplatz vor meinem Wohnkomplex eilte. Dann überprüfte ich im Bad noch einmal Make-up und Frisur.

Meine blonden Locken trug ich als stilvollen, langweiligen und bürotauglichen Knoten und auf den Lippen ein helles Rosa – ein klassischer, aber hübscher Farbton. Mein grauer Pulli war flauschig. Obwohl ich strahlende kühne Farben bevorzugte, war ich die Schlichtheit in Person. Das einzig Hervorstechende an meinem Outfit war seine Schicklichkeit. Besonders bei der Hose.

Okay, vielleicht hatte Wendy doch recht. Die Hose war ein kleines bisschen … sackig.

Ich drehte mich vor dem Spiegel, sodass ich über die Schulter auf meinen Hintern sehen konnte. Er wirkte … riesig.

»Deshalb trage ich die Hose sonst nie.« Ich zog die Unterlippe zwischen die Zähne und änderte ein paarmal meine Position. Egal aus welchem Blickwinkel ich ihn betrachtete, er erschien doppelt so groß und dabei flach wie ein Pfannkuchen.

Na und? Meine Kollegen würden da gar nicht hingucken. Es war nicht das Ziel, Heath zu beeindrucken. Vermutlich würde er mich sowieso übersehen.

Vor einem Jahr hatte mein Bruder ein Ski-und-Party-Wochenende in Big Sky organisiert. Heath und ich waren damals auch dabei. Ich stolzierte in meinem winzigen Bikini herum und stieg in den Whirlpool. Ich war praktisch nackt. Aber hatte er mich wahrgenommen? Nein. Eine engere Hose würde daran auch nichts ändern.

Außerdem interessierte es mich nicht, ob er mich heute bei der Arbeit bemerkte, klar?

Klar.

Ich hakte den Bund auf und stieg aus der Hose, aber nicht wegen Heath. Ich tat das für mich. Denn wenn man eine neue Stelle antrat, sollte man sich in seinem Outfit gut fühlen. Meine schwarze Lieblingshose war noch im Trockner. Also wühlte ich den Wäschehaufen durch und suchte sie heraus. Ich stieß die Beine hinein, zog den Reißverschluss zu und eilte ins Schlafzimmer, wo ich die hohen Pumps anzog. Vor dem Spiegel prüfte ich ein letztes Mal meine Erscheinung. In dieser Hose hatte ich einen Hintern. Einen großartigen Hintern.

»Viel besser.«

Den Mantel überm Arm ging ich nach draußen zum Parkplatz. Über Bozemans Straßen lag eine Schneedecke. Die Sonne schien und sorgte für eine blendende Fahrt durch glitzerndes Weiß.

Meine Heimatstadt war schon seit Thanksgiving weihnachtlich geschmückt. Um die altmodischen Straßenlaternen entlang der Main waren Girlanden und Schleifen gewickelt. In allen Schaufenstern sah man Schnee und Zuckerstangen. Für mich war das die schönste Jahreszeit und dies der beste Tag, um etwas Neues zu wagen.

Im Laufe meiner siebenundzwanzig Jahre hatte Bozeman sich gewandelt. Die ausgedehnten Felder rings um die Stadt waren inzwischen mit Wohn- und Geschäftshäusern bebaut. Die meisten Gesichter im Lebensmittelmarkt kannte ich nicht mal vom Sehen, aber das Lächeln der Leute war geblieben. Unsere Kleinstadtwurzeln reichten tief. Ich glaubte gern, dass das freundliche Zusammenleben auch mit den Familien zu tun hatte, die seit Generationen hier lebten – so wie meine. Und die Holidays.

Es freute mich, die Gemeinde wachsen zu sehen und dazuzugehören. Seit ich mein Wirtschaftsdiplom in der Tasche hatte, hatte ich als Projektmanagerin für eine örtliche Baufirma gearbeitet. Die Häuser, die sie baute, waren hübsch, aber alle gleich. Spekulationsobjekte und Wohnblocks waren nicht übermäßig ansprechend. Als ich also hörte, dass *Holiday Homes*, die erstklassige Architektenfirma in unserem Tal, ihren Mitarbeiterstab erweitern wollte, warf ich meinen Namen in den Hut.

Ich konnte jahrelange Erfahrung in der Branche nachweisen und war verdammt gut in meinem Beruf. Und falls sie mich unter den Bewerbern ausgewählt hatten, weil Guy und Heath beste Freunde waren, tja ... Ich war entschlossen, mich zu beweisen.

Von heute an.

Mein Magen schlingerte, als ich meinen SUV auf den Firmenparkplatz lenkte und in eine Parkbucht fuhr. Mit zitternden Händen stellte ich den Motor ab. Doch ich konnte mich nicht überwinden auszusteigen. Ich saß da und starrte auf das schöne holzverschalte Gebäude mit den riesigen Fenstern, die die Sonne unter dem blauen Himmel reflektierten.

Bei *Holiday Homes* würde ich fast doppelt so viel verdienen wie vorher. Mit dem Gehalt konnte ich mir im nächsten Jahr ein eigenes Haus leisten und aus meiner Mietwohnung ausziehen.

»Los geht's.« Ich holte tief Luft, straffte die Schultern, nahm meine Handtasche und ging hinein.

Es roch nach Kaffee und Sägemehl, genau wie am Tag meines Vorstellungsgesprächs.

»Guten Morgen«, grüßte die Dame mit den langen grauweißen Haaren, die die Rezeption besetzte. »Schön, Sie wiederzusehen, Stella.«

»Hallo.« Meine Stimme schwankte. »Freut mich auch, Sie zu sehen.«

»Sind Sie gespannt?«

»Ja, und ein bisschen nervös.«

»Ich habe Ihren Lebenslauf gesehen. Sie werden das großartig machen. Tatsächlich bin ich gerade Ihre Einstellungsunterlagen durchgegangen.« Sie stand auf und kam hinter dem Empfangspult hervor, um mir die Hand zu geben. »Gretchen.«

»Natürlich. Wir haben uns schon bei meinem letzten Besuch gesehen.« Ich schüttelte ihr aufgeregt die Hand.

Sie schien mir eine nüchterne Person zu sein, denn sie

übersprang den üblichen Small Talk und brachte mich sofort zu meinem Büro.

Zwanzig Minuten lang zeigte sie mir, was bei dem Telefon, dem Laptop und dem E-Mail-Programm zu beachten war. Dann gab sie mir einen Stoß Unterlagen, die ich durchlesen und unterschreiben sollte.

»Jetzt zeige ich Ihnen das Haus«, sagte sie. »Dann lasse ich Sie mit dem Papierkram allein. Keith ist gerade bei einem Kunden, sollte aber ab zehn in seinem Büro sitzen.«

»Klingt gut.« Ich nickte zu lebhaft und klang noch immer nervös. Und wann würden meine Hände endlich aufhören zu zittern?

»Keith ist ein großartiger Chef. Ich arbeite hier seit fünfzehn Jahren. Sie werden keine bessere Familie finden.«

Ich öffnete den Mund, um ihr zu sagen, dass ich die Holidays schon kannte, als ich noch Zöpfe trug, ließ es aber bleiben und nickte noch einmal begeistert.

Als Kind hatte ich mit Heath und seinem Zwillingsbruder Tobias auf dem Schulhof Fangen gespielt, war mit ihnen in die Highschool und aufs College gegangen. Vielleicht vermutete Gretchen längst, dass unsere private Verbindung der Grund war, weshalb ich jetzt an diesem Schreibtisch saß.

Es wäre nicht gut, das auszuposaunen. Vielmehr sollte ich der Firma und ihren Mitarbeitern zeigen, dass ich für sie ein Gewinn war. Gut möglich, dass man mich begünstigt hatte, aber ich würde allen zeigen, dass ich meinen Aufgaben gewachsen war.

Bei Gretchens Hausführung fielen viele Namen und Jobtitel. *Holiday Homes*, vor dreißig Jahren in Keiths Garage entstanden, war zu einem Unternehmen mit zwanzig Büroangestellten und dreimal so vielen Arbeitern angewachsen.

Das Firmengebäude war zweigeschossig, im oberen Stock befanden sich die meisten Büros, darunter auch meines, im Erdgeschoss drei Konferenzräume mit großen holzgerahmten

Fenstern und daneben ein Pausenraum mit Kühlschrank, Espressomaschine und zwei Kaffeekannen.

Keiths Eckbüro war noch dunkel. Im Büro daneben saß auch niemand, aber das Licht war eingeschaltet. Ich brauchte nicht zu fragen, wem es gehörte, denn ein Hauch von Heaths herbem Rasierwasser wehte mir entgegen.

Ich erlaubte mir nicht, in dem Duft zu schwelgen. Nicht heute. Denn von jetzt an war Heath mein Kollege. Eine Autorität in der Firma. Ein Freund meiner Familie. Mehr nicht.

»Heath muss gekommen sein, während wir oben waren«, sagte Gretchen. »Wir werden ihm sicher irgendwo begegnen.«

»Okay.« Ich hatte schon immer viel Zeit damit verbracht, Heath irgendwo zu *begegnen.*

»Er leitet unsere größeren Bauprojekte, und das Baupersonal ist ihm unterstellt. Sie werden die Poliere und die Arbeiter bei den Projekten noch kennenlernen. Die kommen und gehen hauptsächlich vom Bauhof aus, aber einmal im Monat halten wir eine Personalversammlung ab. Und Sie werden die Jungs auf den Baustellen sehen.«

»Darauf freue ich mich schon.« Wie früher.

Der Bauhof befand sich am anderen Ende der Stadt in einem Industriegebiet, nicht weit von einer beliebten Holzhandlung. Für mich lag er abseits von allem, sowohl von meinem Zuhause als auch von meiner Arbeitsstätte. Aber in der Zeit, als ich noch zur Highschool und Heath schon zur Montana State gegangen war, war ich fast täglich dort vorbeigekommen, weil ich gehofft hatte, ihn zu sehen.

In den Sommerferien war er der Kerl auf dem Bauhof gewesen, der Anhänger mit Material belud. Ab und zu hatte ich einen Blick auf ihn werfen können, wie er schweißglänzend Kanthölzer auf einen Pick-up stapelte und dabei hinreißend aussah.

»Tobias?« Gretchen streckte den Kopf in das benachbarte Büro.

»Komm rein, Gretchen.« Ein vertrautes Gesicht empfing mich mit einem breiten Lächeln. Tobias stand von seinem Schreibtisch auf und setzte sich auf die vordere Kante. »Hi, Stella. Willkommen an Bord.«

»Danke.« Ich grinste ihn an, während meine Nervosität ein neues Level erreichte.

Jep, das ist schräg.

Das war Tobias, mit dem ich früher viel Zeit verbracht hatte. Der Junge, der Guy und mich durch unser Wohnzimmer gejagt hatte, wenn wir Fangen spielten. Der einmal ins Bad geplatzt war, als ich gerade auf dem Klo saß.

Jetzt war er praktisch mein Vorgesetzter. Als der Architekt der Firma würde er mir Anweisungen geben und dafür sorgen, dass ich sie befolgte.

Falls er die neue Situation auch seltsam fand, ließ er sich das nicht anmerken. »Wie läuft es bisher?«

»Großartig. Gretchen führt mich durchs Haus. Ich bin sicher, sie wird es bald leid sein, meine ständigen Fragen zu beantworten.«

»Pff.« Die ältere Dame fegte das beiseite. »Ich bin da, um zu helfen. Egal was Sie brauchen.«

»Gretchen, du erinnerst dich noch an unseren Freund Guy Marten, oder? Stella ist seine Schwester.«

»Oh, das war mir noch nicht klar«, sagte sie. »Aber jetzt, da du es erwähnst, erkenne ich die Ähnlichkeit.«

Guy und ich hatten blonde Haare, seine waren aber etwas dunkler als meine. Wir hatten die gleichen hellbraunen Augen und die gleiche schmale Nase. Doch während er ständig herumalberte, nur zufrieden war, wenn er Lacher erntete und gern im Mittelpunkt stand, war ich mehr der ruhige Typ, der die stillen Momente schätzte. Die Frau, die schwimmen oder wandern ging oder sich in ein Buch vertiefte. Meine Freitagabende verbrachte ich im Flanellpyjama mit einer Schüssel

Popcorn vor dem Fernseher und sah mir die neueste Serie an, die gerade angesagt war.

»Da Sie Heath kennen, brauchen wir ihn wohl nicht aufzuspüren«, sagte Gretchen und sah auf die Uhr. »Gut, wir haben noch ein wenig Zeit, bis Keith kommt. Ich lasse euch allein. Sie können sich dann in Ihrem Büro einrichten, Stella. Möchten Sie einen Kaffee?«

»Den kann ich mir selbst holen. Danke, Gretchen.«

»Wie Tobias schon sagte: Willkommen an Bord. Wir sind eine Familie und freuen uns, Sie bei uns zu haben. Sie haben Keith beim Vorstellungsgespräch beeindruckt. Er wird Ihnen wahrscheinlich gleich einiges an Arbeit aufbürden.«

»Sie wird damit klarkommen.« Die tiefe raue Stimme kam von der Tür.

Ich drehte den Kopf, und mein dummes Herz stolperte.

Heath lehnte am Türrahmen, die Hände in den Taschen seiner Jeans. »Hi, Stell.«

»Hallo, Heath.« *Nicht rot werden, nicht rot werden, bitte, nicht rot werden.*

Meine Wangen wurden heiß, trotz meiner eindringlichen Beschwörung. Gegen dieses Erröten kämpfte ich schon mein Leben lang an.

Warum konnte ich Heath nicht genauso gelassen sehen wie Tobias? Wie einen alten Freund? Sie hatten beide die gleichen dunkelbraunen Haare, stechend blauen Augen, weichen Lippen und die gleiche gerade Nase. Tobias hatte sich sogar einen Bart wachsen lassen, und Bärte fand ich schon immer sexy.

Doch waren meine Wangen bei jenem Holiday-Bruder je heiß geworden? Nein. Noch nie. Kein einziges Mal.

Heath hatte eine ganz andere Ausstrahlung.

Vielleicht weil er sich bei seinen Hemden immer die Ärmel hochkrempelte. Vielleicht weil sein Lächeln immer ein bisschen schief war. Oder auch weil er oft lachte und Plätzchen als Grundnahrungsmittel betrachtete.

Heath war … Heath. Ein süßer Junge, der sich zu einem wahnsinnig gut aussehenden Mann entwickelt hatte. Er war mein Traum … Den ich mir aus dem Kopf schlagen musste. Praktisch sofort.

Er drückte sich vom Türrahmen weg, kam herein und trat auf mich zu – nah, aber nicht zu nah. Sein Aftershave umfing mich wie eine herzliche Umarmung. Vor seinen eins achtundachtzig kam ich mir vor wie eine Zwergin. Ich musste den Kopf in den Nacken legen, um in seine hypnotischen blauen Augen sehen zu können. »Wie läuft dein erster Tag?«

»Gut.« Meine Stimme klang kratzig. Rückblickend betrachtet, hatte sie immer so geklungen, wenn er in meiner Nähe war. Wahrscheinlich hielt er das bei mir für normal. Gretchen und Tobias allerdings nicht. Ich räusperte mich und sprach mit etwas tieferer Stimme. »Wie geht es dir?«

Zu tief, verdammt. Jetzt klang ich, als wollte ich einen Mann imitieren.

Gretchen starrte mich an.

Ich lächelte bloß. *Hier ist nichts seltsam, Gretchen. Alles normal. Total normal.*

»Hab viel zu tun«, antwortete er. Ach ja, ich hatte ihn etwas gefragt. »Die Donnerstage sind immer hektisch.«

Normalerweise trat man eine neue Stelle nicht an einem Donnerstag an, aber als ich bei meinem vorherigen Arbeitgeber gekündigt hatte, war ich gebeten worden, ein paar Tage länger zu bleiben, um mein aktuelles Projekt noch abzuschließen.

»Hast du schon ein Büro bekommen?«, fragte er.

»Jep. Gretchen hat mich mit allem versorgt.«

»Sehr gut.« Er stieß mich am Ellbogen an, und da glühten auch schon wieder meine Wangen. Verdammter Mist. »Ich wollte mir gerade einen Kaffee holen. Ich komme später mal bei dir vorbei. Guy sagte etwas von einer verstopften Toilette. Du musst mir erzählen, wie die Sache ausgegangen ist.«

Ich starrte ihn mit offenem Mund an.

Bei allen Gesprächsthemen, die für Guy und Heath infrage kommen mochten, fanden sie es ausgerechnet erwähnenswert, dass meine Toilette verstopft war?

Ich hasste meinen Bruder. Ich hasste ihn wirklich.

Guy hätte von dem Toilettenvorfall gar nicht erfahren, wenn er nicht hereingeschneit wäre, als ich gerade den Badezimmerboden mit Handtüchern aufwischte.

»Das war eine Kleinigkeit.« Ich schaute zu Tobias und Gretchen, die nicht denken sollten, ich hätte Kloprobleme – egal ob rohr- oder darmmäßig. »Ich habe mit dem Toilettenstab geputzt, und das Scheuerpad, also das Wegwerfdings daran, hat sich im Abflussrohr verfangen. Mein Vater kam rüber und hat es für mich rausgeangelt. Jetzt ist alles wieder in Ordnung. Und von jetzt an werde ich nur noch die Größe eins und zwei runterspülen.«

Oh, mein Gott. Warum, Stella? Warum?

Einen Moment lang herrschte Schweigen. Dann lächelte Gretchen und entschuldigte sich. Tobias kicherte und kehrte hinter seinen Schreibtisch zurück. Und ich schob mich an Heath vorbei und flüchtete in den Pausenraum.

Ich unterdrückte ein Stöhnen. Das war nicht die beste Art, sich bei seinen Kollegen einzuführen. Nicht die schlechteste, aber auch nicht die beste. Doch angesichts meiner Geschichte peinlicher Momente mit Heath war mir das seltsame Gespräch über dieses verdammte Toilettenproblem noch am wenigsten peinlich.

Besser als die Situation, als ich mit vierzehn meine Periode bekam. Heath und Guy spielten draußen Football und ich hatte mich dazugesellt und mich mit einem Buch auf eine Decke gesetzt, weil ich hoffte, Heath würde ein paar Worte mit mir wechseln. Ich hatte meine coolsten weißen Shorts angezogen.

Guy bemerkte das Malheur als Erster und sagte laut vor Heath, ich müsse ins Haus gehen und einen Tampon benutzen.

Das war wohl der schlimmste meiner peinlichen Momente.

Der zweitschlimmste war der, als ich in der siebten Klasse und Heath bei uns zu Besuch war, um mit Guy Videospiele zu spielen. Mom hatte zum Frühstück Eier gebraten, und von denen bekam ich immer ein Grummeln im Bauch. Ich lungerte bei ihnen herum und hing förmlich an Heaths Lippen. Er sagte etwas Witziges, ich lachte, und dabei entfuhr mir ein Furz. Das Geräusch und der Gestank hatten die beiden aus dem Zimmer gejagt.

Verstopfte Toilette? Kein Ding. Ich hatte schon viel, viel Schlimmeres überlebt. Der Rest des Tages würde völlig normal verlaufen. Ich würde mir Kaffee holen und vor meinem Gespräch mit Keith an meinem neuen Schreibtisch schnell die Unterlagen durchgehen.

»Tassen …« Ich öffnete die Schranktüren über den Kaffeekannen im Pausenraum und fand nur leere Fächer. »Okay, vielleicht brauche ich keinen Kaffee.«

»Tassen sind da drüben.« Heath kam herein und ging zu dem Regal neben dem Kühlschrank. »Ich habe Dad gesagt, dass das kein logischer Platz dafür ist, aber er wollte sie neben dem Geschirrspüler stehen haben.«

»Ah. Nun ja, offen gesagt bin ich deiner Meinung.«

»Danke.« Er grinste und reichte mir eine weiße Keramiktasse. »Ich bin froh, dass du hier bist. Wir sind überlastet, und es wird großartig, jemanden mit Erfahrung an Bord zu haben.«

»Ich freue mich auch, hier zu arbeiten.« Ich füllte meine Tasse und lächelte. »Mein alter Job hat mir schon auch gefallen, aber ich denke, dieser hier entspricht mehr meinen Interessen. Die Häuser, die ihr baut, finde ich wirklich toll.«

Holiday Homes war für seine Detailfreude bekannt. Bei der jährlichen *Parade of Homes* war ihr Ausstellungsstück in den letzten fünf Jahren jedes Mal mein Favorit gewesen.

»Wir haben demnächst einige Projekte, die Spaß machen werden«, sagte er.

»Gut.« Ich hob grüßend meine Tasse. »Ich sollte mich jetzt besser um meine Einstellungsunterlagen kümmern. Bis dann.«

Er nickte. »Schönen Tag.«

Ich ging und war absolut beeindruckt von mir, weil ich es während dieser Plauderei geschafft hatte, nicht rot zu werden oder Unsinn zu plappern.

Natürlich hatte ich schon viele Male mit Heath gesprochen. Aber meistens war Guy dabei gewesen und hatte mich aufgezogen oder herumgealbert. Wenn wir nun jeden Tag als Kollegen und ohne meinen Bruder zusammentrafen, würde Heath mich vielleicht als erwachsene Frau betrachten.

Ich war einen Schritt von meinem Büro entfernt, als er mich rief.

»Stella.«

»Ja?« Ich drehte mich um.

Er kam zu mir und direkt in meine persönliche Distanzzone.

Mir stockte der Atem, als ich seine Körperwärme spürte.

Er bückte sich und ging dabei in die Hocke. Dann spürte ich seine Finger an meiner Wade.

Sprachlos und entsetzt sah ich zu, wie er sich aufrichtete und mir ein winziges Ding aus schwarzer Spitze hinhielt.

Einen Stringtanga.

Meinen Stringtanga.

Der hatte sich anscheinend in meiner schwarzen Hose verfangen. Und herausgelugt. Den ganzen Morgen. Während meines Rundgangs mit Gretchen, bei der sie mich den Kollegen vorgestellt hatte. Während ich mit Heath im Pausenraum gewesen war.

Das beschämte mich unsäglich.

»Ähm …« Er hielt ihn mir immer noch hin.

Fassungslos schnappte ich ihn von seiner Handfläche. Hätte ich mich nicht noch mal umgezogen, sondern die andere Hose anbehalten, wäre die statische Haftung nicht zum Problem geworden. Doch da stand ich nun in der engen Hose mit einem Stringtanga in der Faust.

Der Blutfleck in den weißen Shorts und der stinkende Furz verblassten dagegen.

Mit einem kleinen Lächeln trat er an mir vorbei und ging den Flur hinunter in sein Büro.

»Oh, mein Gott.« Ich stellte meinen Kaffee ab und barg mein glühendes Gesicht in den Händen.

Sobald Heath Holiday ins Spiel kam, war ich geliefert.

2

Heath

»Wäre es dir irgendwie möglich, mir bis morgen das Winthrop-Angebot zu geben?«, fragte Dad.

Ich lachte kurz auf. »Nein.«

Er runzelte die Stirn. »Warum nicht?«

»Weil ich vorher noch zwei andere auf meiner Liste habe.« Ich tippte mit dem Bleistift auf den Notizblock. »Du hast gesagt, dass das Grant- und das Freeman-Angebot Vorrang haben.«

»Verdammt«, brummte er. »Wir haben zu viele Prioritäten.«

»Du meinst das ernst.«

»Wenn Stella sich schnell einarbeitet, können wir ihr hoffentlich ein paar deiner Projekte übertragen.«

»Das wäre großartig.« Zurzeit kam ich mit den Kostenvoranschlägen nicht mehr hinterher, geschweige denn, dass ich jeden Bau überwachen konnte, denn es zog mich in sieben Richtungen gleichzeitig.

Selbst im Dezember, wo geschäftlich viel weniger los sein sollte, hatten unsere Leute zu kämpfen, um alle Arbeiten zu erledigen. Es war zu kalt, um Fundamente zu gießen, doch wir zogen so viele Häuser hoch, dass jedes Team einer anderen Baustelle zugeteilt war. Die meisten machten also Überstunden beim Mauern oder Estrichlegen oder einem der vielen anderen Gewerke. Dagegen war mein Verstand gerade so benebelt, dass ich die glatt vergessen hatte.

»Ich komme zu spät zum Abendessen, und deine Mutter

wird sauer sein. Ich mache mich besser auf den Heimweg.« Er erhob sich von dem Stuhl gegenüber meinem Schreibtisch. »Bis morgen.«

»Jep. Bis dann, Dad.«

Er winkte beim Hinausgehen und machte einen Abstecher in sein Eckbüro, um Mantel und Laptop zu holen und das Licht auszuschalten.

»Bye, Dad«, sagte Tobias von seinem Büro aus. Fünf Minuten später hörte ich ihn mit Papier rascheln und die Schubladen schließen, dann rief er durch den Flur. »Ich bin jetzt auch weg.«

»Bis dann«, rief ich.

»Soll ich abschließen?«

»Das mache ich.«

»Bleib nicht zu lange.« Seine Schritte schallten auf dem Hickoryparkett, bis er das Foyer durchquert hatte und die Tür nach draußen aufstieß.

Wenn ich zwischen Weihnachten und Neujahr ein paar Tage frei haben wollte, musste ich jetzt definitiv bis in den späten Abend hineinarbeiten.

Es war still im Haus, und angesichts der Berge von Arbeit, die ich noch vor mir hatte, rutschte ich tiefer in meinen Stuhl. Es war entmutigend. Gut, dass ich mich vor einer Herausforderung nicht drückte.

Dad wollte für den Winthrop-Auftrag einen Kostenvoranschlag, also griff ich nach der Akte, suchte meine Notizen von unserem letzten Meeting heraus und fand die Skizze, die Tobias dabei angefertigt hatte.

Derzeit war er unser einziger Architekt. Sein Vorgänger war dieses Frühjahr in den Ruhestand gegangen, und Tobias hatte dessen Aufgaben übernommen. Er würde nach Neujahr genauso ausgelastet sein wie ich. Wir hatten schon darüber gesprochen, einen weiteren Architekten einzustellen.

Tobias liebte es, ein Haus zu planen, die Maße aufzunehmen und auf die kleinsten Details zu achten. Ich dagegen wollte die Dinge einfach schnellstmöglich angehen und fertig sehen. Ich verfolgte gern, wie aus einem nackten Flecken Erde allmählich ein Zuhause wurde. Solange der Bau Qualität hatte und unsere Kunden zufrieden waren, war es mir egal, ob das Haus ein Giebel-, Walm- oder Mansardendach hatte.

Für Dads Nachfolgeplanung waren unsere unterschiedlichen Interessen genau richtig verteilt. Er brauchte unter seinen Söhnen keinen auszuwählen, damit der die Geschäftsführung übernahm, denn Tobias hatte gar keine Lust, ihn zu ersetzen. Dieser Posten würde mir zufallen, während mein Bruder seine Tage glücklich am Reißbrett verbrachte.

Allerdings war Dad noch nicht bereit, sich aus dem Geschäft zurückzuziehen, und mit neunundzwanzig Jahren war ich auch noch nicht so weit, seinen Platz zu übernehmen. Ich musste noch viel von ihm lernen. Ich hatte große Achtung vor meinem alten Herrn und würde ihm keinesfalls auf die Zehen treten.

Daher führte ich vorerst die Bauleiter und ihre Leute und erarbeitete die Kostenvoranschläge für unsere größten, anspruchsvollsten Aufträge. Dad führte die Projektmanager, die als Kontakt zu den Bauleitern agierten, um sicherzustellen, dass die Kunden zufrieden waren, dass Terminpläne und Budgets eingehalten wurden. Im vergangenen Jahr hatten wir drei neue Projektmanager eingestellt und waren noch immer überlastet.

Holiday Homes florierte. Und damit steigerte sich auch mein Arbeitspensum.

Ich stand vom Schreibtisch auf und ging in den Pausenraum, um mir ein Glas Wasser zu holen. Danach machte ich mich wieder an die Arbeit. Ich war mit meinen Notizen zum Winthrop-Projekt halb durch, als es über mir klopfte. Meine Finger erstarrten über der Tastatur. »Was zur Hölle?«

Zwei dumpfe Schläge trieben mich aus dem Raum und die

Treppe hinauf. Eigentlich war niemand mehr im Haus. Im Flur war es dunkel. In den Büros auch.

Bis auf eines.

Stellas.

Was tat sie noch hier? Das war ihr erster Arbeitstag. Wenn jemand pünktlich nach Hause hätte gehen sollen, dann sie.

Als Erstes sah ich Stellas Fußsohlen, dann ihre hohen Pumps, die am Fenster lagen. Sie hatte sich die Pulloverärmel zu den Ellbogen hochgeschoben und kroch auf allen vieren über den Boden, um Eiswürfel aufzuklauben.

»Was tust du da?«

»Ah!« Mit einem Aufschrei fuhr sie herum. »Meine Güte! Hast du mich erschreckt!«

»Entschuldige.« Ich hob beruhigend die Hände und trat näher. »Ich dachte, ich wäre allein im Haus, dann hörte ich Klopfgeräusche.«

»Ich habe mein Glas umgestoßen. Es war leer bis auf die Eiswürfel.« Sie klaubte drei weitere auf und ließ sie in das Glas fallen, bevor sie aufstand.

Aus ihrem Haarknoten hatten sich ein paar lange blonde Strähnen gelöst, die ihr Gesicht einrahmten.

Stella Marten war eine der schönsten Frauen, die ich je gesehen hatte. Und die Schwester meines besten Freundes.

Ich darf nicht daran denken, dass sie schön ist. Das hatte ich mir seit Jahren immer wieder eingeschärft.

Ich durfte nicht in den hellbraunen Augen versinken oder mir vorstellen, ihre weichen Lippen zu küssen. Ich durfte mir nicht ausmalen, wie sie ihre gebräunten Beine um meine Hüften schlang, und auch nicht daran denken, dass ich heute Morgen ihr Höschen in der Hand gehalten hatte.

Tabu. Stella war immer tabu gewesen.

»Wie war dein erster Tag?« Ich betrat ihr Büro und setzte mich auf den Stuhl vor ihrem Schreibtisch.

»Gut.« Sie ließ sich auf ihren sinken und drehte sich damit

hin und her. Auf ihrem Schreibtisch lag mehr Arbeit, als ich erwartet hatte. »Dein Vater bürdet einem gern einen Berg Arbeit auf, hm?«

»Eher zwei Berge.« Ich lachte. »Was hat er dir gegeben?«

»Den Jensen-Umbau.«

Ich verzog das Gesicht.

»So übel?«

»Der liegt über dem Budget und hinter dem Zeitplan.«

Ich dachte, sie würde stöhnen. Oder ein paar Schimpfworte zischen. Stattdessen richtete sie sich auf und nickte. »Ich werde das in Ordnung bringen.«

»Das glaube ich gern.«

Stella ließ sich von einer herausfordernden Aufgabe nicht abschrecken, genau wie ich. Als Kind hatte sie immer mit Guy, Tobias und mir mitgehalten, obwohl sie zwei Jahre jünger war. Beim Radfahren war sie so schnell wie wir, egal wie sehr sie strampeln musste. Wenn wir sie am Schwimmbecken herausgefordert hatten, vom Turm zu springen, hatte sie sich die Nase zugehalten und war gesprungen. Und als wir uns beim Skifahren zum ersten Mal einen steilen Hang hinuntergewagt hatten, war sie uns einfach gefolgt.

»Danke.« Sie wurde rot.

Das Erröten war so schön wie ihre Augen. Sooft ich es auch schon gesehen hatte, ich wurde es nicht leid.

»Was kannst du mir über das Jensen-Projekt sagen?«, fragte sie.

»Tja … es war von Anfang an ein Desaster, teils weil wir gar keine Zeit dafür hatten. Wir hätten ablehnen sollen. Doch mein Vater ist mit Joe Jensen befreundet und wollte nicht Nein sagen. Und deswegen bekam es keine erstklassige Betreuung. Wir haben alle mal ein bisschen was dafür getan, aber eigentlich muss sich jemand richtig reinhängen und es durchziehen.«

»Ich kann das tun.« Sie deutete mit dem Kinn auf die vielen Unterlagen auf ihrem Schreibtisch. »Sobald ich da durchsteige.«

»Der ursprüngliche Kostenvoranschlag ist von mir. Soweit ich weiß, hat es seitdem ein paar Änderungsaufträge gegeben. Wenn du möchtest, kann ich die Details mit dir durchgehen.«

»Wirklich? Das wäre toll.«

»Wie wär's gleich jetzt?«

»Wenn dir das nichts ausmacht?«

»Überhaupt nichts.« Ich hatte anderes zu erledigen, aber im vergangenen Jahr war es mir schon immer schwerer gefallen, mich von ihr fernzuhalten.

Ich schob das auf die verdammte Party, die Guy letztes Jahr im Big Sky Resort organisiert hatte. Stella war zum Skifahren mitgekommen. Abends wurde in der Wohnung gefeiert. Sie ging jeden Abend in den Whirlpool, und der Anblick – sie in dem orangen Bikini – hatte sich in mein Gedächtnis gebrannt.

Es war, als hätte endlich jemand das Licht angemacht. Stella war nicht mehr die kleine Schwester meines Freundes, die immer bei allem mitkam. Jetzt war sie schlicht *Stella.*

Schön, intelligent, bezaubernd, sexy.

Ich mochte sie.

Obwohl ich sie nicht mögen durfte.

Ich trug meinen Stuhl auf ihre Seite des Schreibtischs, während sie mir einen Aktenordner hinschob. Dann vertieften wir uns in die Thematik und gingen eine Stunde lang die Entwürfe, Zeitpläne und Statusberichte durch.

»Lass uns morgen eine Stunde abknapsen, dann fahre ich mit dir zur Baustelle.«

»Danke, Heath.«

»Gern geschehen.«

Sie begegnete meinem Blick, und einen Moment lang hätte ich mich fast zu ihr geneigt. Ein Jahr lang war ich schwer versucht gewesen, die Linie zu überschreiten. Endlich ihre Lippen zu schmecken. Doch Guys Stimme klang mir in den Ohren: *Tabu!*

»Mir scheint, dieser Hausumbau ist ein Sack ohne Boden.«

»Hm?« Ich sah sie groß an. »Ein Sack … Ach, du meinst, ein Fass ohne Boden. So heißt das.«

»Aber dabei geht es um Geld, und das transportiert man nicht in Fässern, sondern in Säcken.« Sie tat das mit einer Handbewegung ab. »Aber das ist Jacke wie Mantel.«

»Das heißt so auch nicht.«

»Wie gesagt: Jacke wie Mantel.«

Ich kämpfte gegen ein Grinsen an. »Trotzdem verkehrt.«

»Ich finde es so sinnvoller.« Sie zuckte die Achseln. »Wir sind uns uneinig einig.«

»Das ist …« Ich verlor den Kampf und lachte auf. Gott, sie war lustig. Ohne dass sie es darauf anlegte. Sie war einfach … Stella.

»Es ist spät geworden.« Ich lehnte mich entspannt zurück. »Ich wollte mir gleich etwas zu essen bestellen. Möchtest du bleiben und mitessen? Oder bist du bereit, das Haus zu verlassen?«

»Ich könnte etwas zu essen vertragen.«

»Worauf hast du Lust?«

»Was immer du willst. Überrasch mich.«

Ich zog mein Handy hervor und öffnete die DoorDash-App. Ich hatte oft genug bei den Martens gegessen, um zu wissen, dass Stella auf Peperoni-Pizza stand.

Nachdem ich bestellt hatte, deutete ich auf die Akten auf ihrem Schreibtisch. »Was hat mein Vater dir außer dem Jensen-Projekt noch gegeben?«

»Das ist erst mal das einzige. Aber ich soll wohl auch für die generelle Arbeitsorganisation zuständig sein. Beim Vorstellungsgespräch habe ich ihm gesagt, dass ich mir die neue Projektmanagement-Software für meine alte Firma genau angesehen hatte. Ich habe dargestellt, wie sie funktioniert und wie man damit die Effizienz und die Kommunikation mit dem Kunden verbessern kann, aber mein Boss wollte nichts davon wissen. Er meinte, unsere Arbeitsprozesse liefen gut. Warum sie also ändern?«

»Ah. Deswegen hast du gekündigt?«

»Zum Teil. Und mir gefallen die Häuser, die ihr baut, ausgesprochen gut.«

»Sie sind die besten.« Ich war stolz darauf, und das war mir anzuhören.

Mein Vater hatte *Holiday Homes* mit eigenen Händen aufgebaut und viel Herzblut, Schweiß und Überstunden hineingesteckt. Seine Standards hatte er an unsere Handwerker weitergegeben und wollte stets außerordentliche Leistungen sehen. Mit weniger gab er sich nicht zufrieden. Inzwischen nahm er den Hammer nicht mehr selbst in die Hand, doch er beschäftigte Leute, die sein handwerkliches Können teilten. Sie bauten Häuser, auf die sie ihr Leben lang stolz sein konnten.

»Was für eine Software ist das?«, fragte ich.

»Einfach ein Kunden-Interface. Der Kunde kann sich einloggen und die Arbeitspläne und Rechnungen einsehen. Da würde man auch Änderungsaufträge bearbeiten. Die Bauleute fotografieren die Fortschritte täglich, die Fotos werden in ein Dashboard hochgeladen. Das macht den ganzen Prozess transparenter. Weshalb mein alter Boss die Software vermutlich nicht haben wollte. Damit wäre es schwieriger geworden, Verzögerungen zu kaschieren.«

»Mein Vater ist ein großer Verfechter von Offenheit, wenn es um die Termineinhaltung geht. Ich wette, er war ganz heiß auf die Software.«

Sie lächelte. »Er war ziemlich interessiert.«

»Gute Organisation ist ihm gerade jetzt enorm wichtig. Seiner Ansicht nach haben wir ein zuverlässiges Team, aber zu wenig Leute im Geschäftsbereich.« Dass Stella und ich in den Abend reinarbeiteten, zeigte, dass er recht hatte.

»Was denkst du?«, fragte sie.

Das hatte mich schon eine ganze Weile niemand mehr gefragt. »Ich denke manchmal, er will seine Firma perfektionieren, damit für mich und Tobias alles glattläuft, wenn er sich zur Ruhe setzt. Dabei würde es uns beiden gar nichts ausmachen, mal in schwieriges Fahrwasser zu kommen.«

»Du würdest dich langweilen, wenn alles perfekt wäre?«

»Ja, ich denke schon.« Ein vertrautes Gefühl stellte sich bei mir ein. Ein Gefühl, das ich immer wahrnahm, wenn Stella bei mir war. Mit ihr war es so, als unterhielte ich mich mit meinem ältesten Freund. Sie kannte mich, verstand mich besser als jeder andere, einschließlich ihres Bruders.

Sie war einfühlsamer. Vielleicht war das einfach ein Frauending, doch sie stellte die Fragen, die Männer selten ansprachen.

Dass ich mich in ihrem Beisein wohlfühlte, war auch ein Grund, weshalb ich seit einem Jahr in Versuchung war. Das Bikini-Ereignis hatte mir die Augen geöffnet. Doch ehrlicherweise musste ich mir eingestehen, dass ich mich schon viel länger zu ihr hingezogen fühlte. Und deshalb riss ich mich vom Anblick ihres schönen Gesichts los und stand auf, um den Stuhl an seinen Platz zurückzustellen.

»Ich halte dich von der Arbeit ab«, sagte sie. »Tut mir leid.«

»Entschuldige dich nicht. Ich werde jetzt wieder nach unten gehen.« Ich musste eine Treppe zwischen uns bringen, damit ich nichts Dummes tat. »Ich schreie, wenn das Essen kommt.«

»Okay. Danke noch mal.«

»Immer gern.« Ich lächelte und ging.

Mein Büro war kalt verglichen mit ihrem und roch ohne ihr Parfüm nicht halb so gut, aber ein bisschen Kontakt mit

Stella war notwendig. Andernfalls würde mein Körper auf Ideen kommen, was er mit ihrem anstellen wollte. Auf unpassende, herrliche Ideen.

Der Lieferbote kam prompt, bevor ich mein Bollwerk gegen Stella wieder verstärkt hatte, aber ich ließ ihn ins Gebäude, gab ihm sieben Dollar Trinkgeld für eine Peperoni-Pizza und stellte sie in den Pausenraum. Dann lief ich zwei Stufen auf einmal nehmend in den ersten Stock.

Als ich in die offene Tür trat, war Stella auf die Jensen-Akte konzentriert, in der Hand einen Kuli, einen Bleistift zwischen den Lippen.

Einmal dieser Bleistift sein!

Ich schluckte schwer. »Das Essen ist da.«

Ihr Blick flog zur Tür, ihr Mund öffnete sich, der Bleistift fiel auf die Akte. »Komme.«

Verdammt. So überrascht und mit dem halb aufgelösten Haarknoten sah sie noch attraktiver aus.

Ich zwang mich kehrtzumachen und strich mir übers Gesicht. Was zur Hölle war heute Abend mit mir los? Seit heute waren wir Kollegen. Auch ein Grund, unsere Beziehung streng platonisch zu halten.

Ich hatte Dad gesagt, es sei eine gute Entscheidung gewesen, Stella einzustellen. Sie sei für uns ein Gewinn. Nur war es plötzlich ungeahnt schwer, die Anziehung zu ignorieren. Wir würden in der Firma zusammen sein. Ich würde sie jeden Tag sehen.

Tabu.

Egal was mit mir los war, ich musste mich beherrschen, und zwar schnell, denn Stella würde bleiben. Wir arbeiteten von jetzt an zusammen, und Guy würde mir die Eier abschneiden, wenn ich es wagte, seine Schwester anzufassen.

Was würde er sagen, wenn er wüsste, dass ich ihren Slip in der Hand gehalten hatte?

Arme Stella. Ich kicherte in mich hinein, während ich im

Pausenraum Teller, Besteck und Servietten aus dem Schrank holte. Bestimmt hatte niemand außer mir den Stringtanga gesehen. Gretchen hätte sie darauf aufmerksam gemacht. Mir war er nur aufgefallen, weil ich gerade Stellas lange Beine bewundert hatte. Die schwarze Hose saß perfekt, nicht zu eng und nicht zu locker. Höllisch anziehend.

Der String hatte am Saum geklebt und bis zum Absatz herabgehangen. Mir sprang ein Bild in den Kopf, wie sie nur in High Heels vor mir stand, und mein Schwanz zuckte hinter dem Reißverschluss.

Nicht an die nackte Stella denken. Nicht an die nackte Stella denken.

»Scheiße«, zischte ich.

»Was denn?«

Ich drehte mich um, und da stand sie. »Ach, nichts. Ich dachte nur an einen Job.«

Einen Blowjob. Herrgott noch mal, Holiday!

Ich deutete zum Tisch und nahm den Platz in der Ecke.

Stella setzte sich mir gegenüber, klappte den Pizzakarton auf und schloss die Augen, als sie den Knoblauch- und Käseduft einsog. »Ich liebe Peperoni-Pizza.«

»Ich weiß.«

Sie nahm sich ein Stück und stöhnte, sobald sie den ersten Bissen im Mund hatte. »Ich war schon halb verhungert.«

Ich sah zu, wie sie kaute, wie sich ihre Lippen bewegten und wie befriedigt sie aussah, als sie die Augen wieder schloss und in dem Geschmack schwelgte. So tat sie die meisten Dinge. Sehr bewusst. Sie hatte schon immer diese Art besessen, mit allen Sinnen zu genießen, was wir anderen als selbstverständlich hinnahmen.

In meiner Welt der ständigen Ablenkung gab Stella mir den Anstoß innezuhalten und nachzudenken.

Vom Rand des Pizzastücks tropfte etwas Soße auf ihren Pulli, direkt auf ihre linke Brust.

Ich starrte darauf und hatte enorm Lust, den Tropfen wegzulecken.

»Wirklich?« Sie legte ihr Pizzastück ab und griff nach einer Serviette. »Du bist verflucht. Das kann ich beschwören.«

»Du bist nicht … Moment. Sagtest du gerade, *ich* sei verflucht?«

»Ja, wer sonst?« Sie tupfte die Soße ab und machte den rötlichen Fleck damit noch größer. Schließlich gab sie auf, knüllte die Serviette zusammen und warf sie auf den Tisch. »So ein Mist. Das war ein nagelneuer Pulli.«

»Ich bin sicher, das geht raus. Aber du hast meine Frage nicht beantwortet. Wieso meinst du, ich sei verflucht?«

»Weil meine peinlichsten Momente alle passiert sind, wenn du dabei warst.« Sie deutete auf den Fleck. »Denk an den String in meiner Handtasche.«

Ich grinste. »Und deshalb bin ich verflucht?«

»Na klar. Ich kann dir noch mehr Beispiele aufzählen. Erinnerst du dich an die Wasserrutsche, die Guy damals gekauft hat? Da war ich in der zehnten Klasse. Du bist mit Tobias zu uns gekommen, um sie auszuprobieren, und ihr habt mich aufgefordert mitzumachen. Was ich auch getan habe.«

»Und dabei ist dein Oberteil hochgerutscht.« Wie sie damals mit nackten Brüsten ins Haus geflitzt war, stand mir noch klar vor Augen, selbst nach all den Jahren.

Die hübsche Röte kroch wieder in ihre Wangen. »Siehst du? Du bist verflucht. Das war furchtbar.«

»Für mich nicht«, erwiderte ich. »Der Wasserrutschen-Vorfall gehört zu meinen schönsten Teenager-Erinnerungen.«

»Wie gesagt … verflucht.« Sie nahm ihr Pizzastück und biss hinein.

Ich konzentrierte mich auch wieder aufs Essen, um Stellas Brüste nicht mehr vor Augen zu haben. Doch der rötliche Fleck war wie ein Leuchtfeuer, und nach meinem zehnten

Blick sah ich ein, dass es Zeit war, nach Hause zu fahren. Bevor ich einen Fehler machte.

»Möchtest du noch ein Stück?«, fragte ich, und als sie den Kopf schüttelte, klappte ich den Deckel zu und stellte den Karton in den Kühlschrank. »Machst du für heute Feierabend?«

»Ja. Danke für das Abendessen.«

»Gern geschehen.« Ich deutete mit dem Kopf zur Tür. »Es ist stockdunkel draußen. Nimm deine Sachen, ich begleite dich zum Wagen.«

»Okay.« Sie warf das benutzte Zeug in den Abfalleimer und schlüpfte hinaus.

»Oh Mann.« Ich strich mir übers Gesicht. Das musste aufhören. Ein für alle Mal.

Vor Jahren hatte ich ein Versprechen gegeben und es bis heute gehalten. Zu lange, um es jetzt zu brechen.

Auf seine Art hatte Guy sich immer schützend vor seine kleine Schwester gestellt. Er zog sie ständig gnadenlos auf, aber hinter ihrem Rücken war er wie ein Pitbull und kläffte jeden Mann an, der auch nur zu ihr hinübersah. Auf der Bozeman High hat Stella vom ersten Tag an vielen den Kopf verdreht. Guy nahm mir das Versprechen ab, jedem Kerl einen Arschtritt zu verpassen, der versuchte, Stella anzugraben. Er hatte dafür gesorgt, dass sich das herumsprach, und keiner war so dumm gewesen, ihn zu verärgern und seinen berüchtigten Zorn auf sich zu ziehen.

Guy passte zu Recht auf Stella auf. Die süße, süße Stella.

Ich ging in mein Büro, nahm Mantel und Schlüssel und begab mich ins Foyer, um dort auf sie zu warten. Als ihre Absätze auf der Treppe klapperten, blickte ich auf, und mein Mund wurde trocken.

Sie hatte den Knoten gelöst, sodass die blonden Strähnen ihr Gesicht einrahmten. Ihr Haar reichte ihr fast bis zur Taille. Diese Haare hatten schon oft meine Fantasie beflügelt.

»Bist du so weit?«, fragte sie.

»Ja. Verschwinden wir hier.« *Schnell.* Ich ging mit großen Schritten zur Tür und hielt sie ihr auf, schloss hinter mir ab und brachte sie über den Parkplatz zu ihrem SUV.

»Bis morgen, Heath.«

»Bye, Stell.« Ich ging zu meinem Wagen, stieg ein und wartete, bis sie aus ihrer Parkbucht gesetzt hatte und auf die Straße einbog. Dann stieß ich ein frustriertes Stöhnen aus.

Sie war tabu.

Wieso heizte das mein Verlangen umso mehr an?

Von all den Frauen auf der Welt war es ausgerechnet Stella, die mich magisch anzog? Vielleicht hatte sie recht.

Ich war verflucht.

3

Stella

»Das ist fantastisch«, sagte Keith.

Ich strahlte wegen des Lobes. »Danke.«

»Ich stimme dafür, es zu kaufen.« Er klopfte auf den Konferenztisch. »Sind alle einverstanden?«

Heath, Tobias und die anderen zwei Projektmanager, die meine Präsentation verfolgt hatten, stimmten zu.

»Ich freue mich darauf, die neue Software auszuprobieren«, sagte Tobias. Nach einem Blick auf sein Handy schob er seinen Stuhl zurück. »Toller Vorschlag, Stella. Ich bin jetzt weg, muss einen Anruf erledigen.«

»Und ich bin mit meiner lieben Frau verabredet, muss also auch los«, sagte Keith. »Nächste Woche werde ich kaum hier sein. Maddox kommt. Deshalb bleibe ich zu Hause. Aber wenn etwas anliegt, stehe ich zur Verfügung. Rufen Sie einfach an.«

Keith stand auf und ging zur Tür, die Projektmanager folgten ihm.

Sie ließen Heath und mich allein.

Zum ersten Mal seit einer Stunde konnte ich durchatmen.

»Gut gemacht, Stell.«

»War es wirklich okay? Sei ehrlich.«

»Du warst toll.« Sein Lächeln war ansteckend.

Während der Präsentation war ich häufig seinem Blick begegnet. Nicht nur, weil seine blauen Augen die faszinierendsten im Raum gewesen waren, sondern auch, weil sich in den vergangenen zwei Wochen etwas zwischen uns verändert hatte.

Meine Nervosität ihm gegenüber hatte sich gelegt. Vielleicht weil wir uns täglich sahen, entweder im Pausenraum oder auf dem Flur. Vielleicht auch, weil ich inzwischen gar nicht mehr verknallt war. Oder doch? Aus welchem Grund auch immer: Die Wespen in meinem Magen, die sonst bei Heaths Lächeln aktiv wurden, waren verschwunden. Stattdessen hatte ich nun Schmetterlinge im Bauch, zarte, schöne Schmetterlinge, die jedes Mal aufflatterten, wenn er mir ermutigend zunickte. So wie eben, als ich die neue Software erklärte, von der ich ihm an meinem ersten Arbeitstag erzählt hatte.

»Ich dachte, es würde länger dauern.« Ich sah zur Wanduhr. »Ist es ein schlechtes Zeichen, dass kaum Fragen gestellt wurden?«

»Deine Präsentation war einleuchtend.« Er stützte die Ellbogen auf den Tisch. »Ich hatte Fragen, aber die hast du von selbst beantwortet.«

»Okay, gut.« Ich schloss meinen Laptop. »Dann war das wohl ein Erfolg.«

»Ein großer Erfolg.« Er stemmte sich aus dem Stuhl hoch. »Wir sollten das feiern. Hast du Lust, in der Stadt etwas trinken zu gehen?«

Oh … schlechte Idee. In den letzten zwei Wochen war es mir gelungen, peinliche Moment mit Heath zu vermeiden, doch es war nur eine Frage der Zeit, bis der Fluch wieder zuschlug. Käme Alkohol ins Spiel, würde das die Frist enorm verkürzen.

Sag nein. »Klar, gern.«

»Pack ein. Wir treffen uns in fünf Minuten im Foyer.« Er verließ den Konferenzraum, und ich schlug mir an die Stirn.

Schwach. So schwach. Doch das ließ sich jetzt nicht mehr zurücknehmen – und das wollte ich auch gar nicht, denn er war Heath. Also sammelte ich meine Sachen ein und lief in mein Büro hinauf, um alles wegzuräumen. Ich zog meinen kamelhaarfarbenen Wollmantel über, legte mir den grauen Schal um die Schultern und hängte mir die Handtasche um.

Nachdem ich das Licht ausgeschaltet hatte, ging ich zur Treppe und hörte von unten eine vertraute Stimme.

»Sie hören besser auf, mit mir zu flirten, Guy«, warnte Gretchen. »Ich bin alt genug, um Ihre Mutter zu sein.«

»Das sagen Sie jedes Mal, wenn ich hier bin.«

»Und Sie hören nie auf mich.«

»Nö.« Mein Bruder kicherte, und meine Laune sank. So viel zu der Erfolgsfeier mit Heath. Guy würde den Abend an sich reißen und seinen besten Freund mit Beschlag belegen.

Mist.

Das Klappern meiner Absätze lenkte seine Aufmerksamkeit auf mich, und er lächelte, als er mich sah. »Hey, Stella Bells.«

»Hi. Was tust du hier?«

»Dachte, ich hör mal, ob Heath in die Stadt will. Auf ein, zwei Drinks.«

»Oh. Gute Idee«, log ich.

»Hey.« Heath kam den Flur entlang und zog sich dabei den Mantel über.

Der schwarze Mantel zu den dunklen Haaren und dabei die tiefe Stimme – er war gefährlich attraktiv. Ich hätte alles gegeben, um ihm den Mantel von den breiten Schultern zu streifen.

Ja, okay, meine Schwärmerei war noch nicht ganz vorbei.

»Lust auf einen Drink?«, fragte Guy ihn.

»Tatsächlich wollten wir jetzt in die Stadt fahren und Stellas erfolgreiche Präsentation feiern.«

Ich winkte ab. »Das müssen wir nicht. Geht ihr nur ohne mich.«

»Ach, komm, Stell.« Heath stieß mich mit dem Ellbogen an. »Nur ein Glas.«

»Oder drei«, neckte Guy. »Für mich. Du kannst nüchtern bleiben und mich nach Hause fahren.«

Als Kind hatte es mich nicht gestört, das dritte oder meinetwegen vierte Rad am Wagen zu sein. Doch jetzt fand ich das … blöd. Und ich hatte keine Lust, für Guy den Chauffeur zu spielen.

»Oder«, Heath sah ihn ausdruckslos an, »du rufst dir ein Taxi.«

»Ich mach doch bloß Spaß.« Guy zuckte die Achseln. »Aber ich fahre gern mit Stella. Mit ihr hinterm Steuer kann einem nichts passieren.«

Ja, ich blieb immer unter der erlaubten Höchstgeschwindigkeit und hatte noch nie einen Strafzettel bekommen oder einen Unfall gebaut.

»Komm mit uns, Stella«, bettelte Guy. »Sei nicht langweilig.«

»Na schön«, murmelte ich. Ich liebte meinen Bruder, ich bewunderte Heath. Aber wenn die zwei zusammen waren, fand ich es manchmal unerträglich. Nicht wegen Heath, sondern wegen Guy.

Er redete, ohne nachzudenken, und machte sich gern über andere lustig. Oft behandelte er mich wie einen seiner Kumpels. Beim letzten Mal, als wir uns verabredet hatten, waren ein paar seiner Verbindungsbrüder nach Bozeman gekommen, um am Footballspiel der Ehemaligen teilzunehmen. Er drängte mich mitzugehen, und sie tauschten sich stundenlang über die Frauen aus, die sie gevögelt hatten.

Je mehr sie tranken, desto abenteuerlicher wurden die Geschichten, und schließlich – nach drei Stunden – sagte ich Guy, er solle sich eine andere Mitfahrgelegenheit suchen. Das einzig Gute an dem Abend war, dass Heath sich nicht gezeigt hatte. Ich wäre bestimmt nicht damit klargekommen, ihn über seine sexuellen Eskapaden reden zu hören.

Andererseits bezweifelte ich, dass er so etwas überhaupt erzählt hätte. Das war noch nie seine Art gewesen.

Zumindest nicht, wenn ich dabei war.

Doch Guy hatte ein Talent dafür, seine vulgäre Seite hervorzubringen, und wann immer er und Heath zusammen tranken, hielt ich mich entschlossen fern. Ein Glas Wein, dann würde ich nach Hause fahren und die Jeans mit der Pyjamahose tauschen.

Wir fuhren getrennt in die Innenstadt. Das Parken war ein Albtraum, weil die Main eine einzige Partymeile war, aber ich fand einen freien Platz zwei Blocks entfernt von der Bar, auf die wir uns geeinigt hatten. Ich ließ mein Auto auf dem verschneiten Parkplatz stehen und machte mich auf den Weg zum Treffpunkt.

Gerade bog ich um die Ecke auf den Bürgersteig, als eine tiefe, raue Stimme meinen Namen rief.

»Stella.«

Ich drehte den Kopf und sah Heath näher kommen.

Seine langen Beine ließen die Distanz rasch kleiner werden. Im sanften Licht der Straßenlampen sah er unglaublich sexy aus. Sein Kinn so markant, seine Haare mit den Fingern aus der Stirn gekämmt, seine Lippen weich und geschmeidig.

Bis er mich eingeholt hatte, nutzte ich die Zeit, um mein Herz zu beruhigen, das gerade Purzelbäume schlug. Andere Akrobatik würde es nicht geben. Wir waren Kollegen. Vielleicht auch Freunde. Aber mehr nicht.

»Hey.« Verdammt. Meine kratzige Stimme war wieder da … nach zwei Wochen Unterbrechung. Ich hatte sie nicht vermisst.

»Bist du für einen Abend mit deinem Bruder gerüstet?«

»Ist man das je?«

Er lachte. »Stimmt. Man könnte meinen, man ist auf alles vorbereitet, aber das ist man nie.«

Lächelnd ging ich neben ihm her und schaute zu den

Weihnachtsgirlanden hoch, die über die Straße gespannt waren. »Ich liebe es, dass sie noch denselben Weihnachtsschmuck benutzen wie früher, als wir Kinder waren.«

»Ich auch. Unsere Eltern haben hier jedes Jahr mit uns einen Weihnachtsbummel gemacht. Vieles hat sich in Bozeman verändert, aber das nicht, und darüber freue ich mich jedes Mal.«

Die rot-grün-goldenen Girlanden glitzerten über der Main. Adventskränze hingen an fast jeder Tür. Goldene Lichterketten erhellten die Bäume und brachten sie unter dem dunklen Winterhimmel zum Strahlen.

Das Thermometer zeigte minus siebzehn Grad an, aber in der Innenstadt kam es einem wärmer vor, weil der Duft von Äpfeln, Zimt und Tannennadeln in der Luft hing.

Ich war so damit beschäftigt, die Pracht in mich aufzunehmen, dass ich den vereisten Fleck auf dem Gehweg nicht sah. Ein Absatz glitt unter mir weg, und ich fiel beinahe auf die Knie. Doch ein starker Arm griff mir um die Taille und drückte mich an einen starken Körper.

»Nicht so schnell.« Heath blieb stehen und hielt mich fest, bis ich sicher auf beiden Füßen stand.

»Siehst du? Du bist verflucht. Ich bin seit Jahren nicht mehr ausgerutscht.«

Er lachte leise und ließ mich los. »Genau. Es war mein Fehler, dass du nicht aufgepasst hast.«

»So ist es.«

»Dann gehen wir jetzt auf Nummer sicher.« Er hakte meinen Arm bei sich unter, drückte ihn an seine Seite und ging weiter.

Ich sah unser Spiegelbild in einem Schaufenster und hielt den Atem an. Wir sahen aus wie ein Paar. Ein heißes Paar. Ich biss mir auf die Unterlippe, um nicht vor mich hin zu lächeln. Es war nicht schlimm, einen Block lang so zu tun als ob, nicht wahr?

Viel zu bald waren wir vor der Bar angelangt. Heath ließ meinen Arm los und öffnete die Tür.

Guy saß schon an einem Tisch und hatte drei volle Schnapsgläser vor sich aufgereiht. Wie ich meinen Bruder kannte, waren die alle für ihn.

»Das wird interessant«, murmelte ich.

»Mit deinem Bruder ist es nie langweilig.« Heath berührte meinen Ellbogen. »Meinst du, du schaffst es, allein bis zu dem Tisch zu kommen, ohne dir den Knöchel zu verrenken?«

»Har-har-har«, erwiderte ich trocken, dann setzte ich mich zu Guy.

Nachdem wir uns die Mäntel ausgezogen hatten, überraschte er mich, indem er Heath und mir ein Schnapsglas zuschob.

»Prost.« Er hob sein Glas, und kaum hatten wir angestoßen, kippte er seinen Tequila hinunter. »Mel und ich haben heute Schluss gemacht.«

»Oh, Guy.« Ich fasste mir ans Herz. »Das tut mir leid.«

Er zuckte die Achseln. »Kein Ding.«

Lügner. Es machte ihm sehr wohl etwas aus. Er und Mel waren in der Highschool immer wieder mal zusammen gewesen und hatten sich endgültig getrennt, bevor sie aufs College gegangen waren. Im Lauf der Jahre hatten sie immer wieder Kontakt gehabt, und seit Mel vor ein paar Monaten nach Bozeman zurückgezogen war, gingen sie wieder miteinander.

Guy hatte ständig von ihr erzählt und mir sogar gesagt, dass es diesmal ernst werden könnte.

»Was ist passiert?«, fragte Heath.

»Sie wollte das abhaken, also ist es jetzt abgehakt.« Er ließ sich von seinem Hocker gleiten. »Wollt ihr noch einen? Also ich will.«

Ohne auf unsere Antwort zu warten, ging er an die Theke und gab dem Barkeeper ein Zeichen. Diesmal waren die drei

Tequila nur für ihn. Er kippte sie hinunter, klatschte in die Hände und setzte ein viel zu breites Lächeln auf.

»Schau dir die an«, sagte er zu Heath und deutete mit dem Kinn an mir vorbei.

Ich drehte mich um und folgte seinem Blick zu einer brünetten Frau, die in einem engen gelben Kleid und Overknee-Stiefeln an der Bar stand. Nicht gerade wintertauglich, aber sie fiel auf. Eine Rothaarige in einem ähnlichen Kleid in Pink gesellte sich zu ihr, und gemeinsam nahmen sie die Männer an der Theke in Augenschein.

Sie waren auf der Jagd.

Und Guy würde liebend gern die Beute werden.

Im Grunde hatte ich meinen Drink gehabt. Durfte ich jetzt gehen?

Als Guy die Rocking R Bar vorschlug, hätte ich mir denken können, dass das passieren würde. In die ging er am liebsten, und vermutlich riss er hier die meisten Frauen auf. Eigentlich war die Bar ein Collegetreff, aber so kurz vor Weihnachten lernte das Stammpublikum für die Abschlussprüfungen, und man traf auf Leute, die Ende zwanzig oder in den Dreißigern waren.

»Die Brünette blickfickt dich gerade, Holiday.« Guy grinste. »Schwing dich zu ihr rüber.«

Und es war höchste Zeit für mich zu gehen.

»Nö.« Heath guckte nicht mal zu ihr hin. »Wir sind hier, um Stellas Erfolge ihrer ersten zwei Wochen zu feiern.«

»Sei nicht so lahm«, sagte Guy.

Heaths Kiefermuskeln spielten. »Sei kein Arschloch.«

»Na meinetwegen. Also, läuft die Arbeit?«, fragte er mich.

»Ja. Sie gefällt mir.«

»Sie macht es verdammt gut.« Heath schoss mir ein kleines Lächeln zu.

»Na, was denn sonst?« Guy klopfte mir auf die Schulter.

»Ihr habt Glück, dass ihr sie kriegen konntet. Stella ist ein Genie.«

»Danke.« Ja, Guy war manchmal ein riesiger, ungehobelter Blödmann. Aber er hatte auch so viel Zutrauen zu mir, dass es mir Selbstvertrauen gab. Wenn ich unsicher war, sagte er mir, ich könnte alles schaffen, was ich mir vornahm.

»Gern.« Mein Bruder nickte, dann schaute er an der Bar entlang. »Hey, guck mal. Da ist der Typ, in den du verknallt warst, Stella.«

»W…was?«

Der Einzige, in den ich je verknallt gewesen war, saß neben mir. Doch damit würde Guy mich hier nicht aufziehen, oder? Bestimmt nicht. Er konnte nervig sein, aber er war nicht grausam.

»Joel? Hieß er nicht so?« Er zeigte zum anderen Ende der Theke.

Ich entdeckte den Mann, den er meinte, und mir klopfte das Herz bis zum Hals. »Ja, er heißt Joel. Aber nein, ich war nie in ihn verknallt.«

»Doch, warst du.«

»Ziemlich sicher nicht.« Joel und ich hatten zusammen studiert, und er war in mich verknallt gewesen, nicht umgekehrt. »Er mochte mich, aber ich war nicht interessiert.«

»Stimmt. Weil du zu sehr damit beschäftigt warst, Heath anzuschmachten.« Guy lachte, ohne zu begreifen, was er gerade gesagt hatte.

Inzwischen war mir das Herz in den Schoß gesackt. Autsch. Heute Abend sorgte mein Bruder für meine Beschämung.

»Mensch, Guy«, sagte Heath. »Was soll das?«

Guy schaute spöttisch. »Wir wissen doch alle, dass sie seit Jahren auf dich abfährt. Na und?«

»Halt die Klappe, Guy.« Heath biss sichtlich die Zähne zusammen.

»Was ist denn heute mit euch los?«, fragte Guy spöttisch. »Ich dachte, wir sind hier, um Spaß zu haben.«

»Ich denke, ich hatte jetzt genug Spaß.« Ich stand auf, nahm Mantel, Schal und Handtasche und hielt auf die Tür zu, ohne mich warm einzupacken.

In meinen Augenwinkeln brannten Tränen, als ich die Tür aufstieß. Wütend stampfte ich bis zur nächsten Straßenecke und zog mir dabei den Mantel über. Einen Block weiter mochte ich kaum noch Luft holen, weil mir die Kälte in die Nase stach und in der Kehle brannte.

Warum hatte er das getan? Ausgerechnet jetzt? Heath und ich waren Kollegen. Warum benahm sich mein Bruder wie ein Arschloch? Guy hatte mich immer gern aufgezogen, aber nie wegen meiner Schwäche für Heath. Kein einziges Mal. Warum heute Abend? Etwa weil Mel mit ihm Schluss gemacht hatte? Er litt darunter, und deshalb wollte er andere auch leiden sehen? Ich war seine Schwester, verdammt noch mal.

»Arschloch!«, murmelte ich und drängte die Tränen zurück.

Heath würde nie auf mich stehen. Das wusste ich. Das war mir seit fünfzehn Jahren klar. Da brauchte Guy es mir jetzt nicht unter die Nase zu reiben.

Normalerweise hätte ich Heath nach solch einer Peinlichkeit wochenlang gemieden. Monatelang. Diesmal ging das nicht. Ich würde ihm am Montagmorgen ins Gesicht sehen müssen. Daran führte kein Weg vorbei, und dank Guys Taktlosigkeit würde ich nun bei jeder Begegnung mit Heath verlegen sein.

Heath würde mich mit seinen funkelnden Augen anstarren und mich bemitleiden. Ich wollte sein Mitleid nicht.

»Verdammt.« Eine Träne rann meine Wange hinab. Ich wischte sie weg und hastete um die Ecke zum Parkplatz.

»Stella.«

Ich hielt den Kopf unten, den Blick auf das Trottoir gerichtet, obwohl ich Heath hinter mir hörte.

»Stella, warte.«

Meine Beine liefen schneller.

»Stella.«

Zur Hölle mit seinen langen Beinen. Er holte mich ein, bevor ich meine Wagentür öffnen konnte, und hielt mich am Ellbogen fest.

»Was?« Meine Stimme versagte, und ich blickte auf meine Füße.

»Es tut mir leid.«

»Warum?« Ich zuckte die Achseln. »Ist schon okay. Guy ist eben Guy.«

»Es ist nicht okay.«

Nein, da hatte er recht. »Vergessen wir es einfach, ja?«

»Stella.«

Diese Stimme. Er machte es mir schwer, die Tränen zurückzuhalten. Denn er klang mitfühlend. »Sieh mich an.«

Ich schüttelte den Kopf.

Er ließ meinen Ellbogen los, doch ehe ich die Tür aufreißen konnte, hakte er einen Finger unter mein Kinn und hob mein Gesicht an, damit ich ihn anblickte. »Warst du wirklich in mich verknallt?«

»Das weißt du genau«, sagte ich leise.

Er musste es gewusst haben. Subtilität gehörte nicht zu meinen Talenten, erst recht nicht zu der Zeit.

»Ja. Aber ich möchte es von dir hören.«

»Warum? Um die Peinlichkeit für mich zu verlängern? Können wir damit aufhören? Bitte.«

»Ja.« Er ließ mich los, und ich fasste an den Türgriff, doch er hielt mich erneut auf, indem er eine Hand an das Fenster legte, sodass ich zwischen der Tür und ihm gefangen war. »Stella.«

»Du sagst ständig meinen Namen.«

»Ich liebe ihn eben.«

»Ich … Was?« Offenbar war ich benebelt von dem Tequila, denn ich musste mich verhört haben. Ich hob den Kopf, um ihn anzusehen, und sein Gesichtsausdruck raubte mir den Atem.

Ich erkannte nicht mal einen Hauch von Mitleid in den blauen Augen.

»Ich denke, Guy hat sich wie ein Arschloch benommen, weil das seine Art ist zu sagen, dass er es weiß.«

»Was weiß?«

Seine Augen versuchten, meinen Blick einzufangen. »Dass ich auch in dich verknallt bin.«

Mir sank das Kinn herab.

Und das kam ihm gerade recht. Denn er blickte nur eine Sekunde lang auf meine geöffneten Lippen, dann küsste er mich, und seine Zunge glitt zwischen meine Zähne.

4

Heath

Stella zu küssen war nicht die klügste Entscheidung gewesen. Allerdings ... Es war der Hammer. Ihre Lippen waren die süßesten, die ich je geschmeckt hatte.

Aber es war Stella.

Das Wochenende über war ich zwischen Hochgefühl und Reue hin- und hergeschwankt und jetzt, am Montagmorgen, noch immer unschlüssig, was ich tun sollte. Mich verhalten, als wäre nichts passiert? Ihr sagen, dass es ein Fehler war? Sie um ein Date bitten?

Mich krankmelden, damit ich ihr heute nicht ins Gesicht sehen musste?

»Herrgott noch mal.« Ich rieb mir das Kinn und starrte durch die Windschutzscheibe auf unser Bürogebäude.

Stella war bereits da. Ihr Wagen stand fünf Plätze von meinem entfernt. Wahrscheinlich war sie so früh gekommen, damit sie sich im Pausenraum Kaffee holen konnte, ohne mir zu begegnen. Oder vielleicht packte sie gerade ihre Sachen.

Mein Vater würde mir den Kopf abreißen, wenn Stella meinetwegen gekündigt hatte. Er hatte jeden Tag damit angegeben, dass er sie dem anderen Arbeitgeber ausgespannt hatte. Dass sie unser neuer Superstar werden würde. Er lag nicht falsch.

Und nun hatte ich sie in eine unangenehme Situation gebracht.

Irgendwie musste ich die Sache geraderücken. Ich sollte sie

um Entschuldigung bitten. Allerdings tat es mir gar nicht leid. Kein bisschen.

Ein Wagen fuhr neben mich in die Parkbucht, und ich sah meinen Bruder den Motor abstellen und aussteigen. Die Zeit war um. Ich konnte es nicht weiter hinauszögern. Also schloss ich mich ihm an.

»Morgen.«

»Morgen. Wie war dein Wochenende?«

»Ereignislos.« Das war nicht mal gelogen, denn ich hatte Stella am Freitag geküsst. Den Samstag und Sonntag über hatte ich vor allem die Wohnzimmerwand angestarrt und mir wegen einer Frau den Kopf zerbrochen. Den Kuss infrage gestellt. Mir Sorgen gemacht, weil ich so scharf auf einen zweiten Kuss war. »Und deins?«

»Ich war die meiste Zeit hier, um den Schreibtisch freizuschaufeln. Ich will nicht die gesamte Woche arbeiten müssen, vor allem da Maddox morgen ankommt.«

»Ich hoffe auch, mir freinehmen zu können. Wir sollten ihn fragen, ob er einen Tag zum Skifahren in die Berge will. Es ist eine Weile her, seit wir etwas zu dritt unternommen haben.« *Jahre sogar.*

Maddox war zum Studium nach Kalifornien gezogen und danach geblieben, weil er sich einen megaerfolgreichen Streamingdienst aufgebaut hatte. Sein Unternehmen *Madcast* und sein Miststück von Ex-Frau hatten ihn all die Jahre in L.A. festgehalten. Nun kam er mit seiner Tochter über die Feiertage nach Hause, und bei unserem letzten Gespräch hatte er angekündigt, wieder nach Bozeman zu ziehen. Endgültig.

Er hatte nach der Scheidung das alleinige Sorgerecht für seine Tochter Violet erlangt und wollte sie in der Nähe seiner Familie großziehen, in der Stadt, in der er auch aufgewachsen war. Wann die Sache konkret werden würde, war noch unklar, aber es war schön, ihn mal wieder zu Hause zu haben.

»Ich hätte Lust, Ski zu fahren«, sagte Tobias, während er

sich auf der Fußmatte den Schnee von den Schuhen trat. »Morgen, Gretchen.«

»Guten Morgen, Jungs.«

Für Gretchen waren wir noch »die Jungs« und würden es wohl immer bleiben, denn sie war schon hinter uns hergejagt, als wir gerade laufen konnten. Sie gehörte zum Inventar von *Holiday Homes* und arbeitete länger für die Firma als jeder andere, mit Ausnahme von Dad.

»Morgen, Gretchen«, grüßte ich und schaute auf dem Weg durch den Flur stur geradeaus. Ich erlaubte mir nicht, zu Stellas Büro hochzusehen.

Tobias verschwand hinter seinen Schreibtisch, und ich schloss meine Tür.

Ich würde sie den ganzen Tag geschlossen halten. Ich würde an meinem Stuhl kleben, einen Haufen Zeug erledigen, damit ich mir für Maddox' Besuch freinehmen konnte. Und solange Stella in der Firma war, würde ich auf meiner Etage bleiben.

Nachdem ich den Mantel ausgezogen und an den Haken neben der Tür gehängt hatte, stand ich da und starrte an die Decke.

Stella hatte gekeucht, als ich sie küsste. Aber den Kuss nicht erwidert. Stocksteif stand sie da, entweder vor Schock oder wegen der eisigen Kälte. Als ich mich von ihrem köstlichen Mund gelöst hatte, waren ihre Augen groß und ihre Wangen gerötet gewesen. Und ehe ich etwas hatte von mir geben können, hatte sie mir einen Schubs gegeben, war in ihr Auto gesprungen und davongefahren.

Warum hatte sie mich nicht zurückgeküsst?

Die Frage quälte mich schon die ganze Zeit. Sie machte mir am meisten zu schaffen. Sie war früher in mich verknallt gewesen, aber vielleicht hatte sie das hinter sich gelassen. Vielleicht kam ich Jahre zu spät.

Ich setzte ich mich an den Schreibtisch, schaltete den Computer ein, starrte an die Decke.

»Stella.« Ich liebte ihren Namen. Das hatte ich am Freitag spontan gestanden.

Wo war sie mit ihren Gedanken gewesen? Hatte ihr der Kuss gefallen? War er ihr zuwider gewesen?

»Verdammt.« Mit Arbeiten würde es heute nichts werden. Nicht bevor ich reinen Tisch gemacht hatte. Ich atmete einmal tief durch und ging in den oberen Stock.

Sie saß an ihrem Schreibtisch, das Kinn auf die Hand gestützt, die andere Hand reglos auf der Maus. Sie starrte blind auf den Bildschirm. So gedankenverloren, dass sie meine Schritte nicht gehört hatte.

»Klopf, klopf.«

Sie schreckte hoch, die Maus flog ihr aus der Hand über den Schreibtisch. »H… Hallo.«

»Darf ich reinkommen?«

»Natürlich.« Sie schluckte mühsam, stand auf und rieb sich die Handflächen an der Jeans ab. Ihre langen blonden Haare hingen in lockeren Wellen herab. Sie trug einen dicken Pullover, in dem sie noch zierlicher wirkte. »Was gibt's?«

Ich schloss die Tür hinter mir und ging zu einem Sessel. »Darf ich?«

»Bitte.« Sie setzte sich auch, aber aufrecht und steif auf die vordere Kante, als könnte sie jeden Moment vom Stuhl fallen.

»Wegen Freitag.«

»Wir müssen nicht darüber reden.«

»Ich sollte mich bei dir entschuldigen.« Die Worte schmeckten bitter.

»Okay.« Sie zog die Unterlippe zwischen die Zähne und schaute vor sich auf den Schreibtisch.

»Ich habe eine Grenze überschritten. Wir arbeiten zusammen, und ich will nicht, dass du denkst, ich würde die Situation ausnutzen.«

Sie schüttelte den Kopf. Zwischen ihren Brauen bildete sich eine Falte. »Tue ich nicht.«

»Das wird nicht wieder vorkommen.« Obwohl ich darauf brannte, sie wieder zu küssen.

»Ja, wir … äh … sollten ein professionelles Verhältnis wahren.«

»Richtig.« *Zur Hölle mit professionell.* »Äh … wie war dein Wochenende?«

Small Talk? Echt jetzt, Holiday? Small Talk war mir zuwider.

»Gut.« Sie zuckte die Achseln. »Langweilig. Und deins?«

»Genauso.«

Darauf folgte Schweigen. Zähes, lastendes Schweigen. Sie sah überall hin außer zu mir. An die Wand. Auf die Tastatur. Auf den Kaffeebecher mit dem Regenbogenhenkel.

Meine Entschuldigung war ausgesprochen. Ich hatte getan, was nötig war. Warum also saß ich noch da? »Ziemlich kalt heute.«

Herrgott noch mal.

»Ja.« Ihr Blick schnellte zu mir und wieder weg. »Superkalt.«

Steh auf. Mach, dass du rauskommst, Holiday.

»Gehst du zu der Party?«

»Das hatte ich nicht vor. Ich wollte mit meinen Eltern den Weihnachtsgottesdienst besuchen, aber dann kam Guy gestern zu mir und bat mich, ihn zu begleiten.«

»Ah.« Seit Freitag hatte ich nicht mit ihm gesprochen.

Er hatte am Samstag angerufen, aber ich bin nicht rangegangen. Hauptsächlich weil er Stella in Verlegenheit gebracht hatte und ich deswegen sauer war. Und teils, weil ich unsicher war, ob ich ihm in die Augen sehen konnte, nachdem ich die Linie überschritten hatte.

Er war mein bester Freund, aber er konnte auch ein

Arschloch sein. Was hatte er sich dabei gedacht, Stella gegenüber solchen Scheiß von sich zu geben?

Sie war unglaublich, und ja, sie war in mich verknallt gewesen. Na und? Auf der Highschool hatten mich viele Mädchen gut gefunden.

Ich würde später mit ihm reden. Am Samstag bei der jährlichen Weihnachtsparty meiner Eltern.

Auf diese Weise hatte ich eine Woche Zeit, mir über alles klar zu werden.

»Du hast ihm verziehen, dass er sich am Freitag wie ein Arsch benommen hat?«, fragte ich.

»Nein. Na ja. Irgendwie schon.« Sie zuckte mit einer Schulter. »Er dachte nicht, dass es mir etwas ausmachen würde.«

Das war Blödsinn. Guy hatte das gesagt, weil er taktlos war. Meistens erntete er mit seiner Direktheit ein paar Lacher, aber diesmal war er zu weit gegangen.

»Er ist ziemlich durcheinander, weil mit Mel Schluss ist«, sagte sie.

»Das gibt ihm nicht das Recht, sich so zu benehmen.«

»Ich weiß.« Sie seufzte. »Ich sollte ihn nicht in Schutz nehmen, aber er ist mein Bruder. Weihnachten steht vor der Tür, und ich schone lieber meine Kräfte. Ich will nicht mit ihm streiten, und du weißt, wie stur er ist.«

Ja, allerdings. Wenn Guy nicht sah, dass er etwas falsch gemacht hatte, flippte er aus oder entwickelte einen Groll. Es war … anstrengend. Ich hatte auch gelernt, meine Kräfte zu schonen.

»Meinst du, es werden viele Leute zu der Party kommen, obwohl sie an Heiligabend stattfindet?«, fragte Stella.

»Nach der letzten Zählung der Zusagen kommen die meisten.« Die Weihnachtsparty meiner Eltern war bei ihren Freunden immer ein Erfolg.

»Warum findet sie an Heiligabend statt?«, wollte sie wissen.

»An dem Wochenende, das normalerweise dafür vorgesehen ist, hat das *Baxter* die Räumlichkeiten für eine Hochzeit vergeben. Die Braut hat sie schon vor zwei Jahren gebucht. Trotzdem war meine Mutter deswegen geladen. Sie hat gedroht, die Party von jetzt an woanders zu feiern, und daraufhin hat das Hotel ihr für Heiligabend einen unwiderstehlichen Preis angeboten.«

»Freut mich, dass es geklappt hat.«

»Mich auch.«

Das Schweigen stellte sich wieder ein, und ich biss mir auf die Zunge, um nicht wieder mit Small Talk anzufangen. Schließlich zwang ich mich aufzustehen. »Ich lasse dich jetzt mal weiterarbeiten.«

»Schönen Tag.«

»Dir auch.« Ich winkte kurz und ging.

Ein Schritt in den Flur und ich vermisste den Duft ihres Parfüms. Aber ich ging weiter, kehrte an meinen Schreibtisch zurück und beschloss, nicht mehr an Stella zu denken.

Aber arbeitete ich? Nein. Ich saß da und dachte an die Schönheit ein Stockwerk über mir.

Sie wollte ein professionelles Verhältnis wahren. Hieß das, sie bereute den Kuss? Hatte sie ihn deshalb nicht erwidert? Oder fühlte sie sich nicht mehr zu mir hingezogen?

Verdammt, ich wollte Klarheit. Doch das Büro war nicht der passende Ort, um darüber zu reden. Zugunsten des professionellen Verhältnisses würde ich auf meiner Etage bleiben.

Meine Konzentration war im Eimer. Vielleicht sollte ich meinen Laptop nehmen und gehen. Ich könnte die nächste Woche zu Hause arbeiten. Oder bei meinen Eltern. Oder … Urlaub machen. Es gab viel zu tun, doch Dad hatte uns immer zugeredet, eine Pause einzulegen, wenn wir eine brauchten.

Heute schien ich sie nötig zu haben.

»Urlaub«, beschloss ich und klappte den Laptop zu. Ich würde mich eine Weile zurückziehen. Um zur richtigen Einstellung zurückzufinden.

Nachdem ich mich dazu entschieden hatte, packte ich ein, was ich brauchte, und nahm meinen Mantel.

»Wissen Sie überhaupt, was Sie tun?« Eine Männerstimme hallte durch den Flur, gerade als ich mein Büro verlassen wollte.

Ich stellte meine Tasche hin und eilte hinaus. Vermutlich war derjenige aufgebracht, weil Gretchen ihn auf seinen Platz verwiesen hatte. Doch die Frage war nicht an Gretchen gerichtet gewesen, sondern an Stella.

»Mr. Jensen, ich entschuldige mich.« Stella blieb ruhig und gefasst. »Ich verstehe, dass das frustrierend ist, aber wenn Sie Zebraholz für die Fußböden möchten, zieht das beträchtliche Verzögerungen für Ihren Umbau nach sich.«

»Bestellen Sie es einfach. Als Expressgut. Die Kosten sind mir egal. Ich sehe keinen Grund, warum es länger dauern sollte. Sie haben die Weißeiche doch noch nicht bestellt, nicht wahr? Also tauschen Sie die Hölzer einfach aus.«

Ich gelangte ins Foyer und fing Gretchens Blick auf. Sie deutete mit dem Kopf zu Stella und Jensen, die am anderen Ende standen.

Stella hielt einen Kaffeebecher in der Hand, Joe Jensen war noch im Mantel. Offenbar war sie gerade aus dem Pausenraum gekommen, und er hatte sie im Foyer abgefangen.

»Unglücklicherweise kann ich sie nicht einfach austauschen, Mr. Jensen«, sagte Stella. »Zebraholz stammt von exotischen Bäumen, die es bei uns nicht gibt, und die Lieferung der erforderlichen Menge wird länger dauern als die von Weißeiche. Die örtliche Holzhandlung hat Weißeiche auf Lager, Zebraholz aber nicht.«

»Sind Sie sicher? Haben Sie nachgefragt?« Er neigte sich nach vorn und sprach dicht vor ihrem Gesicht.

Diese Geste ihr gegenüber machte mich stocksauer. Ja, er war ein Kunde, aber er hatte keinen Grund, so einschüchternd aufzutreten.

Nicht, dass das wirkte.

Stella hielt sich nur umso aufrechter und setzte ein falsches Lächeln auf. »Nein, Sie haben recht. Ich habe nicht nachgefragt. Aber das werde ich sofort tun. Wenn Sie sicher sind, dass Sie Zebraholz wollen, werde ich die Bestellung ändern und Ihnen bis heute Nachmittag neue Planungsdaten übermitteln.«

»Ja, das will ich.« Er trat einen Schritt zurück und schürzte die Lippen. Dann bemerkte er mich und ging an Stella vorbei auf mich zu. Dabei rempelte er sie fast an. Mit ausgestreckter Hand und die Freundlichkeit in Person trat er auf mich zu. »Heath. Wie geht's denn? Haben Sie eine Minute?«

»Hallo, Joe. Frohe Weihnachten. Und für Sie immer.« Ich deutete auf den nächstgelegenen Konferenzraum. »Nehmen Sie schon mal Platz. Ich bin gleich bei Ihnen.«

»Fantastisch.« Er zog den Reißverschluss seines Mantels auf und ging an mir vorbei.

Er würde mich bitten, sein Projekt zu übernehmen. Ich brauchte keinen Fuß in den Konferenzraum zu setzen, um zu wissen, worauf das Gespräch hinauslaufen würde. Doch Joe würde eine herbe Enttäuschung erleben.

Stella ließ die Schultern hängen, als sie sich umdrehte und mit gesenktem Blick auf die Treppe zuhielt. Ihr war auch klar, was Joe von mir wollte.

Eine Stunde später geleitete ich ihn aus dem Konferenzraum. Er war nicht allzu glücklich, denn ich hatte abgelehnt, sein Umbauprojekt selbst zu betreuen. Aber nach einer längeren

Argumentation hatte er verstanden, dass er es Stella überlassen musste, wenn er wollte, dass es richtig gemacht wurde.

»Danke, Heath.«

»Sicher.« Ich nickte und begleitete ihn durchs Foyer. »Sehe ich Sie am Samstag bei der Party?«

»Die lasse ich mir nicht entgehen.« Er winkte, dann drückte er die Tür auf.

Gretchen sah ihm nach, wie er zu seinem Cadillac ging, und schüttelte den Kopf. »Ich konnte ihn noch nie leiden. Sein Auftritt heute hat mich noch mal darin bestärkt. Wie er hereinmarschiert kam und Stella angefahren hat. Er hat nicht mal Guten Tag gesagt.«

»Er ist … schwierig.«

»Das ist arg untertrieben«, murmelte Gretchen.

Meinen Plan zu verschwinden und Stella aus dem Weg zu gehen, konnte ich vergessen. Ich ging zur Treppe.

Sie saß am Schreibtisch, tippte vor sich hin und schaute wütend auf ihren Bildschirm. Das Tippen war so laut, dass ich mir das Anklopfen sparte.

»Hey.«

»Hallo.« Kurz blickte sie zu mir, hielt aber nicht mit Schreiben inne. »Es dauert ein halbes Jahr, bis das Zebraholz hier ist. Es hat einen Lieferrückstand und das seit Monaten. Bei einem Auftrag dieser Größe und den hiesigen Lagerkosten für exotische Hölzer wird Joe hoffentlich sein Scheckbuch bereithalten, denn das wird ihn eine Menge Geld kosten.«

Ich ging um ihren Schreibtisch herum und setzte mich auf die Kante, aber ihre Finger schlugen weiter auf die Tasten ein. »Hey.«

Sie tippte noch einen halben Satz, dann hielt sie inne und blickte auf. »Hat er darum gebeten, dass jemand anderer das Projekt übernimmt?«

»Ja.«

Sie ließ die Hände in den Schoß und das Kinn auf die

Brust sinken. »Das dachte ich mir. Ausgerechnet die erste Aufgabe von deinem Vater.«

»Ich habe abgelehnt.«

Sie drehte den Kopf zu mir. »Das hast du getan?«

»Er ist aggressiv und von sich eingenommen.«

»Nicht zu vergessen, herablassend.«

»All das ist er, Stell. Aber er ist auch rational. Er will, dass der Auftrag erledigt wird, und er versteht, dass er dafür bestimmte Entscheidungen treffen muss. Du hast ihm widersprochen, was ihm bei diesem Projekt noch nicht passiert ist. Aber du hast deine Position verteidigt. Das respektiert er. Das hat er mir gesagt, bevor er ging.«

»Dein Vater hat mir das Projekt gegeben, um mich zu testen, stimmt's?«

Ich lachte leise. »Jep.«

»Danke, dass du mich nicht davon abgezogen hast. Joe und ich werden bestimmt keine Freunde, aber ich werde meine Arbeit gut machen.«

»Das weiß ich.«

»Man muss sich vor den Tritten wegdrehen, nicht wahr?«

»Äh … was?« Ich wiederholte den Satz im Stillen. *Vor den Tritten wegdrehen?* »Du meinst, vor den Schlägen wegdrehen. Das ist ein Ausdruck aus dem Boxsport.«

»Ja, aber das passt nicht. Wenn mich jemand tritt, gehe ich garantiert zu Boden, und wenn derjenige mich weitertreten will, drehe ich mich einfach weg.«

Ich sah sie groß an. »Das ist trotzdem ein Ausdruck aus dem Boxsport. Man dreht sich weg, um den Schlag abzumildern.«

»Aber ich bin kein Boxer. Sich vor den Tritten wegdrehen passt besser zu mir.«

»Tatsächlich?«

»Ja.«

Ich musterte ihr schönes Gesicht. »Nein.«

»Tja …« Sie zuckte die Achseln. »Uneinig einig.«

Diese Frau. Doch ihr Unsinn hatte durchaus Sinn.

Als ich in ihre hellbraunen Augen blickte, wurde mir bewusst, wie nah wir uns gerade waren. Fast so nah wie am Freitagabend vor dem Kuss.

Ich bräuchte mich nur zu ihr runterzubeugen. Sie bräuchte mir nur ein paar Zentimeter entgegenzukommen.

Stella Marten war so verlockend wie ein Geschenkpäckchen unterm Weihnachtsbaum.

Doch sie hatte den Kuss nicht erwidert.

Darum stand ich auf und brachte den Schreibtisch zwischen uns. »Entschuldige noch mal. Wegen Joe. Und wegen Freitag.«

Sie nickte und zog die Schultern nach vorn. »Alles gut.«

Nichts war gut. Denn ich konnte nur daran denken, es wieder zu tun. »Ich … äh … geh dann mal besser.«

Ich musste meinen Urlaub antreten. Einen notwendigen Urlaub. »Bye, Stell.«

Ich hatte mich umgedreht und war schon halb aus der Tür, als sie mich zurückrief.

»Heath?«

Ich drehte mich wieder um und griff auf der Flurseite um den Türrahmen. Vielleicht wenn ich ihn fest genug gepackt hielt, würde ich nicht in den Raum zurückkehren. »Ja?«

»Warum hast du mich geküsst?«

Anstatt zu antworten, stellte ich ebenfalls eine Frage. »Bist du noch in mich verknallt?«

Denn wenn nicht, wenn sie das zusammen mit ihrer Teenagerzeit hinter sich gelassen hatte, dann würde ich mir die Sache aus dem Kopf schlagen. Irgendwie würde ich schon aufhören können, an sie zu denken.

»Wir arbeiten zusammen.« Ihre Antwort war wie ein Stich ins Herz. »Du bist Guys bester Freund.«

»Das ist wahr.« Ich schluckte meine Enttäuschung hinunter. »Wir sollten ein professionelles Verhältnis wahren.«

»Sollten wir.« Sie nickte. »Das ist eine gute, ähm, kluge Idee.«

Eine absolut grauenhafte Idee. Aber ich würde ihren Wunsch respektieren. »Wir sehen uns bei der Party.«

»Oh. Du arbeitest diese Woche nicht?«

»Maddox kommt. Ich lege solange eine Pause ein.«

Eine Stella-Pause.

Und vielleicht hatte ich bis Samstag vergessen, wie ihre Lippen schmeckten.

5

Stella

»Du siehst heiß aus.« Wendy stieß einen Pfiff aus. »Absolut verführerisch.«

»Das ist etwas viel Lidschatten.« Ich griff nach einem Blending-Pinsel, aber Wendy schlug ihn mir aus der Hand.

»Denk nicht mal dran, mein Meisterwerk zu ruinieren.«

Ich ließ die Schultern hängen und starrte mich im Spiegel an. »Ich will nicht hingehen.«

»Warum nicht? Ich dachte, du freust dich.«

»Kopfschmerzen«, log ich.

Die Wahrheit gehörte mir, mir allein. Wendy war meine beste Freundin, aber ich würde Heaths Kuss mit ins Grab nehmen. Na ja ... vielleicht doch nicht. Geheimnisse bewahren war nicht meine Stärke, und ich hatte es nur so lange für mich behalten können, weil Wendy und ich zu wenig Zeit füreinander gehabt hatten.

Ich sah sie zum ersten Mal in dieser Woche, und seit sie da war, hatte sie sich ganz darauf konzentriert, mich für die Party zurechtzumachen.

Für eine Party, an der ich nicht teilnehmen wollte. Nicht mit meinem Bruder. Und nicht mit Heath.

Ich wusste noch immer nicht, was ich von dem Kuss halten sollte. Vor allem versuchte ich, nicht daran zu denken, denn bei der Erinnerung – die ich eigentlich lieben sollte – überfiel mich eine Scham, mit der ich mich eigentlich die nächsten zwanzig Jahre unter dem Bett verkriechen wollte.

Dass Heath seit Montagmorgen nicht mehr ins Büro gekommen war, hatte mich gerettet. Noch nie hatte ich mich darauf gefreut, ihn *nicht* zu sehen, doch sein Urlaub war für mich eine Atempause gewesen.

Und die endete heute Abend.

»Nach ein, zwei Drinks wirst du dich besser fühlen, jede Wette.« Wendy lächelte mitfühlend.

»Ja.« Ich lächelte zurück. »Danke für deine Hilfe.«

»Wozu sind Freunde da? Durch dich kann ich das Leben wenigstens aus zweiter Hand genießen. Kann mich nicht erinnern, wann ich mich das letzte Mal aufgedonnert und ein sexy Kleid getragen habe.«

»Aber du kannst jeden Tag Leggings tragen. Dafür würde ich jedes sexy Kleid liegen lassen.«

»Das ist wahr.« Sie lachte. »Okay, welche Schuhe?«

»Nude High Heels?«

»Gute Wahl. Ich hole sie.«

Als sie hinausging, drehte ich mich, um den Rock schwingen zu lassen, und fühlte den Stoff über meine Beine gleiten.

Das Top hatte einen V-Ausschnitt, der tief genug war, um sexy zu sein, aber nicht so tief, dass es skandalös aussah. Das war praktisch ein Firmenevent. Der fließende Rock reichte bis zur Wadenmitte und der Schlitz bis zum Oberschenkel. Das Kleid war schwarz und hatte ein pflaumenfarbenes Netz-Overlay mit Glitzersteinchen. Meine Haare waren zu Locken gedreht, meine Augen schwarz und grau schattiert.

Wendy hatte recht. Ich sah heiß aus. Vor einem Jahr hätte ich all das in der Hoffnung getan, Heath auf mich aufmerksam zu machen. Heute Abend wollte ich mir das Make-up am liebsten wieder abwaschen und gar nicht auffallen.

Er hatte mich geküsst. Heath Holiday hatte mich geküsst.

Und es bereut.

Ich kniff die Augen fest zu, um seinen gequälten Gesichtsausdruck von Montag aus dem Kopf zu bekommen.

Seine Lippen waren wunderbar weich. So köstlich. Als ich

seine Zunge gespürt hatte, wäre ich fast in Ohnmacht gefallen. Wie lange hatte ich mir diesen Kuss gewünscht? Wie lange hatte ich auf ihn gehofft?

Endlich bekam ich eine Chance, und dann vermasselte ich sie.

Er hatte mich geküsst, und ich hatte dagestanden wie vor den Kopf geschlagen. Mit offenem Mund.

Der Kuss war ein Desaster gewesen. Als wenn der Weihnachtsbaum noch vor der Bescherung abbrannte. Mein Vorschlag, ein professionelles Verhältnis beizubehalten, war mein verzweifelter Versuch gewesen, das Gesicht zu wahren.

Das Schlimmste daran? Ich konnte gut küssen. Wirklich gut. Meine früheren Freunde hatten mir das bescheinigt. Warum also hatte ich so episch versagt, als ich endlich die Gelegenheit hatte, Heath Holiday zu küssen?

»Verdammtes Lampenfieber.«

»Was?« Wendy kam mit meinen nudefarbenen High Heels ins Bad zurück.

»Ach, nichts.« Ich stieg in die Schuhe und schloss die Schnalle am Knöchelriemchen. Nicht gerade geeignet für eine Dezembernacht, aber in der Mode musste man Opfer bringen. Und auch mal eine Frostbeule riskieren. »Danke.«

»Tu mir einen Gefallen. Versuch, heute Abend Spaß zu haben. Ich weiß, es ist immer interessant, wenn dein Bruder dabei ist, aber lass ihn links liegen und genieß die Party. Auch du darfst Weihnachten feiern.«

»Okay.« Ich umarmte sie. »Fröhliche Weihnachten, Wendy.«

»Fröhliche Weihnachten.«

Es klingelte, und wir flogen aus dem Bad. Wendy raffte hastig ihr Schminkzeug zusammen, während ich meinen Mantel und die Clutch nahm.

»Hi, Guy«, sagte sie, als sie die Tür aufriss, und schob sich an ihm vorbei. »Bye, Guy.«

Sein Mund kräuselte sich. »Wendy.«

Mein Bruder und meine beste Freundin waren noch nie miteinander ausgekommen. Guy hielt sie für einen Snob, weil sie nie über seine Witze lachte. Sie hielt ihn für selbstsüchtig und grob – weshalb sie nicht mit ihm lachte.

Ich hatte schon vor Jahren aufgehört, vermitteln zu wollen.

»Du siehst sehr hübsch aus, Stella Bells.« Er nahm mir den Mantel ab und hielt ihn mir auf. »Du wirst die Schönste sein.«

»Danke.« Ich schob die Arme hinein. »Du siehst auch gut aus. Neuer Anzug?«

»Ja. Ich dachte, es wird Zeit für ein Upgrade.« Er bot mir seinen Arm. »Freust du dich auf den Abend?«

Nein. Ich atmete langsam aus. »Klar.«

»Danke, dass du mitkommst.«

»Gern.« Ich stieß ihn mit der Schulter an. »Tut mir leid wegen Mel.«

»Mir auch.« Er lächelte traurig. »Ich mochte sie.«

»Willst du darüber reden?«

»Nicht heute Abend. Lass uns einfach Spaß haben. Du und ich. Wir tanzen nur miteinander.«

Ich nickte. »Abgemacht.«

Die kalte Luft stach mir in die nackten Waden, als wir zu seinem Wagen eilten. Er hatte den Motor laufen lassen und die Sitzheizung eingeschaltet.

»Wie war es diese Woche bei der Arbeit?«, fragte er, als er vom Parkplatz fuhr.

»Gut. Großartig sogar. Ich gewöhne mich gut ein, und bisher gefällt es mir.«

»Die haben Glück, dass du den Job genommen hast.«

»Danke.«

»Woran hast du gearbeitet?«

Während der Fahrt zur Innenstadt erzählte ich von meinen Aufgaben. Guy hatte mir jahrelang nicht zugehört – kleine Schwestern waren bestimmt manchmal nervig. Ich hatte meinen großen Bruder auch viele Jahre ignoriert. Doch jetzt hörte er interessiert zu und fragte nach und ging darauf ein, was ich zu sagen hatte.

Ich hatte mich vor dem Abend gefürchtet, nicht nur wegen Heath, sondern auch, weil Guy die Angewohnheit hatte, mich einfach stehen zu lassen. Sobald er von seinen Freunden umringt war, dachte er nicht mehr an mich. Vielleicht würde das heute Abend anders sein. Vielleicht würde er bei mir bleiben und mit mir zusammen Spaß haben.

Er könnte mein Retter sein. Der Puffer zwischen Heath und mir. Denn Heath würde garantiert nicht von dem Kuss anfangen, wenn mein Bruder bei mir war. Und ich wollte wirklich nicht noch eine Entschuldigung von ihm hören.

»Soll ich dich vor der Tür rauslassen?«, fragte Guy, als wir am *Baxter* ankamen.

»Nein, nicht nötig. Ich kann das Stück laufen.«

»Aber du bist in Sandalen. Du frierst dir die Zehen ab.«

»Das macht nichts.« Ich wollte wissen, wo der Wagen stand, für den Fall, dass er zu viele Cocktails trank und ich uns heimfahren musste.

»Wie du willst.« Er zuckte die Achseln und fuhr um den Block, bis er einen möglichst nah gelegenen freien Parkplatz gefunden hatte.

Untergehakt eilten wir den Bürgersteig der Main entlang und näherten uns dem Hotel, vor dem die Straßenlampen heller leuchteten.

Das *Baxter* war wie alle Gebäude der Innenstadt in der Weihnachtszeit märchenhaft schön. Durch die messinggerahmten Glastüren blickte man in ein festlich geschmücktes Foyer. Selbst an Heiligabend war da drin viel los. Die Leute kamen, um in dem Restaurant zu essen oder in der Bar etwas zu trinken. An der Theke standen etliche Gäste, alle mit einem raffinierten Cocktail in der Hand.

Ein Pärchen küsste sich unter einem Mistelzweig. In einer

Ecke ragte ein großer geschmückter Tannenbaum auf. Ein paar Kinder beugten sich über eine Schale mit Zuckerstangen.

Guy strebte sofort die geschwungene Treppe an, die zum Ballsaal im ersten Stock führte. »Passen meine Schlüssel noch in deine Handtasche?«

»Sicher.« Ich öffnete sie für ihn, während wir die Treppe hochstiegen. Als ich meinen Mantel und die Tasche an der Garderobe abgegeben hatte, gingen wir in den Ballsaal.

Stimmengemurmel schwebte über der Hintergrundmusik. Kellner gingen mit Horsd'oeuvres auf ihren Tabletts von Gast zu Gast. Zwei Barkeeper in weißen Oberhemden und schwarzen Satinwesten mixten an der Bar Getränke.

Keith stand neben Hannah, seiner Frau, und hieß uns willkommen, als wir den Saal betraten. Ich tat mein Bestes, um dem Impuls zu widerstehen, doch meine Augen schauten über die Köpfe auf der Suche nach Heath. Alte Gewohnheiten waren schwer zu überwinden.

Er war noch nicht da.

»Willst du was trinken?«, fragte Guy.

»Ja, bitte.« Auf dem Weg zur Bar lächelte ich ein paar bekannten Gesichtern zu.

Gretchen winkte mir von einem Cocktailtisch aus. Ein paar andere Kollegen standen mit ihren Ehepartnern zusammen.

Joe Jensen stand an einem anderen Tisch und nickte, als ich seinem Blick begegnete. Ich lächelte den blöden Kerl viel zu breit an. Letzte Woche nach unserem Zusammenstoß in der Firma hatte ich ihm die neue Kostenaufstellung für die Fußböden gemailt.

Er hatte noch nicht darauf reagiert.

Der Saal war für die Party herausgeputzt, die Bühne für den Bandauftritt vorbereitet. Die Stehtische waren mit weißen Tüchern eingehüllt und winzigen roten Rosensträußen geschmückt. Der Kristallkronleuchter warf funkelnde Lichtreflexe auf die leere Tanzfläche.

»Was möchtest du?«, fragte Guy, als wir in der Schlange vor der Theke standen.

»Champagner.« Morgen würde ich davon Kopfschmerzen haben, nicht ideal für den Weihnachtstag, doch diese Party und der Saal verlangten etwas Spritziges.

Mit der Sektflöte in der Hand folgte ich Guy zu einem Tisch.

»Prost.« Er stieß mit seinem Wodka Tonic an.

»Prost.« Ich trank einen Schluck und schaute wieder suchend durch den Saal. Mein Blick landete bei der Tür, gerade als Heath hereinkam.

Mein Herz setzte einen Schlag aus. Wow, er sah umwerfend aus.

Sein dunkler Anzug betonte die breiten Schultern. Seine dunklen Haaren waren seitlich gescheitelt und über einer Braue in die Stirn gekämmt. Sein Schlips war strahlend blau wie seine Augen.

Kein Mann sah so gut aus wie Heath. Filmstars, Profisportler, Models, nach denen andere Frauen schmachteten … Sie ließen mich kalt, denn Heath überstrahlte sie alle an Aussehen und Charakter.

Womöglich war es deshalb so schwer, die Verliebtheit aufzugeben. Er war unvergesslich. Er war gut und freundlich und charmant. Er stach aus der Menge der Gesichter hervor und zog die Aufmerksamkeit an. Das markante Kinn, die gerade Nase, die vollen Lippen. Mein Mund wurde trocken. Ich brauchte noch etwas zu trinken.

Heath entdeckte uns und lächelte. Es war ein so blendendes Lächeln, dass ich mich verschluckte.

Hustend und prustend schaffte ich es irgendwie zu schlucken und meinen Champagner nicht zu verschütten.

»Herrje.« Guy klopfte mir auf den Rücken. »Alles okay?«

Ich winkte ab. »Bestens. Hab mich nur verschluckt.«

Er sah mich von der Seite an, doch als er seinen besten Freund bemerkte, der auf uns zukam, war mein Todesröcheln vergessen. »Endlich. Heath ist da. Jetzt kann die Party losgehen.«

»Na, besten Dank«, murmelte ich.

»Du weißt, was ich meine.«

»Ach ja?«

Guy zuckte die Achseln und zog einen Pfefferminzkaugummi aus der Jacketttasche. Er kaute fast immer Kaugummi, weil er einen frischen Atem haben wollte für den Fall, dass – O-Ton Guy – »eine heiße Braut um die Ecke kommt, die knutschen will«.

Mein Bruder, der Poet.

»Wird aber auch Zeit.« Er klopfte Heath auf die Schulter.

»Hey.« Heath schüttelte ihm die Hand. »Hi, Stell.«

»Hi.« Ich hob meine Sektflöte an die Lippen und trank diesmal vorsichtiger. Dabei tat ich alles, was in meiner Macht stand, um ihn nicht anzustarren. Das Sträußchen auf dem Tisch war wirklich schön.

»Also, wie lautet der Angriffsplan?«, fragte Guy an Heath gerichtet. »Vielleicht ein paar Drinks, dann tanzen und eine Frau finden, die sich bespaßen lässt. Ich sehe gern ein sexy Kleid auf meinem Schlafzimmerboden liegen.«

Ich rümpfte die Nase. »Bitte, hör auf zu reden.«

»Ich mach nur Spaß.« Guy lachte, aber wir wussten alle, dass er das ernst gemeint hatte. Sicher hatten Guy und Heath diese Party selten mal allein verlassen. Wenn ich mir Heath mit einer anderen Frau vorstellte, bekam ich eine Gänsehaut.

»Lasst uns einfach die Party genießen«, sagte Heath und lächelte mich verkrampft an.

Peinlich.

Ich verkniff mir einen Seufzer.

Das war nicht mal meine Schuld. Ich hatte viele peinliche

Momente herbeigeführt, aber für diesen war Heath ganz allein verantwortlich. *Er* hatte *mich* geküsst. Ja, ich hätte für einen schöneren Kuss sorgen können, trotzdem war die unbehagliche Atmosphäre zwischen uns nicht meine Schuld. Nicht ich hatte den Kuss initiiert.

Wieso konnte ein Mann eine Frau küssen und das hinterher komplett abhaken, während die Frau jeden einzelnen Moment davon analysierte? Oder tat nur ich das? Ich würde seinen Kuss wahrscheinlich bis an mein Lebensende im Geiste hin und her wälzen. Seinen wirklich wahnsinnig schönen Kuss.

»Ich wundere mich, dass du nicht vor uns hier warst«, sagte Guy.

»Ich bin mit Maddox und Violet gefahren.« Heath deutete mit dem Daumen über die Schulter zur Tür, wo gerade sein Bruder mit einem süßen Mädchen und einer hinreißenden Frau hereinkam.

Ich sah genauer hin. Nicht zu Maddox, sondern zu der Frau und ihrem freundlichen Gesicht.

»Entschuldigt mich.« Ich stellte mein Glas ab und ging zu meiner Freundin. »Nat!«

Ihr Gesicht strahlte, als sie mich sah. »Hey, Stella.«

»Wie schön, dich hier zu sehen, Natalie.« Ich umarmte sie und bedauerte, dass wir uns nicht öfter trafen.

Sie war zwei Jahre älter als ich, genau wie Guy und Heath. Als ich damals in die Highschool gekommen war und mich der Schwimmmannschaft angeschlossen hatte, war sie schon im dritten Jahr gewesen. Obwohl ich jünger war und nicht halb so gut schwimmen konnte wie sie, hatte sie mich immer angefeuert und nie hochnäsig behandelt.

Im Gegensatz zu Guy und Heath hatte Natalie nicht zur Star-Clique der Bozeman High gehört, und weil sie eine freundliche Seele war, hatte ich immer zu ihr aufgeschaut.

Später hatten wir Kontakt gehalten, da wir beide in Bozeman geblieben waren. Sie hatte angefangen, als Nanny zu arbeiten, während ich zur Montana State ging, um meinen Bachelor zu machen.

»Ich hatte keine Ahnung, dass du hier sein würdest«, sagte ich. Doch ihre Anwesenheit nahm mir die Nervosität.

Moment mal. War sie mit Maddox hier? Waren sie ein Paar?

»Das war eine Last-Minute-Einladung. Tatsächlich bin ich dienstlich hier.«

Das Mädchen, das mit ihr hereingekommen war, erschien neben ihr. Sie musste Maddox' Tochter sein. Sie hatte seine dunklen Haare und blauen Augen. Ohne mich zu beachten, hielt sie Natalie eine leere Punschtasse hin. »Darf ich noch einen?«

»Wollen wir uns lieber ein bisschen bremsen, junge Dame? Der Abend ist noch lang.« Natalie lachte und wandte sich mir wieder zu.

»Wie geht es dir?«, fragte ich. »Es ist ewig her.«

Bevor sie antworten konnte, tauchte Heath neben mir auf, zusammen mit Guy.

Guy unterbrach sich mitten im Satz, als er sie bemerkte, und stutzte. »Natalie?«

»Hallo. Schön, dich zu sehen, Guy.«

»Hab dich ewig nicht gesehen.« Mein Bruder kaute intensiv Kaugummi. Und musterte dabei ihren Hintern.

Im Ernst? Er hatte gerade eine Trennung hinter sich. Ich rollte die Augen. Männer.

Natalie wartete, bis er ihr endlich ins Gesicht sah, und schüttelte dann den Kopf.

Er gluckste. »Bist du allein hier?«

»Nein. Violet ist heute Abend mein Date. Und wir plündern das Dessertbüfett, bevor die leckeren Sachen weg sind.«

»Natalie ist supercool«, sagte ich zu Violet. »Du wirst einen Mordsspaß mit ihr haben.«

»Aber nicht so cool wie Onkel Heath, was?« Heath streckte ihr eine Hand hin, damit sie ihn abklatschte.

Sie ignorierte ihn.

»Autsch.« Er griff sich gekränkt ans Herz.

Ich lachte. Ich hätte ihn ignorieren sollen, aber ich konnte nicht anders. Früher hatte ich immer über seine Witze gelacht. Auch so eine alte Gewohnheit, die sich hartnäckig hielt. Genau wie das Erröten, wenn ich seinem Blick begegnete.

Der tauchte gerade in meinen Ausschnitt, und einen Moment lang geriet mein Herz ins Stottern. Doch dann riss er sich von dem Anblick los und schaute schuldbewusst.

Oh Mann, ich hätte definitiv die Sweathose anbehalten und zu Hause bleiben sollen.

»Sei mein Wingman.« Guy stieß Heath an und deutete mit dem Kinn zur Tür.

Ich folgte seinem Blick und sah zwei Frauen hereinkommen, eine zierliche blonde und eine hübsche brünette.

»Sprich die Blonde an.«

Oh Gott. Ich starrte auf meine High Heels. Ich würde mit ansehen müssen, wie Heath eine Frau abschleppte. Vor dem Kuss hatte er gesagt, dass er in mich verknallt war. Aber das hatte ich ihm wohl ausgetrieben, als ich seinen Kuss nicht erwiderte.

Champagner. Was ich jetzt brauchte, war mehr Champagner.

»Äh …« Heath ließ sich von Guy wegziehen.

Im Gegensatz zu mir würde die Blonde seinen Kuss garantiert erwidern.

Das sollte mir nichts ausmachen, oder? Schließlich hatte ich meine Verliebtheit hinter mir gelassen. Warum tat es dann so weh? Wie oft wollte ich das noch durchmachen, bevor ich ihn endlich aufgab?

»Alles okay?« Natalie stupste mich mit dem Ellbogen an.

»Bestens!«, antwortete ich – *zu laut* – und zuckte zusammen.

»Ich wusste auch nicht, dass du heute hier sein würdest«, sagte sie.

»Ich arbeite seit Kurzem bei *Holiday Homes.* Keith lädt immer das gesamte Büro ein. Ich wollte eigentlich schwänzen und lieber mit meinen Eltern in die Kirche gehen und zu Hause abhängen, aber Guy hat mich überredet.«

Ich hätte es besser wissen müssen. Wir waren erst ein paar Minuten hier, und schon hatte er mich stehen lassen.

»Er wollte den Abend mit mir verbringen. Seine Freundin hat nämlich mit ihm Schluss gemacht. Er ist deswegen ziemlich niedergeschlagen, auch wenn er das nicht zugibt. Er tat mir leid, und deshalb habe ich zugesagt, sein Date zu sein. Aber … jetzt hat er mich sitzen lassen.«

»Willst du uns Gesellschaft leisten?«

»Ich denke, ich besorge mir einen Drink.« *Drinks*, um genau zu sein. Viele Drinks. Und wenn ich die vielen Drinks getrunken hatte, würde ich mir ein Uber bestellen oder Wendy anrufen, damit sie mich nach Hause fuhr.

Natalie winkte und nahm Violet zum Dessertbüfett mit. Ich machte mich auf den Weg zur Bar. Ich wollte nicht sehen, wie Heath sich mit einer anderen Frau unterhielt und mit ihr lachte, und hielt den Kopf gesenkt, den Blick nach unten gerichtet.

Ich war so darauf konzentriert, nicht nach ihm Ausschau zu halten, dass ich beinahe stolperte, als er plötzlich vor mir stand. »H… Hallo.«

»Hallo. Darf ich dir einen Drink ausgeben?« Er deutete zur Bar.

»Oh, äh … du holst nicht gerade einen für die … äh …« Mein Daumen zuckte in Richtung der Tür.

»Nein. Guy ist heute Abend auf sich allein gestellt.«

Ich schaute über die Schulter zu meinem Bruder, der sich

mit der Brünetten unterhielt. Die Blonde war nirgendwo zu sehen.

»Was sagst du, Stell? Trinken wir was?« Er schaute mich bittend an. Wären wir jetzt im Büro, er in Jeans und Button-down-Hemd, wäre ich vielleicht so stark gewesen, Nein zu sagen. Aber verdammt, in dem Anzug sah er dermaßen sexy aus. Es war nur seine Schuld, dass meine Entschlusskraft bröckelte.

»Sicher«, hauchte ich.

Seine hypnotischen Augen funkelten, als wir uns an der Theke anstellten.

»Hast du noch Kontakt zu Natalie?«, fragte er.

Ein Mann neben mir machte einen Schritt rückwärts und rempelte mich versehentlich an.

Heath fasste mir ans Kreuz, um mich abzufangen. Doch nachdem der Mann sich entschuldigt hatte und weggerückt war, blieb Heaths Hand an meinem Rücken liegen. Was sollte das? Was passierte hier?

Ich schluckte und versuchte, mich zu erinnern, was er gefragt hatte. Mein Kopf war wie leer gefegt. »Hm?«

»Natalie.« Er kicherte. »Hast du noch Kontakt zu ihr?«

»Oh. Ja.« Ich nickte. »Zwei- oder dreimal im Jahr gehen wir zusammen etwas trinken. Wir quatschen über die Leute, die wir noch von der Highschool kennen, und sie erzählt mir von den Kindern, auf die sie gerade aufpasst.«

»Dann wird euer nächstes Treffen sehr unterhaltsam, denn sie passt zurzeit auf Violet auf.« Er lachte. »Die hält einen ganz schön auf Trab. Anfang der Woche fand Maddox sie in der Küche mit einem Fleischmesser in der Hand. Sie wollte sich damit ein Stück Apfelkuchen abschneiden.«

»Im Ernst?« Ich kicherte.

»Es kommt noch besser.« Während wir langsam mit der Schlange vorrückten, erzählte er mir noch mehr von Violets

Eskapaden. Ein paar hatte er im Lauf der Woche selbst mitbekommen, andere von seiner Mutter gehört.

»Das klingt … lustig.«

»Ich finde, wir sollten Violet und Guy zusammenbringen. Da bekämen wir etwas geboten.«

»Heute Abend eher nicht«, sagte ich. »Hier gibt es viel Zerbrechliches.«

Er zwinkerte. »Gute Entscheidung.« Endlich standen wir vor dem Barkeeper, und kurz darauf verließen wir mit einem Glas Whiskey und einer Sektflöte die Theke.

Er legte wieder die Hand an mein Kreuz, aber nach ein paar Schritten begegneten wir Gretchen, und er ließ die Hand sinken. »Gretchen.«

»Hallo, Schönster.« Sie umarmte ihn. »Ich brauche jetzt ein paar Minuten. Da ist ein Kunde, der nur kurz etwas mit dir klären möchte.«

»Heute Abend?« Er stöhnte.

»Freie Tage sind eine Legende«, sagte sie.

»Stimmt.« Heath seufzte. »Bis nachher, Stella.«

»Bye.« Ich hob mein Glas.

Ich schaute ihnen nach, während Gretchen und Heath sich zwischen den Leuten durchfädelten. Dann stand ich allein da und sah mich um.

Mein Bruder war verschwunden. Typisch. Natalie war mit Violet am Dessertbüfett. Sicher hätte sie nichts dagegen, wenn ich mich zu ihnen gesellte, doch ich wollte sie nicht von ihrer Aufgabe ablenken.

Daher näherte ich mich unauffällig einer Wand und wünschte, ich könnte mit der Tapete verschwimmen.

Der Lead-Sänger der Band nahm das Mikrofon und begrüßte die Gäste. Dann legten sie los mit einer sinnlichen Jazznummer, die die Paare auf die Tanzfläche zog.

Ich hörte zu und trank meinen Champagner. Er ging mir viel zu glatt die Kehle runter, und ehe die Band die erste Pause machte, hatte ich drei Gläser geleert. Ich war herrlich beschwipst. Der Schampus war Balsam für mein wehes Herz. Noch ein Glas, dann würde ich mir ein paar Häppchen einverleiben und mich davonstehlen.

Mit dem leeren Glas in der Hand verließ ich den sicheren Posten an der Wand, um mich erneut vor der Bar anzustellen. Kaum geschehen, trat ein Mann zu mir.

Seine schmutzig blonden Haare waren kurz und ordentlich gekämmt, sein anthrazitfarbener Anzug elegant und nicht von der Stange. Er sah ziemlich gut aus. Wirklich. Allerdings nicht wie Heath, was keiner tat, und nicht mal wie Tobias.

»Hallo.« Er gab mir die Hand.

»Hallo.«

»Ich bin Seth.«

»Stella.«

»Schöner Name.«

Ich lächelte. »Danke.«

»Entschuldigen Sie, wenn ich zu direkt bin.« Er deutete zur Mitte des Saals. »Möchten Sie tanzen?«

»Äh …« *Ach, was soll's?* »Gern.«

Er bot mir seinen Arm und zusammen bahnten wir uns einen Weg durch die Leute zum Rand der Tanzfläche. Sein Aftershave wehte mir in die Nase, als er mich in seine Arme drehte, meine Hand nahm und die andere Hand an meine Hüfte legte.

Er zog uns näher zusammen, aber nicht zu nah. Und dann tanzten wir und drehten uns auf dem kleinen Stück Parkett, das wir für uns hatten. »Ich bin nicht der beste Tänzer.«

»Sie machen das großartig.« Mir kroch die Röte ins Gesicht, als ich seinen interessierten Blick sah.

Er hatte dunkelbraune Augen. Attraktiv, aber nicht Heaths faszinierende Farbe. Seths Schultern waren nicht so breit wie seine, und er war auch nicht besonders groß.

Was war los mit mir? Da tanzte ich mit einem gut aussehenden Mann, der sichtlich an mir interessiert war, und ich verglich ihn in einem fort mit Heath? Das musste aufhören. Sofort. *Schluss damit, Stella!*

»Woher kennen Sie die Holidays?«, fragte er.

»Ich arbeite bei *Holiday Homes.* Und Sie?«

»Ich bin Makler in Hannahs Firma.«

»Ah.« Ich nickte.

»Vielleicht werden wir mal bei einem Projekt zusammenarbeiten.«

»Schon möglich.«

Da Keith das führende Bauunternehmen und Hannah eine der größeren Immobilienfirmen der Gegend gehörte und ihre Makler häufig mit Kunden zu tun hatten, die auf dem Markt kein Haus fanden und deshalb beschlossen zu bauen, arbeiteten wir in solchen Fällen beim Exposé zusammen, damit der Kunde sein Traumhaus bekam.

So hatte ich es jedenfalls gehört. Bisher war ich in solch ein Projekt noch nicht eingebunden worden.

»Stammen Sie aus Bozeman?«, fragte er.

»Ja. Bin hier geboren und aufgewachsen. Und Sie?«

Seth konnte nicht mehr antworten, denn plötzlich ragte neben uns ein großer Mann auf. Ich hob den Kopf und sah zwei sehr blaue, sehr gereizte Augen, die auf Seths Hand an meiner Taille blickten.

»Stella.« Heaths Kiefermuskeln spielten. »Kann ich dich mal kurz sprechen? Es geht um die Arbeit. Sie verstehen …«

»Äh …« Seth blieb keine Gelegenheit, den Satz zu Ende zu bringen.

Heath packte mich am Ellbogen und zog mich von der Tanzfläche.

»Heath«, zischte ich, als ein paar Leute uns schräg ansahen.

Er ging nicht langsamer.

»Heath.« Ich riss mich los und zwang ihn damit stehen zu bleiben.

Er drehte sich um, schoss mir einen warnenden Blick zu, dann war seine Hand wieder da, schloss sich um meine und lenkte mich durch den Ballsaal. Mit großen Schritten führte er mich hinaus und den Flur entlang, dann stieß er die erstbeste Tür auf.

Wir betraten einen Salon. An einer Wand standen Sofas, in einer Ecke ein üppiger Sessel.

Heath ließ mich los und ging in die Mitte des Raumes. Da stand er und fuhr sich durch die Haare.

»Was ist los?«

Er drehte sich zu mir um und hielt mir einen Finger vor die Nase. »Du.«

»Was ist mit mir? Was habe ich gemacht?«

»Du ...« Er neigte den Kopf zurück und stieß einen langen Seufzer aus. Mit dem Atem verließ ihn die Anspannung. »Du siehst schön aus.«

»Ich ... oh.« Okay, das kam unerwartet. »Danke.«

»Nein.« Er sah mich auf seine intensive Art an. »Sag nicht Danke. Hör einfach auf.«

»Womit?«

Er trat auf mich zu, kam mir viel zu nah. So nah wie an jenem Abend neben meinem Wagen. »Hör auf, schön zu sein. Hör auf, mit anderen Männern zu tanzen. Nur für heute Abend. Tanz nicht mit dem Kerl. Ich versuche wirklich, deinen Wunsch zu respektieren, Stella. Aber heute Abend fällt mir das ungeheuer schwer.«

»Meinen Wunsch? Welchen Wunsch?«

»Ein professionelles Verhältnis zu wahren.« Bei *professionell* klang er sarkastisch.

»Das war deine Idee, nicht meine.«

»Ach ja?« Er zog eine Braue hoch. »Denn ich erinnere mich ganz klar, dass das dein Vorschlag war.«

Ja, war es. Ich hatte das nur gesagt, um einen winzigen Rest Stolz zu retten. »Du kamst in mein Büro und hast dich entschuldigt, weil du mich geküsst hattest.«

»Ich habe mich entschuldigt, weil du den Kuss nicht erwidert hast.«

»Ich …« Oh, mein Gott. Er dachte, ich wollte ihn nicht. »Ich war bloß überrascht.«

Er sah mich forschend an. »Was willst du? Sag mir, was du willst.«

Ich wollte, was ich immer gewollt hatte. »Dich. Ich will …«

Er presste seinen Mund auf meinen.

Ich brauchte eine Sekunde. Vielleicht würde ich nie ganz über den ersten Schock hinwegkommen, wenn ich seine Lippen spürte, aber ich fing mich.

Und diesmal erwiderte ich den Kuss.

6

Heath

Nur ein Kuss. Dann würde ich aufhören. Das war der Plan gewesen.

Doch sowie Stellas Zunge gegen meine stieß, brauchte ich auf Zurückhaltung nicht mehr zu hoffen. Tatsächlich hatte ich die schon begraben, als ich sie mit einem anderen Mann tanzen sah.

»Stella«, stöhnte ich und fasste um ihre Wangen.

Sie hielt mich umklammert, ihre Zunge wand sich um meine, und verdammt, sie konnte küssen. Stella konnte wirklich küssen.

Da war kein Zögern. Keine Hemmung. Das war nicht dieselbe Frau, die ich letzten Freitag neben ihrem Wagen geküsst hatte.

Ich küsste sie gierig, und sie stieg voll darauf ein.

Ihre Lippen bewegten sich leidenschaftlich über meine, meine Hände wanderten über ihre Schultern, folgten der Kurve ihres Rückgrats. Ich fasste um ihren Hintern, drückte ihn, aber nur kurz, dann strich ich über ihre Hüften, ihre Rippen. Ich wollte jeden Zentimeter von ihr spüren. Ich wollte mich verlieren in ihren schlanken Kurven, ihrem süßen Geschmack.

Meine Zunge spielte mit ihrer, während ich die Arme um sie legte und sie eng an mich zog. Als meine schwellende Erektion sich an ihren Bauch drückte, keuchte sie auf, und der hinreißende Atemaussetzer fachte mein Verlangen noch mehr an.

Ich löste mich von ihrem Mund, um ihre Haut zu schmecken. Während meine Lippen an ihrem langen Hals entlangstreiften, schob sie die Finger in meine Haare und zog sie durch die Strähnen. Ein kräftiger Zug und ich war steinhart.

Sie beugte sich zurück, und ich wanderte tiefer, schob die Träger ihres Kleids zur Seite und entblößte eine schöne Brust. Kein BH. *Ein Glück.*

Ein rosiger Nippel kam hervor, den ich sofort in den Mund saugte.

»Heath«, wimmerte sie.

Ich zwickte und leckte an der Knospe, bis Stella meinen Namen stöhnte. Ihre Haut war wunderbar glatt. Ihre Brust so rund, dass sie genau in meine gewölbte Hand passte. Ich wollte mich gerade der anderen zuwenden, als die Tür aufschwang.

»Oh, mein Gott«, kiekste eine Frau. »Tut mir leid.«

Stella keuchte auf und stieß mich weg.

Ich blickte über die Schulter zur Tür, während Stella hastig ihr Kleid zurechtzog und sich bedeckte.

»Natalie?«

»Heath?«

Natalie schaute mit großen Augen zwischen uns hin und her. »Ich war gar nicht hier. Ich habe nichts gesehen. Ihr zwei … äh … Viel Spaß noch!«

Ich sah sie eindeutig schmunzeln, als sie sich zurückzog und uns wieder allein ließ.

Mein Atem ging heftig. Stellas Wangen waren hübsch gerötet und ihre Lippen pink und prall vom Küssen. Gott, ich könnte sie ewig weiterküssen, wenn ich dadurch der Einzige war, der diese Farbe bei ihr zu sehen bekam.

Ich fuhr mir durch die Haare und schaute suchend unter den Türknauf. Kein Schloss. Verdammt. Ich konnte mich nur mit Mühe zügeln, aber ich wollte auf keinen Fall, dass noch mal jemand hereinplatzte – womöglich ihr Bruder –, und deshalb richtete ich mich auf.

Stella räusperte sich und zog ihren hochgerutschten Rock hinunter.

Das war falsch. Völlig falsch. Meine Gründe, mich nicht an Stella heranzumachen, hatten sich in der letzten Woche nicht geändert. Nichts hatte sich geändert. Und doch war alles anders.

Sie mit dem Kerl auf der Tanzfläche zu sehen war, als wäre mir ein Blitz ins Herz gefahren. Ich war noch bei keiner Frau so eifersüchtig gewesen. Der einzige Mann, mit dem sie heute Abend tanzen sollte, war ich.

»Heath, ich …« Sie schlug sich die Hände vors Gesicht. »Was tun wir hier?«

Ich trat zu ihr und zog ihre Hände weg. »Verbirg dich nicht vor mir.«

Sie sah zu mir hoch und diese ausdrucksvollen Augen schauten so unsicher, dass es mir wehtat.

»Ich weiß nicht, was du willst. Das ist für mich ziemlich erschreckend, denn ich wusste immer, was ich wollte: dich.« Stella redete, als hätten die Worte eine Woche lang, ein Jahr lang darauf gewartet, ausgesprochen zu werden. Die Verletzlichkeit in ihrer Stimme machte mich demütig.

»Was ich neulich Abend sagte, habe ich ernst gemeint. Stell, ich will dich schon lange.«

»Wirklich?«

»Länger, als ich mir eingestehen wollte.«

Sie zog die Unterlippe zwischen die Zähne, um ein scheues Lächeln zu überspielen.

Ich legte den Daumen an diese Lippe und befreite sie. »Wir sollten aufhören.«

»Nein.« Sie schüttelte den Kopf. »Wir sollten gehen.«

»Zusammen?«

Sie nickte und keuchte gehetzt. »Aber du musst wissen, er ist aufgebraucht.«

»Wer? Was?«

»Mein Champagner-Mut.« Sie schob sich eine Locke hinters Ohr. »Ich habe dir gerade gestanden, dass ich dich schon immer wollte. Dafür habe ich meinen ganzen Mut gebraucht. Also musst du jetzt die Führung übernehmen, denn ich bin zu sehr damit beschäftigt, nicht auszuflippen, nur weil du mich gerade geküsst und an meiner Brustwarze gesaugt und gesagt hast, dass du mich auch willst. Und, oh, mein Gott, du willst mich auch? Wie kann das sein …?«

»Atmen, Süße.«

Sie gehorchte und nickte, während sie tief Luft holte.

»Besser?«

»Ja.«

»Gut.« Ich küsste sie auf die Stirn, dann nahm ich ihre Hand und zog sie aus dem Salon.

Unser erster Stopp war die Garderobe. Sobald wir ihren Mantel und ihre Tasche hatten, gab sie Guys Schlüssel unter seinem Namen ab, und ich bestellte uns ein Uber. Als ich auch meinen Mantel bekommen hatte, eilte ich mit ihr die Treppe hinunter und in die Winternacht hinaus.

Es schneite leicht. Wir rutschten auf die Rückbank eines schwarzen Wagens. Die eisigen Flocken schmolzen auf der Windschutzscheibe. Es roch nach Lufterfrischer und Leder, aber zwei Augenblicke später füllte Stellas Parfüm meine Nase.

Der Fahrer bestätigte die Adresse, und mehr Aufmerksamkeit bekam er nicht. Ich konzentrierte mich auf Stella, atmete ihren Duft ein, hielt den Atem einen Moment lang an, bevor ich mich näher zu ihr neigte, um tiefer einzuatmen.

Wir waren erst ein paar Blocks vom *Baxter* entfernt, als ich die Nase in ihre welligen Haare schob und zur Seite strich, um sie am Hals zu küssen.

Als meine Lippen die pochende Ader berührten, stockte ihr Atem. Schüchtern. Sexy. Das Geräusch des Aussetzers schoss mir direkt in den Schwanz. Davon würde ich mir heute Nacht noch mehr gönnen, wenn sie mich ließ.

»Stella«, hauchte ich an ihrer Haut.

Sie legte eine Hand um meinen Hinterkopf und hielt mich in Position.

Ich grinste und sprenkelte die zarte Stelle unter ihrem Ohr mit zärtlichen Küssen, bis sie die Fingerspitzen in meine Kopfhaut drückte.

Nur mit dem Mund berührte ich sie, mehr wagte ich nicht. Andernfalls würde ich vielleicht auf dem Rücksitz dieses Wagens über sie herfallen. Zur Hölle mit dem Fahrer, der uns über den Rückspiegel beobachtete.

Es herrschte wenig Verkehr, aber mein Schwanz pochte, als wir vor meinem Haus hielten. Stella schnallte sich sofort ab und stieß mich praktisch aus dem Wagen. Dann rannten wir den Weg hinauf zur Haustür.

Sowie ich den Schlüssel ins Schloss steckte, langte sie unter mein Jackett und schob ihre Hände meinen Rücken hinauf. Ich neigte mich in die Berührung und vergaß für den Moment, dass wir noch draußen waren. Dass es schneite und die Lichterketten an der Dachtraufe ihren weißen Schein auf die Flocken warfen.

»Gehen wir rein?«, fragte sie.

Zur Antwort drehte ich den Schlüssel herum und trat ins Haus, Stella dicht hinter mir. Mit dem Fuß stieß ich die Tür ins Schloss, und noch in der Sekunde drückte ich meine Lippen auf ihre.

Sie stellte sich auf die Zehenspitzen, küsste mich, spielte mit meiner Zunge, während ich die Arme um sie legte und sie an meine Brust zog. So schob ich sie an die Flurwand, hob sie hoch, sodass sie die Beine um meine Taille legen konnte, und presste sie an meine Erektion.

Stella mochte verlangt haben, dass ich die Kontrolle übernehme, doch ich richtete mich danach, was sie signalisierte. Sie knabberte, und ich saugte, kostete jeden Winkel ihres Mundes. Ihre Hand glitt zwischen uns, ihre Finger tasteten nach meiner Gürtelschnalle.

Ich löste mich von ihrem Mund und biss die Zähne zusammen. Ich gierte nach ihr, doch wenn wir diese Linie überschritten, gab es kein Zurück mehr. »Stella, du musst dir sicher sein.«

Sie ließ meinen Gürtel los und strich mir die Haare aus der Stirn. »Bin ich.«

»Das wird alles verändern.«

»Ich denke, wir haben schon alles verändert, meinst du nicht?«

»Ja«, flüsterte ich und versank in ihren Augen. »Das haben wir wohl.«

Sie küsste mich auf den Mundwinkel, schob die Hüften nach vorn und drängte mich damit weiterzumachen.

Vielleicht hatte sie doch nicht ihren ganzen Mut aufgebraucht. Oder vielleicht hatte sie mehr davon, als sie glaubte, Champagner hin oder her. Aber ob schüchtern oder mutig, ich würde sie nehmen, wie sie war.

Ihre Finger fanden die Gürtelschnalle und zogen den Riemen heraus.

»Warte.« Keuchte ich. »Wir tun das nicht an der Wand.«

»Nein?«

Ich schüttelte den Kopf. »Nein.«

Sie wollte die Beine herunternehmen, doch ich schwenkte sie von der Wand weg, bekam dafür ein kleines Lachen und trug sie aus dem Flur. Alle Räume waren dunkel, das einzige Licht kam vom Weihnachtsbaum. Die blauen, grünen und gelben Birnchen der Lichterkette beschienen das Wohnzimmer.

Falls Stella neugierig auf mein Zuhause war, so zeigte sie

das nicht. Sie sah mir weiter ins Gesicht und hielt sich an meinen Schultern fest, während ich den langen Flur zu meinem Schlafzimmer hinunterging.

Auch dort stand ein Weihnachtsbaum in einer Ecke, wenn auch nur ein kleiner. Andere Männer sparten sich vielleicht die Mühe, die Zimmer zu schmücken, wenn kein Besuch der Familie geplant war, aber ich liebte Weihnachten und schlief gern beim bunten Licht des Baumes ein.

Ich setzte Stella auf das Fußende des Bettes. Sie griff nach mir, aber ich schüttelte den Kopf und kniete mich vor sie. Meine Hände zitterten.

Wann war ich zuletzt bei einer Frau nervös gewesen? Vielleicht bei meinem ersten Mal? Das war in der Highschool gewesen, nach dem Abschlussball. Selbst da hatten wir beide so viel billigen Schnaps getrunken, dass sich die Nervosität schnell verflüchtigt hatte.

Doch es war Stella, vor der ich jetzt kniete.

Ungeschickt öffnete ich die Riemchen ihrer Schuhe. Ich beschwor mein Herz, nicht zu rasen. Als sie die Hände in meine Haare schob, hielt ich still und schloss die Augen.

»Ich kann nicht glauben, dass das passiert«, hauchte sie kaum hörbar. Die Ehrlichkeit in ihrer Stimme, die Warmherzigkeit, die in ihren strahlenden Augen leuchtete, war mein Verderben. Keine Frau war so schön wie Stella Marten.

Und ich war schon zu lange feige gewesen. Hätte ich nur früher gehandelt!

Aber jetzt gehörte sie, verdammt noch mal, mir.

Als ich mich wieder den Riemchen zuwandte, zitterten meine Finger nicht mehr. Wenn ich auch heute Nacht nichts anderes tat, als das hier für sie gut zu machen, dann würde ich das einen Sieg nennen. Ich zog ihr die High Heels von den Füßen und warf sie beiseite. Dann strich ich über die zarte Haut an den Knöcheln und weiter hinauf bis zu den Kniekehlen.

Langsam kreisend bewegte ich die Fingerspitzen an ihren Beinen hoch, ließ ihre Haut keinen Moment lang unberührt. Ein Schauder durchlief sie, als ich dabei den Rocksaum die Oberschenkel hochschob. Als ich am Spitzenrand ihres Slips entlangstrich, stockte ihr wieder der Atem. Da war er wieder, dieser höllisch erregende Aussetzer.

Ihr Blick war verschleiert, als ich zu ihr hochsah, und sie hatte die Unterlippe zwischen die Zähne geklemmt.

Ich sah sie schmunzelnd an und zog ihr das Kleid bis zum Hals hoch, sodass sie die Arme heben und ich es ihr über den Kopf ziehen konnte.

»Du bist …« Sie auf meinem Bett, nackt bis auf den Slip … Mein Mund wurde trocken. »… wahnsinnig schön. Meine Stella. Absolut makellos.«

Trotz des schummrigen Lichts sah ich sie rot werden.

Ich fasste um ihre Wangen und zog sie zu meinem Mund. Ohne loszulassen erhob ich mich und drückte sie dabei rücklings auf die Matratze.

Ich setzte meine Zärtlichkeiten mit dem Mund fort, bestrich ihren Hals mit Zungenküssen, wanderte zur Brust hinunter und widmete ihren Nippeln meine Aufmerksamkeit. Dann bewegte ich mich weiter abwärts und ließ die Zunge um ihren Nabel kreisen.

Sie wimmerte. Den Laut liebte ich allmählich genauso sehr wie das leise Aufkeuchen, wenn ihr der Atem stockte.

Ich hielt mich am Rand ihres Slips auf und sog ihren süßen Duft ein, während ich die Finger unter die Spitze schob und das winzige Ding von ihrem blanken Hügel wegzog.

»Heath.« Sie schluckte, als es neben ihrem Kleid auf dem Boden landete. »Ich hatte, äh, mich hat noch keiner … Also, ich bin nicht mehr Jungfrau, aber äh, du weißt schon …«

Oh.

Ich war der Erste, der sie schmeckte. Der Einzige. Mein Mund wurde wässrig. »Vertraust du mir?«

Sie nickte.

»Gut.« Ich drückte ihre Knie auseinander.

Ihre Falten glänzten, ihre Muschi war dunkelrosa wie ihre Lippen. Sie spannte die Muskeln an, hielt die Beine starr. Es würde Spaß machen, sie bei einem der nächsten Male zappeln zu lassen, sie ringsherum zu küssen, nur nicht da, wo sie es brauchte. Doch bei unserem ersten Mal wollte ich sie nicht warten lassen.

Ich zog die Zunge durch ihren Schlitz und stöhnte, als ich sie schmeckte.

Stella stieß einen kleinen Schrei aus und schlug sich eine Hand vor den Mund.

Ich lachte und leckte sie erneut.

»Oh, mein Gott.« Das kam gedämpft unter ihrer Hand hervor, aber ich verstand das als Genehmigung weiterzumachen.

Ich leckte, saugte ihre Klit in den Mund, brachte sie immer wieder knapp zum Kommen. Wenn ihre Beine zitterten und sie sich wand, hörte ich auf.

Beim fünften Mal nahm sie die Hand vom Mund und raffte die Tagesdecke in die Fäuste. Beim zehnten Mal schnaubte sie frustriert.

»Du willst kommen, meine Schöne?«

»Ja.«

»Dein Wunsch ist mir Befehl, Stell.« Diesmal hörte ich nicht auf. Ich blieb dabei, bis sie den Rücken durchbog und zuckend stöhnte. Erst als sich ihre Zehen entspannten, zog ich den Kopf zurück.

Ihre Brust war rosig, ihre Glieder schlaff.

Ich leckte mir über die Lippen und stand auf. Während ich mir das Jackett auszog, prägte ich mir das Bild ein, wie sie nackt auf meinem Bett lag. Mein Schwanz war schmerzhaft hart und drückte gegen den Reißverschluss der Hose. Ohne weitere Umstände zog ich mich aus, und als meine Klamotten neben ihren lagen, griff ich um meinen Schaft.

»Ich war lange mit keiner Frau mehr zusammen«, sagte ich, »und ich war letzten Monat zur Kontrolluntersuchung.«

Sie nickte. »Ich auch. Und ich nehme die Pille.«

Die Nacht wurde immer besser. Ich setzte ein Knie aufs Bett, nahm Stella hoch und legte sie auf die Kissen. Sie spreizte die Beine für mich.

Ich küsste sie und ließ sie ihren eigenen Geschmack kosten. Ich küsste sie, bis sie sich unter mir wand und um mehr bettelte.

Mit einem langsamen Stoß drang ich in ihre Enge ein. Ein weiterer Stoß, und sie pulsierte um meinen Schaft, sodass ich beinahe sofort bereit war.

»Verdammt, Stell.« Ich riss mich zusammen, um nicht zu kommen, und spürte ihre Wärme, als sie sich um mich dehnte. Ich schlang die Arme um sie und barg das Gesicht in ihren Haaren. »Du fühlst dich so gut an.«

Sie schlang die Arme um mich und hielt mich fest. »Mach weiter, Heath.«

Ich küsste ihren Hals, dann stützte ich mich auf, zog ihn zurück und stieß erneut in sie.

»Heath«, schrie sie und kniff die Augen zu.

Ich hörte meinen Namen noch drei Mal, bevor sie erneut kam und sich so stark um ihn zusammenzog, dass ihr Orgasmus meinen auslöste. Mit einem lauten Stöhnen kam ich und pulsierte in ihr, während hinter meinen Lidern weiße Sterne aufleuchteten.

Kraftlos und befriedigt ließ ich mich auf sie sinken und drehte mich mit ihr herum, sodass sie auf meiner Brust lag. Ich hielt sie an mich gedrückt und spürte ihre Herzschläge zwischen meinen.

Wie hatte ich es so lange ohne sie ausgehalten? Warum

hatten wir all das nicht längst getan? Ich würde nie wieder für eine andere Frau empfänglich sein.

Eine Nacht, und ich war Stella verfallen.

Das war unverantwortlich. Sie war eine Angestellte unserer Firma. Sie war Guys Schwester.

Aber sie war Stella.

Meine Stella.

Sie wollte sich aufrichten, doch ich hielt sie fest.

»Bleib bei mir.«

Sie strich sich die Haare aus dem Gesicht und lächelte mich träge an. »Okay.«

»Stella?« Ich rief durchs ganze Haus, blinzelte gähnend gegen das helle Licht, das von draußen hereinschien. »Stella.«

Stille.

Barfuß tappte ich zur Haustür und spähte durch das Seitenfenster. Da waren frische Reifenspuren im Schnee der Einfahrt. Die konnten nicht mehr von dem Uber-Fahrer stammen.

Nein, die waren heute Morgen entstanden. Nachdem sich Stella aus dem Haus geschlichen hatte.

»Verdammt.«

Warum hatte sie weggewollt? Warum hatte sie mich nicht wenigstens geweckt? War sie … unglücklich?

Ich rieb mir das Stoppelkinn, sauer auf mich selbst, weil ich so tief geschlafen hatte, und frustriert, weil sie heimlich gegangen war.

An jedem anderen Tag wäre ich ihr hinterhergefahren. Ich wäre vor ihrer Tür aufgekreuzt, und wir hätten darüber gesprochen. Aber das war kein Tag wie jeder andere.

Es war Weihnachten.

Fröhliche Weihnachten, Stella.

7

Stella

Plopp-plopp-plopp.

Als das Popcorn in der Mikrowelle aufging, trommelte ich mit den Fingern auf der Arbeitsplatte und starrte auf die Schranktür.

Ich sollte ihn anrufen. Sollte ich ihn anrufen? Ja. *Morgen. Vielleicht.*

Der Timer piepte, und ich nahm den Beutel heraus, schüttelte ihn, ließ das Popcorn in eine Glasschüssel fallen und ging damit zurück ins Wohnzimmer. Ich warf mich auf die Couch, stopfte mir eine Handvoll Popcorn in den Mund und starrte auf den schwarzen Fernsehschirm.

Seit ich mich am Weihnachtsmorgen aus Heaths Bett geschlichen hatte, starrte ich ins Leere.

Meine Mutter hatte mich gestern fünfzehn Mal gefragt, ob es mir gut ging. Ich hatte gelogen und versichert, es gehe mir prächtig. Aber nein, es ging mir gar nicht prächtig. Ich war total durch den Wind.

Heath hatte mich buchstäblich um den Verstand gebracht. Sobald ich versuchte, an etwas anderes zu denken – Arbeit, Geschenke, Essen –, konnte ich dem Gedankengang allenfalls zwei Sekunden lang folgen, dann riss es mich zurück in sein Bett. Ich sah seine breiten Schultern vor mir, die meine Beine zu den Seiten drückten, während er mich um die Besinnung leckte.

Mir lief ein Schauder über den Rücken.

Oralsex-Fanclub, ihr habt ein neues Mitglied, Stella Marten.

Ich hatte Sex gehabt. Jede Menge fantastischen Sex mit vielen unglaublichen Orgasmen. Mit Heath Holiday. *Meinem* Heath Holiday.

Was bedeutete das? Wollte er eine Beziehung? Waren bei *Holiday Homes* Beziehungen unter Kollegen erlaubt? Wieso jetzt?

All das hätte ich ihn fragen können, wenn ich gestern früh bei ihm geblieben wäre. Doch als ich aufgewacht war, nach der erschöpfenden Nacht, hatte mich eine nervöse Angst überkommen, und so hatte ich mich unter seinem Arm weggeschoben und war geflüchtet.

Denn es war Heath, mit dem ich geschlafen hatte.

Heath Holiday.

Wie lange hatte ich davon geträumt? Von ihm? Ich hatte mir das so häufig ausgemalt, ich war nicht darauf vorbereitet gewesen, dass es je Wirklichkeit werden würde. Er hatte alle Erwartungen übertroffen, jede meiner Fantasien. Und das in nur einer Nacht.

Es hätte nicht so gut sein sollen, oder? Das war verrückt. Oder nicht?

Vielleicht hatten meine jugendlichen Hirngespinste von damals meinen Sinn für die Realität beeinträchtigt. Vielleicht sprudelte die Verliebtheit meiner Teenagerjahre hervor. Vielleicht spielte mir mein Unterbewusstsein einen Streich, weil er tabu war.

Und beängstigend.

Eine Nacht, und ich hatte mir alles verdorben. Denn jetzt wollte ich ihn mehr denn je. Und wenn er zu dem Schluss käme, dass wir einen Fehler begangen hatte, dann …

»Ich werde kündigen.« Es gab Schlimmeres auf der Welt, richtig? Ich arbeitete erst seit Anfang des Monats bei *Holiday Homes.* Vielleicht würde meine alte Firma mich zurücknehmen, wenn ich darum bat. Und eine Gehaltskürzung in Kauf nahm.

Oder … ich würde wegziehen. Wenn Heath mich fallen ließ, würde ich wegziehen.

Ja, ich würde definitiv wegziehen müssen. Mir eine neue Stadt, einen neuen Job suchen müssen. Ein neues Haus, einen neuen Kerl.

Wenn Heath mich nicht wollte, blieb mir keine andere Wahl.

»Jep. Ich werde wegziehen.« Die nächste Handvoll Popcorn füllte meinen Mund, und ich kaute wütend, weil mich die nervöse Angst von Neuem überfiel.

Ich würde wegziehen, und mein Leben würde sich komplett ändern, weil ich Heath verfallen war.

Ich stopfte mir weiter Popcorn in den Mund. Meine Wangen wölbten sich wie bei einem Backenhörnchen, und ich schaufelte es weiter in mich rein, als ich zum hundertsten Mal in den letzten sechsunddreißig Stunden gedanklich durchdrehte.

Reiß dich zusammen, Stella!

Und noch eine Handvoll. Wendy wäre stolz auf mich, denn normalerweise bestand mein Stressfutter aus McDonald's-Zeug, einer Dose Sprühsahne und Riesentüten frittierter Zwiebelringe. An dem Popcorn war nicht mal Butter.

Bei jedem anderen Mann hätte ich mich in die Arbeit gestürzt, um mich abzulenken. Doch Arbeit bedeutete Heath, und zum Glück war die Firma bis zum zweiten Januar geschlossen. Ich würde ihm also vorerst nicht begegnen müssen.

»Ich will nicht wegziehen.« Ich stöhnte und war so weit, das Popcorn stehen zu lassen und zum nächsten Drive-in zu fahren, als es an der Tür klingelte.

Die Schüssel im Arm stand ich auf und stopfte mir unterwegs im Flur Popcorn in den Mund. Das konnte nur Wendy oder Guy sein, denn sie waren die Einzigen außer meinen Eltern, die mich besuchten. Und da es schon dunkel war, schauten Mom und Dad jetzt irgendeine Geschichtsdokumentation.

Ich guckte durch den Türspion. Draußen stand Guy. Mit dem Rücken zu mir, weil er etwas auf der Straße beobachtete. Ich schloss auf, zog die Tür zur Seite, und in dem Moment drehte er sich um.

Nicht Guy.

Heath.

Das Popcorn schoss aus meinem Mund wie eine Ladung Konfetti.

Ein feuchtes Korn blieb an Heaths Sweatshirt hängen.

Meine Augen traten fast aus dem Höhlen, als ich sah, wie er es wegschnippte.

»Hi«, sagte er.

Ich sah ihn groß an.

Er trug einen Hoodie mit *Holiday-Homes*-Logo und eine dunkelblaue Baseballkappe. Fast die gleiche Montana-State-Kappe, die mein Bruder ständig trug. Von hinten sahen die Kappen gleich aus, nur die Logos waren verschieden.

Er hatte mich überlistet, damit ich ihm aufmachte. Ich hätte auf die Haarfarbe achten sollen.

»Darf ich reinkommen?«

Ich sah ihn immer noch groß an.

Er kicherte und trat näher, um mir mit dem Daumen einen Popcornkrümel vom Kinn zu wischen.

»Ich habe dich gerade mit Essen bespuckt«, wisperte ich mit lodernden Wangen.

Andere Leute bekamen diese Stella nie zu sehen, die Stella, die sich in entwürdigende Situationen brachte. Wieso kam die nur hervor, wenn Heath in der Nähe war?

Er hob eine Schulter, griff in meine Popcornschüssel und kam herein, sodass ich zurückweichen musste und er die Tür schließen konnte. Dabei steckte er sich ein paar Popcorns in den Mund. Ich verfolgte, wie sich sein markantes Kinn beim Kauen bewegte.

Er war der einzige Mann, bei dem das anziehend aussah. Wenn er mich um ein Kinodate bat, würde ich ihm die ganze Zeit beim Popcorn-Kauen zusehen und allein davon einen Orgasmus kriegen.

Er schluckte, dann trampelte er sich auf der Matte im Flur den Schnee von den Schuhen. Er nahm die Kappe ab, aber nur, um sie verkehrt herum wieder aufzusetzen.

Heilige Scheiße. Wieso war das dermaßen heiß? Er war eine ältere, schroffere Version des Jungen, in den ich früher verknallt gewesen war. So umwerfend, dass ich vergaß zu atmen. Während ich ihn anschmachtete, glitt sein Blick an mir rauf und runter.

»Himmel, Stell. Ist das dein Pyjama?«

Ich nickte.

Er schloss die Augen und ballte die Fäuste, als flehte er um Selbstbeherrschung.

Ich betrachtete meinen Aufzug. Das Ding war aus schwarzer Seide, die Hose weit, das Top ein Bustier, das meinen Bauch frei ließ. Die Jacke darüber hatte ich offen gelassen. »Und?«

Er öffnete die Augen und trat dicht an mich heran, um die Hand an meine Wange zu legen. »Du bist weggelaufen.«

»Ich drehe hier praktisch durch. Es hört überhaupt nicht auf.« Automatisch griff ich in die Schüssel, doch ehe ich die Hand zum Mund führen konnte, nahm er mir das Popcorn weg und stellte es auf die Flurkonsole.

»Warum drehst du durch?«

»Weil ich jetzt wegziehen muss.«

Er zog die Brauen zusammen. »Was? Du ziehst weg?«

Ich nickte. »Muss ich.«

»Wieso?«

»Weil wir Sex hatten. Viel Sex.«

»Hatten wir? Wann?«

»Hör auf.« Ich schlug ihm auf den Arm, und meine Spannung löste sich, als er lachte. Ich dirigierte ihn zur Couch im Wohnzimmer und warf mich in die eine Ecke, er in die andere.

Er streckte einen Arm auf der Rückenlehne aus und legte den Fuß aufs Knie. Dabei wirkte er völlig entspannt und zuversichtlich. »Sei ehrlich zu mir. Geht es dir gut?«

Angesichts der Sorge in seiner Stimme und in den blauen Augen wurde ich weich. »Ja. Ich bin nur … durcheinander.«

»Hast du dich deshalb rausgeschlichen?«

»Ich komme nicht gut damit klar, wenn ich in den Wolken hänge.«

»In den Wolken. Was meinst du?«

»Wenn ich in der Luft hänge. Ich sage ›in den Wolken‹, weil Wolken flauschig aussehen. Wenn ich also in der Luft hängen muss, will ich es wenigstens flauschig haben.«

Er sah mich forschend an, ein Mundwinkel bewegte sich nach oben. »Das klingt unsinnig. Ist es im Grunde aber nicht.«

»Hast du schöne Weihnachten gehabt?«

»Ja. Wir haben den Tag bei meinen Eltern verbracht. Die Geschenke ausgepackt. Das war aufregender als sonst, weil Violet dabei war.«

»Du wirst langsam mit ihr warm.«

»Sie ist eine Nervensäge und Maddox wird graue Haare haben, bevor er vierzig ist, aber ja, sie ist ein tolles Mädchen. Ich komme gerade von meinen Eltern. Meine Mutter hat einen Spieleabend ausgerufen. Natalie ist auch da.«

»Tatsächlich?«

Er grinste. »Maddox verliebt sich gerade in sie. Schwerstens.«

Ich freute mich für Natalie. Sie verdiente einen netten, heißen Milliardär.

Maddox hatte seinen Abschluss bereits in der Tasche, als ich mit der Highschool anfing, aber unter den Mädchen in der Schwimmmannschaft war er eine Legende. Er war Heath sehr ähnlich gewesen. Attraktiv, sportlich, beliebt. Nachdem er aus Montana weggegangen war, war er reich geworden, aber ich vermutete, dass er sich seine kleinstädtischen Wurzeln bewahrt hatte.

Heath bewunderte ihn.

»Wie war dein Weihnachtstag?«, fragte er.

»Ereignislos.«

»Hat Santa dir etwas Schönes gebracht?«

»Diesen Pyjama.«

»Gut gemacht, Santa.«

Ich hielt den Atem an, als sein Blick über meine Brust schweifte, und sein Gesichtsausdruck wechselte. Heath sah aus, als würde er jeden Moment über mich herfallen und mit mir machen, was er wollte.

Ich würde das zu gern mit mir machen lassen.

Doch dann schüttelte er den Kopf und zog etwas aus der Hosentasche. »Ich habe etwas für dich.«

»Oh. Du brauchst mir nichts zu schenken.«

»Ich weiß.« Er gab mir ein schwarzes Samtkästchen. »Aber ich will es.«

Ich setzte mich auf, nahm das Kästchen und klappte den Deckel hoch. Darin lag ein zartes goldenes Armband mit drei Glöckchen daran. Das brachte mich zum Lächeln. »Das ist schön. Genau so eins hatte ich mal.«

»Ich erinnere mich.«

»Wirklich? Kann nicht sein. Das ist eine Ewigkeit her.«

»Dein Großvater hat es dir geschenkt, stimmt's?«

»Ja. Weil ich so leise ging, sagte er immer, ich könne mal Ninja werden, wenn ich groß sei.« Er war wie Guy gewesen, laut in jeder Hinsicht. So laut, dass er mich nie kommen hörte. Ich hatte ihn unzählige Male erschreckt, und immer hatte er einen Schrei ausgestoßen und sich ans Herz geschlagen. »Das Armband war sein letztes Weihnachtsgeschenk gewesen.«

»Ich war dabei, als es kaputt ging«, sagte er. »Es hat sich an eurer Schaukel im Garten verfangen und ist gerissen. Du hast so heftig geweint, dass ich dachte, du hättest dich verletzt.«

Ich war untröstlich gewesen. Und er wusste das noch. Er hatte mir ein neues gekauft. Mein Blick verschwamm, als ich das Armband berührte. »Hilfst du mir, es umzulegen?«

»Klar.« Er rutschte in die Sofamitte und nahm es aus der Schachtel. Ich spürte seine warmen Finger, als er es mir ums Handgelenk legte und den Verschluss einhakte.

Ich klingelte mit den Glöckchen und lächelte über den hellen Klang. »Danke.«

»Gern geschehen.«

Ich begegnete seinem Blick, als ich aufsah, und weil ich kein Geschenk für ihn hatte, gab ich ihm einen Kuss.

Es hätte ein rascher Kuss werden sollen, doch kaum berührten sich unsere Lippen, war die Leidenschaft entfacht.

Er schloss mich in die Arme und drückte mich gegen die Sofakissen. Seine Zunge begann, mit meiner zu spielen.

Wir küssten uns gierig, als bekämen wir nie genug davon. Dann verschwand ein Kleidungsstück nach dem anderen. Sein Hoodie, meine Hose, sein T-Shirt, mein Top.

Er legte sich zwischen meine Oberschenkel, presste seine Erektion an meine pochende Mitte. Hart, dick und lang lag er an mir. »Gott, Stell.«

»Ich kann nicht glauben, dass das passiert«, flüsterte ich.

Er brachte sich in Position, und ganz langsam schob er ihn hinein. »Glaubst du es jetzt?«

Ich schüttelte den Kopf und genoss es, ihn in mir zu spüren. »Nein.«

»Wirst du noch. Das braucht seine Zeit.«

Zeit mit ihm war auch so ein Traum von früher.

Doch ehe ich bei meinen Gedanken hängen blieb, verlor ich mich in Heaths Körper. Ich ergab mich dem Keuchen. Den harten Berührungen. Dem Rhythmus seiner Stöße und dem lauten Pochen meines Herzens.

Wir kamen gleichzeitig, schrien beide auf, als der Orgasmus mir die Sicht nahm und mich für alles blind machte außer für ihn.

Mein neues Armband klingelte, als ich mir die Haare von den Augen strich und von dem Hochgefühl runterkam. »Wow.«

»Verdammt, du bist unglaublich.« Heath drehte uns herum, sodass er unter mir lag. Wir waren beide schweißnass. Dann starrte er an die Decke. »Ich wollte das eigentlich nicht tun.«

»Was nicht tun?«

»Das gerade.«

Ich lächelte. »Warum nicht?«

»Weil ich mehr von dir will als Sex. Aber der gottverdammte Pyjama von Santa war unwiderstehlich. Selbst auf dem Fußboden sieht er heiß aus.«

Ich lachte und schloss die Augen, um mir jedes Detail einzuprägen. Seinen Geruch. Seinen harten Körper. Das Gewicht seiner Hand. Seine Zärtlichkeiten. Den Klang seiner Worte, die in mir nachhallten.

Weil ich mehr von dir will als Sex.

In meiner Brust saß ein übermütiges Lachen. Sobald Heath gegangen wäre, würde ich es rauslassen, dass es nur so durch die Wohnung schallte.

»Ich kann nicht bleiben.«

»Oh.« Meine Enttäuschung machte sich im Wohnzimmer breit.

»Ich möchte gern.« Er küsste mich auf die Stirn. »Aber ich sollte mich auf den Weg machen. Tobias hat sich gestern seltsam verhalten. Ich will nach ihm sehen. Vielleicht erfahre ich, was bei ihm los ist.«

»Okay.«

Wir zogen uns an, und er ging zur Tür. Wann würde er wiederkommen? Wie würde es bei der Arbeit sein? Sollten wir es Guy sagen? Die Männer, mit denen ich bisher geschlafen hatte, waren eher Freunde als Lover gewesen. Alle drei. Ich war eine Frau, die auf klare Begriffe stand.

Ich öffnete den Mund, um zu fragen, wann wir uns wiedersehen würden, doch ich besann mich und tat so, als müsste ich gähnen. Wir hatten Zeit, nicht wahr? Wir mussten nicht alle Fragen heute Abend beantworten.

»Müde?«, fragte er.

Ich nickte. »Ja. Ich hau mich ins Stroh.«

»Du meinst ins Heu. Es heißt, ich hau mich ins Heu.«

»Man legt kein Heu in den Stall, damit die Tiere darauf schlafen. Wusstest du das? Ich war mal in einem Streichelzoo und habe die Besitzerin gefragt, und die sagte, das Stroh komme in den Pferch und das Heu in die Raufe. Also haut man sich ins Stroh.«

»Das ist …« Heath lachte schallend. »Okay. Also hau dich ins Stroh.«

»Danke noch mal für das Armband.« Ich drehte das Handgelenk, damit es klingelte. Ich liebte den Klang.

»Gern geschehen.« Er kam näher und umfasste meine Wangen. »Du bist etwas Besonderes, Stella Marten.«

Und er war ein Traum.

Nach einem letzten Abschiedskuss winkte er und ging in die Winternacht hinaus. Freudig grinsend schloss ich die Tür hinter ihm.

Wendy. Ich musste Wendy anrufen.

Ich eilte ins Wohnzimmer, wo ich das Handy liegen gelassen hatte, und rief ihren Namen auf. Doch ehe ich tippen konnte, klingelte es an der Tür. Mit beschwingten Schritten lief ich hin. Heath war zurückgekommen. »Hey, du …«

Nicht Heath.

Guy.

»Es ist kalt.« Schaudernd kam er herein.

Ich spähte an ihm vorbei, ob Heaths Wagen noch zu sehen war. Seine Rücklichter leuchteten am Rand des Parkplatzes.

»Willst du die Tür nicht zumachen?« Guy zog sich den Mantel aus. Anscheinend hatte er Heaths Wagen im Dunkeln nicht bemerkt, denn sonst hätte er eine ganze andere Frage gestellt.

»Oh, äh … ja.« Ich ließ ihn an mir vorbei und schloss die Kälte aus. »Was tust du hier?«

»Mir war langweilig. Dachte, ich komme mal vorbei.« Er schaute an mir rauf und runter und zog ein säuerliches Gesicht. »Ist das der Pyjama, den Mom dir gekauft hat?«

»Ja. Was ist daran verkehrt?«

»Solltest du den nicht mal zuknöpfen?«

Ich rollte die Augen und knöpfte die Jacke zu. »Zufrieden?«

»Das bin ich erst, wenn du ein Bier für mich hast.«

Ich hatte nur Wein und im Kühlschrank eine Flasche Wodka. Bier hatte mir noch nie sonderlich geschmeckt. »Wenn du Bier willst, bist du an der falschen Adresse.«

»Stimmt.« Er ging in Richtung Wohnzimmer, und mir rutschte das Herz in die Hose.

Oh Scheiße. Würde er den Sex riechen? Oder Heaths Aftershave? *Bitte mach, dass da kein nasser Fleck auf meiner Couch ist.*

Guy reckte die Nase in die Luft. »Popcorn?«

Ich schnappte mir die Schüssel vom Wandtisch und brachte sie ihm, drückte sie ihm in den Arm und hoffte, dass er nichts anderes roch. »Bitte sehr.«

»Danke.« Er warf sich ein Popcorn in den Mund. »Keine Butter?«

»Ich kann dir eine neue Portion mit Butter machen.«

»Ja, bitte. Hast du Lust auf einen Film?«

»Nein. Setzen wir uns in die Küche.« Auf der Couch würde ich nur ständig an Heath denken, und meinem Bruder würde mein seliges Grinsen auffallen.

»Wieso?«

»Ich wollte gerade Plätzchen backen«, log ich.

»Nicht so gut wie ein Bier, aber ich werde eins essen.« Er setzte sich auf einen Hocker an die Frühstückstheke.

Ich suchte in meinen Schränken und hoffte inständig, Backzutaten vorzufinden. Das Mehl war aufgebraucht, aber ich fand eine Brownie-Backmischung. »Wie wär's stattdessen mit Brownies? Finde ich eigentlich noch besser.«

»Meinetwegen.« Er zuckte die Achseln und aß die Schüssel leer. »Und was hast du heute Abend getrieben?«

Es und zwar mit deinem besten Freund.

Ich zog die Lippen zwischen die Zähne, damit mein Lächeln nicht auffiel, und drehte ihm den Rücken zu, um eine Backschüssel aus dem Schrank zu nehmen.

Irgendwann würden Heath und ich es ihm sagen müssen. Wenn zwischen uns mehr als Sex war. Doch da ich mir noch unsicher war, was für eine Beziehung wir haben würden, hatte es erst mal keinen Sinn, meinem Bruder zu sagen, dass ich mit seinem besten Freund geschlafen hatte.

Zweimal.

8

Heath

Als Stella mir öffnete, strahlte sie mich an, und jede brenzlige Sekunde meiner Fahrt über die vereisten Straßen der Stadt hatte sich gelohnt. »Hi.«

»Hi.« Ich grinste sie an, drehte sie in meinen Arm und beugte sie weit zurück zu einem Kuss.

Sie lächelte an meinem Mund und legte die Hände um meine Schultern. Als ich sie aufrichtete, lachte sie und in ihren hellbraunen Augen tanzten Lichtreflexe. »Willst du mich etwa im Sturm erobern?«

»Schon möglich.« Ich lachte. »Funktioniert es?«

»Ja.«

»Gut.« Ich küsste sie auf die Stirn, streifte mir die Schuhe von den Füßen und folgte ihr auf die Couch im Wohnzimmer. »Wie war dein Tag?«

»Schweißtreibend. Ich habe geputzt, Wäsche gewaschen und mich durch den *Costco* gekämpft. Und deiner?«

»Hab eine Zeit lang gearbeitet. Meine Mutter hat mich zum Shoppen in die Innenstadt geschleift.« Ich zog eine rote Juwelierschachtel aus der Jeanstasche und gab sie ihr. »Für dich.«

»Noch ein Geschenk? Das ist das zweite in zwei Tagen.« Sie nahm die Schachtel an. »Jetzt denke ich, ich hätte dir eine Jumbopackung Cheerios mitbringen sollen.«

»Ich steh auf Cheerios.«

»Ich weiß.« Sie lächelte. »Meine Mutter hat immer welche besorgt, wenn du bei Guy übernachtet hast.«

Mit ihr in diese Zeit zurückzublicken war unerwartet aufregend. Es machte Spaß zu hören, an welche Einzelheiten sie sich erinnerte. An dieselben wie ich.

Unsere gemeinsame Vergangenheit war der Grund, warum ich seit gestern Nacht ständig vor mich hin lächelte. Es war, als hätte sich etwas zu einem Ganzen zusammengefügt, als wäre ich jetzt erst vollständig.

Stella hatte in meinem Leben gefehlt, ohne dass es mir bewusst gewesen war.

Sie öffnete das Kästchen, und ich bekam ein zweites atemberaubendes Lächeln. »Schleifen.«

»Ich sah sie und habe sofort an dich gedacht.«

»Du hast an mich gedacht?«

»Nonstop.«

Sie wurde rot und nahm einen der Ohrringe heraus, eine winzige goldene Schleife, besetzt mit Steinchen in Regenbogenfarben. Sie steckte ihn an und dann den anderen. »Ich liebe Regenbogenfarben.«

»Ich weiß.«

Kaum ausgesprochen, warf sie sich auf mich und drückte mich auf die Couch nieder. Ich vergeudete keine Sekunde und schlang die Arme um sie.

Doch so schön der Sex auf der Couch auch gewesen war, heute Abend wollte ich Platz haben. Daher stand ich auf, mit ihr in den Armen und ohne den Kuss zu unterbrechen, und trug sie den Flur hinunter, um hoffentlich irgendwo ein Bett zu finden.

Meine Hoffnung wurde erfüllt.

Eine Stunde später, nach ein paar Orgasmen und einer Dusche, verließen wir ihr Schlafzimmer und kehrten auf die Couch zurück, und als ich mich hinlegte, zog ich sie an meine Seite. Sie passte wie angegossen.

Wie viele Filme hatten wir im Keller ihrer Eltern geguckt?

Wie viele Abende hatte es mir gefehlt, sie im Arm zu halten? Mann, das wäre mir nicht mal bewusst geworden, wenn ich es versucht hätte. Als Teenager hatte ich nicht darauf gestanden, mit Mädchen zu kuscheln. Wahrscheinlich hätte ich ihr das Herz gebrochen, und dann hätte Guy einen guten Grund gehabt, mir einen Arschtritt zu verpassen.

Nicht umsonst hatte er seinen Freunden verboten, sich an Stella ranzumachen. Wir waren damals alle genauso gewesen wie er, immer nur darauf aus, mit einer rumzumachen, um unseren Punktestand zu erhöhen. Nur war ich inzwischen aus dieser Einstellung rausgewachsen. Je weiter ich auf die dreißig zuging, desto mehr verloren solche Sex-Dates ihren Reiz. Meine letzte Freundin war Monate her. Aber ich mochte Verbindlichkeit. Ich fühlte mich gern mit jemandem verbunden.

Ich würde mir die Chance nicht entgehen lassen, mich an Stella zu binden.

»Mir gefällt deine Wohnung«, sagte ich.

Sie war in neutralen Farben gestaltet wie die meisten Mietwohnungen in Bozeman. Beige Wände, graubrauner Teppichboden. Sie hatte mit ihren Möbeln, Kissen und Bildern Farbe hinzugefügt. Der Fernsehständer war rot, das Sofakissen hinter meinem Kopf blaugrün, der Sofatisch senfgelb und der Teppich in den drei Farben gefleckt, um alles zu verbinden.

Regenbogenfarben für meine fröhliche, schöne Freundin.

»Danke. Das ist bloß eine Wohnung.« Sie zuckte die Achseln. »Langweilig. Aber ich spare für ein Haus. Ich will eine große Anzahlung leisten, also wird es damit noch eine Weile dauern.«

»Schon mal daran gedacht zu bauen? Ich kenne da jemanden, dem ein Bauunternehmen gehört.«

Lächelnd schmiegte sie sich an mich. »Vielleicht in … äh … Ach, egal.«

»Was?«

»Flipp nicht aus, okay?«

»Wenn eine Frau einem Mann sagt, er soll nicht ausflippen, wird er anschließend sehr wahrscheinlich ausflippen.«

»Na schön.« Sie machte die Reißverschlussgeste.

Ich wartete, lauschte auf das Ticken der Wanduhr. Doch als der Sekundenzeiger zum zweiten Mal die Zwölf überschritt, siegte meine Neugier. »Okay, na gut. Ich werde nicht ausflippen. Versprochen. Sag, was du sagen wolltest.«

»Ich möchte ein Haus mit guten Schulen in der Nähe. Ich weiß, dass Heiraten und Kinder noch weit entfernt sind, und das sage ich nicht über dich, aber ich beziehe solche Kriterien mit ein, weil …«

»… du gern vorausplanst.«

»Genau.«

»Ich plane auch gern voraus, Stell. Was glaubst du, warum ich das beste Grundstück im besten Viertel mit der besten Grundschule gekauft und ein Haus mit fünf Schlafzimmern und einem riesigen Garten gebaut habe?« Ich hatte nicht vor, mein Leben lang allein darin zu wohnen.

»Also habe ich dich damit nicht verschreckt?«

Ich drehte den Kopf, damit ich ihr Gesicht sehen konnte. »Vor zehn Jahren? Ja. Da wäre ich jetzt schon zur Tür raus gewesen. Aber ich bin nicht hier, um bedeutungslosen Sex zu haben.«

Sie lächelte, aber in ihren Augen sah ich eine gewisse Skepsis.

Sie glaubte mir nicht. Doch das würde sie noch.

Mir ging es darum, diese Sache mit ihr gründlich anzugehen. Ich wollte die typischen Kennenlern-Dates. Ich wollte, dass sie bei mir und ich bei ihr übernachtete. Ich wollte, dass wir einander aus dem Supermarkt anriefen, um zu hören, ob der andere etwas brauchte.

»Anscheinend erwarte ich immer noch, dass du reagierst wie Guy.« Sie senkte die Stirn an meine Brust, sodass ihre schönen blonden Haare sich darüber ausbreiteten.

»Guy ist mein bester Freund.« Ich schlang eine blonde Locke zwischen meine Finger. »Aber wir sind sehr verschieden. Wir zwei gehen die Sache gründlich an. Okay?«

»Okay«, hauchte sie. »Danke für die Ohrringe.«

»Gern geschehen, Süße.«

Sie stützte das Kinn auf die Hände. »Wie geht es Tobias?«

»Ich weiß es nicht. Er war nicht zu Hause und ging auch nicht ans Telefon.« Zehnmal hatte ich angerufen. Ich war gestern Abend von ihr weggefahren, um ihn aufzuspüren, doch er hatte anscheinend gar nicht gefunden werden wollen.

»Guy war hier, kurz nachdem du gegangen warst.«

Dann war es wahrscheinlich gut, dass ich nicht geblieben war. Wenn er hier aufkreuzte und uns zusammen sah, war das keine gute Situation, um ihm zu sagen, dass ich seine Schwester datete. »Ich werde mit ihm reden.«

»Vielleicht ist es besser, wenn ich das tue.«

»Nein, das sollte ich übernehmen.« Ich an seiner Stelle würde wollen, dass mein Kumpel es mir sagte, nicht Stella.

»In Ordnung.« Sie seufzte. »Was glaubst du, wie er es aufnehmen wird?«

»Ich weiß es nicht«, log ich.

Guy würde toben. Wahrscheinlich würde er versuchen, sich mit mir zu prügeln. Aber Stella war mir ein paar Schläge wert. Wenn das nötig war, um sie zu bekommen, dann ließ ich mir gern von Guy einen Kinnhaken verpassen.

Wir lagen still da, bis sie zu gähnen anfing.

»Du solltest dich jetzt ins Stroh hauen.«

Sie lachte. »Möchtest du bleiben?«

»Ja, aber besser ist es, ich fahre nach Hause. Ich werde noch mal bei Tobias vorbeischauen. Vielleicht treffe ich ihn diesmal an.«

»Okay.« Sie stand von der Couch auf. »Wann …? Schon gut.«

»Sag es.«

»Wann sehen wir uns wieder?«

Ich strich ihr über die Wange. »War es so schwer, das zu fragen?«

»Du sollst nicht denken, dass ich klammere.«

»Aber du klammerst.«

Sie runzelte die Stirn und zwischen ihren Brauen bildete sich eine niedliche Falte. »Tue ich nicht.«

»Das ist keine Beleidigung, Süße. Ich kenne dich. Und du kennst mich. Es gefällt mir, dass du planen willst, wann wir uns wiedersehen. Es gefällt mir, dass du versuchst, das locker anzugehen, aber Stella, ich sehe die Sache nicht locker, also brauchst du das auch nicht zu tun.«

Seit der Party dachte ich über Stella nach, so viel wie über keine Frau vor ihr. Noch nie hatte ich ständig auf die Uhr gesehen und auf den richtigen Zeitpunkt gewartet, um zu ihr zu fahren. Noch nie hatte ich geplant, eine Frau jeden Tag zu sehen.

»Das passiert so schnell.« Sie schüttelte den Kopf. »Ich kann es immer noch nicht fassen.«

»Wirst du noch.« Ich küsste sie wieder. »Geh jetzt schlafen, Süße. Morgen bleibe ich hier, und da wird es nicht viel Schlaf geben.«

Ihr Gesicht hellte sich auf. »Versprochen? Vielleicht sollte ich vorher noch was trinken?«

Ich kicherte. »Definitiv. Und nimm dir für Donnerstagmorgen nichts vor.«

Da wir beide Urlaub hatten, sollten wir das auskosten.

Mit einem Kuss an der Tür verabschiedete ich mich und trat in die eisige Winterluft. Ich glitt hinters Lenkrad und regelte die Heizung hoch, um zu meinem Bruder zu fahren und herauszufinden, welche Laus ihm über die Leber gelaufen war. Doch als ich auf die Straße einbog, entschied ich spontan, stattdessen jemand anderen aufzusuchen.

Die Fahrt zu Guys Wohnung war kurz. Er hatte sich mit

Absicht eine in Stellas Nähe gekauft, weil er angeblich schnell für sie da sein wollte, wenn sie Hilfe brauchte. In Wirklichkeit klammerte er genauso sehr wie Stella und gierte nach Aufmerksamkeit. Darum besuchte er an Abenden, wenn ihm nichts Unterhaltsames geboten wurde, seine Schwester.

Ihre Eltern wohnten noch in dem Viertel, wo ich aufgewachsen war. Das war, bevor die Firma meiner Eltern floriert und mein Dad das große Haus im Vorgebirge gebaut hatte.

Meine Eltern, die auch gern langfristig planten, hatten es mit vielen Zimmern für ihre künftigen Enkel entworfen.

Ich parkte neben Guys Pick-up und ging zielstrebig zur Tür, straffte die Schultern und klingelte. Es war keine Zeit, das zu überdenken. Er würde mächtig sauer sein, also brachte ich das besser hinter mich.

»Hey.« Er riss die Tür auf und hob seine Bierflasche. »Gutes Timing. Ich habe die gerade erst aufgemacht. Willst du eins?«

»Klar.« Ich betrat die Wohnung. »Aber hast du Dosenbier?«

Er sah mich verwundert an. »Äh … ja.«

»Dann nehme ich eins.«

Die Flasche in seiner Hand war eine Waffe. Ich würde mit dem Geständnis warten, bis er sie ausgetrunken und in den Müll geworfen hatte, damit er sie mir nicht über den Schädel zog.

Guy ging zum Kühlschrank und nahm ein Bud Light heraus.

»Danke.« Ich öffnete es und trank.

»Was hast du heute Abend vor?«, fragte er. »Nach dem Bier könnten wir doch noch in die Stadt fahren.«

»Ja, vielleicht.« Ich ging ins Wohnzimmer und setzte mich in einen Sessel vor dem Fernseher. Meine Knie fingen an zu zappeln.

Guy ließ sich auf dem Sofa nieder und griff nach der Fernbedienung, um die Sportsendung stummzuschalten. »Kann ich dich was fragen?«

Scheiße. Er weiß es. Der Scheißkerl weiß es. »Schieß los.«

»Ist irgendein Kerl bei Stella im Büro aufgekreuzt?«

»Äh, nein.« Ich sah ihn von der Seite an und behielt die Bierflasche im Auge. Es würde höllisch wehtun, wenn ich die ins Gesicht bekäme. »Wieso?«

»Ich glaube, sie datet jemanden.«

Ich sah ihn groß an. War das ein Trick?

»Und?« Er zog die Brauen hoch.

Ich trank einen Schluck, um eine freie Kehle zu kriegen. »Und was?«

»Hast du jemanden in der Firma gesehen? Der sie zum Mittagessen abholte oder so?«

»Nein.«

Er runzelte die Stirn. »Ha.«

Ich wartete auf mehr. Ich wartete auf einen Angriff. Doch er saß nur da und dachte nach.

»Warum glaubst du, sie trifft sich mit jemandem?«

»Gestern Abend bin ich zu ihr gefahren. Sie trug so ein nuttiges Pyjama-Outfit, und als sie die Tür aufmachte, sah sie aus, als hätte sie jemand anderen erwartet.«

Mich. Sie hatte geglaubt, ich sei zurückgekommen.

Das war der richtige Moment, um reinen Tisch zu machen und das Problem loszuwerden. Aber tat ich das? Erwiderte ich, dass der Pyjama nicht nuttig war und dass ich ihm die Nase brechen würde, wenn er je wieder das Wort nuttig in einem Atemzug mit dem Namen seiner Schwester nannte? Nein. Ich saß da und schwieg wie ein Feigling.

Ich trank einen großen Schluck von meinem Bier. »Was spricht dagegen, dass sie sich mit jemandem trifft? Sie ist erwachsen.«

»Mir gefällt nicht, dass sie es vor mir verheimlicht.«

Sag es ihm. »Vielleicht ist es ganz frisch, und sie will ihn der Familie noch nicht vorstellen.«

Er schüttelte den Kopf. »Sie sollte es mir trotzdem sagen. Nach dem Scheiß, den sie im College erlebt hat, weiß sie doch, dass ich mir Sorgen mache.«

»Warte. Was?« Ich stellte mein Bier hin und beugte mich vor. »Was für einen Scheiß im College?«

Er trank seine Flasche leer. »Du darfst ihr nicht sagen, dass du es weißt. Ich musste ihr versprechen, das für mich zu behalten.«

»Natürlich. Was ist passiert?«

»Es war ein Freund von mir. Ein ehemaliger. Er wohnte im ersten Semester in unserem Wohnheim.«

»Welcher Freund?«

»Dave.«

Dave. Ich kramte in meinem Gedächtnis, um zu dem Namen ein Gesicht zu finden. Wer war noch mal Dave? Bei dem Namen klingelte was, aber ich konnte nichts Konkretes damit verbinden. »Kannte ich den auch?«

Guy schüttelte den Kopf. »Nein. Er wohnte im dritten Stock. Ich ging manchmal zu ihm hoch, um Videospiele zu spielen.«

Videospiele waren noch nie mein Ding gewesen, und ich hatte mein erstes Studienjahr in Vorlesungen verbracht, während Guy sich kaum hatte blicken lassen. Er hatte damit brilliert zu schwänzen. Während ich bei Vorlesungen mitgeschrieben hatte, war er mit diesem Dave zusammen gewesen.

»Wie hat Stella den kennengelernt?« Sie war erst, lange nachdem wir aus dem Studentenwohnheim in unser Apartment außerhalb des Campus gewechselt waren, an die MSU gekommen.

»Ich bin mit ihm in Kontakt geblieben.« Guy knirschte mit den Zähnen. »Wir hatten ein paar Hauptkurse zusammen. Ich traf mich mit ihm in der Bibliothek zum Lernen. Einmal war Stella bei mir. Ich habe sie einander vorgestellt. Und …«

»Und?«

Seine Nasenlöcher blähten sich. »Er ist mit ihr ausgegangen. Hat mir nichts davon gesagt. Sie ging mit ihm zu einer Verbindungsparty, und er hat ihr was in den Drink getan.«

Ich war sofort auf hundertachtzig. Stand kurz davor zu explodieren. Meine Arme fingen an zu zittern, ich ballte so heftig die Fäuste, dass sich die Fingernägel in die Handfläche bohrten. Ich fürchtete, was herauskommen würde, wenn ich den Mund aufmachte, darum biss ich die Zähne aufeinander und wartete, dass er weitererzählte.

»Ich kreuzte auch bei der Party auf. Gott sei Dank. Gerade als er sie in ein leeres Zimmer schleppen wollte. Sie war total weggetreten. So hatte ich sie noch nie gesehen. Das jagte mir einen höllischen Schreck ein.«

»Sag mir, dass du ihm die Scheiße aus dem Leib geprügelt hast.«

»Ich habe ihm die Scheiße aus dem Leib geprügelt. Deshalb bekam ich bei allen Verbindungen Hausverbot.«

Guy erzählte mir damals von der Prügelei, aber nicht, was sie ausgelöst hatte. Ich rollte bloß die Augen, weil ich auf mein Studium konzentriert war und kaum zu Partys ging. Anders als Guy.

Jetzt wünschte ich, ich wäre bei ihm gewesen. Ich wünschte, ich hätte diesen Dave kennengelernt.

»Danach nahm ich Stella das Versprechen ab, es mir zu sagen, wenn sie wieder jemanden daten wollte.«

»Wieso wusste ich nichts davon?«

»Wie gesagt, ich musste es ihr versprechen. Die Sache hat sie umgehauen. Sie schämte sich. Es fiel ihr eine Zeit lang schwer, jemandem zu vertrauen.«

Allein dafür wollte ich diesen Dave erwürgen. Ich fuhr mir durch die Haare. »Ich hatte keine Ahnung.«

»Niemand hatte die. Sie hat es nicht mal Mom erzählt, und sonst erzählt sie ihr fast alles.«

Verdammt. Mit solch einer Geschichte hätte ich im Leben nicht gerechnet.

»Ich bin …« Er schlug sich auf den Oberschenkel. »Ich habe das sichere Gefühl, dass sie sich mit einem Kerl trifft.«

Ja. Mit mir. »Die Sache ist lange her.«

»Sie ist meine Schwester, Mann. Ich will nicht, dass ihr irgendwas passiert.«

»Vielleicht ist der Typ, mit dem sie sich trifft, kein Dave. Vielleicht ist er ein anständiger Kerl.«

Guy schnaubte höhnisch. »Vielleicht ist er aber auch ein Arschloch.«

»Ach komm.« Mein Herz raste. Das Gespräch war nicht verlaufen wie erwartet, aber vielleicht war das mein Vorteil. Verglichen mit Dave war ich ein Heiliger, oder? Ich würde Stella niemals respektlos behandeln. Das müsste Guy klar sein. »Stell dir vor, sie datet jemanden wie mich?«

Oder tatsächlich mich.

Guy fing an zu lachen. »Das ist mein Albtraum, Mann. Das ist mein Albtraum.«

»Was? Wieso?«

»Kumpel. Du hast mit der halben Cheerleader-Mannschaft geschlafen.«

»In der Highschool. Das ist über zehn Jahre her. Und du hast mit der anderen Hälfte geschlafen.«

»Genau. Der Letzte, mit dem ich Stella zusammen sehen will, ist einer wie du und ich. Sie ist dafür zu schade.«

Dagegen konnte ich nichts vorbringen. Stella war so sauber und makellos, wie sie zur Welt gekommen war. Aber verdammt noch mal, ich wollte sie mir verdienen. Bisher hatte ich geglaubt, meine Sache gut zu machen.

Guy stand auf, nahm seine Bierflasche, machte einen Schritt, als wollte er in die Küche und ein neues holen, doch er hielt inne und sah mich über die Schulter an. »Das ist alles rhetorisch, oder? Du meinst das nicht ernst.«

»Äh, ja.« *Heath, du rückgratloser Hund.*

»Gut. Denn ich müsste dich umbringen, solltest du dich je an sie ranmachen.«

Ich setzte die Bierdose an die Lippen, um meine Enttäuschung zu verbergen, und er verließ das Zimmer.

Guy wollte für Stella einen anständigen Mann.

Und offenbar hielt er seinen besten Freund nicht dafür.

Verdammte Scheiße. Wie konnte er denken, ich wäre nicht gut genug? Ich hatte einen gut bezahlten Job. Ein fantastisches Haus. Welche Rolle spielte es, dass ich keine festen Beziehungen gehabt hatte? Mir war eben noch keine Frau begegnet, die den Wunsch in mir geweckt hatte, mich an sie zu binden. Außer Stella.

Ich stemmte mich aus dem Sessel, trug meine Bierdose in die Küche, goss den Rest aus und warf sie in den Recyclingabfall unter der Spüle. Denn anständige Männer taten das, und ich war einer.

»Ich bin dann mal weg.«

»Was?« Guy drehte sich mit zwei frischen Bierdosen in der Hand zu mir um. »Du bist gerade erst gekommen.«

»Mir ist was Geschäftliches eingefallen, das ich unbedingt noch erledigen muss«, log ich.

»Ich dachte, *Holiday Homes* macht Betriebsferien.«

»Das heißt noch lange nicht, dass ich nichts tun muss.«

»Na schön«, brummte er. »Du bist sowieso in einer Scheißlaune.«

Nett. »Mach's gut.« Ohne ein weiteres Wort ging ich zur Tür, riss sie auf und stapfte zu meinem Wagen. Meine Wut hielt mich warm, während ich zu Stella fuhr und dann vor ihrer Tür wartete, dass sie öffnete.

Der Riegel wurde zurückgezogen, dann stand sie vor mir.

Diesmal in einem knielangen Batikshirt. Die Ärmel waren weit und reichten bis zu den Ellbogen. »Hi.«

»Hi.« Ich trat ein. »Ich war gerade bei Guy.«

»W… was?«

»Ich bin zu ihm gefahren, weil ich ihm sagen wollte, dass ich dich um ein Date bitten will.«

»Wirklich?«

Ich nickte und ballte die Fäuste an den Seiten. »Jep. Ist großartig gelaufen«, meinte ich trocken.

Stella verzog das Gesicht. »Ist er sauer?«

»Nein, ich hab's ihm nicht erzählt.« Aber er hat *mir* einiges erzählt.

Etwas, das ich jetzt unmöglich ansprechen konnte. Eines Tages, in naher Zukunft, wollte ich den Vorfall mit Dave von Stella selbst hören. Aber heute Abend war ich dafür zu wütend. Wenn oder falls sie reden wollte, musste ich in der Lage sein zuzuhören, ohne zu schäumen.

»Er war mies gelaunt«, log ich. »Dachte, da warte ich besser ab. Du weißt doch, wie er ist.«

»Ja.« Sie ließ die Schultern hängen und zog am Halsausschnitt ihres Shirts. »Was nun?«

Wir hatten nicht viele Optionen. Nicht, bevor ich es Guy gesagt hatte.

Ich schob ihr eine Locke hinters Ohr. »Kannst du ein Geheimnis wahren?«

9

Stella

Zwei Tage waren keine lange Zeit, um etwas für sich zu behalten. Okay, es war nichts. Zwei Tage waren nichts.

Aber es fiel mir wirklich superschwer, ein Geheimnis zu wahren.

Auf Heaths Frage hatte ich natürlich Ja gesagt, aber das war gelogen gewesen. Na ja, was hätte ich sonst tun sollen? Ihn rauswerfen? Ihm den Sex verweigern? Auf keinen Fall.

Dieses Geheimnis würde mich vielleicht quälen, aber das würde ich ertragen, schon allein wegen der fantastischen Orgasmen.

Letzte Nacht war Heath geblieben und hatte mich mit seinen Fingern, seiner Zunge und seinem Schwanz an den Rand der Erschöpfung gebracht. Heute Abend würde ich bei ihm übernachten. Er wollte mich zu Hause bekochen.

Ich lief im Schlafzimmer hin und her, weil ich eine Übernachtungstasche packte. Sie stand am Fußende des Bettes und quoll bereits über. Momentan steckten frische Sachen für den nächsten Tag darin und ein Negligé, für das ich am Nachmittag in der Mall viel Geld ausgegeben hatte. Meine Toilettensachen hatte ich in den Kosmetikkoffer gestopft, zusammen mit dem Föhn. Denn meine Haare waren nicht dazu geeignet, um sie an der Luft trocknen zu lassen. Dazu mein Make-up und die Pinsel.

Ich starrte auf die Tasche und den Lockenstab in meiner Hand und überlegte, ob ich ihn mit reinquetschen sollte.

Oder sollte ich einen Koffer nehmen? Da würde all das

problemlos hineinpassen. Ich wollte es bequem haben. Heath hatte eine Engelsgeduld bewiesen, als er sich von meiner Zukunftsplanung nicht abschrecken ließ. Wenn ich jetzt mit einem Koffer ankäme, würde das Fass vielleicht überlaufen.

Das war ein Dilemma, mit dem ich normalerweise zu Wendy gerannt wäre. In den letzten zwei Tagen hatte sie viermal versucht, mich zu erreichen. Ich war nicht rangegangen. Denn ich würde sofort alles ausplaudern. Meine beste Freundin anzurufen war also keine Option.

Die Koffer-oder-Rucksack-Entscheidung würde ich allein fällen müssen.

Guy hatte ich genauso ignoriert. Er hatte in der Mittagszeit bei mir geklingelt, und ich hatte mich auf der Couch unter einer Decke versteckt und den Atem angehalten, bis das Klingeln aufgehört hatte.

Ich konnte ihm aber nicht ewig aus dem Weg gehen. Wir würden es nicht schaffen, das lange geheim zu halten. Wollte Heath es etwa nicht offiziell machen? Denn ich wollte es am liebsten in die Welt schreien: *Heath Holiday hat Sex mit mir.*

Es wäre großartig, das begeistert auszuposaunen.

Heath war der beste Küsser der Welt. Woher ich das wusste? Weil er mich ständig küsste.

Und er war ein ausgezeichneter Kuschler. Das hatte ich feststellen können, nachdem er in meinem Bett geschlafen hatte.

Heath gehörte mir.

Mir.

Gott, ich wollte es jemandem sagen. Irgendjemandem. Dann würde ich es vielleicht endlich glauben.

»Ich verbringe die Nacht bei Heath.«

Es in mein leeres Schlafzimmer zu sagen, wirkte nicht ganz so therapeutisch wie gehofft. Nun gut. Wenn wir es noch ein paar Tage geheim hielten, hätten wir die Möglichkeit, die Sache zwischen uns auszuloten. Heath und ich könnten gemeinsam entscheiden, wann wir Freunde und Familie ins Spiel bringen wollten.

Noch ein paar Tage, dann könnten wir es Guy sagen. Wenn wir uns sicher waren.

Nur hatte ich Heath nicht gefragt, wie lange das ein Geheimnis bleiben sollte. Er würde doch nicht wollen, dass das noch lange so ging, oder? Bestimmt nicht.

Und wenn es zwischen uns nicht funktionierte, tja … dann wäre es besser, wenn Guy nichts davon erfuhr.

Bei dem Gedanken an Trennung wurde mir flau.

Ich betrachtete wieder den Lockenstab. Wenn ich den mitnahm, würde ich wenigstens schöne Haare haben, also warf ich ihn zu den anderen Sachen und stopfte alles in den Rucksack. Ich musste mich draufsetzen, um den Reißverschluss zu schließen, und er zerrte an den Nähten.

Als ich meinen Mantel überzog, war es dunkel hinter den Fenstern. Die Wintertage waren kurz. Ich hängte mir Reisetasche und Rucksack über die Schultern und eilte zu meinem Auto.

Bei der Fahrt kam ich nur langsam voran. Die Wolken, die den ganzen Tag über der Stadt gehangen hatten, waren endlich aufgebrochen und luden eine frische Schneedecke ab. Meine Reifen knirschten auf den ruhigen Straßen, als ich durch Heaths Nachbarschaft fuhr.

Dies war eins der besten Viertel von Bozeman. Heath hatte sein Haus auf einem großen Eckgrundstück gebaut, um Abstand zu den Nachbarn zu haben. Drei Blocks weiter befand sich eine Grundschule.

Ich stellte mir vor, wie Kinder mit Rucksäcken, die fast so schwer waren wie meiner, auf diesen sicheren Wegen zur Schule gingen und sich unterwegs mit ihren Freunden trafen. So war es auch in meiner Kindheit gewesen. Guy und ich hatten unser Haus als Erste verlassen und unterwegs Heath, Tobias und Maddox eingesammelt. Die Jungs waren immer vorausgegangen, und manchmal war Heath zurückgeblieben und stattdessen neben mir gelaufen.

Vor all den Jahren, schon als ich noch ein kleines Mädchen gewesen war, hatte ich immer gehofft, dass er neben mir ging.

Lächelnd parkte ich, nahm mein Gepäck und ging zur Tür. Ich hatte noch nicht geklopft, da zog er sie auf und stand mit seinem sexy Lächeln vor mir.

»Hi.« Er griff nach meinem Rucksack und nahm ihn mir vom Arm. »Ich dachte, du kämst mit einem kleinen Koffer.«

Ich sah ihn verblüfft an. »Woher wusstest du das?«

Er gluckste und winkte mich hinein. »Weil du keine Handtasche nimmst, sondern immer einen Shopper bei dir hast. Ich habe dich noch nie mit leichtem Gepäck gesehen. Erinnerst du dich an das Wochenende, als deine Eltern zu ihrem Hochzeitstag verreist waren und ihr bei uns übernachtet habt? Du hattest drei Taschen für eine Nacht gepackt.«

»Ich weiß nicht, wie ich mich da einschränken kann.«

»Musst du nicht.« Er strich mir eine Strähne hinters Ohr. »Nicht für mich. Nimm mit, was immer du willst. Ich schleppe es ins Haus.«

Mein Herz machte einen Sprung. Unsicher, was ich sagen sollte, stellte ich mich auf die Zehenspitzen und hauchte ihm einen Kuss auf den Mund, dann trat ich ein.

Drinnen roch es nach Heath – würzig, männlich und sauber.

Er streckte mir die Hand hin. »Gib mir deine Schlüssel.«

Ich tat es. »Warum?«

»Ich werde dein Auto in die Garage stellen. Damit es nicht einschneit.«

Oder damit es keiner sieht? Ich schüttelte den Gedanken ab, verärgert über mich selbst, weil ich ihm unterstellte, dass er bei seiner freundlichen Geste Hintergedanken hatte. »In Ordnung.«

»Bin gleich wieder da.« Er stellte meine Sachen ab und ging zur Tür. »Mach es dir bequem.«

»Okay.« Ich wartete, bis er draußen war, dann schlenderte ich den Flur entlang.

Als ich an Heiligabend bei ihm gewesen war, war ich zu sehr mit Küssen beschäftigt gewesen, um mich umzusehen. Und am Morgen danach, als ich mich hinausgeschlichen hatte, hatte ich lieber an der Tür nach meinem Uber Ausschau gehalten.

Heaths Haus war genauso stilvoll wie er selbst, aber ich hatte nichts anderes erwartet.

Das Wohnzimmer war mit schönen Holzmöbeln und butterweichen Ledersofas eingerichtet, die Küche mit Schränken aus Ahornholz und einer Sitzinsel aus schwarzem Granit. Die anthrazitfarbenen Wände und grauen Teppiche unterstrichen die männliche Atmosphäre.

Hier könnte ich leben. Definitiv.

»Du greifst schon wieder weit vor«, murmelte ich vor mich hin. Kichernd ging ich in der Küche umher.

Auf dem Tresen neben dem Gasherd lagen ein Schneidebrett und ein Messer sowie eine Tomate und eine Packung Babyspinat.

Das Garagentor summte, als es sich am anderen Ende des Hauses schloss, dann kam Heath wieder herein. Er ging direkt zu meinem Gepäck, das noch an der Haustür stand, und zwinkerte mir zu, als er es den Flur entlang in Richtung Schlafzimmer trug.

Danach kam er zu mir, nahm mein Gesicht in beide Hände und küsste mich. »Hallo.«

»Hallo.«

»Danke, dass du hergekommen bist.«

Ich lächelte. »Danke für das Abendessen.«

»Dank mir noch nicht. Ich bin nicht der beste Koch.«

»Soll ich dir helfen?«

»Nein, setz dich.« Er deutete mit dem Kinn zu den Barhockern an der Sitzinsel. »Wein?«

»Gern.«

Er entkorkte die Flasche und schenkte jedem von uns ein Glas ein. Das war auch schon das Einzige, bei dem Heath sich in der Küche nicht ungeschickt anstellte.

Ich biss mir auf die Wange, um mir das Lachen zu verkneifen, als er die Tomate in Scheiben schneiden wollte und die Hälfte davon vom Brett auf den Boden glitt. Ich blieb still, während er sich akribisch die Kochanweisung auf der Fettuccine-Packung durchlas. Aber als er die Hühnerbrüste aus dem Kühlschrank nahm und feststellte, dass sie noch gefroren waren, konnte ich mich nicht mehr zurückhalten und rutschte von meinem Hocker.

»Scheiße.« Er schüttelte den Kopf. »Die habe ich heute Morgen rausgenommen. Das hätte ich wohl gestern Abend tun sollen. Was hältst du von einer Pizzalieferung?«

»Oder wir improvisieren.« Ich gesellte mich zu ihm an das Schneidebrett und nahm ihm das Messer aus der Hand. »Hast du Champignons oder Brokkoli?«

»Sogar beides.« Er holte sie aus dem Kühlschrank. »Perfekt. Setz einen Topf mit Wasser auf, bring es zum Kochen und gib ein wenig Salz hinein.«

»Ja, Ma'am.« Heath salutierte spöttisch, und nachdem ich das Abendessen gerettet hatte, kehrten wir mit zwei Schalen cremiger Pasta Primavera an die Sitzinsel zurück.

Er probierte einen Bissen und stöhnte. »Schmeckt herrlich.«

Ich zuckte die Achseln. »Meine Mutter ist eine tolle Köchin. Ich habe ihr immer geholfen.«

»Du hast ihr Talent geerbt. Im Sommer werde ich dich mit meinen Grillkünsten beeindrucken.«

»Im Sommer?« *Werden wir im Sommer noch zusammen sein?*

Er begegnete meinem Blick und beantwortete meine unausgesprochene Frage. »Ja.«

Ich lächelte während des Essens und während ich Heath beim Abwaschen zusah. Dann zogen wir uns ins Wohnzimmer zurück und kuschelten uns auf die Couch.

»Willst du etwas gucken?«, fragte er.

»Klar. Such was aus.«

Er griff nach der Fernbedienung und schaltete den Fernseher ein, gerade als Scheinwerferlicht durch das vordere Fenster fiel.

Einen Moment lang horchten wir wie erstarrt, dann sprang er von der Couch.

Er schaute aus dem Fenster. »Verdammt.«

»Was?« Ich stand auf, folgte ihm aber nicht an die Fensterscheibe. »Ist es Guy?«

»Nein, Tobias.« Er fuhr sich mit der Hand durch die Haare.

»Oh.«

Er drehte sich um und warf mir einen gequälten Blick zu. »Ich habe immer wieder versucht, ihn zu erreichen.«

»Dann solltest du die Gelegenheit nutzen. Ich kann gehen.«

»Würde es dir etwas ausmachen, dich einfach im Schlafzimmer zu … zu verstecken?«

Mir sank das Kinn herab. Ich musste mich verstecken? Natürlich musste ich mich verstecken. Ich war ein Geheimnis. »Ähm, ja. Okay.«

Ich ging einen Schritt in Richtung Schlafzimmer, aber Heath hielt mich auf. »Vergiss dein Glas nicht.«

»Ach ja.« Ich nahm es vom Beistelltisch, denn nichts durfte darauf hindeuten, dass ich hier war. Gut, dass er mein Gepäck bereits aus dem Flur geschafft hatte.

»Tut mir leid, Stell.«

»Schon gut«, log ich viel zu fröhlich. Dann, bevor er sehen

konnte, wie ich das Gesicht verzog, eilte ich den Flur hinunter und drückte die Schlafzimmertür zu.

»Hey.« Heaths Stimme war von der Haustür her zu hören, als er Tobias öffnete. »Was ist denn los? Ich habe dich mehrfach angerufen.«

»Ja.« Tobias trat sich die Füße ab, dann gingen sie, dem Geräusch ihrer Schritte nach zu urteilen, in die Küche. »Hast du noch was von dem Wein?«

Das war mein Wein, den er da trank.

Ich runzelte die Stirn, schlich zum Bett und setzte mich auf die Kante. Die Plüschdecke hatte denselben Grauton wie die Wände im Wohnzimmer. Die Kissen waren gegen das Kopfteil gelehnt. Das bestand aus schmalen Holzlatten, die in unterschiedlich hellen Tönen gebeizt waren.

Ein weiterer schöner, maskuliner Raum. Allerdings könnte er ein bisschen Farbe vertragen. Dem ganzen Haus würde mehr Farbe guttun.

Gott, ich kam mir idiotisch vor, wie ich allein auf Heaths Bett saß und dachte, dass ein paar rubinrote Kissen seinem Schlafzimmer etwas Charme verleihen würden.

Eigentlich wollten wir unsere Beziehung nur vor Guy geheim halten. Warum mussten wir uns vor Tobias verstecken? Warum sagten wir ihm nicht einfach, dass wir zusammen waren? Es sei denn, Heath hatte Angst, dass Tobias es weitererzählte. Der stand meinem Bruder nicht so nahe wie Heath, aber sie waren alle befreundet. Oder vielleicht war es wegen der Firma? Vielleicht war es verpönt, Beziehungen innerhalb des Büros zu haben.

Danach hätte ich Heath vielleicht fragen sollen, bevor ich mit ihm geschlafen hatte.

»Okay, was ist los?«, fragte Heath.

Es war unmöglich, nicht zu lauschen. Aber wenn Heath nicht wollte, dass ich zuhörte, hätte er mich in die Garage schicken sollen. Mir blieb nichts anderes übrig, als an meinem

Wein zu nippen, während ihre Stimmen bis ins Schlafzimmer trugen. »Erinnerst du dich an Eva?«, fragte Tobias.

»Ja.«

Darauf war es ein paar Augenblicke lang still. »Sie ist schwanger.«

Ich richtete mich auf.

Heath verschluckte sich anscheinend, denn er hustete und räusperte sich. »Was?«

»Sie ist schwanger. Wir haben uns vor ein paar Monaten kennengelernt. Ich schätze mal, das Kondom ist gerissen. Jedenfalls kreuzte sie an Heiligabend bei mir auf, um mir zu sagen, dass sie schwanger ist.«

»Deshalb warst du nicht auf der Party.«

»Ja«, murmelte Tobias.

Ich war so auf Heath und meinen Champagner konzentriert gewesen, dass mir Tobias' Abwesenheit nicht aufgefallen war.

»Und was jetzt?« fragte Heath. »Behält sie das Kind? Seid ihr wieder zusammen?«

»Sie zieht nach London.« Tobias' Stimme klang belegt, er bekam die Worte kaum heraus. »Sie reist an Silvester ab.«

»Scheiße«, zischte Heath.

Ich fasste mir an die Brust. Das tat weh. Ich kannte Eva. Wir hatten uns auf dem College kennengelernt, als sie und Tobias noch zusammen waren – bei den wenigen Partys, zu denen Guy mich eingeladen hatte.

Ich war immer in der Hoffnung hingegangen, Heath zu sehen – sie war auch dort gewesen.

Eva war schön und klug. Sie war eine sehr zielstrebige Frau. Wir hatten uns aus den Augen verloren, nachdem sie und Tobias auseinandergegangen waren. Ich konnte mir nicht erklären, warum sie Schluss gemacht hatten, denn sie waren immer ein tolles Paar gewesen. Aber kurz nach ihrem Abschluss hatte ich von Guy erfahren, dass sie aus Montana weggezogen war.

Anscheinend war sie irgendwann zurückgekommen.

Und jetzt bekam sie von Tobias ein Kind. Wow!

»Ich weiß nicht, was ich tun soll«, gestand Tobias. »Es ist nur … ich kann mir das gar nicht vorstellen.«

»Das kommt schon noch«, versprach Heath. »Gib der Sache Zeit. Sprich mit ihr. Ihr werdet das schon hinkriegen.«

»Ich werde es verpassen. Ich werde alles verpassen, weil sie am anderen Ende der Welt sein wird.«

»Geh mit ihr«, sagte Heath.

Tobias schnaubte. »Mein Leben ist hier. Mom. Dad. Du. Verdammt, sogar Maddox zieht wieder nach Hause.«

»Wir sind deine Familie, egal wo du lebst, Bruderherz.«

Die Zuneigung in Heaths Stimme brachte mein Herz zum Schmelzen. Ich war nicht begeistert, hier zu sitzen und ein persönliches Gespräch mit anzuhören. Aber Heaths Erwiderung erinnerte mich wieder daran, warum sich in meinen Augen kein anderer mit ihm messen konnte.

Er liebte seine Familie. Er liebte seine Freunde.

»Was würde dann aus der Firma?«, fragte Tobias. »Papa wird bald in den Ruhestand gehen. Dann müssen wir sie weiterführen.«

»Es gibt keinen Grund, warum du deshalb hier leben musst. Du wohnst sowieso schon fast in deinem Büro. Wir werden Maddox überzeugen, dir zur Babyparty ein Flugzeug zu schenken. Das kann er sich, weiß Gott, leisten.«

Ich lächelte und hoffte, dass er Tobias auch zum Lächeln gebracht hatte.

»Ich will nicht aus Montana weg«, sagte Tobias. »Wenn ich daran denke, eine Familie zu gründen und ein Kind großzuziehen, dann ist das der Ort, wo ich das tun will. Eva … sie reist ständig in der Welt herum. Sie hat nicht einmal einen festen Wohnsitz.«

Nach einer weiteren langen Pause wusste ich, wohin das Gespräch führen würde.

Es tat mir in der Seele weh.

Wenn Tobias hierbleiben wollte, musste er entweder Eva überzeugen, ihr Leben aufzugeben, oder …

Er würde um ihr Kind kämpfen müssen. Er würde darum kämpfen müssen, das Baby hierzubehalten.

»Sie wird mich hassen.« Tobias sagte das so leise, dass ich Mühe hatte, ihn zu verstehen. »Wenn ich darauf dränge, das Kind bei mir zu haben, wird sie mich hassen. Aber ich will nicht, dass mein Kind ständig woanders wohnt. Dass es von einem Kindermädchen zum anderen gereicht wird. Ich will mein Kind nicht nur jedes zweite Wochenende und an Feiertagen sehen.«

»Du musst mit ihr reden.« Heath klang ermutigend, so, als ob er ihm gerade auf die Schulter klopfen würde. »Ich weiß, dass ihr beide das Beste für euer Kind wollt. Ihr werdet eine Lösung finden.«

»Ja.« Tobias gab einen langen Seufzer von sich. »Wie wär's mit einem zweiten?«

Der Korken ploppte, und ich hörte das unverwechselbare Gluckern, wenn ein Glas eingeschenkt wurde.

»Wollen wir uns ein Spiel ansehen oder etwas anderes?« fragte Tobias. »Ich bin noch nicht so weit, nach Hause zu fahren. Ich muss mir erst überlegen, was ich Eva sagen soll.«

»Oh, äh …« Heath zögerte. »Sicher.«

Ich stöhnte und kippte den Rest meines Weines hinunter. Als der Fernsehton aufgedreht wurde, stellte ich das leere Glas beiseite, ließ mich zurück aufs Bett fallen und starrte an die weiße Decke.

Das war blöd. Ich kam mir wie ein Idiot vor, weil ich mich in Heaths Schlafzimmer versteckte. Aber es war zu spät, um jetzt herauszukommen. Was sollte ich dann sagen?

Oh, hallo, Tobias. Tut mir leid, das mit Eva zu hören. Ich gratuliere zum Baby.

Vielleicht hätten wir, gleich als Tobias gekommen war, eine Ausrede dafür finden können, dass ich da war. Eine Projektfrage, die zu klären war, oder irgendetwas, das mit Guy zu tun hatte. Aber jetzt war es dafür zu spät, und mir blieb nichts anderes übrig, als mich still zu verhalten.

Und zu warten.

Dreißig Minuten vergingen. Tobias blieb. Dann eine Stunde.

Dann zwei.

»Stella.« Eine Hand an meiner Schulter rüttelte mich wach.

Ich schreckte hoch und wusste im ersten Moment nicht, wo ich war. Anscheinend war ich beim Warten eingeschlafen. »Ist er weg?«

»Ja. Tut mir leid.«

Ich stützte mich auf einen Ellbogen und schaute auf die Uhr auf dem Nachttisch. Es war nach Mitternacht.

»Er wollte sich mit mir ein Spiel ansehen. Ich weiß nicht, ob du es gehört hast oder nicht …«

»Habe ich. Tut mir leid. Es war schwer, nicht zuzuhören.«

»Ist okay. Das erspart es mir, alles zu wiederholen. Jedenfalls … ich wollte ihn nicht rausschmeißen.«

»Das verstehe ich.«

»So viel zu unserem Abendessen und dem Film, hm? Das tut mir leid. Wir hätten ihm einfach sagen sollen, dass du hier bist.«

»Er musste wahrscheinlich reden und hätte es nicht getan, wenn ich dabei gewesen wäre.« Ich lächelte ihn traurig an. »Soll ich nach Hause fahren?«

»Nein. Bleib. Bitte.«

»Okay.«

Sein schuldbewusstes Gesicht dämpfte meinen verletzten Stolz. »Es tut mir wirklich leid.«

»Ist schon gut.«

Aber es fühlte sich nicht gut an. Denn es mochte ihm zwar leidtun, aber ich hatte das schreckliche Gefühl, dass das keine Rolle spielen würde.

Dass ich morgen früh aufwachen und weiter sein Geheimnis sein musste.

10

Heath

In meinen neunundzwanzig Jahren hatte ich noch nie einer Frau Blumen geschenkt. Nicht meiner Mutter – die war von meinem Vater immer mit Sträußen versorgt worden. Nicht meinen Abschlussballdates – die wollten nichts in der Hand haben. Und auch keiner Freundin – davon hatte es nicht viele gegeben.

Ich hatte wohl auf die richtige Frau gewartet. Mit einem Strauß roter Rosen in der Hand drückte ich auf Stellas Türklingel und hielt den Atem an.

Kurz darauf kam sie in einer zerrissenen Jeans und einem roten Rollkragenpullover an die Tür. Er hatte dieselbe Farbe wie die Blumen. Ihr Haar war zu Locken gedreht, ihr Make-up betonte ihre hübschen Augen und die langen dunklen Wimpern. Und sie trug die Ohrringe, die ich ihr diese Woche geschenkt hatte.

»Hi.« Sie lächelte und schob sich eine Strähne hinters Ohr. Dabei verriet ein leises Klingeln, dass sie auch mein Armband trug.

Es würden noch mehr Geschenke dazukommen. Den Schmuck hatte ich nur gekauft, weil ich gerade an sie gedacht hatte, aber sie damit zu sehen, löste in mir ein Hochgefühl aus, das ich nicht erwartet hatte. Es war fast so aufregend, wie heute Morgen mit ihr in meinem Bett aufzuwachen.

»Hallo.« Ich küsste sie auf die Wange, dann trat ich ein und übergab ihr die Rosen.

»Danke.« Sie hielt die Nase an die Blüten und atmete den Duft ein. »Die sind wunderschön.«

»Ich hoffe, dass sie mir ein Date einbringen.«

»Ein Date?« Sie zog eine Braue hoch. »Was für ein Date?«

»Ein echtes. Du, ich, ein schönes Restaurant, guter Wein.«

»Ist das … ähm … erlaubt?«

»Warum nicht?« Ich zuckte die Achseln.

Der gestrige Abend war eine Katastrophe gewesen. Als ich Tobias' Wagen hatte kommen sehen, war ich in Panik geraten. Nicht nur, weil er auch Guys Freund war, sondern weil ich zuerst mit Dad über Stella reden wollte. Wir konnten im Büro keine peinlichen Spannungen gebrauchen. Nach Neujahr würde ich mich mit ihm zusammensetzen und es ihm erklären. Bis dahin würden wir die Sache für uns behalten.

Stella allein in mein Schlafzimmer zu schicken, damit sie sich versteckte … So hatte ich mir den Abend nicht vorgestellt. Noch dazu hatte ich sie stundenlang allein gelassen. Aber Tobias hatte diese Auszeit von seinem Zuhause gebraucht.

Er war länger geblieben als nach meiner Super-Bowl-Party im letzten Jahr.

Heute Abend würde ich das bei Stella wiedergutmachen.

Ein Abendessen in der Stadt war ein Risiko, aber Guy hatte mir zuvor eine Nachricht geschickt und mich zu einem Pokerspiel bei einem Freund eingeladen. Tobias wollte heute Abend zu Hause bleiben. Maddox war bei unseren Eltern, und die genossen die Zeit mit Violet.

Ich hatte sie alle vorher angerufen, um herauszufinden, was sie vorhatten.

Und wenn wir im Restaurant jemandem begegneten, den wir kannten, würden wir einfach so tun, als wäre es ein Arbeitsessen.

»Klingt gut.« Sie lächelte und deutete auf ihr Outfit. »Soll ich mich umziehen?«

»Nein. Das sieht hinreißend aus.«

Sie wurde rot und roch wieder an den Rosen. »Lass mich die nur eben ins Wasser stellen.«

Während sie sich um die Blumen kümmerte und dann Schuhe und Mantel anzog, rief ich in Bozemans neuestem Steakhouse an und reservierte noch schnell einen Tisch.

»Warum bin ich so nervös?«, fragte Stella, als wir ihre Wohnung verließen.

»Aus Sorge? Oder vor Freude?« Denn meine Nervosität kam von Letzterem.

»Beides«, hauchte sie und schob ihre Hand in meine.

Es gefiel mir, wie ehrlich sie zu mir war. Dass sie mit ihren Gedanken nicht hinterm Berg hielt.

Wie Stella auf dem Beifahrersitz saß und ihr Duft meinen Truck erfüllte, das war einfach perfekt.

Auf dem Weg vom Parkplatz zum Restaurant hakte sie sich bei mir unter, und es war, als hätten wir schon immer so zusammen gehen sollen. Die Tischanweiserin gab uns einen Tisch in einer Ecke und reichte uns die Speisekarten.

»Soll ich für dich bestellen?«, fragte Stella.

»Ist es nicht üblich, dass der Mann für sein Date bestellt?« Nicht, dass ich so etwas tat. Sie sollte essen, was sie wollte.

»Du hast diese Woche bewiesen, wie gut du mich kennst. Jetzt bin ich an der Reihe.«

»In Ordnung.« Ich klappte meine Speisekarte zu und legte sie beiseite.

Lächelnd machte sie sich an ihre Aufgabe und überflog die Seiten. Dann legte sie die Karte beiseite und lächelte mich an, als unsere Kellnerin kam. Stella bestellte zuerst Wein, einen kräftigen Cabernet, den ich auch ausgesucht hätte.

Nachdem die Kellnerin uns die Flasche gebracht und unsere Gläser gefüllt hatte, holte sie ihren Notizblock hervor. »Und was darf ich Ihnen bringen?«

»Ich nehme das Filet, medium, mit einer Ofenkartoffel,

bitte«, sagte Stella und blickte dann zu mir. »Und mein Begleiter das Rib Eye, medium rare, mit Pommes frites.«

Ich grinste, als die Kellnerin sich das notiert hatte und uns mit unserem Wein allein ließ.

»Und?«, fragte Stella.

»Du hast es genau getroffen.«

»Ja.« Sie stieß die Faust in die Luft und hob ihr Weinglas, um mit mir anzustoßen.

Ich lachte und wollte gerade einen Schluck nehmen, als mein Blick auf ein bekanntes Gesicht fiel, das in unsere Richtung kam. Das Lachen verging mir. »Mist.«

Mein Vater durchquerte das Restaurant mit meiner Mutter am Arm.

»Was?« Stella folgte meinem Blick. »Oh.«

So viel zu unserem Date.

»Hallo, ihr zwei.« Dad reichte mir die Hand, als ich aufstand. »Wie geht's?«

»Gut.« Ich nickte, aber meine Gedanken rasten.

Soweit ich wusste, hatte es bei *Holiday Homes* nie eine Bürobeziehung gegeben. Wir waren nicht offiziell dagegen, aber jetzt war nicht der richtige Moment, um das mit meinem Vater zu besprechen. Vorher wollte ich mit Stella mehr Zeit verbringen. Und es Guy sagen.

Und genau wie gestern Abend bei Tobias geriet ich in Panik.

»Stella und ich waren im Büro«, sagte ich plötzlich, eine verzweifelte Lüge, damit es nicht als das erschien, was es war: ein Date. »Wir waren beide hungrig, und mir fiel ein, dass du das neue Steakhaus erwähnt hattest und meintest, es sei gut.«

»Ah.« Papa nickte. »Ja, das ist es. Aber ich wusste gar nicht, dass ihr beide heute arbeitet.«

»Ich musste E-Mails abarbeiten«, log ich wieder und sah schuldbewusst, wie sich Stellas Haltung versteifte.

»Ich habe … ähm … ein paar neue Änderungen beim Jensen-Umbau durchgerechnet.« Ihr Blick schnellte zu mir und sofort wieder weg.

»Joe hat mich auf der Party abgefangen und mir von dem Zebraholz erzählt«, sagte Dad. »Klingt, als hätten Sie das gut gehandhabt.«

»Danke.« Stella schenkte ihm ein Lächeln und wandte sich dann an Mom. »Hi, Mrs Holiday.«

»Hannah«, korrigierte Mom. »Bitte. Und wir lassen euch jetzt in Ruhe essen.«

»Es sei denn, ihr möchten euch zu uns setzen?« Die Einladung war ausgesprochen, bevor ich mich eines Besseren besinnen konnte. Verflucht noch eins. Was war mit mir los?

»Bist du sicher?« Mom schaute zwischen uns beiden hin und her.

»Natürlich.« Ich zog ihr den Stuhl neben mir hervor, während mein Vater den vierten nahm.

Die Tischanweiserin erschien und brachte die beiden Gedecke mit, die sie zuvor abgeräumt hatte. Dann kam die Kellnerin mit zwei Speisekarten, sodass wir eine weitere Flasche Wein bestellen konnten, bevor Mom und Dad ihre Wahl trafen.

Stella saß starr da, die Hände auf dem Schoß verschränkt, und richtete ihre Aufmerksamkeit auf meine Eltern.

Sag es. Sag es ihnen einfach. Ich öffnete den Mund, aber mein Dad kam mir zuvor.

»Wie war Ihr Weihnachten, Stella?«, fragte er.

»Es war schön«, sagte sie. »Ich habe den Tag bei meinen Eltern verbracht und mich entspannt. Und Ihres?«

»Wir haben auch einen ruhigen Tag verbracht. Violet durfte uns unterhalten.« Dad gluckste. »Wenn sie erst mal sechzehn ist, wird sie Maddox noch ganz schön viel Kraft kosten.«

»Gut, dass er ein breites Kreuz hat«, witzelte ich.

Mama lachte. »Das ist wohl wahr. Stella, wie geht's Guy?«

Als der Name fiel, ließ Stella ihr Visier noch weiter herunter. Oberflächlich betrachtet zeigte sie ihr bezauberndes Lächeln, aber es erreichte ihre Augen nicht. »Es geht ihm gut. Arbeitet immer noch als Programmierer.«

»Ich habe nie ganz verstanden, wie er zu Computern gekommen ist.« Mom schüttelte den Kopf. »Ich dachte immer, er wird mal Lehrer oder Trainer oder Gebrauchtwagenverkäufer, weil er Menschen um sich braucht.«

»Können Sie sich vorstellen, dass Guy Kinder unterrichtet?« Stella seufzte. »Allein der Gedanke ist furchterregend.«

Wir lachten alle, denn sie hatte nicht unrecht.

Sag es ihnen.

Jedes Mal, wenn ich den Mund aufmachte, sprachen entweder meine Mutter oder mein Vater zuerst. Und je mehr Zeit verging, je länger wir uns unterhielten, desto schwieriger wurde es, eine Erklärung dafür zu finden, warum ich überhaupt gelogen hatte.

Verdammt noch mal. Als sie an den Tisch kamen, hätte ich es ihnen einfach sagen sollen. Dad würde es nichts ausmachen, oder? Aber das würde ich nun erst nächste Woche herausfinden. Also nippte ich an meinem Wein und aß mein Steak, während Stella meine Eltern völlig verzauberte.

Sie schenkte ihnen ihre volle Aufmerksamkeit, beantwortete ihre Fragen und hörte sich ihre Geschichten an. Ich war es, der ignoriert wurde. Sie zeigte mir die kalte Schulter, mit geradezu winterlichen Temperaturen.

Erst nachdem unsere Teller abgeräumt, die Rechnung bezahlt war – Dad bestand darauf, sie zu übernehmen, da es sich um ein Geschäftsessen handelte – und wir alle in unseren Mänteln draußen standen, warf Stella einen Blick in meine Richtung.

Ihr Gesicht war ausdruckslos. Sie war auf der Hut.

Gott, war ich ein Arschloch.

»Wo haben Sie geparkt, Stella?«, fragte Dad, als wir uns

auf dem Bürgersteig vor dem Restaurant versammelten. »Es ist dunkel, also begleiten wir Sie.«

»Das übernehme ich. Wir stehen auf demselben Parkplatz«, log ich. Schon wieder. Das war die zehnte oder vielleicht die zwanzigste Lüge heute Abend.

Ich hatte den Überblick verloren. Dad hatte sie mir alle abgekauft. Mom keine einzige. Wahrscheinlich, weil ich ein beschissener Lügner war und sie von jeher ein Gespür dafür hatte, ob ihre Söhne unaufrichtig waren.

Sie schaute zwischen Stella und mir hin und her, und wenn sich von ihrem Gesicht eines ablesen ließ, dann dies: Du kannst mir nichts vormachen, mein Sohn.

Dieses Gesicht hatte ich bei ihr schon unzählige Male gesehen. Meistens bevor sie mir Hausarrest gab, weil ich etwas angestellt hatte. So wie damals, als ich meinen Schlitten auf das Dach gezogen hatte, um »frische Luft zu schnappen«, und anstatt in der Schneewehe unter dem Dachvorsprung zu landen, durch den Zaun des Nachbarn gekracht war.

»Es war so schön, dich zu sehen, Stella.« Mama zog sie in eine Umarmung.

Dad schüttelte Stella die Hand. »Machen Sie sich keine Sorgen wegen des Jensen-Projekts. Genießen Sie Ihren Urlaub. Das Gleiche gilt für dich, Heath.«

»Wird gemacht, Dad.«

Er bot Mom seinen Arm an, sie winkten zum Abschied und gingen die Straße hinunter.

Ich seufzte, als sie um eine Ecke verschwanden. »Es tut mir leid.«

»Ist schon gut.« Stella nickte, drehte sich um und ging in die andere Richtung den Bürgersteig entlang zu unserem Parkplatz.

Hier war definitiv nichts gut. Ihre Absätze klapperten wütend. Sie hatte die Hände in die Manteltaschen gesteckt und die Schultern bis zu den Ohren hochgezogen.

Jedes Mal, wenn ich näher kam, wich sie aus oder ging schneller. Und als ich ihr an meinem Truck die Tür öffnen wollte, schob sie mich weg zur Fahrerseite.

Die Fahrt zu ihrer Wohnung verlief schweigend, die Anspannung wuchs. Als ich vor ihrem Haus parkte, sprang sie aus dem Wagen, noch bevor ich den Motor abgestellt hatte.

Ich fluchte leise, dann beeilte ich mich und rannte, um sie einzuholen, bevor sie ihre Tür hinter sich zumachen konnte. »Stella, es tut mir leid.«

»Schon gut.« Sie steckte ihren Schlüssel ins Schloss. »Wir sind ein Geheimnis.«

Das letzte Wort sprach sie so betont, dass ich das Gefühl hatte, mir würde jeder Buchstabe mit einem Hammer eingetrieben: G-E-H-E-I-M-N-I-S.

»Ich muss es Dad sagen. Mich vergewissern, dass er damit einverstanden ist. Ich hätte es einfach heute Abend tun sollen, aber … Es tut mir leid.«

Stella blickte mich über die Schulter an. »Und wenn er nicht einverstanden ist?«

»Er wird es sein.« Bestimmt. Er musste. Es gab keine andere Wahl. »Aber vielleicht bittet er uns, diskret zu sein.«

Sie senkte den Blick und ließ die Schultern hängen. »Noch mehr Geheimhaltung?«

»Es ist nicht für immer.« Ich legte meine Hände auf ihre Schultern und neigte mich an sie heran. »Ich bin einfach in Panik geraten. Ich dachte, wir würden niemanden sehen.«

Gerade wollte sie meiner Berührung entgegenkommen, doch jetzt stieß sie die Tür auf und stürmte in ihre Wohnung. *Scheiße.* Vielleicht sollte ich heute Abend einfach die Klappe halten. Bisher war nichts Gutes rausgekommen.

Ich blieb auf der Türschwelle stehen und sah zu, wie sie ihren Mantel auszog und an einen Haken hängte. »Stell. Ich will es allen erzählen. Ich will es aber zuerst Guy sagen.«

»Dann tu es.« Sie warf die Hände hoch und stellte sich vor

mich, als wollte sie mich nicht reinlassen. »Ich mag es nicht, ein Geheimnis zu sein. Ich mag es nicht, Leute anzulügen, vor allem nicht meinen Bruder, meinen Chef und die Frau meines Chefs.«

»Du hast recht. Es tut mir leid.«

Sie ließ den Kopf sinken und starrte ein paar Augenblicke lang auf den Boden. Dann schaute sie auf, und angesichts der Scham in ihren Augen wurde ich ganz klein. »Ich weiß, es ist erst eine Woche her. Weniger als eine Woche. Aber du bist … du. Ich möchte allen von dir erzählen. Weil ich dich mag. Ich mag dich sehr.«

»Ich mag dich auch. Mehr als sehr. Ich werde es ihnen sagen. Meinen Eltern, Guy, Tobias. Ich werde es allen erzählen.«

Sie stieß einen langen Seufzer aus. »Wann?«

»Nächste Woche. Gleich am Montagmorgen sage ich es Dad.«

»Und Guy?«

»Sonntagabend.« Das bedeutete, dass ich bei meinem Gespräch mit Dad am Montagmorgen wahrscheinlich ein blaues Auge haben würde. »Sobald Guy von der Party in Big Sky zurückkommt.«

»Okay.« Ihre Haltung entspannte sich. »Ich weiß, er wird auf dreihundertsechzig sein, aber … er wird darüber hinwegkommen. Also, danke.«

»Gern.« Ein Lächeln zog an meinen Mundwinkeln. Diese Frau und ihre verrückten Sprüche. »Und es heißt ›auf hundertachtzig‹.«

»Ich weiß. Aber …«

»Dreihundertsechzig gefällt dir besser?«

»Ja. Guy ist immer doppelt so wütend wie andere.«

»Da hast du recht.«

Sie schenkte mir ein kleines Lächeln. »Finde ich auch.«

»Mir gefällt das auch nicht, Stell. Die Geheimhaltung. Ich schwöre.« Aber wir hatten doch Jahre vor uns, oder? Was waren schon ein paar Tage Geheimhaltung, wenn wir es danach mit der ganzen Welt teilen konnten? »Morgen. Noch ein Versuch? Nur du und ich?«

Das dritte Date würde hoffentlich keine Katastrophe werden.

»Eigentlich … hat mich meine beste Freundin eingeladen. Sie arbeitet in einem Fitnessstudio in der Stadt, und die geben eine Party im *Crystal.*«

»Oh, okay.« Verdammt. Ich hatte gehofft, Silvester mit ihr verbringen zu können.

»Willst du mitkommen? Als mein Date?«

Die Einladung kam mir vor wie ein Test.

Ich war nicht der Typ, der bei Tests durchfiel. »Ja, klar.«

Offenbar hatte sie geglaubt, ich würde Nein sagen, denn ihr Lächeln drückte pure Erleichterung aus. »Kommst du mit rein?«

»Wenn du mich lässt.«

Sie trat zur Seite und lockte mit dem Finger.

11

Stella

Wendy fielen fast die Augen aus dem Kopf, als Heath und ich die *Crystal Bar* betraten. Und als sie seine Hand auf meiner Schulter sah, fiel ihr die Kinnlade herab. Doch im Nu war der Schock überwunden, und sie warf mir einen bösen Blick zu.

Ich hatte einiges zu erklären.

»Tut mir leid«, formte ich lautlos mit den Lippen.

»Das sollte es auch«, erwiderte sie genauso leise.

Ich griff nach Heaths Hand und hielt sie fest, während ich mich durch das Gedränge schlängelte.

Zu Silvester war die Bar rappelvoll. Die Frauen trugen schimmernde Tops und Glitzerkleider. Eine Gruppe von Männern hatte Tröten dabei und bliesen nach jeder Runde Schnaps hinein. Es waren noch Stunden bis Mitternacht, und der Lärm würde bald nerven. Partyhüte und Tiaras mit der neuen Jahreszahl lagen auf der Theke verteilt. Glänzende Luftschlangen hingen von den staubigen Dachsparren.

Die *Crystal Bar* war trotz ihres schicken Namens die derbste an der Main. Sie war vollkommen schmucklos. Sie war die letzte in der Innenstadt, die noch nicht renoviert und in eine gehobene, trendige Bar umgewandelt worden war.

An einer der Backsteinwände hingen reihenweise alte Zapfhähne, gleich neben den Blechschildern von Bier- und Schnapsmarken. Ein Teil der Decke war für beschlagnahmte gefälschte Ausweise reserviert, die hinter einer Plexiglasscheibe sicher verwahrt wurden. Das *Crystal* hatte einen ganz eigenen Geruch, in vielen Jahren erzeugt und gepflegt von unzähligen Betrunkenen und randalierenden College-Kids. Die erste Yelp-Bewertung spottete über die Spelunke wegen der anzüglichen Wandschmiereien, der unflätigen Sprache und der schmutzigen Toiletten.

»Die Bar erinnert mich ans College«, sagte Heath und neigte sich dicht zu mir, damit ich ihn bei dem Lärm verstehen konnte.

»Mich auch.« Ich lachte. »Derselbe muffige Geruch. Dieselben Spinnweben.«

Er gluckste. »So in etwa.«

Wir waren mindestens fünf Jahre älter als die übrige Kundschaft. Aber wenn man bedachte, dass Wendy im Fitnessstudio mit vielen College-Studenten arbeitete, überraschte es nicht, dass sie Silvester hier feiern wollte.

»Was willst du trinken?«, fragte Heath. »Ich hole uns etwas. Du kannst währenddessen mit Wendy reden.«

»Sekt, wenn sie welchen haben.«

»Okay, Süße.« Er drückte mir einen Kuss auf die Wange, und von seinen Lippen raste ein Kribbeln durch meine Adern.

Wir waren hier. In der Öffentlichkeit. Kein Versteckspiel. Keine Distanziertheit. Keine Geheimhaltung.

Ich tanzte praktisch zu Wendy hinüber. Sie guckte böse, aber ich strahlte sie an, ich konnte nicht anders. »Frohes neues Jahr.«

»Du bist also gar nicht mehr in *Heath Holiday* verknallt, hm?«

»Na ja, schon noch.« Ich wurde rot, als ich ihn an der Theke entdeckte. Er war größer und breiter in den Schultern als die anderen Männer. Während er auf den Barkeeper wartete, schob er die Ärmel seines schwarzen Pullovers über seine sehnigen Unterarme.

»Erzähl. Jetzt sofort.« Wendy gab mir einen Klaps auf die Schulter. »Wie lange geht das schon so? Und warum hast du mich nicht sofort angerufen?«

»Es tut mir leid. Das hat auf der Party an Heiligabend angefangen. Aber wir haben Guy und meinem Chef noch nichts davon erzählt. Deshalb haben wir es bisher geheim gehalten.«

»Du hast mir nicht zugetraut, ein Geheimnis zu bewahren? Als ob ich jemals mit Guy reden würde. Oder mit deinem Boss.«

»Ich weiß.« Ich seufzte. »Verzeihst du mir?«

»Nur wenn du mir alles erzählst.«

Ich lächelte. »Ich habe Sex mit Heath Holiday.«

Sie kicherte. »Alles andere wäre Verschwendung. Sieh ihn dir an. Er ist hinreißend.«

Ich warf einen Blick über die Schulter und lachte mit ihr. »Ich kann es immer noch nicht glauben. Ich möchte es hinausschreien, damit es dann vielleicht wahr ist.«

»Tu es.« Sie stupste mich mit dem Ellbogen an. »Hier drin ist es so laut, dass dich niemand hören wird.«

Aus den Lautsprechern dröhnte Neil Diamonds *Sweet Caroline*, und die Leute sangen die Da-Da-Da-Zeile ausgelassen mit. Die Männer mit den Tröten lärmten hemmungslos.

Wenn es einen Ort gab, um etwas ungestraft hinauszuschreien, dann war es diese Bar.

Scheiß drauf. »Ich habe Sex mit Heath Holiday!«

Nach dem ersten Wort brach die Musik ab.

Die Tröten waren verstummt. Alle Augen richteten sich auf mich, und Wendy zuckte für mich zusammen.

»Oh, mein Gott«, flüsterte ich und versank im Boden.

»Äh …« Der Barkeeper hatte die Musik unterbrochen, um sich das Mikrofon zu greifen. »Gut für Sie, Lady. Und für Heath Holiday.«

Ich ließ den Kopf in die Hände sinken, während der ganze Raum lachte.

Warum? Warum ich?

»Wie auch immer«, sagte der Barkeeper. »Kurze Ankündigung. Pints vom Fass kosten von jetzt bis elf nur zwei Dollar.«

Die Musik setzte so abrupt wieder ein, wie sie aufgehört hatte.

Ich bewegte mich nicht, außer dass ich mein Haar nach vorn fallen ließ, um mein Gesicht zu verdecken. Heute Abend trug ich einen cremefarbenen Pullover und eine silberne Paillettenhose. Das war mein Disco-Outfit. Was würde ich nicht dafür geben, ganz in Schwarz zu sein, damit ich mich in eine dunkle Ecke schleichen und verschwinden konnte.

Ein starker Arm legte sich um meine Schultern und zog mich an eine starke Brust. An die Brust, auf der ich diese Woche jede Nacht geschlafen hatte.

»Das ist meine Schuld, nicht wahr?« Heath beugte sich zu mir herunter und sprach in mein Ohr.

»Ja. All meine peinlichen Momente sind deine Schuld, schon vergessen? Du bist verflucht.«

»Tut mir leid.«

Ich entspannte mich, nahm die Hände vom Gesicht und drehte mich zu ihm um. »Wie schlimm war es?«

Heath stellte seine Bierflasche und meinen Sekt auf den Tisch neben uns, dann umfasste er meine Wangen, neigte den Kopf zurück und rief: »Ich habe Sex mit Stella Marten!«

Der Raum war zu laut, sodass nur die Leute in der Nähe ihn hörten.

»Siehst du?«, fragte er. »Nicht so schlimm.«

»Oh Gott.« Ich stöhnte und ließ mich gegen ihn sinken. »Das ist nicht dasselbe.«

Er drückte mich an sich und küsste mich auf den Scheitel. »Hi. Ich bin Heath.«

»Wendy.«

Ich blieb an seiner Brust verschanzt, während er ihr die Hand schüttelte.

»Was hast du mit ihr vor?«

»Oh, Wendy«, stöhnte ich.

»Das ist eine verdammt gute Frage«, sagte plötzlich eine vertraute wütende Stimme.

Ich erstarrte und Heath auch. Die Stimme war direkt hinter ihm.

Heath lockerte seine Umarmung, und ich schaute an ihm vorbei zu meinem Bruder.

Vielleicht hatte nicht die ganze Bar Heaths Bekenntnis gehört. Aber Guy schon. Er schäumte vor Wut, so wütend hatte ich ihn seit Jahren nicht gesehen. Mein Bruder trug seine Gefühle stets offen zur Schau, und in diesem Moment war er kurz davor auszurasten.

Nur ein Mal in meinem Leben hatte ich Guy so wütend gesehen, und anschließend war ein monumentales Arschloch im Krankenhaus gelandet.

»Oh, scheiße«, murmelte Wendy und kam an meine Seite. »Er ist sauer.«

»Meinst du?«, sagte ich trocken und wollte mich zwischen Heath und Guy schieben.

Heath merkte das sofort und hielt mich auf. Eine seiner Hände umklammerte meine, während er mit Guy sprach. »Lass es mich erklären.«

»Fick dich«, sagte Guy. »Scheiß auf deine Erklärungen.«

»Guy«, fauchte ich.

»Nicht.« Er zeigte auf meine Nase. »Du hast mir das auch verheimlicht.«

»Wir wollten es dir sagen, wenn du vom Skifahren in Big Sky zurückkommst«, erklärte Heath.

»Überraschung. Mel kreuzte da auf, und einer von uns musste gehen. Also kam ich früher nach Hause und dachte, ich rufe meinen besten Freund und meine Schwester an, um zu fragen, ob sie sich mit mir treffen wollen. Keiner von beiden ging ran, also fuhr ich in die Stadt. Und hier seid ihr.«

»Es tut mir leid«, sagte ich.

Guy ignorierte mich, sein Blick war auf Heath gerichtet.

»Immer mit der Ruhe«, sagte Heath. »Lass es uns erklären.«

»Beruhige dich, Guy.« Ich griff nach seinem Arm, aber er riss ihn weg und schoss mir ein kurzes Grinsen zu, bevor er Heath wieder ansah.

»Nach allem, was ich dir neulich Abend gesagt habe.« Guy spottete. »Ich kann es nicht glauben.«

»Was?« Ich sah zu Heath auf. »Was hat er dir gesagt?«

»Das ist nicht dasselbe.« Heath biss sichtlich die Zähne zusammen. »Wage es nicht, mich mit diesem Wichser zu vergleichen.«

Moment. Was hatte Guy ihm erzählt? Es konnte sich nur um eines handeln. Einen Vorfall, den Guy nicht erzählen durfte, vor allem nicht Heath.

Nein. Mir wurde schwindlig, und ich hielt mich an Heaths Hand fest, um das Gleichgewicht zu halten. Das konnte doch nicht wahr sein. Es hatte seinen Grund, warum ich den Leuten nicht erzählte, was mir am College passiert war. Es war nicht einfach ein peinliches Erlebnis, es war ein Albtraum gewesen.

Guy hatte kein Recht dazu.

»Du hast es ihm gesagt.« Ich trat näher an meinen Bruder heran. »Du hast ihm von Dave erzählt.«

Er hatte nicht einmal den Anstand, schuldbewusst zu gucken. »Ja, ich habe es ihm gesagt. Ich wusste, dass du dich mit jemandem triffst. Heimlich. Ich war um dich besorgt und habe Heath gefragt, ob er weiß, mit wem du dich triffst. Und er hat mich angelogen. Du hast mich angelogen. Ihr habt mir ins Gesicht gelogen. Und so was nennt sich Freund … oder Schwester.«

Das meiste davon wurde von dem Lärm in meinem Kopf verschluckt.

Heath wusste über Dave Bescheid. Er wusste, dass mich einer von Guys Freunden unter Drogen gesetzt hatte und mich vergewaltigen wollte. Er wusste es schon die ganze Woche.

Also auch in der Nacht, als er zu mir kam und mich fragte, ob ich ein Geheimnis bewahren könne.

Mir wurde flau.

»Wie konntest du nur?«, fragte Guy ihn. »Sie ist meine Schwester. Ich dachte, du bist mein bester Freund. Was passiert, wenn du sie verarschst? Was passiert, wenn du ihr das Herz brichst?«

»Das wird nicht …«

»… passieren?« Guy zog die Brauen hoch. »Sicher wird es das.«

»Stopp.« Meine Stimme war zu leise. Keiner der beiden hörte mich, und Guy war in Fahrt.

»Du benutzt sie nur. Als du von mir hörtest, dass sie in dich verknallt ist, dachtest du, sie ist eine leichte Beute, richtig? Die sich mühelos flachlegen lässt?«

»Pass auf, was du sagst, verdammt noch mal.« Heath trat dicht an Guy heran. »Du wirst nicht über Stella reden, als wäre sie ein billiges Flittchen.«

»Du behandelst sie wie eines.«

»So ist es nicht. Sie bedeutet mir etwas. Ich würde ihr nie absichtlich wehtun.«

»Stopp.« Ich schaffte es, ein wenig lauter zu werden. Aber es reichte nicht. Ich war noch immer zu leise.

Guy schnaubte höhnisch und ignorierte mich weiter. »Das hast du über all deine Frauen gesagt. Du würdest nie einer absichtlich wehtun, aber du tust es. Immer und immer wieder. Ich habe gesehen, wie sie um dich geweint haben, als du weitergezogen bist.«

»Und du bist so viel besser?«

»Fick dich«, zischte Guy. »Hier geht es nicht um mich. Es geht um dich und meine Schwester.«

»Stopp.« Ich riss meine Hand aus Heaths. »Hört auf, über mich zu reden, als wäre ich nicht hier.«

»Ich hasse dich dafür.« An Guys Kiefer zuckte ein Muskel, und er wandte sich ab, als wollte er gehen, aber bevor er einen Schritt machte, drehte er sich und bewegte sich so schnell, dass ich kaum Zeit hatte zu registrieren, was da kam.

Heath dagegen sah es. Er versuchte nicht einmal, sich zu bewegen. Er nahm den Faustschlag einfach hin.

Wendy schrie auf und griff nach meinem Arm, um mich wegzuziehen.

Aber Heath fasste um mein Handgelenk und hielt mich hinter sich, während er sich über den Kiefer strich.

Die Türsteher stürmten auf unsere Ecke der Bar zu, schrien und schubsten Leute aus dem Weg.

Mit angehaltenem Atem und aufgerissenen Augen schaute ich zwischen Guy und Heath hin und her. *Bitte nicht kämpfen, bitte nicht kämpfen.*

Heath stand aufrecht da und starrte Guy an. Und mein Bruder starrte zurück.

Aber zum Glück hob keiner die Fäuste. »Ihr seid beide raus.« Einer der Türsteher nahm Guy beim Ellbogen, um ihn wegzuziehen. Nur waren die Türsteher kleiner als Guy und Heath.

»Lassen Sie mich in Ruhe.« Guy riss sich los, und als er sich diesmal umdrehte und ging, blieb er erst stehen, als er zur Vordertür hinaus war. Ein Türsteher folgte ihm nach draußen.

»Sie müssen gehen«, sagte der andere Türsteher zu Heath.

»Tue ich.« Heath hob beschwichtigend die Hände, als der Türsteher ihn an der Schulter packte und zum Hinterausgang schob.

»Oh, mein Gott.« Wendys Hand fand meine.

Ich hielt sie fest und starrte auf Heaths breiten Rücken, während er sich zwischen den Leuten durchschob. Die meisten von ihnen hatten keine Ahnung, was gerade passiert war. Selbst die zu Wendys Gruppe gehörten, hatten nicht auf uns geachtet.

»Komm schon.« Ich zog Wendy mit mir, als ich mich zum Ausgang drängte.

Guy war fuchsteufelswild. Die einzige Person, die im Moment mit ihm reden konnte, war ich. Aber ich ging nicht nach vorn. Ich wählte die Hintertür.

Ich entschied mich für Heath.

Er stand auf dem schneebedeckten Parkplatz auf der anderen Seite der Gasse und rieb sich die Stelle, wo Guy ihn getroffen hatte. Als er mich kommen hörte, ließ er die Hand sinken und ging auf uns zu.

»Geht es dir gut?«, fragte er.

»Ja.« Ich schluckte. »Und dir?«

»Mir geht es gut«, brummte er. »Ich habe damit gerechnet.«

Er wirkte so … ruhig. Ich dagegen hatte heftiges Herzklopfen. Mein Atem ging stoßweise, und die Kälte verwandelte ihn in eine wabernde Wolke.

»Ich gehe wieder rein und hol meinen Mantel.« Wendy zog ihre Hand aus meiner. »Warte auf mich.«

»Okay.« Ich nickte, und während sie zurück in die Bar eilte, nahm ich mir einen Moment zum Verschnaufen. »Das war …«

»Es tut mir leid.« Er fuhr sich mit der Hand durch die Haare. »Oh Gott.«

»Was hat er dir neulich abends erzählt?«

Heath sah mich kurz an. »Stell, das spielt keine Rolle.«

»Was hat er gesagt?« Ich knirschte mit den Zähnen.

Er atmete lange aus. »Er hat mir von seinem Freund erzählt. Diesem Dave. Dass er dich zu einer Verbindungsparty mitgenommen hat. Dass ihr es geheim gehalten habt. Und dass es … ähm … schlecht ausgegangen ist.«

»Er hat mich unter Drogen gesetzt. Er hätte mich vergewaltigt.«

Heath zuckte zusammen. »Sag das nicht.«

»Warum nicht? Es ist wahr. Das ist der beschämendste Moment meines Lebens. Der einzige, an dem du nicht schuld bist.« Mein Scherz zündete nicht.

Heath sah aus, als hätte er jetzt mehr Schmerzen als nach dem Faustschlag von Guy.

»Ich wollte nicht, dass du es weißt. Guy hatte kein Recht, dir das zu erzählen. Wolltest du deshalb das mit uns geheim halten?«

»Was?«

»Weil du mich bemitleidest?«, fragte ich. »Ist das der Grund?«

»Da drinnen habe ich überhaupt kein Geheimnis mehr daraus gemacht, Stella.« Er deutete über meine Schulter und schaute immer angespannter. »Ich habe dir versprochen, dass ich es Guy erzählen werde. Das hat nichts damit zu tun, was dir der Wichser im College angetan hat.«

Warum also wurde ich dieses eklige Gefühl im Magen nicht los?

»So habe ich mir den Abend nicht vorgestellt«, flüsterte ich, und mein Kinn begann zu zittern.

Heath griff nach mir, aber ich wich aus. Ein Berührung von ihm, und ich könnte mich nicht mehr zusammenreißen. Wenn er mich in den Arm nähme, würde ich weinen.

»Ich muss mit Guy sprechen.«

»Wir können morgen zu ihm gehen. Zusammen.«

Ich schüttelte den Kopf. »Nein. Jetzt.«

»Okay.« Er machte noch einen Schritt auf mich zu, aber ich hob eine Hand.

»Ich gehe allein. Er ist mein Bruder.«

Wenn ich von der Schaukel oder vom Klettergerüst gefallen war, war Guy immer der Erste, der herbeieilte. Wenn ich mit dem Fahrrad gestürzt war, war er es, der meine Hand hielt, während Dad die Steinchen von meinen aufgeschürften Knien entfernte. Guy hatte in der Highschool auf mich aufgepasst und die Fieslinge mit seinen Drohungen verscheucht. Das Gleiche hatte er auch im College versucht.

Vermutlich hatte sich Guys Zorn weniger an Heaths Verhalten entzündet als an meinem. Weil ich ihm unsere Beziehung verheimlicht hatte. Ich hatte mich von Heath überzeugen lassen, dass er es Guy erzählen sollte, nicht ich. Aber das war ein Fehler gewesen.

Ich hätte es meinem Bruder sagen sollen. Guy hätte es von mir erfahren müssen.

»Stella …«

»Sag Wendy, ich rufe sie an.« Ich lief die Gasse hinunter, so schnell das mit meinen hochhackigen Stiefeln möglich war, ohne im Schnee auszurutschen.

»Stella!«, rief Heath, aber ich wurde nicht langsamer.

Ich erreichte das Ende der Gasse, bog um die Ecke und auf den Bürgersteig an der Main. Suchend schaute ich in beide Richtungen.

Guy war nicht weit gekommen. Mit geballten Fäusten ging er vor der *Crystal Bar* auf und ab. Vielleicht wartete er darauf, dass wir auch durch die Vordertür rauskamen.

»Guy«, rief ich und eilte zu ihm.

Er blieb stehen und schaute an mir vorbei, als erwartete er, Heath zu sehen.

»Ich bin allein«, sagte ich und hielt langsam an.

Mein Adrenalinspiegel war wohl gesunken, denn ich spürte die Kälte durch meinen Pullover, und meine Hose war zwar hübsch, aber nicht gerade warm. Frierend schlang ich die Arme um mich. »Es tut mir leid.«

»Du weißt nicht, was du tust, Stella.«

»Ich bin kein Kind mehr, Guy. Ich weiß genau, was ich tue.«

»Er ist ganz anders, als du glaubst.«

»Guy.« Ich lächelte ihn traurig an. »Das ist Heath. Ich weiß genau, wie er ist. Er ist nett. Er ist gütig. Er ist klug. Er pfeift, während er sich rasiert, und er liebt seine Familie. Er ist so loyal, dass er mich gebeten hat, es geheim zu halten, weil er wusste, dass du ausflippen würdest.«

»Es geheim zu halten? Er hat dich gebeten, sein Geheimnis zu sein? Das ist verdächtig, Stell. Nicht nett.«

»Er ist mir wichtig. Schon seit ich ein kleines Mädchen war.«

»Genau.« Er warf die Arme hoch. »Du hast dir was zurechtgeträumt. Was passiert, wenn die Illusion platzt? Was passiert, wenn du merkst, dass er ein Weiberheld ist? Dass er dich benutzt und wegwirft, wenn er genug hat?«

»Das wird nicht passieren.« Davon war ich zutiefst überzeugt. Heath benutzte mich nicht. Er meinte es ernst mit mir. Unsere Beziehung war echt.

»Doch, wird es!« Guy fuhr sich mit einer Hand durch die Haare. »Er spielt mit den Frauen. Ich weiß das, denn wir sind gar nicht so verschieden. Weißt du, warum Mel mit mir Schluss gemacht hat? Weil ich eine andere Frau angebaggert habe. Das war dumm. Verdammt dumm. Aber ich hatte getrunken, und diese Frau wollte flirten. Mel tauchte auf und erwischte mich, als ich die Frau gerade küssen wollte. Sie hat uns unterbrochen und gesagt: *Ruf mich nie wieder an.*«

Das tat mir leid für ihn, obwohl er ein Idiot war. »Es tut mir leid.«

»Ich bin es selbst schuld.«

»Ja, bist du. Aber das bedeutet nicht, dass Heath sich bei mir genauso verhalten wird.«

»Ich habe ihn mit Frauen spielen sehen, Stell.«

»Wann? In der Highschool? Im College? Du kennst Heath. Du kennst ihn. Glaubst du wirklich, er würde mit mir spielen?«

Ein leiser Zweifel zeigte sich in seinen Augen, aber er gab nicht nach. Er hob nur störrisch das Kinn.

»Wie auch immer.« Ich warf die Hände hoch. Heute Abend war nicht mit ihm zu reden. Er hatte sich darauf versteift, und nichts, was ich sagen könnte, würde ihn umstimmen. »Wenn er mit mir spielt, dann werde ich ihn abservieren, so, wie Mel dich abserviert hat.«

»Und ich werde meinen besten Freund verlieren.«

»Du brauchst nicht zwischen uns zu wählen.«

Er blinzelte. »Ernsthaft? Als ob ich mit einem Mann befreundet sein könnte, der meine Schwester verletzt hat.«

Wenn mein Bruder doch nur seinen Freundinnen gegenüber so loyal sein könnte. »Ich weiß nicht, wie es mit Heath funktionieren wird. Aber du kannst mich nicht immer weiter beschützen.«

»Mach Schluss mit ihm, Stella. Beende das jetzt, bevor es zu weit geht.«

Ich wurde wütend. »Nein.«

»Doch.«

»Das ist nicht deine Angelegenheit, Guy. Du hast mir nicht zu sagen, was ich tun soll.«

»Dann komm nicht weinend angerannt, wenn er dir das Herz gebrochen hat. Ich werde nicht da sein, um dir die Tränen wegzuwischen. Nicht dieses Mal.« Damit drehte er sich um und marschierte davon.

Mein Kinn zitterte wieder, nicht nur wegen der Kälte.

Ich war den Tränen nahe, als sich zwei starke, vertraute Arme um mich legten und ein beruhigender Duft mich einhüllte. Heath war nicht gegangen. Natürlich war er nicht gegangen. Er würde mich nie einfach stehen lassen. Und Guy wüsste das, wenn er mal über den Tellerrand blicken würde.

Heath hatte sich wahrscheinlich bis zur Ecke geschlichen,

wo er außer Sicht war, aber unser Gespräch mit anhören konnte.

»Komm, Süße.« Heath drückte mich fester. »Lass uns nach Hause fahren.«

12

Stella

»So viel zu einem schönen Silvesterabend, hm?« Ich senkte den Blick auf meinen Schoß, als Heath uns quer durch die Stadt zu seinem Haus fuhr.

Als ich mich am frühen Abend fertig gemacht, mir die Haare hochgesteckt und mich geschminkt hatte, war ich wahnsinnig aufgedreht gewesen und hatte mich darauf gefreut, das alte Jahr ausklingen zu lassen und das neue mit Heath an meiner Seite zu beginnen. Doch jetzt wollte ich mir nur noch den Glitzerlidschatten abwaschen und mir die Paillettenhose ausziehen.

Meine Feierlaune war verpufft.

Unsere Dates in dieser Woche waren alle ein Desaster gewesen. War das schon ein Zeichen, dass die Beziehung ein Fehler war? Würde sie unweigerlich zerbrechen?

»Hey.« Heath streckte den Arm zu mir rüber und strich mit dem Daumen über meine Wange. »Gib den Abend noch nicht auf. Wir haben noch eine Stunde bis Mitternacht.«

Ich lächelte ihn traurig an. »Vielleicht solltest du mich einfach nach Hause bringen. Dann können wir morgen einen Neuanfang machen.«

»Nein. Du kannst bei mir zu Hause einen Neuanfang machen.« Er deutete zum Rücksitz. »Außerdem hast du schon dafür gepackt.«

Eigentlich hatte er gepackt. Mein Koffer stand hinter uns im Fußraum. Ich hatte wieder alles in den Rucksack und eine Tasche gestopft und die Reißverschlüsse kaum zu bekommen.

Nach einem Blick darauf hatte Heath den Koffer aus meinen Schrank genommen.

»Okay.« Erneut schaute ich aufs Handy – zum hundertsten Mal, seit wir ins Auto gestiegen waren.

Noch immer nichts von Guy.

Als wir in die Gasse zurückgekehrt waren, hatte Wendy schon gewartet. Sie hatte sich entschieden, im *Crystal* zu bleiben, verstand aber, warum ich nicht mehr in Feierlaune war. Wahrscheinlich wäre sie mit mir nach Hause gekommen, aber Heath hatte ihr keine Gelegenheit gegeben, das anzubieten. Nach meinem Streit mit Guy hatte er mir nur einen Moment Zeit gelassen, Wendy zu umarmen, und mich dann in seinen Wagen geschoben und die Heizung aufgedreht.

In der Ferne sahen wir die ersten Feuerwerksraketen am Himmel explodieren. Der goldene Funkenregen verblasste, und meine Augen füllten sich mit Tränen.

»Es tut weh, dass er mich nicht glücklich sein lässt«, flüsterte ich.

»Es tut mir leid, Baby. Das ist meine Schuld.«

»Nein, seine.« Eine Träne fiel. »Wie kann er nicht wollen, dass ich mit dir zusammen bin?«

»Nicht weinen.« Seine Hand glitt zu meinem Nacken. »Oder warte, bis wir zu Hause sind, dann nehme ich dich in den Arm.«

Schniefend kämpfte ich gegen die Tränen an, aber vergeblich. Sie flossen in Strömen, und als wir in die Garage fuhren, war ich mir sicher, dass mein ganzes Gesicht mit Glitzerlidschatten und Wimperntusche verschmiert war.

Heath stellte den Motor ab, stieg aus und öffnete meine Tür.

Als er mich vom Sitz hob, barg ich das Gesicht in seiner Halsbeuge und ließ mich von ihm ins Haus tragen. »Guy ist scheiße.«

Er gluckste. »Heute Abend? Ja.«

»Wie geht es deinem Gesicht?« Ich blickte hoch und betrachtete den roten Fleck an seinem Kinn.

»Das geht wieder weg. War nicht mein erstes Mal.«

»Wirklich? Wer hat dich noch geschlagen?« Und wieso wusste ich nichts davon?

»Tobias und Maddox, als wir Kinder waren.« Er zuckte die Achseln. »Brüder streiten sich.«

»Oh.« Ich ließ den Kopf wieder an seine Schulter sinken. »Guy und ich streiten eigentlich nicht.«

»Er wird damit klarkommen. Wenn er sieht, dass wir es ernst meinen, wird er einlenken.«

»Du hast recht. Aber in der Zwischenzeit werde ich ihn mit Schweigen bestrafen. Das Arschloch. Immerhin bist du sein bester Freund. Wie kann er nur so etwas über dich sagen? Macht dich das nicht wütend? Dass er denkt, du wärst schlecht für mich? Mich kotzt das an.« Meine Wut wallte auf. Wut war gut. Sie trocknete die Tränen, und als Heath mich am Fußende seines Bettes absetzte, ließ ich meine Schultern nach vorn sinken und verschränkte die Arme vor der Brust. »So darf er nicht über dich reden.«

»Du willst meine Ehre verteidigen?« Heath zog mir einen Stiefel aus.

»Ja.«

»Das ist verdammt sexy.« Seine Finger strichen über meinen Knöchel, bevor er mir den anderen Stiefel auszog und ihn zur Seite warf. Dann wanderten seine Hände meine Beine hinauf und griffen nach dem Bund meiner Hose.

Meine Wut hatte die Traurigkeit vertrieben, jetzt würde meine Lust dem Zorn einen Tritt verpassen.

Ich schob die Finger in Heaths gestylte Haare und brachte sie durcheinander. »Wirst du mich um Mitternacht küssen?«

»Dumme Frage, Stell.«

Ich nahm ein paar Strähnen in die Faust und zog daran. »Willst du mich auf den Arm nehmen?«

»Immer.« Er kicherte, kam näher und ging dabei auf die Knie, bevor er seine Lippen auf meine drückte. »All deine Mitternachtsküsse gehören mir. Ob Silvester oder nicht. Du gehörst mir.«

Du gehörst mir. Das und seine tiefe Stimme konnte ich nicht oft genug hören.

Ich neigte mich zu ihm und wollte ihn noch einmal küssen, doch er wich zurück, und ein besorgter Blick trübte sein schönes Gesicht. »Was?«

»Wegen der Sache im College. Als Guy es mir erzählte, war ich total geschockt. Ich war mir unsicher, was ich sagen könnte. Ich hätte dich diese Woche darauf ansprechen sollen, aber … jedes Mal, wenn ich daran denke, werde ich wütend. Es tut mir so leid, dass dir das passiert ist.«

»Ist schon gut.« Ich nahm seine Hand von meinem Knie und verschränkte unsere Finger. »Es hätte viel schlimmer sein können, und ich habe es hinter mir.«

»Sollen wir darüber reden?«

»Ich habe darüber geredet. Guy denkt, es sei ein Geheimnis, aber meine Mutter weiß es. Sie hat mich ermutigt, zur Therapie zu gehen. Es ist mir peinlich, dass ich mich in diese Lage gebracht habe. Dass ich jemandem vertraut habe, dem ich nicht hätte vertrauen sollen. Dieses Gefühl wird wahrscheinlich immer bleiben. Ich habe eine schlimme Erfahrung gemacht und daraus gelernt. Aber davon abgesehen ist das Vergangenheit.«

»Wenn du reden willst, ich bin da.«

»Danke.« Ich beugte mich zu einem Kuss zu ihm, aber er verweigerte ihn wieder.

Er grinste, als ich die Stirn runzelte. »Du wirst noch früh genug bekommen, was du willst.«

»Worauf wartest du noch?«

»Es tut mir leid, dass ich dich gebeten habe, unsere Beziehung geheim zu halten.« Er streichelte meine Wange. »Von jetzt an keine Geheimnisse mehr.«

In meiner Brust löste sich etwas. Der Zweifel, ob er mich wirklich wollte. Erst jetzt wurde mir bewusst, wie sehr ich diesen Satz von ihm gebraucht hatte.

»Du bist wunderschön«, sagte er. »Du bist klug. Du bist witzig, und deine Macken sind bezaubernd.«

»Ich habe keine Macken.«

»Uneinig einig.« Er lächelte. »Ich respektiere dich, Stella. Ich kann nicht behaupten, dass ich die Frauen immer richtig behandelt habe. Ich bin nicht stolz darauf. Ich weiß nicht, wohin das mit uns führen wird, aber ich werde dich immer respektieren.«

»Das weiß ich.«

»Keine Geheimnisse mehr.«

Ich schüttelte den Kopf. »Keine Geheimnisse mehr.«

»Ich werde am Montag mit meinem Vater sprechen. Ich nehme an, er hat nichts dagegen, aber er wird darum bitten, dass wir es nicht aktiv im Büro verbreiten.«

»Damit bin ich einverstanden.« Ich brauchte Zeit, um bei *Holiday Homes* Fuß zu fassen. Ich wollte nicht, dass meine Kollegen oder die Kunden glaubten, ich würde bevorzugt behandelt, weil ich mit Heath zusammen war.

»Gut.« Als ich mich dieses Mal vorneigte, küsste er mich, wie ich es wollte.

Das war der Kuss, der die Spannungen der Nacht auslöschte. Der Kuss, der mir versicherte, dass es kein Versteckspiel mehr gab. Der mir versprach, dass alles gut werden würde.

Ein Kuss führte zum nächsten, bis wir wahrhaft eins wurden, atemlos, Haut an Haut, eng umschlungen. Und es war Mitternacht, als ich aufhörte, in Heath Holiday verknallt zu sein, und stattdessen anfing, ihn zu lieben.

»Weißt du, was ich nicht über dich weiß?«, fragte Heath, als wir am nächsten Morgen in der Küche standen.

»Was?«

»Wie magst du deinen Kaffee? Ich sollte das wissen. Bei der Arbeit habe ich gesehen, wie du dir welchen genommen hast. Aber ich war zu sehr damit beschäftigt, auf deinen Hintern zu starren, um mir einzuprägen, ob du Sahne oder Zucker reintust.«

»Sahne *und* Zucker.«

»Süß.« Er zog mich an seine Brust. »Wie du. Das hätte ich mir denken können.«

Neben uns auf dem Tresen lief der Kaffee durch die Maschine.

Wir hatten heute Morgen ausgeschlafen, weil er mich lange wach gehalten hatte. Ich war in seinen Armen aufgewacht, und nachdem er wieder mit mir geschlafen hatte, waren wir unter die Dusche gesprungen und hatten uns Sweatshirts anzogen. Heath hatte mich gebeten, den Tag bei ihm zu verbringen. Mit ihm allein.

Für mich war das der schönste aller Neujahrstage.

»Was wollen wir zum Früh…« Das Klingeln an der Tür unterbrach ihn.

Er grummelte. »So viel zu unserem Tag zu zweit.«

»Und wenn wir es einfach ignorieren?«

»Guter Plan.« Wir standen reglos da, den Blick zur Tür gerichtet.

Es klingelte wieder, nicht nur einmal, sondern fünfmal.

»Es gibt nur einen, der das macht.« Guy. Ich schaute auf Heaths Kiefer. Durch die Stoppel schimmerte ein Bluterguss. »Wir können ihn ignorieren.«

»Deine Entscheidung, Liebling.«

Meine Nasenlöcher blähten sich. »Ich will nicht, dass er uns den Tag versaut. Aber ich will hören, was er zu sagen hat.«

»In Ordnung.«

»Wir geben ihm fünf Minuten. Entweder er entschuldigt sich in dieser Zeit oder wir schubsen ihn in den Schnee.«

»Das Schubsen übernehme ich.«

Ich lachte. »Das wird ein Honiglecken.«

Heath öffnete den Mund, aber anstatt mich zu korrigieren, lächelte er einfach. »Ich liebe Honig.«

»Ich auch. Essen wir welchen zum Frühstück?«

»Solange du ihn von meinen Fingern leckst.«

»Geht klar.«

Er ließ mich los, nahm meine Hand und ging mit mir zur Tür. Er öffnete sie, trat aber zur Seite, damit ich die Führung übernehmen konnte.

Vor mir stand Guy.

Zusammen mit Wendy.

»Hallo.« Ich lächelte sie an und blickte dann meinen Bruder an. »Was willst du?«

»Können wir reinkommen?«, fragte er. »Hier draußen ist es kalt.«

»Dann hättest du einen Mantel anziehen sollen.«

»Stella.«

Ich winkte Wendy herein. »Sie kann reinkommen. Du nicht.«

»Morgen.« Wendy kräuselte die Lippen, um ein Lächeln zu überspielen, als sie über die Schwelle trat. »Frohes neues Jahr.«

»Frohes neues Jahr.« Ich schaute zwischen ihr und Guy hin und her. Sie hatte einen grünen Smoothie in der Hand. Guy auch. Im Gegensatz zu mir hatte er den halben Becher getrunken. »Wie habt ihr beide denn zusammengefunden?«

»Nachdem ihr gestern Abend gegangen seid, ist unsere Partytruppe in eine andere Bar gezogen«, sagte sie. »Da fand ich diesen Idioten vor … sturzbetrunken. Und weil ich ein besserer Mensch bin als er, habe ich ihn auf meiner Couch ausschlafen lassen.«

»Ah.« Ich nickte.

»Stella.« Guy klapperte mit den Zähnen. »Bitte.«

»Nein. Du bist ein Wichsgesicht, ein Arschlochloser.«

In unserer Kindheit war das zwischen uns die ultimative Beleidigung gewesen. Ich hatte keine Ahnung, warum mir das jetzt in den Sinn kam, aber es war so, und na ja … es passte.

Heaths Schultern bebten vor Lachen.

Wendy prustete.

»Ich weiß«, murmelte Guy.

»Du hast mich tief verletzt. Arschloch.« Bitte sehr. Die Beleidigung einer erwachsenen Frau.

»Es tut mir leid«, sagte er.

»Gut.« *Sieg.* »Jetzt darfst du reinkommen. Aber hauptsächlich, weil mir auch kalt ist und du die ganze Wärme rauslässt.«

Guy trat ein und trampelte den Schnee von seinen Stiefeln. Er hatte sich ziemlich auf mich konzentriert, aber jetzt riskierte er einen Blick zu Heath. »Wie geht's dem Kiefer?«

Heath zuckte die Achseln. »Stella hat ihn heil geküsst.«

Wendy, die an ihrem Smoothie genippt hatte, verschluckte sich daran und hustete, dass die Tropfen flogen. »Oh, Gott, ich liebe es. Ich bin so froh, dass es ihm keiner von euch beiden leicht macht.«

»Ich bereue es, dass ich gestern Abend in dein Auto gestiegen bin«, sagte Guy zu ihr.

»Winsle um Gnade, Marten«, befahl Wendy. »Zurück auf die Knie, damit wir die beiden endlich allein lassen und sie in Ruhe ihren Tag genießen können.«

Er seufzte, widersprach aber nicht. Dann straffte er die Schultern und wandte sich Heath zu. »Ich liebe meine Schwester.«

»Ich weiß.«

»Ich will nicht, dass sie verletzt wird.«

»Ich werde ihr nicht wehtun«, sagte Heath aus tiefster Überzeugung.

Guy hörte es. Wendy auch.

Sie lehnte sich an meinen Arm und seufzte schwärmerisch.

»Gut.« Guy nickte, dann sah er mich an. »Heath ist mein bester Freund.«

»Ich weiß.«

»Ich will auch nicht, dass er verletzt wird.«

Ich nickte, und mir wurde warm in der Brust. Für eine Nervensäge hatte er wirklich ein weiches Herz.

»Es tut mir leid, was ich gestern Abend gesagt habe.« Guy trat näher und streckte die Arme aus. »Verzeihst du mir?«

»Ja.« Ich ließ mich auf seine Umarmung ein. Aber ein Schnuppern und ich schob ihn weg. »Du stinkst wie eine Absturzkneipe.«

»Wendy hat mich nicht duschen lassen.« Sein Magen knurrte. »Und alles, was sie mir zum Frühstück anbot, war dieser eklige grüne Schleim.«

»Das ist gesund«, sagten sie und ich wie aus einem Mund.

Heath klopfte Guy auf die Schulter. »Wir wollten gerade Frühstück machen. Möchtest du auch was?«

Guy nickte. »Solange Stella es macht und nicht du.«

»Geht klar«, versprach ich.

»Was dagegen, wenn ich unter die Dusche springe?«, fragte Guy, schnüffelte an seiner eigenen Achselhöhle und zog eine Grimasse.

»Nur zu.« Heath deutete mit dem Kopf den Flur entlang zum Gästebad. »Ich hole dir ein paar Klamotten.«

Als Guy verschwand, seufzte Wendy. »Meine Arbeit hier ist getan.«

»Danke, dass du ihn nach Hause mitgenommen hast.« Ich umarmte sie. »Und ihn hierhergebracht hast.«

»Gern geschehen.«

»Was machst du heute?«

»Nicht viel. Warum?«

»Möchtest du nicht auch bleiben?«

Sie sah zwischen uns beiden hin und her. »Es macht euch nichts aus?«

»Bleib einfach!«, sagte Heath lachend zu ihr.

Ich lächelte und ging beschwingt in die Küche, um uns allen Frühstück zu machen.

Nachdem unsere Teller abgeräumt waren und der Geschirrspüler lief, gingen wir ins Wohnzimmer.

»Sollen wir uns einen Film ansehen?«, fragte Heath.

»Ich wünschte, die letzte Staffel von *State of Ruin* wäre auf *Madcast* zu sehen«, sagte ich zu Heath, als wir uns auf der Couch aneinanderschmiegten.

»Maddox hat mir vorzeitig Zugang gewährt.«

Keuchend setzte ich mich auf. »Und das sagst du mir erst jetzt?«

»Wir hatten eine anstrengende Woche. Wir hatten keine Zeit zum Fernsehen.«

»Stimmt.« Ich schmiegte mich in seinen Arm, als er den Fernseher einschaltete, die beliebte Serie abrief und auf Play drückte. »Es kommt mir länger vor als eine Woche.«

Er drückte mich fester. »Weil wir schon immer füreinander bestimmt waren, Stell.«

»Könnt ihr beide mal die Klappe halten?«, schnauzte Guy vom Sessel aus. »Ich will hören, was da gesprochen wird.« Dabei lief gerade erst der Vorspann.

Heath nahm ein Sofakissen und warf es meinem Bruder ins Gesicht.

»Ich muss nach Hause«, sagte Guy und schlug das Kissen weg, aber er machte keine Anstalten zu gehen.

»Mit dieser Serie konnte ich mich nie richtig anfreunden.«

Wendy hatte sich mit einer Decke in eine Sofaecke gekuschelt und schloss die Augen. »Ich mache ein Nickerchen.«

»Pst«, zischte Guy.

Heath streckte sich lachend hinter mir aus und legte einen Arm um mich, während ich mich mit dem Rücken an seine Brust schmiegte. »Frohes neues Jahr.«

»Frohes neues Jahr.«

Er beugte den Kopf vor und flüsterte mir ins Ohr. »Glaubst du es schon?«

Ich begegnete seinen strahlenden Augen. Ich sah das Versprechen in seinem Blick. Wir waren erst seit einer Woche zusammen. Aber dies war die Woche, die alles verändert hatte.

Heath Holiday gehörte mir. »Ich glaube es.«

Epilog

Heath

Ein Jahr später …

»War es letztes Jahr auch so laut?«, fragte Stella, als wir uns bei der jährlichen Weihnachtsparty meiner Eltern über die Tanzfläche drehten.

»Ja, aber wir haben die lauten Phasen verpasst.«

»Richtig.« Sie lächelte mich selig an. »Weil du in dem Salon an meinen Nippeln gesaugt hast.«

Das Paar, das neben uns tanzte, sah sie fragend von der Seite an, doch Stella schaute zu neugierig durch den Ballsaal, um den Blick zu bemerken.

Ich drückte ihr einen Kuss auf die Stirn und drehte sie von dem Pärchen weg. Sie gab mir die Schuld an ihren peinlichen Momenten, und im Lauf des Jahres hatte ich oft den Kopf dafür hingehalten, damit sich ihr Lächeln nicht verflüchtigte. Doch der wahre Schurke hinter dem Fluch war Stellas überschäumende Lebendigkeit.

»Die Jungs da sind fantastisch.« Sie deutete mit dem Kinn zur Bühne. »Gute Wahl.«

»Danke, Liebling.«

Die Band riss die Leute richtig mit. Vielleicht war ich voreingenommen, denn meine Mutter hatte mir dieses Jahr die Verantwortung für die Musik übertragen, aber ich sah mehr Leute tanzen als in den vergangenen Jahren.

Zum ersten Mal hatten meine Eltern ein paar Aufgaben

bei den Vorbereitungen delegieren wollen und dazu ihre Söhne rekrutiert.

Ich hatte die Band engagieren müssen. Tobias hatte den Saal schmücken lassen, und Maddox hatte sich angeboten, das Essen und die Getränke zu bestellen. Seine Tochter hatte eine Schwäche für Süßes und würde voll auf ihre Kosten kommen, denn das Dessertbüfett war doppelt so lang wie sonst.

»Oh nein«, seufzte Stella.

»Was?«

»Joe Jensen kommt in unsere Richtung.« Sie setzte ein Lächeln auf, als ob sie sich freuen würde, ihn zu sehen. »Hallo, Joe.«

»Hallo, Stella.« Er trat zu uns, sodass wir nicht weitertanzen konnten. »Übrigens … ich dachte vorhin über die Küche nach, und bevor ich es vergesse, ich würde gern etwas ändern.«

Stella wurde steif, aber ihr Lächeln schwankte nicht. »Okay. Was schwebt Ihnen vor?«

»Können wir Platz für einen Tiefkühlschrank und einen Profibackofen berücksichtigen?«

Joe hatte ihr erst letzte Woche gesagt, dass er nur selten kochte. Aber meine schöne Stella hielt ihm das jetzt nicht vor. Sie nickte nur.

»Aber klar. Ich werde Ihnen nächste Woche die Kostenaufstellung schicken.«

»Sie sind die Beste. Heath, sie verdient eine Gehaltserhöhung.«

»Ist vermerkt.« Ich lachte in mich hinein und wartete, bis er sich wieder unter die Gäste mischte. Dann drehte ich Stella in meine Arme. »Du wirst die Wette gewinnen, nicht wahr?«

»Mit Leichtigkeit.«

»Verdammt.«

Im Sommer hatten wir gewettet, wann Joe Jensens Haus fertig werden würde. Ich hatte auf Neujahr getippt, sie hatte prophezeit, dass es spätes Frühjahr werden würde. In Anbetracht seiner ständigen Änderungsaufträge und der speziellen Produkte, die er in jedem Raum vorsah, war das inzwischen das längste Projekt in der Firmengeschichte.

Und bei alldem hatte Stella es perfekt gemanagt. Sie hatte ihn nicht nur für sich eingenommen, sie würde auch unsere Wette gewinnen und damit unser nächstes Urlaubsziel aussuchen dürfen.

»Ich denke an Hawaii«, sagte sie.

»Letztes Mal war es Alaska.«

»Ich habe es mir anders überlegt. Ich glaube nicht, dass ich nächsten Sommer zum Wandern in der Lage bin.«

»Wieso nicht?«

Sie holte tief Luft und legte eine Hand an ihren Bauch.

»Wa…?« *Heilige Scheiße.* »Heißt das, was ich glaube, das es heißt?«

»Ja.« Ihre Augen funkelten.

Angst und Freude überfielen mich gleichzeitig, und ich musste stehen bleiben, damit ich nicht über die eigenen Füße stolperte. Passierte das gerade wirklich?

»Du bist schwanger?«

Sie kicherte. »Ich bin schwanger.«

Ich riss sie an mich und drückte sie. »Ich liebe dich. Verdammt, ja, ich liebe dich.«

»Ich liebe dich auch.« Sie hielt mich fest umschlungen, während ich das Gesicht an ihren Haaren barg und den Geruch einsog, um wieder Boden unter die Füße zu bekommen.

Meine schöne, hinreißende Frau trug unser Kind im Leib.

»Wann hast du das festgestellt?«

»Kurz bevor wir losgefahren sind.«

»Deshalb warst du so lange im Bad.«

Sie nickte. »Ich hätte es dir da schon gesagt, aber ich wollte einen Moment damit allein sein.«

Wir beide auf der vollen Tanzfläche, das war die einzige Art von Alleinsein, die heute Abend möglich war.

Guy und Wendy waren vorher bei uns gewesen, die Frauen hatten sich zusammen für die Party zurechtgemacht. Dann waren wir in meinem Wagen zum Hotel gefahren. Stella war unterwegs sehr still gewesen, aber ich hatte geglaubt, das läge daran, dass Guy und Wendy sich fortlaufend stritten.

Oder … diskutierten. Sie bezeichneten ihre Streits als Diskussionen.

Nie im Leben hätte ich diese beiden als Paar gesehen. Sie diskutierten in einem fort, waren bei kaum etwas einer Meinung. Aber Guy war verrückt nach ihr, und wie Wendy ihn betrachtete, tja … Ab und zu ertappte ich Stella dabei, dass sie mich auch so ansah.

»Bist du glücklich?«, fragte sie.

Ich nickte und zog sie enger an mich. »Sehr.«

Abgesehen von unserem Hochzeitstag war das der glücklichste Tag meines Lebens.

Wir waren erst seit ein paar Monaten verheiratet, aber bei Stella kam mir nichts übereilt vor. Sie hatte schon immer zu meinem Leben gehört. Durch sie fühlte ich mich erst vollständig. Als ihr Mietvertrag diesen Sommer ausgelaufen war, war sie zu mir gezogen. Zwei Wochen später hatte ich ihr einen Heiratsantrag gemacht. Wir hatten die Hochzeit für den Herbst geplant, und an dem Tag, als sie in dem weißen Spitzenkleid und mit meinem Diamanten am Finger zum Altar geschritten war, hatte sie mein ganzes Leben verändert.

»Du wirst die beste Mom von allen sein.«

»Stopp.« Sie zwickte mir in die Rippen. »Du bringst mich noch zum Weinen.«

Ich zog den Kopf zurück und nahm ihr Gesicht in die Hände. Dann küsste ich sie, als wären wir zu Hause im Schlafzimmer und nicht umgeben von Familie und Freunden. Als ich sie losließ, hatte sie hübsch gerötete Wangen. »Deshalb wolltest du keinen Champagner.«

»Genau.«

»Hey, Heath. Hallo, Stella.« Gretchen tanzte mit ihrem Mann an uns vorbei. »Wie geht es euch heute Abend?«

»Gut.« Ich nahm Stellas Hand. »Hast du Spaß?«

»Auf dieser Party immer.«

»Wir holen uns jetzt ein Dessert«, log ich und zog sie von der Tanzfläche.

Es war später noch genug Zeit, es den Freunden zu sagen. Das würde mächtig gefeiert werden. Aber jetzt wollte ich nichts weiter, als mit meiner Frau einen Moment allein zu sein. Wir fädelten uns durchs Gedränge, nickten und lächelten den Leuten zu, die uns grüßten. Dann entkamen wir dem Saal, und ich zog sie in den Salon, in dem vor einem Jahr alles angefangen hatte.

Niemand war dort. Er sah noch genauso aus wie damals. Sobald die Tür zuschwang, hielt ich Stella in den Armen und küsste sie.

Sie stieß ein kleines Lachen aus, kurz stockte ihr Atem, dann küsste sie mich zurück. Als sie ein Bein um meine Hüfte schlang, presste ich meine Erektion an sie. Meine Hand umschloss ihre Brust, meine Finger zogen an dem Träger ihres Kleids, und in dem Moment flog die Tür auf.

»Oh Mann«, brummte Guy. »Nehmt euch ein Zimmer.«

Stella und ich ließen uns los und sahen, dass er und Wendy die Augen abwandten.

»Haben wir.« Ich wischte mir den Mund ab und vergewisserte mich, dass Stellas Nippel nicht hervorlugten.

»Ein abschließbares Zimmer«, sagte Guy und zog Wendy mit hinaus. Wir waren wieder allein.

Stella kicherte. »Wir sollten wohl in den Saal zurückgehen.«

»Ja. Aber wir fahren früh nach Hause.«

»Können wir nicht. Denk dran, dass wir deiner Mutter versprochen haben, beim Aufräumen zu helfen.«

Ich zog die Brauen zusammen. »Ich werde uns loseisen.«

»Nein, wirst du nicht. Wir werden helfen. Das könnte sogar lustig werden.«

Ich zog eine Braue hoch. »Nie im Leben.«

»Aufräumen kann Spaß machen.«

»Schatz, ich liebe dich, aber nein. Wir werden nicht bleiben.«

Sie lächelte. »Uneinig einig.«

A Second Chance FOR CHRISTMAS

THE *Holiday* BROTHERS

1

Eva

Ich bin schwanger.

Nein, das würde ich nicht über die Lippen bringen. Noch nicht. Morgen vielleicht, aber ganz bestimmt nicht heute.

Mit einem flauen Gefühl im Magen blickte ich zum Haus. Ich wollte nicht hier stehen.

Die Kälte kroch mir bis in die Knochen. Meine Nase war bestimmt schon so rot wie die von Rudolph, dem Rentier. Noch ein paar Minuten und mir würden die kleinen Zehen abfrieren. Die Chancen dafür standen gut.

Ich sollte gehen. Zurück zum Auto. Oder zur Haustür.

Doch ich blieb. Als wäre ich festgefroren.

Ich hatte Heiligabend zu Hause verbringen wollen, im Flanellpyjama vor meinem Gaskamin mit einem heißen Kakao und einem guten Buch. Stattdessen stand ich auf dem Gehweg vor dem Haus meines One-Night-Stands und hoffte, meinen Mut zusammenraffen zu können, um bei ihm zu klingeln und ihm zu sagen, dass ich schwanger war.

Ich bin schwanger.

Wenn mir das doch laut über die Lippen käme, anstatt nur durch den Kopf zu hallen!

Zuerst einmal musste ich mich von der Stelle lösen.

Mein Auto stand hinter mir in der Auffahrt. Es war mir nicht schwergefallen herzukommen. Auch nicht, den Motor abzustellen und auszusteigen. Ich hatte es sogar geschafft, auf den Weg zu gehen. Sechs Meter trennten mich noch vom Ziel.

Doch ich hätte ebenso gut mit den Füßen in Beton stecken können.

Wie war es so weit gekommen? Wie war ich in diese Lage geraten? Das hatte ich mich schon vor Stunden gefragt, als ich im Badezimmer mit dem positiven Testergebnis in der Hand auf dem Fußboden gesessen war.

Nur eine Nacht. Eine einzige Nacht mit Tobias. Die der Abschied hätte werden sollen.

Und jetzt war ich schwanger.

Diese verdammten, blöden Abschiede. Denn tatsächlich war das schon der zweite seiner Art gewesen.

Tobias und ich hatten uns auf einen Drink verabredet, um uns wiederzusehen, auszutauschen. Dabei flirteten wir ein bisschen. Tranken viel Cabernet. Als er mich bat, mit zu ihm zu fahren, dachte ich, das Schicksal würde uns eine zweite Chance geben, ihm Lebewohl zu sagen.

Unser erster Abschied war nicht so gut gelaufen. Es hatte Tränen gegeben – auf meiner Seite. Und zorniges Schweigen – auf seiner. Und Liebeskummer – bei beiden. Im Laufe der Jahre hatte ich über den Abend, an dem wir unsere Beziehung beendet hatten, viel nachgedacht. Ihn immer wieder gedanklich an mir vorbeiziehen lassen und mich gefragt, was ich hätte tun oder sagen sollen.

Meine Reue überfiel mich oft in stillen Momenten, wenn ich am wenigsten damit rechnete.

Daher dachte ich vor sechs Wochen, ich könnte mich mit ihm treffen und dann einen besseren Abschied hinkriegen. An dem Abend lachten wir viel, redeten und schwelgten in Erinnerungen. Und wie er eben war, hatte er mich auch im Schlafzimmer nicht enttäuscht. Ein One-Night-Stand, um endlich Klarheit zu schaffen.

Wieso hörte sich One-Night-Stand so schäbig und ordinär an? Tobias war keins von beidem. Er war attraktiv und einfühlsam. Witzig und fürsorglich. Loyal und charakterfest.

Unsere Nacht hatte mir vor Augen geführt, wie wunderbar er war. Und vielleicht auch ihn daran erinnert, dass ich früher nicht die Böse gewesen war, sondern die Frau, die er geliebt, nicht die Frau, die ihm das Herz gebrochen hatte.

Wir hatten also unseren zweiten Abschied gehabt. Den perfekten Abschied. Und dennoch stand ich nun vor seinem Haus, um ihm zu eröffnen, dass ich sein Kind unter dem Herzen trug.

»Oh Gott.« Es drehte mir fast den Magen um. War es nicht noch zu früh für Morgenübelkeit?

Ich wusste nichts übers Schwangersein. Nichts über Babys. Nichts über Mutterschaft. Wie sollte ich ein Kind großziehen, wenn ich nicht mal an einer Haustür klingeln und drei Wörter sagen konnte?

Es war ja nicht so, als müsste ich diese Nachricht einem wildfremden Mann überbringen. Der Mann war Tobias. Er kannte mich. Sehr gut sogar. Und genau deshalb schreckte ich davor zurück.

Es wäre zwecklos, meine Ängste verbergen zu wollen. Zwecklos, die unangenehmen Fragen aufzuschieben. Oder das Kinn zu heben und so zu tun, als wäre das alles kein Problem.

Ein Schritt, Eva. Nur ein kleiner Schritt.

Ich hob einen Fuß. Und senkte ihn wieder ab – in meinen Abdruck im Schnee.

Vielleicht sollte ich einen Zettel in den Briefkasten werfen? Meine Hände zitterten jedoch so sehr, ich würde vermutlich keinen Stift halten können.

In der Tasche meines Parkas steckte das Teststäbchen. Vielleicht sollte ich es ihm vor die Tür legen und abhauen wie die Kinder, die Leuten eine Tüte mit Hundekacke auf die Stufe schmissen, diese anzündeten und klingelten, um dann wegzurennen, als ginge es um ihr Leben.

Nicht, dass ich diesen Streich mal jemandem gespielt hätte.

Mein Kinn fing an zu zittern.

Wieso war das so schwer? Wieso konnte ich mich nicht vom Fleck bewegen?

Zum Glück hatte Tobias keine Nachbarn. Die hätten inzwischen schon längst die Polizei gerufen. Aber wenn ich genauer darüber nachdachte … war es bedauerlich, dass er keine hatte. Denn wenn die Polizei käme, könnte ich denen das Teststäbchen in die Hand drücken und sie bitten, ihm die Neuigkeit zu überbringen.

Musste er unbedingt so einsam wohnen?

Ich bin schwanger.

Nur drei kleine Wörter. Ein Satz. *Sag es, Eva. Sag es einfach.*

Ich öffnete den Mund.

Nichts. Nur eine weiße Atemwolke.

Die Fahrt hätte ich mir sparen können. Ich wäre besser zu Hause geblieben und auf und ab gelaufen. Das Ausbleiben meiner Periode hatte mich zwar beunruhigt, aber ich hatte das dem Stress zugeschrieben, denn wenn es um meine persönlichen Probleme ging, konnte ich meisterhaft ausweichen.

Umzuziehen war immer mit Stress verbunden, egal wie oft ich schon umgezogen war, und ich hatte viel zu tun gehabt, um mich auf London vorzubereiten. Doch ausweichen konnte man nicht ewig, und diese Woche, als wieder ein Tag ohne Periode vergangen war und ich festgestellt hatte, dass meine Brüste immer mehr spannten, war es höchste Zeit gewesen, sich der Realität zu stellen.

Ich war in den nächsten Supermarkt gegangen, mit einem Schwangerschaftstest durch die Selbstbedienungskasse gehuscht und nach Hause geflitzt, um drüberzupinkeln.

Die Welt war stehen geblieben, als das Wort *schwanger* in pinken Buchstaben auf dem weißen Teststreifen erschien. Mit dem Stäbchen in der Faust hatte ich eine Stunde lang im Bad auf dem Fußboden gesessen, und dann war ich hin und her getigert.

In einer leeren Wohnung war reichlich Platz dafür. So viel Platz, dass ich es zwei Stunden lang getan hatte. Dann hatten mich meine Füße zum Auto getragen und der Wagen hatte mich hergebracht.

Was ich unterwegs an Mut gehabt haben mochte, hatte sich inzwischen in Luft aufgelöst. Und jetzt steckte ich fest. Ich war schon lange nicht mehr in solch einer Klemme gesessen.

Meine Hände hörten nicht auf zu zittern. Meine Augen schwammen in Tränen. Wie sollte ich das alles hinkriegen? Tobias einweihen und was danach noch kam? Wie sollte ich es schaffen, Mutter zu sein?

Ich stand kurz davor, in den Schnee zu sinken und den Tränen freien Lauf zu lassen. Doch in dem Moment wurde die Haustür aufgerissen. Und da stand er. Groß und breitschultrig füllte er den Türrahmen.

»Eva, was tust du hier?«

Ich schaute auf meine Füße.

»Du stehst da«, antwortete er an meiner Stelle.

Ich nickte.

»Schon seit einer halben Stunde.«

So lange, hm? Kein Wunder, dass mir so kalt war.

»Wirst du klingeln?«, fragte er.

»Weiß noch nicht.« Innerlich reckte ich die Siegerfaust, weil ich drei Wörter herausbekommen hatte. Fortschritt. Das war gut. Drei Wörter laut war gut.

»Es ist kalt.«

»Ja. Du solltest wieder reingehen. Ich komme hier klar.«

»Eva.«

Seht ihr? Das war das Problem mit Tobias. Er brauchte mich nur anzusehen und wusste, dass ich so was von gar nicht klarkam.

»Komm rein«, befahl er.

»Ich kann nicht.«

»Warum nicht?« Er trat von der Türstufe auf den Gehweg. Mit seinen langen Schritten kam er auf mich zu, und als er stehen blieb, ragte er vor mir auf. »Was ist los? Ist alles in Ordnung?«

Ich schüttelte den Kopf. »Ich stecke in der Klemme.«

Nach einem langen Seufzer zog er meine rechte Hand aus der Parkatasche und legte die Finger um meine Finger, sodass unsere Daumen einander gegenüberstanden. »Eins, zwei, drei, vier, ich erklär den Daumenkrieg.«

Ich schloss die Augen, um nicht zu weinen, dann sprach ich die nächste Zeile. »Fünf, sechs, sieben, acht, ist für mich ein Kinderspiel.«

»Gewinne ich, kommst du mit rein.«

»Okay«, sagte ich leise.

»Los.« Er legte den Daumen an meinen, beugte und streckte ihn, dann drückte er meinen Daumen runter, weil ich den Kampf nicht aufnahm.

Wir wussten beide, dass ich ihn als Sieger brauchte.

So waren unsere Daumenkriege immer gelaufen. Er zettelte sie an, ich kapitulierte.

Und als er meine Hand fester packte und sanft zog, löste er mich von der Stelle.

Nachdem ich so lange in der Kälte gestanden hatte, war sein warmer Flur wie eine Sauna.

Tobias schloss die Haustür. »Soll ich dir den Mantel abnehmen?«

»Nein danke.« Ich schob die Hand wieder in die Tasche und schloss die Faust um das Teststäbchen.

»Möchtest du dich setzen?«, fragte er.

Unentschlossen hob ich eine Schulter.

Würde er mich dafür hassen? Vielleicht hatte er in den vergangenen sechs Wochen eine andere kennengelernt. Eine, mit der er *aus eigenem Entschluss* ein Kind plante. Der Gedanke trieb meinen Puls in die Höhe, und darum schob ich ihn beiseite.

»Eva.«

Meine Kehle war wieder wie zugeschnürt.

Er seufzte und lenkte mich am Ellbogen zur Küche. An der Sitzinsel zog er mir einen Hocker hervor, damit ich mich ausruhen konnte, ging daran vorbei und lehnte sich an die Küchenzeile, um zu warten.

Er wartete.

Auch das hatte ich immer an ihm geliebt. Er drängte mich nie. Meine Schwester wäre von meinem Schweigen genervt gewesen und hätte draußen in der Kälte schon aufgegeben. Mein Vater hätte eine Frage nach der anderen gestellt und mir keine Ruhe gelassen, bis ich redete.

Als Teenager hatte er mich immer erst drängen müssen, damit ich ihm meine Gedanken anvertraute. Über die Schule, über Freunde, über meine Mutter. Doch ich war kein Teenager mehr, der mit dem Verlust eines Elternteils und den Dramen der Heranwachsenden fertig werden musste.

Tobias wusste, ich würde zusammenbrechen, wenn er mich zu etwas drängte.

Warum war ich so? Das war im Augenblick nicht die wichtigste Frage, aber in mir die lauteste. Bei der Arbeit war ich nie blockiert. Niemals. Ich wusste immer, was ich sagen, was ich tun musste. Das war vermutlich der Grund, weshalb ich so gern arbeitete und genauso gern allem auswich, was einem persönlichen Gespräch auch nur ähnelte.

Wird unser Kind so geduldig sein wie er?

Die Frage brachte meinen Magen zum Schlingern. Wir würden ein Kind bekommen. Würde es ihn wütend machen, wenn ich auf seinen schicken Holzboden kotzte?

Ich kniff die Augen zu und versuchte, die Übelkeit zu überwinden. Nach ein paar tiefen Atemzügen gelang es mir, und als ich die Augen langsam öffnete, hatte sich Tobias noch nicht bewegt. Er stand stoisch neben seiner Spüle.

Das Licht vom Fenster hinter ihm schien auf seine breiten Schultern. Seine Haare waren länger als vor sechs Wochen, die dunklen Strähnen leicht feucht und nur grob zurückgestrichen, als wäre er gerade aus der Dusche gekommen. Ein Bart bedeckte sein markantes Kinn und passte perfekt zu dem weichen, groß karierten Flanellhemd, das sich an seinen muskulösen Oberkörper schmiegte.

Er sah sexy aus.

»Ich mag deinen Bart.«

Er nickte. »Das hast du schon gesagt.«

Stimmt. Ein paarmal sogar, nämlich an jenem Abend vor sechs Wochen, als ich seine bärtigen Wangen zwischen den Oberschenkeln gespürt hatte. Bevor das Kondom gerissen war und seine Spermien im Freistil meine Vagina entlang in die Eileiter geschwommen waren, wo ein Ei auf sie gewartet hatte.

Verdammte Torpedos!

Aber hey, es könnte schlimmer sein. Tobias Holiday war ein guter Fang. Er lachte viel. Sein Lächeln war so strahlend wie ein sonniger Tag in Montana. Seine blauen Augen waren wie Saphire und funkelten umso mehr, wenn er mich ansah.

Zumindest war das früher so gewesen.

Jetzt sah er mich an, als wäre ich nicht ganz bei Verstand.

Keine Sorge, ich bin nur schwanger …

»Fröhliche Weihnachten.«

»Fröhliche Weihnachten.«

»Bist du, äh, hast du irgendwas vor?«

Er nickte. »Heute Abend ist die jährliche Weihnachtsparty meiner Eltern.«

»An Heiligabend?« Ich war oft zu der Party gegangen, aber die hatte sonst immer am Wochenende vor Weihnachten stattgefunden.

»Der Saal war am gewohnten Termin schon vergeben.«

»Ah. Das hat immer Spaß gemacht.«

»Wird bestimmt ein schöner Abend.«

Ich bekam ein wackeliges Lächeln hin, dann schaute ich mich um und kehrte ihm dabei den Rücken zu, damit er mein Gesicht nicht sah.

Das Haus hatte er zweifellos selbst entworfen. Es erinnerte mich an seine Ideen in der Collegezeit. Während wir bei unseren Dates auf das Essen gewartet hatten, hatte er Häuser auf Servietten skizziert.

Er hatte immer auf dem Land leben wollen, wo er sich keine Gedanken zu machen brauchte, ob ihm die Nachbarn in die Fenster spähten – und wo es keinen Verkehrslärm gab.

Nachdem ich jahrelang von einer Millionenstadt in die nächste gezogen war, würde ich wahrscheinlich verrückt werden, wenn ich hier draußen allein wohnen müsste.

»Eva.« Tobias' tiefe Stimme klang wie immer ein wenig rau und ließ mein Herz höherschlagen.

»Ja?« Ich spannte mich an.

»Würdest du dich bitte umdrehen und mich ansehen?«

Ich sträubte mich dagegen, gehorchte aber und sah ihn zur Sitzinsel kommen.

Er stützte die Hände an der Tischkante ab. »Was ist los?«

»Wieso glaubst du, dass etwas los ist?«

Er warf mir einen gelangweilten Blick zu. »Eva.«

Es war unfair, wie mühelos er mich durchschaute, selbst nach der Trennung.

»Ich …« Der Satz blieb mir im Hals stecken.

»Du machst mir Angst.« Wie besorgt er mich ansah, tat mir weh. »Geht es um deinen Dad?«

Ich schüttelte den Kopf.

»Deine Schwester?«

»Nein«, sagte ich leise. »Es ist …«

Ich drückte den Daumen so fest gegen das Teststäbchen,

dass ich fürchtete, es würde durchbrechen. Ich machte die Augen zu, straffte die Schultern und folgte einem Impuls.

Ich sang: »On the third day of Christmas my true love gave to me …«

Tobias hatte es immer geliebt, wenn ich beim Duschen Lieder sang und spontan den Text veränderte. Er war dann immer ins Bad geschlichen und hatte sich auf die Toilette gesetzt, um zuzuhören. Ich war oft zu Tode erschrocken, wenn ich den Duschvorhang beiseitezog und ihn da sitzen sah. Und wie seine Augen lachten wegen meiner albernen Liedzeilen.

»Eva, was ist denn …?«

Ich hob einen Finger. »… three French hens. Two turtle
Doves …«, sang ich weiter.

Ich machte die Augen auf, zog die Faust aus der Tasche und warf ihm das Teststäbchen zu.

Er fing es auf.

»… and a partridge and a pregnancy.«

2

Tobias

Denk darüber nach!

So lauteten Evas Worte vor zwei Tagen, als sie mir den positiven Schwangerschaftstest zugeworfen hatte.

Denk darüber nach!

Seitdem hatte ich kaum etwas anderes getan.

Eva war schwanger. Wir würden ein Kind bekommen. Heilige Scheiße. Wir würden *vielleicht* ein Kind bekommen. Ich war derart perplex gewesen, dass ich gar nicht gefragt hatte, was sie nun plante. An unserem Abend vor sechs Wochen hatte sie erzählt, als Nächstes nach London zu ziehen. Hatte sie das noch vor?

Mir schossen lauter Fragen durch den Kopf. Wollte sie das Kind behalten? Wollte ich es?

Ja.

Als ich durch das leere Foyer von *Holiday Homes* schaute, das ich gestaltet hatte, hätte das Ja ebenso gut an die Wand gemalt sein können.

Ja, ich wollte das Kind. Ich war darauf nicht vorbereitet. Eva wahrscheinlich auch nicht. Aber mein Ja kam aus dem Herzen. Das war in etwa die einzige Schlussfolgerung, zu der ich in den letzten zwei Tagen gelangt war.

Diese und dass ich mit Eva reden musste.

Ich zog das Handy hervor. Meine Herzschläge dröhnten wie eine Basstrommel, als ich ihre Nummer fand. Die stand seit Jahren in den Kontakten, aber seit dem Bruch unserer Beziehung hatte ich sie nur noch ein einziges Mal angerufen.

Nachdem ich von dem Schlaganfall ihres Vaters erfahren hatte.

Ich tippte auf Anrufen und lehnte mich an die Rezeption, weil ich fürchtete umzukippen, wenn ich mich nicht irgendwo aufstützte.

Beim dritten Klingeln nahm sie ab. »Hi.«

»Hallo.«

Ein unbehagliches Schweigen folgte und zog sich in die Länge, aber mein Herz hämmerte weiter.

»Wie war dein Weihnachten?«, fragte sie.

»Schön. Und bei dir?«

»Nett. Dad und ich haben zusammen entspannt. Meine Schwester war mit Mann und Kindern bei den Schwiegereltern.«

»Wie geht es deinem Vater?«

»Gut. In dem Seniorenheim ist es wirklich nett. Er hat sein eigenes Apartment und eine gute Clique.«

»Das ist doch toll.«

»Ich habe dir noch gar nicht für die Blumen gedankt, die du nach seinem Schlaganfall geschickt hattest. Sie waren schön. Danke.«

»Gern geschehen.« Der Small Talk war so schmerzhaft wie der Nagel, den ich mir mal mit einer Nagelpistole in die Hand getrieben hatte. »Wir müssen reden.«

»Ja.« Sie seufzte. »Das müssen wir.«

Weihnachten hatte mich von den offenen Fragen abgelenkt, aber jetzt nagten sie wieder an mir. »Kannst du später vorbeikommen?«

»Sicher. Um wie viel Uhr?«

»Ich habe jetzt ein Meeting, das ein bis zwei Stunden dauern wird. Danach fahre ich nach Hause.« Die Firma machte bis nach Neujahr Betriebsferien.

»Dann komme ich gegen zwei.«

»Bis dann.« Ich legte auf und steckte das Handy weg. Die

Anspannung in der Brust löste sich ein wenig. Zwei Uhr. Ich musste nur noch bis zwei Uhr durchhalten.

Die Eingangstür ging auf, und mein Bruder Maddox schritt herein. »Hallo.« Er atmete tief ein. »Hier riecht es wie in Dads altem Büro.«

»Ein nagelneues Gebäude, und es riecht wie das alte. Aber das mag ich.« Es roch nach starkem Kaffee und Sägespänen. Das war der Grund, warum ich die letzten zwei Tage viel Zeit im Büro verbracht hatte. Der Geruch gab mir Halt. Er war eine Konstante, während die Welt sich zu schnell und vielleicht in die falsche Richtung drehte.

»Ich auch.« Maddox kam und schüttelte mir die Hand. »Danke, dass du dich heute mit mir triffst.«

Ich war dafür mindestens genauso dankbar. Es würde mir guttun zu arbeiten, einen Bleistift zwischen die Finger zu klemmen und zu zeichnen.

Maddox hatte beschlossen, mit Violet, seiner kleinen Tochter, wieder nach Bozeman zu ziehen. Er hatte jahrelang in Kalifornien gelebt und seine milliardenschwere Firma aufgebaut, den Streamingdienst *Madcast.* Doch seine Ex war ein Miststück, und ihr zu entkommen, indem er in die Heimat zurückzog, hatte für ihn enormen Reiz.

Davon abgesehen brauchte er ein Zuhause. Buchstäblich. Und da kam ich ins Spiel.

Ich war bei *Holiday Homes* der leitende Architekt, und individuelle Häuser waren unser Kerngeschäft. Unser Vater hatte die Firma in der Garage unseres damaligen Hauses gegründet, und anstatt den Wagen dort abzustellen, hatte er seine Geräte und Werkzeuge darin gelagert. Nachdem er nun jahrzehntelang im Gallantin Valley erstklassige Häuser gebaut hatte, genoss er einen unübertroffenen Ruf.

Maddox dagegen hatte sich nie fürs Bauwesen interessiert, ebenso wenig für die Immobilienfirma unserer Mutter. Deshalb hatte er einen anderen Weg beschritten, sich auf Risiken eingelassen, die sich schließlich ausgezahlt hatten. Dafür hatte ich ihn immer bewundert.

In der Zwischenzeit waren mein Zwillingsbruder Heath und ich bei *Holiday Homes* gelandet. Schon früher waren wir gern mit Dad zu den Baustellen gefahren und hatten ihm geholfen, seine Werkzeuge in der Garage zu ordnen, oder hatten für uns Spielhäuser gebaut.

Heath arbeitete lieber im Management, ich dagegen wollte schöne Häuser entwerfen.

Maddox' Haus würde definitiv in diese Kategorie fallen. Er konnte sich etwas Luxuriöses leisten, und ich würde ihn nicht enttäuschen. Dad war nicht der einzige Holiday, der einen Ruf zu wahren hatte. Ich machte mir ebenso einen Namen.

»Möchtest du einen Kaffee?«, fragte ich und nahm ihn mit zum Pausenraum.

»Klar.« Auf dem Weg dorthin schaute er sich um.

Das Gebäude war erst drei Jahre alt und gehörte zu meinen Lieblingsprojekten. Die Balken, die ich für den offenen Dachstuhl gefunden hatte, stammten von der alten Scheune einer Ranch in der Umgebung. Und der Hickory-Boden hatte mir so gut gefallen, dass ich ihn auch für mein Haus gewählt hatte. Von den großen Fenstern bis zur Holzverschalung der Außenwände gab es nichts an dem Bau, das ich hätte ändern wollen.

»Das ist hübsch«, sagte Maddox.

»Du kennst ja Mom und Dad.« Sie schätzten die Schönheit eines Hauses und gaben dafür gern einiges an Geld aus.

Sie hatten ihr Leben lang hart gearbeitet, um ihren Söhnen ein ansehnliches Erbe zu hinterlassen. Sie hatten die eigenen Erwartungen weit übertroffen und vor ein paar Jahren erklärt, dass sie nun die Früchte ernten wollten. Das hatten sie sich verdient.

Ihr großes Haus am Fuß der Berge gehörte auch zu meinen Lieblingsprojekten. Sie hatte mir beim Entwerfen freie

Hand gelassen, daher hatte ich es so gestaltet, dass es sich in die Landschaft einfügte und diese ergänzte.

Mom hatte sich lediglich viele Schlafzimmer ausbedungen. Viele, viele Schlafzimmer. Eins davon hatte sie Violet gegeben. Und die anderen waren für ihre weiteren Enkelkinder bestimmt.

Nun würde sie wohl bald noch eins vergeben können.

An mein Kind.

In dem engen Pullover, den ich am Morgen angezogen hatte, fühlte ich mich wie eingeschnürt. Ich konnte kaum richtig durchatmen, als wir mit dampfenden Kaffeebechern zu meinem Büro gingen.

»Geht es dir gut?«, fragte Maddox, als ich mich an meinen Schreibtisch setzte.

»Ja«, log ich und rieb mir den Bart. »Bestens.«

Maddox glaubte mir nicht. Er sah mich forschend an, genau wie gestern, während wir bei unseren Eltern Weihnachten feierten. Violet war der Mittelpunkt gewesen und hatte uns alle unterhalten, während sie ihre Geschenke auspackte. Ich hatte gehofft, wenn alle nur auf sie achteten, würde es keinem auffallen, dass ich die ganze Zeit grübelte.

Anscheinend hatte das nicht geklappt.

»Hab dich auf der Party im *Baxter* vermisst«, sagte er.

»Ja. Mir ist was dazwischengekommen.« Angesichts meiner bevorstehenden Vaterschaft war mir die Lust am Tanzen und Trinken vergangen.

»Tobias.«

Ich schluckte den Kloß in meiner Kehle hinunter.

»Was ist passiert?«, fragte er.

»Nichts.«

»Sprich mit mir. In letzter Zeit war ich als älterer Bruder eine Niete, aber gib mir eine Chance, das wettzumachen.«

Maddox und ich hatten lange Zeit kaum Kontakt gehabt. Er war in Kalifornien beschäftigt gewesen, ich hier. Ich freute mich darauf, wieder mehr mit ihm zusammen zu sein. An Wochenenden mit ihm Ski zu fahren oder in der Stadt ein Bier trinken zu gehen.

Vielleicht würde er mir beibringen, wie man eine Windel wechselte.

»Erinnerst du dich noch an Eva?«, fragte ich, den Blick ins Leere gerichtet.

»Ich kenne sie zwar nicht persönlich, aber ja.« Er neigte sich nach vorn und schenkte mir seine ungeteilte Aufmerksamkeit.

»Sie kam vorgestern Morgen bei mir vorbei.«

»Okay. Kommt ihr gerade wieder zusammen oder etwas in der Art?«

»Nein.« Ich strich mir übers Gesicht, dann sprach ich aus, was ich noch immer nicht ganz fassen konnte. »Sie ist schwanger.«

»Oh …« Das ausbleibende *Fuck!* schwebte im Raum.

»Wir hatten vor ein paar Wochen einen One-Night-Stand. Das Kondom ist gerissen. Jetzt ist sie schwanger. Und sie will nach London ziehen.« Bitte sehr, die Tatsachen waren ausgesprochen. Jetzt wollte ich zur Arbeit übergehen. Also nahm ich mir einen Bleistift. »Lass uns ansehen, wie du dir dein Haus vorstellst.«

»Wir können das ein andermal tun.«

Ich zog ein Notizbuch unter die Grafitspitze und wartete. »Nein, heute ist gut.«

»Tob…«

»Fünf Schlafzimmer? Oder möchtest du sechs?«

Maddox seufzte, lenkte aber ein. »Sechs. Und eins im Gästehaus.«

»Bäder?«

Nachdem wir eine Stunde lang sein Haus geplant hatten, wobei ich Fragen stellte und er antwortete, hatte ich alle Angaben, die ich brauchte, und wollte mich auf den Heimweg machen für den Fall, dass Eva früher erschien. »Ich lasse einen Vorentwurf anfertigen und bringe ihn dir im Laufe der Woche.«

»Danke.« Er nickte, und nachdem ich ihn zur Tür begleitet hatte, zog ich mir den Mantel an und schloss das Büro hinter mir ab.

Ich fuhr die vertrauten Straßen entlang durch die Stadt, bis ich die Landstraße erreichte, die sich in die Berge schlängelte. Mein Haus stand auf einem zweieinhalb Hektar großen Grundstück, das ich gekauft hatte, bevor die Bodenpreise im Tal in die Höhe gestiegen waren. Mom hatte gewusst, wie gern ich außerhalb der Stadt wohnen wollte und das Angebot hereinkommen sehen.

Erst zwei Jahre nach dem Kauf hatte ich mit dem Bau angefangen. Nun, da das Haus fertig war, konnte ich mir nicht mehr vorstellen, woanders zu wohnen. Nicht nur, weil es mir so gut gefiel, sondern weil Montana meine Heimat war.

Wenigstens stammte auch Eva aus Bozeman. Dadurch hatten wir eine Hürde weniger zu überwinden. Ihre Familie lebte hier, und daher war es absolut sinnvoll, das Kind in Bozeman großzuziehen.

Ich fuhr in die Garage und ging ins Haus, wo ich im Wohnzimmer herumlungerte und abwechselnd auf den Boden und aus dem Fenster starrte, das die Auffahrt überblickte. Die Wanduhr tickte viel zu langsam, und jedes Mal, wenn ich hinschaute und glaubte, es müsse kurz vor zwei sein, hatten sich die Zeiger kaum voranbewegt.

Das Ticken wurde lauter und lauter, bis ich frustriert stöhnte und mich aufraffte, den Raum zu verlassen. Ich ging in mein Schlafzimmer, weil die Fenster dort nicht nach vorn hinausgingen, und blieb abrupt stehen, als mein Blick auf das Bett fiel.

Seit Wochen stellte ich mir Eva darin vor. Ihre dunklen

Haare ausgebreitet auf meinem Kissen, ihre hellbraunen Augen, die in meine blickten, während ich mich in ihr bewegte.

Mir war nicht aufgefallen, dass das Kondom gerissen war. Allerdings hatten wir vorher in der Stadt eine Flasche Wein zusammen getrunken und noch eine bei mir. Nachdem ich ihr drei Orgasmen verschafft hatte, war ich erledigt gewesen und hatte nicht mehr darauf geachtet.

Oder vielleicht war ich nicht bei klarem Verstand gewesen, denn die Nacht mit Eva war … tja … als wären wir in der Zeit zurückgereist.

Ich ging zur Kommode und zog die oberste Schublade auf. Unter den gefalteten Socken in der hinteren Ecke lag eine quadratische Samtschachtel. Zuletzt hatte ich sie am Tag meines Einzugs in der Hand gehabt.

Die Scharniere machten einen dumpfen Knacklaut, als ich den Deckel zurückklappte. In dem weißen Satinfutter steckte ein goldener Ring. Der Diamant im Marquise-Cut funkelte wie ein eingefangener Stern.

Es gab keinen zwingenden Grund, den Ring aufzubewahren. Ich hatte ihn für Eva gekauft, und es war nicht so, dass ich ihn für eine andere Frau aufsparte.

Nachdem ich ihn damals ins Pfandhaus getragen hatte, mit zweiundzwanzig Jahren und gebrochenem Herzen, war ich letztlich doch nicht imstande gewesen, ihn herzugeben. Ich war zum Ladentisch gegangen, hatte dem Angestellten den Ring gezeigt, und noch bevor er einen Preis hatte nennen können, war ich mit dem Ring in der Hand aus dem Laden gestürmt.

Niemand wusste von meinem Heiratsantrag, weder meine Eltern noch meine Brüder.

Ich bezweifelte, dass Eva jemandem davon erzählt hatte. Allenfalls ihrem Vater, aber vielleicht nicht einmal ihm. Vermutlich hatte sie es so gehalten wie ich und versucht, den Abend zu vergessen.

Wir waren während der Collegezeit zusammengekommen. Im ersten Jahr begegneten wir uns in der Cafeteria unseres Wohnheims, und nach dem ersten Date – Essen in einer Pizzeria und danach ins Kino – waren wir unzertrennlich.

Sie sagte ab und zu, sie würde nach dem Abschluss gern in eine Großstadt ziehen und die Welt kennenlernen, aber immer nur in beiläufigen Bemerkungen. Wie Wunschträume, die man mal in den Raum wirft und nicht weiter verfolgt, weil man weiß, dass sie unrealistisch sind.

Während unseres letzten Semesters bewarb sie sich bei einigen Firmen in Bozeman. Mir war nicht klar, dass diese Stellen nur ihr Plan B und nicht ihre erste Wahl waren.

Damals ließ sie mich über vieles im Unklaren.

Zum Beispiel über ihre Absicht, aus Montana wegzuziehen. Über ihren Plan, mich zu verlassen. Über die Vorstellungsgespräche bei einem auf Großprojekte spezialisierten Bauunternehmen, das weltweit langweilige kastenförmige Zweckbauten errichtete.

All das erfuhr ich erst, als ich ihr den Antrag machte.

Nach unserem Collegeabschluss lud ich sie zu einem schicken Dinner ein, nahm sie dann in meine Wohnung mit, fiel auf ein Knie und bat sie, meine Frau zu werden. Sie warf einen Blick auf den Ring, und die Wahrheit sprudelte aus ihr heraus: Ein Leben in Bozeman sei nicht ihr Traum.

Sie verließ meine Wohnung tränenüberströmt und zog sieben Tage später nach New York.

Jahrelang hatten wir keinen Kontakt zueinander. Durch gemeinsame Freunde erfuhr ich ab und zu, wo sie sich gerade aufhielt. New York, San Francisco, Tokyo, Melbourne, Boston. Eva schien ständig woanders zu sein.

Währenddessen war ich in Montana geblieben und hatte mich gefragt, wie viele Jahre ich brauchen würde, um über sie hinwegzukommen.

Bis zu unserem Abend vor sechs Wochen war mir nicht

bewusst gewesen, dass der Groll verblasst war. Dass ich nicht mehr wütend auf sie war, sondern sie … vermisste.

Ihr Lachen, ihre spöttischen Bemerkungen, ihre Intelligenz. Ihre Marotten. Ihr Lächeln.

Die gemeinsame Nacht hätte ein Abschluss sein sollen. Unsere zweite Chance auf einen angemessenen Abschied.

Nun bekamen wir ein Kind. Vielleicht. Gott, die Situation war verkorkst.

Ich stopfte die Schachtel mit dem Ring wieder in die Schublade, weil ich draußen eine Autotür zuschlagen hörte, und verließ das Zimmer. Als ich den Wohnbereich durchquerte, lief ich schneller.

Würde sie wieder auf dem Gehweg stehen bleiben? Oder würde sie zur Tür kommen? Ich wusste seit Langem, dass ich Eva nicht drängen durfte, weil sie sonst dichtmachte. Wenn sie in der Klemme steckte, brauchte sie eine Ablenkung, weshalb ich den Daumenkrieg zwischen uns eingeführt hatte.

Dabei ließ immer einer von uns den anderen gewinnen.

Heute würde ich sie nicht dreißig Minuten in der Kälte stehen lassen. Ob sie ausflippte oder nicht. Es würde keinen Daumenkrieg geben. Und wenn ich sie ins Haus zerren musste, dann war es eben so. Doch als ich die Tür öffnete, kam sie den Weg entlang.

Mein Pullover kam mir wieder zu eng vor, er drückte meine Rippen zusammen, sodass ich kaum richtig Luft holen konnte.

Evas üppige braune Haare waren zum Pferdeschwanz gebunden, ein paar Strähnen rahmten ihr Gesicht ein. Ihre Augen waren hinter einer verspiegelten Sonnenbrille verborgen, die das grelle Weiß des verschneiten Rasens reflektierte. Sie trug denselben roten Parka wie an Heiligabend, nur hatte sie jetzt die Hände nicht in den Taschen verborgen.

Sie war schön. Verdammt schön.

»Hi.« Ich trat zur Seite und hielt ihr die Tür auf.

»Hi.« Sie schob sich die Sonnenbrille in die Haare und kam herein. Dann stützte sie sich mit einer Hand an der Wand ab, um sich die schneenassen Stiefel auszuziehen. »Wie war's im Büro?«

»Gut. Ich habe mich mit Maddox getroffen. Er zieht wieder hierher.«

»Wirklich? Das ist gut. Eure Mutter wird es lieben, euch alle drei hier zu haben.«

»Wird sie.« Noch mehr würde ihr gefallen, wenn wir alle drei eine Frau hätten und sie ihre Schwiegertöchter verwöhnen könnte. Besonders wenn eine davon Eva wäre.

Ich half ihr aus dem Mantel, hängte ihn an die Garderobe, dann winkte ich sie ins Wohnzimmer anstatt in die Küche. Auf den Sofas zu sitzen schien mir ungefährlicher als auf den Küchenhockern. Und angesichts ihres engen langärmligen T-Shirts und der Leggings, die nur wenig der Fantasie überließen, bezweifelte ich, dass sie wieder ein uringetränktes Teststäbchen nach mir werfen würde.

»Du hast ein schönes Haus.« Sie strich über die Armlehne eines Ledersessels. »Die Fenster. Das Holz. Der offene Dachstuhl. Die Aussicht, die dich morgens empfängt. Die Bäume als Nachbarn, die dir Gute Nacht sagen. Genau so hätte ich mir das Haus vorgestellt, das du für dich baust.«

»Danke.«

Nach dem Kompliment wurde ich etwas entspannter. Sie ahnte wohl, dass ich ein paar Augenblicke lang normale Unterhaltung brauchte. Wir hatten zwar jahrelang keinen Kontakt miteinander gehabt, doch sie kannte mich. Und wenn ich solch eine Situation mit einer Frau in Angriff nehmen wollte, dann mit ihr und keiner anderen.

»Also …« Sie warf sich in einen Sessel.

»Du bist schwanger.«

»Ich bin schwanger.« Die Worte kamen heiser und ruppig, als spräche sie das zum ersten Mal aus. Und vielleicht war es auch so. Sie begegnete meinem Blick, und ich sah die Reue in ihrem Gesicht aufleuchten. »Wegen vorgestern. Ich habe das nicht sehr gut gehandhabt.«

»Ist okay.« Keine andere hätte mir ein Weihnachtslied vorgesungen und in den Text eingeflochten, dass sie schwanger war. Eines Tages würde ich darüber lachen können. Je nachdem, wie sie sich entschied. »Weißt du schon, was du tun wirst?«

»Das kann ich nicht allein entscheiden. Wir stecken da beide drin.«

»Ich weiß das zu schätzen. Aber wenn du das allein entscheiden könntest, was würdest du tun?«

Sie senkte den Blick auf ihren Schoß. »Ich weiß nicht, ob ich eine gute Mutter wäre.«

Wäre sie. Sie wäre sogar eine großartige Mutter. Doch anscheinend traute sie sich das nicht zu, wohl wegen ihrer eigenen Mom … Michelle.

Doch Eva hatte viel Liebe zu geben.

»Das wirst du«, sagte ich.

Mit Tränen in den Augen schaute sie mich an. »Ich hätte gern die Chance, es zu versuchen.«

Erleichtert atmete ich aus. »Ich auch.«

Auf diese Antwort hatte ich kaum zu hoffen gewagt, aber verdammt, ich war froh, sie zu hören. Allerdings verringerte sie nicht meine Angst. Doch sie gab uns die Richtung vor.

Ein Baby. Wir würden ein Baby bekommen.

»Ich habe das nicht geplant, Tobias«, flüsterte sie. »Ich wollte dich nicht reinlegen oder einfangen.«

»Das habe ich keine Sekunde lang angenommen.« Vielleicht bei einer anderen, aber nicht bei Eva.

»Wir müssen uns über vieles einigen und haben nicht viel Zeit.«

Moment mal. Wie bitte? »Was heißt, wir haben nicht viel Zeit? Haben wir nicht noch acht … neun Monate?«

»Äh … nein.«

Bei mir klickte es. Unser Gespräch vor sechs Wochen. Sie hatte sich auch mit mir treffen wollen, um mich wiederzusehen, bevor sie Bozeman verließ. »Warte. Du willst trotzdem nach London gehen?«

Sie nickte. »Mein nächster Auftrag beginnt in einer Woche.«

Ein Auftrag in London.

Tja … Scheiße.

3

Eva

Tobias war stocksauer.

Äußerlich betrachtet wirkte er noch genauso wie eben. Ich betrachtete seine saphirblauen Augen, den attraktiven Bart, den anthrazitgrauen Pullover, der an ihm sexy aussah, weil er seine starken Arme und breiten Schultern hervorhob.

Was ihn verriet, waren seine Hände. An denen hatte ich seine Stimmung immer ablesen können.

Er drückte die Fingerspitzen in die Oberschenkel, und am Handrücken traten die Adern hervor.

»Es ist nur für sechs oder acht Monate.« Oder für ein Jahr, wenn es zu Verzögerungen käme. Doch ich würde härter arbeiten, um rechtzeitig fertig zu werden.

»Sechs bis acht Monate?«

Ups. Er betonte jedes Wort. Kein gutes Zeichen. Ihm erklären zu wollen, was ich in London tat, wäre jetzt ungeschickt. »Die … äh … gehen schnell vorbei.«

Er blinzelte.

»London ist nicht so weit weg.« Nur ein bisschen Ozean lag dazwischen. Und eine gute Handvoll amerikanischer Bundesstaaten.

Seine Nasenlöcher bebten. Seine Hände griffen fester um die Oberschenkel.

Halt die Klappe, Eva.

Ich öffnete den Mund, doch mein Verstand schaltete sich ein und verschloss mir die Lippen, bevor ich noch mehr Schaden anrichtete.

Er deutete auf meinen Bauch. »Das ändert alles. Habe ich ein Mitspracherecht?«

»In der Frage, wo ich lebe? Na ja, nein. Ich habe einen Job. Da geht es um meine Karriere.«

»Wie sollen wir Eltern sein, wenn wir an verschiedenen Enden der Welt leben?«

»Indem wir uns Santas Schlitten leihen?« Ich lachte.

Er nicht. Er schloss die Fäuste.

»Ich weiß es nicht, okay?« Ich warf die Hände hoch. »Keine Ahnung. Ich versuche, seit zwei Tagen zu akzeptieren, dass ich schwanger bin. Zu den Organisationsfragen bin ich noch nicht gekommen.« Immerhin entwickelte sich in mir ein kleiner Mensch. Konnte man mir da nicht ein paar Tage oder eine Woche zugestehen, um das erst mal zu verarbeiten?

»Wir brauchen einen Plan«, erklärte er.

Oh, Tobias liebte Pläne. Sie waren ihm so heilig wie der Lego-Millennium-Falke, den er seit der Mittelstufe besaß.

Sein Talent fürs Planen machte ihn zu dem erfolgreichen Architekten. Seine Organisationsfähigkeit und Zielstrebigkeit hatten ihn zu einem reichen Mann gemacht, obwohl er erst neunundzwanzig war. Und er hielt sich an seine Pläne, komme, was da wolle. Bloß nichts Spontanes versuchen. Gott bewahre!

Wie zum Beispiel mit seiner Freundin für ein Jahr nach New York ziehen. Mehr hatte ich nicht verlangt. Ein Jahr von Montana weg sein, dann bewerten, wo wir standen, um Neues zu planen.

Ich hatte ihn innig geliebt, aber ich wollte damals die Flügel ausbreiten und sehen, ob ich stark genug war, um zu fliegen.

Sicher, Tobias hatte für mich genauso empfunden. Da hatte ich keine Zweifel. Vielleicht hatte ich ihn nicht genug geliebt, um meine Träume aufzugeben. Doch er hatte mich auch nicht genug geliebt, um seine Pläne zu ändern. Er hatte mich nicht genug geliebt, um mich zu bitten, bei ihm zu bleiben.

Warum hatte er mich damals nicht gebeten, in Bozeman zu bleiben, nachdem er mir den Heiratsantrag gemacht hatte? Ich hatte darauf gewartet. Ich hatte mir eine Rede zurechtgelegt, welche Vorzüge darin lagen, mal in einer anderen Umgebung zu leben und neue Erfahrungen zu sammeln. Stattdessen hatte er mich einfach gehen lassen.

Und alles, was ich über ihn, über uns zu wissen glaubte, hatte sich als haltlos erwiesen … in nichts aufgelöst.

Wie sich dann herausgestellt hatte, war ich flügge gewesen … und inzwischen jahrelang allein durch die Welt geflogen.

Unsere Wege hatten sich getrennt. Nun würden wir sie irgendwie wieder vereinen müssen.

»Das müssen wir nicht jetzt klären. Dazu haben wir noch Monate Zeit«, sagte ich. »Lass uns an einem Plan arbeiten.«

Ein Vorschlag, der ihm den Stress nehmen würde, wie ich glaubte, doch stattdessen schoss er von der Couch hoch und lief vor dem Sofatisch auf und ab. Dabei schloss er immer wieder die Fäuste, und ich ertappte mich dabei, dass ich die Geste übernahm.

Oje! Ich schob die Hände unter die Oberschenkel.

»Ich will die Schwangerschaftszeit nicht verpassen, Eva.«

»Nicht?«

Er blieb stehen und sah mich böse an.

»Schon gut«, sagte ich gedehnt. »Du kannst ja zu ein paar Arztterminen nach London kommen. Und wir können über FaceTime telefonieren.«

»FaceTime. Ich soll ein Vater sein, der mit seinem Kind per FaceTime kommuniziert?«

»Ich benenne hier nur ein paar Möglichkeiten.«

Er lief weiter auf und ab. Ging zum Fenster. Kam zurück.

Der schöne Teppich würde die Schwangerschaft womöglich nicht überstehen. »Mein Leben ist hier.«

Das hatte ich schon einmal gehört. »Mein Job nicht.«

»Das Kind ist wichtiger als dein Job.«

Jetzt wurde ich ebenfalls sauer. »Dann gib doch deinen auf.«

»Du weißt, dass das nicht geht.«

Ich öffnete den Mund, aber wieder schaltete sich mein Verstand ein, bevor ein Schwall von Kraftausdrücken herauskommen konnte. Das hätte nur zu der gleichen Pattsituation geführt wie nach seinem Heiratsantrag.

Wir hatten den Konflikt damals nicht gelöst. Und ich bezweifelte, dass wir ihn jetzt lösen würden.

»Ich will nicht streiten«, sagte ich.

»Nein, du willst davonlaufen.«

Autsch. »Das ist unfair.«

»Das ist … tut mir leid.« Er blieb stehen. Ließ die Schultern sinken. Löste die Fäuste. »Ich will auch nicht streiten.«

Ich glaubte ihm. Ich glaubte aber auch, dass wir unweigerlich in den Ring steigen würden, wenn ich noch länger bliebe, und ich hasste es, mit Tobias in den Ring zu steigen. »Ich bin noch die ganze Woche in Bozeman. Da nun klar ist, dass wir das Baby bekommen wollen, lass uns darüber nachdenken. Wir sind intelligente Erwachsene. Wir können einen gangbaren Weg finden.«

Ich klang viel zuversichtlicher, als mir zumute war.

Er nickte. »Also gut.«

Ich stand auf und ging zu ihm, nahm seine Hände und drückte den Rest Anspannung aus seinen Fingern. »Ich habe Angst.«

Er verschränkte unsere Hände. »Ich auch.«

»Aber wenn ich das mit jemandem in Angriff nehmen kann, dann mit dir.«

Sein Blick wurde weich. »Das gilt auch umgekehrt.«

»Rufst du mich an?«

»Mach ich.« Er ließ mich los und begleitete mich zur Tür, wo er mir in den Mantel half. Dann stand er auf der Schwelle und ging erst ins Haus, als ich die Auffahrt hinunterfuhr.

Als sein Haus aus dem Rückspiegel verschwand, atmete ich auf.

Nicht schlecht. Nicht großartig, aber auch nicht schlecht.

Er wollte das Kind. Das war ein gutes Zeichen. Ein großartiges Zeichen. Kinder brauchten einen Vater, und ich konnte mir ein Leben ohne meinen nicht vorstellen. Und Tobias würde ein wunderbarer Vater sein.

Wir brauchten uns nur gut abzustimmen und zu organisieren, und zum Glück war er nicht der Einzige von uns, der auf dem Gebiet Talent hatte. Ja, das war etwas ganz anderes, als ein Haus zu bauen, aber wir würden das hinkriegen, erst recht, wenn wir keine vorschnellen Entscheidungen trafen.

Wir hatten genug Zeit. Ich würde erst nach Neujahr abreisen.

Am Stadtrand wurde der Verkehr dichter. Bozeman war in den letzten Jahren beträchtlich gewachsen. Als ich noch ein Kind gewesen war und wir in dem Örtchen Manhattan gewohnt hatten, hatte mein Vater meine Schwester und mich ab und zu nach Bozeman mitgenommen. Auf den zwanzig Meilen dazwischen war man durch die Prärie gefahren.

Ich war gestern um der Nostalgie willen nach Manhattan rausgefahren, obwohl jetzt eine andere Familie in unserem alten Haus wohnte. Wo vor zehn Jahren noch Weizen und Gerste aus dem Boden gesprossen waren, wuchsen jetzt Wohnsiedlungen.

Aber trotz des zunehmenden Verkehrs und des Zustroms neuer Einwohner war das Tal meine Heimat. Der Ort, an dem ich gern Weihnachten verbrachte. In den vergangenen drei Monaten war ich glücklich gewesen, es mein Zuhause zu nennen.

Meine Firma war beauftragt worden, den Bau eines Rechenzentrums zu leiten. Zunächst war eine andere Projektbetreuerin damit betraut gewesen. Ich war bereits für einen Auftrag in Houston eingeteilt gewesen, sonst hätte ich mich darum beworben. Doch die andere Kollegin hatte vor drei Monaten gekündigt, und ich hatte ihren Platz übernehmen können.

Der Umsatz war ziemlich konstant, und ich wurde gut bezahlt, aber die Arbeit verlangte mir einiges ab. Manchmal betreute ich ein Projekt vom Anfang bis zum Ende, und manchmal wurde ich zu einem laufenden Projekt geschickt, um bei dem genervten Kunden die Wogen zu glätten.

Das würde in London meine Aufgabe sein. Der Kunde war temperamentvoll und kam mit dem derzeitigen Projektbetreuer nicht klar. Auftritt für Eva!

Ich würde für den Kunden ein frisches Gesicht sein, das er anblaffen konnte. Oder ich würde ihn für mich gewinnen.

Nächste Woche würde ich wissen, für welche Variante er sich entschied.

Doch zunächst wollte ich die letzten paar Tage in Montana genießen.

Die drei Monate hier hatten mir viel Zeit mit meinem Vater geschenkt, was längst überfällig gewesen war. Ich hatte viele Abende bei Elena zu Hause verbracht und ihre beiden Töchter erlebt.

Und Tobias wiedergesehen.

Während der ersten Wochen hatte ich hin und her überlegt, mich mit ihm zu treffen. Wenn ich nicht in der Firma, bei Dad im Wohnheim oder bei Elena war, lebte ich praktisch wie eine Einsiedlerin. Hauptsächlich weil ich fürchtete, dass Tobias mich ablehnte. Aber auch, weil ich ihn nicht mit einer anderen Frau im Arm sehen wollte.

Dann lief ich im Supermarkt seiner Mutter über den Weg. Hannah war so froh, mich zu sehen, dass sie mich umarmte und fast zu weinen begann. Ich hatte ähnlich feuchte Augen. Hannah Holiday war die angenehmste Frau, die ich kannte. Wir standen dann lange in der Tiefkühlabteilung und plauderten, während das Eis in meinem Einkaufswagen langsam vor sich hin schmolz.

Sie deutete an, dass Tobias Single sei, und ermutigte mich, ihn anzurufen. Es dauerte Tage, bis ich den Mut dazu fand. Eines Abends nach einer Flasche Cabernet wählte ich die Nummer, die ich seit Jahren auswendig kannte, und lud ihn auf einen Drink ein.

Als ich schließlich an jenem Abend vor sechs Wochen die Bar betreten hatte, war er mir mit weit geöffneten Armen entgegengekommen und wir … hatten wie immer bestens harmoniert.

Genau deshalb war ich überzeugt davon, dass wir das hinkriegen würden. Er könnte sein Leben in Bozeman behalten und ich so weiterleben wie bisher, und zusammen hätten wir das Baby.

»Wir schaffen das«, beteuerte ich über das Lenkrad hinweg. Wir würden das bewältigen.

Die Wohnung, die meine Firma für mich gefunden hatte, befand sich neben einem Golfplatz. Green und Fairway lagen unter einer unberührten Schneedecke. Die kahlen Espen und Pappeln waren mit Eis überzogen. Unter dem wolkenlosen Himmel glitzerten die Eiskristalle an den Ästen in der Sonne.

Bozeman war ein sonniger Fleck, sogar im Winter. In London würde ich den ständigen Sonnenschein vermissen. Ich war ein paarmal dort gewesen, und es hatte immerzu geregnet.

In der Einfahrt meines Nachbarn stand ein Umzugswagen. Als ich parkte und zu meiner Tür ging, kam mir ein Mann mit einem Karton entgegen. Er winkte und hielt inne, als wollte er sich vorstellen. Ich winkte nur zurück und verschwand in meine Wohnung.

Es hatte keinen Sinn, sich miteinander bekannt zu machen, denn ich würde fort sein, ehe er ganz ausgepackt hätte.

Drinnen war es kühl, oder vielleicht kam es mir nur so vor, weil die Wohnung schon leer war. Ich stellte die Handtasche auf den Boden im Wohnzimmer und warf die Schlüssel daneben, streifte mir die Schuhe ab und ging zu dem einzigen Möbelstück, das ich nicht nach England verschifft oder online verkauft hatte – meinem Luftbett.

Der Schlafsack, den ich mir gekauft hatte, lag ordentlich obendrauf. Ich hatte mich entschieden, im Wohnzimmer zu schlafen, weil das durch den Gaskamin behaglich warm war.

Ich ließ mich darauf nieder, nahm meinen Laptop auf den Schoß und lehnte mich an das Kopfkissen. Das Rechenzentrum war fertig und wartete auf die Putzmannschaft, und die meisten Leute hatten sich diese Woche freigenommen. Mein Posteingang war so gut wie leer. Da ich nichts anderes tun konnte, als auf den Fleck zu starren, wo der Fernseher gestanden hatte, verlegte ich mich aufs Arbeiten. Wie auch schon, als der Fernseher noch dort gestanden hatte.

Meine Arbeit war meine beste Freundin. Und ich kam mit ihr bestens aus. Meistens jedenfalls.

Heute fühlte ich mich ein wenig einsam. Wie so oft, wenn ich mit einem Projekt fertig war und mich auf das nächste vorbereitete.

Die kahlen Räume machten es mir schwer. Die Umzugsleute waren schon da gewesen und hatten alles eingeladen. Was ich nicht nach England mitnehmen wollte, hatte ich über Facebook und *Craigslist* verkauft. Klar, ich könnte mir in England neue Möbel kaufen oder eine möblierte Wohnung mieten, aber ich legte Wert darauf, mein eigenes Zeug um mich zu haben. Besonders beim Bett ging ich keine Kompromisse ein.

Mein Boss gewährte mir die zusätzlichen Frachtkosten, vor allem weil ich nie Nein sagte, wenn er mich bat umzuziehen.

Also zog mein Bett eben mit mir um. Das wurde gerade in meiner Londoner Wohnung aufgestellt, daher die dicke Luftmatratze.

In meinem Koffer im Badezimmer hatte ich genug Kleidung und Toilettensachen für eine Woche. Damit würde ich am Sonntag ins Flugzeug steigen. In sechs Tagen.

Danach würde ich keine Zeit mehr haben, um mich einsam zu fühlen.

Das Londoner Projekt war ein Fulfillment Center für einen Online-Händler. Der ließ ein neues Lager außerhalb der Stadt bauen, und nach dem jüngsten Status-Update zu urteilen, erwies sich das als schwierig.

Tobias würde sich darüber lustig machen, wenn ich ihm erzählte, dass ein Gebäudeklotz aus Stahl und Beton eine komplizierte Angelegenheit sein konnte. Das war genau der Gebäudetyp, den er verachtete.

Ich hatte mir von ihm schon was anhören müssen, als ich an dem Rechenzentrum bei Bozeman mitarbeitete, das er als Monstrosität bezeichnete. Er hatte nicht ganz unrecht. In der schönen Berglandschaft wirkten die Betonziegelmauern deplatziert.

Von dem Mangel an Schönheit einmal abgesehen … Das Rechenzentrum war fertig, und nun war es Zeit für mich weiterzuziehen. Ich würde den Polierern Dampf machen und mit Lieferfirmen streiten, bis ein weiteres hässliches Gebäude eine Gegend verschandelte.

Diese Art von Job brachte es mit sich, dass ich kein behagliches Büro hatte. Meistens hatte ich einen Schreibtisch in einem staubigen Baustellenwagen, neben dem die mobilen Toiletten standen. Sicherlich kein Ort für ein Kleinkind.

Ich legte die Hand an meinen Bauch.

Wie sollte das funktionieren? Meine Arbeit nahm mich gänzlich in Anspruch. Zwölf Stunden waren ein kurzer Tag. Gewöhnlich war ich morgens die Erste auf der Baustelle und abends die Letzte. Mein Boss wollte uns nah am Geschehen wissen, aber vielleicht wäre er einverstanden, wenn ich ein paar Tage pro Woche zu Hause arbeitete.

Ich würde eine Nanny einstellen müssen. Das war keine Frage. Schließlich hatte ich keine Freunde, die babysitten oder mit anpacken konnten. Ich blieb nie lange genug in einer Stadt, um verlässliche Freundschaften aufzubauen.

Das hatte mich bisher nie gestört.

Wen würde ich im Notfall anrufen? Würde ich eine Nanny finden, die bereit war, abends zu arbeiten, während ich mit Kunden beim Dinner saß? Wie oft würden wir es schaffen, Tobias zu besuchen?

Ich konnte schlecht von ihm verlangen, dass er jeden Monat zu uns kam. Ich nahm mir immer nur drei bis vier Tage im Jahr Urlaub. Das London-Projekt lag hinter dem Zeitplan, und sobald ich dort anfing, würde ich für den Endspurt sorgen.

Außer … Oh Gott. Was, wenn er das volle Sorgerecht beanspruchte? Was, wenn ich diejenige war, die unser Kind besuchte?

Nein. Das würde er mir nicht antun. Ihm musste klar sein, dass ich daran zerbrechen und ihn schon für den Versuch verabscheuen würde.

In der leeren Wohnung strömten die Fragen und Sorgen auf mich ein. Die Wände schienen auf mich zuzukommen. Darum stand ich auf und eilte nach draußen. Der Autositz war noch warm von der Fahrt.

Es gab zwei Orte, wo ich regelmäßig hinfuhr: zum Haus meiner Schwester und zum Wohnheim meines Vaters, und mein Wagen steuerte wie von selbst den Seniorenstift an. Ich parkte an derselben Stelle wie am Weihnachtstag, ging in das Gebäude und winkte der Frau an der Rezeption zu. Dad nannte die Empfangsdamen seine Aufseherinnen, weil sie notierten, wann er das Haus verließ und wann er zurückkam.

Nicht, dass er das häufig tat. Die meisten seiner Freunde, die ich aus meiner Kindheit kannte, lebten noch in Manhattan. Und die Heimbewohner, mit denen er sich angefreundet hatte, besuchte er in ihren Apartments.

Das Heim lieferte die Lebensmittel und hatte einen Speiseraum, wo täglich drei Mahlzeiten serviert wurden. Ab und zu holte Elena unseren Vater zu sich nach Hause, damit er mit seinen Enkelinnen spielen konnte. Aber meistens besuchte sie ihn mit den Mädchen im Heim, weil ihm das lieber war.

Gestern hatte er mir gestanden, dass er glaubte, für Elena eine Last zu sein.

Ich hatte ihm dafür gestanden, dass ich oft dachte, sie beide im Stich zu lassen.

Doch ich bezahlte seinen Heimplatz mit meinem Gehalt. Elena war nicht berufstätig, sondern sorgte zu Hause für die zwei Kinder und lebte vom Einkommen ihres Mannes. Sie konnte zu den Heimkosten nichts beisteuern. Dad hatte es abgelehnt, eine Pflegerin bei sich aufzunehmen, und bei einem seiner Geständnisse hatte ich erfahren, dass ihn das Haus zu sehr an Mom erinnerte.

Er war glücklich in seinem Apartment. Daher zahlte ich gern dafür, dass sich dort im Notfall jemand um ihn kümmerte.

Als ich den Flur hinunterging, stand seine Tür offen, und der Fernseher lief ziemlich laut. Schmunzelnd klopfte ich kräftig an den Türrahmen, damit er mich trotzdem hörte.

»Das ist laut genug, Nancy!«, rief er und kam aus der Küche geschlurft. Mit seiner geschwächten Körperseite stützte er sich auf den Gehstock. »Eva?«

»Hallo, Dad.«

»Was hast du gesagt?«

Ich rollte mit den Augen und zeigte auf den Fernseher.

»Oh.« Mit seiner gesunden Hand langte er in eine Tasche

seiner Jeans und zog die Fernbedienung hervor, um auf den Lautstärkeregler zu drücken.

Eine herrliche Ruhe breitete sich aus.

»Eddy, ich kann nichts hören!«, rief Nancy über den Flur.

Ich zog die Lippen zwischen die Zähne, um nicht zu grinsen, und schloss die Tür. »Offenbar hat Nancy ihren Apparat noch immer nicht reparieren lassen.«

»Nein.« Er brummte etwas in seinen Bart, als er zum Fernsehsessel ging. »Gut möglich, dass ich einen Gehörschaden erleide, wenn das nicht bald passiert.«

Nancy war seine Nachbarin, seit er eingezogen war. Sie war zwanzig Jahre älter als er, und er behandelte sie wie eine liebe Großmutter. Ihr Fernseher war nicht nur alt und überholt, sondern hatte auch seit Wochen keinen Ton mehr. Anstatt über den Flur zu kommen und mit Dad zusammen fernzusehen, blieb Nancy lieber in ihrem Apartment und schaute von ihrem eigenen Sessel aus fern. Seit einem Monat suchte sie das Programm aus, und Dad drehte die Lautstärke hoch, damit sie es hörte.

»Was ist los? Ich dachte, du bist bei der Arbeit.« Er zog an dem Hebel, der die Fußstütze unter dem Sessel hervorschwenken ließ.

»Nein, heute ist nichts zu tun.« Ich zog meinen Parka aus und ließ mich auf seinem Zweiersofa nieder. »Wie geht es dir?«

Er grinste mich schief an. »Fühle mich pudelwohl.«

Er war mit Abstand der jüngste unter den Heimbewohnern. Vor drei Jahren hatte er überraschend einen schweren Schlaganfall erlitten. Seitdem konnte er die linke Körperhälfte nur noch eingeschränkt bewegen. Ein paar schreckliche Tage lang war fraglich gewesen, ob er überleben würde. Doch dank intensiver Sprach-, Physio- und Beschäftigungstherapie hatte er große Fortschritte gemacht.

Er sprach noch undeutlich, und manche Bewegungen waren für ihn schwierig, doch er war am Leben, und dafür war ich ungeheuer dankbar.

Nachdem er keine Pflegerin unter seinem Dach haben wollte, hatte ich ihm vorgeschlagen, ihn in betreutem Wohnen unterzubringen. Die Einrichtung war mehr ein Wohn- als ein Pflegeheim, und im Notfall standen ihm ausgebildete Pflegekräfte zur Verfügung.

Ich hoffte jeden Tag, dass es dazu nicht kommen würde. Denn mich plagte das schlechte Gewissen, weil ich weit weg gewesen war, als er den Schlaganfall erlitt.

Meine Schuldgefühle würden mich in Kürze wieder begleiten. Das passierte immer nach einem Besuch in der Heimat, und weil ich diesmal so lange geblieben war, würde es auch umso länger anhalten. Und jetzt erst recht, da Tobias und das Baby hinzukamen.

»Alles okay bei dir?«, fragte Dad.

»Bestens.« Ich rang mir ein strahlendes Lächeln ab. »Wollte nur kurz reinschauen und Hallo sagen. Es ist ziemlich still bei mir zu Hause.«

»Willst du etwas gucken?« Er wedelte mit der Fernbedienung.

»Klar.« Ich zog die Beine unter und entspannte mich auf dem Sofa, während er eine Sitcom für uns aussuchte.

Ich blieb für zwei Folgen, dann gab ich ihm einen Kuss auf die Wange und ging, weil er eingeschlafen war.

Unterwegs wurde es dunkel. Die Wintertage waren kurz und kalt. Ich fror im Auto und wünschte, ich hätte diese Woche mehr zu erledigen. Faulenzen war gefährlich für meine seelische Verfassung. Ich wollte nicht darüber nachdenken, wie sehr mein Leben dem meiner Mutter glich.

Vor einer Woche war es noch kein Problem gewesen, dass ich ständig umzog. Doch dann hatte ich den Schwangerschaftstest gemacht und jetzt … war alles anders.

In meiner Straße war es still. Der Umzugswagen war weg.

Vielleicht waren sie mit Ausladen fertig geworden. Die Fenster der Nachbarwohnungen waren hell erleuchtet. Nur meine Wohnung wirkte dunkel und verlassen.

Na ja, nicht völlig verlassen. Da stand ein Truck in der Einfahrt, neben meinem Parkplatz.

Mein Herz machte einen Sprung. Wie immer, wenn Tobias kam.

Ich war mir nicht sicher, warum er auf meiner Veranda wartete. Aber es war schön, nach Hause zu kommen und nicht allein zu sein.

4

Tobias

Eva ging voraus in ihre Wohnung und schaltete das Licht ein. Ich war überrascht, keine Möbel zu sehen. Nicht mal eine Topfpflanze. Da standen auch keine gepackten Kartons. Stattdessen waren die Räume leer bis auf ein Luftbett vor dem Kamin im Wohnzimmer.

»Wo sind deine Sachen?«, fragte ich.

»Die meisten sind schon in London. Die Couch und ein paar andere Möbel habe ich verkauft, weil die Wohnung, die ich gemietet habe, nicht allzu groß ist.«

»Seit wann sind die Sachen weg?«

Sie zuckte die Achseln und zog den Reißverschluss ihres Parkas auf. »Zwei Wochen?«

Ich sah sie groß an. Sie schlief seit zwei Wochen auf einer Luftmatratze und hatte noch eine weitere vor sich. »Warum zahlt deine Firma dir kein Hotelzimmer?«

»Ich habe nicht darum gebeten. Und ich habe nichts gegen das Ding hier«, behauptete sie mit ungewohnt heller Stimme.

Das war glatt gelogen. Eva liebte ein bequemes Bett. Im College hatte sie immer darauf bestanden, dass wir bei ihr schliefen, weil ihre Matratze einen integrierten Topper hatte und weicher war als meine.

Bei der Vorstellung, dass sie auf dem Boden schlief wie ein Landstreicher, tat mir alles weh. Sie konnte unmöglich hier bleiben. Nicht so.

»Du solltest diese Woche bei mir im Gästezimmer schlafen.« Ich platzte spontan damit heraus, bereute meine Worte aber nicht. Tatsächlich fand ich die Idee ganz gut. »Das gibt uns die Gelegenheit zu reden. Und die Matratze ist gut.«

»Nein, ich komme hier zurecht. Ich will dir keine Umstände machen.«

»Es ist eine Memoryschaum-Matratze.«

Sie schaute zu ihrem Luftbett und verzog das Gesicht. »Ich mag Memoryschaum.«

»Geh packen. Ich bestehe darauf.«

»Ich wusste gar nicht mehr, wie stur du bist.«

»Doch, das wusstest du noch.« Ich kicherte. »Nur nicht mehr, wie sehr dir das gefällt.«

Sie rollte die Augen. »Du musst mich mit einer Ex verwechseln.«

Niemals. Man konnte Eva nicht mit einer anderen Frau verwechseln. Nicht, dass es viele gegeben hätte. Die einzige Frau, mit der ich in letzter Zeit zusammen gewesen war, war Chelsea, und unsere gemeinsamen Nächte, wenn sie mal in der Stadt gewesen war, hatten sich nicht ernst angefühlt. Und ich hatte sie seit Monaten nicht mehr gesehen.

»Wie entscheidest du dich, Williams? Luftmatratze oder Memoryschaum?«

»Na schön. Du hast gewonnen. Ich nehme dein Gästebett.« Sie deutete mit dem Kopf zu ihrem Lager auf dem Fußboden. »Aber nur, weil das Ding ein kleines Leck hat und ich allmählich Rückenschmerzen bekomme.«

»Soll ich das aufrollen, während du dein Zeug holst?«

»Was denn? Heute Abend schon?«

Ich zuckte die Achseln. »Klar, warum nicht?«

»Okay. Ich hole die Hülle.«

Sie eilte ins Bad, und ich zog mir die Schuhe aus, um keine Schneeklumpen auf dem Hartholzboden zu verteilen. Dann wandte ich mich dem Schlafsack zu. Der Duft ihrer Vanillelotion stieg mir in die Nase, während ich ihn zusammenrollte.

Nachdem damals mit uns Schluss gewesen war, hatte ich

in meinem Bad eine Flasche mit der Lotion gefunden. Es hatte ein Jahr gedauert, bis ich mich überwunden hatte, das Ding wegzuwerfen. Dann war mir an unserem Abend vor sechs Wochen der Geruch wieder in die Nase gestiegen, und die nächsten Worte, die ich von mir gegeben hatte, waren eine Einladung gewesen: *Komm mit zu mir.* Ich hatte nicht gefragt, ich hatte gefordert.

Und nachdem wir das erste Mal an der Wand Sex gehabt hatten, weil keiner von uns länger warten konnte, hatte ich sie in mein Bett getragen, wo meine Laken mit ihrem Duft getränkt wurden.

Herrgott, jetzt nur ein Hauch davon und ich war hart. Zu Hause war als Erstes eine kalte Dusche angesagt.

Mit zusammengebissenen Zähnen band ich die Schlafsackhülle zu.

Eva kam herein und warf mir das Etui für das Luftbett zu, und keine fünf Minuten später rollte sie einen Koffer zur Wohnungstür. »Soll ich dir helfen?«

»Nein, das geht schon.« Die letzte Luft fiepte durch das Ventil, als ich das schlaffe Luftbett zusammenfaltete. »Nimm einfach dein übriges Zeug.«

»Ach, das ist schon alles.«

Ein Koffer und ein Rucksack. Das störte mich genauso sehr wie die leere Wohnung. Die Eva von früher wäre nirgendwohin gegangen ohne einen Sack voller Bücher und eine Handtasche von der Größe eines Kopfkissenbezugs.

»Warum guckst du mich so an?«, fragte sie.

»So hat dein Leben die ganze Zeit ausgesehen? Von einer leeren Wohnung in die andere?«

»Sie ist nur leer, weil ich umziehe.«

»Wie oft ziehst du um?«

»Kommt darauf an.« Sie zuckte mit einer Schulter. »Ein- oder zweimal im Jahr. Mal mehr, mal weniger oft.«

Also verbrachte sie ein oder zwei Monate im Jahr zwischen

nackten Wänden und einer Handvoll Kleidungsstücke. Nahm sie das Luftbett jedes Mal mit? Oder kaufte sie sich ständig ein neues?

Dass sie so lebte, bedrückte mich. Das war nicht das, was ich mir für sie wünschte. Doch das spielte keine Rolle. Dies war das Leben, das *sie* wollte. Ich hatte schon vor Jahren begreifen müssen, dass ich dazu nichts zu sagen hatte.

Doch wenn es um das Baby ging … da musste sich etwas ändern.

»Das macht mir nichts aus, Tobias«, sagte sie, als ich das gefaltete Luftbett in das Etui verfrachtete. »Während eines Projekts bin ich kaum zu Hause.«

»Zu Hause?« Ich hörte meinen abfälligen Ton.

Eva kniff die Augen zusammen. »Zu Hause kann für jeden etwas anderes bedeuten. Um mich zu Hause zu fühlen, brauche ich keine vier Wände, kein eigenes Stück Land oder eine bestimmte Stadt oder einen Staat.«

»Wo fühlst du dich dann zu Hause?«

»Ich schätze … immer da, wo ich bin.« Sie fasste sich ans Herz. »Das genügt mir.«

»Nur dass du jetzt nicht mehr allein bist.«

Sie hob das Kinn. »Du tust gerade so, als wäre ich obdachlos. Ich ziehe bloß um. Viele Leute reisen in ihrem Job umher. Mein Job bedeutet, dass ich meinem Dad das Heim zahlen kann. Und ich mag meine Arbeit. Warum ist das so verkehrt?«

Ich seufzte. »Ist es nicht. Lass uns … damit aufhören.« Ich zog den Reißverschluss des Etuis zu und trug es zusammen mit dem Schlafsack und dem Kopfkissen zur Tür. »Ich versuche nur, das alles zu verstehen, Eva.«

»Genau wie ich.« Sie lächelte mich traurig an. »Wir werden uns schon einig, wie wir das organisieren. Aber bei dir zu wohnen ist vielleicht keine gute Idee. Ich kann mir doch ein Hotelzimmer nehmen.«

»Nein.« Ich schüttelte den Kopf. Wenn ich ihr glauben könnte, dass sie sich ein Zimmer nahm, würde ich von der Idee Abstand nehmen. Doch sie war genauso stur wie ich und würde ihr Luftbett wieder aufpumpen, sobald ich weg wäre. »Übernachte bei mir. Bitte.«

»Aber nur, weil du eine Memoryschaum-Matratze hast.«

»Und mehr als ein Kissen.« Ich lachte und nahm ihren Koffer. Gute Kissen waren genauso wichtig wie eine gute Matratze, hatte sie mir mal erklärt.

»Jetzt gibst du aber mächtig an«, neckte sie.

»Geh voran.« Ich schaffte es, alles auf einmal zu meinem Truck zu tragen, und wartete darauf, dass sie die Wohnung abschloss.

Dann fuhren wir durch die Stadt und die stillen Straßen entlang zu meinem Haus.

Zuhause.

War ein Zuhause nicht der Ort, wohin man sich zurückziehen konnte? Wo man Frieden fand? Vielleicht brauchte sie keine vier Wände, um sich zu Hause zu fühlen, aber ich spürte stets weniger Gewicht auf meinen Schultern, sobald ich in meine Garage fuhr.

Aus diesem Grund war ich Architekt geworden. Wenn ich Häuser entwarf, ging es nicht nur darum, sie ästhetisch ansprechend zu machen. Es ging auch darum, einen Zufluchtsort zu schaffen. Menschen ein Fundament zu geben, wo sie Wurzeln schlagen konnten, die so tief reichten wie meine eigenen.

Mit einem Knopfdruck öffnete ich das zweite Garagentor und stieg aus, um Eva hereinzuwinken. Als ihr Wagen geparkt war, nahm ich ihr Gepäck aus dem Kofferraum und trug es nach drinnen. »Hast du Hunger?«

»Klar.« Sie zuckte die Achseln. »Soll ich uns etwas bestellen? Ich kenne mich da aus.«

»Oder ich koche uns was.«

»Du lässt mich hier übernachten. Also sorge ich für das Abendessen.«

»Okay.« Ich sah zu, wie sie in ihrem Handy scrollte und ihre Finger über den Bildschirm flogen.

Sie fragte nicht, was ich essen wollte. Das war auch nicht nötig. Sie wusste, dass ich Chili hasste und lieber gegartes als rohes Gemüse aß. Sie wusste, dass ich zu jeder Mahlzeit Wasser trank und selbst gemachtes Ranchdressing im Kühlschrank hatte, weil ich das statt Ketchup aß.

Sie kannte mich besser als jede andere.

Die Vertrautheit zwischen uns hatte ich vermisst und auch, wie wohl ich mich in ihrer Nähe fühlte.

»Möchtest du etwas trinken?«, fragte ich und öffnete den Kühlschrank.

»Wasser wäre mir recht.«

Ich füllte zwei Gläser. In meines gab ich Eiswürfel, in ihres nicht, weil ihr davon die Zähne schmerzten. Dann setzten wir uns ins Wohnzimmer, jeder an ein Couchende. »Es kommt mir vor, als wären Tage vergangen, nicht Stunden, seit du hier warst.«

Sie lachte und schlug die Beine unter. »Genau das dachte ich auch gerade.«

Neben ihr auf dem Beistelltisch stand ein digitaler Bilderrahmen. Sie nahm ihn in die Hand und sah sich die wechselnden Fotos an.

»Den hat meine Mutter mir zu Weihnachten geschenkt.« Ich schaute ihr über die Schulter und wartete auf …«

Eva keuchte auf. »Sie hat eins von uns beiden hineingenommen?«

Meine Mutter hatte das Bild vor Jahren geschossen. Es hatte immer in einem Rahmen in ihrem Büro gestanden. Vermutlich hatte sie es noch in einer Schublade aufbewahrt. Sie hatte nie die Hoffnung aufgegeben, dass Eva den Weg nach Hause finden würde.

Auf dem Foto lagen Eva und ich schlafend auf der Couch in unserem alten Haus, ich auf dem Bauch nur in Shorts, Eva auf meinem nackten Rücken. Mein Mund war geöffnet, ihre Haare über meine Schultern ausgebreitet, eine Strähne klebte an ihren Lippen.

Das war eigentlich keine bequeme Art zu schlafen, aber so hatten wir es unzählige Male getan. Total zufrieden, solange wir zusammen waren.

»Wir sehen so … jung aus.« Ein Lächeln hellte ihr Gesicht auf, aber wie das Foto verschwand es nach kurzer Zeit.

Auf dem nächsten waren Heath und ich auf dem Skihügel zu sehen. Ein Selfie auf dem Sessellift, das er unbedingt aufnehmen wollte. Dann ein Foto vom vergangenen Jahr bei der Weihnachtsparty. Ich stand neben Dad, beide mit einem Glas Whiskey in der Hand.

Eva und ich schauten uns die Bilder an, bis das erste wieder erschien. Sie strich mit dem Finger über den Rahmen.

Das Licht von Autoscheinwerfern schien ins Zimmer und trieb uns von der Couch hoch. Eva stellte den Rahmen auf den Tisch, während ich zur Tür ging, um das Essen in Empfang zu nehmen.

»Burritos?«, fragte ich, als ich in die Tüte spähte. »Die magst du doch nicht.«

»Inzwischen schon.« Sie setzte sich an die Kücheninsel und zog die Folie von ihrer Portion, ich ließ mich neben ihr fallen und tat dasselbe.

»Seit wann?«

»Ich habe mal fünf Monate in San Antonio gelebt. Um die Ecke gab es ein Burrito-Restaurant. Eines Abends kam ich spät von der Arbeit nach Hause und hatte nichts im Kühlschrank. Ich wollte nicht auf eine Pizza warten, also dachte ich, ein Burrito wird mich schon nicht umbringen.«

Ich lachte. »Offensichtlich nicht.«

»Ich nahm einen mit Manchego. Und jetzt …« Sie hob ihren Burrito vom Teller, biss herzhaft hinein und kaute genießerisch. »… liebe ich Manchego.«

Es war erotisch, wie sie die Augen dabei schloss. An ihrem Mundwinkel hing ein Käsefaden. Ich hob die Hand, um ihn wegzuwischen, doch mir fiel noch rechtzeitig ein, dass wir nicht mehr zusammen waren. Darum schob ich ihr eine Serviette rüber und konzentrierte mich auf mein eigenes Essen.

Als die Verpackungen zusammengeknüllt im Mülleimer lagen, gähnte sie. »Ich denke, ich gehe jetzt schlafen.«

»Ich zeige dir dein Zimmer.« Ich holte ihr Gepäck aus dem Vorraum und trug es ans andere Ende des Hauses in das Schlafzimmer, das von meinem am weitesten entfernt war.

Es schien mir sicherer, dreihundert Quadratmeter zwischen uns zu lassen.

»Danke dafür«, sagte sie, als ich den Koffer neben der Tür abstellte.

»Kein Problem. Kann ich dir noch irgendwas bringen?«

»Hier scheint nichts zu fehlen.« Sie schaute durch das Zimmer, und ihr Blick landete auf dem Bett.

Die Tagesdecke war dunkelgrün, wie die Sprenkel in ihren hellbraunen Augen, der Holzrahmen des Bettes schimmerte dunkelbraun wie ihre Haare. Und wenn sie nackt vor mir stünde, hätte ihre Haut das gleiche sahnige Weiß wie die Wände.

Wir waren so viele Male zusammen gewesen, dass ich mir mühelos vor Augen rufen konnte, wie sie nackt auf meinem Bett lag. Ich hatte es noch im Ohr, wie sie leise aufkeuchte, wenn ich in sie eindrang. Ich schmeckte noch die Süße ihrer Zunge, fühlte ihren Orgasmus um meinen Schaft pulsieren. Ein Hauch von ihrem Vanilleduft, und mein Schwanz zuckte.

Scheiße. Ich musste schleunigst verschwinden und mich weit weg von diesem oder irgendeinem Bett aufhalten. »Ich lasse dich jetzt schlafen.«

Doch ehe ich den Weg zu meinem Zimmer einschlagen

konnte, um besagte kalte Dusche zu nehmen, griff Eva um meinen Ellbogen. »Tobias?«

»Ja?« Mein Blick richtete sich auf ihren Mund.

»Gute Nacht.« Sie trat näher und schlang die Arme um meine Taille.

Ich zog sie sofort an mich und schob die Nase in ihr Haar. Sie festzuhalten war auch so ein fast automatischer Impuls.

Ich hatte es vermisst, wie gut sie sich an meinen Körper fügte. Wie ihre langen Haare durch meine Finger glitten. Wie weich sich ihre Brüste anfühlten und wie ihr Atem mich am Hals kitzelte.

Seufzend ließ sie sich in meine Umarmung sinken. Dann zog sie den Kopf zurück, und ihr Blick wanderte an meinem Hals hinauf zu meinem Mund. Ihre Lippen öffneten sich ein wenig.

Und das brachte meine Entschlossenheit zu Fall.

Ich nahm ihr Gesicht in die Hände und drückte meinen Mund auf ihren. Ein Zungenschlag über ihre Unterlippe und sie machte leise wimmernd den Mund auf.

Sie klammerte sich an mich, drückte die Fingerspitzen in meine Oberarmmuskeln und stellte sich auf die Zehen.

Unsere Zungen spielten bei einem Kuss, der mir vertraut sein sollte. Wir hatten uns Hunderte Male geküsst. Vielleicht Tausende Male.

Doch in diesem Kuss lag Verzweiflung. Mehr Verzweiflung als in jener gemeinsamen Nacht vor sechs Wochen. Jede Sorge, jeder ängstliche Zweifel darüber, was auf uns zukommen würde, floss in diesen Moment.

Ich gierte nach ihr, und als meine Erektion an ihren Bauch drückte, presste sie sich an mich, und das Verlangen wuchs, bis ich zwischen uns griff, um den Knopf ihrer Jeans durch das Knopfloch zu drücken. Doch als mein Fingerknöchel ihren Bauch streifte, hielt ich inne.

Eva erstarrte, die Lippen noch auf meinen.

Das war kein unbesonnener Trip in die Vergangenheit. Wir waren nicht zwei ehemalige Lover, die eine Nacht voller Leidenschaft genießen wollten. Wir durften nicht dem Drang der Begierde nachgeben.

Hier ging es nicht mehr nur um uns.

Ich löste mich von ihren Lippen, um einen Schritt wegzutreten, und strich mir über den Bart, während ich versuchte runterzukommen. »Tut mir leid.«

»Mir auch.« Sie ging zum Kopfende des Bettes, um ein paar Meter zwischen uns zu bringen.

»Gute Nacht.« Ich verließ das Zimmer und zog die Tür hinter mir zu. Dann lief ich den Flur hinunter direkt in mein Schlafzimmer.

Mir war heiß. Mein Puls ging heftig. Ich schloss mich im Bad ein und drehte die Dusche auf. »Scheiße.«

Was machen wir denn jetzt? Was soll ich nur tun?

Diese Fragen schossen mir immerzu durch den Kopf, während ich unter dem kalten Duschstrahl stand. Das Wasser strömte an mir hinunter, rann mir über die Nase, als sich meine Hand um meinen Ständer schloss. Der Orgasmus kam schnell und war unbefriedigend. Alles in mir verlangte nach ihrem Körper, nicht nach meiner Faust.

Ich war mir nicht sicher, wie lange ich schon in der Dusche stand. Jedenfalls lange genug, um abzukühlen. Dann trocknete ich mich ab und trat vor den Spiegel.

Was soll ich tun?

Eva hatte nicht vor, ihren Job aufzugeben. Das hatte sie unmissverständlich gesagt. Außerdem hatte sie heute zugegeben, dass sie kein Zuhause hatte.

Kinder brauchten ein Zuhause. Sie brauchten eine Bleibe. Sie brauchten Halt und Beständigkeit.

All das hatte ich im Überfluss.

Und das hieß, wenn sie ihren Standpunkt nicht änderte,

blieb mir keine andere Wahl. Sobald das Kind da war, würde ich es nach Hause holen, nach Montana.

Ich blickte mich im Spiegel an und verabscheute mich so sehr, dass ich wegsehen musste.

Wenn Eva für ihr unstetes Leben kämpfen wollte, würde ich um mein Kind kämpfen. Und dafür würde sie mich hassen. Sie würde mich mit Haut und Haar verachten.

Doch mein Kind war den Kampf wert.

Und ich hatte die Schlachtlinie gerade mit einem Kuss gezogen.

5

Eva

Der Geruch von gebratenen Würstchen und Ahornsirup empfing mich, als ich das Gästezimmer verließ.

Leise ging ich den Flur hinunter und blieb am Durchgang zum Wohnzimmer stehen, um zuzusehen, wie Tobias in der Küche hantierte.

Mit dem Geruch war eine Erinnerung verbunden, die mich sofort in die Vergangenheit zog.

Ich war damals achtzehn gewesen und mit einem blauen Plastiktablett in die Cafeteria gegangen. Umgeben von lauter Studienanfängern der Montana State, die alle Hunger aufs Frühstück hatten, um damit den Samstagmorgenkater zu vertreiben, war ich dem Jungen begegnet, der mein Herz gewinnen würde. Mithilfe von Ahornsirup.

Tobias war nicht mehr dieser Junge und ich nicht mehr dieses Mädchen. Trotzdem war es mir unmöglich, mich von dem Anblick loszureißen.

Er schaltete den Herd aus und hob die Würstchen auf seinen Teller. Seine breiten Schultern steckten in einem langärmligen T-Shirt. Das Rot ließ seine Haare noch dunkler wirken. Mir hatte es immer gefallen, wenn er Rot trug, und noch besser gefiel mir Blau an ihm, weil das seine Augen betonte.

Ich atmete nur flach, damit er mich nicht ertappte. Müdigkeit zog an meinen Mundwinkeln, doch ich biss die Zähne zusammen. Ich hatte kaum geschlafen. Und obwohl es das bequemste Bett seit Jahren war, hatte ich meine Gedanken nicht abschalten können.

Stattdessen hatte ich immer wieder den Kuss durchlebt.

Diesen verzweifelten, leidenschaftlichen, unglaublichen Kuss.

Mit ihm unter einem Dach zu schlafen war vermutlich ein Riesenfehler. Die Verlockung würde überhandnehmen. Aber wenigstens war es nur für eine Woche.

Tobias nahm eine Flasche Ahornsirup aus dem Kühlschrank und goss eine Pfütze neben seine Würstchen.

»Ich denke noch immer an deine Pfannkuchen mit dem Sirup«, sagte ich und verließ meinen Beobachtungsposten.

Er lachte tief und warf einen Blick über die Schulter. »Ich habe Rührei gemacht. Im Kühlschrank steht eine ungeöffnete Flasche Ketchup, damit du sie versauen kannst.«

Lächelnd ging ich in die Küche und nahm einen Hocker an der Sitzinsel.

Er setzte sich auch, aber nicht auf den Hocker neben mir, sondern auf den übernächsten. Er wahrte also Abstand. Dann schnitt er sich ein Stück Wurst ab und wendete es in dem Sirup.

»Immer wenn ich Ahornsirup rieche, denke ich daran, wie wir uns kennengelernt haben«, sagte ich.

»Und du mich ein Monster genannt hast.« Er kaute grinsend.

»Ja, die Wahrheit tut weh, Baby.«

Ich trug damals die Sweathose, mit der ich am Abend ins Bett gegangen war. Meine Haare sahen katastrophal aus. Kein bisschen Make-up im Gesicht außer der Mascara-Flecken unter meinen Augen. Es war der zweite Monat an der Uni und das erste Mal, dass ich es gewagt hatte, mein Wohnheimzimmer zu verlassen, ohne perfekt auszusehen.

Mein Kater war strapaziös. Ich lechzte nach fluffigen Pfannkuchen, um meine Kopfschmerzen loszuwerden, und häufte mir einen Stapel auf den Teller. Aber als ich an den Sirupspender trat, stand Tobias da und pumpte sich gerade den letzten Rest auf seine Bratwürstchen.

»Du hast einen Song abgewandelt«, sagte er und stach die Gabel in das Würstchen, um sich den nächsten Bissen abzuschneiden. »Weißt du noch?«

Im Laufe der Jahre hatte ich viele populäre Songs mit spontan verändertem Text gesungen. Die meisten vergaß ich, sowie ich mit der Interpretation fertig war. Aber an dieses eine erinnerte ich mich noch.

»Hello, can you hear me?«, sang ich schmachtend zu Adeles Melodie.

»I'm in the cafeteria, dreaming about maple syrup
and whipped cream.«

Tobias schüttelte den Kopf, ein Lächeln auf seinen perfekten Lippen. »Ich muss jedes Mal lachen, wenn der Song im Radio läuft.«

»Ich auch«, log ich.

In Wirklichkeit wurde ich bei dem Song immer traurig. Weil er mich an ihn erinnerte. Da war ich damals verkatert und verschwitzt gestanden und verzweifelt gewesen, weil ich keinen Sirup abbekam. Und Tobias rettete den Tag. Er nahm mir das Tablett aus der Hand, ging damit zu einem nahen Tisch und löffelte Sirup auf meine Pfannkuchen.

Als er mit meinem Tablett zurückkam und ich den Sirup sah, gab ich ein jämmerliches Winseln von mir und sagte zu ihm: »Ich liebe dich.«

Darauf saß er während des ganzen Frühstücks bei mir, und nachdem ich meine Pfannkuchen verschlungen hatte, bat er mich um ein Date.

Am Abend holte er mich an meiner Zimmertür ab. Wir gingen etwas essen und dann ins Kino, ein typisches Collegedate. Hinterher brachte er mich an meine Tür und gab mir einen Gutenachtkuss.

Aber an dem war gar nichts typisch. Denn nach diesem Date waren wir keinen Tag lang getrennt.

Wir waren unzertrennlich gewesen. Unersättlich. Unsterblich verliebt.

Bis zu unserem Bruch.

»Bedien dich.« Tobias deutete mit dem Kinn zum Herd. »Außer du fühlst dich nicht gut.«

»Nein, mir geht's gut. Bislang keine Morgenübelkeit.« Ich ließ mich vom Hocker gleiten und nahm den leeren Teller, den er mir hingestellt hatte. Ich nahm mir Rührei und Würstchen, ging an den Kühlschrank wegen des Ketchups und kehrte auf meinen Platz zurück.

Wir aßen schweigend.

Keiner erwähnte den Kuss von gestern Abend.

Ich spürte noch seine Zunge an meiner, beharrlich und bestimmt. Dieser Mann verlangte die Kontrolle bei allem, besonders im Schlafzimmer. Wenn das Licht aus war und unsere Kleidung auf dem Boden lag, bestimmte er, wo es langging. Er hatte mich noch nie enttäuscht.

Tobias war um Längen besser als ein Vibrator, selbst mit frischen Batterien.

Mit achtzehn, als unsicheres Mädchen mit null Erfahrung außer ein paar ungeschickten Knutschereien im letzten Highschool-Jahr, hatte ich Tobias fantastisch gefunden. Bei ihm fühlte ich mich begehrt. Er machte mich mit meinem Körper und seinen Begierden bekannt. Er gab mir die Freiheit, meine Hemmungen fallen zu lassen und einfach zu fühlen.

Wir schliefen unzählige Male miteinander, und es wurde jedes Mal schöner. Er kam ständig mit einer neuen Finesse an.

Wie bei dem Kuss von gestern Abend. Er hatte die Zunge an meiner flattern lassen, und ich hätte mich beinahe aufgelöst.

Vielleicht lag das nur an den Hormonen. Vielleicht auch daran, dass mein letzter Orgasmus eine Weile her war – genauer gesagt sechs Wochen. Tobias war mein Ein und Alles gewesen.

Ich weigerte mich zu denken, dass eine andere Frau ihm das geschickte Spiel mit der Zunge beigebracht hatte.

Eifersucht schlängelte sich in mein Herz, als ich Ketchup auf meinen Teller drückte. Irrationale, giftige Eifersucht.

Ich war es, die ihn verlassen hatte. Ich konnte es ihm schlecht vorwerfen, wenn andere seiner Einladung gefolgt waren. Trotzdem … es machte mein Essen schal.

»Schmeckt's?«, fragte er.

»Ausgezeichnet.« Ich schob mir einen Happen in den Mund.

Verdrängen war eine liebgewonnene Gewohnheit, und so schob ich die Vorstellung von einer anderen Frau an seiner Seite energisch beiseite.

Das war kein guter Zeitpunkt, um eifersüchtig zu sein. Jetzt sollte ich erst mal frühstücken.

Ich spießte etwas Rührei auf die Gabel und tunkte es in das Ketchup. »Schmeckt wunderbar.«

»Arbeitest du heute?«, fragte er und trug seinen Teller zur Spüle, während ich mein Essen vertilgte.

»Ein bisschen. Ich werde wahrscheinlich hier arbeiten, wenn du nichts dagegen hast.«

»Nur zu.«

»Und du? Fährst du in die Stadt?« *Sag Ja.*

»Ja.«

Ich gab mir Mühe, nicht vor Erleichterung zu erschlaffen.

Es war klar, was passieren würde, wenn er im Haus bliebe. Der Hocker zwischen uns würde nur für kurze Zeit frei bleiben, bis einer von uns einknickte. Er war einfach zu leicht zu haben. Zu verlockend.

»Wir haben diese Woche Betriebsferien«, sagte er. »Aber ich habe mehr Arbeit, als ich bewältigen kann. Daher werde ich mich wahrscheinlich für eine Weile ins Büro setzen. Dir deinen Freiraum lassen.«

Uns *unseren* Freiraum lassen.

»Okay.« Ich brachte meinen leeren Teller zur Spüle, sorgsam auf Aufstand bedacht, und säuberte ihn im Becken.

»Fühl dich wie zu Hause«, sagte er und nahm eine kleine schwarze Fernbedienung aus einer Schublade neben dem Kühlschrank. »Die ist für die Garage. Du kannst also kommen und gehen, wie du willst.«

»Danke.« Ich nahm sie und trat einen Schritt weg.

Er tat dasselbe. »Wegen gestern Abend. Das tut mir leid.«

»Es war nur ein Kuss, Tobias. Es ist ja nicht so, als hätten wir uns noch nie geküsst, oder?«

»Ja.« Er sah mir in die Augen, mit undurchdringlicher Miene. Ehe ich mir einen Reim darauf machen konnte, ging er hinaus. Dann hörte ich das Garagentor, und er fuhr davon.

Warum hatte er mich geküsst? Wieso machte es den Eindruck, dass er es bereute?

Stöhnend fasste ich mir an den Magen. Mir wurde plötzlich übel.

Vielleicht kam das von den Hormonen, vielleicht vom Stress, weil etwas auf mich zukam, das ich noch nicht kannte, vielleicht lag es auch am Ketchup, jedenfalls rannte ich ins Bad, weil mich die Übelkeit überfiel wie ein Tsunami.

»So viel zu meinem Rührei«, stöhnte ich, als ich den Kopf von der Toilettenschüssel hob, die ich volle dreißig Minuten lang umarmt hatte.

Ich griff mir das Handy vom Nachttisch und begab mich auf die Couch im Wohnzimmer. Auf dem Rücken liegend scrollte ich durch die E-Mails. Ich tippte gerade eine Antwort an meinen Boss, als es klingelte. Der Name meiner Mutter erschien auf dem Display.

»Hi, Mom.« Ich rang mir einen fröhlichen Ton ab.

»Hi, Eva.« Im Hintergrund waren viele Geräusche und

Stimmen zu hören und eine Lautsprecherdurchsage. Das war der typische Soundtrack zu Moms Anrufen.

»Wo bist du?«

»In Atlanta, für etwa eine Stunde. Dann PDX.«

Portland.

Schon in der zweiten Klasse kannte ich die Namen aller Großstädte und das Kürzel des jeweiligen Flughafens. Zu Hause hatten wir eine Weltkarte an der Wand, und immer wenn Mom anrief, steckte ich eine Pinnwandnadel an die Stelle, wo sie gerade war und wohin sie als Nächstes flog, und zog imaginäre Linien zwischen Städten, die ich mir in meiner Fantasie vorstellte.

Inzwischen war ich selbst in vielen davon gewesen.

Meine Mutter lebte in Miami. Zumindest als wir zuletzt miteinander gesprochen hatten. Das war vor vier Monaten an meinem Geburtstag gewesen. Ihr üblicher Weihnachtsanruf war dieses Jahr ausgeblieben.

»Ich komme morgen nach Bozeman. Ich habe gerade mit Elena gesprochen, und sie sagte, dass du bis Neujahr da bist.«

Scheiße. Danke, Elena. »Äh … ja.«

»Wir werden alle zusammen zu Abend essen.« Sie fragte nicht oder lud mich ein, sondern gab es bekannt.

»Okay.« Ich hatte vorgehabt, Dad zu besuchen, aber dann würde ich eben zur Mittagszeit zu ihm gehen.

»Bis dann.« Sie legte auf, bevor ich noch etwas sagen konnte.

Mein Magen schlingerte, und ich sah konzentriert an die Decke, bis die Übelkeit verebbt war. Es war typisch Tobias, dass er eine Holzdecke hatte, die einen Ton heller gestrichen war als die Wände. Hier gab es nicht einfach nur weiße Decken.

Mein Handy klingelte erneut, und ich drückte es, ohne hinzusehen, ans Ohr. Das konnte nur Elena sein. »Ja, sie hat mich angerufen. Und ja, ich werde zum Abendessen kommen.«

»Gut.« Sie seufzte. »Du musst als Puffer fungieren.«

»Meinetwegen.« Ich war schon mein ganzes Leben der Puffer zwischen Elena und Mom. »Soll ich was mitbringen?«

»Wein.«

Wein, den ich nicht trinken durfte. »Geht klar. Noch was?«

»Nein. Ist es zu glauben, dass sie kurz anruft und erwartet, dass wir alles stehen und liegen lassen, um uns nach ihrem Zeitplan zu richten?«

»So ist sie eben.« Mich ärgerte das nicht so sehr wie Elena.

»Ich werde Dad nicht erzählen, dass sie hier ist.«

»Ist mir recht.« Das würde ihn nur aufregen, und Mom säße sowieso kurz darauf im nächsten Flieger.

Sie kam selten mal nach Montana. Und noch seltener blieb sie länger als vierundzwanzig Stunden.

Sie war Pilotin bei einer Fluggesellschaft. Sie hatte sich ihre Streifen verdient, und nichts würde sie je vom Fliegen abbringen, auch kein Ehemann und zwei kleine Töchter. So weit ich zurückdenken konnte, war sie ständig woanders gewesen und hatte es Dad überlassen, für Elena und mich zu sorgen.

Wenn sie einmal Urlaub genommen hatte und für eine längere Zeit zu Hause gewesen war, dann war ich nachts häufig aufgewacht, weil unsere Eltern sich laut stritten. Die Ehe hatte nur so lange gehalten, weil sie nie da gewesen war. Wenn man das überhaupt eine Ehe nennen konnte.

Nach meinem Highschool-Abschluss ließen sie sich scheiden, aber sie hatten einander schon Jahre vorher abgeschrieben.

Elena hegte ihr gegenüber einen starken Groll, hauptsächlich wegen Dad. Er war verheiratet und trotzdem alleinerziehender Vater gewesen. Er hatte nach einem zehnstündigen Arbeitstag die ganze Wäsche erledigt, das Essen gekocht und unsere Schulbrote geschmiert. Er hatte uns die Nägel lackiert und die Zöpfe geflochten.

Er war für uns Vater und Mutter gewesen.

Elena hatte eine wirkliche Mutter haben wollen, nicht weil Dad in irgendeiner Hinsicht versagt hätte, sondern weil Mädchen Mütter brauchten.

Vielleicht hatte mir das nicht so viel ausgemacht wie ihr, weil mir klar gewesen war, dass Mom ihm nicht das Wasser reichen konnte. Er hatte es zehnmal besser gemacht, als sie es hinbekommen hätte.

Und wir waren zu dritt besser dran gewesen.

Ich spreizte die Finger auf meinem flachen Bauch. »Wir werden eine Lösung finden, nicht wahr?«

Es blieb uns nichts anderes übrig. Wenn ich mir meine Eltern ansah, dann wollte ich nicht meiner Mutter nacheifern.

Doch ihr Einkommen hatte uns ein Haus ohne lästigen Kredit beschert. Es hatte uns das College bezahlt. Wenn sie mal länger zu Hause war, lief es ein, zwei Tage lang unbehaglich, dann fanden wir einen neuen Umgang miteinander, und sie ging mit uns Mädchen shoppen und ins Restaurant.

Sie war keine schlechte Mutter gewesen, nur … selten zu Hause.

Elena wünschte sich, dass Mom sich änderte, und das würde nie passieren. Vermutlich war das auch ein Grund dafür, dass Elena nicht arbeitete: Sie wollte auf keinen Fall wie unsere Mutter sein.

Ihre Töchter würden nie auf ihre Mom verzichten müssen. Sie würden eine Mutter haben, die liebevoll Anteil an jedem Aspekt ihres Lebens nahm. Unsere war Flugzeugpilotin, aber Elena würde eine Helikoptermutter sein und die Mädchen nicht aus den Augen lassen, solange sie im Elternhaus lebten.

Es musste doch einen Mittelweg geben. Ich würde für einen Ausgleich sorgen. Zugegeben, ich hatte keinen Ehemann, der helfen konnte. Das machte es viel schwieriger. Doch im

Grunde meines Herzens wusste ich, ich würde den Mittelweg finden. Ich konnte wie meine Mutter in meinem Beruf erfolgreich sein. Und ich konnte die Mom sein, die unser Kind verdiente.

Wie sich das organisieren ließe, war mir im Moment noch unklar, aber es war auch noch genug Zeit, um zu planen. Fürs Erste würde ich meine freie Woche zu Ende bringen.

Beim morgigen Abendessen würde ich der Puffer, die Friedenswächterin sein, verhindern, dass Mom und Elena sich in die Haare kriegten. Bei Pausen in der Unterhaltung würde ich Mom nach ihren letzten Reisen fragen und wo ihr Dienstplan sie den Winter über hinführen würde.

Sie hatte darin versagt, Karriere und Familie unter einen Hut zu bringen. Doch das war machbar, oder nicht? Ich würde Mutter sein und eine Karriere haben können und in beidem meine Ziele erreichen, richtig?

Richtig. Ich schloss die Augen und atmete langsam und tief.

Eine Hand fasste mir an die Schulter. Ich schreckte hoch und rutschte fast von der Couch. Ich wäre auf dem Boden gelandet, wenn Tobias mich nicht abgefangen hätte.

»Mann, hast du mich erschreckt.« Mein Herz klopfte wild. »Ich dachte, du bist weg.«

»War ich.« Er schaute zur Wanduhr. »Das ist drei Stunden her.«

»Was?« Ich stemmte mich hoch und sah nach der Uhr. Die bestätigte seine Geschichte. Drei Stunden waren verflogen, während ich auf der Couch geschlafen hatte. »Mist. Ich habe nicht mal gemerkt, dass ich weggedöst bin. Diesen Vormittag werde ich wohl nicht mehr arbeiten.«

Oder diesen Nachmittag. Mir wurde schon wieder schlecht. Ich legte mich auf die Seite und rollte mich ein. Es war nicht viel zu tun, aber ich hatte meinem Boss gemailt, als ich gerade mal keinen Brechreiz verspürte.

»Geht es dir gut?«, fragte Tobias.

»Ich habe es wohl beschrien, als ich sagte, ich hätte keine Morgenübelkeit.«

Stirnrunzelnd verließ er das Wohnzimmer und kam kurz darauf mit einem Glas Wasser zurück, stellte es auf den Tisch und ging zum anderen Couchende. »Beine hoch.«

Ich hob die Beine so weit an, dass er sich setzen konnte, und legte die Waden auf seinen Schoß. Er fing an, mir die Füße zu massieren. Schon bei der ersten Berührung schloss ich die Augen, und die Übelkeit ließ nach. Seine Hände waren magisch.

»Ich wusste gar nicht mehr, wie gut du das kannst.« Ich brummte genießerisch.

Seine langen Finger drückten in das Fußgewölbe und lösten meine Anspannung. »Trink das Wasser.«

Ich streckte mich, um das Glas vom Untersetzer zu heben, trank in kleinen Schlucken und stellte es wieder hin. Mit geschlossenen Augen entspannte ich mich unter seinen Händen. »Wie war's im Büro?«

»Gut. Ruhig. Ich war der Einzige.«

»Woran arbeitest du?«

»Ich entwerfe ein Haus für ein Paar aus St. Louis. Sie wollen in einem Jahr nach Bozeman ziehen. Es wird eine ganz normale Raumaufteilung, allerdings wollen sie einen Bunker.«

Ich machte kurz ein Auge auf. »Einen Bunker? Wofür?«

»Ich denke, sie sind Prepper. Sie haben das nicht weiter erklärt, nur gesagt, dass sie einen Vierzig-Quadratmeter-Bunker haben wollen.«

»Ah.« Ich kuschelte mich tiefer in die Polster und ließ mich von seinem Bariton einhüllen. »Was würdest du in einen Vierzig-Quadratmeter-Bunker stellen?«

»Lebensmittel. Wasser. Mein Jagdgewehr. Werkzeuge. Toilettenpapier.«

»Der praktische Tobias.«

Er kicherte. »Und was würdest du in deinem Bunker haben wollen?«

»Wein. Schokolade. Bücher.« *Dich.*

Wenn die Welt unterginge, wollte ich Tobias bei mir haben. Seine Arme um mich haben in den angstvollen Nächten. Ich würde mich auf seine Stärke verlassen wollen, wenn ich dem Zusammenbruch nahe war. Ich würde sein Lächeln sehen wollen an den dunklen Tagen.

»Meine Mutter kommt zu Besuch«, sagte ich. »Sie hat angerufen, nachdem du gegangen warst.«

»Wann kommt sie?«

»Morgen. Wir essen bei Elena zu Abend. Ich muss den Puffer spielen.«

»Soll ich mitkommen? *Dir* als Puffer dienen?«

»Nein, das geht schon.« So verlockend das war, es würde nur Fragen provozieren, besonders von Elena.

Meine Mutter war ihm nur einmal begegnet. Während meiner Collegezeit besuchte sie uns allenfalls sporadisch. Nach der Scheidung mussten unsere Eltern den Schein nicht mehr wahren. Und Mom dürfte gemerkt haben, dass wir auf Dads Seite standen. Also hatte sie sich ferngehalten und uns Freiraum gegeben.

Wenn ich jetzt mit Tobias aufkreuzte, würde Elena wieder hoffen. Sie lag mit ihm auf einer Wellenlänge, hatte angenommen, dass wir nach dem Collegeabschluss heirateten.

Ich hatte ihr nicht von seinem Heiratsantrag erzählt. Ich hatte niemandem davon erzählt. Dachte er noch an jenen Abend? Bereute er den Antrag? Hatte er das Gefühl, noch mal davongekommen zu sein?

Mir wurde flau im Magen. Wenn ich an den Ring dachte, den er für mich gekauft hatte, und dass der am Finger einer anderen stecken könnte, wurde mir immer mulmig. »Erzähl mir mehr über deine Bauprojekte. Lenk mich von der Übelkeit ab.«

»Heute habe ich auch an einem ersten Entwurf für Maddox gearbeitet. Er will außerhalb der Stadt ein großes Haus bauen. Es wird mir Spaß machen, sein Geld auszugeben.«

Ich lachte. »Was schwebt dir vor?«

Tobias nahm meinen anderen Fuß in die Hand, und während sich seine Fingerspitzen über meine Haut bewegten, schilderte er mir, was er sich für das Haus seines Bruders ausgedacht hatte. Vom Grundriss über die Gestaltungselemente bis zu der erstklassigen Ausstattung, die es zu einem Meisterwerk machten. Dazu würde es ein Kino, einen Pool, ein Gästehaus geben. Alles individuell gestaltet.

Er strahlte pure Begeisterung aus. Seine Energie war mitreißend, und ich drehte mich, um sein Gesicht zu sehen. Hier war mal ein Mann, der seine Arbeit wirklich liebte. Und seine Familie.

»Das klingt fantastisch.« Vielleicht würde ich es sogar eines Tages zu sehen bekommen.

»Ich, äh … Als Maddox gestern ins Büro kam, habe ich es ihm gesagt. Dass du schwanger bist.«

»Oh.« Ich legte die Arme um meinen Bauch. Es war nur eine Frage der Zeit. Unsere Familien mussten davon erfahren. Anscheinend hatte ich es erst erzählen wollen, wenn ich mir selbst über alles klar geworden war.

»Ich kann ihn schlecht bitten, das für sich zu behalten.«

»Ist schon gut.« Ich zuckte mit einer Schulter. »Es wird sowieso nicht lange ein Geheimnis bleiben.«

»Wirst du es deinen Eltern oder Elena sagen?«

Mein Vater würde sich riesig freuen. Elena würde sofort anfangen, die Babyparty zu planen. Und beide würden von mir erwarten, dass ich in Bozeman bliebe.

»Wahrscheinlich nicht vor meiner Abreise. Ich werde sie anrufen, sobald ich mich in London eingerichtet habe.«

Tobias' Hände unterbrachen ihr Tun. Er sah mich genauso undurchdringlich an wie am Morgen.

»Was ist?«, fragte ich leise.

»Nichts.« Er schob sich unter meinen Beinen weg und deutete auf das Wasserglas. »Ich bin im Arbeitszimmer den Flur hinunter, falls du etwas brauchst.«

Ich blinzelte ihn an, und er ging hinaus und ließ mich allein. Während sich seine Schritte entfernten, durchlief mich ein Frösteln. Was hätte ich sagen sollen? Ich musste umziehen. Mein Auftrag begann schon nächste Woche. Ich hatte mich verpflichtet, Verantwortung übernommen.

Er mochte sich damit wohlfühlen, es sofort zu erzählen, aber ich hatte noch nicht so ganz begriffen, dass ich bald Mutter werden würde.

Ich richtete mich auf, um mich ins Gästezimmer zurückzuziehen und meinen Laptop zu öffnen. Doch kaum stand ich, überschwemmte mich die Übelkeit, und ich musste in mein Bad rennen. Ich schaffte es gerade noch, den Klodeckel zu heben, bevor ich den Rest des Frühstücks und das Wasser in die Toilette erbrach. Nach der ersten Runde hatte ich geglaubt, mein Magen sei leer.

Kam die Übelkeit von der Schwangerschaft oder war mir schlecht vor Angst? Es wäre nicht das erste Mal, dass ich mich in eine emotionale Krise hineinsteigerte. Während der ersten Woche in New York war mir konstant schlecht gewesen.

Kopfschmerzen. Schlaflosigkeit. Schwindel. Jeder Tag war ein Kampf. Jeden Tag dachte ich daran zu kündigen. Dass ich das durchstand, hatte ich nur meiner Sturheit zu verdanken. Ich vermisste Tobias und mein Zuhause so sehr, dass es mich lähmte, aber ich riss mich zusammen. Machte weiter. Einen Tag nach dem anderen. Und schließlich hörten die Kopfschmerzen auf. Und die Tränen auch.

Ich hatte New York überlebt, ich würde auch das durchstehen.

»Hey.« Tobias erschien in der Tür mit meinem Wasserglas in der Hand.«

»Hallo«, murmelte ich.

Er stellte das Glas hin, nahm einen Waschlappen aus der Schublade und tränkte ihn mit warmem Wasser.

»Danke.« Ich nahm den Lappen und rechnete damit, dass er mich in meinem Elend allein ließ. Stattdessen setzte er sich hinter mich. Dann spürte ich seine magischen Hände, die mir kreisend über den Rücken rieben.

Früher oder später musste ich lernen, allein damit klarzukommen, und auch mit all den anderen Schwangerschafts-Wehwehchen. Aber ich liebte seine Berührung zu sehr, um ihn wegzuschicken. Also beugte ich mich weiter über die Toilette und würgte noch zweimal, während Tobias mir die Haare im Nacken zusammenhielt, bis mein Magen Ruhe gab.

»Ich lass dich jetzt einen Moment allein.« Er stand auf und schloss leise die Tür hinter sich.

Ich wusch mir das Gesicht und putzte mir die Zähne, und als in die Küche kam, hatte Tobias gerade eine Schachtel Cracker hervorgeholt. »Sind die für mich?«

»Ich werde in die Stadt fahren und Gingerale besorgen. Noch etwas, worauf du Lust hast?«

»Apfelmus.«

»Okay. Bin gleich zurück.«

»Tobias?«, rief ich, als er zur Tür ging.

Er blieb stehen und drehte sich um. »Ja?«

»Du wirst ein guter Vater sein.«

Er lächelte mich traurig an, dann verschwand er in die Garage. Die Stille im Haus schmerzte mir in den Ohren. Ich hatte ein *Danke* erwartet. Oder ein *Hoffentlich.* Vielleicht hatte ich vor allem von ihm hören wollen, dass ich eine gute Mom sein würde.

Doch ich hatte vor langer Zeit erfahren, dass Tobias nicht immer sagte, was ich hören wollte.

Das hatte sich wohl nicht geändert.

6

Tobias

Eva stand in der Dusche. Sie war vor ein paar Minuten vom Abendessen bei ihrer Schwester zurückgekommen und hatte beklagt, dass ihre Haare nach gebratenem Speck und Cheeseburgern rochen. Deshalb war sie sofort duschen gegangen. Ich saß derweil steif auf der Couch und schaute mit leerem Blick auf den Fernsehbildschirm, weil meine Gedanken bei der Frau waren, die mein Gästezimmer bewohnte.

Ich sah zur Uhr. Viertel nach acht. In den zwei Tagen, seit sie bei mir war, war die Zeit viel zu schnell vergangen.

In vier Tagen würde sie abreisen, und wir mussten noch über unser Kind sprechen. Und über den Kuss. Die beiden Themen standen im Raum und belasteten uns.

Ich hatte sie gestern nicht ansprechen wollen, während sie sich über die Toilette beugte und sich die Seele aus dem Leib kotzte. Heute war ihr nicht schlecht geworden, aber bevor ich das Babythema aufbringen konnte, war sie zurück in ihr Zimmer gegangen, um zu arbeiten, und hatte das Haus gegen Mittag verlassen, um ihren Vater zu besuchen.

Wir mussten reden. Ich wusste nur nicht, was ich sagen sollte.

Bleib? Zieh nicht nach London?

Nach dem katastrophalen Heiratsantrag hatte ich sie damals auch nicht gebeten zu bleiben. Das wäre sinnlos gewesen. Sie hatte fest entschlossen geklungen, und so wirkte sie jetzt auch.

Nein, unser Gespräch musste sich um das Sorgerecht drehen. Jedes Mal, wenn mir das Wort in den Kopf kam, krümmte ich mich innerlich zusammen. Ich wollte darauf dringen, dass das Kind hier lebte, in Montana, umgeben von meiner und ihrer Familie.

Das war die einzige Option. Und das sollte ihr eigentlich klar sein.

»Was für eine verfahrene Situation«, murmelte ich.

»Was?«

Ich fuhr herum und sah Eva zwischen Flur und Wohnzimmer stehen. Ihre nassen Haare hatte sie zum Knoten gedreht. Ihr schlanker Körper steckte in einem weiten grauen Sweatanzug.

»Nichts.« Ich deutete mit dem Kopf zum Fernseher, wo gerade die Highlights eines Footballspiels wiederholt wurden. »Meine Mannschaft hat verloren«, log ich.

»Oh.« Sie seufzte und kam zur Couch, hockte sich mit angezogenen Beinen in ihre Ecke, wo sie gestern geschlafen hatte.

»Wie war das Abendessen?«

»Ganz okay.« Sie zuckte die Achseln. »Elena hat sich auf ihre Mädchen konzentriert und gekocht. Ihr Mann und ich haben auf Moms Fragen geantwortet. Du weißt, wie sie ist. Und sie ist wohl wieder umgezogen.«

»So? Wohin?«

»Salt Lake. Gut, dass ich kein Weihnachtsgeschenk an ihre alte Adresse in Florida geschickt habe.«

Ich schüttelte den Kopf. Eddy Williams war ein verdammt guter Mann. Elena war liebevoll und freundlich. Aber auf Michelle konnte ich gut verzichten.

Eva hatte immer noch Geduld für sie, mehr, als Michelle verdiente. In den vier Jahren unserer Collegezeit hatte sie Eva nur einmal besucht. Wir gingen zusammen essen und Michelle stellte so viele Fragen, dass ich mir vorkam wie bei einem Verhör. Es war, als wollte sie die Jahre fehlender Kommunikation während einer einzigen Mahlzeit nachholen. Ein gemeinsames Essen, dann war sie wieder abgehoben in ihr Leben in den Wolken, und danach hatte sie Eva ab und zu eine Nachricht geschickt, um sich nach ihr zu erkundigen.

Es hörte sich ganz so an, als hätte sich nichts geändert. Michelle lebte ihr Leben. Alle anderen waren nebensächlich.

»Elena und ich haben beschlossen, Dad nichts von ihrem Besuch zu sagen. Das regt ihn nur auf.«

»Haben die beiden Kontakt?«

»Glaube ich nicht. Sie hat ihn nach seinem Schlaganfall mal angerufen, aber davon abgesehen … nicht, dass ich wüsste.«

»Redet ihr oft miteinander? Du und dein Vater?«

Sie nickte. »Fast jeden Tag. Elena schreibe ich ein paarmal in der Woche und telefoniere mit ihr und den Mädchen sonntags über FaceTime.«

Fand sie es deshalb unproblematisch, mit meinem Kind in einem anderen Land zu leben? Weil das mit ihrem Vater und ihrer Schwester funktionierte?

Das war keineswegs dasselbe. Eddy mochte damit zufrieden sein, weil Eva erwachsen war, aber ich weigerte mich, mit meinem Kind hauptsächlich über FaceTime Kontakt zu haben. Das lag mir auf der Zunge, doch anstatt ihr das zu sagen, griff ich nach der Fernbedienung und wechselte den Sender.

Ja, wir mussten reden.

Aber ich wollte nicht.

Die Diskussion würde nicht glücklich enden.

»Lust auf einen Film?«, fragte ich.

»Klar.« Sie schlug die Beine unter und lehnte sich in ein Kissen. »Ich könnte etwas zu knabbern gebrauchen. Hatte beim Abendessen keinen großen Appetit.«

»Was möchtest du? Chips? Plätzchen? Karottensticks?«

»Hey, pass auf, was du sagst.«

Ich sah sie verständnislos an. »Was habe ich gesagt?«

»Karottensticks.« Sie verzog das Gesicht. »Wie wär's mit Popcorn?«

»Popcorn kommt. Du suchst den Film aus.« Ich warf ihr die Fernbedienung zu und ging in die Küche. Ich brauchte etwas Abstand. Ihr lieblicher Duft war zu verlockend.

Mit einer Schüssel Popcorn für zwei kehrte ich zurück und stellte sie zwischen uns, dann gab ich ihr eine Wolldecke.

»Wie kommst du darauf, dass mir kalt ist?«

Weil ich sie kannte. Oder zu kennen glaubte. »Ist dir kalt?«

»Ja.« Sie nahm mir die Decke ab und breitete sie über ihre Beine. Dann griff sie sich eine Handvoll Popcorn und drehte die Lautstärke hoch. »Wir gucken einen Kitschfilm. Der hat gerade erst angefangen.«

»Im Ernst?«

»Es ist Dezember, Tobias. Die werden nur einmal im Jahr gesendet.«

Das hieß, wie schauten uns einen Kitschfilm an oder gar nichts.

»Na schön.« Wir würden uns in Kürze noch genug streiten. Heute Abend würde ich nicht wegen *Ein Cowboy zu Weihnachten* herumzanken.

Eva inhalierte das Popcorn, und erst als die Schüssel leer war, fiel ihr auf, dass ich nichts abbekommen hatte. »Willst du keins?«

»Nö. Ich habe mein Workout schon hinter mir.« Ich war vom Büro heimgekommen in ein Haus, das nach Eva roch. Daraufhin hatte ich überschüssige Energie loswerden müssen und war zum Gym gefahren.

»Hast du Angst, dein Sixpack zu verlieren?« Ihr Blick strich an mir hinunter, und ihre Augen verdunkelten sich.

Sie stand auf mein Sixpack, auf meine gut geformten Hüften und die Kraft in meinen Armen. Und wie sie jetzt schaute … verdammt. Der Gesichtsausdruck führte gewöhnlich dazu, dass wir im Bett landeten.

Ich stopfte mir die verbliebene Handvoll Popcorn in den Mund und beschwor mich bei jeder Kaubewegung, auf meiner Seite der Couch zu bleiben. Nur dass ich keine Lust auf Popcorn hatte, sondern auf sie.

Sie zog die Knie an die Brust und rückte näher an ihre Armlehne. Wir drehten beide den Kopf zum Fernseher, gerade als das Paar sich küsste.

Verdammte Scheiße!

Solch eine sexuelle Frustration hatte ich lange nicht empfunden. Zuletzt, als ich mit sechzehn auf der Hausparty eines Freundes war, wo sämtliche Cheerleaderinnen der zwölften Klasse nackt in den Whirlpool stiegen.

Doch ich konnte nichts anderes tun, als es auszuhalten. Der Film zog sich endlos hin, und nach einer Stunde stellte Eva die leere Popcorn-Schüssel zur Seite und rückte ein Stück zur Couchmitte.

Sie gähnte dreimal, und dabei rückte sie immer eine Handbreit näher. Beim vierten Mal stöhnte sie.

»Was ist verkehrt?«

»Ich finde keine bequeme Haltung.«

Ich warf einen Arm über die Rückenlehne. »Komm rüber.«

Sie zögerte nicht. Die Lücke zwischen uns verschwand, und sie rollte sich an meiner Seite zusammen. Nach sechzig Sekunden war sie eingeschlafen.

Die Fernbedienung lag zu weit weg, um danach zu greifen, ohne Eva zu wecken. Also saß ich da und sah mir weiter den Kitschfilm an, in dem das Paar nach langem Hin und Her zueinanderfand, während die Nässe aus Evas Haaren in mein T-Shirt sickerte.

Als der Film zu Ende war, rutschte ich tiefer in die Couch und starrte an die Decke. Was, wenn das unser Leben wäre?

Wäre das wirklich so übel? Könnte sie hier nicht glücklich sein?

Nein.

Sie hatte ihre Chance darauf gehabt und sie ausgeschlagen. Ich würde den Fehler nicht noch mal machen und vor ihr niederknien, um dann einen Tritt zu bekommen.

Mit einem tiefen Seufzer drehte ich mich zu ihr, griff unter ihre Achseln und Knie und hob sie beim Aufstehen mit hoch. So trug ich sie ins Gästezimmer.

»Ist der Film vorbei?«, murmelte sie mit geschlossenen Augen.

»Endlich.«

»War er gut?«

»Nein.«

»Lügner«, flüsterte sie. »Du liebst Weihnachtsfilme.«

Kichernd trat ich in das dunkle Zimmer und trug sie zum Bett. »Schlaf gut.«

Nach einem raschen Kuss auf die Stirn wollte ich mich aufrichten, doch ihre Hand schnappte meine.

»Tobias?« Sie machte die Augen auf, und ihr Blick war mein Verhängnis.

Sie sagte kein weiteres Wort. Wäre auch unnötig gewesen. Wir hatten diesen Tanz Hunderte Male absolviert.

Ich zog sie in die Arme und rückte mit ihr weiter auf das Bett.

Sowie ich ihre Lippen an meinen spürte, gab ich auf.

Eva gab ein kleines Wimmern von sich, als sich meine Zunge um ihre wand. Sie schmeckte noch leicht salzig vom Popcorn. Ich leckte und saugte und zwickte, bis sie die Fingernägel in mein Hemd trieb und an dem Stoff zerrte.

Ich presste meine Erektion an ihre Mitte und ließ sie in meinen Mund keuchen, dann hob ich den Kopf an. »Babe, sag, ich soll aufhören.«

»Hör nicht auf.« Ihre Hände wanderten tiefer, griffen um meinen Hintern und drückten zu.

Ich wölbte mich gegen sie, bekam dafür ein Stöhnen und strich mit den Lippen an ihrem Hals entlang, während ich die Hände unter ihr Sweatshirt und an den Rippen hinaufschob. Meine Knöchel streiften die Rundung ihrer Brüste. »Eva.«

»Tobias.«

Mein Name mit ihrer Stimme, dunkel gefärbt vor Erregung, und mein Schwanz pochte. »Letzte Warnung.«

Sie ließ meinen Hintern los und griff um die Wölbung an meinem Reißverschluss. »Hör nicht auf.«

Halb aufgerichtet zog ich mir das Hemd aus, riss ihr das Sweatshirt über den Kopf und warf beides auf den Boden. Ihre Hose und Slip kamen als Nächstes dran, bis jeder Zoll ihrer glatten Haut vor mir ausgebreitet war.

Mit fliegenden Fingern öffnete sie meine Jeans, holte meinen Schwanz aus den Boxershorts und schloss die Hand um meinen Schaft.

Stöhnend schwelgte ich in dem Gefühl und ließ sie zwei-, dreimal auf- und abgleiten, bevor ich aufstand und mich auszog.

Sie verfolgte jede meiner Bewegungen, ihre Augen flackerten vor Verlangen, während ihr Blick an meinem Bauch hinabstrich. Dieser Blick genau da war jede Minute im Gym und jeden Kilometer auf dem Laufband wert.

Ich setzte ein Knie aufs Bett und ließ mich zwischen ihren Beinen nieder, strich den Oberschenkel hinab zur Wade und legte ihr Bein um meine Taille. »Was willst du?«

»Dich.«

Ich war hart und bereit, tief hineinzustoßen, als mein Blick an ihrem Bauchnabel hängen blieb. Dahinter wuchs mein Baby heran. Unser Baby. In einigen Monaten würden wir Eltern sein.

»Was?« Eva stützte sich auf einen Ellbogen.

»Das Baby … Wir beide.« Ich deutete mit dem Kinn auf ihren Bauch. »Kommst du damit klar?«

Eva nahm das Bein hinunter und schob sich hoch, um sich aufzusetzen. Mit einem schnellen Schubs drehte sie mich auf den Rücken und setzte sich rittlings auf meine Hüften. Eine Hand auf mein Brustbein gestützt, legte sie mein bestes Stück mit der anderen an ihren Eingang und senkte sich ab, bis er ganz in ihr steckte.

»Verdammt.« Ich stieß den Unterleib nach oben und spürte ihre heiße Enge.

»Oh Gott.« Sie kniff die Augen zu, während ihre Innenwand flatterte.

Das war immer wieder unglaublich. Als wären unsere Körper füreinander geschaffen.

»Beweg dich«, befahl ich, fasste ihre Hüften und hob sie an, damit sie sich herabsinken ließ.

Die Sorgen, die Ängste waren vergessen, während sie mich ritt, bis ihre Beine zu zittern anfingen.

Mit einer Drehung änderte ich die Position, sodass ich mich in ihr hinein- und hinausbewegen konnte, Stoß um Stoß, bis sie sich unter mir wand.

Sie raffte das Laken in ihre Hände, zog die Unterlippe zwischen die Zähne, spannte den ganzen Körper an.

»Komm, Eva.«

Sie schüttelte den Kopf. »Noch nicht.«

»Gott verdammt, komm!«

»Zusammen«, keuchte sie.

Ich knurrte und stieß tiefer hinein, bis der Druck zu groß war, um zu widerstehen. »Komm.«

Ich berührte mit dem Daumen ihre Klit, und sie kam. Die Kontraktionen ihres Orgasmus lösten meinen aus, und ich ergoss mich in ihr lange und heftig, bis wir beide kraftlos wurden.

Ich ließ mich neben sie auf die Matratze sinken. »Verdammt.«

»Wow.« Ihre Brust hob und senkte sich, während sie wieder zu Atem kam.

Es dauerte, bis sich die Sterne vor meinen Augen auflösten, und nachdem sich mein Puls beruhigt hatte, sprang ich vom Bett und ging ins Bad, um einen Waschlappen zu holen und sie abzuwischen.

Doch sie folgte mir. »Komm mit mir duschen.«

»Wir könnten in meine gehen. Die ist doppelt so groß.«

Sie schüttelte den Kopf und drehte das Wasser auf. Schon nach ein paar Sekunden wurde es heiß, da sie erst vor Kurzem geduscht hatte, und als sie meine Hand nahm, folgte ich willig unter den Brausestrahl.

Während sich die Kabine mit Dampf füllte, streichelte sie meine nasse Haut. Sie stellte sich auf die Zehen und wollte meinen Mund.

Sie bekam ihn nicht. Stattdessen drehte ich sie um, fasste ihre Hüften und glitt in sie hinein. Ich verlor mich in der Frau, die mit mir machen konnte, was sie wollte. Unser Spiel unter der Dusche ging langsam und tief, bis wir beide mit einem Schrei kamen. Dann drückte ich etwas Seife auf den Duschschwamm und wusch uns damit.

Der Spiegel war beschlagen, als wir uns abtrockneten. Ich band mir ein Handtuch um die Hüften, Eva ging ins Zimmer, um sich anzuziehen.

Sie stieg in ihr Bett und klopfte neben sich auf die Matratze. »Willst du mit mir kuscheln, Baby?«

Es war verdammt lange her, seit sie mich so genannt hatte. Auch während unserer Nacht vor sechs Wochen war ihr das Kosewort nicht entschlüpft. Und jetzt sandte es einen Kältestrahl durch meine Adern.

»Was tun wir hier?«, flüsterte ich.

»Hm?« Sie gähnte.

»Eva, was tun wir hier? Du nennst mich *Baby.* Wir haben Sex. Wir kuscheln. Was bedeutet das?«

Sie ließ die Schultern hängen, senkte den Blick auf das Laken über ihrem Schoß. »Ich weiß nicht. Wir sitzen in der Klemme, oder?«

»So ziemlich.« Ich schnaubte. »Wir müssen eine Lösung finden.«

»Würdest du umziehen?«

»Wohin? Nach London?«

Sie zuckte die Achseln. »Das wäre ein Abenteuer.«

»Ich brauche keines.« Das Baby war schon für sich eine neue Erfahrung. Ich öffnete den Mund und wollte sie bitten zu bleiben, schloss ihn aber, bevor mir die Worte herausrutschten.

Ich wollte sie nicht bitten. Ich kannte die Antwort bereits.

Eva sah mich an und wartete. Als könnte sie sehen, wie ich mich zurückhielt. Als schwebte die unausgesprochene Frage zwischen uns wie der Duft des Duschgels. Als ihr klar wurde, dass ich nichts sagen würde, schaute sie wieder auf ihren Schoß. »Dann also FaceTime und Santas Schlitten.«

Meine Kehle war eng, als ich meine Klamotten nahm und das Zimmer verließ.

FaceTime. Flughäfen. Langstreckenflüge. Das war ihre Lösung. Was hatte ich mir bloß dabei gedacht, mit ihr ins Bett zu gehen? Sex machte es kompliziert und intim und … fühlte sich richtig an.

Warum konnte sie nicht sehen, wie vernünftig das mit uns wäre? Wie schön unser Leben hier sein könnte? Was für ein gutes Team wir wären?

Ich war ein verdammter Narr. Sie würde mich wieder sitzen lassen. Genau wie damals.

Und diesmal mit meinem Kind.

7

Eva

»Ich schicke Ihnen gleich mal meinen letzten Bericht.« Meine Finger flogen über die Laptoptastatur, während ich mit meinem Boss telefonierte, das Handy zwischen Ohr und Schulter geklemmt. »Ich habe mir heute Morgen den Neubau angesehen, und alles war wie geleckt. Der Reinigungstrupp hat Großartiges geleistet. Die Kunden sind glücklich. Wir sollten das Projekt abschließen können.«

»Danke, Eva«, sagte er. »Sie haben das fantastisch hingekriegt, waren wie immer unsere Rettung. Schon bereit für nächste Woche?«

»Ja.« Bei der Lüge wurde mir mulmig.

Vor sechs Tagen, ja, ein absolutes Ja. Ich war bereit gewesen für London. Dann hatte der Schwangerschaftstest alles verändert, und ich war mir nicht sicher, worauf ich mich freuen sollte.

»Fantastisch.« Im Hintergrund war das Klicken seiner Tastatur zu hören. »Habe gerade Ihre E-Mail bekommen. Ich schreibe Ihnen, falls ich dazu Fragen habe. Melden Sie sich, wenn Sie in London angekommen sind.«

»Mach ich. Danke.« Ich beendete das Telefonat, legte mein Handy auf die schwarze Quarzplatte der Sitzinsel und starrte auf mein leeres Postfach.

Null E-Mails hätten normalerweise zu einem Freudentanz geführt, ich hätte mir ein leckeres Essen bestellt, um das zu feiern. Warum wollte ich mich stattdessen einrollen und weinen?

Das war allein Tobias' Schuld. Er hatte mich gestern Abend zweimal zum Orgasmus gebracht, und jetzt war ich völlig durch den Wind. Oder vielleicht war das Baby schuld, was wiederum seine Schuld war, weil sein Sperma dem Kondom entkommen war.

»Blödes Sperma«, brummte ich und schoss einen bösen Blick den Flur hinunter zu seinem Schlafzimmer.

Am Morgen, als ich aufgewacht war, war es still im Haus gewesen. Ich war auf Zehenspitzen zu seinem Arbeitszimmer geschlichen und hatte hineingelinst. Da er nicht dort gewesen war, war ich zu seinem Schlafzimmer geschlichen, wo ich ihn auch nicht angetroffen hatte. Dann hatte ich einen Blick in die Garage geworfen und nur mein Auto vorgefunden.

Er hatte mir nicht mal einen Zettel geschrieben.

»Ist die Mutter seines Kindes und die Frau, mit der er gerade Sex hatte, nicht mal eine kurze Zeile wert? Ich wette, seinen anderen Freundinnen hinterlässt er immer eine Nachricht.«

Mein Magen schlingerte. *Denk nicht an die anderen. Denk nicht an die anderen.*

Irgendwann würde er wieder jemanden daten, nicht wahr? Ich würde irgendwann damit fertig werden müssen. Schließlich würde mein Baby die andere Frau kennenlernen. Die Stiefmutter.

»Oh Scheiße.« Die Kleieflocken, die ich mir zum Frühstück reingeschaufelt hatte, kamen mir hoch. Ich schaffte es so gerade noch ins Bad, bevor der Brechreiz losging. Danach saß ich auf dem kühlen Fliesenboden, bis ich mich wieder stabil fühlte. Mein Blick schweifte zur Dusche ab.

Okay, Sex mit Tobias war vielleicht ein bisschen … leichtsinnig gewesen. Doch sowie er mich küsste, gingen rationale Überlegungen in unbändigem Verlangen unter, und ich wollte mehr, mehr, *mehr.*

»Zur Hölle mit ihm und seinem Waschbrettbauch.« Ich

stemmte mich hoch und ging ans Waschbecken, um mir die Zähne zu putzen. Schon wieder. Dann in die Küche. Ich klappte den Laptop zu und machte Feierabend. Vielleicht würde ich Dad oder Elena besuchen.

Ich füllte mir gerade ein Glas mit Wasser, als es an der Tür klingelte. Ein vertrautes Gesicht spähte durch das Seitenfenster.

Hannah Holiday wirkte nicht überrascht, als sie mich sah.

Ich schloss auf und öffnete ihr lächelnd. »Hallo, Hannah.«

»Eva!« Sie stellte ihre Handtasche auf den Boden und zog mich in eine Umarmung. »Ach, es ist so schön, dich wiederzusehen.«

»Dich auch.«

Sie roch nach Gardenien und Malzbonbons, und der Duft war so stark und tröstlich wie ihre Umarmung.

»Deine Umarmungen haben mir gefehlt«, sagte sie, als sie mich losließ.

»Und mir deine.«

Während der Collegezeit war sie für mich wie eine Mutter gewesen. In meinem ersten Studienjahr hatte ich mal eine schlimme Erkältung gehabt, und kaum hatte Tobias ihr davon erzählt, war sie an meiner Zimmertür erschienen und hatte mich mit nach Hause genommen, wo sie mich mit Hühnernudelsuppe gesund pflegte.

Sie war für mich da gewesen, meine eigene Mutter nicht.

Und dann hatte ich auch sie verloren.

Davor warnte einen keiner, wenn man anfing, jemanden zu daten. Seine Familie wuchs einem ans Herz, und dann zerbrach die Beziehung, und man verlor auch dessen Familie.

»Ich bringe dir etwas.« Sie hob den Zeigefinger, dann bückte sie sich über ihre Handtasche und zog eine Tüte mit Ingwerlutschern hervor. »Falls dir schlecht wird.«

»Danke.« Ein Stechen in der Nase kündigte Tränen an, doch ich schniefte sie weg. »Tobias hat es dir erzählt?«

»Nein, nicht direkt. Er hat es Maddox erzählt, und der hat sich heute Morgen beim Frühstück verplappert. Entschuldige.«

»Ist schon gut.« Irgendwann musste es ja herauskommen. Aber das hieß, ich würde es meiner Familie möglichst bald sagen müssen. Auf keinen Fall wollte ich, dass Dad oder Elena es durch den Kleinstadtklatsch erfuhren.

In den letzten Jahren hatte sich in Bozeman vieles verändert, aber im Kern war es eine Kleinstadt geblieben. Und die Holidays waren eine der erfolgreichsten Familien im Tal.

Hannah war Immobilienmaklerin. Ihr Gesicht sah man auf vielen Verkaufsschildern. Ihre Firma war bekannt und geachtet, weil sie die besten Häuser verkaufte, darunter auch solche, die *Holiday Homes* gebaut hatte.

Vor Jahrzehnten gegründet, gehörte Keiths Bauunternehmen inzwischen zu den besten des Landes. Da Tobias die Häuser entwarf, zweifelte ich nicht daran, dass Keiths Vermächtnis fortbestehen würde.

»Also, was gibt es Neues?« Hannah kam in den Flur, zog sich den Mantel aus und warf ihn über die Rückenlehne der Couch, ging in die Küche, fand die Kaffeekapseln und brühte sich eine Tasse auf.

»Tja … ich bin schwanger.« Ich lachte. »Es ist seltsam. Ich habe das außer Tobias noch keinem gesagt.«

»Lass dir Zeit. Und bald brauchst du es auch gar nicht mehr zu sagen.« Lächelnd öffnete sie den Kühlschrank und nahm sich etwas Sahne. Mit ihrem sehr hellen Kaffee kam sie zu mir und setzte sich neben mich. »Wie fühlst du dich?«

»Mal besser, mal schlechter. Die Übelkeit kommt nur sporadisch.« Wenn sie überhaupt von der Schwangerschaft herrührte. Wenn ich emotional und gedanklich aufgewühlt war, schien mir das einfach auf den Magen zu schlagen.

»Das geht vorbei. Als ich mit den Jungs schwanger war,

hatte ich solche Lutscher nicht, aber eine meiner Maklerinnen hat gerade ihr drittes Kind bekommen und schwört auf sie.«

»Danke.«

»Hoffentlich bekommst du sie in London. Wenn nicht, schreib mir, dann schicke ich dir welche.«

»Okay.« Schon bei der Erwähnung von London geriet mein Magen in Bewegung.

Tat ich das wirklich? Zog ich wieder von zu Hause weg? Wenn es einen Menschen auf der Welt gab, mit dem ich über meine Zweifel reden konnte, dann mit Hannah. Wenn ich sie ansah, sah ich die Mutter, die ich eines Tages sein wollte.

Sie war überaus erfolgreich in ihrem Beruf. Sie war eine fantastische Mutter. Sie hatte die ideale Balance hinbekommen. Wie?

Ich setzte zu der Frage an, überlegte es mir aber anders. Hannah war Tobias' Mutter, nicht meine. Wenn ich sie in unseren Konflikt hineinzöge, wäre sie in einer schwierigen Position. Ich wollte nicht, dass sie die Vermittlerrolle einnahm, wenn er sich mit seinen Enttäuschungen und Ängsten an sie wandte. Sie sollte sich nicht verpflichtet fühlen, auf beiden Seiten zu stehen.

Daher blieb ich bei einem unverfänglichen Thema. »Wie läuft das Geschäft?«

»Wir haben viel zu tun.« Sie gab einen langen Seufzer von sich. »Sehr viel. Aber das spornt uns an. Besteht eine Chance, dass du Maklerin werden möchtest? Ich könnte einen klugen Kopf wie dich gebrauchen.«

»Oh, äh …« Ich zog die Nase kraus. Häuser verkaufen war nichts für mich. »Nein, aber danke.«

»Mist.« Sie zwinkerte. »Ich hatte insgeheim gehofft, dass du seit Jahren von einer Karriere in der Immobilienbranche träumst.«

Ich kicherte. »Falls sich das ändert, rufe ich dich als Erste an.«

»Ach, wie schön, dich lachen zu hören. Erzähl mir, was du so getrieben hast. Freust du dich auf London? Und wie geht es deinem Vater?«

Eine Stunde lang plauderten wir. Kein Mal sprach sie mich auf das Baby an. Kein Mal sagte sie, wie schön es wäre, ihr Enkelkind in der Nähe zu haben. Kein Mal fragte sie, wie Tobias und ich die Situation handeln würden.

Sie unterhielt sich mit mir genau wie früher. Wie mit einer Tochter.

Einer Freundin.

Das Brummen des Garagentors brachte unsere Unterhaltung ins Stocken.

Tobias kam herein und traf uns an der Sitzinsel an. Er ging sofort zu seiner Mutter, ohne mir einen Blick zu gönnen, und gab ihr einen Kuss auf die Wange. »Hey, Mom.«

»Hallo.« Sie tätschelte seine bärtige Wange. »Wo bist du gewesen?«

»Im Büro. Was gibt's?«

»Nichts Besonderes.« Sie stand auf und trug ihre leere Tasse in die Spülmaschine. »Ich wollte nur Hallo sagen.«

»Hallo.« Er lehnte sich mit dem Rücken zu mir gegen die Küchenzeile. Er wirkte angespannt, vermutlich meinetwegen.

»Dann lasse ich euch beide mal allein.«

Ich glitt von meinem Hocker. »Es war schön, dich zu sehen, Hannah.«

»Dich auch, Liebes.« Sie umarmte mich noch mal. »Und herzlichen Glückwunsch.«

»Danke.« Ich kniff die Augen zu, um nicht zu weinen.

Sie war die Erste, die mir gratulierte. Und in ihrer Umarmung wurde mir plötzlich bewusst, dass ich bei allen Befürchtungen doch viel mehr Gründe hatte, mich zu freuen.

Ich bekam ein Kind.

Vielleicht würde es meine hellbraunen Augen haben, vielleicht Tobias' gerade Nase und seine weichen Lippen. Der Gedanke, einen winzigen Tobias Holiday zu bekommen, brachte mich zum Lächeln.

»Ich hab dich lieb«, flüsterte sie.

»Ich dich auch.«

»Bis bald«, sagte sie und ließ mich los.

»Okay.« Ich winkte ihr und verließ die Küche. Auf dem Weg zum Gästezimmer spürte ich seinen Blick auf mir. Dort angekommen blieb ich neben der Tür stehen und hörte ihn aufatmen.

»Ich nehme an, du weißt es von Maddox«, sagte er.

»Ja.« Hannah seufzte. »Geht es dir gut?«

»Nein.«

Das Wort war kaum zu hören, doch es traf mich wie ein Vorschlaghammer.

Leise schloss ich die Tür, nicht weil ich nicht neugierig auf das weitere Gespräch war, sondern weil ich zweifelte, ob ich die Kraft hatte, mir Tobias' ehrliche Antworten anzuhören.

»Uff.« Ich ließ mich auf das Bett plumpsen und kniff mir in die Nasenwurzel.

Mein Handy und der Laptop lagen noch in der Küche. Also konnte ich nichts weiter tun, als herumzusitzen und zu warten, bis ich die Haustür ins Schloss fallen und Hannahs Wagen wegfahren hörte.

Es würde nicht immer so sein. Es würde leichter werden, wenn wir uns daran gewöhnt hatten. Bei allen großen Lebensentscheidungen brauchte man Zeit, um sie zu verarbeiten. Vielleicht würde es den Stress verringern, wenn ich ihm einen Plan präsentierte – schon bei dem Wort würde Tobias Purzelbäume schlagen.

Ich könnte einen Flug buchen und in zwei Monaten zurückkehren. Oder in drei? Doch würde ich überhaupt Zeit für einen Wochenendtrip haben? Würde Tobias lieber nach London kommen? Wann konnten wir zusammen zum Arzt gehen, um das Geschlecht des Kindes zu erfahren? Wie oft würde ich zum Arzt gehen müssen?

Während mir eine Frage nach der anderen durch den Kopf ging, wurde mir klar, wie schrecklich unvorbereitet ich war. Mein Magen geriet schon wieder in Wallung, und ich sprang auf, um einen von Hannahs Lutschern auszuprobieren. Doch schon nach einem Schritt musste ich würgen und rannte ins Bad.

Mein Magen war leer, trotzdem hing ich über der Toilettenschüssel.

»Das nervt.« Ich stöhnte. Mir standen Schweißperlen auf der Stirn, als ich mich mit dem Rücken an die Wand setzte. Ich fühlte mich wie ausgewrungen. Meine Muskeln waren zugleich verkrampft und zittrig. Mir war schwindlig und zum Heulen.

Und das tat ich dann.

Ich barg das Gesicht in den Händen und ließ die Tränen fließen. Gab meinen Gefühlen Raum. Schluchzte meine Ängste hinaus.

Ich hatte keinen Grund, mich hier so einsam zu fühlen. Ich war zu Hause. Mein Dad war zehn Minuten weit entfernt. Ebenso Elena. Doch dieses Badezimmer kam mir vor wie ein Schwarzes Loch. Als wäre ich mit meinem Baby völlig allein. Und mit meiner tiefen Sorge zu versagen. Ich hatte Angst, das Kind im Stich zu lassen.

Wie sollte ich das managen? Wie sollte ich eine gute Mutter sein? Tobias glaubte nicht an mich. Ich glaubte ja nicht mal selbst an mich.

Ich weinte so heftig, dass ich ihn nicht hereinkommen hörte.

Eben saß ich noch auf den kalten Fliesen, dann plötzlich an seine Brust gedrückt in seinen Armen. »Atmen, Babe.«

Ich nickte nur, war aber noch viel zu emotional, um aufzuhören. Doch anstatt allein in meine Hände zu weinen, weinte ich an seiner Schulter. Und er trug mich zum Bett und hielt mich auf seinem Schoß. »Ich hasse das.«

»Das wird bald besser. Die Übelkeitsphase dauert nicht ewig.«

»Das ist es nicht. Jedenfalls glaube ich das nicht.« Ich zog den Kopf weg, wischte mir das Gesicht trocken und schniefte während der letzten Tränen. Vielleicht hatte die Übelkeit eher seelische Ursachen. Wenn ich daran dachte, was wir zu bewältigen hatten, bekam ich weiche Knie. Stress machte mir nichts aus. Bei Stress blühte ich auf. Darauf gründete sich mein beruflicher Erfolg. Aber die Angst … Gott, diese Angst war lähmend. »Ich weiß auch nicht …« Ich rückte von seinem Schoß zwischen seine gespreizten Beine, zog die Knie an die Brust und legte die Arme darum.

Er schob mir eine Locke hinters Ohr. »Als wir jünger waren, haben wir es für selbstverständlich genommen, wie gut wir einander kennen.«

»Was meinst du damit?«

»Ich meine, wir brauchten nicht zu reden. Meistens wusstest du auf den ersten Blick, was ich dachte oder wie es mir ging. Es war immer … einfach.«

»Das habe ich an unserer Beziehung geliebt.« Ich lächelte ihn zaghaft an. Tobias war der eine, der immer alles leicht machte.

»Ja, ich auch. Dadurch haben wir nie gestritten.«

»Du willst streiten? Okay. Ich finde, die Wandfarbe in diesem Zimmer ist zu grau. Sie ist langweilig.«

Er lachte entspannt. »Du willst wirklich über Wandfarben streiten?«

»Du hast mich gerade gebeten, mit dir zu streiten.«

»Frauen.« Er schüttelte den Kopf, grinste aber. »Der Punkt ist der … ich denke, wir sind daran gewöhnt, dass es gut läuft. Ich denke, wie waren glücklich. Und wir haben nichts getan, um es zu vermasseln. Wie miteinander reden. Oder gemein werden.«

Ich seufzte. »Ich hätte dir sagen sollen, dass ich umziehen werde.«

»Ja, das hättest du.«

Plötzlich hatte er einen scharfen Ton, und der traf mich bis ins Mark. Mich erfasste eine Nervosität, die ich im ganzen Körper spürte.

Es war selten vorgekommen, dass wir uns stritten, aber wenn, dann hatte ich mich genauso gefühlt wie jetzt. Und mir wurde schon wieder speiübel. Wow. Wieso hatte ich das nicht eher begriffen? Er hatte recht. So verdammt recht.

Ich hasste es, wenn Tobias auf mich wütend war. Hasste es wirklich. Darum hatte ich alles getan, um einen Streit zu vermeiden, unter anderem meine Wünsche verheimlicht.

Das war mir nicht lange gelungen. Und am Ende war die Wahrheit ans Licht gekommen.

»Bitte hasse mich nicht«, flüsterte ich und sah ihm in die Augen. »Das würde ich nicht überleben.«

»Ich könnte dich niemals hassen.« Er fing eine neue Träne mit dem Daumen ab und wischte sie weg. »Aber ich kann auf dich sauer sein. Du kannst auf mich sauer sein. Und wir können das bewältigen, indem wir uns aussprechen. Also rede mit mir. Sag mir, was in deinem Kopf vorgeht.«

Ich stieß einen Seufzer aus und ließ die Schultern hängen. »Ich will meinen Job nicht aufgeben.«

Uff. Mit dem Geständnis fühlte ich mich, als ginge ich splitternackt die Main Street entlang.

Es hätte mir nicht so schwerfallen sollen, das zu sagen. Tobias arbeitete genauso engagiert wie ich. Doch tief im Inneren war ich die Frau, die es für nötig gehalten hatte, ihre Wünsche zu verschweigen. Die eine Frau, die sich für ihren Job und gegen ihn entschieden hatte. Die fürchtete, dass er ihr die Trennung nie verzeihen würde.

»Ich finde Erfüllung darin«, erklärte ich. »Ich weiß nicht mehr, wer ich ohne diesen Job bin. Er hat mich gerettet, als es mir mies ging. Und er bringt mir nicht nur Geld ein, er macht mich stolz.«

»Hey.« Er hob mein Kinn an, damit ich ihm in die Augen sehen konnte. Und da war er, der vertraute tröstende Blick und sein Verständnis. Er wusste selbst, wie es war, wenn man seine Arbeit liebte. Wenn man damit die Leere füllte.

Eine Leere, die ich in seinem Leben erzeugt hatte, als ich aus Montana weggezogen war.

Von Neuem ließ ich die Schultern hängen. Mir fehlte jegliche Energie – als hätte jemand einen Schalter umgelegt. Ich hatte kaum die Kraft, um zu den Kissen zu kriechen und mich hineinfallen zu lassen.

Tobias streckte sich neben mir aus. Er lag auf der einen Hälfte des Bettes, ich auf der anderen. Da war eine klare Trennlinie. Seine Kissen, meine Kissen. Doch Berührung war möglich. Er nahm meine Hand und schob die Finger zwischen meine, hielt sie fest, bis ich einschlief.

Ein Klingeln weckte mich. Benommen hob ich den Kopf vom Kissen, setzte mich auf, strich mir die Haare aus dem Gesicht und schwang die Beine aus dem Bett. Erst nach ein paar tiefen Atemzügen stand ich auf.

Ich war auf einen Übelkeitsanfall gefasst, doch der blieb aus. Mein Magen verhielt sich ruhig. Normal. Vielleicht brauchte ich keine Ingwerlutscher, sondern musste nur mein Herz ausschütten. Mit Tobias reden.

Mit ihm streiten, wenn uns das weiterbrachte.

Auf nackten Sohlen tappte ich hinaus und den Flur hinunter. Ich hörte die Haustür ins Schloss fallen, dann die Stimme einer Frau.

»Hey. Ich weiß, ich hätte vorher anrufen sollen, aber ich

dachte: Was soll's? Ich schau mal auf gut Glück, ob du da bist und ein paar Stunden freihast.«

»Chelsea …«

Chelsea? Moment. Eine meiner Freundinnen auf dem College hieß Chelsea, aber mit der hatte ich seit Jahren nicht gesprochen.

»Ich weiß, du hasst Überraschungen. Ich werde es im Bett wiedergutmachen.«

Was zur Hölle …

Tobias hasste Überraschungen, oh ja. Ich war aber auch kein Fan davon.

Besonders nicht, wenn die Überraschung eine blonde Schönheit war, die Tobias auf den Mund küsste.

8

Tobias

»Chelsea.« Ich schob sie von mir weg, ehe sie mehr tun konnte, als nur meine Lippen zu streifen.

»Oh, schade.« Sie guckte enttäuscht. »Schlechter Zeitpunkt?«

»Ja.« Ich lächelte sie traurig an. »Ich denke … wir sollten die Sache beenden. Tut mir leid.«

»Ist okay. Ich bleib dir vom Leib.« Sie tat das beiläufig ab. Die Autoschlüssel klirrten in ihrer Hand, als sie sich zur Tür drehte.

Doch ehe sie in die Nachmittagssonne hinausging, hielt ich sie am Ellbogen auf. »Frohes neues Jahr.«

»Dir auch, Tobias. Ruf mich an, falls du das mal fortsetzen willst.«

Ich nickte und blieb in der Kälte stehen, bis sie die Auffahrt hinunterfuhr. »Scheiße.«

Ausgerechnet diese Woche musste Chelsea aufkreuzen. Doch selbst, wenn sie in der nächsten oder übernächsten gekommen wäre, hätte ich sie weggeschickt.

Durch Eva war jetzt alles anders. Mit den unverbindlichen Sex-Dates und beiläufigen Flirts war es vorbei. Chelsea war eine Nette mit einem hübschen Lächeln und einem freundlichen Herzen. Sie hatte mir Gesellschaft geleistet.

Aber sie war nicht Eva.

Keine war wie Eva.

Ich schloss die Tür, um mich ins Arbeitszimmer zu begeben und ein paar Stunden zu arbeiten, in der Hoffnung, mich von dem Zeug abzulenken, das mein Privatleben durcheinanderwirbelte. Doch als ich mich umdrehte, blickte ich in zwei zornige hellbraune Augen, die meine Flucht stoppten.

»Chelsea?« Eva trommelte mit dem Fuß auf dem Boden.

Jep, sie war stocksauer.

»Echt jetzt?«

Scheiße. »Da ist nichts.«

Sie zog eine Braue hoch.

»Das war bedeutungslos. Nur ab und zu mal …« *Sex.* Ich stockte, fürchtete um mein bestes Stück, wenn ich den Satz beendete. »Sie lebt in Billings. Alle paar Monate kommt sie beruflich her, und wir gehen zusammen essen.«

»So wie wir vor sechs Wochen«, höhnte sie, machte kehrt und stürmte den Flur hinunter.

»Verdammt.« Ich eilte ihr nach und fand sie auf ihrem Bett mit übereinandergeschlagenen Beinen, verschränkten Armen und finsterem Gesicht. Sie war ein Abbild des Zorns, samt zitterndem Kinn und allem, was dazugehörte. »Eva. Das ist bedeutungslos. Es ist Monate her. Lange, bevor wir beide uns getroffen haben.«

»Lass es.« Sie schloss die Augen. »Ich will es nicht wissen.«

»Okay.« Ich hob eine Hand und war im Begriff zu gehen, doch sie riss die Augen auf, und der mörderische Blick traf mich erneut.

»Chelsea? Wie viele von meinen Freundinnen sind hier gewesen?«

Jetzt geht's los. »Nur Chelsea.«

»Ich …« Sie schnaubte. »Ich kann nicht mal wütend sein.«

»Warum bist du es dann?«

»Darum.« Sie warf eine Hand hoch und sprang vom Bett, um ins Bad zu stampfen. Schubladen wurden aufgerissen und zugeknallt, eine nach der anderen. Als ich mich an die Schwelle traute, bürstete sie sich wütend die Haare.

»Sprich mit mir.« Würde ich immer betteln müssen, damit sie mir sagte, was in ihr vorging?

Sie bürstete weiter. »Es ist unfair.«

»Was ist unfair?«

»Dass du dich einer anderen zugewandt hast.« Die Bürste flog auf den Waschtisch, rutschte klappernd über die Fläche und fiel ins Waschbecken. »Das ist unfair. Ich will nicht, dass du eine andere hast. Die Vorstellung – du mit einer anderen, mit einer Chelsea oder Tiffany … oder mit wem auch immer – macht mir eine Gänsehaut.«

»Was willst du von mir hören?« Ich fuhr mir durch die Haare. »Du bist gegangen. Du hast mich verlassen.«

»Ich weiß!« Ihr Augen füllten sich mit Tränen. »Ich weiß, dass ich dich verlassen habe. Und du bist weitergezogen. Aber ich nicht.«

»Moment.« Ich hob den Zeigefinger. »Was sagst du da?«

»Ist doch egal.« Sie rauschte an mir vorbei durch die Tür, und ehe mir so richtig klar wurde, was sie da gerade gesagt hatte, war sie weg.

Das Garagentor fuhr hoch und wieder runter, dann knirschte Schnee unter Autoreifen. Sie fuhr davon.

Sie war nicht weitergezogen. Ehrlich? Sie war mit keinem anderen zusammen gewesen? Aber seit damals waren Jahre vergangen. Was hieß das?

»Verdammte Scheiße.« Ich löste mich endlich vom Fleck und nahm denselben Weg. Zur Tür raus, in meinen Truck und weg. Erst mal nur weg.

Ich hatte Eva gebeten, mit mir zu streiten. *Verdammt blöde Idee, Holiday. Das machst du mit Sicherheit nicht noch mal.*

Ich fuhr stundenlang durch die Stadt, bis weit nach Sonnenuntergang, und schließlich brachte mich der Truck zum Haus meines Bruders. Heath versuchte schon seit Tagen, mich zu erreichen. Ich hatte ihn gemieden, hauptsächlich weil ich nicht wusste, was ich sagen sollte.

Oder vielleicht weil ich fürchtete, was Heath sagen würde. Er würde mir raten, mit ihr zu gehen.

Ehe ich klopfen oder klingeln konnte, öffnete er die Tür. »Hey. Was ist los? Ich habe immer wieder angerufen.«

»Ja.« Ich klopfte mir den Schnee von den Sohlen und ging ohne Umweg in die Küche. Es roch nach Abendessen, und mir knurrte der Magen. Auf dem Küchentresen sah ich eine offene Flasche Cabernet.

Heath stand mit verschränkten Armen und zusammengezogenen Brauen da. Offenbar hatten Maddox und Mom ihn noch nicht eingeweiht.

Vielleicht war das ganz gut. So würde ich es laut aussprechen müssen und dadurch vielleicht klarer sehen.

Also deutete ich mit dem Kinn auf die Flasche. »Hast du ein Glas Wein für mich?«

»Wo ist sie denn, verdammt?« Ich schaute zum hundertsten Mal aus dem Wohnzimmerfenster zur Auffahrt.

Ich hatte Eva den ganzen Tag nicht gesehen.

Gestern Abend war ich länger bei Heath geblieben, hauptsächlich weil ich mich nicht getraut hatte, abends mit Eva unter einem Dach zu sein. Entweder würden wir uns weiter streiten, uns anschweigen oder Sex haben.

In jedem Augenblick mit ihr war unterschwellige Begierde zu spüren. Ich sehnte mich immer mehr nach ihr, und der Sex neulich hatte das kaum entschärft. Wenn sie mir das leiseste Signal sandte, würde ich das ausnutzen.

Also hatte ich bei meinem Bruder auf der Couch gesessen, teilnahmslos ein Spiel im Fernsehen verfolgt und über alles nachgedacht, was er gesagt hatte.

Sprich mit ihr. Geh mit ihr nach London.

Wir sind deine Familie, egal wo du lebst.

Du brauchst nicht hier zu sein, um für die Firma zu arbeiten.

All meine Bedenken, ob wegen der Trennung von der Familie oder der Arbeit für *Holiday Homes*, hatte er mit einem Rat ausgehebelt, gegen den ich mich sträubte.

Sollte ich wirklich umziehen? Für ein Jahr in London leben? Dann jedes Mal mit ihr ziehen, wo immer der Job sie hinführte? Was für ein Leben wäre das?

»Nichts für mich.« Ich ballte die Fäuste und durchschritt das Wohnzimmer. Erneut zog es meinen Blick zum Fenster und zum schwarzen Nachthimmel.

Ihr Koffer stand noch im Gästezimmer, also war sie noch nicht ausgezogen. Sie musste irgendwann zurückkommen, nicht wahr?

Es war zehn. Noch zwanzig Minuten, dann würde ich sie anrufen. Bei den vereisten Straßen und an einem Freitagabend so kurz vor Silvester wollte ich sie nicht allein unterwegs wissen. Würde sie in London auch so spät nach Hause kommen? Sie brauchte Schlaf. Unser Baby brauchte eine ausgeruhte Mom.

Die Minuten verstrichen so langsam, ich war nahe daran auszurasten, als endlich Scheinwerferlicht ins Fenster fiel. Dann hörte ich das Garagentor hochfahren.

Ich stand in der offenen Tür, als sie ausstieg.

»Hi.«

»Hi.« Mit gesenktem Blick kam sie auf mich zu.

»Alles in Ordnung? Ich habe mir schon Sorgen gemacht.«

»Alles gut.« Ihr Blick blieb auf Schulterhöhe, als sie an mir vorbei ins Haus schlüpfte. »Bin müde. Ich gehe direkt schlafen. Gute Nacht.«

Nein. Nicht noch eine Nacht, ohne dass wir miteinander sprechen. »Eva.«

»Bitte, Tobias.« Ihre Schultern sanken herab, als sie sich umdrehte. »Ich kann nicht mit dir streiten.«

»Das will ich auch gar nicht.«

»Was dann? Was willst du?«

Dich. Dass du bleibst. Aber ich brachte das nicht über die Lippen. »Ich will das nicht verpassen. Ich möchte unserem Kind später mal erzählen können, wie es während der Schwangerschaft war. Ich will der Vater sein, der bei den Arztbesuchen nervös ist. Ich will das Ultraschallfoto im Portemonnaie mit mir herumtragen. Ich will das irgendwie möglich machen.«

»Ich bin offen für Ideen.«

»Ich war gestern Abend bei Heath. Er hat vorgeschlagen, Maddox um ein Flugzeug anzuschnorren, weil er sich das leisten kann.«

Der Hauch eines Lächelns flog über ihre Lippen. »Was hat er noch gesagt?«

»Dass wir beide das Beste für unser Kind wollen. Und dass wir deshalb eine Lösung finden werden.«

»Das werden wir. Vielleicht nicht heute Nacht, aber auf jeden Fall demnächst.«

Für einen Mann, der gern langfristig plante und Fünfjahresziele festlegte, war die Ungewissheit nervenaufreibend. Doch die dunklen Ringe unter ihren Augen taten mir weh. »Wir haben Morgen noch Zeit, ja?«

Sie nickte. »Ich werde meinen Vater besuchen. Mich von ihm verabschieden. Und wahrscheinlich kurz bei Elena reinschneien.«

»Dann also morgen Abend. Nur du und ich. Wir werden das neue Jahr einläuten. Ich werde Traubensaftschorle besorgen, und wir machen richtig Party.«

Für den Bruchteil einer Sekunde glitt ihr Blick zu meinem Mund, dann schaute sie auf ihre Tennisschuhe. »Okay. Gute Nacht.«

Oh Mann, ich hasste es, sie weggehen zu sehen. Selbst wenn sie nur in meinem eigenen verdammten Haus in ein anderes Schlafzimmer ging.

»Eva.«

Sie blieb stehen und schaute über die Schulter. »Ja?«

»Hast du es bekommen?«

»Was bekommen?« Sie drehte sich herum und neigte den Kopf zur Seite.

»Was immer du in New York erreichen wolltest.« Welchem Traum sie auch immer nachgejagt war.

»Ich weiß nicht.« Sie zuckte mit einer Schulter. »Dort zu leben war eine Erfahrung. Und durch meinen Job war ich an vielen Orten, die ich andernfalls vielleicht nie gesehen hätte.«

»Welche Stadt war dein Favorit?«

»Nashville.«

»Weil du auf Country-Musik stehst.«

Lächelnd ging sie zur Sitzinsel und zog sich einen Hocker hervor. »Ich habe bei jeder sich bietenden Gelegenheit ohne Scham das ganze touristische Zeug unternommen. Das war der Hammer.«

»Wie lange warst du dort?« Ich setzte mich zu ihr. Direkt neben sie. Diesmal war kein Hocker zwischen uns, weil ich den Abstand nicht ertragen hätte.

Wir würden bald genug Abstand aushalten müssen.

»Drei Monate. Da hatte ich praktisch die gleiche Aufgabe wie jetzt. Ich bin eingesprungen, um gefährdete Projekte zu einem guten Abschluss zu bringen.«

»Ah. Welche Stadt mochtest du am wenigsten?«

»New York«, sagte sie leise.

»Was?« Ich richtete mich gerade auf.

»Das war ein hartes Jahr. Ich war neu in dem Job und musste noch viel lernen. Die Überstunden waren brutal. Der Kunde war ein totales Arschloch. Und ich war einsam. Ich habe dich … vermisst.«

Tja … Scheiße. Das war wie ein Schlag vor den Kopf. »Ich habe dich auch vermisst.«

»Ich wollte dir nie wehtun.« Sie blickte auf, ihre hellbraunen Augen waren voller Reue. »Das mit uns nicht vermasseln.«

»Ich weiß.«

»Wirklich?«

Ich nickte. »Aber ehrlich gesagt war ich eine Weile ziemlich wütend auf dich. Und habe meinen Groll genährt, weil ich dich nur so in meinem Leben behalten konnte.« Ein Ausdruck von Schmerz huschte über ihr Gesicht. »Dann bin ich deinem Vater über den Weg gelaufen.«

»Tatsächlich? Wann?«

»Etwa zwei Jahre, nachdem du weggezogen warst. Du warst zu der Zeit in Florida.«

»Tampa. Für acht Wochen. Ich hatte so viel zu tun, dass ich kein einziges Mal am Strand war.«

»Vielleicht sollten wir hinfliegen. Wir drei.« Unsere kleine Familie könnte einen Urlaub gut gebrauchen.

»Das fände ich schön«, flüsterte sie.

»Auf jeden Fall. Aber zurück zu deinem Dad. Ich war in der Innenstadt und wollte mich mit meinen Eltern zum Essen treffen. Sie verspäteten sich. Ich habe mich im Restaurant an die Bar gesetzt, und er kam zu mir. Er hatte ein Date.«

»Wirklich?« Ihr blieb der Mund offen stehen. »Ich hatte keine Ahnung, dass er zu Dates ging.«

»Dieses war jedenfalls kein gutes.« Ich schmunzelte. »Deshalb hast du wahrscheinlich nicht davon erfahren. Er nahm mich zum Vorwand, um den Tisch zu verlassen. Sein Date hat anscheinend in der Nase gebohrt, als der Salat serviert wurde, und hat den Popel in die Stoffserviette geschmiert. Der war so grün wie der Salat, den sie essen wollten.«

»Igitt.« Eva lachte.

»Er hat sich darüber köstlich amüsiert. Er hat mir die ganze Geschichte erzählt und dann gefragt, ob es grob unhöflich wäre, ihr noch vor dem Dessert den Laufpass zu geben.«

»Was hast du gesagt?«

»Ich riet ihm, die Rechnung zu begleichen und abzuhauen.«

»Tat er es?«

»Er blieb bis zum Ende und bestellte ihr sogar noch ein Stück Schokoladenkuchen.« Eddy war kein Mann, der ein Date vorzeitig beendete. Er behandelte jede Frau so, wie er sich wünschte, dass andere Männer seine Töchter behandelten.

»Das ist süß.« Sie lächelte. »Unglaublich, dass er mir das nie erzählt hat. Und dass er dich gesehen hat. Worüber habt ihr noch gesprochen?«

»Über dich. Er sagte, dass du in Tampa bist, aber ständig woandershin umziehst. Dass du dich in der Firma nach oben kämpfst. Dass er stolz auf dich ist, weil du dich auf das Wagnis eingelassen hast.«

Eddy war damals der Erste gewesen, der nach unserer Trennung mit mir über Eva sprach. Er nahm nicht auf meinen Liebeskummer Rücksicht wie meine Eltern. Er vermied es bei der Unterhaltung nicht, ihren Namen zu nennen wie mein Bruder. Er hatte ungeniert mit seiner Tochter angegeben.

»Danach fiel es mir schwer, noch auf dich sauer zu sein. Ich wollte vor allem, dass du glücklich bist.«

»Danke«, hauchte sie. »Ich habe mich lange gefragt, ob du mich hasst.«

»Niemals.« Wütend war ich, ja. Aber ich habe sie nie gehasst. Das konnte ich einfach nicht.

Wenn ich nun darauf dringen würde, dass das Kind bei mir lebte, würde sie mich hoffentlich auch nicht hassen können.

»Das ist gut, denn jetzt hast du mich am Hals.« Sie setzte ein viel zu breites Lächeln auf und hob das Kinn. Dann ließ sie sich vom Hocker gleiten. »Ich gehe jetzt besser schlafen. Gute Nacht.«

»Warte«, sagte ich hastig. »Vorhin, als Chelsea hier war, da hast du gesagt, du wärst mit keinem zusammen gewesen. Warum das?« Wahrscheinlich konnte ich mir die Frage selbst beantworten, aber in dem Moment wollte ich es von ihr hören.

»Ich … na ja.« Sie zuckte die Achseln. »War zu beschäftigt. Und keiner ist wie du.«

»Eva.« Ich griff nach ihrer Hand. Bei der ersten Berührung schoss mir ein Kribbeln in den Arm. »Unter Hochstrom, hm?«

Sie nickte, und ihre Lippen öffneten sich ein wenig.

War das eine Einladung?

Dadurch würde es nur noch komplizierter werden. Das Richtige wäre es, sie in ihr Zimmer gehen zu lassen und mich in meinem einzuschließen.

Stattdessen hauchte ich ihr einen Kuss auf die Lippen und wurde dafür belohnt: Sie hielt für einen Moment den Atem an.

Genug Belohnung für eine Nacht.

Es kostete mich Kraft, sie gehen zu lassen. Ich musste meinen ganzen Willen aufbringen, einen Schritt zurückzutreten und stehen zu bleiben.

Vielleicht hätte ich es hinter meine Tür geschafft. Doch ehe ich ihre Hand loslassen konnte, packte sie zu und hielt mich zurück.

Das Band zwischen uns war so stark wie eh und je.

Diesmal waren ihre Signale unmissverständlich. Ihre Zungenspitze schnellte hervor und leckte über die Unterlippe.

Scheiß drauf. Ich presste meinen Mund auf ihren und schob die Zunge zwischen ihre Lippen, ich fiel über ihren Mund her und prägte mir jedes Detail ein. Ich hielt sie an mich gedrückt in der Hoffnung, dass sich alle Probleme in Luft auflösten, wenn ich sie nur fest genug an mich drückte.

Schließlich zog sie den Kopf zurück, ihr Blick war verschleiert, ihre Lippen prall und rot.

Verdammt, ich wollte sie. Ich wollte sie für immer. Ich wollte sie behalten.

Doch sie gehörte mir nicht.

Sie war eine selbstständige Frau. Das war es, was Eddy an jenem Abend noch gesagt hatte: *Sie ist eine selbstständige Frau.*

Darum trat ich einen Schritt zurück. Dann noch einen. Und diesmal schaffte ich es in mein Schlafzimmer, ohne mich noch mal umzudrehen.

9

Eva

»Schlaf ein! Schlaf endlich ein!« Ich boxte in mein Kissen und warf mich auf den Rücken. Es war stockdunkel im Zimmer. Ich gähnte. Aber kam ich zur Ruhe? Nein. Keine Sekunde lang.

Bei meinem letzten Blick aufs Handy war es nach Mitternacht gewesen.

Eigentlich müsste ich doch einschlafen können. Der Tag war lang und anstrengend gewesen. Tobias aus dem Weg zu gehen hatte sich als härter herausgestellt als das Trainingscamp, das ich vor Jahren in Denver auf mich genommen hatte. Zudem war die Nacht zuvor schon beschissen gewesen und ich hatte mich hin und her gewälzt, bis Tobias endlich heimgekommen war. Es hatte mich in einem fort beschäftigt, dass er bei Chelsea sein könnte. Verdammte Chelsea. Das würde ich mich noch lange quälen.

Gott sei Dank war er bei seinem Bruder gewesen.

Nach all dem Stress hätte ich direkt bis acht durchschlafen müssen. Stattdessen lag ich seit Stunden wach und hörte mir in Gedanken immer wieder an, was Tobias gesagt hatte.

Er wollte vor allem, dass ich glücklich war.

War ich glücklich? Das hatte ich mich schon eine Weile nicht mehr gefragt. Vielleicht weil ich die Antwort fürchtete.

Ich war *größtenteils* glücklich. Ich war glücklich in meinem Beruf. Ich liebte meine Arbeit fast jeden Tag. Klar, mein Privatleben war ein bisschen mau. Ich zog zu häufig um, um gute Freunde zu haben. Doch ich hatte Elena. Okay, wir hatten nicht genug gemeinsam, um beste Freundinnen zu sein. Als eigenständige Persönlichkeiten gerieten wir oft aneinander, aber ich liebte meine Schwester.

Nur Tobias war so etwas wie ein bester Freund. Und er wollte, dass ich glücklich war.

»Tja, ist er glücklich darüber, dass ich nicht schlafen kann und dass das alles seine Schuld ist?« Ich stemmte einen Ellbogen in die Matratze und richtete mich auf. »Oh Mann.«

Vielleicht würde ich endlich schlafen können, wenn er mal aufhörte, mich zu küssen.

Meine Gedanken drehten sich im Kreis, und mein Körper war so straff gespannt wie ein Gummiband kurz vor dem Reißen. Und das war verdammt noch mal Tobias' Schuld.

Er hatte mich in ein aufgegeiltes, zappeliges, hormongestresstes Wrack verwandelt.

Ich schlug die Decke zurück und stieg aus dem Bett. Die kalte Luft bereitete mir eine Gänsehaut an den Armen und Beinen. Ich verließ das Zimmer und tappte zur Couch im Wohnzimmer. Vielleicht würde mich ein Liebesfilm in den Schlaf lullen.

Doch in der Küche angekommen, trugen mich meine Füße zu seinem Schlafzimmer. Zu dem sanften Lichtschein, der unter seiner Tür durchdrang.

Mit angehaltenem Atem schlich ich näher und drückte das Ohr an den Türrahmen. Das Rascheln von Bettzeug und gedämpftes Murren brachten mich zum Lächeln. Anscheinend war ich nicht die Einzige, die nicht schlafen konnte.

Wir könnten reden. Warum bis morgen warten, wenn wir beide wach waren? Also klopfte ich an und drehte den Türknauf.

Als ich eintrat, richtete er sich auf. Die Nachttischlampe brannte, und er hielt ein Buch in der Hand. Er war am Oberkörper nackt. Ich konnte all die Muskeln sehen. Seine Haare waren zerzaust.

Er sah … wie mein Traummann aus.

»Du hast mich geküsst, und jetzt kann ich nicht einschlafen.«

Er legte das Buch weg und folgte mir mit den Augen, als ich um das Bett herumging.

Ich ging direkt zu der Nachttischlampe und tauchte das Zimmer in Dunkelheit. Meine Hand fand die Mitte seiner Brust, die Härchen, die sich auf seinen harten Muskeln so schön anfühlten. Ich drückte ihn aufs Kissen und spürte, dass sich seine Schultern entspannten.

Seine Hände glitten an meinen Oberschenkeln hinauf, streiften den Bogensaum meiner Schlafshorts. »Eva.«

»Du hast mich geküsst, und jetzt kann ich nicht einschlafen«, sagte ich noch mal und setzte mich rittlings auf seinen Schoß. Meine Mitte wippte gegen die wachsende Wölbung unter dem Laken. »Küss mich noch mal. Bitte.«

Er fiel über meinen Mund her. Keine Fragen. Kein Zögern. Kein Vorspiel. Tobias küsste mich, als wäre ich seine Luft zum Atmen, das Einzige, was ihn am Leben hielt. Seine Zunge flatterte an meiner, seine Hände fassten an den Saum meines Tops.

Er raffte den Baumwollstoff in die Fäuste, schob es immer höher und löste sich nur für den Moment von meinem Mund, um es mir über den Kopf zu reißen. Dann fand er meine Brüste, und mein Gott, er machte das gut.

Wie er sie in die Hände nahm, drückte, hochschob. Virtuos spielte er mit meinen Knospen, erfand immer neue Variationen.

Ich rollte meine Hüften an seine, presste mich reibend dagegen und hielt sein Gesicht an meins, die Hände an seinem leicht kratzigen Bart. Das Pochen in meiner Mitte schwoll an. »Schlaf mit mir, Tobias.«

Er brummte an meinen Lippen. Schnell und geschmeidig drehte er mich auf den Rücken und schob meine Knie auseinander. Seine geschickten Finger glitten zwischen meine Shorts, zogen den Slip zur Seite und streichelten meine nassen Falten.

»Ja«, hauchte ich, als er den Mund um meine Halsschlagader schloss und saugte. »Mehr.«

Er schob die Bettdecke weg, und als meine Hand an seinem Rückgrat hinunterzog, fand ich nichts als nackte Haut. Tobias hatte im College nie unbekleidet geschlafen, aber wie den Bart nahm ich auch diese Veränderung gern hin.

Ein Finger glitt in mich hinein, krümmte sich zu jener empfindlichen Stelle hin. Doch das war nicht genug. Ich brauchte mehr. Ich brauchte ihn.

»Komm.« Ich griff zwischen uns um seinen Schaft. Samt und Eisen. Zart und hart. »Ich will dich … in mir.«

»Noch nicht.«

»Tobias …«

»Noch … nicht.« Er unterstrich jedes Wort mit dem Eintauchen des Fingers. »Ich will deine Muschi *damit* fühlen. Dann mit der Zunge. Dann bekommst du meinen Schwanz.«

Er hielt sein Versprechen und trieb mich mit der Hand zur Ekstase, bevor er mir Shorts und Slip herunterzerrte. Dann zog er den herrlichen Bart über die empfindliche Haut der inneren Oberschenkel.

Ein Schauder rann durch meine Adern, und summend schloss ich die Lider. Ich griff in seine seidigen Haare, schlang die Finger um die Strähnen, als er seine Zunge flattern ließ, diesmal an meiner Klit.

»Tobias.« Immer wieder stöhnte ich seinen Namen, während sein Mund die köstliche Tortur betrieb, leckte, zwickte, saugte. Mein Atem ging stoßweise, schneller und schneller, bis ich von Kopf bis Fuß erzitterte.

Ich wölbte den Rücken und wand den Oberkörper. Er hielt meine Hüften fest. Ich war nur Sekunden von einer blendenden Erlösung entfernt, nur noch einen Zungenschlag, doch plötzlich setzte er aus.

Er richtete sich auf, ragte kniend über mir. Der Mond schien herein, tauchte ihn in Licht und Schatten. Die Form seiner Bizepsmuskeln, die Höhen und Täler seiner Brust, die Riffel am Bauch.

Tobias sah umwerfend aus. Und er gehörte mir.

Er hatte immer mir gehört, selbst als wir getrennt gewesen waren.

Ich streckte eine Hand nach ihm aus. Er nahm sie, verschränkte unsere Finger und hob sie über seinen Kopf. Dann prallte sein Mund auf meinen, und mit einem schnellen Stoß drang er tief in mich ein.

Ich wimmerte in seinen Mund, erbebte unter seinen Stößen. Stoß um Stoß hielt er mich gefangen, bis ich nur noch fiel. Der Orgasmus wogte durch meinen Körper, umspannte seinen Schaft.

»Verdammt, Baby.« Ich biss die Zähne zusammen, sein Rhythmus ließ keinen Moment nach, solange ich das Nachbeben durchlebte und die Sterne hinter meinen Lidern verblassten.

Ich hörte Haut an Haut klatschen, schweres Atmen und mein pochendes Herz, dann bäumte er sich auf, nahm meine Knie und hielt mich an sich gedrückt, als er kam und sich mit einem tiefen Stöhnen ergoss.

Er kam hemmungslos. Rückhaltlos. Für mich.

Keuchend wartete er, bis er wieder genug Luft bekam, und wischte sich den Mund ab, um mir einen Kuss auf die Wange zu geben. »Verdammt. Das war … Es ist jedes Mal noch schöner.«

»Ich weiß.« Ich hob den Kopf und küsste ihn auf den Mund.

Er war unvergleichlich. Vielleicht hatte ich mich deshalb für keinen anderen interessiert. Ich musste keine Erfahrungen sammeln, um zu wissen, dass ich den besten gehabt hatte.

Er zog ihn heraus und legte sich an meinen Rücken.

»Ich kann wieder in mein Zimmer gehen«, sagte ich, hoffte aber, er würde mich bei sich behalten. Mich bitten zu bleiben.

Doch er sagte es nicht. Hatte er noch nie getan. Stattdessen drückte er mich an sich und zog die Decken über uns. »Gute Nacht, Eva.«

Ich schloss die Augen. »Gute Nacht, Tobias.«

»Klopf, klopf.« Ich klopfte an Dads Türrahmen und schaute in das Apartment.

Er saß in seinem Fernsehsessel und schlief. Der Fernseher lief leise und tat sein Bestes, um das Schnarchen zu übertönen.

Ich schloss die Tür hinter mir und ging auf Zehenspitzen hinein, um mich auf die Couch zu setzen.

Er brauchte seinen Schlaf. Er hatte ein Nickerchen am Silvestervormittag verdient.

Daher wartete ich und spielte solange ein Ratespiel auf dem Handy. Oder ich versuchte es zumindest. Die meiste Zeit dachte ich an die vergangene Nacht mit Tobias.

Heute Morgen hatten wir nicht viel gesprochen. Ich war als Erste wach geworden und gleich duschen gegangen. Als ich ihn später in der Küche angetroffen hatte, war er schon fertig angezogen gewesen – eine Jeans und ein dunkelblaues Flanellhemd. Er hätte im Büro Arbeit zu erledigen, wollte aber zum Abendessen zu Hause sein. Dann würden wir Silvester feiern, vorausgesetzt ich schaffte es, bis Mitternacht wach zu bleiben.

Doch höchstwahrscheinlich würde er dafür sorgen, dass ich das Feuerwerk zu sehen bekam.

Nach einer Stunde hörte das Schnarchen auf. Dad öffnete die Augen.

Ich lächelte ihn an. »Hi, Dad.«

»Eva.« Er blinzelte zweimal, dann richtete er mit einem Knopfdruck die Sessellehne auf. »Entschuldige. Ich habe nicht gemerkt, dass du hier bist.«

»Ist okay. Ich habe nichts dagegen, hier abzuhängen.«

Er lächelte. Es war das schiefe Lächeln, das ich in den letzten drei Jahren von ihm gewohnt war. »Letzter Tag?«

»Jep. Letzter Tag.«

»Du wirst mir fehlen. Es war sehr schön, dich diesmal so lange hier zu haben. Hast du Elena besucht?«

»Ich war gestern bei ihr. Du wirst mir auch fehlen.« Danach wollte ich ihm die Neuigkeit eröffnen. Dass ich ein Kind bekommen würde. Doch ich bekam keinen Ton heraus.

Dad war ein praktischer Mann. Er hatte uns gelehrt, mit Freude zu planen und einen regelmäßigen Alltag zu leben. Während unserer Kindheit waren im Küchenkalender Moms Reisedaten eingetragen, damit wir immer wussten, wo sie war und wann sie nach Hause kam.

Er würde Fragen stellen, wie Tobias und ich die Erziehung planten und ob ich meinen Job behalten würde.

Wenn ich jedes Mal *Ich weiß nicht* antwortete, wäre es besser, wir würden vorher etwas essen.

»Ich dachte, wir gehen zusammen mittagessen«, sagte ich.

»Sicher.« Er griff nach seinem Stock, stemmte sich hoch und wartete einen Moment, bis er sicher auf den Beinen stand.

Wir entschieden uns für ein Café in der Innenstadt, in dem ich noch nicht gewesen war. Wir nahmen eine Sitznische, bestellten Suppe und Sandwiches und tranken unser Wasser, während wir aufs Essen warteten.

»Morgen bist du also wieder weg.« Er spielte mit seiner Serviette.

»Jep.« Es fiel mir immer schwer, Montana zu verlassen, aber diesmal war es bitterer als sonst.

»Schon eine Ahnung, wann du wieder auf einen kurzen Besuch kommen kannst?«

»Bin mir noch nicht sicher. Vielleicht in ein, zwei Monaten? Sobald ich drüben in dem Projekt drinstecke, kann ich das genauer sagen.«

»Was baut ihr diesmal?«

»Ein Fulfillment Center.«

»Ah.« Er nickte. »Groß?«

»Nicht so groß wie die meisten. Die Organisation war knifflig, und der Kunde ist, äh, speziell. Aber ich nehme die Herausforderung an.«

»Natürlich.« Er grinste. »Mein Mädchen weicht keiner Verantwortung aus.«

War das der Grund, warum ich nach London ging? Weil ich zu stur war, um auszuweichen? Oder weil ich die Arbeit wirklich mochte?

»Kann ich dich etwas über Mom fragen?«

»Ja. Nur zu.« Er nickte zwar, aber ich sah an seinen Schultern, wie angespannt er plötzlich war. Das hatte ich mein Leben lang gesehen, wenn das Gespräch auf sie kam.

»Glaubst du, ich bin wie sie?« Das wollte ich ihn schon seit Jahren fragen, hatte aber nie den Mut dazu gehabt.

»Du meinst, weil du so viel umherreist?«

»Ja.«

»Nein.« Er lachte leise. »Nicht im Geringsten.«

»W…wirklich?« Denn wenn ich in den Spiegel schaute, sah ich die Ähnlichkeit.

»Eva, deine Mom reist, um ihrem Leben zu entkommen. Vielleicht meinetwegen. Wir waren nie Freunde. Ich denke, wenn sie nach Hause kam, hat sie von Anfang an das Gefühl, nicht in ihr Haus, sondern in meines zu kommen. Wir redeten nicht. Wir lachten nicht miteinander. Wir lebten nebeneinander her. Und ich fand es schlimm, dass ihr Mädchen unter unserer Gleichgültigkeit gelitten habt.«

Das tat mir weh, aber nicht meinetwegen, sondern um ihretwillen. Denn ich wusste: Wenn der beste Freund auch die Liebe fürs Leben war, war das magisch.

»Ich sollte dir das vermutlich nicht erzählen, aber als du zwei warst, überlegten wir, uns scheiden zu lassen. Michelle fürchtete jedoch, dass du und Elena sie dann vergessen würdet. Deshalb haben wir uns arrangiert. Wir einigten uns darauf zu warten, bis ihr euren Abschluss gemacht habt.«

»Das war bestimmt nicht einfach«, sagte ich.

»Ich habe viel Wut auf eure Mutter aufgestaut. Es war nicht einfach, und ich finde … sie hätte mehr dafür tun können, um häufiger zu Hause zu sein. Um an eurem Leben teilzunehmen. Stattdessen nahm sie jeden Flug, den sie ihr gaben. Sie rannte vor allem weg, was entfernt daran erinnerte, gebunden zu sein.«

»Tue ich das denn nicht auch?« Ich klang schuldbewusst.

»Überhaupt nicht.« Er langte mit dem gesunden Arm über den Tisch und legte die Hand auf meine. »Du arbeitest in einem fort. Du nimmst jede Aufgabe an, die dir in den Weg kommt, und erledigst sie mit links. Aber wenn du bereit bist aufzuhören, hörst du auf.«

War ich bereit aufzuhören? Allmählich ja. Ich fühlte mich ausgelaugt, nach jedem Umzug mehr.

»Mom war vor ein paar Tagen hier«, gestand ich.

»Ich weiß«, brummte er. »Sie hat mich besucht.«

»Was? Wirklich? Ich wusste nicht, dass ihr Kontakt habt.«

»Nur ab und zu. Wenn sie in der Stadt ist, kommt sie vorbei. Wir reden über dich. Wir reden über Elena. Sie erkundigt sich genau nach dir, wie früher auch. Dann bricht sie wieder auf.«

Bekanntschaften. So lebte sie ihr Leben: Sie hatte Bekannte.

Er lächelte mich traurig an. »Lange Zeit habe ich mir gewünscht, Michelle würde … uns lieben. *Mich* lieben. Doch ich musste einsehen, dass sie für tiefe Liebe nicht geschaffen ist. Dazu ist sie nicht veranlagt. Aber du, du bist es.«

Ich schluckte den Kloß im Hals hinunter und tat mein Bestes, um nicht zu weinen. »Hoffentlich hast du recht.«

»Oh, das habe ich.« Er nahm seinen Löffel. »Wie geht es Tobias?«

Ich schüttelte den Kopf und stieß ein trockenes Lachen aus. *Gut gespielt, Dad.* »Ganz okay. Tatsächlich muss ich dir, äh, etwas Wichtiges erzählen.«

»Seid ihr wieder zusammen?« Ihm war anzusehen, wie sehr er das hoffte.

Für mich ein schmerzlicher Moment. Dad hatte Tobias immer sehr gemocht.

»Nein. Das nicht. Aber wir, äh … bekommen ein Baby?«

Dad blinzelte. Vermutlich, weil es wie eine Frage geklungen hatte. Ihm glitt der Löffel aus der Hand und fiel klappernd auf den Tisch.

»Ich bin schwanger.« Oh Gott. »Überraschung.«

Als ich vor Tobias' Haus ankam, fühlte ich mich, als wäre ich einen Marathon gelaufen. Wie erwartet hatte mein Vater sich nicht gescheut, Fragen zu stellen. Und er hatte sich auch nicht gescheut, mir zu sagen, dass *Ich bin mir noch nicht sicher* und *Wir werden schon eine Lösung finden* eigentlich keine Antworten waren, wenn es um ein Kind ging.

Ich parkte in der Auffahrt, nicht in der Garage, und nahm die Fernbedienung von der Sonnenblende. Das Auto gehörte mir nicht, sondern war gemietet. Jemand von der Mietwagenfirma würde es morgen am Flughafen abholen, und ich wollte Tobias' Garagenöffner nicht darin vergessen.

Es fiel feiner, dichter Schnee, als ich zur Haustür ging. Ich trat mir die Schuhe auf der Matte ab und ging hinein. Drinnen roch es nach seinem Aftershave. Ein Atemzug, und ich ließ die Schultern hängen.

Der Geruch würde mir fehlen. Es war wie … mein Zuhause.

Nur noch bis morgen.

Wie schon so oft packte ich meinen Koffer und machte alles reisefertig. Ich überprüfte, ob ich meinen Pass eingesteckt und ein Buch auf mein Lesegerät geladen hatte. Ich checkte schon mal ein und vergewisserte mich, dass ich die Visadokumente auf dem Handy hatte. Dann ging ich ins Wohnzimmer und machte es mir in dem Sessel am Fenster bequem.

Es schneite jetzt stärker. Draußen lag eine dicke weiße Decke mit glatten rundlichen Höckern. Hinter den kahlen Bäumen auf der anderen Seite gab es einen Hügel. Der war nicht besonders hoch, aber steil genug, dass ein Kind darauf Schlitten fahren konnte.

Es war ringsherum friedlich. Wieso war mir das noch nicht aufgefallen? Der Großstadtlärm fehlte mir überhaupt nicht. Ich vermisste weder den Autoverkehr noch die vollen Bürgersteige oder die lauten Nachbarn. Tobias hatte nicht einfach ein Haus gebaut, sondern einen Rückzugsort. *Seinen* Rückzugsort.

Vor Jahren war es nur eine Skizze auf einer Serviette gewesen. Wahrscheinlich ahnte er nicht, dass ich mich an den Abend noch erinnern konnte, an dem er es gezeichnet hatte.

Zuerst kritzelte er mit dem Kuli nur einen Kasten auf seine Serviette, dann nahm er sich eine neue und ging es ernsthaft an. Vier Schlafzimmer. Ein Arbeitszimmer. Offene Bauweise mit hohen Decken und einer großen Küche. Er wollte außerhalb der Stadt wohnen, wo er einen freien Blick auf die Berge hatte. Er wollte ringsherum große Fenster haben, um die Sonne auf- und untergehen zu sehen.

Ich hatte mich damals gefreut, die Erste zu sein, die sein Traumhaus sah. Jetzt freute ich mich, dass er sich den Traum erfüllt hatte.

Ich zog die Beine unter und kuschelte mich tiefer in den Sessel. Ich stellte mir ein kleines Mädchen mit dunklen Haaren und blauen Augen vor, das kichernd Schneeengel auf dem

Rasen machte. Oder einen kleinen Jungen, der einen Schneemann baute.

»Warum hat er mich nicht gebeten zu bleiben?«, flüsterte ich und legte die Hand auf meinen Bauch.

Das Baby wusste auch keine Antwort.

So wenig wie ich.

10

Tobias

Ich fand Eva schlafend im Sessel. Ihre Lippen waren leicht geöffnet, die Knie an die Brust gezogen, eine Hand hatte sie unter die Wange geschoben, die andere lag auf ihrem Bauch.

Ein paar Minuten lang stand ich da und betrachtete sie. Es tat weh. Denn verdammt noch mal, ich liebte sie.

Ich hatte sie immer geliebt.

Und würde das immer tun.

Und morgen würde ich sie wegfahren sehen. Es brach mir das Herz. Schon zum zweiten Mal.

Ich fuhr mir übers Gesicht, dann zwang ich mich, ins Arbeitszimmer zu gehen. Die nächsten drei Stunden versuchte ich, an etwas anderes zu denken, nicht an Eva und das Baby. Draußen schneite es immer weiter. Es war ein schwerer, nasser Schnee. So schwer wie mein Herz.

»Hey.«

Ich blickte vom Schreibtisch auf und sah sie am Türrahmen lehnen. »Hey.«

»Ich hatte nicht bemerkt, wie müde ich war.« Sie gähnte. »Bist du schon lange wieder da?«

»Ein paar Stunden.«

Ihr Blick wanderte an mir vorbei zum Fenster. In dem Licht, das nach draußen fiel, sah man die einzelnen Schneeflocken, und dahinter war es stockdunkel. »Da draußen gibt es nur noch Schwarz und Weiß. Ich hoffe, mein Flug wird nicht gecancelt.«

Ich hoffte das Gegenteil.

»Hungrig?« Ich schob mich vom Schreibtisch weg.

»Klar. Ich kann uns etwas kochen.«

»Das mache ich. Leiste du mir Gesellschaft.« Mit der Hand an ihrem Rücken lenkte ich sie in die Küche.

Wenn ich sie nur noch heute hatte, wollte ich sie noch so oft wie möglich anfassen. Wenn wir uns das nächste Mal sahen, wollte sie vielleicht nicht mehr von mir berührt werden. Vielleicht nie wieder.

Sie setzte sich an die Kücheninsel auf ihren Hocker, während ich mich daranmachte, ein Nudelgericht zu zaubern. »Wir sollten jetzt endlich mal reden.«

»Ja.« Ich setzte einen Topf Wasser auf. »Sollten wir wohl.«

»Ich habe mir überlegt …« Ihr Handy klingelte. »Entschuldige.« Sie ließ sich vom Hocker gleiten und nahm den Anruf an. »Hallo?«

Ich nahm Gemüse und Würstchen aus dem Kühlschrank, arbeitete vor mich hin und belauschte das Gespräch.

»Scheibenkleister.« Sie seufzte. »Na, wenigstens bin ich in Kürze dort. Gleich am Montagmorgen werde ich mich mit ihnen treffen und schauen, ob ich das ausbügeln kann. Leiten Sie deren E-Mail an mich weiter. Ich werde während des Fluges darauf antworten.«

Sie ging an der Insel auf und ab, während sie dem Anrufer zuhörte, und kaute auf der Unterlippe herum. Dann nickte sie. »Ich melde mich dann. Bye.«

»Gibt's Ärger?«, fragte ich, als sie zu ihrem Hocker zurückkehrte.

»Das war mein Boss. Mit dem Kunden des Londoner Projekts ist es nicht gerade einfach. Im Moment ist er frustriert, weil der Bau nicht so schnell vorangeht wie geplant. Er hat gerade eine böse E-Mail geschickt und droht, seinen Anwalt einzuschalten, wenn wir in den nächsten dreißig Tagen keine sichtbaren Fortschritte erzielen. Mein Boss ist ein anständiger Kerl, aber nach solchen Mails rastet er manchmal aus.«

»Kein Bau geht so schnell voran, wie der Kunde sich das wünscht.«

»Stimmt. Aber das kommt in Ordnung. Wenn ich erst mal da bin, sorge ich für ein gutes Verhältnis, und sobald ein Fortschritt zu sehen ist, werden wir den Kunden von uns überzeugen.«

Sie würde ihn überzeugen. »Da habe ich keine Zweifel.

Eva liebte solche Herausforderungen. Einmal hatte sie sich für ein Semester vorgenommen, dreiundzwanzig Leistungspunkte zu erreichen, und sich bei einem zusätzlichen Kurs angemeldet. Damit hatte sie sich viel Arbeit aufgehalst, aber sie war entschlossen gewesen, nicht zu versagen, und hatte alles mit Bravour geschafft.

»Welches war dein Lieblingsprojekt?«, fragte ich.

»Vermutlich das in Phoenix.«

Ich konzentrierte mich aufs Kochen und ließ sie erzählen. Dann reichte ich ihr einen Teller, setzte mich neben sie und hob meine Traubenschorle, um mit ihr anzustoßen.

»Prost.«

Unsere Gläser klirrten aneinander. »Prost.«

»Es ist interessant, dich über eure Bauprojekte reden zu hören«, sagte ich beim Essen. »Du magst sie wegen der Kunden oder wegen der Poliere. Ich mag meine wegen der Gestaltung.«

»Na ja ... an langweiligen Zweckbauten gibt es nicht viel zu mögen. Also, ja, wenn ich welche positiv in Erinnerung habe, dann wegen der Leute, mit denen ich zu tun hatte.«

»Bleibst du mit denen in Kontakt?«

»Eigentlich nicht. Das ist schwer, wenn ich wieder weg bin. Bis ich mich mit jemandem angefreundet habe, muss ich schon wieder die Koffer packen. Wir verlieren uns aus den Augen.«

»Das tut mir leid.«

Sie zuckte die Achseln und drehte die Gabel in ihren Nudeln. »Das kann ganz schön einsam sein. Das ist das Einzige, was ich daran beklage. Es gibt Tage, da komme ich mir vor wie auf einer einsamen Insel. Aber dann rufe ich zu Hause an und rede mit Elena oder Dad und weiß wieder, dass sie immer für mich da sind.«

»Und ich. Ich bin auch immer für dich da.«

Ihr Blick wurde weich. »Danke.«

»Also … Vor dem Anruf wolltest du etwas sagen.«

»Oh, nur dass ich mir Gedanken gemacht habe. Vielleicht können wir ein langes Wochenende aussuchen, an dem du nach London kommst. Falls du hier wegkannst. Ich werde mir bis dahin einen Arzt suchen. Wir könnten deinen Besuch mit einem Gynäkologentermin verbinden.«

»Ja.« Das war eine ganz vernünftige Idee. Eine scheißvernünftige Idee. Und sie machte mich gereizt, und ich hielt die Gabel viel zu fest.

»Und schließlich kann ich auch herkommen. Ich kann mich ein paarmal in den Flieger setzen, solange ich das noch darf.«

Bis der Arzt es ihr verbot und sie am anderen Ende der Welt festsaß. Wer wusste schon, wo sie war, wenn die Wehen losgingen. Wer würde sie in die Klinik fahren? Wer würde darauf achten, dass sie nichts Schweres hob?

Ich ließ meine Gabel los, bevor ich sie noch verbog, und legte die Faust auf die Tischplatte. »Aber du wirst hier sein, wenn das Baby kommt. Du hast gesagt, dein Projekt läuft sechs bis acht Monate, nicht wahr?«

»Äh, vielleicht? Es könnte auch länger gehen.«

»Was?« Wo kam das plötzlich her? Wieso hatte sie das nicht eher erwähnt?

»Es könnte bis zu einem Jahr dauern.«

Ich riss die Augen auf. »Ein Jahr?«

Wie sollte das gehen, wenn die Wehen einsetzten? Was,

wenn es plötzlich schnell ging und ich es nicht rechtzeitig schaffte?

Ich sprang von meinem Hocker und schritt um die Insel herum. Dabei fuhr ich mir in einem fort durch die Haare. Nebeneinander sitzen funktionierte nicht. Ich musste ihr Gesicht sehen und mich vergewissern, dass ich das richtig verstanden hatte. »Also wirst du das Baby in London bekommen.«

»Bei dem Timing ist das wahrscheinlich. Ja. Ich glaube nicht, dass mich mein Arzt in den letzten drei Schwangerschaftsmonaten nach Montana fliegen lässt.«

»Und was kommt dann? Mutterschaftsurlaub?«

»Kommt auf das Projekt an. Da muss ich mit meinem Boss reden. Er wird vielleicht jemanden hinschicken wollen, der sich vor Ort darum kümmert. Aber wenn alles gut läuft, kann ich vielleicht von zu Hause arbeiten. Und nur gelegentlich mal die Baustelle besuchen.«

»Wäre es eine Option, jemand anderen zu finden, der die Aufgabe übernimmt?«

Sie richtete den Oberkörper auf. »Vielleicht. Ich möchte lieber nicht darum bitten.«

»Und wenn du dir einen Auftrag geben lässt, der näher an Montana ist?«

»Auch das möchte ich nicht fragen. Ich will das Londoner Projekt erledigen.«

»Du willst deinen Boss nicht bitten, dir einen Auftrag in Amerika zu geben. Aber du bittest mich, hin und her zu fliegen, und hoffentlich früh genug, damit ich zur Geburt meines Kindes da sein kann. Und was dann? Dann bekommst du einen neuen Auftrag? Du packst und ziehst woandershin?«

»Ich weiß es nicht.« Sie stieg vom Hocker und ging an der Insel auf und ab, während ich das Gleiche auf der anderen Seite tat. »Ich weiß es nicht, okay? Ich versuche, gerade noch zu begreifen, dass in mir ein kleiner Mensch wächst. Ich habe mir noch nicht genau überlegt, wie ich ihn aufziehe.«

»Das kannst du nicht tun.«

Sie keuchte auf und blieb stehen. »Was?«

»Das kann nicht das Leben sein, das du dir für unser Kind wünschst. Ständig umziehen. Ständig die Schule wechseln.«

»Vielleicht wird es auch anders.«

»Dann wirst du deinen Job also aufgeben?«

»Ich weiß es nicht.« Sie warf die Hände hoch. »Muss ich heute auf alles eine Antwort haben?«

»Nein, aber eine ungefähre Orientierung wäre gut, Herrgott noch mal. Ich muss wissen, was du denkst. Ich muss wissen, worauf du verzichten wirst. Ich muss wissen, dass du nicht wie deine Mutter leben willst.« Ich bereute den Satz, sowie er ausgesprochen war.

Scheiße.

Eva schnappte nach Luft. »Ich kann nicht glauben, dass du das zu mir sagst. Wieso geht es bei unseren Gesprächen immer darum, worauf *ich* verzichten will? Wie wär's, wenn du mal verzichtest?«

»Ich?« Ich zeigte auf mich. »Ich habe einen festen Job. Ich werde die Firma meines Vaters übernehmen. Ich habe ein Haus. Einen gottverdammten ständigen Wohnsitz. Glaubst du wirklich, ich würde das aufgeben? Wir wissen beide, dass der richtige Platz für das Kind hier ist. Bei mir.«

Eva riss die Augen auf. »Wie bitte?«

»Das ist nur vernünftig. Wenn du deinen Job behältst, dann sollte das Kind hier seinen Lebensmittelpunkt haben.«

Es wurde vollkommen still im Raum. Das Einzige, was ich hörte, war mein hämmerndes Herz. Eva starrte mich an, und meine größte Angst wurde Wirklichkeit.

Da war nichts als Verachtung in ihren Augen. Sie wirkte geradezu feindselig.

Sie hasste mich.

Falls sie mein Herz beim ersten Mal noch nicht vollends vernichtet hatte, dann tat sie es jetzt.

Und ich konnte ihr nicht mal einen Vorwurf machen. Dieses Mal war es meine Schuld.

»Du erpresst mich«, flüsterte sie unter Tränen. »Du hast mir gerade ein Ultimatum gestellt. Ich kann es nicht glauben. Weißt du, was ich mir damals gewünscht habe? Dass du mich bittest zu bleiben.«

Mein Herz stolperte.

»Aber das hast du nicht getan. Damals nicht und jetzt auch nicht. Du hast mich nie gebeten zu bleiben.« Und ihrem Tonfall nach zu urteilen, wäre es jetzt dafür zu spät.

»Du hast mir das Herz gebrochen.«

»Ich schätze, dann sind wir jetzt quitt.« Sie schluckte mühsam. »Frohes neues Jahr, Tobias.«

Ich hörte sie die Tür zuknallen. Es hallte durchs ganze Haus. Ich stand da, gelähmt vor Schmerz.

Sie hasste mich.

Und im Augenblick hasste ich mich auch.

11

Eva

Meine Augen waren verquollen, und ich sah übernächtigt aus. Fleckige Wangen und blasse Lippen standen mir nicht. So hatte ich mir den Start ins neue Jahr nicht vorgestellt. Ich hatte die halbe Nacht geweint und kaum geschlafen. Aber wenigstens würde ich im Flugzeug schlafen können.

Ich zog mir ein Haargummi übers Handgelenk und schaute ein letztes Mal in den Spiegel. Jep, ich sah scheiße aus. Das letzte Mal, dass ich so schrecklich ausgesehen hatte, war Jahre her. Dieses Gesicht sah ich damals wochenlang, nachdem ich nach New York gezogen war.

Mein Schmerz war wohl so groß, dass er sich nicht nur in meinem Inneren zeigte. Er machte mich blass und die Wangen hohl und drückte meine Schultern herunter.

Tobias' Ultimatum hallte mir durch den Kopf. Das machte es schwer klarzusehen, denn das Schlimmste war …

Er hatte recht.

Ich klammerte mich an die unsinnige Hoffnung, mein Leben nicht ändern zu müssen. Aber an meinem Leben war nichts normal. Ich konnte mit einem Baby nicht von einer Großstadt zur anderen ziehen. Ich konnte diesen Job nicht behalten und gleichzeitig Mutter sein.

Er hatte recht. Das war mir völlig klar. Schon seit einer Woche.

Doch gestern Abend, nachdem wir so viel geredet hatten, hatte er mich wieder nicht gebeten zu bleiben. Er wollte das Kind, aber nicht mich.

Ich wischte mir über die Wangen, schniefte, bis das Stechen in der Nase wegging. Dann straffte ich die Schultern, zog mir den Mantel an und holte meinen Koffer. Nein, ich konnte nicht ewig so weiterarbeiten, zumindest nicht in dem Umfang. Aber heute würde ich noch nicht damit aufhören. Und morgen auch nicht.

Ich würde nach London gehen, um meine Karriere trauern, dann einen Ausstiegsplan überlegen. Es war Zeit, meinen Lebenslauf zu aktualisieren.

Ich hängte mir den Rucksack auf den Rücken und zog den Koffer hinter mir her aus dem Gästezimmer. Würde er das als Babyzimmer einrichten?

Ich biss die Zähne zusammen, um meine Gefühle unter dem Deckel zu halten, und marschierte den Flur hinunter.

In der Küche wehte mir Kaffeeduft entgegen. Tobias stand an der Spüle mit dem Rücken zu mir und starrte aus dem Fenster in den Garten.

Würde er da eine Schaukel aufstellen? Oder ein Spielhaus? Würde er aus seinem Haus ein Kinderparadies machen, sodass ich auf keinen Fall mithalten konnte?

Er drehte sich um. Sein Blick huschte zu meinem Koffer. »Ich helfe dir beim Einladen.«

»Ich schaffe das schon.« Ich hob das Kinn. »Danke, dass ich hier übernachten durfte. Ich habe das Bett abgezogen. Die Handtücher liegen im Wäschekorb.«

Er nickte. »In Ordnung.«

Auf dem Weg zur Tür hämmerte mein Herz drei Schläge pro Schritt. Ich drehte den Knauf, aber ehe ich nach draußen trat, wurde mir der Koffer aus der Hand genommen.

Tobias stand neben mir. Ich roch sein Aftershave. Ich atmete es tief ein und hielt für einen Moment die Luft an.

Er folgte dicht hinter mir, als ich in die Kälte hinaustrat und weiße Atemwolken ausstieß. Ich ging den Weg hinunter.

Er musste Schnee geschaufelt haben, als ich unter der Dusche stand. Er hatte sogar meinen Wagen vom Schnee befreit.

Ich drückte auf den Knopf für den Kofferraum und machte ihm Platz, damit er den Koffer einladen konnte. Dann warf ich meinen Rucksack hinein und begegnete seinem Blick.

Seine Augen, blau wie Saphire, glänzten in der Morgensonne. Sein Adamsapfel hüpfte. »Ruf mich an.«

»Mach ich.«

Er musterte mich, die dunklen Ringe unter den Augen, die Blässe, und zog die Brauen zusammen. »Eva, ich …«

»Nicht.« Meine Stimme schwankte. »Bitte nicht. Ich muss jetzt los.« Und ich hing am seidenen Faden. Ich konnte nicht mit ihm streiten, nicht schon wieder.

»Also gut.« Er entfernte sich zwei Schritte, damit wir uns nicht berührten, wenn ich an ihm vorbeiging.

Ich eilte zur Fahrertür und glitt hinters Lenkrad. Die Kälte des Sitzpolsters drang durch meine Jeans.

Tobias stützte die Hände aufs Wagendach und beugte sich zum Fenster hinunter, als ich den Schlüssel ins Zündschloss steckte. »Es tut mir leid. Ob es hilft oder nicht, aber was ich gestern Abend gesagt habe, tut mir leid.«

Ich fühlte Tränen aufsteigen, darum nickte ich nur und drehte den Zündschlüssel. »Mach's gut, Tobias.«

Er ließ die Hände sinken und wich ein Stück zurück. »Du auch, Eva.«

Noch so ein elender Abschied.

Ich erlaubte mir nicht, ihn noch mal anzusehen, als ich rückwärts aus der Einfahrt setzte. Ich schaute auch nicht in den Rückspiegel, als der Schnee auf seiner Straße unter meinen Reifen knirschte. Ich erlaubte mir nicht zu denken, er könnte beim Abschiedsgruß reuevoll geguckt haben.

Die ganze Woche war eine epische Katastrophe gewesen, angefangen bei dem blöden Weihnachtslied bis hin zu dem Streit von gestern Abend.

Ich wäre besser in meiner leeren Wohnung geblieben. Wir hätten die Grenzen wahren sollen. Zu viel Zeit war inzwischen vergangen, als dass wir miteinander ins Bett springen sollten. Er mochte mich besser kennen als jeder andere, aber das hieß nicht, dass ich noch dieselbe war wie auf dem College.

Wir hatten uns auseinanderentwickelt. Waren inzwischen zu verschieden.

Und nun wurden wir Eltern und mussten das irgendwie managen.

Ich legte die Strecke zum Flughafen zurück und wusste kaum, wie ich dahin gekommen war. Ich konnte mich auf nichts konzentrieren. Doch es hatte auch etwas Gutes, so oft umzuziehen und zu fliegen, denn ich fand mich mit schlafwandlerischer Sicherheit auf dem Flughafen zurecht. Ich gab mein Gepäck auf und ging durch den Sicherheitscheck. Die meisten Sitze vor dem Gate waren besetzt, aber ich fand noch einen freien am Fenster.

Mir gegenüber saß ein älteres Paar. Ich begegnete dem Blick der Frau, und sie schaute so mitleidig, dass ich verlegen wurde. Okay, vielleicht sah ich schlimmer als scheiße aus. Die Flugbegleiterin würde mich wahrscheinlich fragen, ob es mir nicht gut ging.

Ich rang mir für die Frau ein schmales Lächeln ab, dann drehte ich mich zur Seite, zog die Beine an die Brust und schaute nach draußen.

Flughafenmitarbeiter luden Gepäckstücke auf ein Förderband. Ein Mann in einer neongelben Weste schwenkte zwei orange Stäbe. Mom hatte uns vor Jahren erklärt, wie sich Piloten an den Linien und Markierungen auf dem Rollfeld orientierten.

Welchen Flughafen flog sie wohl heute an? War sie jemals traurig, wenn sie in Bozeman landete? Ich war es jedenfalls. Jedes einzelne Mal.

Ich starrte auf die Flughafenarbeiter und hielt den Blick weiter nach draußen gerichtet, als die ersten Tränen rannen.

Das war mir so verdammt vertraut. Genau so war es an dem Tag gewesen, als ich nach New York flog.

Wieder saß ich auf einem blauen Plastiksitz auf dem Flughafen von Bozeman, und wieder weinte ich. Ich starrte auf eine Boeing 737, und mein Herz glich einem Haufen Glasscherben.

Ich fasste mir an den Bauch und kniff die Augen zu.

Beging ich gerade einen Riesenfehler? Würde ich die Entscheidung bereuen?

Bei der Abreise nach New York hatte ich nicht das geringste Zögern verspürt. Ja, ich war wegen Tobias niedergeschmettert gewesen, aber ich war stolz aufgestanden, als am Gate meine Sitzreihe aufgerufen wurde, hatte mir die Tränen weggewischt und war die Fluggastbrücke entlanggegangen.

Doch jetzt wirkten Tobias' Zweifel lähmend. Sie hielten mich auf dem Sitz fest, selbst als mein Name aufgerufen wurde. Selbst noch, als das Flugzeug vom Terminal wegfuhr.

Und auch, als es ohne mich vom Boden abhob.

12

Tobias

Der Bleistift zerbrach zwischen meinen Fingern. Das war schon der dritte heute Morgen. Die versehentliche Grafitlinie machte die Skizze unbrauchbar, darum knüllte ich sie zusammen und warf sie in den Papierkorb.

»Verdammt.« Ich stieß meinen Stuhl zurück und stürmte aus dem Büro. Welchen Zweck hatte es zu arbeiten? Ich konnte mich überhaupt nicht konzentrieren und war so angespannt, dass mein Materialverbrauch sprunghaft anstieg.

Ich sah wieder aufs Handy. Eva war seit zwei Stunden weg. Sie saß wahrscheinlich im Flughafen und würde gleich an Bord gehen. Ging es ihr halbwegs gut? Heute früh hatte sie übernächtigt ausgesehen, und sauer und … verletzt.

Deshalb hatte ich nie mit ihr streiten wollen. Es machte mich total kribbelig.

Ich rief im Handy ihren Namen auf, um ihr eine Nachricht zu schreiben. Aber was sollte ich sagen? *Es tut mir leid?* Ja, damit hatte ich es heute Morgen schon versucht.

Gute Reise.

Ich tippte und löschte es.

Du fehlst mir.

Tippte. Löschte.

Bitte bleib!

Tippte. Löschte.

Es war zu spät. Nach unserem Streit hatte ich sie praktisch zur Tür rausgeschoben. Und wenn sie blieb, dann sollte sie es selbst wollen.

Vielleicht war es ganz gut, dass wir uns zwei Monate lang nicht sehen würden. Vielleicht hatten wir unsere Gefühle bis dahin verarbeitet. Sie würde sich in London eingerichtet haben und wüsste schon genauer, wie lange der Auftrag dort dauerte.

Ich würde eben warten müssen.

Unwillkürlich ballte ich die Fäuste. Monate? Kam nicht infrage. Ich ging schon seit einer Stunde die Wände hoch. Wie sollte ich da Monate durchhalten?

Das Haus, mein Rückzugsort, kam mir jetzt leer vor. Bald würde ihr Duft verschwunden sein. Ich würde vergessen, wie es aussah, wenn sie an der Kücheninsel saß. Es würde mir fehlen, neben ihr auf der Couch zu liegen und Kitschfilme zu gucken.

War das wirklich noch mein Zuhause, wenn mein Herz in London war?

Jemand stampfte auf der Türstufe, dann klingelte es. War das Eva? War sie zurückgekommen? Ich rannte zur Tür und riss sie auf.

»Hey.« Maddox nickte mir zu.

Meine Schultern sanken herab. »Hi.«

»Hast du gehofft, ich wäre jemand anderes?«

»Eva.« Ich winkte ihn herein. »Sie ist heute Morgen zum Flughafen gefahren.«

»Auf nach London?« Er zog sich den Mantel aus.

»Ja.« Ich schob die Hände in die Hosentaschen und zog sie wieder heraus. Ich rieb mir die Wange, dann strich ich mir durch die Haare. Wenn ich nur einen Augenblick stillhielt, hatte ich das Gefühl zu platzen. »Was gibt's?«

»Wollte nur sehen, wie es dir geht.«

Ich sah ihn groß an. »Wieso das?«

Maddox kicherte. »Weil ich dein Bruder bin. Und wie es aussieht, komme ich gerade rechtzeitig. Reib dir weiter so den Bart, dann brauchst du dich nicht mehr zu rasieren.«

»Hm? Oh.« Ich nahm die Hand herunter, schob sie in die Hosentasche, zog sie wieder heraus.

»Rede mit mir.« Maddox klopfte mir auf die Schulter und schob mich ins Wohnzimmer. Dort lenkte er mich zum Sessel und setzte sich auf die Armlehne der Couch. »Habt ihr über das Baby gesprochen?«

»Ja.« Ich saß nur fünf Sekunden und stand schon wieder auf. »Wir haben uns gestern Abend gestritten. Ich fand, das Kind sollte hier bei mir wohnen, weil sie ständig umzieht, und das habe ich ihr gesagt.«

Maddox verzog das Gesicht. »Wie kam das an?«

»Nicht gut.«

»Was hat sie gesagt, als du sie gebeten hast zu überlegen, ob sie in Montana bleiben könnte?«

»Ich, äh, hab sie nicht gefragt.«

»Was? Warum nicht?« Er starrte mich an, als wäre mir ein zweiter Kopf gewachsen.

»Weil das kompliziert ist.«

Er lehnte sich zurück und legte einen Arm über die Rückenlehne. »Ich habe Zeit. Erklär's mir.«

Ich gab einen tiefen Seufzer von mir. »Ich möchte nicht, dass sie nur bleibt, weil ich sie darum gebeten habe. Ich möchte, dass sie das aus eigenem Entschluss tut. Weil sie mich … will.«

»Das ist vernünftig.«

Ich schritt am Kamin auf und ab, das Herz schlug mir bis zum Hals. Wollte sie mich? Gestern vielleicht noch. Aber nach dem gestrigen Abend …

»Sie ist die Richtige«, gestand ich. »War sie von Anfang an.«

»Du glaubst nicht, dass sie genauso empfindet?«

»Ich weiß es nicht«, sagte ich leise. »Früher mal, ja. Aber dann habe ich sie gebeten, mich zu heiraten, und na ja … Wir sind nicht verheiratet.«

Maddox sah mich mit offenem Mund an. »Warte. Du hast ihr einen Antrag gemacht? Wann?«

»Nach dem Collegeabschluss.«

»Das hat mir niemand gesagt.«

»Weil ich es niemandem erzählt habe. Du bist der Erste, der es erfährt. Es war … demütigend.«

»Kann ich mir vorstellen. Aber wir hätten das verstanden. Wir wären für dich da gewesen.«

»Ich weiß«, murmelte ich. »Ich habe das wohl auch für mich behalten, um Eva zu schützen. Ich wollte nicht, dass ihr sie dann ablehnt. Besonders nicht Mom.«

Maddox neigte sich nach vorn und stützte die Ellbogen auf die Knie. »Also hast du sie nicht gebeten zu bleiben, weil du Angst hattest, dass sie dich wieder abweist.«

Ich runzelte die Stirn. »Das wird schon. Wir werden das Problem irgendwie lösen. Ich habe übrigens ein paar Entwürfe für dein Haus angefertigt. Willst du sie sehen?«

»Nein. Mir ist das Haus gerade völlig egal. Dir geht es nicht gut, Tobias.«

Da hatte er recht.

Ich war kraftlos. Meine Brust fühlte sich eng an. »Ich weiß nicht, was ich tun soll. Ich will für sie da sein. Und für das Kind.«

»Du musst ihr sagen, wie du empfindest. Wenn du willst, dass sie bleibt, sag ihr das. Vielleicht überrascht sie dich.«

Schon möglich. Im Grunde hatte sie das gestern Abend gesagt, oder nicht? Oder hatte ich nur gehört, was ich hören wollte? Meine Erinnerung an das Gespräch wurde immer undeutlicher, und meine Kopfschmerzen waren auch nicht hilfreich.

»Und wenn sie es nicht will?«

»Dann weißt du Bescheid«, sagte er. »Und kannst sie gehen lassen.«

Würde ich Eva je gehen lassen? »Tja, im Moment bin ich aufgeschmissen. Sie ist auf dem Weg nach London.«

»Und?«

Ich sah ihn von der Seite an. »Und was? Ich arbeite hier. Mein Zuhause ist hier. Sobald ich eine Lücke im Terminkalender habe, werde ich einen Flug buchen.«

»Oder du fliegst heute.« Maddox stand auf und kam um den Sofatisch herum zu mir. »Die Familie geht vor, Tobias. Lass dir das von jemandem sagen, der damit schon zu kämpfen hatte. Du wirst es sonst bereuen.«

»Aber ich habe mich doch für die Familie entschieden. Mom, Dad, Heath. Nun ziehst du hierher.«

»Wir werden immer deine Familie sein. Aber wir sind nicht *die* Familie. Nicht deine eigene. Die du gründest. Ich liebe unsere Eltern und meine Brüder. Aber meine Familie ist Violet. Und für meine Tochter würde ich alles tun.«

Meine eigene Familie. Es gab nur einen Menschen, mit dem ich eine gründen wollte. »Scheiße.«

»Jep.«

»Ich muss zum Flughafen.«

»Lass uns fahren.« Er schritt zur Tür, schnappte sich seine Jacke vom Haken.

Ich rannte, um Schlüssel und Portemonnaie aus der Küche zu holen, schaute noch mal hektisch durchs Haus. *Was brauche ich noch? Klamotten? Waschzeug?*

»Reisepass«, befahl Maddox, als könnte er meine Gedanken lesen.

»Richtig.« Ich lief zum Safe in meinem Kleiderschrank, tippte den Code ein und nahm mir den Pass. Alles andere ließ ich, wo es war. In London gab es Geschäfte. Dinge wie Zahnbürste und Seife konnte ich mir beim Zwischenstopp besorgen.

Ich ging an der Kommode vorbei und überlegte, mir eine saubere Unterhose und Socken in die Manteltasche zu stopfen. Ich riss die oberste Schublade auf und stockte. Ich brauchte eigentlich nur eines.

Einen Ring. Vielleicht hatte ich ihn all die Jahre aufbewahrt, weil ich insgeheim auf eine zweite Chance gehofft hatte, ihn Eva an den Finger zu stecken.

Ich zog mir einen Mantel über und steckte die Schachtel innen in die Brusttasche. Maddox saß schon in seinem SUV, als ich nach draußen trat. Ich saß kaum, da fuhr er schon die Auffahrt hinunter und auf die Straße.

»Mein Jet steht im Hangar«, sagte er. Weißt du ihre Flugdaten? Oder wann sie in London landet?«

»Nein. Ich nehme an, sie fliegt zuerst nach Seattle.« Hektisch ging ich auf die Seiten verschiedener Airlines und checkte meine Optionen. »Hier geht in einer Stunde ein Flug. Dann habe ich drei Stunden Zeit zum Umsteigen.«

Von Seattle gingen heute nur zwei Flüge nach London. Hoffentlich erwischte ich den richtigen. Hoffentlich flog sie über Seattle und nicht über Denver oder Salt Lake.

»Mein Pilot kann dich nach Heathrow fliegen. Ihr müsstet nur zwischendurch auftanken.«

»Aber wenn ich sie hier noch einhole, sitzen wir im selben Flieger nach London.« Auch wenn sie sauer auf mich war, wir würden im selben Flugzeug sitzen. »Lass mich sehen, was ich tun kann, wenn wir am Flughafen sind.«

Er nickte und gab Gas.

Wir parkten in der Ladezone. Maddox war es egal, ob man seinen Wagen abschleppte. Er blieb an meiner Seite, als ich zum Schalter rannte und die junge Frau anflehte, mir einen Platz in einem Flug nach London zu geben.

Ihre langen Fingernägel klickten auf der Tastatur, während sie tippte. Dann breitete sich ein Lächeln auf ihrem Gesicht aus. »Sie sitzen im nächsten Flug nach Seattle. Dann habe ich für Sie einen Anschlussflug nach London. Es ist nur noch ein Platz frei. Der aber ist nicht billig.«

Ich gab ihr meine Kreditkarte. »Buchen Sie ihn.«

»Ruf an, wenn du festhängst«, sagte Maddox. »Ich schick dir meinen Piloten, damit er dich abholt.«

»Danke.«

Er grinste. »Geh und schnapp sie dir.«

»Mach ich.« Mein Puls raste. Das passierte tatsächlich. Ich ließ alles zurück, um meine Frau zu bekommen.

Und ich wusste ohne jeden Zweifel, dass das die richtige Entscheidung war.

Mein Bruder wandte sich zum Gehen und winkte mir, aber ich hielt ihn auf, bevor er drei Schritte weit gekommen war.

»Maddox?«

Er drehte sich um. »Ja?«

»Ich bin froh, dass du wieder zu Hause bist.«

»Ich auch.« Er winkte noch mal, dann ging er zwischen den Leuten hindurch und verschwand nach draußen.

Die Frau am Schalter gab mir meine Tickets, und ich rannte zur Treppe, die zur Sicherheitskontrolle führte, und nahm zwei Stufen auf einmal. Ich zog den Gürtel und die Schuhe aus und wartete in der Schlange, wo ich von einem Bein aufs andere trat, während die vier Leute vor mir im Schneckentempo durch den Scanner spazierten.

Nun macht schon. Ich hatte es eilig, zu meinem Gate zu gelangen und … zu warten.

Ich war völlig aufgedreht, und die Langsamkeit bei dieser Prozedur war eine Qual. Doch endlich marschierte ich durch das Terminal.

Ich überflog die Anzeigetafeln und vergewisserte mich, dass ich zum richtigen Gate unterwegs war. Ich kam an einem verlassenen Sitzbereich vorbei, wo eine einzelne Frau am

Fenster saß. Mit untergeschlagenen Beinen auf das Rollfeld blickte. Ihr roter Parka verhüllte ihre zierliche Figur.

Meine Füße wurden langsamer.

Den roten Parka kannte ich.

»Was zur …« Ich änderte die Richtung und ging direkt auf das Fenster zu. Träumte ich? »Eva?«

Sie fuhr auf und drehte den Kopf zu mir. In ihren Augen schwammen Tränen. »Tobias?«

»Ich dachte, dein Flug ging schon um zehn.«

»Das stimmt auch.« Sie wischte sich wütend die Tränen weg und setzte sich gerade hin. »Ich habe ihn verpasst.«

Weinte sie deshalb? »In einer Stunde geht der nächste.«

»Oh. Ich werde … Moment. Woher weißt du das? Was machst du hier?«

Ich setzte mich neben sie. »Ich nehme in einer Stunde den Flug nach Seattle. Dort habe ich einen Anschluss nach London.«

»Was?«

»Wieso hast du den Flug verpasst?«

Sie zuckte mit einer Schulter. »Ich stecke in der Klemme.«

Ich nahm ihre rechte Hand und drückte sie. Dann tippte ich mit dem Daumen auf ihren Zeigefinger. »Eins, zwei, drei, vier.«

Sie schniefte. »Ich erklär den Daumenkrieg.«

Unsere Daumen berührten sich. »Los. Der Sieger stellt die erste Frage.«

Sie kämpfte gar nicht erst, und mein Daumen drückte ihren nieder.

»Wieso steckst du in der Klemme?«

»Weil ich unsicher bin, ob ich einen Riesenfehler mache.«

»Noch mal.« Wir ließen unsere Daumen gegeneinander antreten, und wieder ließ sie mich gewinnen.

»Willst du nach London ziehen?«

»Nein. Ja.« Ihr Augen flossen über. »Ich weiß es nicht.«

»Wie wär's, wenn ich mit dir ziehe?«

Ihr Kinn zitterte. »Wirklich?«

»Wirklich. Wenn ich mit dir nach London ziehe, möchtest du dann auch dorthin?«

»Ja. Aber … was dann?«

»Ich weiß es nicht, Babe.« Ich ließ ihre Hand los und umfing ihre Wange. »Ich weiß es nicht. Aber wir könnten es jetzt ausprobieren. Danach probieren wir weiter. Ich weiß nur, dass ich dich nicht aufgeben will. Wenn das also bedeutet, dass ich mit dir gehen muss, dann tue ich das.«

»Tobias, ich …« Sie schüttelte den Kopf. »Was hast du gesagt?«

»Ich liebe dich.«

Noch eine Träne lief hinab. »Ich liebe dich auch.«

Ich drückte den Mund auf ihren und schluckte ein Stöhnen runter. Ihre Tränen rannen weiter, tropften auf mein Gesicht, aber als ich sie weiterküsste, fing sie an zu lachen. Sie klammerte sich an mich und ich mich an sie.

»Du willst wirklich mit mir nach London gehen?«

»Ich werde dich nicht bitten, in Bozeman zu leben«, sagte ich. »Nicht weil ich dich nicht hier haben wollte, sondern weil ich denke, dass du dann bleiben würdest. Du würdest mir und dem Baby zuliebe hier leben, obwohl du noch nicht dazu bereit bist. Du willst nach London. Also machen wir London.«

»Ich würde bleiben.«

Ja, würde sie. Aber ich würde sie nicht zwingen zu wählen. Ich wollte kein Mann sein, der ihre Träume unterdrückte und ihr Ultimaten stellte. Sie verdiente Besseres. »Wie wär's mit einem Abenteuer? Wir nehmen London in Angriff. Dann werden wir entscheiden, was wir danach tun. Gemeinsam.«

»Bist du sicher? Was ist mit deinem Zuhause? Deiner Familie?«

Ich schob ihr eine Locke hinters Ohr. »Die habe ich vor mir.«

»Ich hatte ganz lange kein Zuhause, kein richtiges.«

»Jetzt hast du eins.« Ich küsste sie auf die Stirn, dann nahm ich noch mal ihre Hand. »Daumenkampf, um zu sehen, wer mein Erster-Klasse-Ticket bekommt.«

Sie schoss mir ein gemeines Grinsen zu. Diesmal würde sie mich nicht gewinnen lassen. »Du bist dran.«

Epilog

Eva

Ein Jahr später …

»Da wir früh dran sind, können wir schnell bei einer Baustelle vorbeifahren?«, fragte Tobias, als ich uns in die Innenstadt fuhr. »Ich will sehen, wie die Außenbeleuchtung bei Dunkelheit aussieht.«

»Klar. Wo soll ich entlangfahren?«

»Am Stoppschild nach Norden.«

»Wow.« Ich schoss ihm einen drohenden Blick zu. »Pass auf, was du sagst.«

»Was habe ich gesagt?«

»Norden.«

Er kicherte und schüttelte den Kopf. »Bieg am Stoppschild links ab.«

»Besser.« Ich grinste spöttisch, dann schaute ich in den Rückspiegel.

Isabella schlief in der Babytrage. Ihre winzigen Lippen machten einen wunderschönen Schmollmund. Für sie würde das ein langer Abend werden, wenn man bedachte, dass sie sonst längst im Bett lag.

Heute Abend fand die jährliche Weihnachtsparty der Holidays statt und unsere Tochter war dazu passend gekleidet. Ihr rotes Samtkleid war weiß abgesetzt, ihre Schühchen würde sie nicht lange anbehalten, weil sie Schuhe nicht leiden konnte, aber ich hatte sie ihr trotzdem über die Strumpfhose gezogen.

»Hast du die Ohrenschützer eingepackt?«, fragte Tobias.

»Ja.« Diese verrückten Dinger. »Sie sind in der Wickeltasche.«

Seine Eltern hatten eine Band engagiert wie meistens, und es würde laut werden. Daher hatte Tobias Ohrenschützer in Babygröße besorgt. Doch anstatt sie in Weiß oder Rot zu nehmen, damit sie zu ihrem Kleid passten, hatte er Orange ausgesucht.

Ein knalliges Orange.

Als ich ihn fragte, warum er solch eine abscheuliche Farbe genommen habe, sagte er, es seien die Einzigen gewesen, bei denen sich die Größe verstellen ließ, und so könne sie sie jahrelang tragen.

Mein Mann war ungeheuer praktisch.

Im Flughafen von Seattle hatte er mir vor der Damentoilette einen Antrag gemacht. Der Charmeur. Der Fairness halber sei gesagt, dass ich seinen ursprünglichen romantischen Plan vermasselt hatte. Ich hatte den Kopf an seine Brust gelehnt, und als meine Wange an etwas Hartes gestoßen war, das in seiner Brusttasche steckte, hatte ich ihn so lange gedrängt, mir zu verraten, was es war, bis er endlich nachgab.

Der Ring, den er vor Jahren gekauft hatte, steckte seitdem an meinem Finger. Und letzte Woche war ein Ehering dazugekommen.

An dem Tag, nachdem wir endgültig nach Montana zurückgekommen waren, hatten wir geheiratet. Wir waren in der Mittagspause ins Gericht gegangen und hatten uns trauen lassen.

Kein Hochzeitskleid, kein Smoking. Nur Tobias, unsere kleine Tochter und ich.

In London hatte es nicht lange gedauert, bis mir klar wurde, dass ich nicht noch mal umziehen wollte. Im letzten Schwangerschaftsdrittel, als meine Fußgelenke geschwollen waren, mir der Rücken wehtat und das Sodbrennen unerträglich wurde, hatte ich nur noch nach Hause gewollt.

Nach Montana.

Dad hatte recht behalten. Ich hatte ununterbrochen gearbeitet, aber als ich bereit gewesen war aufzuhören, hatte ich aufgehört. Wir hatten gewartet, bis Isabella auf der Welt war, und als sie alt genug gewesen war, waren wir aus unserer Londoner Wohnung ausgezogen und nach Hause geflogen.

Hannah und Keith waren überglücklich, uns in der Nähe zu haben. Sie hatten in der Zwischenzeit auf unser Haus aufgepasst und es ein Jahr lang sauber gehalten, damit wir jederzeit kommen konnten. Sie hatten uns sogar einmal in London besucht. Und Keith hatte dafür gesorgt, dass Tobias seine Arbeit fortsetzen konnte und einen zweiten Architekten eingestellt. Während Tobias also in London Entwürfe gezeichnet hatte, war in Bozeman ein Kollege gesessen, der vor Ort für die Umsetzung verantwortlich war.

»Okay, hier links.« Er zeigte durch die Windschutzscheibe und lenkte uns durch das Labyrinth der Straßen, bis wir vor einem Haus standen, das stolz auf einem verschneiten Grundstück stand.

»Wow.«

»Ist gut geworden.«

»Das ist eine Untertreibung, Baby.« Ich nahm seine Hand und betrachtete lächelnd das Haus.

Die Besitzer hatten sich ein Haus im Scheunenstil mit Satteldach und Schiebetür gewünscht. Als Tobias mir das erzählte, war ich skeptisch gewesen, aber es war typisch für ihn, dass er daraus etwas Bezauberndes, Einzigartiges kreierte.

Ein leises Jammern vom Rücksitz war das Zeichen, dass wir weiterfahren mussten. Also nahm ich den Fuß von der Bremse meines neuen SUV und fuhr in die Innenstadt.

Das *Baxter Hotel* ragte hell angestrahlt an der Main Street auf. Als wir in den Ballsaal traten, wurden wir sofort von

Freunden und Familie umringt, die uns zu Hause willkommen heißen wollten.

Dann legte die Band los, und Tobias holte sofort die Ohrenschützer hervor.

»Hättest du keine andere Farbe nehmen können?«, fragte Hannah, als er sie Isabella aufsetzte.

»Was ist verkehrt an Orange?«, fragte er.

Ich rollte die Augen. »Es passt nicht zum Kleid.«

»Sie ist ein Baby. Ihr ist das noch egal.« Er hob Isabella aus meinen Armen, küsste sie auf die Wange und legte sie an ihren absoluten Lieblingsplatz – in seine Armbeuge.

Ich hatte mich vor vielen Jahren in Tobias verliebt, aber wenn ich ihn mit unserer Tochter sah, verliebte ich mich jeden Tag von Neuem.

»Lass uns tanzen.« Er nahm meine Hand, gab mir einen zarten Kuss auf den Mund und lenkte mich durch die Gäste hindurch auf die Tanzfläche. Das Baby im einen Arm drehte er mich mit dem anderen in die Tanzposition.

»Ich bin froh, dass wir jetzt hier sind.« Ich lehnte den Kopf an seine Schulter, während wir langsam tanzten. »Und die Weihnachtsparty miterleben.«

»Ich auch«, murmelte er. »Du bereust die Entscheidung nicht?«

»Nicht im Geringsten.«

Mein Boss war nicht glücklich gewesen, als ich ihm sagte, dass London mein letztes Projekt sein würde. Er hatte mir daraufhin eine enorme Gehaltserhöhung angeboten, aber ich hatte abgelehnt. Weil ich schon einen anderen Job angenommen hatte.

Nach Neujahr würde ich als Projektmanagerin bei *Holiday Homes* arbeiten. Im Unternehmen meiner Familie.

Gut möglich, dass Tobias und ich uns in die Haare kriegen würden, da wir im selben Büro arbeiteten. Es war aber auch gut möglich, dass wir während der ständigen Überstunden ein paar Quickies einlegten.

Das würden wir sehen. Gemeinsam entscheiden.

»Wie wär's mit einem Weihnachtsklassiker?«, fragte der Leadsänger der Band ins Mikrofon, als sie einen Song beendeten. »Wir spielen den schon das ganze Jahr und haben einen Megaspaß dabei. Was sagt ihr dazu?«

Der Saal jubelte.

Und dann begann der Leadgitarrist: »On the first day of Christmas, my true love gave to me ...«

Ich sah Tobias an.

Er warf den Kopf in den Nacken und lachte.

Dann sangen wir mit. Und am Ende, als wir zu unserer Stelle kamen, änderten wir beide den Text.

»... two turtle doves, and a partridge and a pregnancy.«

Danksagung

Schöne Feiertage! Ich hoffe, dieses Buch hat Ihnen genauso viel Spaß gemacht wie mir das Schreiben.

Ein großes Dankeschön an mein Lektorats- und Korrekturleseteam: Marion, Karen, Judy und Julie. Ein Dankeschön an Sarah Hansen für die schönsten Cover der Welt. Danke an meine Agentin Kimberly und das Team von Brower Literary. Und an meine Publizistin Nina und das Team von Valentine PR.

Danke an die Mitglieder von Perry und Nash. Ich weiß nicht, wie ich das Glück hatte, sowohl für meine *Devney Perry*- als auch für meine *Willa Nash*-Bücher eine so unglaubliche Leserschaft zu haben, aber ich weiß, eure Liebe und Unterstützung bedeuten mir alles.

Das Gleiche gilt für die wunderbaren Blogger, die meine Geschichten lesen und in die Welt posaunen. Ich bin so dankbar für euch alle!

Und zu guter Letzt danke ich Bill, Will und Nash. Ich habe diese Bücher abends geschrieben und finde es toll, dass ihr mir hier und da eine Stunde Zeit gegeben habt, um mit diesen Figuren zu spielen.

Ein herzerwärmender Roman über Liebe, Hoffnung und den Zauber der Weihnachtszeit

Veronika Weiß
SCHNEEFLOCKENFUNKELN
304 Seiten
ISBN 978-3-404-19496-4

Auf der Suche nach einem Neubeginn reist Lynn in die verschneite Kleinstadt Starwood. Sie freut sich darauf, in dem kleinen Laden ihrer Tante auszuhelfen, und hofft, den Schmerz ihrer Vergangenheit hinter sich zu lassen.
Als sie einen Weihnachtsbaum fürs bevorstehende Fest aussuchen möchte, trifft sie auf Miles. Er verkauft nicht nur die schönsten Tannenbäume, sondern lässt auch Lynns Herz höherschlagen.
In den nächsten Tag sucht Miles immer wieder Lynns Nähe. Er spürt ihre Verletzungen und weiß nur zu gut, wie sich das anfühlt.
Doch gerade als Lynn beginnt, wieder an die Liebe zu glauben, droht ein unerwarteter Besuch, ihr neu gewonnenes Glück zu zerstören.

Lübbe